U0547124

成都刘氏家族文学研究

马旭 著

中国社会科学出版社

图书在版编目(CIP)数据

成都刘氏家族文学研究/马旭著. -- 北京：中国社会科学出版社，2024.12

ISBN 978-7-5227-2353-2

Ⅰ.①成⋯ Ⅱ.①马⋯ Ⅲ.①中国文学—古典文学研究—成都—近代 Ⅳ.①I206.5

中国国家版本馆 CIP 数据核字(2023)第 144929 号

出 版 人	赵剑英	
责任编辑	王小溪	顾世宝
责任校对	朱妍洁	
责任印制	戴 宽	

出　　版	中国社会科学出版社
社　　址	北京鼓楼西大街甲 158 号
邮　　编	100720
网　　址	http://www.csspw.cn
发 行 部	010-84083685
门 市 部	010-84029450
经　　销	新华书店及其他书店
印刷装订	北京君升印刷有限公司
版　　次	2024 年 12 月第 1 版
印　　次	2024 年 12 月第 1 次印刷
开　　本	710×1000　1/16
印　　张	24.75
字　　数	348 千字
定　　价	129.00 元

凡购买中国社会科学出版社图书，如有质量问题请与本社营销中心联系调换
电话：010-84083683
版权所有 侵权必究

序

在中国学术发展过程中,地方学术发展有其积极的作用。以地方命名的学术蔚为壮观,如关学、洛学、闽学、楚学、徽学、齐鲁之学、蜀学等,都有其独特的个性和地方文化内涵。而在地域学术氛围中生成的文化家族与地方学术有着紧密互动的关系,地方文化家族是地域学术的重要组成部分,地域学术又浸润哺育了地方文化家族,促进其成长。要搞清楚一个文化家族学术的生成过程,必须将区域文化研究作为前提条件,因为区域文化的形成、演进以及所要阐释的对象都是文化家族学术体系构建的必要条件。反之,家族文化学术又是区域文化的具体再现。在家族学术体系中,其学术著作和学术思想无不反映着地域文化的特质,而地域文化特征与各个时期的时代思潮相联系,又体现了中华学术传统。地域文化的多样性和丰富性影响着中华主流文化的发展与演变,而家族文学、地域文化又是中华传统学术的重要组成部分。

成都刘氏家族是指清嘉庆到民国初期生活在成都纯化街的一个文化世家。从清乾嘉到宣统的一百多年间,刘氏一门连绵三代,产生了以刘濖(1766—1837)、刘沅(1768—1855)、刘楨文(1842—1914)、刘松文(1827—?)、刘咸荥(1857—1949)、刘咸焌(1876—1947)、刘咸焌(1870—1935)、刘咸炘(1896—1932)为代表的一批文人学者。刘氏三代,共有进士二人,举人四人,其中又以刘沅、刘咸炘的学术成就最为显著。蜀学自身的学术性格和文化特征深深地影响着刘氏家族学术的发展，蜀学是刘氏家族学术生成的根基，刘氏家族学术又促进了蜀学的发展。二者具有鲜明的哺育与反哺的关系。厘清地域文化与家族学术的互动关系后，能进一步了解中华学术的组成和内在联系。

正是在这一意义上，我觉得马旭博士的《成都刘氏家族文学研究》是一个很有价值的选题，正好切应了"地域"与"文学"两个关捩。

第一，重视"地缘性"与家族文学关联的研究。巴蜀地区自古以来人杰地灵，有其悠久的历史和文化渊源，魏灏所作《李翰林集序》开门见山精辟地指出："自盘古划天地，天地之气，艮于西南。剑门上断，横江下绝，岷峨之曲，别为锦川。蜀之人无闻则已，闻则杰出，是生相如、君平、王褒、扬雄，降有陈子昂、李白，皆五百年矣。白本陇西，乃放形，因家于绵。身既生蜀，则江山英秀。"成都刘氏家族成员是土生土长的成都人，其家学渊源深厚，他们的文学作品无不与巴蜀地区的地缘有着密切的联系，这里的地缘性包括自然与人文。马旭博士的这部著作正是在刘氏家族文学与巴蜀地缘性研究中展开的。巴蜀文化"重史"与"传易"的传统精神影响着刘氏家族文学特质的形成。第二，重视以作品为中心的研究。文学研究应该以作品为中心，成都刘氏家族之所以能够被后人重视，引起大家关注，主要原因还是在于他们的作品在当时产生过影响，在现代仍然能给人带来启示。马旭博士对刘氏家族的文学作品进行过认真学习，常见的《推十书》《槐轩杂著》，不常见的《静娱楼诗钞》《静娱园诗存》《娱园随笔》《读好书斋诗文钞》等，她都去摸过、去读过，然后能够围绕文学作品本身来进行研究。无论是对家族文学活动的分析，还是对家族文学思想的归纳，文章都是建立在对文学作品的分析和解读之上，这无疑需要认真地对待每一部文学作品，基于细读作品而发现问题并对之进行深入探索。

马旭博士从硕士阶段开始关注刘咸炘研究，曾想以刘咸炘史学研究为题完成硕士学位论文，但后来因为选题偏向史学而终止。当时我正在韩国交流，关于毕业论文的指导多与她邮件沟通，发现她对自己研究的对象多有执念，尽管硕士学位论文与刘氏研究无关，但博士阶段她又重新以此为选题，从刘咸炘到刘氏家族，从文献整理到内容分析，完成了博士学位论文。博士学位论文完成后，马旭博士到中国社会科学院做博后，又对论文进行了打磨，在细读刘氏家族文学作品的基础上，透过文学现象分析了"地域""血缘""文化"三者的关系，从作品分析提升到理论建树。从古代文学研究的目的来看，其主要任务就是将古代文学中的优秀作品一代一代地传承下去。马旭博士的这部著作对刘氏家族优秀文学作品的传承起到了一定的推动作用。

是为序。

房　锐

2024 年 7 月 8 日

目　录

绪论 ……………………………………………………………（1）

第一章　成都刘氏家族世系与著述 ……………………………（6）
第一节　刘氏家族世系 ………………………………………（6）
第二节　刘氏家族诗文集编撰 ………………………………（17）
小　结 …………………………………………………………（19）

第二章　刘氏家族文学的血缘性联系 …………………………（21）
第一节　刘氏家风与家族文学 ………………………………（21）
第二节　刘氏家学与家族文学 ………………………………（34）
第三节　刘氏家族联姻、母教与家族文学 …………………（71）
第四节　刘氏家族书塾与家族文学 …………………………（85）
小　结 …………………………………………………………（114）

第三章　刘氏家族文学创作(上)：嘉道时期 …………………（116）
第一节　《埤篨集》的内容及文化内涵 ……………………（116）
第二节　刘沅散文的创作《槐轩杂著》与
　　　　《槐轩杂著外编》 ……………………………………（149）
小　结 …………………………………………………………（163）

第四章 刘氏家族文学创作(下):清末民初……………………(165)
  第一节 刘咸荥的诗歌、戏曲创作……………………………(165)
  第二节 刘咸焌的诗文创作 …………………………………(182)
  第三节 刘咸炘的诗歌创作 …………………………………(194)
  第四节 刘咸炘的散文创作 …………………………………(219)
  小　结 …………………………………………………………(260)

第五章 刘氏家族文学理论 ……………………………………(263)
  第一节 诗学思想 ………………………………………………(263)
  第二节 刘咸炘的文体论 ………………………………………(289)
  小　结 …………………………………………………………(327)

结语 …………………………………………………………………(329)
参考文献 ……………………………………………………………(332)
附录 …………………………………………………………………(342)
后记 …………………………………………………………………(387)

绪 论

从家族的角度研究文学虽已不是最新的研究方式，但迄今为止，这一跨学科的研究仍呈现出方兴未艾之势。这是因为文学作为一种社会文化现象，其创作的源泉来自社会关系之中，而在影响文学家的众多社会关系中，"地域"与"亲族血缘"是最基础、最重要的两大关系，因此，关于文学家族的研究，"地域""家族"是研究的逻辑起点。文学家族是中国古代文化的重要组成部分。在古代，某一地域内，众多家族诗礼传家，人才辈出，家族文化繁盛在一定程度上说明了地域文化的繁荣。巴蜀文化，作为中国学术发展中地方学术的重要代表，孕育了具有地域文化特色的文化家族，如眉山苏氏、新都杨氏、遂宁张氏、新繁费氏等，这些家族的繁盛受到地域文化的影响，反之，家族文化的壮大又体现了地域文化的发展。

清代成都刘氏家族是巴蜀文化孕育的产物，而刘氏家族文学又反哺于清代巴蜀文化。本书所称刘氏家族，是指从清朝嘉庆年间至民国初期，生活在成都纯化街的一个文学家族。一百多年间，刘氏一门连绵三代，授进士二人、举人四人，产生了以刘㵎（1766—1837）、刘沅（1768—1855）、刘桢文（1842—1914）、刘松文（1827—?）、刘咸荥（1857—1949）、刘咸燡（1876—1947）、刘咸焌（1870—1935）、刘咸炘（1896—1932）等为代表的一批文人学者，其中尤以刘沅、刘咸炘的学术成就最为显著。目前，学界对刘沅、刘咸炘的研究已经比较成熟了，但其研究范围主要集中在哲学和史学两个方面。也有学者对刘咸炘的文学创作和文学思想有所关注，但是，从地域、家族视角探究刘氏家族文学创造力的生成，全面深入地考察刘氏家族成员文学作品的内容和意义的成果还非常有限，尤其是除刘沅、刘咸炘以外的家庭成员的文学作品，很少有人谈及。因此，本书希望在全面厘清刘氏家族文学文献的基础上，对其家族文学活动、家族文学思想、家族文学作品进行研究。

本书的研究思路从三个维度展开。一是深入关注刘氏家族文学发展与巴蜀地域文化的互动，揭示家族文学史发展动向，发现家族文学与地域文化之间哺育和反哺的关系。二是研究共时性的家族内部要件与文学之间的关系。如家法与文学发生关系后，生成以述祖德和训诫为主题的文学；家学与文学发生关系后，生成共通性的文学观；联姻与文学发生关系后，生成以母教和外亲为主题的文学等。这些类型化的文学作品体现了刘氏家族文学与亲族血缘的关系。三是从历时性的角度对刘氏家族成员的具体文学作品进行个案分析。这些文学作品和文学理论既具有时代的特征和印记，又体现了作者明确的家族立场，有助于深化清中期至民国初期的巴蜀文学研究。

基于此，本书分五章进行论述。

第一章为清代成都刘氏家族发展概述。刘氏家族明末清初从湖北迁入四川，最初以农起家，转而习儒，在清代中期逐渐成为文学世家。巴蜀文化"重史"与"传易"的传统精神在刘氏家学传承中表现突出。清中后期，刘氏家族的科举仕宦逐渐兴盛，科举之业促进了刘氏家族的壮大，并且强化了刘氏家族成员的文学素养。刘氏家族成员文集的编撰是刘氏家族文学的具体表现，家族文集的编撰在体裁和内容方面趋于一致，家族成员以先人文业为基础，编撰家族诗文集，扩大家族文化影响力，体现出刘氏家族家学的传承。

第二章探究刘氏家族文学的血缘性联系。刘氏家族的家法、家学、联姻、母教、家族书塾与他们的文学创作和文学思想有着紧密的联系。这种内在联系让其家族文学成为一种类型化的文学。其中，述祖德文学、妇德文学、训诫文学与家法有联系。刘沅撰写的《豫诚堂家训》《蒙训》《示门人诸子杂书》是刘氏家法的具体表现，又是刘沅文学作品创作的一部分。家族子弟诗歌唱和、家族揄扬文学与家学有联系。刘氏家学的形成受到蜀学的影响，蜀学好易、重史的特点成为刘氏家学发展的根基。家族成员间的诗歌唱和具有强烈的家族色彩，家族成员诗歌唱和主题以及形式又显示出家学的传承。母教文学与联姻有联系。母教对刘氏家族成员文学素养的形成起到了关键作用。关于叙写母亲的文字又成为家族文学中的重要体裁。家族书塾维系家族文学的发展。刘氏家族书塾为刘氏家族子弟提供了传承家学、学习传统文化的场所，是刘氏家族文学得以传承的必要条件。这些关联是驱动家族文学发展的内部动因。探讨刘氏家族文学的血缘性联系有助于我们认识家族文学发展演进的内部规律。

第三章研究嘉庆道光时期刘氏家族文学创作。嘉庆道光时期，以刘沅、刘濖文学创作为主，他们的文学作品主要蕴含了强烈的地域文化特征，从描写地域山川风物的诗歌，到歌颂赞美地域传统与风俗习尚的散文，都体现出家族文学创作灵感的形成深受地域文化的影响，同时，家族文学本身又成为地方文献的重要积累。

第四章探讨清末民初刘氏家族文学创作。从宣统到民国初期，刘家"咸"字辈的文学创作受到新旧文化交替以及家学传承的影响，呈现出守正创新的特征。刘咸焌创作了大量以家族书塾摄影为题材的诗歌，在诗歌题材纪实性、生活化方面都有所突破。刘咸荥的诗歌创作则有意学习杜甫，体现出对传统诗学的继承。刘咸荥戏曲创作的思想观念和价值取向是对传统思想的继承与发扬，但在文体形式和语言形态方面有变革创新的一面。刘咸炘则坚持古体诗创作，他的诗歌具有尚风骨、重抒情的艺术特征。而以墓志铭、传记文、书信文、游记文、论说文为代表的散文创作，则是刘咸炘在文体研究基础上的具体实践。

第五章分析刘氏家族在文学理论方面的成就。关于刘氏家族文学思想，刘沅所著《诗经恒解》是奠基之作。首先，刘沅倡导"诗主性情"的诗学观。这里所言的"性情"是指合乎天理的情感，"性"即天理，"情"则是指合乎封建道德教化规范之情。其次，刘沅重视诗的声律。他认为《诗》三百全部入乐。《埙篪集》即是其重性情、讲声律诗学观的创作实践。刘咸炘继承并发扬了刘沅的《诗》学思想，倡导"诗言志"的本质论，以及"以风救骚"的风骨论。这主要通过诗论创作和诗集选编体现出来，其目的是拯救日益衰败的传统诗风。刘咸炘的文体观包括文体认识论、文体创作论、文体分类论和文章派别论。刘咸炘的文体观主要继承了中国传统的文体思想，但处于西学东渐的时代背景下，刘咸炘对西方文体论也有所了解，从而形成了他特有的文学观念下的文体观。

通过对文献的梳理和对作品的研究，笔者认为，刘氏家族文学的研究意义至少有以下三点。

第一，通过对刘氏家族文学的研究，深化清代至民国初期的巴蜀文学研究。区域文学是中国文学的组成部分，而家族文学又是组成区域文学的一部分。巴蜀是刘氏家族成员生活、成长的地域环境，刘氏家族文学创作和文学思想的形成，均蕴含着浓厚的地域文化特征，巴蜀文学与刘氏家族文学有着直接互动的关系，刘氏家族文学根植于此，吸收着本地的地域文化，又将其发扬光大。刘氏家族文学不仅分布于巴蜀这一特定的地域空间，同时也会以自身特有的活力作用于地域文化，并赋予地域文化一定的意义。

第二，通过研究家族与文学的内在联系，厘清家族文学的血缘性关联，从文学家族追源溯流的基础性研究中，整体把握刘氏家族文学的发展。以往有关刘氏家族的研究，以刘沅和刘咸炘为主，多是个别的、孤立的，缺乏对家族意识的整体观照。事实上，刘氏家族成员的文学具有家学的传承性，家族血缘脉络与姻娅网络是其家族文学得以生存与发展的重要条件。刘氏家族成员受家学、家法的影响，其文学作品有不少相同的质素，这些质素是构成刘氏家族文学典型特征的基本要件，使刘氏家族文学显示出不同于其他家族的个性。将家族要件与文学进行关联，可以发现文学对家风的弘扬，对家族传统的继承，反之，亦可以发现家风、家学、家教等是构成家族文学的要素。

第三，重树地方型学者价值。从清朝嘉庆年间至民国初期，刘氏家族成员以传统文化为根基，创造了丰硕的文学成果，对地域文化的传承和发展产生了深刻的影响，但像他们这样几乎足不出川的地方性知识分子很少被学界关注，就目前收集的资料来看，关于刘咸炘、刘沅的研究较多，关于刘氏家族其他成员的研究几乎是空白的，对刘氏家族成员文献的整理与综合研究尚付阙如。笔者希望通过对本课题的研究，深入挖掘以刘氏家族为代表的地方型学者对中国传统文化的贡献，以期助力重树地方型学者价值。

第一章　成都刘氏家族世系与著述

成都，一个历史文化悠久厚重的城市，孕育了众多文化世家。在明清之际，成都地区出现了学者家族群。在这些家族群像中，不少是诗书传家、学术显扬、官位显赫的大族。成都文化家族群一般是能以诗礼传家，且具有一定经济实力的世家大族。他们代代坚持以学为先，以儒为业，以文治家。在科举仕途之路上，文化家族群更是以文兴家耀族。他们在当时的社会上自然占有重要地位，成为文化发展的主要力量，甚至成为文化代言人。如新都杨氏、新繁费氏、华阳宋氏，以及本书的研究对象成都刘氏等，他们在明清政治、经济、文化、思想等各个领域都有所贡献，对传承巴蜀文化和中华传统文化起到了重要作用。成都刘氏在明末从湖北麻城迁徙到四川后，世代以耕读传家为业，从第七代刘沅开始步入仕途，此后刘氏家族代代为文，家族成员所创造的丰硕的文化成果，在清中叶到民国初期，对成都文化发展起着重要作用，具有深远的文化意义。

第一节　刘氏家族世系

刘氏始祖刘朝彝，本湖北麻城县刘家沟人，因明末避乱，迁至四川眉州，以授徒讲学为业。刘沅《刘氏族谱》载："因明季不纲，念惟蜀可以避乱，方溯江而上，止于眉，以授徒讲学为业。"[①] 其后，

[①]　（清）刘沅：《刘氏族谱·始祖讳朝彝》，道光廿七年丁未孟夏刻本，第53页。

太祖刘宇舟，幼习举子业，因明末世衰，奉父命"兼习武事，遂未应科举。读书之暇，肆弓剑。以贫，更学贾。又因家贫，稍得赢余，乃谋徙宅，于彭山长洲"①。高祖刘坤，"少有大志，读书，好击剑。值明季不纲，无心仕进。年二十，流贼蜂起，蹂躏蜀都。公纠众保聚武阳之长洲，阻水为营，贼屡攻不克"②。康熙初年，刘坤迁居双流云栖里（今双流彭镇），留次子刘嘉相居温江县东关外董村。刘氏家族刘沅一系即为迁居双流一支，直至嘉庆十二年（1807）由刘沅迁居成都南关纯化街。刘沅曾祖刘嘉珍，"幼羸，善病而嗜读书……性耽典籍，无志田舍"，"居常手一卷，风雨弗辍，诸兄皆富而玉函独甘淡泊"。③ 刘嘉珍潜心儒学，是刘氏家学的奠基者。刘沅祖父刘汉鼎在刘嘉珍的影响下，继续钻研易学，刘沅记之："祖父日以读《易》为事，作《易蕴发明》一书，为人窃去。"④ 刘氏家族发展到刘汉鼎时期已是双流望族。

刘沅父亲刘汝钦，秉承家学，精通《周易》，《清国史馆·刘沅本传》载："父汝钦，精易学，洞彻性理。谓'河出《图》，洛出《书》，圣人则无实天启圣人以明道化，不仅在数术也。伏羲主乾南坤北，文王主离南坎北，即先天后天所由分。'且《连山》首艮，《归藏》首坤，艮止坤藏之义，即《大学》止至善，《中庸》致中和之学，文王之缉熙敬止，成王之基命宥密胥不外此。"⑤ 从刘嘉珍到刘汝钦，刘氏家学已逐渐形成，呈现出以易学为主，兼修儒道的风格。由于远祖的前期积累，刘氏家族发展到清代中期时已经形成了良好的家学传统，为刘氏家族后续的发展奠定了坚实的基础。

---

① （清）刘沅：《刘氏族谱·太高祖讳宇舟》，道光廿七年丁未孟夏刻本，第54页。
② （清）刘沅：《刘氏族谱·高祖讳坤》，道光廿七年丁未孟夏刻本，第54页。
③ （清）刘沅：《刘氏族谱·曾祖讳嘉珍》，道光廿七年丁未孟夏刻本，第56页。
④ （清）刘沅：《刘氏族谱·君谟公讳汉鼎》，道光廿七年丁未孟夏刻本，第57页。
⑤ （清）刘沅：《国史馆本传》，《槐轩全书》（增补本），巴蜀书社2006年版，第5页。

一 刘沅、刘濖生平

刘氏家族发展到第七代即已显示出文学世家特征。刘氏家族第七代主要人物刘濖、刘沅。刘濖（1766—1837），字芳皋，刘汝钦长子，刘沅长兄。乾隆五十九年（1794）举人，嘉庆元年（1796）进士，选翰林院庶吉士，官至广西郁林直隶州知州。《温江县志》载："刘濖，字芳皋，汝钦子也。嘉庆丙辰进士，改庶吉士，分刑部，出知广西郁林州。为人高旷不羁，虽身历词林部曹，常有放浪湖山之想，工古今体诗，骈散文，不自收拾，多散轶，弟沅为编集《弃余录》四卷。其之，官留别诗有云也。知于世毫无补，徒托空言大有人，亦可为书生针砭。"[1] 刘濖为人旷达不羁，工书，善诗，但不喜欢将其作品收集在一起，刘濖文学创作多有佚失，其弟刘沅将诗编入集《弃余录》。刘濖有自述诗一首《庚寅初度自题小照》："彼何人斯，神清貌古，既不能文，又不好武。幼读诗书，笔颇媚妩。考索三坟，最厌八股。曾添朝官，忽膺外补。粤峤浔江，蛮烟瘴雨。逋峭未能，折腰甚苦。壮年挂冠，五十解组。种秋有田，种蔬有圃。偶卧林阴，或钓江浦。不入公门，不居城府。与人无争，与物无忤。非陶渊明，非王夷甫。问年几何，曰六十五。发尚未皤，齿尚未龋。"[2] 诗歌采用流畅自然的四言句式和朴实生动的语词，自述其人生经历与性格特征，诗意一气贯通，读起来朗朗上口，实有学习陶渊明四言诗的风格。

刘沅（1767—1855），字止唐，刘汝钦次子。《国史馆本传》记曰：

> 刘沅，字止唐。四川双流人。乾隆五十七年，由拔贡中式举人。道光六年，选授湖北天门县知县。安贫乐道，不愿外任。改

---

[1] 张骥等修，曾学传等纂：《温江县志》卷九，民国十年刻本。
[2] （清）刘沅：《埙篪集》，《槐轩全书》（增补本），巴蜀书社 2006 年版，第 3740 页。

第一章　成都刘氏家族世系与著述

国子监典簿。寻乞假归，遂隐居教授。博览群书，过目不忘，人咸服其淹洽。兄澍，嘉庆元年进士，由庶吉士改工部主事，屡书趣其北上。沅曰："显扬之事，兄已遂矣。犬马之养，愿得身任之。"母向氏遘疾困瘁，沅求索医药，不远千里，斋戒请祷，朝夕弗遑。母病寻愈。其事亲，敬养兼隆，克谕于道。兄弟之间，力行仁让。兄没，抚犹子如己出。侄妇孀，居无子，急为立嗣，饮食教诲，劳怨不辞。宗族邻里，助其婚嫁丧葬者，不一而足。

沅因仰承庭训，更求存养之功，内外交修，久而知愚必明，柔必强，仁者寿。大德必寿，圣人穷理尽性，神通造化。非若道流欺世之谈也。读《左氏传》至刘子曰：民受天地之中以生，所谓命也。称其言至为精粹，于四子书中极为发明。如以集义为养气之原，斥修士为袭取。以反身而诚，欲仁仁至，必有事焉，勿忘勿助长等语，为治心之本，殊释子之顽空。又谓喜怒哀乐之未发谓之中，发而皆中节谓之和，积中以求和，则可寡尤悔，以底于纯粹而无欲，且能知行合一，以身教人，故师取者多此理。……平日裁成后进，循循善诱。著弟子籍者，前后以千数，成进士、登贤书者百余人；明经贡士三百余人，薰沐善良，得为孝子悌弟、贤名播乡间者，指不胜屈。①

刘沅自蒙童时即受家学熏陶，传承父亲刘汝钦"精易学，洞彻性理"的学养，刘沅记曰："幼从庭训即受此经，每苦扣烛测蠡未宣窾要。"② 刘沅一生颇具有传奇色彩，蒙童受家学，十余岁起开始举子之业，弱冠之年，三荐不售之后，放弃科举之业，归乡办学，而在这期间他"得遇明师"："忽道遇卖药老人，形容殊异，心爱敬之，求示延年之方。老人曰：人身自有长生药，而知否？曰：不知也。老

---

① （清）刘沅：《国史馆本传》，《槐轩全书》（增补本），巴蜀书社2006年版，第5—7页。
② （清）刘沅：《刘氏族谱·敬五公传》，道光廿七年丁未孟夏刻本，第58页。

人曰：先天虚无一气，天之所以为天，即人之所以为人，存神养气即存心养性。歧而视之，是以仁者寿，大德必寿之理不明，而却老独在神仙。尔返尔求诸身心可也。予拜而受教，荏苒八年。"① 刘沅跟随道士学习性命之学，在学习过程中又融入儒释思想，开宗立派，后世弟子称为"槐轩学派"。在当时"槐轩学派"又被称为"刘门教"，在《中国民间宗教史》中明确记载了《刘门教与济幽救阳》，将刘沅看作刘门教的第一代教主。已有学者指出刘氏家族虽以儒学传家，但仍具有教门色彩。② 实际上，无论是学派还是教门都体现出刘氏家学的传承及影响。刘沅对家族的贡献极大，《国史馆本传》载，沅先无子，六十后连举八男，皆能传其学。长子崧云，咸丰二年举人。沅是科重宴鹿鸣，儒者荣之。梡文拔贡小京官，同治庚午举人。桂文光绪丁丑进士，御史、梧州府知府。栋文顺庆府训导。根文、檍文生员。孙咸荥拔贡，咸焌举人，咸耀、咸煒皆生员。③ 在刘沅的影响下，刘氏家族成员大都走上了科举之路。

在刘沅儿辈中，刘桂文和刘根文在传承家学中起到了重要作用。刘沅第四子刘桂文，光绪十五年（1889）进士。民国修《简阳县志·选举》记载山阴傅子苾见到刘桂文科考试卷后，"大为惊叹，即墨题二绝相赠：（其一）景纯隽上前茅是，越石清刚后幅知。俊逸清新兼庾鲍，今人文比古文诗。（其二）诗文一律只宜清，思浊翻成不齿伦。月到天心风水面，个中消息领分明"④。刘桂文中举之后不再回乡，宦游京城二十余年，与川籍京官刘光第、杨锐、乔树楠、赵熙来往频繁。

---

① （清）刘沅：《槐轩杂著》，《槐轩全书》（增补本），巴蜀书社2006年版，第3473—3474页。

② 李飞《学与教合：刘沅、刘氏家族与刘门教》较为客观公正地评价了刘氏家族虽以儒学传家，但仍具有教门色彩，家族两代重要人物都致力于宣传槐轩之学，并参与刘沅创立的教门的事务，刘门教兼具学问及宗教的特点，是清季儒学失范、"学术社团教团化"的时代产物。（《志苑集林》第二辑，四川人民出版社2019年版，第106—118页）

③ 参见（清）刘沅《周易恒解》卷首《国史馆本传》，《槐轩全书》（增补本），巴蜀书社2006年版，第7页。

④ 林志茂修，汪金相等纂：《简阳县志》卷七，民国十六年铅印本。

第一章　成都刘氏家族世系与著述

尤与刘光第深交，常有书信往来。① 刘桂文为官期间清正廉明，体恤百姓，受百姓拥护。刘桂文对其子刘咸荥、刘咸焌影响颇大。

刘桢文（1842—1914），字子维，是刘沅的第六个儿子。入县学后即秉承父业，开馆授徒。刘桢文是刘咸炘的父亲，刘咸炘在一篇关于外舅的祭文中提及父亲刘桢文，《祭外舅文》曰："先君子缵父兄之绪，任道二十年，年五十有五乃得咸炘。咸炘四岁学书，六岁授章句，未尝外傅，受庭诰而已。咸君以其羸，不督责，稍长，略窥涯涘，于家学之授受无得也。"② 刘咸炘出生时，父亲已五十五岁，加之刘桢文将主要的精力放在了槐轩学派的传播与授徒中，在刘咸炘的著述中，提及父亲的文字较少，与刘咸炘同辈的刘咸焌，与刘桢文关系更加亲近，他是槐轩学派的第三代传承人，刘咸焌曾作《刘子维夫子暨师母王孺人七秩寿言》曰："吾师少年体素弱，复劬于学，家累不以撄心，迨老而神明既固，教诲不倦。吾师母出名门，承先德仁而不惪，俭而不啬，静以乐性天，宽诣利伦物，自于归逮皆老恒，相敬如一日。老年得子，抚爱倍至，乃不少姑息。兹乃懿行之大略，而内言不出门。弟子有不及称述者也。然而吾师之有道，则征诸此矣。"③ 文中体现了刘桢文夫妇性格温和、善待弟子、以教

---

① 光绪二十三年（1897），刘桂文出守广西梧州知府，刘光第在京门，与之执手依依惜别，有诗纪其事："帝二十三载丁酉，二月春寒雪犹厚。垂杨无叶杏无花，似怕离筵照杯酒。吾家云老古遗直，十年管笔今怀绶。共欣粤峤得循吏，却恨京华失良友。杨子金ми挥臂谢，阮公钱入掉头走。利风百窍中人身，国命一丝悬鬼手。斡旋天地虽无力，排击风霜犹有口。周昌曾不道期期，迁史每闻称否否。岂无狐鼠昼侵人，往往遇之遭刺剖。海风吹晴插南斗，牂江水暖生珠母。漫言勾漏产丹砂，气足神完知可叟。迩来疆土苦分截，日南一气思萦纽。黑烟夷舶走雷霆，青箬獠盐惊洞牖。良二千石古所重，但结民情固封守。郁林试访文山女，罗池岂让柳州柳？他年诼得骖鸾录，入觐可容吾读取。"刘桂文去世，刘光第作《挽云坳太守》之三："与人骨肉总伤神，惭愧周诗棣鄂亲，难得公为俟豆地，剧怜吾亦阋墙人。言如金石真先辈，气挟风霜本直臣，予季到今犹雪涕，老苍凋去益天伦。"《衷圣斋诗文集》，上海古籍出版社编：《清代诗文集汇编》（第787册），上海古籍出版社2011年版，第385页。

② 刘咸炘：《祭外舅文》，《推十书》（增补全本）戊辑，上海科学技术文献出版社2009年版，第597页。

③ 刘咸焌：《读好书斋诗文钞》，民国十六年成都扶经堂刻本。

11

书为己任的特征。

二 刘家"咸"字辈一代主要人物

刘咸荣（1858—1949），字豫波，别号豫叟，是刘沅第五孙，刘桂文长子。刘咸荣的学术主要源自家学，父亲与祖父对他影响颇大。他曾就读于尊经书院[①]，与廖平是同学[②]，光绪二十三年（1897）拔贡，曾任内阁中书。刘咸荣先后在成都府中学堂、四川高等学堂、游学预备学堂、成都大学等校执教，教授经、史、文学诗词。所教授学生有王光祈、郭沫若、魏嗣銮、周太玄、李劼人等。刘咸荣性格温和，在学术上自立于中国古典文学的研究，现存代表作有《静娱园诗存》《静娱楼诗钞》以及三部戏曲作品。刘咸荣被尊为成都民国时期的"五老七贤"。"五老七贤"是指前清遗老、社会名流、文人士绅等，他们在社会上都有一定的声誉和影响，而他们因为学识优长、众望所归，能成为督军咨询政事的对象。彭福商先生更是定义为"五老必须是曾于满清'任国三品文官以上'者，七贤则必为'功名在翰林以上者'"[③]。中华人民共和国成立以后刘咸荣曾任四川文史馆馆长。

四川近代政治家、文学家李劼人是刘咸荣的学生，他对刘咸荣特别钦佩。在刘咸荣去世时，李劼人组织了一批文人学者为悼念刘咸荣而创作相关诗文，这些诗文发表在1949年第6期的《风土什志》期刊上。《风土什志》由李劼人创刊，主要刊登介绍和研究中外风土人情的文章和调查报告，内容涉及民俗、历史、地理、生物、社会、美术、山歌、民谣、民间传说等。但1949年第6期的《风土什志》一

---

① 参见刘咸荣《尊经同学集于存古学舍作重九会》，《静娱园诗存》，光绪三十年双流刘氏成都自刻本。
② 参见刘咸荣《寿廖君吉平同学》，《静娱园诗存》，光绪三十年双流刘氏成都自刻本。
③ 参见许丽梅《民国时期四川"五老七贤"述略》，硕士学位论文，四川大学，2004年，第8页。

改往常所刊内容，全部刊登悼念刘咸荥的文章，以及刘咸荥生前的诗歌作品。其中有一篇是李劼人撰写的《敬怀刘豫波先生》，文章将刘豫波与萧伯纳进行对比：

> 萧伯纳年年有新作品，或是戏剧，或是随笔，或是自传体文章；而刘先生也时时在写字，在作画，在赋诗，在写悲天悯人的文章。
>
> 萧伯纳平生厌恶政治，对于专门说好话干怪事的政客们，批评极其严格，而于英国社会和英国一般的定型君子，更是不留余地的最爱打穿其后壁，在表面看来，好像玩世不恭，其实也和我们刘先生一样，慈悲为怀，希望人人都做好人，都有良善行为，都以先哲先知为鹄的，都可以作到圣贤地位。
>
> 然而刘先生也绝非是成日价马起面孔，一开口便是四维八德，随时随地都在训人的道学先生。其实刘先生的风趣，好像并不亚于萧伯纳。（虽然我并未见过萧翁，只是从许多记载上看来，似乎有那么一个概念。）这在中国旧风习上讲，便叫作"是真名士自风流"。在刘先生自己，也好像宁取真名士而不取假道学。①

文章看似是写二人相似之处，实际是通过萧伯纳来衬托刘咸荥高尚的品格，李劼人称："即因刘先生是真名士，故为人和易，而乐于与晚生小子接近；即因刘先生是真名士，故能恬淡自处，而不伎不求；即因刘先生是真名士，故能胸襟洒落，而视人人为善人，视当前的醒凝社会为暂时过程，而认儒家的大同世界，并不是不能实现的乌托邦；并且也才能真正的作到随遇而安，自侍菲薄。这些，都不是讲功讲利讲现实的萧伯纳所能比拟。"②

---

① 李劼人：《李劼人全集》第七卷，四川文艺出版社2011年版，第41—42页。
② 李劼人：《李劼人全集》第七卷，四川文艺出版社2011年版，第43页。

刘咸焌（1870—1935），字仲韬，刘沅第十五孙。刘桂文第三子。刘咸焌在幼年时，七伯父刘橒文下世较早，七伯母常年多病，经与刘桂文夫妇商量，族人敦促，将刘咸焌过继给七房，以为承嗣。刘咸焌性情沉厚，喜好读书。刘桂文在广西任知府时，刘咸焌随侍来广西，在父亲身边认真伏案学习，光绪二十九年（1903），考上举人。此时，父亲刘桂文已经离世，刘咸焌无心于仕途，下第归来，立志讲学。在成都，他先后创办了明善书塾、尚友书塾、崇德书屋。刘咸焌一生，以育人为乐，施善为务。除了创办学堂，教书育人，他把剩余的时间都花在了慈善事业上。他在成都兴办"乐善""崇善"两善所，在双流兴办"与善公所"，在新津兴办"广善公所"，在温江兴办"作善公所"。① 善所主要用于募捐筹资建立祠堂、学堂，救济贫困。

刘咸炘（1896—1932），字鉴泉，别号宥斋，刘梖文之子，刘沅第二十四孙。刘咸炘是刘氏家族中学术成就最高者，他幼承家学，博通经典，稍后细研《文史通义》，私淑章学诚。著作总为《推十书》，取"推十合一"之意，该著作不仅在内容上涵盖经、史、子、集四部，而且在思想上融会贯通中西之学，在方法和见解上都有独到之处。张孟劬称"目光四射，如球走盘，自成一家之学"②。蒙文通谓"其识骎骎度骕骅前，为一代之雄，数百年来一人而已"③。刘咸炘的学术思想主要源于祖父刘沅和浙东史学家章学诚，刘咸炘在《自述》篇中称："吾之学，《论语》所谓学文也。学文者，知之学也。所知者，事物之理也。所从出者，家学祖考槐轩先生，私淑章实斋先生也。槐轩言道，实斋言器。槐轩之言总于辨先天与后天，实斋之言总

---

① 参见四川省双流县委员会文史资料研究委员会编《双流县文史资料选辑》第三辑，1984年，第38页。
② 刘咸炘：《推十书》（增补全本）甲辑，上海科学技术文献出版社2009年版，"前言"第8页。
③ 刘咸炘：《推十书》（增补全本）甲辑，上海科学技术文献出版社2009年版，"前言"第8页。

于辨统与类。凡事物之理，无过同与异，知者知此而已。先天与统同也，后天与类异也。槐轩明先天而略于后天。实斋不知先天，虽亦言统，止明类而已。又止详文史之本体，而略文史之所载。所载广矣，皆人事之异也。吾所究即在此。故槐轩言同，吾言异；槐轩言一，吾言两；槐轩言先天，吾言后天；槐轩言本，吾言末而已。实斋名此曰史学，吾则名之曰人事学。"[1] 刘咸炘从小接受家学教育，在《推十书》中，他反复引用刘沅的观点，多次指出他的很多观点直接来源于祖父刘沅，刘咸炘的学术思想是在对刘沅学术思想继承基础上的升华，体现出刘咸炘学术的"根本之识"。

刘咸炘所生活的时期正是新文化运动风起云涌之时，他虽然没有参与这场新文化运动，但新文化运动对他的学术思想也是有一定影响的。正如欧阳祯人所说，刘咸炘在新文化运动中是隔岸观火，从中汲取营养。[2] 萧萐父先生对刘咸炘就中西文化之争的论说是非常精到的，他说："刘咸炘生当晚清，面对'五四'新潮及开始向后'五四'过渡的新时期。中西文化在中国的汇合激荡，正经历着由肤浅认同笼统变异，向察异观同求其会通的新阶段发展。在其重要论著中，已有多处反映了这一主流文化思潮的发展趋势，通过对比中西思想文化的异同，而力求探索其深层义理的会通，找到中西哲学范畴的契合点。"[3]

刘氏家族发展到"咸"字辈，不仅没有因为社会的巨变而衰败，反而因刘氏家族家学代代相传，世世为文，在清末民初之际，刘氏家族得到了进一步的发展，刘氏家族成员在1949年后，依然人才辈出，如刘咸炘儿子刘伯谷，刘咸燡儿子刘东父，刘东父儿子刘奇晋、刘峰

---

[1] 刘咸炘：《自述》，《推十书》（增补全本）戊辑，上海科学技术文献出版社2009年版，第519页。

[2] 参见欧阳祯人《刘咸炘思想探微》，商务印书馆2016年版，第51页。

[3] 刘咸炘：《推十书》（增补全本）甲辑，上海科学技术文献出版社2009年版，"前言"第3页。

晋，在文学、书法等方面都有创建。

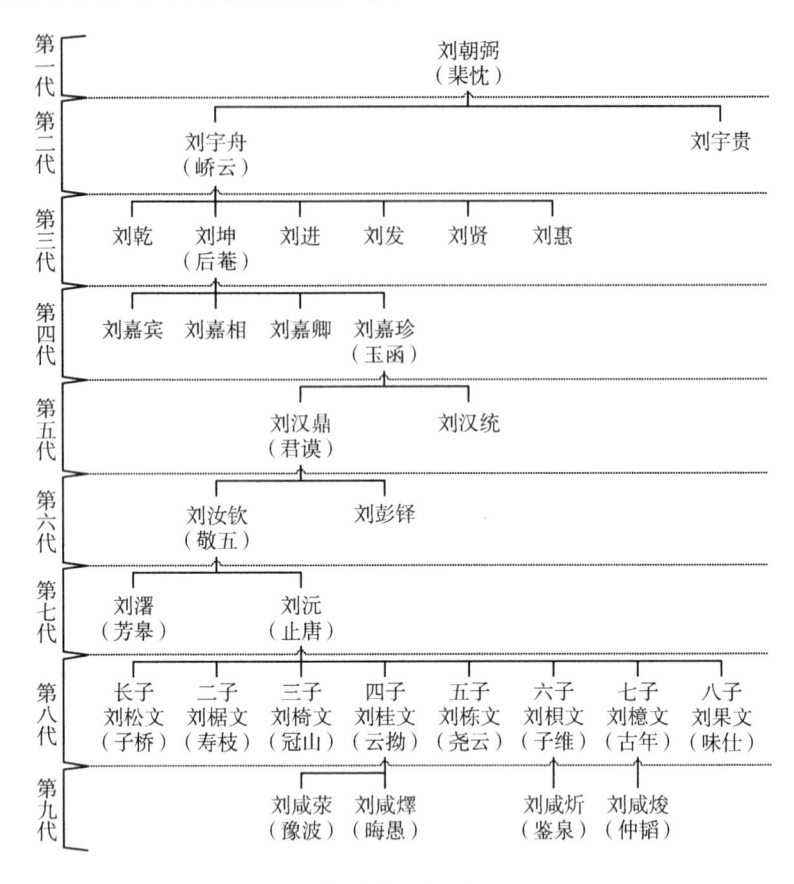

```
第一代 ─┬─ 刘朝弼（棐忱）
第二代 ─┼─ 刘宇舟（峤云）─────────── 刘宇贵
第三代 ─┬─ 刘乾 ─ 刘坤（后菴）─ 刘进 ─ 刘发 ─ 刘贤 ─ 刘惠
第四代 ─┬─ 刘嘉宾 ─ 刘嘉相 ─ 刘嘉卿 ─ 刘嘉珍（玉函）
第五代 ─┬─ 刘汉鼎（君谟）─ 刘汉统
第六代 ─┬─ 刘汝钦（敬五）─ 刘彭铎
第七代 ─┬─ 刘濖（芳皋）─ 刘沅（止唐）
第八代：
  长子 刘松文（子桥）
  二子 刘梐文（寿枝）
  三子 刘楷文（冠山）
  四子 刘桂文（云拗）
  五子 刘栋文（尧云）
  六子 刘梫文（子维）
  七子 刘檍文（古年）
  八子 刘果文（味仕）
第九代：
  刘咸荣（豫波）
  刘咸熁（晦愚）
  刘咸炘（鉴泉）
  刘咸焌（仲韬）
```

刘氏家族世系图

对于一个文学家族而言，文学创作不仅是振兴和维护家族声誉的重要方式之一，更是一个家族通过科举走向仕途的重要方法之一。清代，科举考试以八股文为盛，但文学（诗赋、策论）优劣仍然是科举录用的重要标准，及第入仕后文学创作是衡量一个人才干的重要标准，及第入仕后文学才干更是家族文学兴旺繁荣的标志。刘氏家族科举之业兴盛自刘濖起，共有进士二人，举人、贡生五人，刘氏世系和科贡如下页附表。

第一章 成都刘氏家族世系与著述

刘氏家族科贡简表

人物	时间	科举	官衔
刘濖	嘉庆元年（1796）	进士	广西郁林州知州
刘桂文	光绪三年（1877）	进士	广西梧州州府知府
刘沅	乾隆壬子（1792）	举人	国子监典簿
刘梡文	同治庚午（1870）	举人	礼部七品小京官
刘松文	咸丰壬子（1852）	举人	
刘咸焌	光绪癸卯（1903）	举人	内阁中书
刘咸荥	光绪丁酉（1897）	拔贡	内阁中书

第二节 刘氏家族诗文集编撰

家族诗文集编撰是家学传承的主要方法之一，家族成员以先人文业为基础，编撰家族诗文集，以扩大家族文化影响力。钱穆先生在《略论魏晋南北朝学术文化与当时门第之关系》中说："可见当时门第，于爵位蝉联之外，又贵又文才相继，世擅雕龙，而王氏七叶相传，人人有集，其风流文采，自足照映数百年间，而高出其他门第之上。"[1]"文才相继"和"人人有集"是家学传承的重要表现，亦是家族文化优势的体现。近年来，家集编撰越来越受到学者重视，尤其是清代家集编撰整理已经取得了显著成果，2015年徐雁平、张剑主编《清代家集丛刊》出版，2018年又在此基础上出版《清代家集丛刊续编》，为清代文学研究开辟了新路径，其中《清代家集丛刊续编》收录刘沅、刘濖诗集《埙箎集》。刘氏家族成员基本都有诗文集流传于世，我们重新梳理刘氏家族诗文集，以观刘氏家学的传承。

刘氏家集目前主要藏于四川省图书馆，其他图书馆零星散见，刘沅与刘咸炘作品经整理已分别收录在《槐轩全书》《推十书》中，其

---

[1] 钱穆：《中国学术思想史论丛》，生活·读书·新知三联书店2009年版，第185页。

17

他人员诗文集少有关注，今根据四川省图书馆古籍部藏书目录以及已出版书目信息，将刘氏家集整理如下（需指出的是，关于刘氏家族史学、经学方面的著作不在梳理范围之内）。

作者	著述	版本	馆藏
刘沅	《槐轩杂著》不分卷	同治七年（1868）扶经堂刻本	南京大学图书馆
		1928年成都刘氏致福楼刻本	四川省图书馆
	《槐轩杂著》四卷	咸丰二年（1852）虚受斋刻本	辽宁省图书馆
	《槐轩杂著外编》	同治七年（1868）刻本	武汉大学图书馆
		1928年刘咸炘整理本	武汉大学图书馆
	《埙篪集》十卷（刘沅撰《止唐韵语存》六卷、刘濖撰《芳皋弃余录》四卷）	咸丰二年（1852）豫诚堂刻本	四川大学图书馆 2018年国家图书馆出版《清代家集丛刊续编》收录《埙篪集》
		注：《槐轩杂著》四卷《埙篪集》十卷合刊于《槐轩全书》（增补本）第九、十册，巴蜀书社2006年版	2021年巴蜀书社重刻《槐轩全书》以西充鲜于氏特园藏本为底本
刘咸荥	《静娱楼诗钞》	宣统元年（1909）成都刻本	四川省图书馆
	《静娱园诗存》《娱园随笔》	光绪三十年（1904）双流刘氏成都自刻本	四川省图书馆
刘咸焌	《读好书斋诗文钞》	民国十六年成都扶经堂刻本	四川省图书馆
刘咸燡	《雍书楼诗文存》（已佚）	其诗散见于《近代巴蜀诗钞》	
刘咸炘	《推十文》四卷，《推十诗》二卷	《推十书》（增补全本），上海科学技术文献出版社2009年版	2021年巴蜀书社以2009年上海科学技术文献出版社《推十书》为底本，扫描整理重新分册，影印出版

刘氏家集编撰的核心价值是乡邦观念的体现，在刘氏诗文集中大

量记载了清代中叶到民国初期四川文化生活和社会生活的各种现象，刘氏家族成员诗文集不仅追述了家族生活状态，更重要的是记录了当时的社会状况和历史风貌，在下面章节中笔者将具体分析。这些家集对地域文化传统的宣扬起到了推动作用，同时通过对传统文化的继承，进而延展家族内部文学的传衍。因此，家集文化的研究实际是与地域文化研究紧密相关的，地方风气与地域流派在家集中得以体现，而家集本身又构成了地域文学风貌。这也是研究刘氏家族文学的意义所在。

从刘氏家族成员文集编撰的形式来看，文集均按文体体裁来编排，刘沅所著《槐轩杂著》按文体分为序、记、考、书四大类。《槐轩杂著外编》体例基本与《槐轩杂著》一致。刘咸焌《读好书斋诗文钞》、刘咸炘《推十文》均按文体编排，且文体种类更加丰富。《读好书斋诗文钞》载十种文体，分别是：铭、赞、题跋、序引、寿言、杂记、论、说、哀祭、墓志。《推十书》载：论、说、序、跋、传、记、碑志、寿颂、杂韵文、杂告语文、募疏、哀诔、书札，共十三种文体。按文体体裁来编排文集是清代文集编撰的主要形式之一，由于清人对文体的认识越来越重视，古代文体发展到清代种类也逐渐繁多，按照文体来编排文集，从文集体例来讲更加清晰明白，具有可查阅性和归纳性。家族诗文集的编撰为家学传承提供载体，家族后人往往视家族诗文集为标准和榜样，在诗文创作过程中，大都参考先人诗文集之体例和内容。家族诗文集在体例上基本一致，在内容上也有相似之处。刘氏家族诗集编撰则均按年代进行编排，按年代编排诗集能体现诗歌诗史的作用，也能体现诗人诗技精进的过程。家族诗文集的编撰既彰显了家族文化的优势，又为家学的传承提供了保障，使传承家族文学成为家族成员的自觉行为，极大地促进了家族文化建设。

小　结

刘氏家族自明末清初从湖北迁入四川，最初以农起家，转而习儒，在清代中期逐渐成为文学世家。其原因有二。一是家学传承渊源。刘氏始祖在迁入四川之后，很快融入四川环境，并从农耕起家转向习儒。清初移民入川虽经官方号召，但大部分都是自愿行为，刘氏家族发展到刘汉鼎时期已是"瞿上望族"，这对刘氏家族在清中叶时期的崛起起到了至关重要的作用。刘氏家族从刘嘉珍起就潜心儒学，刘沅曰："先世三代苦学，颇有渊源，岂愚小子能乎？"① 所谓三代苦学即是指刘嘉珍、刘汉鼎、刘汝钦三世儒业。刘氏家学重视易学，这与蜀人好易也有直接联系。"传易"成为刘氏家学传承的重要表现之一，刘沅、刘咸炘的学术思想均建立在对易学的继承之上。二是重视科举。自清初战乱结束、实现统一，成都就恢复了乡试，四川地方大吏就开始规划并重建官学、书院和义学，开始着手恢复传统教育，重视科举。② 科举自然成为地方世族光宗耀祖的重要模式。刘氏家族的科举之业是在清中叶时期逐渐兴盛的，清嘉庆到宣统时期，刘氏一族获得一门二进士三举人的佳绩。重视科举一方面促进了刘氏家族的壮大，另一方面则强化了刘氏家族成员的文学素养。诗艺不精、文艺不专都难以在文场上胜出，因此，重视科举是刘氏家族成为文学世家的必要条件。但刘氏家族又与一般的科举世家不同，家族成员在入仕之后，大都下第归来，成为家族书塾的塾师，在教书育人的过程中将家族学术发扬光大。刘氏家族诗文集的编撰，是刘氏家族成员通向科举的重要媒介工具。同时，家集的编撰与地域文化息息相关，地方风气与地方流派对家集的编撰有影响，然而家集本身又承载着地方文化。所以，对刘氏家集的整理有助于我们进一步了解地域文学的发展。同时从体裁与内容方面来看，家集都趋于一致，家族成员以先人文业为基础，编撰家族诗文集，以扩大家族文化影响力，体现出刘氏家族家学的传承。

---

① （清）刘沅：《子问》卷二，《槐轩全书》（增补本），巴蜀书社2006年版，第3879页。
② 参见张莉红、张学君编《清代成都的教育》，《成都通史》，四川人民出版社2011年版，第362页。

第二章　刘氏家族文学的血缘性联系

在上一章中，我们已对刘氏家族成员和刘氏家集有了基本了解。如果说家集是刘氏家族文学的具体表现，那么刘氏家族家风、母教、血缘则是家族文学的内在动力。家族文学研究绕不开"文学"与"家族"的深度关联，罗时进在《家族文学研究的逻辑起点与问题视阈》中说过："家族文学研究其逻辑起点在于'文学'和'家族'的深度关联性。正是这种深度关联性形成了文学与家族长期的同向并轨发展，在这一过程中，文学与血缘、地域相关联，催生出具有文化意义的家族性文学共同体，并产生了丰富的创作成果。"[①] 基于此，这一章我们将从家风、家学、母教联姻与家族私塾四个方面来谈刘氏家族文学与家族血缘的关联。

第一节　刘氏家风与家族文学

一个家族的兴衰与家庭教育有着紧密联系，家庭教育是家族文化传承的重要途径，家训文献是家庭教育的重要载体，又是家族文学的具体表现，它汲取儒家经典之精华，又结合本家族特点，对和睦家庭、稳定社会起到了十分重要的作用。早在先秦时期，《尚书》中的《无逸》《康诰》诸篇就是训示子弟的文献。魏晋时期，家训文献发

---

① 罗时进：《家族文学研究的逻辑起点与问题视阈》，《中国社会科学》2012年第1期。

展迅速，出现了被誉为家训鼻祖的《颜氏家训》，《颜氏家训》不仅是颜氏历代先祖家风建设的体现，还是儒家经典释义的反映，更是魏晋时期文学自觉的表现。这一时期，家训文献逐渐进入了文学的视角。从体裁上看，有专论、家书、诗歌、遗命、专著等形式。从内容上看，除了阐发治家做人的道理，还有对家族文化观念和学术内涵的反映。宋元明清是家训文献发展的成熟时期，在内容和形式上都达到全盛，家训自然成为家族文学的一种表现形式。

一 刘氏家训创作

在刘氏家族成员的诗文集中有大量与家法相关的文学作品，其中，《豫诚堂家训》《蒙训》是重要的家训文献，前者是家族成员为人的准则，也是家族得以发展与维系的重要伦理行为和礼仪规范准则，它是家族成员的精神徽记。后者则是家族成员启蒙教育的重要文献。

（一）《豫诚堂家训》的儒学意蕴

《豫诚堂家训》为刘沅所作，其主要内容是对家族弟子的道德化育和人格培养，具体内容如下：

> 天理良心，人之所以为人。宽仁厚德，覆载所以长久。昧良悖理，不得为人。褊心小量，安能合天。得天理以为人，天地故为父母。父母才有我身，父母故同天地。欺堂上父母易，欺头上父母难。一念欺天，即为不孝，一念欺亲，得罪于天。修道以谕亲，尊父母如天地也，尽性而参赞，事天地如父母也。孝在修德，德在修心。移孝可以作忠，只为不欺不肆。静存始能动察，必须毋怠毋荒。犯了邪淫，便是禽兽，喜欢势利，定成鄙夫。保养作善，即守身诚身之义，知非改过，为希贤希圣之门。人生如梦，修善修福方长。大道难逢，父教师教为本。自心抱愧，说甚夫纲父纲。作事不真，怎样为臣为子。治天下无多术，养教周

全。学圣贤有何难,恕道便好。勤职业,修心术,何患饥寒,贪财色,乱人伦,必戕身命。弟兄以仁让为主,正家以夫妇为先。饱煖平安,是为清福,温良恭俭,到处春风。读书要读好书,凡事必宗孔孟,作人要作好人,时刻敬畏神天。善为儿孙,积财不如积德。多行巧诈害已,安能害人。先代格言甚多,在乎身体,圣人事业何在,必先正心。私欲去而聪明始开,致知故先格物,念头好而是非分明,实践乃为诚意。养心养气,小效亦可延年,成己成人,功夫全在大学。道须深造,功在返求。在上不正其趋,人才从何而出。伦常本于心性,故曰一以贯之。学业骛于浮华,所以万事堕矣。戒之勉之,庶乎不替祖训。[1]

《豫诚堂家训》运用儒家思想对子孙后代进行训诫,在具体内容上显示出明显的儒学烙印,尤其是儒家的仁、义、孝、悌等思想,成为世家大族训示后世子孙的基本规则,具体来看,体现在两个方面。

一是在教子立身方面注重个人品德修养的锤炼。"修身、齐家、治国、平天下"是传统儒学的基本思想,这也是明清家训文学的中心思想。作为家训作者刘沅自身有深厚的儒学修养,他著《十三经恒解》是秉承了宋代理学思想,以义理来阐释经典,他是明清之际四川能治通经的重要人物之一。在教谕后代时刘沅将修身放在首位,注重对子孙品德修养的培养,《豫诚堂家训》开篇即指出做人准则是天理良心,宽仁厚德,这正是孔孟之道的精髓。在刘沅看来人是得天之理以为人,所谓天就是自然界,所谓天理就是自然界的根本道理,即是宽仁厚德。家训有维持家庭结构伦理道德持续发展的作用,传统的家训向来与儒家思想密不可分。儒家思想中的修身齐家理论在家训中得以体现,《豫诚堂家训》开篇提出做人的准则"天理良心,宽仁

---

[1] (清)刘沅:《槐轩杂著·豫诚堂家训》,《槐轩全书》(增补本),巴蜀书社2006年版,第3473页。

厚德",就是强调教育子弟要坚持儒家的核心思想——仁爱,为人应先修身,在修身的基础上齐家。

二是在睦亲治家方面注重家庭伦理秩序的建立。睦亲治家是我国传统家训的另一个重要内容。在达到"治人"的目的后,"治家"是维持家族兴盛的重要步骤。所谓睦亲,是指如何处理好家庭成员之间的关系,从而建立起和谐、有序的家庭伦理秩序。家庭伦理秩序的建立离不开"孝亲"。"孝"在中国文化中占据重要地位,在多部儒家经典中都宣扬"孝亲"思想,到战国末年更是出现了以《孝经》命名的专门著作,对儒家孝文化进行了系统阐释。在《豫诚堂家训》中第一孝道就是谕亲,孝敬父母,有父母才有子女,尊父母如天地,"孝在修德,德在修心",只有建立起长幼有序的家庭关系才能确保家族势力的不断强大。"悌"是"孝"的延伸,指敬爱兄长,多指家庭内部平辈之间相互友爱。《豫诚堂家训》指出兄弟要以仁让为主,兄弟之间同声共气才能有利于家族和睦关系的维持。在家庭关系维系中,孝悌主要是指血缘关系,而由血缘关系推衍至非血缘的夫妻关系,也是维系家庭关系的重要一环。《豫诚堂家训》提出夫妇正家以夫妇为先,夫妇和顺是夫妻关系的准则。这与儒家思想认为夫妇为人伦之始,"夫妇人伦之始,王化之端","夫妇之道,所谓顺也"。[①]是一致的。

劝学是家训中的又一大主题,《豫诚堂家训》劝诫子弟读书为学,包括读书方法,读书要"读好书",这里的"好书"是指读儒家经典;读书的目的是"作好人",这里的"好人"是指要宗孔孟、畏天神。

这篇家训文与以往载入族谱的家训相比,其文学性明显增强,突出表现在语言和情感上。一般家训文以四言为主,短小精悍,便于子

[①] (南朝宋)范晔撰,(唐)李贤等注:《后汉书》,中华书局1965年版,第2052、2053页。

孙牢记。而《豫诚堂家训》以四六言为主，从体式上看，构成了骈文的体式，四六句的形式可增加家训内容，使说理更充分，同时，四六言要求押韵更体现了刘沅的骈文功底。从情感上看，一般家训多是长辈训诫晚辈，语言多为语录体，具有威压性。而《豫诚堂家训》以骈体文的形式开始，这样的文体更易包孕情感于其中，体现了刘沅对子孙的殷切希望之情。刘沅之孙刘咸荥为《豫诚堂家训》做过注释，注释内容一方面是对家训内容进行文意疏通，另一方面则是征引经典说明家训与儒家思想的关系。如："天理良心，人之所以为人。"注释如下："人受天地之中以生，中者天地纯一之气，故得之而为至良，干阳布化。坤道承天，人必行天之道，心天之心，乃能成人。引证《诗经》：天生蒸民，有物有则。《管子》：道之在天者日也，其在人者心也。《孟子》：人之所以异于禽兽者几希。《荀子》：形具而神生。"[①]

《豫诚堂家训》作为刘氏家族成员做人的准则，要求子孙传承儒家思想，孝悌于家，遵守家礼、读书入仕。这些要求让家族成员养成了孝悌恭让、勤学重教的家风。

(二)《蒙训》内容及其文学价值

《蒙训》实际是刘氏私塾的教科书。清代四川私塾和书院已经非常普遍，李铁夫在《私塾回忆》中提到仅叙永县在清代就有两所书院：丹山书院和蓬莱书院，私塾更是遍及各乡镇县。[②] 各个私塾在开设课程时，除了四书、五经是必读书目，还有大量儿童、民间读物。当时儿童读物主要分为以下几类。第一类，专门灌输封建道德伦理思想，具体阐述三纲五常、孝悌忠信，被封建统治阶级视为"六经之羽翼"，如《三字经》《女儿经》《小学韵语》等。第二类，识字书，最通行的是《百家姓》，只有姓氏，不成语法，目的只在识字。第三类，

[①] 刘咸荥：《豫诚堂家训注释》，成都守经堂刻本，第825页。
[②] 参见李铁夫《私塾回忆》，《四川文史资料集粹》卷四，四川人民出版社1996年版，第406—407页。

历史书，如《四言鉴》《五言鉴》《七言鉴》，主要是将中国各个朝代的顺序排列出来。第四类，艺文类书，特为儿童选辑作示范的诗集《千家诗》。第五类，人情世故书，《增广贤文》，教人如何处事做人。①《蒙训》实属第一类与第二类的综合，《蒙训》序言曰："童子初识字，俗沿教以《三字经》，亦为简明，但惟导以求名，殊非圣人养正之道。因书此以训儿曹，不敢告天下也。道光甲辰春月，止唐书，时年七十有七。大清道光廿四年（1844）。"②在刘沅看来，《三字经》虽简明，但主要目的是求名，难免舍本求末，与圣人养正之道有别，因此，刘沅作《蒙训》，在《三字经》的基础上进一步讲圣人之道，其内涵比《三字经》更丰富，同时，《蒙训》又作为识字教科书，涵盖了儿童读物的基本认知知识。

《蒙训》主要内容有基本数字认读，"一二三四五，六七八九十，百千万亿名，数目从斯积"③；自然现象的认识，"天地日月星，风云雷雨雪，霜露冰电霞，造化之功烈"④；古人的五行认知，"水火木金土，五行须当识。相生生不穷，相克克不竭"⑤；传统的道德规范，"仁义礼智信，为人当体贴。慎之在一心，言行要修饬"⑥；德智体的全面发展，"却病又延年，才好立功业。功业要从心，静存当洞察。静养未发中，动循天理则。正心乃修身，齐家而治国"⑦；民为本的重要思想，"民命系天心，时时要儆惕。从古多圣人，万民都关切"⑧；儒家经典的赏读，"《诗》《书》《易》《春秋》，孔子所删辑。三礼首周官，礼记多残缺。仪礼汉人编，与圣多不协。能知圣人心，才解圣

---

① 参见张秀熟《清末民间儿童读物》，四川省政协文史资料委员会编《四川文史资料集粹》第四卷，四川人民出版社 1996 年版，第 395—397 页。
② （清）刘沅：《蒙训》，《槐轩全书》（增补本），巴蜀书社 2006 年版，第 4019 页。
③ （清）刘沅：《蒙训》，《槐轩全书》（增补本），巴蜀书社 2006 年版，第 4020 页。
④ （清）刘沅：《蒙训》，《槐轩全书》（增补本），巴蜀书社 2006 年版，第 4020 页。
⑤ （清）刘沅：《蒙训》，《槐轩全书》（增补本），巴蜀书社 2006 年版，第 4020 页。
⑥ （清）刘沅：《蒙训》，《槐轩全书》（增补本），巴蜀书社 2006 年版，第 4021 页。
⑦ （清）刘沅：《蒙训》，《槐轩全书》（增补本），巴蜀书社 2006 年版，第 4021 页。
⑧ （清）刘沅：《蒙训》，《槐轩全书》（增补本），巴蜀书社 2006 年版，第 4023 页。

第二章　刘氏家族文学的血缘性联系

人籍"①，以及历史演变的总结，"尧舜禹汤文，武王同一辙，二帝与三王，万古之圭臬。夏以妹喜亡，商以妲己灭，周家八百年，秦皇袭基业"②，等等。《蒙训》中还提及了对后辈文学才能的培养："培养尚可风，文武多贤杰。表表文文山，从容全大节。近人重词章，词章何可蔑。忠孝为本源，文章光日月。诗以道性情，天籁岂容闭。"诗以道情，文以为忠孝，这是刘沅总结出的诗文之法，这对后世家族成员文学创作有一定指导作用。在文章的结尾刘沅谈到学习之法："多见与多闻，是非当择别。必有圣贤师，人材始超轶。四子并六经，义理多详晰，此外广见闻，其中多谬说。若不辨瑕瑜，人心反滋戚。为此告童蒙，戒之宜勉力。"③ 学习必须做到博学、审问、慎思、明辨，取其精华、去其糟粕，可谓言之谆谆，情之切切。

《蒙训》不仅内容充实，而且韵律和谐，方便儿童背诵和学习。《蒙训》使用的大都是仄声韵脚，如上引文中"十、列、雪、烈、识、竭、贴、饬"均为古入声字，而古入声字现已归入阴平、阳平中，在成都话中，多把古入声字读为阳平，因此，用成都话来读《蒙训》，能更清楚地掌握它的韵脚，这也是一篇具有地域特色的儿童启蒙读物。用入声字押韵，难度较大，但刘沅在《蒙训》一文中却处理得非常好，能充分体现方言的音乐美，作为地方儿童读物，《蒙训》是可以歌唱的，这为儿童掌握和了解知识提供了极大的便利。

除了《蒙训》作为基本启蒙读物，刘沅又著《示门人诸子杂书》七十七则，主要讲修身之法。刘沅曰："寡过修身非一时之事，终身制事也。特患不得入手功夫，既闻其法，即至诚永矢，常常偷闲静坐，坐时一念不起，存想虚无景象。或有当言、当行。当应酬之事，须审慎而为，顺理而言，言无后悔；顺理而行，行无疚心，事过即丢开，勿放在心间缠绵不释。常念人生在世，大道难逢，光阴有限，今

---

① （清）刘沅：《蒙训》，《槐轩全书》（增补本），巴蜀书社2006年版，第4023—4024页。
② （清）刘沅：《蒙训》，《槐轩全书》（增补本），巴蜀书社2006年版，第4024页。
③ （清）刘沅：《蒙训》，《槐轩全书》（增补本），巴蜀书社2006年版，第4027、4029页。

幸得入到修身之法，何等缘分，心常欢喜。又想我前世今生，少修功果，今受穷苦，又愚蒙，将来不知如何结局，今幸修身有径，从此日日寡过，苦心为善，天假之年，必不至死于饥寒。此大概修心法也，力行之即佳。"① 刘沅所言修心法即是修身法，他在文中具体阐释了修身之法，概括起来有以下几点。

静养心性。刘沅曰："圣贤之学，静养心性，实践伦常而已。心为万事之主，而非至静至明，则不能为善去恶。静养之功，以至虚至静为主，然平生罪戾不除，现在日用言行一有不慎，则心放而气不静，故集义始能生气。此理至微而入手，功夫又觉甚浅，所以贤知过，而愚不肖不及也。尔当刻刻省身，勤勤改过，多为善以培阴功，善诱人以广德行，不可苟且草率尝之，道远难以笔罄，要在至诚笃信而已。"② 其要义是静心养性，净化自己的思想，以德广行，至诚笃信，时刻反省自我，心存善念。

读书养性。刘沅曰："读书非止为功名，世事尽在于书，考古乃能知今，明其礼义，以行其正道，不与世俗浮沉，方可为一好人，传家教子，而功名亦在其中矣。"③ 读书不完全是为了出仕，而在于修身养性，世间万事即在书中，明其礼，行其正，是读书之法。

言行一致。刘沅曰："'言忠信，行笃敬'二句，实心力行，不特欺肆日少，即福德日增矣。今人只把圣贤言语作文，不身体力行，所以得志亦无功业，废学去作农商，更难觅衣食之足。不知圣言天口，践圣人之言，便合了天理，只要真心长久，天岂有不栽培者。"④ 其要义是言行一致方可立功业。

如果将《蒙训》作为刘沅训子的知识启蒙读物，那么《示门人诸子杂书》则是训子的思想启蒙读物。心性论在刘沅的思想体系中

---

① （清）刘沅：《槐轩杂著外编》，1925 年刘咸炘整理本，第 160—161 页。
② （清）刘沅：《槐轩杂著外编》，1925 年刘咸炘整理本，第 159—160 页。
③ （清）刘沅：《槐轩杂著外编》，1925 年刘咸炘整理本，第 161 页。
④ （清）刘沅：《槐轩杂著外编》，1925 年刘咸炘整理本，第 162 页。

占有重要地位，其主要体现还是儒、释、道三家思想的融合。刘氏家训对刘氏后代子孙影响非常大，刘咸炘在尚友书塾任教时反复强调《豫诚堂家训》的重要性，并从家训中总结出具体的个人修养之道："行遵经训条目，自有专书，先哲嘉言，择览以资警省。各记功过综核表，分存养、省察、伦常、利济、职业、世务六目。责功讼过，务在不欺。尤须先守浮、躁、夸、佻四戒，避恶习，省交游。"① 直至今日，刘氏家训依然在发挥作用。②

二 刘氏家法在文学作品中的呈现

述祖德诗文是家法在文学中的主要表现，用诗文的形式来述祖德，又以述祖德来诫勉后代子孙。述祖德类作品出现得很早，《离骚》开篇"帝高阳之苗裔兮，朕皇考曰伯庸"，即是对祖德的叙述，魏晋之时，述祖德名篇屡见不鲜，如蔡邕《祖德赋》、潘岳《家风诗》、陆机《祖德赋》、谢灵运《述德诗》等，这一时期是述祖德文学创作的第一个高峰期。这与魏晋门阀制度有关，自门阀制度以后，世人对家族门风观念越来越强，因此，唐以后述祖德的题材创作经久不衰。从形式上看，述祖德作品可分为两类，一是专门述祖德的诗文；二是主题虽不是述祖德，但夹杂了大量述祖德内容的诗文。从内

---

① 刘咸炘：《授徒书》，《推十书》（增补全本）己辑，上海科学技术文献出版社2009年版，第386页。

② 刘佩瑛，刘咸荣之孙，刘佩瑛早年毕业于四川大学农学院园艺系，1947—1949年，毕业于美国密执安大学研究生部，回国后到西南农业大学园艺系工作，其《刘佩瑛文集》记载："我练字和作业都是在屋檐下小方桌和小竹凳上进行，面对着的就是《家训》石碑。石碑家训为高祖亲笔所写雕刻而成，其内容体现了高祖的思想和做人的基础，也是教育和要求后代做人的准则。因此，除人手一本拓本外，还天天面读，至今还能背诵最前面最重要的几句，如'天理良心，人之所以为人；宽仁厚德，覆载所以长久；褊心小量，安能合天……'后面还有如何对待父母、兄弟、邻里等'温、良、恭、俭、让'的儒家传统。当时因年幼对高曾祖所写的这些带哲理的《家训》内容难以理解，可是以后我一直不忘这些祖训，遵循'做人要有天理良心，待人要宽仁厚德'，几十年来饱经风霜，历尽坎坷，仍能泰然度过，与《家训》这样做人的思想和态度是分不开的。"

容上看，述祖德作品主要是再现先辈德业，以此勉训后辈，可见述祖德的内容正是家法门风的体现。在刘氏家族文学中亦有这样的文学作品，刘咸炘的募捐文《井研建刘止唐先生祠募捐启》：

> 自昔大师名儒，明道传学，其弟子门人相聚讲习之地，每为建祠，盖以显师范，便友会，不必其生长居游过化之地也。双流刘止唐先生教泽遍全川，井研之人亦早及其门，迄今百年，再传三传，日以加多。而千佛场王氏父子兄弟，皆学于先生。先生第六子子维先生，则王氏婿也。今王氏子孙与同人觅地于场侧大乘山，议建祠宇祀先生，配以子维先生及王竹坡先生，兼书兴建议举，亦先生之教也。惟是县地瘠隘，财力不充用，敢具册敬募四方同道之朋，捐金助成，广先生之教泽，结一方之善举。想同道所乐为也。①

这篇文章虽然是一篇募捐文，但在文中不仅陈述止唐公之德行和造诣，还宣扬了外家王氏的善德，具有扬振家风之用。刘咸炘另作诗《闺谭》，向妻子吴氏述祖德：

> 刘咸炘有妇五月矣，策以承亲，喻以偕隐，虑久而谖，歌以永之。
>
> 皇皇吾三祖，穆穆吾严亲。煦煦吾两母，蝉焉到吾身。恒恐外来者，漓我真气淳。昊天善成就，与卿为婚姻。忆昔却扇时，垦欵属天伦。答言凤所学，勿用烦谆谆。询卿何嘉名？四五娓缕陈。独喜承与顺，佳谶当共珍。斯言果不迂，趋跄警昏晨。得欢每自幸，分谊知齐均。我生愧不孝，怠忽增亲嗔。补过定何日，

---

① 刘咸炘：《推十文》，《推十书》（增补全本）戊辑，上海科学技术文献出版社2009年版，第588页。

第二章 刘氏家族文学的血缘性联系

所望无他人。我母谓汝温,惹我生骏顿。我兄勖我和,同汝书鼙绅。吾家仗先德,入门有良因。我母学祖母,闱内亦传薪。欢心要遥接,精意永明礼。古言学舅姑,况有道可遵。缘信卿所知,何必吾斳斳。勖卿勿白小,我想飞高辰。高志非外铄,真隐古何希。儿女委琐情,绊之不得飞。中垒传列女,莱惠先表微。岂必姜与子,《衡门》爱乐饥。《北门》忧殷殷,人室遭摧讥。一样巾帼流,芳臭何相违。我生骨不媚,自分终柴扉。幸无墦间羞,怕结千生靰。遇汝有灵根,知我甘啖肥。胜彼考槃者,弗告徒翘希。嘤鸣在闺闼,风雨长相依。卿知我喜否,怀哉共所归。生小受祖训。稍长诵孔书。戴记昏义篇,三复口为瘏。常怪眼中人,闺闼何姝姝。爱则畏若虎,恶则贱若奴。不敬何以别,将毋似狸狐。诉合在同志,匪为形荣枯。兄弟譬其恩,朋友譬其孚。由礼爱不慢,写素敬不疏。大任须共肩,有佛亦有喻。我知我不言,欲言复嗫嚅。知者厌我聒,昧者笑我迂。喜卿诵先典,好恶亮不殊。可言不与言,欲向谁言乎?我言增嗟吁,鲁国无多儒。

此摹龚似矣。词腴笔健,紧而不涩,是进境,意亦善。[1]

诗题《闺谭》"谭"当通"谈",是刘咸炘新婚之后与妻子的一次交谈。在诗中,刘咸炘介绍了自己的家世,讲到个人性格。诗后刘咸炘自注是模仿龚自珍的诗歌而来。诗歌开头述祖德,刘咸炘言"皇皇吾三祖"应是指从曾祖父刘汝钦、祖父刘沅、父亲刘梖文三代。曾祖父刘汝钦尚《易》,祖父刘沅继之,并进一步发展为先天后天之说,父亲刘梖文传其家学,宣扬刘沅学术。其次讲母教,刘咸炘言"煦煦吾两母"即是指生母吴氏和养母王氏,刘咸炘与养母王氏感情深挚,王氏去世,刘咸炘作《先妣行述》悼念亡母,言传母教

---

[1] 刘咸炘:《推十诗》,《推十书》(增补全本)戊辑,上海科学技术文献出版社2009年版,第637页。

实际是希望吴氏向母亲学习。"我母学祖母,阃内亦传薪"更是说明刘氏家族姻亲关系和睦,刘咸炘希望妻子也能继承家教。"我兄勖我和,同汝书罄绅"是对刘氏家族兄弟情的概括,刘咸炘与刘咸荥、刘咸焌、刘咸燡有很深厚的兄弟情,在他们的诗文集中有相互唱和的诗歌和传文,记载了他们的兄弟情。最后刘咸炘向妻子讲述了个人性格和喜好。这首诗不仅是述祖德,更是刘氏家族家风的宣扬,刘咸炘之所以要将家风家训讲给妻子听,是希望妻子也能有好的品德,能与自己志同道合、风雨相依。诗歌创作完毕,刘咸炘自我点评为"词腴笔健,紧而不涩,是进境,意亦善",可见他对这首诗作颇为满意,认为在用词方面丰腴,笔墨刚健,诗歌叙述内容紧凑而不拖沓,意境精进,诗意完善。

刘咸荥有诗《述祖德诗并序》:

《礼》云:显扬先祖,所以崇孝。(荥)实不孝,而祖德不可忘,著诗六章用以追远。先祖常言道在伦常,圣人尽人可为。

今我言述祖,健行取诸乾。诞生云栖里,双江水回旋。抗心孔孟后,稽古商周前。粹然称儒者,钦仰穷高坚。文章丽日月,造化参入天。兹事诚体大,岂曰空谈玄。大道在伦纪,家训言孔宣。无知语神怪,诬蔑孰甚焉。

先祖性至孝,春闱不第,归而事亲,授湖北天门县知县,不仕,合刊先伯祖芳皋公诗为《埙篪集》,祖祠树碑,刻《豫诚堂家训》,有一念欺亲得罪于天之语。[①]

这是一首较为典型的述祖德诗,前有序后有跋,序文引《礼记·祭统》之言说明写诗意图,即是显扬先祖。诗歌开头四句报家事渊源,后面部分主要叙述先祖不仅习儒,而且学问精湛,以道为伦

---

① 刘咸荥:《娱园随笔》,光绪三十年双流刘氏成都自刻本。

纪，编写《家训》宣扬孔孟之言。跋文则记载刘沅下第归来侍母之事，并记录了刘沅与刘潨编撰《埍箎集》之事。

刘咸荥又有《先祖列国史馆儒林传》一诗：

> 高文照蓺阁，渊源思汉都。国史儒林传，黼黻光皇图。洪惟我先祖，天人执其枢。著书八旬外，精神安以舒。动静观物变，理气探元初。礼仪勤耕种，经训为菑畬。博览惧庞杂，冥索愁空疏。独述千秋业，旁及四库书。群言任淆乱，为圣其衷诸。纵目营八表，咋舌笑小儒，名山垂日月，天许留嘉谟。①

刘沅被列为《国史馆儒林传》是刘氏家族成员引以为豪的事，家族成员写诗颂扬此事。述祖德诗文一方面是为了宣扬祖德，另一方面则是为了勉励后代子孙。在刘咸焌的诗歌创作中，有些以教育子女为主题的诗多谈到祖训、家法，这类诗作则是通过颂祖德来勉励子女。

《看鸽偶成以示诸儿》：

> 儿曹饲鸽鸽性淫，堕落为禽便如此。祖训煌煌存几希，偶然饲鸽供游戏。茂育堂前春意多，本为作育仁材地。家塾开，叔父旨，先意要承方可取，毋荒而嬉，毋作而止，教之以正当如是，嘻饲鸽之乐已极矣。
>
> 祖训遥承读好书，书田无税自耕锄。同科兄弟深培植，还忆当年复性初。
>
> 我之弟子尔之师，抗礼应殊北面时。尔若为师还似此，我于求友敢先施。槐荫当阶家训悬，遗经一箧展连篇。杏坛以岂为探重，且喜春光到眼前。

---

① 刘咸荥：《娱园随笔》，光绪三十年双流刘氏成都自刻本。

> 世变频经得瓦全，豫诚家法训蒙篇。读书稽古真吾事，甲子重周百廿年。①

《题柳诚悬贴付但儿用前付两儿贴原韵》：

> 学书须识正心难，物蔽都因耳目官。七月之无根凤慧，一生固有广诸端，阿兄渐长非元季。乃父将衰敢鲍桓，家法集贤人品重，金銮曾向殿中看。②

前一首诗以儿辈饲鸽起兴，教训儿辈要继承祖训读好书，做"好人"，更要延续科举之业，不能玩物丧志。虽是教育子女实际也在宣扬家族科举兴盛。后一首诗为儿辈讲明学习之法，强调学书路径中家法的重要性。

综上所论，刘氏家训文学不仅体现出儒家"仁义礼智信"的核心道德教育观，而且在强化个人品德、家庭美德、社会道德等方面确实起到了训示作用。作为文化世家的刘氏家族将家训与文学联系，延伸出相关的述祖德诗文，不仅强化了家训的作用，还对文化家族的延续起到了重要作用。

第二节　刘氏家学与家族文学

"家学"之称谓，主要指三方面的内容。一是指汉魏时期家传经学，如《后汉书·孔昱传》云："昱少习家学，家学尚书。"③ 二是指唐宋时期家传各类学术，至唐宋，"家学"概念逐渐扩大，除了指

---

① 刘咸焌：《看鸽偶成以示诸儿》，《读好书斋诗文钞》，民国十六年成都扶经堂刻本。
② 刘咸焌：《读好书斋诗文钞》，民国十六年成都扶经堂刻本。
③ （南朝宋）范晔撰，（唐）李贤等注：《后汉书》，中华书局1965年版，第2213—2214页。

第二章　刘氏家族文学的血缘性联系

家传经学，内容还扩延至史、子、集的中国古代学术。三是指明清时期出现在"私学"中的"家学"。我国学制历来有"官学"和"私学"之分，"官学"指朝廷、官府所设立的学校，如国学、太学等。而"私学"的种类有私塾、蒙馆、家学等。到了清代，"家学"普遍是从"私学"中产生和发展起来的。不管"家学"的内容发生怎样的变化，它所遵守的一个准则是不变的，即家族世代相传。清代成都刘氏家族家学有两个显著特点，即尚易与重史。这与四川特有的学术"蜀学"有着密切联系。"蜀学"是一个开放的体系，包含内容广泛，发展时间贯穿整个中国古代历史时期。蜀学在发展过程中就有重易好史的特点，这直接影响了刘氏家学的形成。

一　刘氏家学起源于蜀中易学

蜀学在历史发展演变中，逐渐形成了重易和好史的特点。刘咸炘在《蜀学论》中说："大易之传，蜀为特盛。"[①] 他又说："统观蜀学，大在文史。"[②] 总结了蜀学的两大特点，这两大特点对刘氏家学的形成有着至关重要的作用。巴蜀之地，自秦汉之时就有易学繁荣的传统。关于易学的发展，刘咸炘有较为详细的论述：

> 学在六艺，经首三圣，《大易》之传，蜀为特盛。商瞿北学，尚曰传疑（宋祁谓瞿为蜀人，杨慎言《世本》作"商瞿上，居瞿上，故名"。而今所见群书引《世本》无此语）。赵宾异说，孰为疏证（《汉书·儒林传》载赵宾说"箕子"为"荄兹"，云授孟喜。又载喜诈言田王孙且死，枕喜膝，独传喜。同门梁邱贺疏通证明其伪）。大义精于君平（成都严遵，《华阳国志》言"专

---

① 刘咸炘：《蜀学论》，《推十书》（增补全本）戊辑，上海科学技术文献出版社2009年版，第493页。
② 刘咸炘：《蜀学论》，《推十书》（增补全本）戊辑，上海科学技术文献出版社2009年版，第495页。

精大《易》"），而诸儒多沿施、孟（《范书》载：绵竹任安受孟氏《易》，梓潼景鸾治施氏《易》）。《象》数亡于唐《疏》，而李氏独罗虞、郑，汉《易》复兴，资州之功胜也（唐资州李鼎祚《周易集解》）。宋有谯定（涪陵人，今涪州），出郭囊氏（亦蜀人，定又受教程颐），私淑程、邵。冯、张继美（恭州冯时行，与邛张行成得定之传，张著《皇极经世索隐衍义》，恭今叠溪营）。来崛起于穷山，犹冥搜而合执（明末梁山来知德著《易》，专言错综，近汉儒）。卫嵩《元包》（北周成都人），上继《玄》杨。苌宏执数（《淮南·汜论》云："苌宏，周之执数者也"），下启天纲（唐成都袁天纲，多术数书）。盖汉师多通术数，故源远而流长。《义海》百卷，博莫如房（宋房审权，书今佚，惟存李衡《撮要》）。酱翁、箧叟，以程、袁彰。（二程得学于成都，治箧籦叟，袁道洁得学于邛、眉间卖酱薛翁，开永嘉一派）。《易》学在蜀（伊川语），如诗之有唐矣。[①]

刘咸炘梳理了巴蜀地区易学在汉至唐宋时期的发展，他指出，易学在蜀出现了两次高峰，一是汉代，蜀人赵宾、严君平"专精大《易》，蜀人颇受其教"。据《华阳国志》记载："严遵，字君平，成都人也。雅性淡泊，学业加妙，专精大《易》，耽于《老》《庄》。常卜筮于市，假蓍龟以教。与人子卜，教以孝；与人弟卜，教以悌；与人臣卜，教以忠。于是风移俗易，上下兹和。日阅数人，得百钱，则闭肆下帘，授《老》《庄》。"[②] 严遵精研易学，虽未相关易学专著，但常在成都集市卜筮。"君平卜筮"后来成为成都特有的人文景观，刘濖有诗记之："君平卜肆有谁如，万里桥头即隐居。敢借六爻争得失，凭将八卦定盈虚。帘前岁月人间市，笔底星辰上界书。最爱峨眉

---

① 刘咸炘：《蜀学论》，《推十书》（增补全本）戊辑，上海科学技术文献出版社2009年版，第493—494页。

② （晋）常璩撰，刘琳校注：《华阳国志校注》，巴蜀书社1984年版，第761—762页。

第二章　刘氏家族文学的血缘性联系

山外月，天心窥破古皇初。"① 与严遵同一时期的巴蜀易学家赵宾，其易学成就见《汉书·儒林传》："蜀人赵宾好小数书，后为《易》，饰《易》文，以为'箕子明夷，阴阳气亡箕子。箕子者，万物方荄兹也。'宾持论巧慧，《易》家不能难，皆曰'非古法也'。云受孟喜，喜为名之。后宾死，莫能持其说。"② 可见，早在汉代，成都地区易学就已兴盛发达。

二是唐宋时期，易学象数一派，在唐代初期因被立为五经正义而消沉。但蜀人李鼎祚注《周易解集》，复兴了汉《易》之学。宋代蜀人谯定学《易》于郭曩氏，又私淑于程、邵二子。谯定《易》学传人，恭州冯时行、邛州张行成在蜀中传易。此时，蜀中易学上承汉代君平之易，下启宋代谯定之易，蜀易源远而流长。巴蜀学术在宋以后逐渐衰落，但唯有易学延续发展。元有赵采、黄泽、王申子等治易之人，明有安磐、杨慎、胡生安等易学家。到了清代蜀人研《易》、习《易》者甚多，以致张之洞入蜀后，见蜀人好谈易、治易，便告诫称："蜀士好谈《易》，动辄著书，大不可也。切宜戒之。"③ 清代成都刘氏就是治《易》之家。

刘氏家族家传易学。其祖父刘汉鼎，字君谟，幼年丧父，"至孝，喜读《易》，习文武事，于是遂为瞿上望族"。刘沅记述说，祖父"日以读《易》为事……一作《易蕴发明》一书，为人窃去。嗣欲补辑，而适患毒疮，遂卒。先君子犹记其一二以训沅等。有云：'乾坤坎离，是一是二。乾坤在天地之初，阳健阴顺，即是太极之体。乾坤在坎离之后，阳施阴育，即是太极之用。先天后天，止一太极。理、气、象、数，绎之万端，括之浑然'其语至精，惜不复见其全书矣"。④ 至刘沅

---

① （清）刘沅：《成都十四咏》，《埙篪集》卷四，《槐轩全书》（增补本），巴蜀书社2006年版，第3762页。
② （汉）班固撰，（唐）颜师古注：《汉书》，中华书局1962年版，第3599页。
③ （清）张之洞：《书目答问二种》，中西书局2012年版，第252页。
④ （清）刘沅：《刘氏族谱·君谟公讳汉鼎》，道光廿七年丁未孟夏刻本，第54页。

父亲刘汝钦时，刘氏家学已表现出重视《易》学天道性命之理，以先天后天之学会通四书、五经。《国史馆本传》云："父汝钦，精易学，洞彻性理，谓：'河出《图》，洛出《书》，圣人则，实天启圣人以明道化，不仅在数术也。伏羲主乾南坤北，文王主离南坎北，即先天后天所由分。且《连山》首艮，《归藏》首坤，艮止坤藏之义，即《大学》止至善、《中庸》致中和之学，文王之缉熙敬止、成王之基命宥密，胥不外此。"① 刘氏家族成员秉承家传易学，认为圣学皆由易学而来，《周易》的阴阳中道贯穿于学术始终。

在刘沅的学术体系中，易学是其根本，刘沅的人生命运也是因易而改变的。刘沅在其生活最艰辛时，邂逅野云老人："忽到遇卖药老人，形容殊异，心爱敬之，求示延年之方。老人曰：'人身自有长生药，尔知否？'曰：'不知也'。老人曰：'先天虚无一气，天之所以为天即人之所以为人，存神养气即存心养性。歧而视之，是以仁者寿大德必寿之理不明，而却老独在神仙。尔返而丘诸身心可也。'"② 野云老人即为通易之仙人，从刘沅的记载中可以看出，野云老人主张"存心养气"，这是"心易之学"的典型特征。刘沅曰："沅之京归时晤野云老人，告沅'心易'之学。"③ "心易"之说，应与刘沅心性学是一致的。刘沅用心性学来解《周易》，他著《周易恒解》称太极是万物所从出："浑然粹然者，无成亏无浑然粹然者，无成亏无欠缺，万物莫不共由则曰道，得之于身则曰德，无过无不及则曰中，至真无二则曰诚，生生之理气所含则曰仁，本诸有生之初，所以承天地而立极则曰性。其他星历方舆、一切数术皆由此而衍之，随所会通莫不有理，然于圣人承天立极、尽性至命之学为鳞爪矣。"④ 刘沅将太极看作万物的根本，它与道、与德、与中、与诚、与仁相通。圣人之学

---

① （清）刘沅：《国史馆本传》，《槐轩全书》（增补本），巴蜀书社2006年版，第5页。
② （清）刘沅：《又问》，《槐轩全书》（增补本），巴蜀书社2006年版，第3908页。
③ （清）刘沅：《刘氏族谱·向太宜人》，道光廿七年丁未孟夏刻本，第64页。
④ （清）刘沅：《周易恒解》，《槐轩全书》（增补本），巴蜀书社2006年版，第1062页。

第二章 刘氏家族文学的血缘性联系

就是"承天立极、尽性至命"之学。可见,刘沅的学术体系最初是建立在对易的认识之上的。

刘咸炘传承了刘沅的易学思想,并且广泛地运用在自身的学术体系中。刘咸炘著有《〈易〉易论》和《〈易〉史通言》两篇文章专研《周易》。他以求简求合的思想来理解和诠释《周易》:

<blockquote>
《易》本易也,而人难之。居今日而讲《易》,人必以为玄僻烦琐,而远于实用。夫《易》非果玄僻烦琐也,说《易》者玄之僻之烦之琐之耳。苟明乎《易》之所以为《易》,而善征于事以明之,将见《易》为人人所知,而其非玄僻烦琐明矣。①
</blockquote>

在中国文学史的发展中,关于《周易》研究一直都充满了神秘感和烦琐性,《周易》的思想往往令人望而生畏。然而刘咸炘却用化繁为简的方法,以浅显、明白的语言讲述《周易》。他指出:"盖《易》者,言宇宙之大理者也。宇宙无非事事之所在,无非理之所在。特事有大小,则理有浅深。局于小与少者浅,而通于大与多者深。深大之理,不过由浅小者总简而成之,亦必举浅小而后深大可见。知具体而不知抽象,禽兽是也。若人则知抽象,且能极其能。人之应事接物,莫非恃抽象之理以行,自形色之长短黑白,以至于价值之善恶美丑,皆抽象也。"② 刘咸炘认为宇宙之间由大小事物构成,大事物有大的道理,小事物有小的道理,而这些大大小小的道理就是"易",因此,"易"无处不在,无处不有。化繁为简的易学思想成为刘咸炘学术体系的核心思想。他的著作称《推十书》,他的学术理想即为"推十合一"。"推十合一",源于孔子对士的解释:"孔子曰:

---

① 刘咸炘:《〈易〉易论》,《推十书》(增补全本)甲辑,上海科学技术文献出版社2009年版,第123页。
② 刘咸炘:《〈易〉易论》,《推十书》(增补全本)甲辑,上海科学技术文献出版社2009年版,第123页。

'推十合一为士。'"① 刘咸炘将此用于自我的学术构建，其目的在于秉要执本，由博返约，一以贯之，执一驭万。

巴蜀易学的发达对刘氏家族成员有深厚的影响，他们不仅传承和诠释易学思想，还利用易学来建构家学，反之，刘氏家族成员以易学为家学的传承又丰富了巴蜀易学的内容。

二 刘氏家族好治史源于蜀中史学兴盛

蜀人好治史，特别好治地方史，是蜀学的又一特征。刘咸炘在其《蜀学论》中总结了蜀中史学的发展：

> 史氏家法至唐而致，隋前成书仅存十数，蜀得其二。陈、常接步，道将体超于赵晔，承祚词亚乎班固。十国攘攘，蜀独尚文，载记特备。句（宋华阳句延庆著《锦里耆旧传》）、张（宋新津张唐英著《蜀梼杌》）与孙（宋贵平孙光宪著《北梦琐言》多十国事，贵平今仁寿）。赵宋史学，癥废难论，撰述非材，记注亦纷。而东都成书，季平抗欧阳而比洁（眉州王偁撰《东都事略》，宋后史之最有法者）；《通鉴》笃论，淳夫佐司马而策勋（华阳范祖禹佐温公，又别著《唐鉴》）。微之《证误》之密（井研李心传著书甚多，今存《建炎以来系年要录》《朝野杂记》《旧闻证误》《道命录》），仁甫《长编》之勤（丹棱李焘亦著书甚多，《续资治通鉴长编》）。记注之善，后亦无伦。四贤编籍，其名喧喧，乃至王（眉山王当著《春秋列国诸臣传》）、费（双流费枢撰《廉吏传》）、杜氏（眉州杜大珪，著《名臣碑传》《琬琰集》）传记之条理；苏（眉山苏洵修《太常因革礼》）、李（蜀人李攸，撰《宋朝事实》）、程氏（丹棱程公说，撰《春秋分纪》）典制之纷纭。史炤（眉州

---

① （汉）许慎撰，（清）段玉裁注：《说文解字注》，上海古籍出版社1981年版，第20页。

第二章 刘氏家族文学的血缘性联系

人,作《通鉴释文》)、吴缜(成都人,著《新唐书纠谬》《五代史记误》),释训校文,皆见推为整核,虽支流亦有闻。盖唐后史学莫隆于蜀,而匪特两宋掌故之所存。①

刘咸炘认为,在隋以前的史学著述中,蜀人所撰《华阳国志》《三国志》是较为典型的两部史书,前者的撰写体例优于赵晔的《吴越春秋》,后者则紧步班固之《汉书》,可见蜀人治史技艺之高超。陈寿(233—297),撰《三国志》,"时人称其善叙事,有良史之才。夏侯湛时著《魏书》,见寿所作,便坏己书而罢。……虽文艳不若相如,而质直过之,愿垂采录"②。《三国志》虽非完稿,但受到后世好评,且被列为正史。常璩著《华阳国志》,分别记载了巴、汉中、蜀、南中四个地区的历史和地理,他将历史、地理、人物有机地结合在一起,为我国地方史志的编纂开创了一种新的体例。《华阳国志》内容丰富,提供了关于古代西南地区经济、政治、地理、民族、人物等多方面的史料,并成为后来史书编撰的一手材料,具有极高的史料价值。五代十国战乱之际,唯独巴蜀地区较为安定,蜀地文史在曲折中继续发展,华阳人句延庆著《锦里耆旧传》,新津人张唐英著《蜀梼杌》,贵平(今仁寿)人孙光宪著《北梦琐言》,多载五代十国蜀地史事,是研究五代时期成都历史不可多得的著作。

宋代是巴蜀史学发展的全盛时期,宋代巴蜀史学的发展在全国范围内都起到了极其重要的作用,宋代巴蜀史学有"西蜀史学"之称。刘咸炘指出"西蜀史学"成就在于"记注之善""四贤之编籍""传记之条理"。"记注之善"表现为眉州王季平撰《东都事略》是"宋后史之最有法者"。"四贤之编籍"则是指华阳范祖禹佐司马光修

---

① 刘咸炘:《蜀学论》,《推十书》(增补全本)戊辑,上海科学技术文献出版社2009年版,第493—494页。
② (唐)房玄龄等:《晋书》卷八十二,《陈寿传》,中华书局1974年版,第2137—2138页。

《资治通鉴》，井研李心传著《建炎以来系年要录》《朝野杂记》《旧闻证误》《道命录》，丹棱李焘著《续资治通鉴》，体现蜀人对国史的撰修。这些进京为官参与史书修撰的四川文人更是凸显了宋代"西蜀史学"的繁荣。继此之后，眉山王当著《春秋列国诸臣传》，双流费枢撰《廉吏传》，眉州杜大珪著《名臣碑传琬琰集》，这类史书传记条理清晰，对蜀中史学影响深远。

元明清时期，是四川方志发展的鼎盛时期。元人费著编《成都府志》，其序曰："全蜀郡志，无虑数十，惟成都有《志》，有《文类》，兵余板毁莫存，蜀宪官佐搜访百至，得一二写本，酒参稽订正，谨就篇帙，凡郡邑沿革，与夫人物风俗，亦概可考焉。"[①] 可惜元代战乱频繁，大量文献资料被毁，《成都府志》也未能免遭其难，除了自序，全书无存，今尚存费著所编《岁华纪丽谱》，记载了宋至元时期，蜀中自元旦迄冬至的民间风俗，为了解蜀地民间风俗习惯提供了重要文献资料。刘咸炘在阅读《岁华纪丽谱》后又查阅相关资料，进一步丰富了此书内容，撰写《广岁华纪丽谱》，作为地方志《蜀诵》编撰的一卷。《广岁华纪丽谱》检《岁时广纪》足条，又以宋诗话、诗文为佐证，与费氏《岁华纪丽谱》相参证，增补了费氏谱中没有提及过的宋时蜀中风俗。

明代，编修地方志成为一时风气，明代先后编修四部省志：正德《四川志》三十七卷，嘉靖《四川总志》十六卷，万历《四川总志》三十四卷，万历《四川总志》二十七卷。这四部著作中又以万历三十四卷《四川总志》最为全面。值得一提的是，新都人杨慎参与了嘉靖《四川总志》的编撰，专辑艺文六十四卷，另单行刻本，名曰《全蜀艺文志》。《全蜀艺文志》共六十四卷，收录诗文一千八百七十三篇，其选录范围以与蜀有关为标准，而不论作者是否为蜀人。其前

---

① （明）杨慎编，刘琳、王晓波点校：《〈成都志〉序》，《全蜀艺文志》，线装书局2003年版，第801页。

第二章 刘氏家族文学的血缘性联系

五十卷体例沿袭《成都文类》，后十四卷则添加世家、传、碑目、谱、跋、尺牍、行记、题名等，比《成都文类》内容更全面，由于后十四卷内容在现有的史书中大都失传，所以凸显出它较高的文献价值和史料价值。清代四川"史"无巨著，而"方志"则百花绽放。据嘉庆《四川通志》序载，清代四川方志共有四百六十种①，其中分官修、私修两种，虽然精粗有别，质量良莠不齐，但修方志者已经注意到了史与志之异，既不能以志代史，也不能以史抑志，需把史、志区分对待，并且注意到了修志的现实性和实用性。

在刘氏家族成员著作中，有众多史学著作。刘氏史学创作始于刘沅，刘沅《槐轩全书》中有两部史学著作，一是《史存》共三十卷，是《槐轩全书》中除《十三经恒解》外，所占比重最大的著作；二是《明良志略》。此外，在他的《槐轩杂著》《槐轩杂著外编》以及《埙篪集》中也有很多涉及史学的诗歌和文章。

《史存》是刘沅根据司马光《资治通鉴》和朱熹《资治通鉴纲目》内容编撰而成的纪传、编年史书，记载了先秦至蜀汉覆亡这段时间的历史。刘沅在《史存》"凡例"中说明了撰写《史存》的资料来源："史家纪事始于《尚书》，编年始于《春秋》，至太史公特创史例，班固因而增之。凡作史者，遂不能外。温公《通鉴》、朱子《纲目》，编年、纪事并行，大意欲仿《春秋》，读者几叹观止矣。然义类不无得失，兹编亦仍其体，而去取微有不同，要欲补昔贤之阙，无失乎中正之义。"②刘沅明确指出《史存》来源于司马光《资治通鉴》和朱熹《资治通鉴纲目》，并且进一步说明《史存》的体例。刘沅重视史书体裁的辨析，指出《尚书》为最早的纪事（本末）体，《春秋》为最早的编年体，司马迁开创纪传体，班固继承司马迁的史

---

① 参见（清）张秀熟《重印清嘉庆〈四川通志〉序》，常明、杨芳灿等纂修《四川通志》，巴蜀书社1984年版。

② （清）刘沅：《〈史存〉凡例》，《槐轩全书》（增补本），巴蜀书社2006年版，第2313页。

著体裁，后世著史者基本上脱离不开这三种体裁。司马迁《资治通鉴》和朱熹《资治通鉴纲目》则是编年、纪事并行，《史存》同样是采用编年纪事的体裁进行编撰的。刘沅撰写《史存》的目的是重新整合文献编撰一部较为简约的历史资料，供后人学习和研读。刘沅曰："而门人因史籍太繁，求一简明便读之法，不获固辞，爰取旧史略为增省。"① 实际上，《史存》既是刘沅教育子弟的教案，又是家族子弟学习历史的教科书。

《明良志略》是一篇为汉昭烈庙从祀诸人排列位次的历史人物传记，其目的是表彰刘备、关张兄弟以及诸葛亮等人。刘沅曰：

> 汉昭烈以匹夫而怀匡济，与关张备历艰难，始终恩谊。又三顾草庐，结鱼水之欢，自耕莘（伊尹）钓渭（姜尚）以来未尝有此。愚以为特开乱世明良之局，或且疑焉。夫草泽而际风云，隆平而托心普。汉唐以降，岂暗无人？然皆名义不正，出处乖宜，如良、平、房、杜诸人且弗解此，其他又何论焉？……昭烈受衣带诏后，专志讨曹，关张同此忠义，以身殉节。而孔明隆中先定三分，厥后犹勤北伐，知其不可为而为，自古圣贤固同兹怀抱也。若但谓其能存正统，惜其仅仅偏安，则犹肤浅之见。抑知臣主一德，流离颠沛而不违，非寻常割据之流可得而伍哉！②

刘沅撰写《明良志略》是为了道明儒家君臣关系。刘沅将刘备比作商汤、周武，将诸葛亮比为伊尹、太公，可见对刘备、诸葛亮君臣关系的推崇，这种推崇，实际上是出自对正统的推崇，对蜀汉君臣关系的赞颂。在刘沅《槐轩杂著》和《槐轩杂著外编》中，

---

① （清）刘沅：《史存》"自叙"，《槐轩全书》（增补本），巴蜀书社2006年版，第2309页。
② （清）刘沅：《明良志略·序》，《槐轩全书》（增补本），巴蜀书社2006年版，第3992—3993页。

第二章 刘氏家族文学的血缘性联系

更有多篇文章为地方志资料提供了宝贵文献。他撰写的《四川说》《四川考》《江沱离堆考》《石犀考》《成都石犀考》《江沱离堆石犀考》《内江外江考》是对蜀地山川地名的考释；《培修川主宫碑记》《大朗堰记》《双流圣灯山记》《重修延庆寺碑记》等文章是对蜀地名胜古迹变迁的记述；《筒车记》《云碾记》等文则记载了蜀地民俗。

在刘沅的后辈中，传承史学最著名者当推刘咸炘，他自言其治学宗旨为史："吾常言，吾之学，其时象可一言以蔽之曰史。"① 刘咸炘史学思想的形成一是来源于家学，二是来源于章学诚。刘咸炘撰有大量史学著作：《太史公知意》《汉书知意》《后汉书知意》《三国志知意》《蜀诵》《双流足征录》《史学述林》等。在这些史学著作中，一部分是有关史学理论的创作，另一部分是地方史志的创作。刘咸炘所撰《蜀诵》和《双流足征录》是成都地方史研究的重要文献资料。

刘咸炘在《蜀诵》序中为方志定位，认为方志乃一国之史。刘咸炘曰：

> 方志者一国之史。章氏之论，素所服膺。史法既亡，志焉得善。后史纪、传、表、志已如编类书，况方志四体不立而本沿类书之法者乎？一代有一代之时风，一方有一方之土俗，一纵一横，各具面目，史、志之作，所以明此也，否则唐与汉类，燕与越类矣。后世史家虽偏浅不能知远，然于一朝面目犹必略知，而后可以铨配成书。方志则并政事沿革亦不能详。夫论一朝者以一朝之兴废为纲，则道一方者必以一方之治乱为领。此且不知，尚安望周间里而综文化耶！②

---

① 刘咸炘：《认经论》，《推十书》（增补全本）甲辑，上海科技文献出版社2009年版，第43页。

② 刘咸炘：《蜀诵》，《推十书》（增补全本）丙辑，上海科技文献出版社2009年版，第798页。

由于方志记载了一定区域内的山川疆域、地产物质、人文古迹等，有学者将方志归为地理书，在古代目录中，方志也被纳入地理类，如《隋书·经籍志》地理类载《山海经》《蜀志》等，《四库全书总目》史部地理类载《元和郡县志》《舆地广记》《太平寰宇记》《乾道临安志》等。清人戴震指出："夫志以考地理，但悉心于地理沿革，则志事已竟。"① 然而以章学诚为代表的史学家却认为方志应属于史学范畴，章学诚曰："方志如古国史，本非地理专门。"② "郡县志乘，即古者一国之史也。"③ 刘咸炘赞同章学诚的说法，将方志看作一国之史，这里的"国"指的是诸侯国、郡县一级的地方行政区域。因此，方志即是地方史。并且，刘咸炘指出地方史志与国史之不同在于时风与土俗的不同，而这正是创作地方史志的关键所在。

刘咸炘在《蜀诵》中为方志撰写提供了方法论思想：

> 吾撰《蜀土俗略考》，以汉《地理志》贯《常志》及隋、宋二史。综其大略，凡有三端：一曰肥饶生淫泆；二曰柔弱偏厄，轻巧而好文；三曰贵慕权势。凡祸乱、风俗、人才、学术之故皆不越此。计蜀中人文之盛期凡三，而祸乱之大者亦有三：初盛于汉，至晋世而有李氏之难，唐遂衰矣；再盛于宋，至末年而有蒙古之祸，元遂衰矣；三盛于明，至末而有流寇之祸，近世遂衰矣。大氐祸乱之烈生于俗蔽，而人文之盛亡于兵灾。三者相关，其因则土风为大。审斯三厄，贯以三端，而蜀之史乃可以道矣。④

---

① （清）章学诚：《记与戴东原论修志》，（清）章学诚撰，叶瑛校注：《文史通义校注》，中华书局1985年版，第869页。
② （清）章学诚：《记与戴东原论修志》，（清）章学诚撰，叶瑛校注：《文史通义校注》，中华书局1985年版，第869页。
③ （清）章学诚：《永清县志前志列传序例》，（清）章学诚撰，叶瑛校注：《文史通义校注》，中华书局1985年版，第782页。
④ 刘咸炘：《蜀诵》，《推十书》（增补全本）丙辑，上海科技文献出版社2009年版，第798页。

第二章 刘氏家族文学的血缘性联系

刘咸炘认为撰写方志必须抓住地方土风的特点,他根据《汉书·地理志》《华阳国志》《隋书》《宋史》提炼出了蜀地土风的三大特征:蜀地土地物产肥沃,因此易滋生蜀人淫逸;蜀人柔弱尚文而不好武;蜀人易贵慕权势。蜀中祸乱、风俗、人才、学术都与这三大特征有关。《蜀诵》的编撰即是从这三大特征入手的。《蜀诵》卷一写蜀地物产与土俗,如《广岁华纪丽谱》,是刘咸炘通过查阅陈元靓的《岁时广记》、田宣简公的《遨乐诗》,以及杨慎的《全蜀艺文志》,共扩补了费氏《岁华纪丽谱》七条蜀地风俗,对蜀地风俗进行了补充说明。他撰《蜀刻藏书考》,考证了宋代蜀人藏书家族、藏书人物以及藏书量,并且考证了蜀地最著名的刻书为《九经》《七史》《蜀石经》《毛诗传》残本卷一、卷二,这对后人了解宋代蜀地藏书和刻书具有重要文献参考价值。《蜀诵》卷二则是撰写了历史上治理蜀地重要人物,一是先秦时期的李冰《李公事辑》;二是宋代治蜀之人张乖崖《张忠定公事辑》;三是蜀地道教传者张天师《天师事辑》。《蜀诵》卷三、卷四则是主要收录掌故、文征和附录三部分。其中卷三前三篇为"掌故",记录蜀地的官政、宦迹和政事。卷四后四篇为补录,其中《近世名宦录》是对卷三《宦迹》的补充;《怪异钞目》补《三异录钞目》;《明末遗民诗》补明蜀诗所载;《宋四川郡县名》补宋蜀建置。

刘咸炘撰写《蜀诵》的方法后来被宋育仁在编修民国《四川通志》时所采用。刘咸炘编写《蜀诵》定稿后,送请四川省通志馆馆长宋育仁阅读,宋育仁看后大为赞扬,将稿本交通志馆全体人员传阅,以此为楷模撰拟《四川通志》。[①] 宋育仁对刘咸炘史学造诣的赏识不仅仅是因为《蜀诵》,刘咸炘撰写《太史公知意总论》时宋育仁就已见其独特的史学卓识,刘咸炘有诗《清典礼院直学士宋公芸子挽诗二首》曰:

---

① 参见伍奕、多一木《宋育仁:隐没的传奇》,四川文艺出版社2013年版,第197页。

>才智工附会，随风入乱流。公犹秉官礼，志欲为东周。扬马壮所悔，嬴刘来尚道。古之宋荣子，强聒不肯休。
>
>闭户守孤陋，缘悭接老师。一篇忽见赏，再聘遂先施（公与余本不相识，见《太史公书知意·总论》，遂来聘襄志事）。文献固我志，陪以负公期。嗟余怀来写，徒有感知词。①

第一首诗赞扬了宋育仁的才华，第二首诗讲明了二人相识的原因。宋育仁见刘咸炘撰写《太史公书知意总论》，对刘咸炘的史学造诣颇为赏识，去信邀请刘咸炘任四川通志局校理一职，刘咸炘有《复宋芸子书》，婉言拒绝宋之意。但从此二人建立了深厚的友谊，常以书信形式探讨《四川通志》的编写。

《蜀诵》具有极高的史地文献资料价值。刘咸炘在撰写《蜀诵》时，大量地、全面地收集资料，以补充旧志中记录不足和未被记录的文献为目的，考证旧志中不详正的史实。例如他在撰写《蜀茶谱》时说："费氏《成都记》今存六谱。虽古器物、钱币、褚币非蜀所独盛，且止丘一时事，亦为一篇，独不及茶。蜀之土物盛且大者莫如纸、茶，纸则为文化之资，茶则为国富所托。纸既谱矣，茶安可阙？乃编以补之，主于考古搜故事陈文而已。今之法式，则有司存王灼《糖霜谱》，非吾所能为也。"② 在他看来，蜀之特产纸与茶，纸是传播文化的资源，而茶是富国的重要物质，费氏已著纸谱，但并没有著茶谱。于是，刘咸炘查阅资料补写茶谱。而在撰写《蜀茶谱》时，刘咸炘查阅了近十六种资料对蜀茶的记录，其中包括《东斋记事》《茶谱》《茶经》《杨慎外集》《合璧》《锦里新闻》《郡斋读书志》《清异录》《格致镜原》《司隶教》《膳夫经手录》等。这些资料考证

---

① 刘咸炘：《推十诗》，《推十书》（增补全本）戊辑，上海科技文献出版社2009年版，第694页。

② 刘咸炘：《蜀诵·蜀茶谱》，《推十书》（增补全本）丙辑，上海科技文献出版社2009年版，第922页。

第二章 刘氏家族文学的血缘性联系

翔实，内容真实可靠，具有很高的史料价值。刘咸炘写史的目的是经世致用，刘咸炘在《蜀诵》序中写道："肥饶淫佚，致兵祸之由也。奢风起于重商，变在周、汉之际。"① 他指出蜀人骄奢淫逸以致遭受兵祸，并分析形成这种奢侈风气的历史原因，即重商的社会风俗。刘咸炘希望通过这个实例，为当今之世提供借鉴。

关于《双流足征录》的撰写，刘咸炘明确指出其目的是补旧史之不足。刘咸炘曰：

> 双流县古志无考。乾隆八年，知县将乐黄锷修《志》七卷，号为创修。其书今已无本，惟《学部图书馆书目》有之。嘉庆十九年，知县无锡汪士侃修《志》四卷，订为八册，大抵因黄《志》耳。黄《志·序》云：《蜀志》告成，颁及下邑，乃得由一省之全书，识双邑之梗概。今按：汪《志》人物一门所载，即出嘉庆杨芳灿所修《通志》，志首又有《芳灿序》，则汪《志》亦为黄《志》钞《通志》而已。夫一县之书，当详于省志，今反钞省志，而钞又有遗失，何以为志？其体例之杂乱，采撰之谬误，固不足毛举而纠之矣。②

清代，乃是修地方志的全盛时期，顺治十七年（1660）完成的《河南通志》，带动了全国编修地方志书的热潮。因清初四川战乱不断，人口大量死亡、流离，直到康熙二十年（1681）以后，才将地方志撰修提上日程。根据《四川省地方志联合目录》所列，仅《双流县志》在清代就编修了三次，分别是清乾隆刻本，乾隆《双流县志》七卷，黄锷纂修；清嘉庆十九年刻本嘉庆《双流县志》四卷，

---

① 刘咸炘：《蜀诵·绪论》，《推十书》（增补全本）丙辑，上海科技文献出版社2009年版，第799页。
② 刘咸炘：《双流足征录》，《推十书》（增补全本）丙辑，上海科技文献出版社2009年版，第967页。

汪士伋纂修；光绪二十年刻本光绪《双流县志》二卷，彭琬纂修。乾隆《双流县志》今已不见，刘咸炘所见到的是嘉庆年间，汪士伋所修县志。而这一时期，杨芳灿所著《四川通志》已经完成，汪士伋所修县志内容有抄《四川通志》的地方，刘咸炘认为这种做法最不可取，一县之书应该详于省志，而不应该照抄省志，并且汪士伋所修县志，体例杂乱，采撰又有谬误，故刘咸炘有重新撰写双流县志之愿。

首先，刘咸炘补充了旧志内容，《双流县志》旧志中只有《地域》《食货》两篇较为完整。刘咸炘曰："咸炘素好翻书，常有发见，因具册编录之，凡为四考一表及文征，中惟《地域》《食货》二篇完成，余均采补未已。"① 刘咸炘补充了《士女考》《宋世族表》《著述考》和《文征》，扩充了旧志的内容。其次，旧志体例不明，漏洞颇多，刘咸炘曰："旧《志》门类繁碎，自应并合，其官政之事，文案孔目，已无遗阙，官师政绩，偶有遗漏，亦已不多，补识书眉，不复立篇。若山川、祠墓、古迹，本拟创例依四乡次第，合为一表，以省歧复，然以今考古，由准望而推求，必须亲至其地，患未能也，故皆缺焉。"② 为了让志书体例明确，刘咸炘在编撰志书时，采用了图、表、谱、考的形式，详细地说明了地方疆域的沿革、地方制度的变迁。《双流足征录》的编撰确实也达到了补旧志的目的，刘咸炘曰："故凡旧《志》资料已足者，便不重录，采辑事文，详古略今。旧《志》所载古事，不注出典，今悉以有据为主。旧所已载，皆重为考录；其未知所出，则不敢据也。群籍浩瀚，非一人之力所能周，所望乡人多助我者。"③

---

① 刘咸炘：《双流足征录》，《推十书》（增补全本）丙辑，上海科技文献出版社2009年版，第967页。
② 刘咸炘：《双流足征录》，《推十书》（增补全本）丙辑，上海科技文献出版社2009年版，第967页。
③ 刘咸炘：《双流足征录》，《推十书》（增补全本）丙辑，上海科技文献出版社2009年版，第968页。

第二章 刘氏家族文学的血缘性联系

刘氏家族与清代《双流县志》的编撰亦有不解之缘。清代共有三次编修《双流县志》，刘氏家族成员要么作为受访者、要么作为编撰者，对《双流县志》的纂修做出了极大贡献。嘉庆十九年所编县志，刘沅是受采访者，刘澐是监造者，其中艺文类收录了刘沅文章《大朗堰记》《双流圣灯山记》《云碾记》《筒车记》《内外江考》《陶元庆墓志铭》《处士樊志升墓名》共七篇，另收录其诗《广都故城》《公孙述墓》《簇锦桥》《乐水桥》《重经板桥》《禅那院古柏》《甘泉里》共七首，是嘉庆本《双流县志·艺文志》收录作品最多的作家。另，收录刘汝钦诗一首《自郡归里》。刘咸荥、刘咸焌二人则参加了光绪《双流县志》的纂修。光绪三年所修县志是以嘉庆本为蓝本，调整了旧志的个别体例，增加了旧志后的历史事实，正所谓"事迹较旧志真，体制亦较旧志为肃"①，但大体与嘉庆本相同。

三 刘氏家族成员诗歌唱和

家族诗歌唱和主要发生在家族成员之间，本身带有强烈的家族色彩，表现出浓厚的家族意识，同时家族成员诗歌唱和主题和形式又显示出了家学的传承。家族诗歌唱和可以共时间、共空间同题同咏、分韵唱和。我们这里，主要研究刘氏家族共空间同题同咏的唱和诗。成都周边地区的名胜景观成为刘氏家族成员共空间唱和诗的主要地，这其中包括武侯祠、草堂、桂湖、青城山。我们以这四个空间唱和诗为研究对象，进一步分析唱和诗中的家学传承，以及这类唱和诗所具有的地方文献价值。

（一）刘氏家族草堂诗创作

在刘氏家族诗集中，笔者发现与杜甫草堂有关的诗作共有十一首，分别是刘澐诗《成都十四咏》之《工部草堂》《元宵日游草堂》

---

① （清）彭琬纂修，吴特仁增修：《光绪续修双流县志》，光绪二十年刻本、1932年补刻本。

二首，刘沅诗《上元日同彭井南刺史卓海帆太史张渔璜汪少海两孝廉家兄雨庄游少陵草堂》二首、《友人赋工部草堂戏赠》二首、《少陵草堂题壁》，刘咸荥诗《草堂怀古》，刘咸炘诗《游草堂》。成都杜甫草堂以杜甫而闻名天下，多有文人骚客来草堂后都作诗留念。刘氏家族成员在不同时间阶段游览草堂留下诗作，再现了家族文学创作现场情景。诗作以描写草堂景色为主，又蕴含诗人对杜甫的敬仰之情。其中，对草堂景象的描写再现了乾嘉到光绪乃至民国初期，杜甫草堂风貌的变化，具有存史价值。

1. 诗作中对杜甫草堂场景的描写

因明末清初的战乱，杜甫草堂建筑、园林遭到严重破坏。清初开始恢复重建，川湖总督蔡毓荣和四川巡抚罗森均撰写碑记记录重建草堂之事。① 乾隆四十三年（1778），刑部侍郎杜玉林以杜甫后裔身份培修草堂，嘉庆十七年（1812），四川总督常明扩建草堂，规模较大，增房舍、筑界墙、植花木、凿池塘，同时修缮工部祠。工部祠堂修缮完成后，杨芳灿（1754—1816）"请以宋渭南伯陆子放翁配飨"，其原因记录在《重修杜少陵草堂以陆放翁配飨记》中：

> 先生与放翁，则皆寓公也。放翁寓蜀久，其依范致能也，犹先生之依严季鹰也。其为参议官也，犹先生之检校工部外员郎也。其迹同，及其去蜀也不能忘蜀，署其稿曰《剑南》，轻衫短帽，夜夜眉州，见之诗什，形之梦寐，其心同至于爱君忧国，每饭不忘，发而为诗，忠愤郁结，其大节亦无不同。斯举也，渭南之幸也，亦少陵先生之愿也。②

记载陆游配祀杜甫理由有三，一是他们都是爱国诗人，"心迹之

---

① 参见（清）李玉宣等修，衷兴鉴等纂《重修成都县志》卷一四，同治十二年刻本。
② 杜甫草堂博物馆碑刻。

第二章 刘氏家族文学的血缘性联系

同也";二是陆游尊杜学杜,并开创了剑南诗派;三是他们都并非蜀人,但都寓流蜀中,并且都"去蜀而不能忘蜀"。因此,工部祠将陆游像配祀在杜甫像东侧,即我们今天看到的工部祠样貌。刘氏家族的"杜甫草堂诗"中也记载了陆游配祀杜甫之事,却提出了不同的见解。

刘沅诗《友人赋工部草堂戏赠》二首:

> 如君堪赋草堂诗,只恐新词是旧词。点染风光都豁肖,艰难身世可全知。依然水竹临江渚,难比河山是盛时。我类谪仙常阁笔,岂缘崔颢减才思。
>
> 百花潭上竟无花,依旧门开傍水涯。此地已成诗世界,秋声仍走古江沙。几人风雅怀忠爱,千载文章灿物华。除欲青莲谁把臂,休将斗酒讶浮夸。
>
> (注:时葺草堂以放翁配享,窃谓放翁非子美敌,诗人客蜀亦不止放翁,青莲蜀人,与子美契交,诗亦同工,草堂在蜀,应同俎豆,何乃遗之,岂泥山东太白之言,或病其耽酒欤。)[1]

诗歌注文记录了清嘉庆年间修缮草堂,配祀放翁的历史事实。但在注文中,刘沅针对工部草堂配祀放翁像提出了自己的看法。在刘沅看来放翁与子美非同一时期诗人,且寓蜀诗人中又不止放翁一人,因此,他认为放翁与青莲相比,青莲更适合配祀子美。原因有二:一是青莲本为蜀人,草堂在蜀,故"应同俎豆";二是青莲与子美为同一朝代诗人,且为契交,诗又同工,故青莲与子美更配。由此可见,刘沅不仅对杜甫有敬仰之情,对李白也是赞赏有加。第一首诗写对杜甫人生遭遇的同情,第二首诗则表达对杜甫、李白才情的敬仰。

---

[1] (清)刘沅:《埙箎集》,《槐轩全书》(增补全本),巴蜀书社2006年版,第3817页。

杜甫草堂现在的景象是在弘治十三年（1500）和嘉庆十七年（1812）的两次较大规模修建中确立的。刘濖诗《元宵日游草堂》恰好能为我们展现嘉庆十七年前后杜甫草堂的风貌。《元宵日游草堂》其一：

> 一春好景唯今日，千古风骚止此祠。草阁已随尘世换，花溪未许俗人窥。难言天宝而还事，且读夔州以后诗。归卧可能酬夙志，几回青琐有余思。①

刘沅诗《上元日同彭井南刺史卓海帆太史张渔璜汪少海两孝廉家兄雨庄游少陵草堂》其一：

> 春光如旧月乃园，天宝孤城草阁边。风雅独开唐世界，英灵犹恋蜀山川。诗人潦倒非关数，才子忠良便可仙。昔日柴门今绚烂，一溪流水尚当年。

诗歌中提到草阁茅屋、浣花祠、柴门景象，已是现在杜甫草堂著名景点。在诗人笔下一年春光好景尽在杜甫草堂中。通过对草堂景色的描写，诗人联想到天宝年间杜甫穷困潦倒时期移居草堂，表达了诗人对杜甫不幸身世的同情。

刘濖诗《成都十四咏》之《工部草堂》对杜甫草堂的描写：

> 碧鸡坊外树苍苍，万里桥西问草堂。弟妹开心余痛哭，干戈满地卧沧浪。阁中诗卷人犹在，江上群鸥兴转长。竹里行厨虚想像，文章万古耀光芒。②

---

① （清）刘沅：《埙篪集》，《槐轩全书》（增补本），巴蜀书社2006年版，第3775页。
② （清）刘沅：《埙篪集》，《槐轩全书》（增补本），巴蜀书社2006年版，第3762页。

诗人以咏草堂之景来缅怀杜甫艰难的一生。杜甫草堂已不仅仅是刘氏家族成员游览观光之地，对杜甫的热爱和敬怀都表现在每一次的草堂游览之中，因此每行于此，诗人不仅眼中看到草堂的景象，更联想到杜甫的生平以及杜甫伟大的创作。因此，刘氏家族成员的草堂诗创作，都流露出崇杜情结。

2. 刘氏家族成员的崇杜情结

刘氏家族"杜甫草堂诗"创作从刘沅开始，到刘咸炘止，纵跨世系三代，历时一百多年，虽时间长，跨度大，但诗歌创作主题思想却基本相似，即是对杜甫的崇拜。崇杜情结早在宋代就已形成，从江西诗派一直到清初顾炎武、黄宗羲提倡写实诗，无不将杜诗作为膜拜对象。加之杜甫在蜀期间创作了大量优秀的写实诗歌，作为蜀地望族刘氏自然有崇杜情结。而刘氏家族成员生活背景，以及成员之间诗歌创作思想的相互影响也是刘氏家族"杜甫草堂诗"崇杜情结的重要原因。

清嘉庆年间，刘氏家族"杜甫草堂诗"创作主要成员是刘濖、刘沅兄弟。刘沅兄弟手足情深，从小在家接受家学，后又同时入板桥寺随徐十樵读书，致力于科举之业。乾隆五十九年（1794）、乾隆六十年（1795）、嘉庆元年（1796）兄弟二人三次赴京参加会试，在三次会试中，其兄刘濖在嘉庆元年中进士，而刘沅却三荐不售，回籍奉母。刘氏兄弟游草堂，留下诗作，刘濖诗《元宵日游草堂》其二：

> 能到江亭便可仙，后生何必畏前贤。清江一曲当年迹，大厦千间后世缘。漂泊江湖余白发，平生梦寐只青莲。中丞以往行厨冷，唯有沙鸥弄夕阳。①

---

① （清）刘沅：《埙篪集》，《槐轩全书》（增补本），巴蜀书社2006年版，第3775页。

刘沅诗《上元日同彭井南刺史卓海帆太史张渔璜汪少海两孝廉家兄雨庄游少陵草堂》其二：

> 凭将草阁换楼台，未了先生稷契才。身世凄凉多为国，江山遗迹已成灰。唯余此地风光旧，犹有移民俎豆催。同上小亭亭上望，欲吟不觉更低徊。①

《元宵日游草堂》和《上元日同彭井南刺史卓海帆太史张渔璜汪少海两孝廉家兄雨庄游少陵草堂》均是组诗，其一为写景，描写草堂之景，其二为抒情，抒发对杜甫的崇拜和敬仰之情。虽然两首诗歌同写一景，同咏一人，甚至诗句中描写的历史事件也相同，但二者所包含的情感却有细微的差别。刘濖诗在咏史之后更有一种积极向上的豪迈之情，正可谓"能到江亭便可仙，后生何必畏前贤"。同时，刘濖还表达了对诗人李白的崇敬。而刘沅诗回顾杜甫不幸之事后，更多的是忧国伤世之感。这种情感体验与二人的生活经历是密不可分的。兄弟二人致力于科举，刘濖在嘉庆元年中进士，后任郁林州知州，可谓仕途较为顺利，而刘沅三荐不售，回籍奉母并非他本意，他说："二十五登贤书，三试春官，荐而不售。兄芳皋丙辰隽入词观，愚下第归乡，私幸兄居京邸，从此北上甚便，未尝作退休想也。"② 道光六年（1826），刘沅五十九岁，进京授职，民国双流县志记载："道光六年，选授湖北天门县知县。安贫乐道，不愿外任。改国子监典簿。寻乞假归，遂隐居教授。"从刘沅以花甲高龄进京授职来看，他并非不愿做官，而是对所授职务不满，才辞官回乡，刘沅很看重科举之路，加之兄已中进士，因此兄弟二人心境是不同的，同游草堂，刘濖欣赏杜甫的是"清江一曲当年迹，大厦千间后世缘"。刘沅看到的

---

① （清）刘沅：《埙篪集》，《槐轩全书》（增补本），巴蜀书社2006年版，第3804页。
② （清）刘沅：《槐轩杂著》卷四《自叙示子》，《槐轩全书》（增补本），巴蜀书社2006年版，第3473页。

第二章 刘氏家族文学的血缘性联系

则是"身世凄凉多为国,江山遗迹已成灰"。

刘沅诗《少陵草堂题壁》:

> (少陵草堂题咏者多,未免贻弄斧般门之诮,然愚老矣,竟无一言,亦抱不安,爱题近体一首,塞责以博一噱,止唐并书,时年八十有七。)
>
> 曾闻删后便无诗,又见先生绝妙辞。陶写性情风雅意,忧劳君国圣贤思。干戈世路空悲泣,弟妹天涯竟别离,惟有草堂千古在,花溪流水去迟迟。①

诗歌序文部分已经说明清代文人热衷于为杜甫草堂题诗,刘沅在八十七岁高龄时,也为少陵草堂题诗。其题诗内容主要是赞美杜甫作诗辞采绝妙,歌颂杜甫为忧劳君国的圣人,同情杜甫仕途坎坷、儿女分离的悲惨命运。

刘沅儿子一辈刘桯文、刘松文等人主要以传承家学为主,几乎没有文集流于世,因此刘氏家族"杜甫草堂诗"的创作直接到了清末民初时期,刘沅孙辈刘咸炘、刘咸荥等人的诗歌创作,其中诗歌最能体现出崇杜情结的是刘咸荥诗《草堂怀古》:

> 蜀山万点含青苍,天教老杜流文章。浩荡乾坤此诗史,长安回首空茫茫。诗人有宅花潭北,千载梅花闲不得。翻空红雪日初晴,酒气春浓醉香国。一溪流水绿到今,净濯诗魂笼月魄。想见先生曳杖行,翠竹寒沙弄秋碧。人谓先生多愁恼,我谓先生能乐道。草堂花鸟坐春风,天外材枪知净扫。饶他郭李说功名,一卷新诗自娱老。即今时事正纷纷,且喜蜀中犹自好。浮生我亦放浪人,喜从智者识时早。愿持樽酒拜先生,年年花下

---

① (清)刘沅:《埍篪集》,《槐轩全书》(增补本),巴蜀书社2006年版,第3824页。

同倾倒。①

刘咸荥是刘氏家族中学杜成就最高者,他的诗集《静娱楼诗钞》开篇序言就有人指出他对杜诗的学习:"陆务观之,诗纯是闲情逸趣,偶一展卷,即有一种静气迎人。善学杜甫,匪仅皮与骨,此《剑南诗稿》所以铮佼于宋,泒中而远,接草堂心法者也。拜读尊著静娱园,诸咏神游目想夷。然清福仙几生修不到此,梅花有知当亦羡慕不已,置之宋诗中又以放翁也。(双江彭兰芬)。"诗歌首句称杜甫为老杜,实际已表达诗人对杜甫的偏爱,诗歌描绘草堂冬景,草堂经过清前期的修缮和清中叶的维护,已经具备了盛景之貌,梅花开遍亭园,香气沁人,初雪日照晴空,唯有一江绿水流淌至今。徜徉于草堂间,诗人仿佛看见杜甫曳杖行走,草堂无处不弥漫着杜诗之魂。在写景的同时诗人还记述了蜀地在清末民初的社会状况:"即今时事正纷纷,且喜蜀中犹自好",蜀地特殊的地理位置,致使清末民初混乱时风暂且没有传入蜀地,蜀人尚可休闲娱乐。刘咸荥性情洒逸,他自称为"放浪人",正是这种性情让他看到了杜甫另外一面的性格,在他看来杜甫寓居草堂则是乐道精神的表现,故"人谓先生多愁恼,我谓先生能乐道",这也是他崇拜杜甫原因之一。

刘咸炘《游草堂》一诗谈及陆游对杜甫的学习:

> 数里纵横景易穷,偏劳收拾入诗中。桤林笼竹诚堪赏,大笔高名亦幸逢。地胜应难如杜曲,公游原未尽江东。后来却笑山阴客(放翁),止说成都酒色浓。②

诗歌虽以"游草堂"为题,抓住草堂"桤林""笼竹"的特色,

---

① 《近代巴蜀诗钞》编委会编:《近代巴蜀诗钞》,巴蜀书社2005年版,第595页。
② 刘咸炘:《推十诗》,《推十书》(增补全本)戊辑,上海科学技术文献出版社2009年版,第674页。

渲染草堂幽静、典雅之美，但诗歌重点是对杜甫的赞美，同时谈到陆游对杜诗的学习。

刘氏家族草堂诗创作，记录了草堂清中叶至民初之貌，草堂作为刘氏家族文学创作的主要具体场景之一，成为家族成员诗性存在的联系方式，而关于场景的理解和看法家族成员之间又是相互影响的。

（二）刘氏家族武侯祠诗创作

刘氏家族对武侯祠有较为深厚的感情。道光二十九年（1849），刘沅主持武侯祠修缮事宜，其主要工作是对武侯祠内的塑像作了较大调整。武侯祠内现存四十七尊塑像中，二十五尊是刘沅于此次重塑的。在刘沅所著《明良志略·汉昭烈庙从祀功臣记》中，记载了刘沅调整塑像之因："唐虞五臣，成周十乱，不闻从祀之文。而盘庚之浩言：'大享先王，尔祖其从与享'。则功臣配享其来旧矣。……愚故详考而表彰之，至于三顾之勤，追踪莘渭，君臣契合，至死不渝。明良遇合三代以还，无之而诸葛关张父子，祖孙咸没王事，尤百代所希也。……惠陵之侧为武侯祠。两庑祀诸臣，旧有李彪、张虎，于传无稽；而法正报怨于睚眦，刘巴、许靖之辗转而轻生，皆不得为昭烈纯臣，特僭为正之。且揭其事略，以便观者。书缺有间矣。存者表表，惟此数人，而砍玉杂粝，使人疑信参半，可乎？故叙颠末，以告将来。"[①] 刘沅对武侯祠塑像的调整是以"昭烈纯臣"作为目标的，同时，他又兼顾史书的记载，史书有记者位于塑像内，史书无记则删掉。因此，在这次调整中，删掉了李彪、张虎和刘巴、许靖四人。刘沅有诗《汉昭烈君臣庙题壁》：

巍然庙貌等嵩宫，一德君臣享祀同。龙凤羽仪嗟折翼，孙曹疆宇亦飘蓬。犹余父老讴思切，不逐江山转眼空。共喜偏安存正

---

① （清）刘沅：《明良志略》，《槐轩全书》（增补本），巴蜀书社2006年版，第3993—3994页。

统，谁知未了是孤忠。

（自注：昭烈初起亦只是功名之士，及入朝受衣带诏，便以讨贼为心。因未有室家，隐忍多年，及得西川，关圣即兵出樊城，被吴狗戕害。昭烈所以征吴，不特为君臣恩谊也。孔明谏沮，不过以孙曹，方睦恐又如关帝之事，非谓孙氏无罪也。勿误认，止唐刘沅书时年八十有八。）①

刘沅对武侯祠的感情首先源于对蜀汉正统的推崇。在刘沅眼中，诸葛亮是最大之功臣，蜀汉之政绩和恩泽主要源于诸葛亮，而刘备、诸葛亮等人的君臣关系更是"君民臣良，千秋垂范"。关于君臣关系，刘沅有详细的论说，刘沅的君臣观大体是"人臣忠贞事上，不为容说，乃中道也"②。刘沅认为，以道事君，才能使君臣关系融洽，君臣关系要建立在道的基础上，不能阿谀奉承以求亲密。君臣之间要效法天理以"中道"相维系，君主暴虐或者臣子阿谀，都会使君臣失其正位而违于礼制。刘备与诸葛亮之间的君臣关系正合中道之意，因此，是刘沅所推崇的。刘沅另有诗《诸葛武侯读书台》："三分成局定茅庐，何事登临尚读书。骏骨应知求乐毅，凌云岂屑问相如。河山望眼空吴魏，汉贼同天怅鲁鱼。典籍犹存王业云，英雄凭眺总歔欷。"③ 是对诸葛亮英雄气概的赞美。

武侯祠内陈列刘沅多通碑文，其中之一"赵累周仓事迹考"碑嵌于关羽殿内东壁，碑文内容大致如下：

赵累，字及里居事迹均无考。《吴志·孙权传》建安二十四

---

① （清）刘沅：《埙篪集·止唐韵语》，《槐轩全书》（增补本），巴蜀书社2006年版，第3824页。
② （清）刘沅：《周易恒解·损正解》，《槐轩全书》（增补本），巴蜀书社2006年版，第1160页。
③ （清）刘沅：《埙篪集·止唐韵语》，《槐轩全书》（增补本），巴蜀书社2006年版，第3820页。

年十二月，夫子遇害，累与平皆被获死之。按旧传，王甫与子同死。然《蜀志》载，甫从昭烈征吴，军败秭归，遇害。则非与子同死，故不载。

周苍，"苍"通作"仓"，字及里居事迹均无考。或云子与鲁肃会，肃索取荆州，子未及答，阶下一人曰："土地者，惟德所在耳，何常之有？"子目之，使去，即苍也。自子为民敬祀，即肖苍侍从，累朝灵异多端，其忠勇可知。正史固多阙略，不可以其不载苍事而没之也。

右平及周将军从祀已久，而安国同为圣子，赵累与平同徇难，礼宜并侍。故增入焉。

碑文介绍赵累、周仓事迹，说明增补赵累与关兴（字安国，关羽之子）塑像的原因。

刘澐诗《谒蜀先主庙》：

半壁蚕丛险，三分鼎足难。人心方繁属，天意止偏安。髀肉英雄慨，荆襄智力殚。关山劳创业，鱼水庆交欢。衣带怀前诏，牛耄结旧冠。南阳师吕望，北海学甘盘。视魏真如鬼，征吴比尔干。册微怜帝胄，大度越曹瞒。邈矣楼桑里，嗟哉禅让坛。宗臣忘呕血，上将失披肝。陵墓千秋祀，枌榆万古叹。冕旒神穆穆，熊虎像桓桓。秘殿龙蛇动，丰碑赑屃完。赤乌年寂寞，铜雀草弥漫。幕幕祥云护，森森古柏蟠，到来瞻拜肃，风毡翠华寒。①

诗歌记述到武侯祠祭拜之事，通过回顾三国历史宣扬蜀国将领的英雄气概，这种气概为蜀国后人所敬仰，祭奠先主庙即表达诗人对诸

---

① （清）刘沅：《埙篪集·弃余录》，《槐轩全书》（增补本），巴蜀书社2006年版，第3742页。

葛亮、刘备等人的崇敬之情。诗歌后面部分描写武侯祠景象，其"森森古柏蟠"即来自杜诗"锦官城外柏森森"的典故。

刘咸炘诗《拜昭烈庙敬赋，不自知其妄也（二首）》：

地近都城享祀隆，莫嗟萧索永安宫。前王似此应无几，楹傍流传惜未工。

岂有霸图称正统，漫将车盖定英雄。遗民罗拜因怀德，不与寻常吊古同。

（注：殿上完颜文勤公顾潜叟作。文曰：使君乃天下英雄，正统攸归，王气钟楼桑车盖。巴蜀系汉朝终始，遗民犹在，霸图余古柏祠堂。颇有名。下联首二句甚精，惟末语乃似凭吊语，与遗民句不贯。上联以王气接正统，亦未合。正统之归，岂因符兆？又曰霸图，益相刺谬。词人文多不精害义，不可不辨。拟改王气钟为不是应，霸图余为通来拜。）

八年才筑武担坛，中道崩殂治未殚。直为相能施泽久，方知仁在得人难。

（自注：昭烈治蜀仅八年，中间复东至公安，北取汉中。及即位数月，即伐吴不返。政事无传，其遗德于蜀，以用诸葛公耳。始信孟子惠忠仁之论。）

政斯以后无汤尹，坚猛联堪绍管桓。此是千秋臣主样，未应徒作少康看。

（自注：君臣之义至秦而缺。卒致今之翻覆，徒以存正统、推昭烈，犹止一姓事耳。）[1]

第一首诗是刘咸炘对刘备殿上"使君"联的评价。刘备殿"使

---

[1] 刘咸炘：《推十诗》，《推十书》（增补全本）戊辑，上海科学技术文献出版社2009年版，第673—674页。

君"联为：使君乃天下英雄，正统攸归，王气钟楼桑车盖；巴蜀系汉朝终始，遗民犹在，霸图余古柏祠堂。——完颜崇实。刘咸炘首先指出楹联应是完颜崇实的门客顾复初所作。其次，他指出刘备为天下英雄是正统，那么下联就不应该称"霸图"。最后，刘备为天下英雄是正统，那么就不应该有"王气钟楼桑车盖"的符兆。于是，刘咸炘拟改"王气钟"为"不是应"，"霸图余"为"通来拜"。刘咸炘敢于质疑前人的作品，其一是因为其自身诗技高超、学艺精湛，敢于用自己的学识去辨别"词人文多不精害义"的事实；其二是因为他对三国这段历史深刻的理解和对武侯祠真挚的感情，所以他诗题为"不自知其妄也"。当然，刘咸炘的修改意见并没付诸实施，楹联依然保持原貌，尽管是一家之言，但他对学术认真的态度是值得肯定的。第二首诗则是对蜀汉历史的评论。刘咸炘认为蜀汉之政绩和遗德主要归功于诸葛亮。诗歌前两句指出刘备攻占蜀地至逝世只有八年，其间常年在外出征，东至公安、北取汉中、又伐吴，在政事上有何创举，史书并无记载，最大的遗德在蜀即是任用了诸葛亮，诸葛亮对刘备的忠仁正是孔孟之道的体现，于是刘咸炘感叹"方知仁在得人难"。诗歌后两句是对刘备与诸葛亮这种如鱼与水的君臣关系的赞扬。刘咸炘认为君臣之意在秦始皇确立了君尊臣卑的关系后，就再也没有出现如商汤和伊尹之间那种相互信任和尊重的君臣关系。而到了三国时期，在刘备和诸葛亮身上又找到了"千秋臣主样"。

此外，刘咸炘还有一首诗《正月三日，与李孝侯甥及卢冀野游昭烈庙，冀野有诗记事，因和之》：

> 新年不晴亦不雨，柳芽未抽鸟无语。出门始觉有春意，处处新衣与锣鼓。
>
> 衣光鼓响何处繁，汉家陵庙在郊原。丘坟祠宇少风景，岁岁群游不厌烦。
>
> 南陌尘昏隐蘙柏，我来陪从江南客。楹间文字半遗亡，垄上

人踪竟狼藉。

棒捶鸡肉村坊味,指戴人头野童戏。江南他日话成都,此是残存古春事。①

这首诗是刘咸炘与卢前游昭烈庙所作。卢前与刘咸炘曾是成都大学同事,二人常常一起讨论戏曲知识,刘咸炘去世后,卢前作《述刘鉴泉》②一文记录了二人探讨戏曲的经历。刘咸炘有诗《读卢冀野〈仇宛娘〉杂剧有感,因再题度曲图》《评冀野五种曲》③表达了对卢前戏曲创作的赞美。这首与卢前游昭烈庙的诗作于1931年,诗歌记载了在新春之际陪友人游览武侯祠,蜀人有正月游武侯祠的习俗,所以尽管"丘坟祠宇少风景",但仍然"岁岁群游不厌烦"。只是,这时武侯祠的景象已经衰败不堪,"楹间文字半遗亡,垄上人踪竟狼藉"。

至今,在武侯祠内还保存着大量有关刘氏家族成员的翰墨。刘沅撰《明良志略》刻成三十二通碑碣,嵌于刘备殿及殿前文武两廊,刘咸炘书"义薄云天"存关羽殿前,又书"诚贯金石"存刘备殿偏殿。刘咸荥书"中有汉家云"存刘备墓红墙夹道门坊。刘咸荥书:

---

① 刘咸炘:《推十诗》,《推十书》(增补全本)戊辑,上海科学技术文献出版社2009年版,第685页。

② 卢前《述刘鉴泉》记之:"于余为成都大学同事。一室相对,沉默竟日。初不知其为何如人。是时君为诸生讲目录之学,余则任教词曲。一日,授余《曲论》稿一卷,属为订之,是君癸亥之作也。读竟,甚叹服。君之言曰:'余以疏通知远,为论史之准。以温柔敦厚,为论诗之准。论曲则以广博易良为准。非独以曲在歌管为乐教也。即论其词亦然。诗以浑蓄为长,而曲以快显为长,是亦敦厚与易良之殊也。'又曰:'尚隽与本色,为曲之所独盖易良之所以效也。论诗则不然。第近世之诗又恨文胜而少隽。郑板桥论诗谓当沉著痛快,直以快为诗准,不免乖柔厚之旨,然其言固有所见矣。'余深然其说,因出旧选所谓《曲雅》者,乞正于君。君为序之。由是相往来,未尝一日不相见。"卢前:《酒边集》,《卢前文史论稿》,中华书局2006年版,第150页。

③ 刘咸炘《评冀野五种曲》:"感慨悲歌亦等闲,家常本色自然妍。知君自有茱萸会,漫任琵琶赚独传。"《推十诗》,《推十书》(增补全本)戊辑,上海科学技术文献出版社2009年版,第688页。

"合祖孙父子兄弟君臣，辅翼在人纲，百代存亡争正统；历齐楚幽燕越吴秦蜀，艰难留庙祀，一堂上下共千秋。"存刘备殿北帝王龛，又书："勤王事大好儿孙，三世忠贞，史笔犹褒陈庶子；出师表惊人文字，千秋涕泪，墨痕同渐岳将军。"存诸葛亮殿。可见，刘氏家族成员对成都武侯祠的感情是有家学渊源的。

（三）刘氏家族桂湖诗创作

新都桂湖是明代杨慎的故居，新都杨氏家族具有显赫的家世，杨慎是明代四川唯一的状元，父亲杨廷和、祖父杨春都是进士出身。杨氏家族是蜀地文化家族代表之一，成都刘氏家族虽不及杨氏家族之显赫，但他们具有巴蜀文化家族的共同性，而这种共同性又让刘氏家族成员引以为豪，因此，他们用笔墨描绘了桂湖的美景，讴歌了杨氏美德。

首先，新都杨氏家族和成都刘氏家族都以易学起家。杨氏家族显赫时期应起于杨春。杨春（1436—1508），字元之，别号留耕。杨春自幼聪颖，喜研《周易》，因家贫无法延请塾师，便取家中《周易》一部，"蚤夜研究，深得要领"[1]。杨春成化元年（1465）举人，成化十七年（1481）进士，而其长子杨廷和早已成化十四年（1478）中进士，官为翰林检讨。这一"子先父举进士"的现象更为杨氏家族增光添彩。杨春在教育儿孙时也以《易》为根本，"教子亦以《易》学"[2]。杨慎正是在祖父的影响下，精深《易》学，最终取得状元及第。正德二年（1507），杨慎应四川乡试，题目"舟楫之利"即为《周易·系辞》中语。杨慎对以"地之势尽矣，而舟以为车，楫以为马。地之势虽尽，而人之行也不尽。陆之途穷矣，而川可以涉，水可以浮。陆之途虽穷，而人之行也不穷"[3]。杨慎因此脱颖而出。可见，新都

---

[1] （明）李东阳：《明故封光禄大夫柱国少保兼太子太保户部尚书文渊阁大学士杨公神道碑铭》，（明）李东阳著，钱振民点校：《李东阳续集》，岳麓书社1997年版，第265页。

[2] （明）李东阳：《留耕轩记》，周寅宾点校：《李东阳集》第三卷，岳麓书社1984年版，第95页。

[3] 王文才、万光治等编注：《杨升庵丛书》一，天地出版社2002年版，第91页。

杨氏亦是家传易学。

其次，在对家族子弟教育上，新都杨氏和成都刘氏都重视科第。科举之业自然是光宗耀祖的重要表现，科举之业亦是文学世家得以维系门祚长盛不衰的重要原因。新都杨氏出现过"一门七进士，勋业文章萃一时"的盛况。科举兴盛其最重要的影响是促进了家族文学的发展。新都杨氏在文学方面造诣颇高。杨慎的文学创作和文学理论丰富了巴蜀文学，而杨廷和的散曲创作在巴蜀曲史里又占有重要地位。杨氏家族的丰功伟绩对蜀人影响很大，明清之后，谈蜀中文学，绕不过要提及杨慎。蜀中文化世家都以杨氏家族为榜样，成都刘氏家族对新都杨氏家族也是充满了崇敬之情。杨氏家族乃科宦世家，其主要经历和事迹都与仕途有关。成都刘氏家族虽有科举之业，但其志向和兴趣并非在于此。于是，在家族文学创作方面体裁和内容自然也就大不相同，如果说杨氏家族文学创作多与仕宦经历有关，那么刘氏家族文学则更重视自我家族生活，更具有地域文化气息。

刘氏家族创作桂湖诗，是家族文学创作情景现场的再现，更是对杨氏家族崇敬的体现。今天，在桂湖碑林中，有刘氏家族成员留下的碑刻墨迹。新都桂湖碑林，主要刻了宋代苏轼、黄庭坚，元代王庭筠，明代文征明和杨慎，清代刘墉和何绍基等历代书法名家作品，碑文书体千姿百态，蔚然壮观。刘氏家族墨迹刻于碑林大门右边，第五个玻璃框内，其中刻刘沅桂湖诗四首，刘咸荥、刘咸焌、刘咸燡、刘咸炘步韵诗各一首。

刘沅诗《桂湖七律四首并序》：

万里滇池慨逐臣，云峰应让桂湖新。江山不没英灵气，风月应归旧主人。胜国纲常空痛哭，故乡遗像转精神。才名反避平安字，帷与苏髯共苦辛。火云飞处水光浮，一味清凉已似秋。苔绿上城山势陡，天青连树桂香柔。丹铅此日风流在，桑梓当年旅恨悠。最好多情贤令尹，鉴湖佳境竟全收。种桂成荫又种花，不教

第二章 刘氏家族文学的血缘性联系

风雨妒韶华。芙蓉径曲梅枝护,荷蕊香飞艇子斜。去住关山遗雪爪,凄凉身世幻龙蛇。伊人宛在留秋水,此外桑田几万家。浅浅流波窄窄船,迎凉小住亦游仙。楼台隐现林梢外,石蹬迂回雉堞边。节义文章堪绝俗,山川云物倍争妍。一湖直与岷江寿,活水源头讵惘然。

（自注:愚茧足以乡历有年,所闻张宜亭明府,重修桂湖,至为工稚,未获一靓。今夏六月望日至止,流连周览,价城凿沼,叠石聚山,花树交加,修里掩映,胜景纷絮,不暇应接,欣然忘魂,率成四律纪景物,抛砖引玉而已,双流止唐刘沅。甫稿并书,时年八十有三。）[①]

诗歌因张宜亭重修桂湖而作。嘉庆十七年（1812）桂湖重新修缮,并正式取名为桂湖。诗歌前半部分赞美了升庵的才华,同时对升庵被谪云南而感到不平。诗歌后半部分则描写了重修桂湖后的优美景色。刘沅抓住桂湖特有的桂花、荷花、湖景的特点,描写了桂湖山水一色,绿苔成墙的美景,在自注中刘沅自称这四首诗记桂湖景象为后人抛砖引玉,果不其然,刘氏"咸"字辈一代步韵桂湖诗作,以致追慕祖父。步韵诗如下:

先王父儒林公桂湖诗四章,咸荣同弟咸焌、咸熚、咸炘,分步原韵,敬成一章,以致追慕。

延壮余生慨直臣,故乡俎豆四时新。乾坤日月成终古,父子文章有替人。湖上流光秋色在,滇南遗爱曲迎神。激节诗句空前后,姜桂从知味最辛。

丁卯秋双流刘咸荣（签章）

久王身外名利浮,回首蟾宫廿五秋。兴寄湖山客啸傲,家传

[①] （清）刘沅:《埙篪集》,《槐轩全书》（增补本）,巴蜀书社2006年版,第3823页。

经史济刚柔,曾经沧海风云变,不见古人天地悠。金粟流香符瑞兆,待安物阜庆丰收。

咸焌(签章)

遗□□□胜有花,清芬渐涌鬓俱华。浮将世界留香在,胜有林泉待日斜。伏阔臣身径犬马,投荒客梦逐虫蛇。不须更问杨雄宅,乔木从来属坎家。

咸燡(签章)

昔游犹见柳荫船,小劫沧桑若梦仙。人敬忠祠传英代,天留荷叶到秋边。兄弟师友成高会,竹树亭台非旧妍。腊至不禁霜露成,板舆回忆一潸然。

咸炘(签章)①

孙辈四人每人步韵一首,以描写桂湖景象为主,兼怀对杨氏的敬仰之情。从诗歌内容方面和情感方面都可见孙辈对刘沅诗歌的学习,这组步韵诗较为清晰地表现出刘氏家学的传承和家族成员的诗学功底深厚的特点。

(四)青城山唱和诗

青城山是我国道教发源地之一,东汉顺帝年间(126—144),沛国公人张陵学道于鹤鸣山,创立道派。顺帝汉安二年(143),张陵来到青城山,结茅传道,青城山遂成为道教的发祥地。历史上有不少文人骚客为青城山留下墨迹。② 刘氏家族成员也多次到青城山并留下墨迹。

刘咸荥诗:

《青城山诗》:策杖看泉过竹林,山中幽趣静中生。青天不

---

① 诗歌刻于桂湖公园碑林内。
② 杜甫有诗《丈山人》《谢严中丞送青城山道士乳酒一瓶》等,范成大有《再题青城山》等,杨慎有《送福上人还青城山》等。

管月来往,老树浑忘年古今。山向白云深处合,花从青壁断边开。春风吹遍无人到,惟有幽禽自去来。

《游青城》:晴开半日趁天光,竹杖棕鞋野趣长。峰好都从攒处秀,山深只惜去事忙。探奇不数麻姑迹,览胜如登选佛场。想见群仙高拍手,断岩悬处石苍苍。

《题青城吟草》:天风吹雪落诗瓢,信有山灵影可招。踏遍群峰饶健骨,未应仙吏让王乔。忆昔青城一夕留,至今清梦绕山头。输君眼福多于我,万壑烟云笔底收。

《青城》:一带萦纡曲径长,青城环绕入仙乡。悠闲鸟梦山花冷,苍翠林容草木香。石上碑留唐岁月,洞中人想汉冠裳。高歌掷笔槽边望,定有山灵笑我狂。①

除了刘咸荥诗集中保存了与青城山有关的诗作,青城山宫观中现在还存有刘咸荥楹联两副,第一副是:

风腾电驭云车,合青城三十六峰,浩氧灵光同照耀;辅翊天枢帝座,悯人世百千万劫,救生度死大慈悲。

这副是刘咸荥撰写,由灌县学生张筠书写,另一副是刘咸荥在丙寅年(1926)自撰自书:

道德经括人天治乱之大原,溯群仙统驭,万类生成,归于太极;柱下史与乾坤悠久而为祖,合佛教慈悲,孔门忠恕,树厥先声。

刘咸荥的青城山诗创作,以写青城山景为主,山中泉水、竹林、花丛、白云在他笔下熠熠生辉,诗中展现的青城山景犹如一幅幅跃然

---

① 刘咸荥:《静娱园诗存》,光绪三十年双流刘氏成都自刻本。

纸上的画，有"诗中有画，画中有诗"的意境。

刘咸炘诗：

《游青城》闰六月初三日

一间小阁天师洞（注：洞当本深广，修道观后墓开剩此耳），观宇喧阗若市廛。惟有阁中遗像古，赫然竖掌对山川。

三十六峰那可数，上清宫外多垣堵。不如宫畔仄冈头，足下群山合如釜。

第一峰头东望好，平原如浪树如萍。道人俯指天师洞，正似人家蓥鸽棚。

一鸟不鸣日亭午，蝉声满谷疾还徐。忽闻长啸山山应，知是人家惊野猪。

胜或无名名不胜，咏歌记载岂无遗。圆明宫下出山路，却似永州幽丽奇。①

《游青城》创作于1930年夏，刘咸炘来青城山，游天师洞和上清宫所作，诗歌描写了天师洞内阁遗像以及山中盛景。这次游览，刘咸炘在天师洞壁发现伯父刘栋文留下的墨迹：昔闻青城山，仙灵石窟宅。怀之二十年，空蜡阮学屐。今来恣游眺，顿觉尘襟释。危崖不可登，弦回蹑层级。云敛气初霁，群峰尽落列。幽壑泻飞泉，苍翠严如滴。古树仰参天，楼观高百尺。儒门拜遗像，摩挲古碑刻。道人为余言，此中有奇迹。右邻掷笔槽，左昒试剑石。古洞传天师，唐皇剩遗墨。麻姑井犹存，金边崖壁立。朝阳上清宫，一一皆游历。人生贵适意，即此写羁绁。玄妙在修心，何用求丹诀。忠孝可成真，天伦乐无极。愿告修行人，长生须积德。《朝发青城、灌县道中所见》三首：

---

① 刘咸炘：《推十诗·游青城》，《推十书》（增补全本）戊辑，上海科学技术文献出版社2009年版，第683页。

一峰才过一峰开，细雨微云绝点埃。回首山灵应笑我，匆匆岂为看山来。黄鸡白酒毛肠物（山中道士饷黄鸡白酒），竹杖芒鞋放胆行。四十里中青未了，苟与高卧听江声。遥峰誉嶂送行人，绿野平畴眼界更。百丈畏播江水急，依稀又戳灌州城。诗前题：癸未（光绪九年，1883）初夏，尹子佩侄倩，招同李春海姻兄、李谓笙侄倩、子维弟、纪常、豫波、彪如侄，游青城即事有作。刘咸炘见壁文颇有感慨，在文后又书：先五伯父尧云公，蓄德能文，光绪中游此，有诗记之，尽存录本。同游之（子维）弟即先君（刘桢文）也。庚午（1930）之夏，咸炘来游，感念前踪，甫书，悬诸观壁。伯父书法清超（逸），昔未手书以传。古诗末句，本道德经，尤足以示来者。双流刘咸炘记。诗文至今保存在天师洞壁内。此外，在五洞天还有刘咸炘题"奥宜"二字，后有跋文："柳子厚《东丘记》语。庚午六月，刘咸炘题"字样。

刘氏家族青城山诗的唱和，记录了青城山建筑、寺庙以及景色的形态风貌，在他们笔下，每一个遗迹、每一座山峰和每一川溪流，都庋藏着历史文化意蕴，而他们在青城山留下的墨迹又成为宝贵的历史文化遗产。这些共空间同题同咏的唱和诗，具有很强的历史文献价值，在一定程度上起到了宣扬地域文化的作用，同时这类诗歌也是家学传承的重要体现。

第三节　刘氏家族联姻、母教与家族文学

在亲族血缘关系中，除直系亲属，外亲同样是维持家族发展的重要条件。刘氏家族文学的发展与联姻、母教都有直接联系。母教，即母亲的教育，母亲在孩子幼年时期的教育中扮演着重要角色。由于父亲要科考、游学、外出做官等，孩子一般不能随从，因此对幼小孩子教育的重任都落在了母亲的肩上。早在先秦时期就有孟母三迁的故事，后来欧阳修之母画荻教子等，都说明了母教对孩子的成长，乃至

于成才都起着至关重要的作用。联姻，是宗族血缘关系能够持续的主要方式，"是一种以下一代血缘关系为纽带扩大族亲范围，以增加同一社会层次文化家族之间情感合力的方法"[①]。家族文化的扩散与增强与家族成员联姻对象有直接关系。刘氏家族文学之所以能连绵几代传世而不衰，与联姻和母教有直接关系。本章所论以刘咸炘的联姻和母教为中心，再推之刘氏家族的姻娅关系、母教作用，进一步了解联姻、母教与刘氏家族文学的关系。

一 刘氏家族婚娅脉络的文化整合力

我们在探讨刘氏家族家风、家学与文学的特点时，更多的是从刘氏父辈对家风、家学的传承方面来探讨的。然而，当我们视野进一步扩大，对刘氏家族群体内部进行整体综合观照时，发现刘氏家族婚娅关系亦是家风、家学传承的重要因素。

中国古代的婚姻讲究门当户对。罗时进在《清代江南文化家族姻娅网络与文学创造力生成》中将门当户对的婚姻称为缔姻必崇门第[②]，他进一步分析清代江南文化家族婚姻是从世家道谊发展起来的。文化家族之间本身存在着深刻的"道谊"，这是在社会同一结构层次上产生某种共同的价值观，并基于这种价值观的一致而产生的文化上和利益上的密切联系，相互间在努力维护这种联系中不断激荡影响，增进家族之间、人与人之间的情谊。然而"世家道谊"在达到一定的程度之后，想要更加提高、更加稳定、更加长久，就必须面临"升级"的问题，"升级"的方法无非就是"亲上加亲"，即通过"缔姻必崇门第"的通婚，建立一种以女性为媒介的婚姻关系。[③] 这

[①] 罗时进：《地域·家族·文学——清代江南诗文研究》，上海古籍出版社 2010 年版，第 51 页。

[②] 罗时进：《地域·家族·文学——清代江南诗文研究》，上海古籍出版社 2010 年版，第 50 页。

[③] 罗时进：《地域·家族·文学——清代江南诗文研究》，上海古籍出版社 2010 年版，第 51 页。

第二章　刘氏家族文学的血缘性联系

种世家联姻，是有利于家风与家学的培育，亦可使家风与家学不断累积，渐臻完善。"世家道谊"即是有相同的价值观和文化观，一般来讲，出自世家的女性大都为大家闺秀，粗通文墨、通情达理、贤惠善良，这类女性的出嫁，促进自身家教与夫君家教的融合，形成家学生生不息的推动力量。刘氏家族婚姻情况亦具有"缔姻必崇门第"的特点。

清代成都刘氏家族联姻主要是以师友而成婚姻，这与刘氏家族世代以耕读传家有关。刘氏家族自刘沅始，创办私塾，收乡邻弟子为徒，授其教，传其学。其所教子弟从最初的家族子弟扩充到外族子弟，常年求学的学生最多达三百人以上，前后师从学习的有数千人。《清国史馆·刘沅传》记载："成进士登贤书者百余人，明经贡士三百余人，熏沐善良得为孝子悌弟，贤名播乡闾者，指不胜屈。"[①] 这种以师徒关系存在的社会人员交往，让刘氏家族成员接触更多的是同学以及同学的亲人、好友。自然而然，以师友成婚的模式在刘氏家族成员中普遍盛行。我们以刘氏家族成员刘咸炘为例，探讨刘咸炘之母与刘咸炘之妻的婚娅关系，进一步说明刘氏家族成员婚姻关系中以师友成婚而带来的文化整合力。

刘沅第六子刘梖文娶王氏，生一女，后又纳谢氏，生刘咸炘。因谢氏体弱多病，早逝，刘咸炘均由王氏抚育成人。王家乃井研盐商大富之家。刘沅《菊源祠记》中记载："王子敬庭，其先粤之兴宁人，曾祖上厚公，食饩而厄于乡焉。慕蜀山水之盛，携子西上，留孙毓源于粤，久而不还，毓源侍其祖母彭终身，既壮思父久客，弗归乃负彭遗骸，徒步入川。敬庭者，毓源之第八子也，幼颖悟，严督而不喜呷唔。……敬庭念厥考之勤劳，奉毓源为始祖，故以此志不忘。祠右为家塾延师以诲，宗支数十年来，举明经而登仕版者接踵，盖其孝弟之思，感召神而收效速有如斯也。……敬庭子葆山孙裕绪先后来游于

---

① 刘沅：《清国史馆·刘沅传》，《槐轩全书》（增补本），巴蜀书社 2006 年版，第 7 页。

门，益得悉其行谊，并知敬庭配杨继室帅，均能同德同心，为戚党宗，然则敬庭不特富，而好礼，且修身齐家，克昌厥后，方未艾也。"① 王敬庭乃刘沅之友，王家是从广东迁来四川，以盐业起家，王敬庭子承父业，继续经营盐业，并且经营有道，拥有一定资产，在当地小有名气。王敬庭曾出资购买了清朝内阁侍读学士雷畅的住宅，井研县千佛镇至今保存旧宅原貌。《光绪井研县志》记载："雷畅，字燮和，号快亭。其先为楚人，明洪武朝自麻城迁蜀，卜居。乾隆三十四年，授为内阁侍读学士。三十八年，因患足疾还乡，其子羽中霄以翰林院编修，乞养侍父归里，翌年春，霄就旧宅前闲地筑随春园：园有池、四周种植奇花异木，池中奇石为埠，建'月到亭'、'香光阁'在上面，香林梅坞，极幽丽之极，名彦雅游，解水流连，颇积一时之胜。"② 道光初年，雷氏家道中落，便将此宅卖给了王敬庭，王家虽以商业起家，但王敬庭非常重视子女的教育，他将儿子葆山、孙裕送到刘门学习。王家好礼而又修身齐家的家风与刘氏家族家风相得益彰，于是刘沅将葆山之妹王氏许配给了第六子刘楨文。

刘咸炘之妻吴氏，其父兄是刘楨文的学生，"亡妻吴氏，其名字凡三四，吾为择一以行，曰承，子仲顺。吴故绵州巨室，其族父兄多吾考门人。父讳朝蒸，子士英，州学生。母姜氏。外祖兆鲤，又吾伯考门人也。以其族兄质诚之言，妇于我"③。刘咸炘对吴氏父亲非常敬重，吴氏到刘家之前，父亲已经去世，与咸炘未曾谋面，但刘咸炘为祭奠吴氏父亲，写了《祭外舅文》一文，肯定父亲对女儿的培养，"府君之女，性颇质愿，与咸炘性近，方相励以读书学道奉亲皆隐，若其有成，则府君之灵也"④。吴氏生性柔顺，初通文墨，与刘咸炘

---

① 刘沅：《槐轩杂著》，《槐轩全书》（增补本），巴蜀书社2006年版，第3462页。
② （清）叶桂年修，吴嘉谟纂：《光绪井研县志》，光绪二十六年刻本，第342页。
③ 刘咸炘：《推十文·亡妻事述》，《推十书》（增补全本）戊辑，上海科学技术文献出版社2009年版，第515页。
④ 刘咸炘：《推十文·祭外舅文》，《推十书》（增补全本）戊辑，上海科学技术文献出版社2009年版，第597页。

第二章 刘氏家族文学的血缘性联系

性格相似,"吾性好倜傥,坦率少城府,不喜势利,不计锱铢,不宿小怨,深恶妇人箪豆猜嫌,咕嗫微语……而其最可取,与吾契,令吾思之不能忘者,则倜傥坦率也"①。应该说,刘咸炘的婚姻生活是幸福美满的,他与妻子志同道合,家庭温馨,只可惜吴氏去世太早,刘咸炘悲痛万分,为其灵柩题词曰:"终鲜兄弟,惟予与汝;胡转于恤,有母尸饔"②。吴氏去世后,并没有留下子女,在同学的介绍下,刘咸炘娶万氏为继室。万氏,华阳人,其长兄为刘咸炘同学,万氏为人善良,颇有吴氏之性格。刘咸炘有诗:"痴汉迂生本性成,由来最怕斗心兵。亦知坦白今希见,所幸遭逢多有情。颇恐新人不如故,欲知弟性视其兄。阿哥称汝柔而直,我信他诚信汝诚。"③ 让刘咸炘颇为欣慰的是万氏温柔而刚直的性格正如故人(吴氏),并与自己"痴汉"之性相符合,所谓"心同赤子貌婴儿"④ 是也。

这种以师友的联姻方式实际上就是"缔姻必崇门第"。在同一师门下,其价值观与文化观趋于相近,甚至相同,结成姻亲关系后,无疑能扩大家族影响力,促进家族文化的发展。罗时进总结,这种姻娅亲谊对文化家族发展的意义有四:一是声誉相互借重使共同提升,二是道义上相互支持使威势扩大,三是危难时的相互救助使解除困顿,四是文化和教育资源共享。⑤ 全面地概括出姻娅关系对家族文学建设的基本作用。就刘氏家族而言,第四点表现较为突出。在门当户对的情况下,女性的出嫁,带出了女方的家教及家学,再与夫方的家学与

---

① 刘咸炘:《推十文·亡妻事述》,《推十书》(增补全本)戊辑,上海科学技术文献出版社2009年版,第515—516页。
② 刘咸炘:《推十文·亡妻事述》,《推十书》(增补全本)戊辑,上海科学技术文献出版社2009年版,第516页。
③ 刘咸炘:《推十诗·十一月初二日续娶作诗三首新妇季万》,《推十书》(增补全本)戊辑,上海科学技术文献出版社2009年版,第655页。
④ 刘咸炘:《推十诗·题季万影像》,《推十书》(增补全本)戊辑,上海科学技术文献出版社2009年版,第656页。
⑤ 罗时进:《地域·家族·文学——清代江南诗文研究》,上海古籍出版社2010年版,第61页。

家教融合，会为家学的传承注入新的血液，从而对家族的发展起到推动作用。刘咸炘学术思想的磅礴宏大，一方面是受其刘氏本家学术的影响，另一方面实与外家教养有关。刘咸炘曾为外曾祖、外曾祖母作赞：

> 《外曾祖王敬庭翁像赞》：
> 退哉先正，德余于家。庸德之行，今也则亡。睦婣任恤，推而放诸。惇史记言，乡老献书。庶人之孝，祭以大夫。郁郁菊源，蕴玉怀珠。小子晚出，文献未坠。闻而知之，大父之记。披图俨然，春容有晬。何以异人，鲜能其至。
>
> 《敬庭翁元配杨太宜人像赞》：
> 頯然博裳，顽然广颡，乃王敬庭翁元配杨太宜人之像。太宜人殁百年，外曾孙双流刘咸炘乃敬识图颠。咸炘之祖，言为士则，作《菊源记》，称太宜人与翁同德。内言不出，世远莫由悉。子孙所传，日好礼佛。盖相夫治家，非偏于枯寂。而持静养素，自绝乎惑溺。乌乎！此古人之所以难能，乃无得而称。
>
> 《敬庭翁继配帅太宜人像赞》：
> 惟帅太宜人，作配敬庭翁，育我外伯王父葆山、外王父鹤冈。二公今千佛寺聚族，秩秩数十百人，皆太宜人所出。繄我外氏之德，大于敬庭翁，而太宜人为相夫之贤妇。外氏之学，开于葆山公昆弟，而太宜人为教子之贤母。于戏！我诸表兄嫂侄妇孙童，其毋忘祖妣之功。[1]

赞文记述了外家家学渊源，赞扬了外家所具有睦婣任恤、持静养素等高尚品德。而这些品德随之传给了刘咸炘之母王氏，王氏在随后

---

[1] 刘咸炘：《推十文》，《推十书》（增补全本）戊辑，上海科学技术文献出版社2009年版，第543—544页。

对刘咸炘的教育中都继承和发扬了这些品德。此外，刘沅第三子果文之妻袁氏亦是以师友成婚，果文年甫弱冠卒，袁氏矢志守贞，帮助抚养伯子承祧，民国版《双流县志》将其列入《烈女》。由此可见，外家的教育促进了刘氏家族的发展，故以师友成婚有助于家族势力的扩大。

二 母教与刘氏家族文学的传承

母亲的教育在家庭子弟幼年成长时代起着至关重要的作用，特别是对于书香门第家庭，母亲本身具有一定的文学才艺，但无处施展，只好将希望寄托于儿子。熊秉真在《好的开始：近世士人子弟的幼年教育》中说："对家族中最聪明慧黠的子弟而言，其最成功的人生是经由读书仕进，以提升其家族地位，创造家族之繁荣。所以我们常看到一方面士族长辈在赞赏以为聪颖可人的子弟时，总以彼等未来能光耀宗族立言。另一方面，家长对幼儿读书常寄以无穷之希望。"[①]而这种希望在母亲处表现得尤为突出，因为在传统等级社会中，由于性别差异，母亲无法依靠自己的力量获得公众的认可，她追求成功的心愿，只能通过男性来实现，而儿子无疑是助其显扬的最佳人选。[②]于是，母亲在孩子幼年时期承担着抚养和教育的双重职责。特别是在父亲赴京应试、外出为官、游历等不在家中时，母亲对孩子的教育则显得格外重要。

在传统封建社会中，家族中的女性角色往往是通过自身的道德修养来感染下一代的。刘氏家族是书香门第，对孔孟之道身体力行，刘氏家族中出现过由政府旌表入节孝祠的节妇，刘沅著《三节妇传》记之：

---

① 熊秉真：《好的开始：近世士人子弟的幼年教育》，台湾"中央研究院"近代史研究所编：《近世家族与政治比较历史论文集》，台湾"中央研究院"近代史研究所，1992年，第207页。

② 徐雁平：《清代世家与文学传承》，生活·读书·新知三联书店2012年版，第56—57页。

节妇杨氏，刘彭焕之妻也，年二十二焕卒，无子，遗一女。焕兄彭宪有子二人，其一病废，继焕而卒。家故贫至是，益窘父母茕然，朝不谋夕。宪妻他适杨氏慨然曰：嫂去畴事翁姑，且如二子，何也？于是毁妆力纴，以供抚养。寒不得衣，饥不得食，率以为常，而翁姑未尝废饔飧。侄璿祥成立均为授室，璿本患痹，氏百计鞠养，迄于成人。璿妻杨氏，生一子文举，而璿卒，氏年二十三，奉姑以事祖。翁姑十五年而祖翁姑卒，又十年而璿妻杨氏亦卒。文举妻陈氏生一女，文举复卒，陈氏年二十，事祖母不适人，今杨氏年八十矣。其贫益甚与孙媳陈氏相依为生，祥妻吴氏，其夫卒亦二十余年矣。子曰文炳憨陋，不能自食，杨氏之所恃，惟陈氏耳。陈氏又素有目疾，陈氏之女福英，慧而勤，曾祖、母祖母赖以为乐。岁壬申邑侯汪公宿园，为请于朝，如例旌赏以杨氏入节孝祠。①

刘沅所称三节妇乃刘彭焕之妻杨氏，刘璿之妻杨氏和刘文举之妻陈氏。刘彭焕是刘沅祖辈刘汉鼎兄弟的儿子，刘彭焕早逝，由杨氏抚育一女，刘彭焕的哥哥刘彭谟亦早逝，留下儿子，其妻改嫁，二子由杨氏抚育成人。刘氏家族族谱记载："杨氏食贫守苦，上奉舅姑得其欢心，下抚子孙秩然有法，而贫苦艰难亦万状矣。"此节妇之一。刘璿是刘彭谟的儿子，娶妻杨氏（这是另一个杨氏，不是刘彭焕之妻），刘璿与杨氏结婚不久因病去世，留下儿子刘文举，完全由守寡的妻子杨氏一手抚养成人，此节妇之二。刘文举成人结婚不久后便去世了，留下妻子陈氏，"以纺织为生"抚养刘文举的孩子，此节妇之三。所以，在当时"一门之中三节妇，形影相依"的状况深深地感动着刘氏一门的子子孙孙，刘沅在传文后特此赞文曰：

刘止唐曰：节孝之事，事多闻之，若乃无所为而为之奇。穷极

---

① （清）刘沅：《槐轩杂著·三节妇传》，《槐轩全书》（增补本），巴蜀书社2006年版，第3396页。

第二章　刘氏家族文学的血缘性联系

厄至，五六十年而不懈，难矣哉！杨氏之先，非有读书明道之素，闻大义于父兄也。当彭宪（刘彭谟）卒时，妾且弃子而去，而去何责子弟内？父母亦无以为生，何望于婺妇？而杨氏竭力以养舅姑。奇矣！迄于再世无禄！媳杨氏，孙媳陈氏，以节继之，岂非所感者深与？以氏之贤而数十年不得一饱，天道疑焉！然遇不否极。氏心弗著其以厄至者成之也。一门四世，大节森然，盛也哉！①

这三位妇女在丈夫去世后，一心一意地抚养遗孤，上养老，下恤孤，节衣缩食，毁状力纤，她们这种吃苦耐劳和无私奉献的精神，确实给刘氏家族后代树立了榜样，成为刘氏家族宣扬孝道的鲜活例子。

明清之际，士大夫家庭中的女性虽然没有受过正式的教育，但因为姻娅关系大都门当户对，女性在原生家庭中或耳濡目染（如皮锡瑞的母亲），或受家学影响，她们大都能诵读经书，虽然不见得能完全认知深义，但是这样有限度的古典学问，足以让她们成为幼儿的启蒙老师。② 刘沅、刘澐母亲向氏、刘咸炘母亲王氏、刘咸焌母亲黎氏就扮演着这样的角色。

刘沅、刘澐母亲向氏是一位知书达理、很有才能的女性。《向太宜人墓志铭》载："刘母向太宜人者，广都甘泉里人也。母解，梦鹤集掌而寤，诞宜人。少颖异，闻人伊吾，即能默记；矜重不苟言笑，蔼蔼温温，同室皆爱敬之。父尝病噎，医皆束手。宜人进旨食，尽一器，咸叹异焉。年二十二，归敬五公。公故豪士，喜读书，好施与，而宜人益以贤仁助之，宾履常盈。"③ 从文字中我们可以看出，向氏

---

① （清）刘沅：《槐轩杂著·三节妇传》，《槐轩全书》（增补本），巴蜀书社2006年版，第3396页。
② 熊秉真：《好的开始：近世士人子弟的幼年教育》，台湾"中央研究院"近代史研究所编：《近世家族与政治比较历史论文集》，台湾"中央研究院"近代史研究所，1992年，第226页。
③ （清）帅承瀛：《向太宜人墓志铭》，刘信修，刘咸荥纂：《双流县志》，民国十年修，二十六年重刊本，第410页。

少年聪慧,记忆力强,为人真诚,受到同室爱敬。《向太宜人墓志铭按语》亦曰:"五岁时,闻父兄读《周易》,惊曰:'此何书也?其词何不类他书?'为言大概。喜曰:'如此,不读他书,此书岂可不读乎?'及长,并通《诗》《书》《四子》,父兄大异之。"① 可见,向氏略通经典,这对刘沅、刘濖的早期教育起到了关键作用。由于敬五公早逝,向氏承担起了抚养和教育二子的双重责任,"当金酉之扰西陲也,敬五公从军,转粟岷嶓间,而宜人常济其乏。延师训课二子,恩严交备;尤尊礼师友,都人士无不道其贤。岁己酉,敬五公卒,次子沅甫取明经,宜人督责益勤"②。向氏的教育是刘沅兄弟成才的根基。

向氏对刘沅兄弟的教育从幼蒙开始,在幼教中,最突出的特点是向氏对兄弟俩易学的教育:"先是,宜人常多病,至是慨然曰:吾幸不辱先夫命,今长男供职,次男留养,吾亦将颐养以寿吾神耳,由是恒静坐,命次子为读《易》,辄有所得,颜益腴,体益健。"③ 刘氏家传易学的传统在联姻与母教中同样得以体现。在二子成人后,向氏为二人的前途亦做了安排,她让刘濖供职,刘沅留家赡养母亲。她对刘沅兄弟说:"若不闻尹和靖之母乎?善养、禄养不必兼也。"④ 向氏不仅教育、培养儿子,而且善待儿媳,将婆媳关系处理得非常和谐。长子刘濖在外任官时,媳妇带孙子自京回川看望向氏,向氏见到媳妇后说:"尔翁与吾同食劳而先溘逝,更历二十余年,及见尔等之成立,吾愿毕矣。治家不易,其汲恩慎德,以为先荣。"⑤ 告诫儿媳今日之生活来之不易,愿儿媳持家有道,善于经营夫妻间的生活。刘濖、刘

---

① (清)刘沅:《向太宜人墓志铭按语》,道光廿七年丁未孟夏刻本,第64页。
② (清)帅承瀛:《向太宜人墓志铭》,刘信修,刘咸荣纂:《双流县志》,民国十年修,二十六年重刊本,第410页。
③ (清)帅承瀛:《向太宜人墓志铭》,刘信修,刘咸荣纂:《双流县志》,民国十年修,二十六年重刊本,第410页。
④ (清)帅承瀛:《向太宜人墓志铭》,刘信修,刘咸荣纂:《双流县志》,民国十年修,二十六年重刊本,第410页。
⑤ (清)帅承瀛:《向太宜人墓志铭》,刘信修,刘咸荣纂:《双流县志》,民国十年修,二十六年重刊本,第410页。

第二章 刘氏家族文学的血缘性联系

沉对母亲的养育之恩亦是感激不尽,在向氏去世后,刘濖托帅承瀛为母撰写墓志铭:"吾亦母命供职,所以不即归者,以母素健。今遽及此,罪曷逭乎?虽然,吾母诚有不可朽者,子有为我述之。"①帅承瀛赞曰:"宜人孝友乐善,出于天性,戚友来谒者,必详叩其安苦,而随意曲解之;闻人困厄,或太息忘寝食,所周恤,尤不可更仆数也。其平居训子孙,以仁恕恭俭为本,终身无金玉之饰。"② 在向氏身上,我们看到的不仅是贤惠持家、节俭朴素的优良品质,更重要的是对二子的抚育和培养,充分体现了母教对刘氏家族成员的培育,以及对家族文化的传播作用。

在家族文学中,对母教的记述一种是写入墓志铭,另一种是以散文的形式记录对母教的回忆。这类散文又以两种体裁为主,一是课读图记,二是先妣事略。徐雁平在《"青灯课读图"与回忆中的母教》一文中详细分析了蒋士铨《鸣机夜课图记》的内涵,他认为记文充分反映了课读图中的四个主题:其一,关于母亲德才的叙述;其二,课读的情景;其三,母对子的激励及子的反应;其四,绘图记课读情景。③ 实际上这四个主题均与母教相关,课读图记往往图与文配,较为客观地再现了母教场景。而先妣事略文则更为详细具体地记载了有关母亲的生平事迹。如归有光的《先妣事略》一文具有典范作用,清朝著名的古文选本《古文辞类纂》《经史百家杂钞》都收入归有光《先妣事略》。在归有光《先妣事略》之后,出现了很多追忆与描写自己母亲生平事迹的传状类作品,这类作品最大的特点是以真挚的感情,结合具体的事迹让母亲整体形象跃然纸上。

在刘氏家族文学中,有关母教回忆的散文具有代表性的是刘咸炘

---

① (清)帅承瀛:《向太宜人墓志铭》,刘信修,刘咸荥纂:《双流县志》,民国十年修,二十六年重刊本,第410页。
② (清)帅承瀛:《向太宜人墓志铭》,刘信修,刘咸荥纂:《双流县志》,民国十年修,二十六年重刊本,第410页。
③ 徐雁平:《清代世家与文学传承》,生活·读书·新知三联书店2012年版,第160页。

的《先妣行述》。这篇文章颇有归有光《先妣事略》的神韵,朴实细碎的语言包含真挚的情感,将先妣事迹历历如绘地倾诉,充分体现了刘咸炘对母亲的爱。现将文章部分摘录如下:

> 先妣氏王,生于犍为五通桥。王故巨族,世德具详先王考所作《菊源宗祠记》,在《槐轩杂著》中。后移居井研,外伯考朝议葆山公、外王考奉政鹤冈公,及伯舅训导竹坡公,兄弟九人,皆从学于先王考,以师友结婚姻。外王考生平,不孝不能详,惟知其友爱过人。外王妣胡大宜人,寿逾八十乃终。今井研千佛场聚居数百人,皆诸舅之后,颇有学道从善者,遗泽犹未艾也。先妣年二十来归时,先王考已殁,王妣袁太恭人治家严肃,昧爽即兴,诸妇从之入厨。晚休于内庭,犹各有操作。子妇朝夕定省,罔敢嘻嚆。先妣晚年常与伯妣黎恭人、叔母袁孺人话当时事,告不孝等曰:"当时何等规矩,吾辈何等严畏,习之既久,故至老不敢恣肆,今人能堪之也。"
>
> ……以无衣故,每不与人庆宴。平居非有事不鲜衣,非饿不饤饾。八十以后,犹不肯多制新样之衣,频设珍贵之食。不孝受室后,室中始有煤油灯、自鸣钟。常告不孝曰:尔祖母以家计忧劳终,吾今服用胜祖母已多,心常不安,况加此乎?顾先妣虽俭啬,而无不中礼。先考素不以财乏而吝施减礼,先妣能承其意,未尝有怨言。
>
> 先妣勤俭助夫之事不可具举。不孝生晚,亦未及尽详,仅能举一二,以示其概。前辈人勤俭者多,而先妣之勤俭,则所系非小。先考尝面誉其内助之功,谓:非尔则我不得任斯道也。先妣尝告不孝曰:尔父平生不道家族长短,吾亦不敢言。
>
> 呜呼!言先妣之于不孝,则高天厚地,未足以喻其恩也。不孝自免乳,即随先妣卧起,直至十五岁始别寝,犹常跪母怀而受抚弄。先妣病伤寒,视而不见,神昏谵语,犹呼不孝来前。时不

第二章 刘氏家族文学的血缘性联系

孝亦有病,给以他儿往。手摸其项曰,此非吾儿也。不孝十五岁前,两患重病,先妣不寐者数月,垢污满身,涕泪常出,爱护之笃,非文字所能祥。……顾先妣于不孝不稍姑息,孩提时常抱而吟俗歌,说故事。……自不孝有知识,训诫尤密,繁而不杀,锁而不厌,洋洋盈耳,不可胜书。

先妣生平嘉言懿行,姻党朋友中见知闻知者甚多。不孝德业无成,不能显扬,今此追述,特其大略。务在质实,故不避烦碎,不敢稍作浑泛文饰之语,以蹈诬亲之罪。苦块昏迷,语无伦次,伏惟矜鉴。丁卯年四月,不孝男咸炘泣述。①

从上面的引文中,我们可以归纳出刘咸炘着重叙述了以下几个方面。

第一,先妣王氏的身世。王氏犍为五通桥人,王家在当时是巨族,刘沅著《菊源宗祠记》详细记述了王氏家族的起源与发展。王家后移居井研,王氏父兄皆从学于止唐先生,因师友而成婚姻。王家与刘家关系连绵几代均为世交,王家为当地儒商,在刘沅去世后,王家集资在井研为刘沅修建祠堂,刘咸炘有《井研建刘止唐先生祠募捐启》一文,曰:"双流刘止唐先生教泽遍全川,井研之人亦早及其门,迄今百年,再传三传,日以加多。而千佛场王氏父子兄弟,皆学于先生。先生第六子子维先生,则王氏婿也。"② 记述王氏父子兄弟皆受教于刘沅,刘沅与王敬庭促成了刘梖文与王氏的婚姻,刘沅去世,王家出资修建祠堂纪念刘沅之事。

第二,先妣王氏的性格特征。王氏待人和蔼,治家严肃,一生勤俭持家。刘咸炘列举了先妣在王考去世后的持家之道:"王考殁后,

---

① 刘咸炘:《推十文·先妣行述》,《推十书》(增补全本)戊辑,上海科学技术文献出版社2009年版,第516—519页。

② 刘咸炘:《推十文·井研建刘止唐先生祠募捐启》,《推十书》(增补全本)戊辑,上海科学技术文献出版社2009年版,第588页。

家计渐窘。后析爨，人止谷数十石。先妣斥嫁妆以资用，仅乃得济。晚年言及当时艰困之状，犹若有余慄。外王妣知其不能多得公财，每使来辄有所遗，以助衣饰。先妣储不肯用，曰：吾家方困，吾何忍独备物耶？至晚岁，储金犹在笥也。"①

第三，先妣王氏待人处事之法。首先是与家人相处和睦，刘家在当时是巨族，由于耕读传家的关系刘氏家族成员大都居住在同一屋檐下，即成都纯化街旧宅。家族成员庞大，王氏和家中每一个人都和睦相处，刘咸炘记曰："先妣袁太恭人治家严肃，昧爽即兴，诸妇从之入厨。晚休于内庭，犹各有操作。"② 其次是与刘氏门人相处和睦。因刘氏家族创办私塾，门人弟子众多，王氏如母亲般关爱门人子弟，在刘梫文去世后，门人子弟不忘旧恩，每遇王氏生日或时节，都以礼相赠。王氏并没有将所收礼品归为自用，而是将其善存，"积有成数，则建斋荐宗亲，利孤爽，每举费数百金"。可见，王氏品德高尚，与人和睦，受众人尊敬。

第四，先妣王氏课读教子。王氏膝下无子，刘咸炘自免乳即随王氏卧起，王氏视刘咸炘为己子，虽有娇惯，但仍教子有方。刘咸炘孩提时便教诵诗歌，讲述故事，自咸炘习得知识后更是管教严厉，寄希望于咸炘能够勉率父师之教。王氏正是用自己的实际行动来感染刘咸炘，她的勤俭，她的和睦待人，她的善良以及慈祥的母爱无不影响着刘咸炘性格的塑造。刘咸炘在《自状诗》中说："济济官高卑，不敢亦不欲。续续财出入，不计亦不觉。众皆热出头，我独冷缩足。古人罗满前，古书堆满腹。告以今时事，瞢然但张目。"③ 他淡泊名利，与世无争，闭门读书，后来在学术上取得卓越成就，这与母亲在他幼

---

① 刘咸炘：《推十文·先妣行述》，《推十书》（增补全本）戊辑，上海科学技术文献出版社2009年版，第516页。
② 刘咸炘：《推十文·先妣行述》，《推十书》（增补全本）戊辑，上海科学技术文献出版社2009年版，第516页。
③ 刘咸炘：《推十诗·自状诗》，《推十书》（增补全本）戊辑，上海科学技术文献出版社2009年版，第634页。

年时期的言传身教是分不开的。

刘氏家族以师门而成婚姻的姻娅情况巩固了家族势力，外亲所带来的文化意识、道德理念甚至经济财力都使家族文化得到了更充分的发展。加之母教在训子和课读方面取得的成效，让家族成员成才的概率增大，这也是刘氏家族连绵几代长久不衰的原因之一。同时，关于叙写母亲的文字又成了家族文学中的重要题材，无论是墓志铭、记叙文还是诗歌，都体现出创作者的真情实感，是家族文学作品中具有代表性的一种创作。

第四节　刘氏家族书塾与家族文学

"古之教者，家有塾，党有庠，术有序，国有学。"[①] 这是中国古代较早论述教育机构分类的话语。按照家、党、遂、国建立相关的教育机构在古代中国教育体制中是完全合理且有实际效用的。家族书塾是古代教育机构中的第一步，为家族弟子步入科举之路奠定了基础，同时，儒学思想的传播和诗文的习作训练皆有赖于家族书塾。因此，家族书塾的建立对家族文学的发展具有重要作用。

一　刘氏家族书塾的创办

清初战乱结束后，清政府开始重视教育的作用，开始着手恢复传统教育，为清政府科举考试服务。清政府在省会城市恢复了乡试，随后地方上开始规划并重建官学、书院和义学。书塾属于民间兴办的私学，又称私塾，起源于汉代，历代皆有兴替。清代成都的私塾大致分为"专馆"和"散馆"两大类。"专馆"由一家或数家联合延聘以为先生为子弟授课。授课或在先生家中，或在童生家中，学生不多，

[①] （汉）郑玄注，（唐）孔颖达等正义：《礼记正义》，上海古籍出版社1990年版，第647页。

仅限于相关家庭，教学十分方便。"散馆"是塾师自设馆舍，招收蒙童授课，学生包括自家子弟和相邻子弟，数量比专馆多，需要一定的馆舍和基本设备。当发展为较大的散馆时，塾师不止一人，往往由几人教授不同课程。私塾教育切合中国社会的传统特性，符合老百姓的实际需要。由于私塾的设立没有地理环境的限制，无论是在乡村还是在城市，都可建立私塾，同时，私塾的建立也不受时间和人数的限制，且学费低廉，教学灵活。因此，私塾在中国传统教育机构中受到人们喜爱，乡民愿意将孩子送入私塾，一方面是因为教育方便，另一方面更是为科举之路打下坚实的基础。

刘氏家族世代以耕读传家，其家族书塾的创办真正始于刘沅。书塾创办之初仅是为家族子弟提供蒙学场所。乾隆五十一年（1786），刘沅从双流柑梓乡三圣村（旧名云栖里）开始训徒讲学起，至嘉庆十二年（1807），刘沅奉母命迁居成都南门纯化街，自建房屋，新办私塾。因云栖里旧宅中庭有槐树近二百年，移宅成都后，纯化街新宅院中亦有三株老槐树，故刘沅沿用老宅书斋名曰"槐轩"。此后四十八年，刘沅一直在成都纯化街设馆讲学治学，刘沅有文《槐轩记》，记录了槐轩讲学情景：

> 入南关而课尘间，其三日纯化，西则宫墙，东祀关帝，文里武乡，民气良朴。嘉庆丁卯，愚奉母来斯息，尘影而就，旨甘寒儒，私计未尝计于久栖也。宣云忽暗，捧檄无心，门多问字之人。家富亡书之簏，习而安焉。弹指不觉四十余年，每念人生如梦，早逝所天思，惟修身寡过，稍无忝于生成，而马齿日增内省，多疢恍也。第研穷圣经，历有年所，天人性命，颇知大凡。当日永天高，于诸生问难于槐荫之下，熏风徐来，白云在户，不知天壤间何劳为生也！人情世态，蕉鹿迷离，笔塚书厨，非是奚能自遣？是以授受之暇，补注经义，四子六经，积久衰然成集；而又为《史存》，以著劝戒。虽敞帚自享，不敢问诸高明，而耳

第二章 刘氏家族文学的血缘性联系

目未衰，忘其老至。庭槐日茂，所居茅舍，益辟益新，不第可以容，膝及门聚首之士，亦弗以垂老见遗。讲习依依，有如曩昔；儿子辈幼，不知愚之乐也。爰书其事，以告异日者，物换星移，其有怜愚之劳拙者乎？①

"槐轩"既是刘沅的书斋，又是刘氏讲学之地。刘沅在这里钻研经史之学，为十三经注解著成《十三经恒解》，又著《史存》以史鉴今，刘沅以此作为讲稿，为家族子弟讲授经史之学。刘沅子孙均在"槐轩"聚族而居，八子都先后入学于槐轩，时人誉为"八龙挺秀"②。《双流县志·选举》记载：光绪三丁丑科壬王仁堪榜，刘桂文（刘沅第四子）钦点翰林院庶吉士，散馆授职编修；刘沅乾隆壬子举人；刘松文（刘沅长子）咸丰壬子举人；刘楫文（刘沅第三子）同治甲子举人；刘咸焌（刘沅孙）光绪癸卯举人；刘楫文（刘沅第三子）咸丰辛酉，朝考一等小京官；刘咸荥（刘沅孙）光绪丁酉拔贡。③ 加上刘沅兄刘泽嘉庆元年进士，刘氏家族共出现了二名进士，四名举人，二名拔贡，可见，刘氏家族在清代成都亦是显赫之家。在槐轩受学的弟子已经不仅是家族子弟，还有乡里门人。据资料记载，在刘沅书塾求学的学生最多时候已达三百人以上，前后师从学习的有数千人，刘沅也因此被誉为"塾师之雄"。④ 刘沅建立书斋为诗书望族的发展奠定了基础，而书塾的建立则是为家族子弟提供蒙学场所，以便考取科举之名。

在刘氏家族私塾建立之初，刘沅作为私塾最重要的塾师，是将心性说贯穿于教育之中的。刘沅所倡导的"理气"论，不管"气"在

---

① （清）刘沅：《槐轩杂著》，《槐轩全书》（增补本），巴蜀书社2006年版，第3421—3422页。
② 吴绍伯：《刘止唐与成都"尚友书塾"》，《成都文史资料选辑》，1992年，第152页。
③ 刘信修，刘咸荥纂：《双流县志》，民国十年修，二十六年重刊本。
④ 双流县社会科学界联合会、双流传统文化研习会编撰：《槐轩概述》，上海科学技术文献出版社2015年版，第7页。

质量上如何变化,"理"总是保持不变的。因此,从理论上说,人性都是向善的。刘沅将"性"作为人物既成之后始有的名称,在他看来,人与物的形成实际受到"理"与"气"的双重作用,当"理"与"气"处在构成人与物的过程中时,只能称之为"善";一旦人、物生成,则"性"之名便可因其与具体实体相挂钩而称为人性或物性。

刘沅在《周易恒解》中说:

> 日用事为之易,本于心易。心易者,穷理尽性之学也。人身一小天地,秉乾坤正理正气而生,克己复礼,全乎人道,即所以全其得天之正,默而成其德行,天人一贯,动罔不减,不言易而易在我,尚安俟揲蓍灼龟为耶![1]

刘沅所言之心当是与"易"相结合的,他认为人心之修炼源于天地之"气","气"的质与量的差异就必然会影响到人性,孔子所讲"克己复礼"就是要重视"气"在质与量上的变化,人的气质自然影响"性"的发挥,在这个意义上,教育的作用就是改变人的"气"。刘沅的心性教育在于教育人的本心,教育不是向人心引进任何新的内容,只能逐步改变本心,基于此,在他的教育理念中,他重视道德教育,人心本身的道德完善不是借助于外在的行为方式,而是通过"道心"觉醒而获得,因此需要养性,何为性?刘沅说:"性,谓人所秉之正";"天地之德在人曰性"。"性即理也,在天曰命,在人曰性"。"心"与"性"是合一的,心性天命一致,性之体是至善,而心之体由"道心"教化来变,本体自足的"心"是人们道德发展的唯一基础。心的本体自足,一方面是为人们认识外在之物提供了先验的认知结构,另一方面也决定了人们认识活动的内容。人的认知发展主要是通过"理"的发明而取得,而不是通过经验积累而获得,

---

[1] (清)刘沅:《周易恒解》,《槐轩全书》(增补本),巴蜀书社2006年版,第1229页。

第二章　刘氏家族文学的血缘性联系

因此刘沅进一步提出先天后天之说,强调先天之心与后天之心的区别。他认为先天之心是以天理为内涵,此先天之心亦即是性,而后天之心则或明或暗,不得以后天知觉之心为性。他说:"盖人之所以承天而不朽者,心也,其实则性也。心与性辨在毫厘。自宋儒以心为性,后之论者谓心外别无性,不知性非心比也。先天心即性,后天心夹阴识不尽为性。人秉父母之精气而育,实享天地之理气而生,天之理气浑然粹然者,太极也,人得之以为性,孟子曰人性皆善者,此也。"刘沅认为教育不是向人心引进新的内容,但人们又必须接受教育才能发展,人心是由先天所定,后天则可以用感应来达到人心教化的功能,感应是指人心对外界事务的一种自发反应能力。通过后天的感应可以为人心提供发展的基础,进一步对人心的判定提供依据。

从这方面来看,刘沅的教育思想主要是通过道德教育来体现教育的价值,教育的价值具有客观必然性,"气""性""理"都会导致道德判断与认知发展的偏差,因此相对于个人来说,教育的价值在于它能改变人"气",教育对人们从修身养性到处事立身都有重要价值。在家族私塾中重视德育教育是刘氏家族私塾教育的一大特色。

刘沅去世后,家族书塾事宜交给六子刘梫文打理,刘梫文是刘氏家族私塾的第二代传人,虽然在刘沅八子中刘梫文没有取得科举名第,但他为家族私塾事业却做出了杰出贡献,终身从事国学教育和研究,全身心投入家族书塾建设中,其《墓志铭》曰:"殚心大道,浮云世务,初弗纷纭。然体羸善病,强艾而后渐诣。充实光辉之功,门人日益进。传授性学二十余年,口讲指画,恬恬忘寒暑。居恒兀坐斗室。恍喻幽明死生,若庄子所谓其神凝使物不疵疠而年谷塾者。晚年多阐述三教一源之理。下笔辄数千百言,精诚之至,鬼神来告,不诬也。"[①] 私塾的第三代传人是刘咸焌,刘咸焌师从刘梫文,

---

① 刘咸焌:《读好书斋诗文钞》,民国十六年成都扶经堂刻本。

学习天命性理之学，对刘氏家族学术传承起到了积极作用。

二 清末民初刘氏家族书塾的平稳过渡

1905年清政府宣布废除科举，这样，延续数千年的科举制度退出历史舞台，随之作为科举制度附庸的私塾也面临着巨大的危机和挑战。1910年学部颁布了《改良私塾简章》，通令各地改良私塾。四川在颁布简章以前虽没有明确的政策法令，但可从学务处、总督部堂等机构，对地方办学员的批示中可看出官方对私塾所采取的是惩劝并行政策，且偏重劝的一面。1905年总督部堂在批《乐至县训导申报城乡学堂遵填表式一案》中指出：训导对私塾"断不可强制，徒滋谣琢转生阻力"，应会同地方官因势利导，先于"官立高等小学堂整齐以为模范"，继以"和平导示，自然逐渐观感"。① 在四川，私塾改造最常见的办法即转化为官办小学堂。然而，刘氏家族书塾在当时并没有被改良，反而扩大场地招收学生，私塾教育模式一直延续到1949年，这依赖于刘家咸字辈等人对书塾的创新和改造。

刘桢文在清末民初将家族书塾改名为十二学堂，其后刘咸焌继之，后因生徒聚众，"槐轩"老宅已无力容下众多学生，刘咸焌将其书塾搬至家对面的延庆寺内，名为明善书塾，后更名为尚友书塾。这一时期，刘咸焌任塾长，刘咸炘任塾师，二人对书塾的改造功不可没。首先，刘咸炘对教育宗旨做出了明确规定："我今所说思事辨志，除俗存耻，行立文成，功致名正。胥于是，在所务不出目下，所造极乎宏远。《孟子》曰：言近旨远，守约施博。吾虽不敏，窃附斯旨。"② 在废除科举后，私塾教育理念不再是为了科第成名，而是"学为人而已"。学的目的是更好地做人，因此，刘咸炘将思辨、除俗、立

---

① 《公牍·总督部堂批乐至县训导申报城乡学堂遵填表式一案》，《四川学报》光绪三十一年（1905）第6期，第10篇。

② 刘咸炘：《戊午正月尚友书塾开讲辞》，《推十书》（增补全本）戊辑，上海科学技术文献出版社2009年版，第498页。

行、文成、名正作为教育宗旨,启蒙教育第一步即为如何做人。这种理念跟上了当时社会变迁的步伐,有利于人的发展,这是刘氏书塾长久存在的原因之一。

其次,是对教学模式的改造。尚友书塾的学生入学不受年龄限制,四五岁的小孩可以入学启蒙,十七八岁的成人亦可入学钻研知识。因此书塾分设幼学和少学两部分,幼学"甲级则以句读为主,乙级轻读重讲,丙级讲读并重,丁级轻讲重读。此其大要也"[1]。少学则以研究正课为主,学之次序,总记约为四段:初授读,次听讲,次为句读,又次为研究。根据学习次序,刘咸炘又总结了五个教学方法。

(1)授读,初入学者,在塾师的指导下认字读书,熟读课文必先讲授,让学生明白其意再熟读课文。改变了传统书塾中死记硬背的教学方法,刘咸炘非常重视在教学过程中引导学生先明其意再背其文。刘咸炘说:"旧来教学,遍诵群经,因之私塾积弊,开讲多迟,加以庸师不能引导句读。近日来学于本塾者,每有经已读齐,而未听一讲。文已明顺,而未看一书者。皆是误于积习,空过时光。今当力矫其弊。所以自始即重讲者,有四故焉:读书本为明其义,非徒能记其文。幼时之不讲而徒诵者,乃为其时心思未开,未能听讲耳。"[2]他对过去私塾教学以诵为主的方法予以批评,在授读方面尚友书塾重视让学生在理解的基础上进行背诵。

(2)讲说,既然讲解课文是重点,那么如何讲解能让学生快速掌握则是教学的首要任务。刘咸炘总结了三点:一是全书之纲领,二是精华所在,三是足以旁通他篇他书。[3]讲书应先有纲领,明白此

---

[1] 刘咸炘:《幼学教纲》,《推十书》(增补全本)己辑,上海科学技术文献出版社2009年版,第196页。

[2] 刘咸炘:《幼学教纲》,《推十书》(增补全本)己辑,上海科学技术文献出版社2009年版,第196页。

[3] 刘咸炘:《教法浅论》,《推十书》(增补全本)己辑,上海科学技术文献出版社2009年版,第163页。

节、此章、此篇价值何在。纲领有两种形式,一种是在文章开篇就提出,另一种是辩论渐次分析才可见其纲领。讲书则要根据不同的形式来揭示纲领。讲书亦有详有略,精华所在当详讲,"讲书当分析。讲书依听者之程度,有详有略,本非一例。但重分析则同。分析非逐字逐句之谓也。一篇之中,有论理之层次;一句之中,有文法之宾主,以及训诂考证。凡关紧重要处,均宜详剖,不可囫囵"①。讲书最终要达到旁征浅例,才能让学生举一反三。"拘于一事而不引于共通之虚理,则不得旁通之益。必再举他证,不嫌其多。若遇笼统大理,不以个别之实事证之,则有不明之患。必举浅事为例,不嫌其俚。"②

(3)问难,在讲书过程中,要多向学生提问题。提问能启发学生思考,老师解决不了的问题,要指导学生查阅相关书籍进行解答。刘咸炘曰:"问难宜先重要。庸俗教者之不启问难,多因恐学者所难,为己所不能答。不知此不足虑。凡一书必有所重,有所不重。重处教者固当先了解,何虑不能答。其不重处,则本非所当问难。如说《论语》首句而问及习字训诂之变迁,说《伯夷列传》首句而问及所谓载籍之总数,此乃心浮不专之验也。然此亦旁通之机,虽不当先问,亦不宜全遏止之。但亦非教者之患,何也?纵使记诵浩博,岂能纤悉无遗。教者固无尽知之能,此等本应检书,非讲说所能尽教者,亦无尽答之责。要之,教者必应略通校雠,指导翻检耳。若任其不解,斯不免谫陋之讥矣。"③

(4)作文命题,"题须多说理,少记事抒情。记事非初学所能,抒情必先有情,非可强作。小情不足抒。琐事虽当学记,亦必字句先明洁乃可。苟不能说理,必不能记事也。题须多说经,少论史。说经

---

① 刘咸炘:《教法浅论》,《推十书》(增补全本)已辑,上海科学技术文献出版社2009年版,第163页。
② 刘咸炘:《教法浅论》,《推十书》(增补全本)已辑,上海科学技术文献出版社2009年版,第163页。
③ 刘咸炘:《教法浅论》,《推十书》(增补全本)已辑,上海科学技术文献出版社2009年版,第164页。

第二章 刘氏家族文学的血缘性联系

依他意,论事任己意。故曰说经使人细,论史使人粗"[1]。刘咸炘在教学作文时提倡写说理性命题作文,记事性文章初学者不易写好,很容易写成记流水账,而抒情性文章应是有情可抒,不可生搬硬套,说理性文章则以说经典为主,题目宜小不宜大,宜近不宜远,命题宜说疑难之处,多向学生提供材料,启发学生思考。

(5)改文。"勿改大意。改文本只是改词,非改意也。即全篇乖谬,亦只宜批示于末。若辄改之,既不能与所存原文一贯,亦使学者迷罔。勿添长节。不足不贯,增之可也。若大加己意,则是代作矣。在改者甚劳,而作者殊不重视,无益也。勿轻乙。文成法立,结构本无一定。只是删其复重,整其杂乱而已,若辄依己心中之结构,大为颠倒,则彼反眩惑不晓。勿轻删。倘非无用与大谬,可将就则必当就之。宜多除虚字泛语。文理所以不明,多由虚字泛语太多,此则宜痛删。删后彼可自觉其义之多寡浮实。宜留心引用字句。引用乖本旨者,宜为详辨。"[2] 这是刘咸炘总结出老师修改学生文章的方法,首先是不改大意,不增添节段,若文法通顺,则不轻易改动结构,保证学生文章的原创性。其次,除了明显的荒谬与错误,不轻易删削。最后宜删除空泛之语,宜留心引用字句的准确,使文章读起来清爽干净。

除此之外,尚友书塾还向学生提出学习要求,称为"为学四戒":

戒浮

虚慕外驰,是行之浮。何以断之?曰:沉其心。《中庸》曰:暗然而日章。孔子曰:古之学者为己。亶曼涂饰,是文之浮。何以断之?曰沉其思。扬子云默而好深湛之思。太史公曰:好学深思,心知其意。

---

[1] 刘咸炘:《教法浅论》,《推十书》(增补全本)己辑,上海科学技术文献出版社2009年版,第164页。

[2] 刘咸炘:《教法浅论》,《推十书》(增补全本)己辑,上海科学技术文献出版社2009年版,第165页。

戒夸

妄自表异，是行之夸。何以断之？曰慎其行。《弟子职》曰：执事有恪。孟子曰：盈科而后进。笑谈治乱，是文之夸。何以断之？曰慎其言。孔子曰：多闻阙疑，慎言其余。又曰：古者言之不出，耻躬之不逮也。

戒躁

不循矩度，是行之躁。何以断之？曰敛其心。《孟子》曰：学问之道无他，求其放心而已。诸葛公曰：学须静也，险躁则无以治性。粗率嚣呶，是文之躁。何以断之？曰敛其气。《易》曰：躁人之词多。《诗》曰：穆如清风。

戒剽

腾说文饰，是行之剽。何以断之？曰：实其行。孔子曰：笃行。又曰：讷于言而敏于行。《孟子》曰：自得之。邵尧夫称司马温公足踏实地。攘窃肤滑，是文之剽。何以断之？曰实其义。《易》曰：言有物。又曰：中心疑者，其辞枝。韩退之曰：惟古于词必己出，降而不能乃剽贼。[1]

这四点是从行为规范和学术规范方面来要求学生的。尚友书塾经过改进后，教学方法已经与传统私塾教学方法不同，改变了旧式私塾不分班级笼统教学、死记硬背、只重儒家经典的积弊。尚友书塾的塾师特别重视自我学术的提升，他们在教授学生时，不是按陈编授徒，而是以自己的治学心得授徒。以刘咸炘为例，他创作《推十书》涵盖经、史、子、集各部，他在授课中主要讲授自己的研究成果。他说："举心得以授徒，不得不著于纸墨，积久成册，亦或印行。若云著述，谨谢圣明。"[2]

---

[1] 刘咸炘：《戊午正月尚友书塾开讲辞》，《推十书》（增补全本）戊辑，上海科学技术文献出版社2009年版，第498页。

[2] 刘咸炘：《推十书类录》，《推十书》（增补全本）壬癸合辑，上海科学技术文献出版社2009年版，第1142页。

第二章 刘氏家族文学的血缘性联系

这种教学模式重视启发式教育,将学习的主动权交给学生,让学生真正成为学习的主人,拓展学生的学术视野,还启迪学生的治学方法。尚友书塾的改革顺应了时代的发展。五四运动后,西学渐入,官学虽然逐步建立了现代教育制度,但还有大部分保守主义者提倡读经,一些国学专修学校更是以读经为主课,刘咸炘是持反对态度的,他认为:"今之读经,既非备场屋,而幼学之士又不必尽成师儒,或稍长者即为农工,或半途而改从他业,其所通求者,乃在识字明理耳。"[1] 对于幼学而言,读书在于识字明理。刘咸炘自觉地吸收了西学和新学的观念,他还有意识地把西学思想传播给学生,对西方思想他又是辩证地接受,我们以刘咸炘《神释》篇为例,分析他对西方神学和宗教的认识,进一步说明在当时他的融会贯通中西思想对学生教育的重要性。

《神释》一文被收录在刘咸炘《推十书》甲辑的《内书》中,根据刘咸炘自己编订个人著述所建立的学纲,《内书》与《外书》相对,《内书》多心得之作,明辨天人义理之微,《外书》则是评析中西学术之异,但认真阅读《内书》后,我们不难发现《内书》是对《外书》的一个呼应,从中国传统思想入手而兼谈中西思想文化的异同,力求探索其深层义理的会通,其目的是找到中西哲理范畴的契合点。如《内书·理要》论及希腊哲学与中国理学之异同,《内书·撰德论》论及中西方道德学之异同,《神释》论西方灵学与中国鬼神观的异同。

清末民初,中国正处于一个从传统到现代的过渡阶段,社会的转变导致士人和知识分子的思想也随之转变。在新学的影响下,传统的经学逐渐没落,科学兴起,中国社会向近代化发展。然而近代中国的发展过程颇为曲折迂回,在前进的过程中又不断地与传统思想和西方思想做斗争。在新文化运动时期,关于鬼神迷信问题在中国思想界掀

---

[1] 刘咸炘:《幼学教纲》,《推十书》(增补全本)已辑,上海科学技术文献出版社2009年版,第196页。

起了一场激烈的争辩。这场辩论的导火线依然是西学的传入。清末民初打着"科学"的名号传入中国的西方"先进"学问,不但有大家所熟知的正规学科,主要是理工科类,也有具有神奇色彩的新知,如灵学、催眠术等。后者与中国传统思想中的扶乩、迷信又多有联系,因此,知识分子们对灵学与科学、鬼神和迷信等问题展开了讨论,这场讨论是新文化运动时期民主科学与专制迷信的正面冲突,也是我国古代无神论与有神论、唯心主义与唯物主义的再探讨。

这场辩论的主阵地是《新青年》杂志和《灵学丛志》,涉及主要人物是以陈独秀为代表的反灵学者和以俞复、陆费逵为代表的扶乩活动从事者,陈独秀以"物质——一元论"作为思想依据反对灵学,而陆费逵等则以"灵魂之学""心灵研究"为口号,宣传灵魂与鬼神的沟通。双方在主阵地的杂志上发表学说展开讨论。双方争论的焦点即鬼神是否存在。当然,这场争论以《新青年》杂志为主的"科学反灵论"获得胜利,毕竟在当时,《新青年》作为传播科学、批判迷信的思想解放载体,对中国的近代化起到了推动作用。无独有偶,足不出川的刘咸炘撰写《神释》一篇,核心观点同样是讨论鬼神是否存在。刘咸炘的这篇文章具有时代特征,既反映他对西方灵学的认识,又体现他传统的儒道思想。

《神释》开篇就谈到对鬼神的认识,刘咸炘说:"鬼神之事,人多不信,信者又妄加解释。成其非理,皆由不明其故。吾非能知鬼神之情状者也,顾尝闻之矣,思之矣,故述所知以正俗讹。略举大义,证以常识,要在以平常解神奇,使人知神奇之本平常也。"[①] 刘咸炘是承认鬼神的存在,但他并不是将鬼神看作多么神奇之事,而是认为这是平常之事。刘咸炘所言鬼神,实际更偏向于"神"。

刘咸炘对神的解释是从儒家经典中去寻找答案,他说:"《易传》

---

① 刘咸炘:《内书·神释》,《推十书》甲辑,上海科学技术文献出版社2008年版,第737页。

第二章　刘氏家族文学的血缘性联系

曰：神也者，妙万物而为言也。此诗神字确解，盖谓万物之灵妙也。言神之古且多者莫如《易传》。《易传》曰：阴阳不测为之神。曰：神无方。曰：圆而神。皆言其灵妙。究竟何为灵妙，吾欲强以一名词说之曰：能动。不止曰动，而曰能动者，以此物固非止动而无静，虽静亦有动之能耳。此动亦可谓生。生即宇宙之所以为宇宙也。古之人于宇宙之妙谓之神，于人身之神则谓之志。《孔子闲居》屡言气志，曰：气志塞乎天地。曰：气志不违。气志即得。气志既从。气志即气神也。又曰：志气如神者，言人身之志气如宇宙之神耳。《孟子》曰：志，气之帅也。气，体之充也。志至焉，气次焉。持其志无暴其气。此即谓神统气也。朱子曰：鬼神只是气，又是这气里面神灵相似。又曰：神乃气之精明者耳。"[1] 幼承家学的刘咸炘在解释神的概念时，首先以易学中的"神"作为理论依据，在他看来易学中将神讲作万物之灵妙是神最精确的解释，这样就将神平常化了。接着他又用哲学词汇"能动"来描述神的存在，神就存在于宇宙万物的能动之中，神若存在于宇宙万物之中则称为灵妙，若存在于人身之中则称为志气。

最终刘咸炘对"神"的解释还是回归到了宋明理学中的阴阳学说中。将神理解为阴阳之气，是宋儒思想家的观念，张载曾用阴阳之气来解释鬼神，朱熹继承此说并进一步阐释："伊川谓'鬼神者，造化之迹'，却不如横渠所谓'二气之良能'。直卿问：'如何？'曰：'程子之说固好，但在浑沦在这里。张子之说分明，便见有个阴阳在。'曰：'如所谓"功用则谓之鬼神，也与张子意同"。'曰：'只为他浑沦在那里'。"[2] 朱熹认为张载以阴阳二气来解释鬼神比二程用造化和功用来解释鬼神更准确。刘咸炘同样认为鬼神源于阴阳之气，

---

[1] 刘咸炘：《内书·神释》，《推十书》甲辑，上海科学技术文献出版社2008年版，第737—738页。

[2] （宋）黎靖德编，王星贤点校：《朱子语类》第四册卷六十三，中华书局出版社1986年版，第1548页。

他将阴阳之气的气与道结合,认为气的行为就是道,他在《气道》一文中说:"华夏圣哲之论宇宙。一气而已,一气之变则谓阴阳,其行为之道,形则谓之器,本易明也。……程明道曰:形而上者谓之道,形而下者谓之器。或者以清虚一大为道,则乃以器言而非道也。又曰:阴阳亦形而下者也,而曰道者,惟此语截得上下最分明。……朱子承用伊川此说,且曰:若只言阴阳之谓道,则阴阳是道,今曰一阴一阳,则是所以循环者乃道也。只说一阴一阳,便见得往来循环不已之意,此理即道也。"[①] 朱子一方面认为鬼神为阴阳之气,是无行无像的,另一方面又认为鬼神现象存在于理中,而刘咸炘试图用气道的观念来解释这一矛盾的表述,即阴阳之气其行谓之道,道谓理与气,气为虚,而理为实。

刘咸炘在家传易学的影响下,以儒学传统思想为根基,用儒道思想来阐释神的存在。他把古代哲学思想中的气作为神存在的根源,气是万物之源,神是有机体之能,在刘咸炘看来神并非深不可测,神乃气之精明与万物同在。刘咸炘还认为将气作为神的本源能够解决神灭与神不灭的矛盾:"神能否离物质而存是也。神灭神不灭之争,即在于是。范缜言神灭,取喻于刃之与利。若神止是质之机能,则质亡机能不得存矣。机能既非一物,则何神鬼之可言乎?曰:此无难也。刃利之喻,应以喻气之于神,不当以喻形之于神,以形亡气不亡也。有气即有神,正如有刃即有利耳。"[②] 用气喻神,即使形亡而气不亡,即神不灭。从这一角度来看,刘咸炘对神的认识还是建立在儒家学说之上,他将神解释为一种自然现象,一种运动状态,这与近代灵学思潮中所说的神是有区别的,灵学在西学的概念中是指探讨灵魂、鬼神、心灵相通、特异功能、死后世界等议题的学问,与西方科学同时

---

① 刘咸炘:《内书三上·气道》,《推十书》甲辑,上海科学技术文献出版社2008年版,第722页。

② 刘咸炘:《内书·神释》,《推十书》甲辑,上海科学技术文献出版社2008年版,第739页。

第二章　刘氏家族文学的血缘性联系

传入中国时，灵学本身就具有了信仰与科学的双重色彩。近代中国知识分子正是利用了灵学的两面性来展开论争①。灵学中的神主要是指鬼神，和传统的迷信、扶乩有联系的，而刘咸炘所释之神则是在儒家思想指导下的哲学思辨。

在对神的存在有合理的解释后，刘咸炘又对灵魂进行了阐释。灵魂是灵学思潮中讨论最多的话题。1882年，英国成立了"灵学研究会"，其主要研究对象就是灵魂的沟通，即认为人在死后灵魂存在，可以通过一定方式与人世沟通。之后欧美灵学传入日本，在日本蓬勃发展，而留日中国学生与旅日华侨对此也深感兴趣，逐步将灵学传入中国，其主要内容就是"心灵感通""降神术""妖怪学"等，这与中国传统中的降仙童、迎紫姑、扶乩等有一定联系，在中国掀起热潮。刘咸炘对西方灵魂说的认识依然是建立在理气说之上，他说："西洋哲学者谓太古之人持灵魂。"② 对西方的灵魂说，刘咸炘持肯定态度，但刘咸炘的灵魂观依然源自儒家学说，早在春秋时代，《左传》就记载了子产讨论魂魄之说，刘咸炘接受《左传》的解释，并以此展开关于魂魄与气的聚散的讨论，"《左传》论伯有为厉曰：人生始化曰魄。既生魄，阳曰魂，用物精多，则魂魄强。《说文》曰：魂，阳气也，魄，阴神也。《淮南》高《注》曰：魄，阴神。魂，阳神。《礼记外传》曰：精气曰魂，形体曰魄。朱子曰：魂如火，魄如水。魄是精之神，魂是气之神。魄主静，魂主动。暖气便是魂，冷气便是魄。"③ 刘咸炘引用《说文解字》《淮南子》《礼记外传》《朱子语

---

① 在当时出现了关于灵学争论的派别，以陈独秀为代表的一派（简称为陈派），认为灵学与封建迷信一样，是极为荒唐的怪事，是阻碍近代中国社会进步的逆流；以俞复、陆费逵为代表的一派（简称为俞陆派）则将灵学认为是从西方引进的"理论"指导，从事扶乩活动。
② 刘咸炘：《内书·神释》，《推十书》甲辑，上海科学技术文献出版社2009年版，第739页。
③ 刘咸炘：《内书·神释》，《推十书》甲辑，上海科学技术文献出版社2009年版，第742页。

类》之语对《左传》所言魂魄进行注解，就是为了说明在儒家经典中已承认魂魄的存在。朱熹的《朱子语类》专门有章节探讨鬼神，实际也是关于魂魄的探讨："知觉运动，阳之为也；形体，明作录作'骨肉皮毛'，阴之为也。气曰魂，体曰魄。高诱淮南子注曰：'魂者，阳之神；魄者，阴之神。所谓神者，以其主乎形气也。人所以生，精气聚也。人只有许多气，须有个尽时。尽则魂气归于天，形魄归于地而死矣。人将死时，热气上出，所谓魂升也；下体渐冷，所谓魄降也。此所以有生必有死，有始必有终也。夫聚散者，气也。若理，则只泊在气上，初不是凝结自为一物。但人分上所合当然者便是理，不可以聚散言也。'"① 朱熹将神看作气之灵，阴阳之气是魂魄存在的根本原因。气聚则魂在，气散则魂皆散，刘咸炘接受朱熹的观点，认为灵魂就是阴阳二气生成的："夫彼承有生命灵魂者，语固有疏陋，盖此生命灵魂，乃是有神之气，非在气外，神固不能离气，无无气之神……诚知此，则所谓神也，鬼也，皆有神之气也，何疑乎不能存邪？"② 他批判西方的神不灭论，神与灵魂都与阴阳二气相关，他进一步指出西方所言灵魂脱离行气是不可解释的："近西方生物学家有承认生物于形气外别有生命灵魂者，谓苟非有此物加入，则生不可解，非有此物离去，则死不可解。然科学者终以为疑，谓其余能力不灭之原则不相容。"③

刘咸炘用儒、释、道的观点证实了神与灵魂的存在，那么与神灵沟通的行为活动是否也应该合理存在呢？刘咸炘从祭祀、佛教轮回与感应说三方面进行了阐释。

首先，关于祭祀，刘咸炘说："朱子曰：祖宗之气即在子孙之身，初死为遽散，祭祀即所以聚之。后虽终散，而其根仍在子孙。子

---

① （宋）黎靖德编，王星贤点校：《朱子语类》第一册卷三，中华书局出版社1986年版，第37页。

② 刘咸炘：《内书·神释》，《推十书》甲辑，上海科学技术文献出版社2009年版，第739页。

③ 刘咸炘：《内书·神释》，《推十书》甲辑，上海科学技术文献出版社2009年版，第739页。

孙聚气神以气迎之。此其说有二难焉,其一难曰:如是说,则祭者乃自祭其神而非祭祖先矣。且祖考之气已散,天地间公共之气何能凑合而为祖考。其二难曰:祖考犹可云气传于子孙,若妻及外亲,天地山川之神,岂有根在此乎?一源之母乃是公共之气,茫茫然祭公共之气,如何辨其为此山之神非彼山之神乎?"[1]刘咸炘认为宋儒以祭祀的方式来通神灵有两处矛盾,其一神灵由气聚而成,逝者气散,不能以聚天地之气来代替灵魂之气;其二天地之气是公共之气,聚公共之气无法辨别是通何方神灵。

其次,关于佛教的轮回。刘咸炘认为:"夫终散之说固不可通,而一成不毁之说亦有过拘之处。西方宗教即如是。意谓有天地即造灵魂寄寓形中,出此入彼,虽传舍不同,而居之者不灭。佛教缘生之说固不如是,而误解轮回之说者,则与此说近。此其说殊有可疑。今人张东荪谓轮回说有一大难,即在如是则灵魂数必有定。实则其难尚不止此。诚使一成不毁,则天堂地狱皆是永生,清浊厚薄乃成定质,即宗教罪福之说,亦不能自圆。"[2]刘咸炘分析了宗教罪福说与轮回说的矛盾,若灵魂能够轮回,那么,入天堂和下地狱者皆可永生,又何必分罪福呢?值得注意的是,刘咸炘在这段话中提及了张东荪,他是与刘咸炘同时代的学者,他的哲学思想最初源于中国传统儒学思想,又受到佛学思想的影响,但更多的是受西方哲学和科学影响。刘咸炘指出张东荪关于灵魂数必有定的说法是正确的,他进一步补充张东荪的观点:"张东荪取其说而修正之,改固存为余存,谓止如烛息之有余光,非别为一种质体之元素,其所以余存者,乃由强盛与修炼。"[3]认为神灵是不可无限制地一成不毁的。足不出川的

---

[1] 刘咸炘:《内书·神释》,《推十书》甲辑,上海科学技术文献出版社2009年版,第740—741页。

[2] 刘咸炘:《内书·神释》,《推十书》甲辑,上海科学技术文献出版社2009年版,第741页。

[3] 刘咸炘:《内书·神释》,《推十书》甲辑,上海科学技术文献出版社2009年版,第741页。

刘咸炘却能在第一时间关注到当时国内较为前沿的学人思想,这是非常难能可贵的。

最后,刘咸炘认为与神灵沟通应该用感应说来体现,他说:"神之为状既明,则感通之妙不待多言矣。先哲有二人论此最明。董仲舒曰:天地之间有阴阳二气,能渐人者,如水之渐鱼也。朱晦庵曰:天地间无非气,人之气与天地之气常接无间,人自不见。人心才动,必达于气。明乎此,则无疑于鬼神之去人远矣。且勿论铜山西崩,洛钟东应,虽远而相通,神鬼之在下者,固与人肩相摩踵相接也。"① 刘咸炘的感应说依然不出儒家思想范围,他认为董仲舒提出的天人感应是人神相通的表现,人神感通的媒介就是宋儒思想中的"气",至于人神如何相通,刘咸炘认为需要采用一定的法术来实现,"交神之义既如上说,法术尤不难明。儒者常以法术为诞谬,不知法术之所恃者不过神气,而其所由起则以补教化。"② 祸福吉凶是万物感应的具体表现,各种报应是由神来主导的,因此通灵之事不仅存在,而且应用法术是可以实现的。

从以上分析来看,刘咸炘对神灵沟通之事是予以肯定的,只是采用什么样的方式来进行沟通,他作了不同解释,他反对祭祀说和轮回说,而是支持感应说,这与他的儒家思想也密切联系。同时家学思想又在他的思想体系中占有重要比例,上文我们已经分析刘氏家学有民间宗教性质,且将易学和道家思想作为家学根基,宗教中的斋醮科仪之事和道家学说中的修炼之事实际都和"法术"相联系,刘咸炘也曾将道家学说中的修炼看作气聚魂魄不散的重要手段:"魂魄之故,道家言之最详。鬼趣之受苦即在魄,而气可以超升受生者,即以气尚有魄。若修炼者,则以力聚之。聚魄多者为卑下之鬼魔,与所

---

① 刘咸炘:《内书·神释》,《推十书》甲辑,上海科学技术文献出版社2009年版,第746页。
② 刘咸炘:《内书·神释》,《推十书》甲辑,上海科学技术文献出版社2009年版,第748页。

谓外到邪师，专聚其魂而永存者则仙圣也。"[1] 刘咸炘著有《太上感应篇要义》一文，其主要内容就是用儒道思想赋予"感应"坚实的理论基础，他将《感应篇》与《周易》密切联系，又用《尚书》《论语》《孟子》《大学》《中庸》等儒家经典来解释《感应篇》，从儒道思想中找到了人神相通的理论基石。可见，刘咸炘不是重蹈封建迷信，而是在儒道学说的传统下重新审视新文化运动中的迷信和宗教问题。

刘咸炘的《神释》篇看似是儒道思想中鬼神观的再阐释，实际是他在时代思潮中对中西文化会通的再思考。面对五四新潮及开始向后五四过渡的新时期，刘咸炘意识到中西文化在中国汇合激荡，必须寻求到差异观同其会通的新方法，来解决中西文化的矛盾，《神释》就是他以五四时期灵学思潮为切入点，而对中西神学、迷信、宗教的辨析，从而找到中西哲理范畴的契合点。这充分说明刘咸炘在当时社会思想转型过程中的辩证思维，这是他重新调整教学思路的有力武器，他编《新书举要》以供学生阅读，其中有日本樋口秀雄的《近代思想解剖》，日本厨川白村的《近代文学十讲》，顾西曼著、瞿世英译的《西洋哲学史》，英国斯宾塞的《群学肄言》，德国米勒·利尔的《社会进化史》，美国杜威的《实验主义伦理学》等五十余种相关书籍。刘咸炘并不是顽固的守旧派，他在保证中国传统文化顺利传播的同时也吸收了西学思想，这是时代赋予他的使命。尚友书塾在科举废除之后仍有较好的发展，正是因为汲取了进步的教育思想和教育方法，在教学方面逐步形成了新的特点，适应时代的发展。

三　刘氏家族书塾的贡献

刘氏家族书塾从嘉庆年间的"槐轩书斋"发展到清末民初的

---

[1] 刘咸炘：《内书·神释》，《推十书》甲辑，上海科学技术文献出版社2009年版，第742页。

"尚友书塾",在每个时期都有其不同的作用。由于刘沅学术磅礴宏大,学术宗旨和内容以孔孟为宗,贯通佛道,上承孔孟心传,下启程朱理学,如此浩瀚磅礴的学术急需后人继承和传播。因此,刘沅在建立书塾之初是为家族子弟传播自己的学术。同时,家族书塾的建立与举业亦有关系,科名对于增长阅历、提升见识、光宗耀祖而言,皆为重要途径;更重要的是,科名能保持世家大族长久昌盛,从而进一步强化和传播家学。当科举废除,私塾面临官方改良时,刘氏家族咸字辈等人首先对家族书塾进行了改革,在教学方法和教学理念上都与旧式私塾不同。由于"尚友书塾"的成功改造,免遭兼并和迫停,直到解放初期,书塾为四川本地培养了大量杰出人才,为四川国学教育做出了杰出贡献。[①]此外,尚友书塾的藏书促进了清代四川藏书业的发展,创办的《尚友书塾季报》,推进了清末民初四川报刊业的发展。

(一)藏书之业

"槐轩书斋"首次创办即是在刘沅家中,作为塾师,刘沅自身要博览群书,在授课的同时,又有大量著述创作,因此,在刘沅时,"槐轩书斋"藏书就不少。刘沅著《藏书碑记》,记录了自己所藏著作之书。"而授徒有年,讲诵圣人之书已七十载,与门人质问,告以平昔,所知不觉久而成帙,计《易》《书》《诗》《春秋》《三礼》《四子》均曰恒解,共一百一十一卷,《孝经》曰直解,又《正伪》

[①] 据刘伯谷(刘咸炘长子)《成都尚友书塾述略》(《蜀学》第二辑,2007年)记载:尚友书塾学生离塾后,对传统国学教育亦作了很大努力,起到了很大的推动作用。少学学生李泽仁(惠生)、夏昌霖(雨膏)、强泰贤(伯通)等即在成都树德中学、华阳县立中学(现成都三中)、四川省立成都中学(现成都二中)、成都县立女子中学(现成都七中)任教,赖天锡(子畴)在剑阁县师范学校任教,均有名。李泽仁(惠生)更创办成都志景书塾(后改名为志景中国文学传习社)。少学研究班学生陈华鑫(孟宏)、裴维澍(廊甫)分别在尊经国学专科学校及著名学者马一浮先生创办之复性书院讲学。少季研究班学生李克齐(用中)及少学学生王容斋在成都创办万氏书塾;少学研究班学生陈华鑫(孟宏)、李克齐(用中)在双流创办学古书塾;少学学生卫乃明(志高)、龚晖(蕴明)在新津创办复古书塾;少学学生宋光晨在南充创办豫顺书塾;少学学生张勗初在三台创办济川书塾。

第二章 刘氏家族文学的血缘性联系

《子问》《又问》《大学古本》《质言》《俗言》《约言》《恒言》《媵言》《家言》《杂问》《杂著》《训蒙》《下学梯航》《埙篪集》《明良志略》《史存》等十七种,共计六十六卷。其他诗文选本,旁及二氏注释,劝善诸书,不在其内。一得之见,一家之言,原不堪以问世。而年进九旬,豚犬稏鲁,恐日久飘零,虽敝帚亦堪惋惜,乃命儿辈藏之于家书,其目录以俟。后贤岂如元凯,沈石欲求后世之名哉"[1]。刘沅所记藏书仅为自己的著述,但实际上,从他的叙述中,我们可以看出他一定是遍览群籍才能有如此宏大的创作。他的这些著作自然成为后人学习的典范,同时,他的巨著以及他所阅览过的书籍是刘氏家族藏书的基础。

关于刘氏家族书塾藏书之业,真正叙述者是刘咸炘。他在《尚友书塾寄存书记》中详细记述了书塾藏书内容、藏书规模、藏书之用:

> 吾喜购书已十二年,所得合之旧藏,今已万余册,卷几五万矣。佳本庋之内楼,次者置之故箧。吾家聚族而居,广宅遂为偪处。吾好置书,而吾母好置什物,二物相杂,日益增多,不能相容,不得不别谋所居。乃择其精要切用者,移置延庆寺尚友书塾,计有三便焉。塾中增修新舍,特辟广室以储书。窗牖丽廒,风日所经,内楼高燥而背风。故箧来风而卑湿,此室兼而胜之,一便也。吾教于塾八年矣,日必半日在焉。塾又与吾家望衡,取阅甚易,二便也。吾喜以书假人,尤喜示诸生。朝暮往来,常携一囊。今可免此劳缛,三便也。近日惩学者之空疏,方诱励诸生以勤翻检。吾书虽不多,今移置塾中者,约得五千册,四部要籍大略具矣。……而吾初识清儒之学,好收小学考证书。师唐早没,而吾学日益广,遂无所不好,虽文集亦收之矣。然以精究校

---

[1] (清)刘沅:《槐轩杂著·藏书记》,《槐轩全书》(增补本),巴蜀书社2006年版,第3479页。

雠，持择颇不滥。自后遍治诸学，每治一门，则求一门之书。将读而求，与储以待读，其择别之精粗，固不同矣。世之版本家以巨编名籍无可再考，遂搜求冷僻，以相奇诧。复堂所谓争读未见书，不温已见书者，实学人之大病。今之富人亦颇慕效藏书，则又但取巨帙，以为插架之壮观。牙签三万轴，新若手未触。藏则藏矣，如不读，何吾则异。于是详唐以前，而略宋以后。详经、史而略子、集。宁取近人校注最备之本，不羡宋、元、明刻，较一字二字之长。若所谓宋讳欧体，墨香纸光，彭文勤之诋钱遵王，不脱骨董习气者，吾知免夫。百金购《公羊》残本一册，吾亦无其财力也。故吾所藏，虽著名巨帙，人人习知者，乃反无有。而唐前古书，近人新考，凡最详与必需者，几于应有尽有。[1]

刘咸炘私人藏书已达万余册，他将其五千册存入尚友书塾，这五千册中包含经、史、子、集四部俱全。刘咸炘早期藏书好收小学考证类，后则遍治诸学，每治一门，则求一门之书，藏书规模逐渐扩大。刘咸炘藏书标准是藏可读之书、有用之书，他批评当时富人将藏书当作爱好，藏冷僻无用之书，新书上架顶多只是观其状，而手未触也。刘咸炘藏书详唐以前而略宋以后，详经、史而略子、集，因此他宁可收藏清代校注详细的版本，也不刻意追求宋、元、明刻本。充分说明他藏书之用是为读书，为研究学问而藏书。刘咸炘将书藏于尚友书塾，在他看来有三便，一是书塾地势宽裕适合放书；二是他每日均在书塾，翻阅查书方便；三是便于学生借阅书籍。其实，将书存放在书塾中最大的便利是以书会友，在书塾中，刘咸炘将书籍传借给他人，为他人提供了便利，在传借过程中还可探讨书中知识，为学术研究提供有利的条件。他自言这种做法超越了西方的公共图书馆："西人最

---

[1] 刘咸炘：《推十文》，《推十书》（增补全本）戊辑，上海科学技术文献出版社2009年版，第525页。

第二章 刘氏家族文学的血缘性联系

重设立公共图书馆,其法几为教育学之一科,诚详且善。然远道仆仆,终不便于伏案之业。今以塾中之人,读塾中之书,无时地之限。高其架阁,疏其类聚,副以长案,就明而观,乐哉可以为学矣。诸生得读是书,可谓幸矣。而吾得有是书,尤为厚幸。"① 在当时的条件下,刘咸炘的这种做法的确是为学生提供了便利,同时也促进了当时藏书业的发展。

四川私人藏书最活跃的时期是宋代,刘咸炘在著《蜀诵》时,撰《蜀刻书藏书考》一文,列举蜀中藏书家毋昭裔、王锴、孙梦得、王齐万、杜鼎升、程季长、刘仪凤等人,他们家中藏书少则数千卷,多则上万卷,这在当时全国范围内都具有极大的影响。吴天墀《宋代四川藏书考述》则是以时间和地点为线索,收录了宋代四川藏书人数十家,让我们从宋代四川藏书十分丰富这个事实的侧面,了解到四川在宋代历史上所占有的重要地位。② 然而,元以后,四川战祸深重,人民大量死亡,一度繁荣于四川的经济和文化濒于萎谢。所以,至元以后四川私家藏书一落千丈,不复旧观。直至清代,四川私家藏书亦不容乐观,以致近代以来有关私家藏书的各种著述,如袁同礼《清代私家藏书概略》、伦明《辛亥以来藏书纪事诗》、杨立诚和金步瀛《中国藏书家考略》等,对蜀中私家藏书皆不著一字。近年来,亦有学者开始研究清代四川藏书家。就笔者所收资料来看,主要期刊论文有张其中《清代四川私家藏书述略》③、范凤书《四川藏书家资料汇辑》④、吴则虞《续藏书纪事诗(关于四川藏书家部分)》⑤,这些论文大都注意到清代四川重要文学家或科举名人的藏书,例如文

---

① 刘咸炘:《推十文》,《推十书》(增补全本)戊辑,上海科学技术文献出版社2009年版,第526页。
② 吴天墀:《宋代四川藏书考述》,《四川文物》1984年第3期。
③ 张其中:《清代四川私家藏书述略》,《社会科学研究》1989年第6期。
④ 范凤书:《四川藏书家资料汇辑》,《四川图书馆学报》1985年第6期。
⑤ 吴则虞:《续藏书纪事诗(关于四川藏书家部分)》,《四川图书馆学报》1979年第4期。

章谈论最多的是李调元的万卷楼。刘氏家族这种地方性学者藏书，是没有人去关注的。但实际上，刘氏家族书塾藏书已达数万卷，与当时四川有名的书院藏书相比都不算少①，中华人民共和国成立后，刘氏家族后代将古籍无偿捐献给四川省图书馆②，为四川古籍保护做出了贡献。

(二)《尚友书塾季报》的创办

在刘咸炘任尚友书塾主讲时，创办了《尚友书塾季报》。《尚友书塾季报》的性质为国学杂志，主要刊登尚友书塾师生的研究成果。其创刊号的《略例》说明了季报的创刊宗旨：

> 本塾专研国学，以历十年，今仿书院总集学校杂志之例，印行季报，以发表一堂师弟研究之所得，期与当代学者共商榷之。本塾同人，深知学术乃天下公器，止问是非，不分果（国）西新旧，凡所论究，与各公私学述团体，有范围之异，无主义之殊。一本报之发行，纯为鹿鸣鸟嘤之意，既非自标异帜，亦不妄有攻弹。③

《略例》指出，《季报》仿照书院总集学校杂志体例，主要刊刻印行有关国学方面的内容。当时，在四川国学运动正在展开，1912

---

① 据《四川书院史》记载：据《锦江书院纪略》所载，该院历年入藏书籍法帖共2830册。成都尊经书院，受赠和购置图书数千卷。还建立了尊经阁，收藏图书典籍及中西时务书报、挂图、标本、仪器。温江万春书院有钦定经书数十套。资州艺风书院光绪十年购入经史子集18257卷。眉州眉山书院一次受赠经史26部。大竹县凤鸣书院藏书楼有经、史、子、集时务各书180余种、10000余卷。威远县青峰书院藏经史书籍13部、296册。井研县来凤书院藏有各种书籍10000余卷。黔江县墨香书院藏书1263册。广安州渠江书院于光绪十一年受赠"十三经"、"四史"、《四库提要》等书，光绪二十年又购进"经史子集共数百种"。西昌咸研经书院藏书1000卷以上。金堂县绣川书院藏书23部、1812卷。胡昭曦：《四川书院史》，巴蜀书社2000年版，第249页。

② 笔者于2017年2月在刘伯谷先生家中拜访刘老，刘伯谷先生口述曾向四川省图书馆捐书上千册。

③《尚友书塾季报》1925年第1卷第3期。

第二章 刘氏家族文学的血缘性联系

年四川国学院在成都成立，1914年改为国学学校。在此影响下，尚友书塾的教学内容和性质都与国学有关，《季报》的创办目的即宣扬国学。《略例》曰："本塾同人，深知学术乃天下公器，只问是非，不分东（按：原文为"果"，当误，应为"东"）西新旧，凡所论究，与各公私学术团体，有范围之异，无主义之殊。本报之发行纯为鹿鸣鸟嘤之意，既非自标异帜，亦不妄有攻弹。"① 《季报》宣扬国学，且对国学的研究不居于一家一派，也不问东、西、新、旧，只要与国学内容有关的均可刊登其上。《季报》的发行为书塾师生提供了学术论争的场地。当然，刘咸炘作为季报的主要编辑人，对刊登其上的文章质量也是严格把关。本报选材，专取心得，以有所发明发现为贵。即杂作韵文，亦必事义可亲。季报所发表文章以心得体会为主，决不允许有抄袭剽窃的现象，"词不庸俗，其抄袭陈言，铺张泛论，及无谓应酬之作，概不收录"②。刘咸炘对论文剽窃之事特别厌恶，他在《戊午正月尚友书塾开讲辞》指出做学问"戒剽"："攘窃肤滑，是文之剽。何以断之？曰实其义。《易》曰：言有物。又曰：中心疑者，其辞枝。韩退之曰：惟古于词必己出，降而不能乃剽贼。"③ 可见，刘咸炘对学生严格要求，学生只有经过自己的勤奋努力学习，有所创建和体会，写出来的文章才可能被其刊登在《季报》上。《季报》的创办意在促进学生提高研究水平和深度。

清末民初，四川报业已经较为发达。据统计，四川先后办报达150多家，但在这些报纸中，政治类报纸数量最多，④纯学术类型的报纸杂志很少。《尚友书塾季报》是继四川国学院《国学杂志》、宋育仁主办的《国学月刊》之后的成都早期的国学杂志，其性质是纯

---

① 《尚友书塾季报》1925年第1卷第3期。
② 《尚友书塾季报》1925年第1卷第3期。
③ 刘咸炘：《戊午正月尚友书塾开讲辞》，《推十书》（增补全本）戊辑，上海科学技术文献出版社2009年版，第498页。
④ 参见贾大泉、陈士松主编《四川通史》（民国卷），四川人民出版社2010年版，第628页。

学术专刊。《季报略例》曰："蜀中学报寥寥，修学者常苦无发明心得之机会。此学风所以衰也。同人力虽绵薄，亦愿勉尽提倡之心。凡塾外学人，如有撰述合于本报之例者，尤乐代为发表，特立外录。"[1]《季报》的文章也不限于本书塾师生，只要有志于国学的人士，愿意传承发扬国学的学者均可以向《季报》投稿。《季报》的编辑处是成都纯化街尚友书塾，印刷处是成都维新印刷局，发行处是尚友书塾出版事务室，分售处则有成都学道街志古堂，成都昌福馆华阳书报流通处，成都锦华馆新民书报流通处，北京东安门内汉花园北京大学出版部，上海民智书局，上海扫叶山房，上海洪宝斋。[2] 可见《季报》作为国学专刊在当时是有一定社会影响力的，为清末民初四川纯学术类型的报刊业发展做出了贡献。

《季报》刊登内容在《略例》中有具体说明：

> 本报内容，不以科分，但以体别，约分四类：甲录特撰，无论成书单篇；乙录课文，取诸月考周课；丙录日札，古来成学者著述多给予札记，故仿学古堂日记之例选录其尤；丁录杂作，凡叙事告语及有韵之文皆归此类。[3]

特撰就是专论，就某一学术问题进行较为深入的探讨。如特撰发表文章有刘咸炘《太史公知意》、李克齐《两汉郡国令长考》、张昌荣《汉以上方物考》是对汉代史学的钻研。课文是学生的论文习作。这部分内容往往是和当季所教授课程有关。如《季报》第二期刊登韦绾青《孔子删诗驳议》、张昂初《诗经问词考》，则是塾长教授《诗经》之后的学习论文，这部分当是《季报》特色，作

---

[1]《尚友书塾季报》1925 年第 1 卷第 3 期。
[2] 参见方磊《成都早期国学杂志〈尚友书塾季报〉试评》，《蜀学》第三辑，2008 年，第 46 页。
[3]《尚友书塾季报》1925 年第 1 卷第 3 期。

为私塾报刊，刊登学生习作有助于学生学习提升，能在报刊刊登的作品均是经过塾师指导，有学术价值的文章。日札即读书札记，如《季报》第一期刊登刘咸炘《〈四书〉文论》《陆士衡文论》等。杂作是诗词类文学作品，如《季报》第三期刊登刘咸燡《秋雨四首》、刘咸焌《立冬偶成》等。从这些作品中不难看出，《季报》既重视纯学术的探讨，又有古诗文的创作，既有学生每月周课，又有读书心得。

《季报》还有一个特点是刊登当时学术讨论热点，这些热点问题不仅能提升《季报》的知名度，还体现《季报》作为学术刊物，具有一定的权威性，正如《季报·略例》所说：

> 本塾同人，深知学术乃天下公器，止问是非，不分果（国）西新旧，凡所论究，与各公私学述团体，有范围之异，无主义之殊。本报之发行，纯为鹿鸣鸟嘤之意，既非自标异帜，亦不妄有功弹。①

《季报》第二期第一卷刊学长徐国光《易之研究》一文，此文实际是对当时梁漱溟著《东西文化及其哲学》中关于形而上哲学思想的补充说明。文章指出中国儒家思想与形而上之学有相通之处，这体现在儒家所提倡的人生修养之中，儒家思想重视人生对宇宙的感悟，这与形而上的人身修养之学基本一致，而对儒家形而上学的研究首先要了解的是《易经》和五行之说，因此文章起名为《易之研究》，即是从易学开始探讨中国哲学思想中的形而上，正如文章所说："梁氏在这段话之前把三方思想情势开一简表，说中国方面形而上之部自成一种，与西洋印度全非一物，势力甚普，且一成不变，认识之部绝少注意，基可以说没有人生之部，最盛且微妙，与其形而上学相连，佔

---

① 《尚友书塾季报》1925年第1卷第3期。

中国哲学之全部。"① 实际这篇文章是对梁漱溟《东西文化及其哲学》的回应。充分说明《季报》能捕捉当时学术热点，并围绕热点展开讨论。

《季报》丰富了尚友书塾教学内容，同时，也成为刘氏家族文学展示的重要平台。《季报》一共刊印了八期，现保存在四川省图书馆，据统计，八期共刊印了两百多篇诗文，其中刘咸炘的文章有二十余篇，诗歌有十余首，刘咸焌的诗歌有十余首，刘咸荥的诗歌有五首，刘咸燡的诗歌有十余首。《季报》的创办体现了刘氏家族书塾教学、治学的宗旨和精粹，对传统国学教育的传播与弘扬做出了极大的贡献。

（三）人才培养

槐轩书斋培养了众多刘氏门人，《国史馆本传》记曰："平日裁成后进，循循善诱，著弟子籍者，前后以千数，成进士登贤书者，百余人。明经贡士三百余人。熏沐善良，得为孝子悌弟，贤名播乡间者，指不胜屈。咸丰中，侯官林鸿年为云南布政使，至蜀，得沅书，读之惊喜，求问，时沅已死，因受业于沅弟子内阁中书刘芬，尽购其书去，及罢官归，遂以其学转相传习，闽人称沅为川西夫子云。"② 刘沅的学术思想不仅浸润于巴蜀之地，而且广为流传在闽浙一代。卢前撰有《槐轩学略》③一文，对槐轩弟子有所记载，在刘沅众多弟子中刘鸿典学术成就较高。

刘鸿典，字宝成，咸丰元年举人，同治元年大挑，借补西充县训导，官至广东徐闻县知县。光绪《西充县志》卷六，民国《眉山县志》卷一一有传。刘鸿典著有《思诚堂集》四卷，前两卷为古文，后两卷为古诗；《庄子约解》四卷。《思诚堂集·序》曰："先生之文章果西汉之文章也，其道理宏深而博大，先生之性道果止唐之性道

---

① 《尚友书塾季报》1925年第1卷第2期。
② （清）刘沅：《槐轩全书》（增补本），巴蜀书社2006年版，第6—7页。
③ 参见卢前《酒边集》，《卢前文史论稿》，中华书局2006年版，第169页。

也。惟本西沤、止唐之文章性道，经先生述焉，信焉，而西沤、止唐之文章性道即先生之文章性道。抑且习而安焉，扩而充焉，竟使人念其为西沤、止唐之文章性道而互知其为，先生之文章性道则是如。"①李西沤，即李惺（1785—1863），号西沤，曾执教于锦江书院。止唐，即刘沅。从序文中可知，刘鸿典学术源于李西沤和刘止唐。《思诚堂集》收录《槐轩信札钞存》一文，是刘鸿典与刘沅的书信交往，其内容多是探讨槐轩之道，其一曰：

> 来书云云，有几分知道矣。可喜，但道非可以文字而成，必至始至终循序深造，一一得于身心，始能了然，自古圣人皆然。夫子十五至从心，是其明征也。愚不肖幸愚圣师，瞬息五十八年，愚能欿然、皇然，袭影不稍懈，久久弗息，是以师恩先灵许可，凡我所言皆一一体行，非徒口耳文字间也。先儒无师又自持得俗僧养静之法……门人半多庸俗，罕知世道人心全赖圣学扶持用，此浃浃不释尔。今已有五分功程，但少经艰苦，静细参求于天人一气，吾身与造化相参之理，尚未能识。吾老矣，恐不能观尔大成，但能恪守吾训，珍守吾书传之久远，即尔功业勉之，勉之所以与先儒辨者，为世道人心计，非好索瘢也。一字之误，学术去而千里，况并非能知圣学大言，不怍误世无穷乎。七月十九日巳时得书即复。②

这封信函讲述了刘沅学术思想对刘鸿典的影响，刘鸿典尊崇于槐轩学术中的天道性命之说，赞同刘沅学术思想最终归于孔孟。刘鸿典著《庄子约解》，最用心处在于将儒学与道学相结合，以儒学来融合庄子思想。刘鸿典曰："世皆谓庄子诋訾孔子，独苏子瞻以为尊孔

---

① （清）刘鸿典：《思诚堂集·序》，宣统元年刊刻版，存富顺三多寨凝善堂。
② （清）刘鸿典：《思诚堂集·序》，宣统元年刊刻版，存富顺三多寨凝善堂。

子。舍始见其说而疑之,及读《庄子》日久,然后叹庄子之尊孔子,其功不在孟子下也。慨自孔子没而微言绝,七十子丧而大义乖,非特儒与墨分门,即儒与儒亦分门,百家簧鼓,皆自命为得孔子之传,而极其流弊,至于诗礼发冢,可见伪儒之附于孔子者,实为孔子之蠹。攻木之蠹,势不能累及夫木,则庄子之用心为甚苦,而后人反谓其为诋訾也,不亦谬乎?且夫庄子受业于子夏之门人,则其所学者,犹是孔子之道,孔子之言性与天道,不可得闻,而心斋、坐忘,直揭孔颜相契之旨。他如鲲鹏变化、庖丁解牛、象罔得珠、童子牧马之类,迹似涉于奇幻,实皆身心性命之功,而爱之者徒赏其文之新颖,恶之者并訾其说之荒唐,世无扬子云,则以《太元经》作覆瓿物也,亦何足怪!"① 世人认为庄子诋訾孔子,而刘鸿典欲以辨明庄子不仅没有诋訾孔子,反而是在儒学遭受外患和内蠹之时,庄子用特殊的方式捍卫儒学,庄子的功劳实在不在孟子之下,这与刘沅的孔孟思想是一致的。

小　结

刘氏家族著作中的家训、训诫书、述祖德文体现家风与家族文学关系的相互性,家族文学可以体现家法,通过文学创作来先扬门风,彰显家族血缘的历史光荣;同时,家法中的核心思想又引导了家族成员的文学创作,抑或对文学思想有所指导。家学传承往往是形成文学世家的重要条件,而家学的形成又与地域学术有千丝万缕的关系,蜀学重易好史的特征在刘氏家学中得以体现。在刘氏家族文学中,家族成员间的诗歌唱和具有强烈的家族色彩,家族成员诗歌唱和主题以及形式又显示出了家学的传承。这类诗歌的创作又是家族文学创作现场

---

① (清)刘鸿典:《庄子约解·序》,《思诚堂集》,宣统元年刊刻版,存富顺三多寨凝善堂。

情景的再现,在这种现场情景中不仅创作了家族文学,同时也传承了家学。刘氏家族的母教和联姻在一定程度上促进了刘氏家族文学的发展。一方面,因师友而成婚姻的联姻模式,为刘氏家族的壮大提供了必要条件;另一方面,母教为刘氏家族成员文学素养的形成起到了关键作用。关于叙写母亲的文字又成为家族文学中的重要题材。刘氏家族书塾的创建与发展,对刘氏家族文学的生成与演变都是有影响的。首先,家族书塾为家族子弟奠定了科举之路,而科举对家族文学的繁荣必然有刺激作用。科举提高了文学社会生活中的地位,促使文人投入更多精力在诗赋训练与研习上。刘氏家族子弟中举之人都有诗文集流传于世。其次,家族书塾的教学活动本身就包括了家族文学的教授和传承。刘氏家族书塾在家族子弟启蒙时期教授幼儿识字读书,到了少学班则有诗歌创作、辞赋训练,培养家族子弟创作文学的技巧。最后,家族书塾的藏书业丰富了家族子弟文学阅历,提高了家族子弟文学艺术水平。《尚友书塾季报》刊登刘氏家族文学作品,为刘氏家族文学作品的宣扬也起到了一定作用。

分析刘氏家族文学的血缘性联系,实际是挖掘刘氏家族文学创作与发展的内动力,家风规范并约束着家族成员的文学思想;家学不仅是家族文化的体现,更是地域文化发展的一个标志,地域文化与家学之间的关系是哺育与反哺的关系,地域文化特征影响着家学的形成,而家学的传承又促进了地域文化的发展;家族联姻决定着家族间文学思想异同的碰撞,也决定着家族文学是否能长久发展;家族书塾则是家族文学发展的重要载体。

第三章 刘氏家族文学创作（上）：嘉道时期

清初，四川遭受数十年战乱，教育、科举受重创，学术思想发展明显滞后于中原和江南地区。而到了乾嘉时期，四川经济得以缓慢恢复，随之文学方面也逐步发展，在文学上被誉为"蜀地三才子"的彭端淑、李调元、张问陶是这一时期杰出的文学家，特别是张问陶的诗歌，发扬性灵派诗风特点，创作了很多脍炙人口的佳作。而这一时期刘氏家族文学创作的主要代表人物是刘沅和刘濖，刘沅著有文集《槐轩杂著》内外编二卷，编撰诗集《埙篪集》，收录刘沅诗集《槐轩韵语》六卷，刘濖诗集《弃余录》四卷。他们的诗文创作，整体上体现出一定的家族文化传承，同时又具有浓烈的地域文化色彩。

第一节 《埙篪集》的内容及文化内涵

《埙篪集》是由刘沅诗集《槐轩韵语》和刘濖诗集《弃余录》组成，成书于咸丰二年，书首《序》末注"咸丰二年，岁次壬子仲冬至日，止唐书，时年有八十有五"[1]。根据诗歌内容和刘沅兄弟的生卒年可知《埙篪集》所录诗歌创作时间跨越了乾隆、嘉庆、道光、咸丰四个时期。《埙篪集》最早刊刻本是豫诚堂家刻本，共两册，十

---

[1] （清）刘沅：《埙篪集·序》，《槐轩全书》（增补本），巴蜀书社 2006 年版，第 3729 页。

卷,庚午冬十月致福楼有重刊本,将十卷装订成四册,光绪年间,《埙篪集》编入《槐轩全书》,此后不见单行本。2006年巴蜀书社出版《槐轩全书》(增补本),收录《埙篪集》,此版本是目前《埙篪集》较为常见的版本,2018年徐雁平主编《清代家集丛刊续编》收录《埙篪集》。

《埙篪集·序》曰:"愚性劣,不能为诗,间或吟哦,率尔成句,亦不堪质当时,而儿辈窃存之。家兄耽吟咏,有诗名,亦不喜存稿,所作旋多毁弃,仅得十分之四,门人等虑其将湮,汇集以灾,梨枣于义,本当禁也。因念家兄平身著作都逸,唯此手泽犹留,不可以愚之陋,而并没乎。兄之遗遂听之,而书其篇端,颜之曰为埙篪集,盖愚弟兄私相唱和。"刘濖善于写诗,但诗作大都丢弃,或被烧毁,刘沅将兄弟二人诗合刊为一集,名为《埙篪集》。"埙""篪"本是古代两种不同的乐器,二者演奏时声音相应和,因此常以"埙篪"比喻兄弟间亲近和睦的关系。《诗·小雅·何人斯》曰:"伯氏吹埙,仲氏吹篪。"《毛传》:"土曰埙,竹曰篪。"郑玄笺:"伯仲,喻兄弟也。我与女恩如兄弟,其相应和如埙篪,以言俱为王臣,宜相亲爱。"孔颖达疏:"故言有伯氏之兄吹埙,又仲氏之弟吹篪以和之,其情相亲其声相应和矣。言我与汝何人其恩,亦当如伯仲之为兄弟,其情志亦当如埙篪之相应和。"①刘沅以"埙篪"命名诗集,正是取兄弟和睦之义。刘沅、刘濖的诗歌创作深受巴蜀地域因素和人文因素的影响,诗中既有对巴山蜀水的描写,也有对清代巴蜀民风的记载。巴蜀地区特有的地域特征充实了他们的诗歌内容,而巴蜀文化更是潜移默化地影响着诗人创作的心境和风格。

一 《埙篪集》的内容

一部《埙篪集》,纯然是刘沅兄弟真性情之作,情贯终卷,未曾

---

① (清)阮元校刻:《十三经注疏·毛诗正义》卷第十二之三,中华书局2009年版,第427页。

断绝。诗歌流露出兄弟二人的亲情、乡情、手足情,以及依依不舍的山水情。在这些诗篇里,或讲述了兄弟相励,致力于科举的事实;或闪耀着兄弟二人忧国爱民、清白严正的高风亮节;或记录下日常生活点滴。其中,咏史、咏物、唱和诗是二人诗歌创作的主题,另刘沅还创作了一些经学诗,这与他的著作《十三经恒解》相得益彰。

(一)咏史诗

乾隆五十九年(1794),刘沅兄弟赴京会试,第一次出蜀到京城,他们用诗歌记录了这段出行经历,根据诗歌记载,出蜀路径大致是经四川水路,从三峡到湖北,至河南,再到陕西然后至京城。刘濖有诗《江津》(卷三)、《白帝城》(卷三)、《雨泊巴峡》(卷三)、《宜昌》(卷三)、《洛阳二首》(卷三)、《孟津渡黄河歌》(卷二)、《登西岳庙阁望华山》(卷三);刘沅有诗《洛阳》(卷九)、《除夕宿卫辉府》(卷九)、《望华山》(卷九)、《潼关》(卷九)、《关中》(卷九),均介绍了一路出川的经历。返程路线由北京至清风店,至河北,至河南,登少室山,刘沅诗《少室山达摩壁像》(卷六),刘濖诗《汤阴岳武穆庙》(卷二),刘沅诗《汤阴岳武穆祠》(卷九),至灵宝,刘沅诗《灵宝道上风沙》(卷五),到淇县,刘沅诗《淇县》(卷八),至郏城,刘沅诗《郏城》(卷九),到蜻山,刘濖诗《蜻山》(卷四),至函谷关,刘濖诗《函谷关》(卷四),过华阴,刘濖诗《华阴郭汾阳故里》(卷三),见陈希夷先生坠驴处,刘沅诗《陈希夷先生坠驴处》(卷七),过长安,渡渭水,刘濖《小雨渡渭水入栈》(卷四),至咸阳,刘濖《咸阳》(卷三),刘沅《咸阳道中》(卷九),谒惠陵,刘濖《惠陵》(卷一)、刘沅《谒惠陵》(卷八),谒班超墓,刘沅《班定远墓》(卷三),经武功,刘濖《马嵬》(卷三)、刘沅《马嵬坡》(卷七),经扶风,刘沅《扶风道中》(卷九),过眉县拜谒张载讲学处,刘沅《张横渠讲学处》(卷七),经岐山,刘沅《岐山道中》(卷九),经陈仓,刘沅《陈仓道中》(卷六),谒太公钓鱼台,刘沅《渭水怀古》(卷九),经汉中,刘沅《汉中王故都》(卷九),留坝留侯庙,刘沅《过留侯庙》(卷七),褒城县,刘沅《褒城县》(卷七),勉县谒武侯庙,刘沅《勉县谒武侯墓》,越剑门谒姜维祠,刘沅《剑门》(卷九),返回成都。

由于兄弟二人进京赴试所经之地多为历史名地,所到之处或有历史名人留下的墨迹,或有重大的历史事件发生,因此在这类诗歌中兄弟二人主要是借景怀古,抒发咏史之情。刘濖诗《孟津渡黄河歌》:

> 混沌何人为凿开,浑浑浩浩无根荄。长河一曲一千里,龙腾虎跃吞黄霾。天心地轴争奇巧,波涛万古声喧豗。太行孟门左右峙,孟津决滗鸣风雷。嗟哉神禹不可作,千秋治水无良才。纵横出入常夺溜,生民鱼鳖增悲哀。司农岁支数百万,积之可筑金银台。东南竹箭亦告竭,不堪助虐之长淮。精卫填石空惆怅,狂澜亘古殊难回。人力可与天工并,九河姑迹沈尘埃。我欲西借巨灵手,不需土木兼民财。贺兰山势作堤障,为我填平星宿海。塞之不从中国来。①

诗歌描写了孟津渡口险要的地势和磅礴的气势。孟津渡口自古以来就是南北往来的交通要塞,早在商周时期,孟津之地就发挥着重要的作用,历史上有"孟津之誓""八百诸侯会孟津"的重要事件。孟津又以其独特的地理环境而著名,由于黄河之水湍急,峡口狭窄,至孟津,河道渐宽,水流骤降,因此孟津是治理黄河之水泛滥的要地。《尚书·禹贡》记载:"导河积石,至于龙门,南至于华阴,东至于底柱,又东至于孟津。"诗歌前半部分描写孟津特有的地理环境,后半部分,刘濖从孟津独特的地理位置联想到人类战胜自然的故事,包括大禹治水、精卫填海等人定胜天的故事。诗歌的创作和刘濖此时进京赶考的心情有紧密关系,刘濖对这次科考胸有成竹,显示出志在必

---

① (清)刘沅:《埧箧集·孟津渡黄河歌》,《槐轩全书》(增补本),巴蜀书社2006年版,第3750页。

胜的信心。

刘沅有诗《孟津怀古》：

> 纣无道，天下同心畔之，八百诸侯不期而会，推戴武王若不俯从诸侯，亦必灭纣斩商祀废汤政，生民涂炭益甚，故不得已而应之，《牧誓》一篇，特纳束兵将之词，禁其暴掠纣闻天下畔已。宝玉自焚，岂武王迫之哉，夫子称其应天顺人，谓武未尽善，正表其不得已知心。今《泰誓》三篇，后人伪作，世儒不得当日情事污罔武王，并孔子之言亦非矣。愚已《诗》《书》四子恒解，屡为祥辨经过，此地复成一律。
>
> 大获声中隐旧愁，白鱼何事入王舟。凤仪未许登风雅，虎旅何尝殄寇仇。宝玉自焚天命迫，明珠还浦世传悠，哓音肃羽凄凉处，谁把遗经仔细求。①

诗序部分详细叙述了八百诸侯会师孟津的历史事件，《史记》中记载了八百诸侯不期而会孟津之事，② 孟津会师，敲响了商纣的丧

---

① （清）刘沅：《埙箎集·孟津怀古》，《槐轩全书》（增补本），巴蜀书社2006年版，第3811—3812页。
② 《史记·周本纪》记载："九年，武王上祭于毕。东观兵，至于盟津。为文王木主，载以车，中军。武王自称太子发，言奉文王以伐，不敢自专。乃告司马、司徒、司空、诸节：'齐栗，信哉！予无知，以先祖有德臣，小子受先功，毕立赏罚，以定其功。'遂兴师。师尚父号曰：'总尔众庶，与尔舟楫，后至者斩。'武王渡河，中流，白鱼跃入王舟中，武王俯取以祭。既渡，有火自上复于下，至于王屋，流为乌，其色赤，其声魄云。是时，诸侯不期而会盟津者八百诸侯。诸侯皆曰：'纣可伐矣。'武王曰：'女未知天命，未可也。'乃还师归。居二年，闻纣昏乱暴虐滋甚，杀王子比干，囚箕子。太师疵、少师强抱其乐器而奔周。于是武王遍告诸侯曰：'殷有重罪，不可以不毕伐。'乃遵文王，遂率戎车三百乘，虎贲三千人，甲士四万五千人，以东伐纣。十一年十二月戊午，师毕渡盟津，诸侯咸会。曰：'孜孜无怠！'武王乃作太誓，告于众庶：'今殷王纣乃用其妇人之言，自绝于天，毁坏其三正，离逖其王父母弟，乃断弃其先祖之乐，乃为淫声，用变乱正声，怡说妇人。故今予发维共行天罚。'勉哉夫子，不可再，不可三！"（汉）司马迁：《史记》，中华书局1959年版，第120页。

钟。牧野之战，武王打败商朝军队，纣王走投无路，自焚而死，武王在牧野之战时，作《牧誓》。而武王在孟津会师时所作《泰誓》，据考证为伪作。刘沆诗歌序言正是讲述了这段历史背景。诗歌本身是通过历史事件来说明孟津之地的重要性。兄弟二人同写一景，刘濖诗重视景色描写，以景而抒发此次进京赶考势如破竹的气势。刘沆诗则重叙述历史事件，借景咏史，同时又借景辨古，这与刘沆学术思想和背景有关。在诗序中，刘沆已指出，在《四书恒解》中他详细辩解过《牧誓》《泰誓》，诗序是主旨，而诗歌本身是起兴而作。

刘濖诗《马嵬》：

> 一曲霓裳尚未终，渔洋鼙鼓太匆匆。罗衣有识逢山鬼，钿合无缘到蜀宫。万里鸾舆虚想象，三山楼阁起玲珑。君恩自爱加边将，归祸蛾眉论岂公。①

刘沆诗《马嵬坡》：

> 最多情处转无情，姚未虽亡郭李生。若使当年司禁旅，肯教天子独西行。制将新曲谱霓裳，一任春愁锁上阳。莫怪中途捐弃早，从来薄幸事三郎。何人轻易失潼关，九庙蒙尘捍卫艰。七国未诛晁错死，冤将祸水罪红颜。何当干政预朝端，六驭苍皇蜀道难。值得一身全社稷，中兴应作尽臣看。②

马嵬事变让马嵬这个地理位置受到文人学者的关注，马嵬事变关系到唐朝政局的变动，同时也关系到李杨的命运。因此历代诗人对马嵬的吟咏大都从这两方面出发，一是因马嵬事变关注国家的盛衰之

---

① （清）刘沆：《坝篱集》，《槐轩全书》（增补本），巴蜀书社2006年版，第3759页。
② （清）刘沆：《坝篱集》，《槐轩全书》（增补本），巴蜀书社2006年版，第3790页。

变,二是因马嵬事变关注李杨的爱情悲剧。前者为代表的诗人杜甫,诗歌《哀江头》《北征》都是以马嵬事变为背景,描写国运之衰的历史事件。后者为代表的诗人白居易,诗歌《长恨歌》,哀叹李杨的爱情悲剧,对杨贵妃的怜悯和对唐玄宗的婉讽。刘澤诗是受到了白居易的影响,第一句"一曲霓裳尚未终,渔洋鼙鼓太匆匆"直接来自《长恨歌》的典故,整首诗歌表达了对杨贵妃的怜悯之情。刘沅诗虽从李杨爱情悲剧入手,但诗歌重心是强调马嵬事变之后国家的安危情况,在刘沅看来,唐朝盛衰之变并非杨贵妃祸水红颜所致,而是奸臣干预朝政所致,诗歌表现出了对唐明皇和杨贵妃的同情。

(二) 咏物诗

咏物诗是古典诗词中较为常见的题材,咏物诗产生年代颇早,《钦定佩文斋咏物诗选》所录咏物诗,上起汉魏,下讫元明。《埍篪集》中的咏物诗多与咏花草有关。在咏花草类中,花中四君子是主要对象。梅,冰肌玉骨,傲凌独放,因其高贵的品质以及独特的风姿和绝俗的个性,而成为历代诗人的吟咏对象。刘澤诗《蜡梅》:

> 破腊寒梅见一枝,鸦黄点额汉宫时。孤标岂藉金钱买,逸品何劳玉笛吹。圃外秋葵皆老友,篱边残菊是心知。谁烧蜡炬修花史,深夜含毫写色丝。姑射仙人道者妆,衡寒偏作十分黄。窗间有鸟惊铃索,竹外无蜂酿蜜房。异种定来真蜡国,前身凝住郁金堂,传神合借鹅儿酒,琥珀杯浓又夕阳。①

诗歌前五句对蜡梅的生长环境、形态色泽作了较为细致的刻画。用拟人的手法将秋葵与残菊比作是蜡梅的老友,凸显出蜡梅生长环境的恶劣性。诗歌第六句从侧面描写了蜡梅香气沁人、招蜂引蝶的特征。诗歌最后表现出诗人赏梅闲适、旷达的心境。

---

① (清)刘沅:《埍篪集》,《槐轩全书》(增补本),巴蜀书社2006年版,第3773页。

第三章　刘氏家族文学创作(上):嘉道时期

刘沆《梅花》:

> 寂寂寒梅一段春,怪他偏爱姓林人。调羹自是寻常事,欲向山中老此身。只为严寒品更高,棱棱玉骨傲风涛。三春让与间花柳,怕汝凌霜志不劳。菊花开能竟无花,几点天心处士家。明月入来香暗度,可怜红紫尽尘沙。未必凌寒便有心,春光阅历岁华深。群花自与天机远,欲向孤山妒赏音。冷艳清标久出群,春光原许众平分。如他风雪遮芳径,难得看山到白云。凌冽相遭亦偶然,好花都竞艳阳天,清寒独据高峰顶,长使人心忆旧年。①

刘沆咏梅则是情融于梅中,赞美梅花傲雪、坚强、不屈不挠的品格。诗人将梅花与菊、与柳对比,突出梅花傲寒的品性,诗人侧重写梅的精神世界,是为了突出自己傲然独立的人格。在咏物诗中能将情与物融合在一起者为上乘之作。王夫之说:"咏物诗,齐、梁始多有之,其标格高下,犹画之匠作,有士气,徵征实,写色泽,广比譬,虽极镂绘之工,皆匠气也。"② 他认为好的咏物诗,犹如画之匠作,诗有句意,意有寄托。刘沆这首咏梅诗则是将梅之品性与诗人的人格联系在一起,属咏物诗之上品。刘沆另有诗《梅花》:"天然淡泊自风流,花正浓时雪正稠。骨重神寒增绰约,满身珠玉诗谁收。"③《红梅》:"莫将玉蕊混桃绯,火齐疏悬竞晓辉。红杏未来春已占,谁知傲骨亦芳菲。"④ 这些诗句描写梅特有的意象,这与中国士大夫精神是一致的,表现出一种不随流俗的品格和坚贞傲岸的精神。

---

① (清)刘沆:《埙篪集》,《槐轩全书》(增补本),巴蜀书社2006年版,第3792页。
② (清)王夫之:《姜斋诗话》,(清)王夫之等:《清诗话》,上海古籍出版社1978年版,第22页。
③ (清)刘沆:《埙篪集》,《槐轩全书》(增补本),巴蜀书社2006年版,第3792页。
④ (清)刘沆:《埙篪集》,《槐轩全书》(增补本),巴蜀书社2006年版,第3792页。

菊，与梅一样具有耐寒傲岸的品格，这种品格与士大夫在恶劣的政治环境中坚贞不二的高尚品质一致。诗人咏菊往往是通过菊诗来反映一种积极用世、自强不息的尚健精神。魏晋南北朝时期是菊文学创作的繁荣时期，最具有代表性的当然是陶渊明，陶渊明爱菊，不仅在他自己的诗作中表现出来，"采菊东篱下，悠然见南山"，同时，后人在谈论陶渊明时也说"晋陶渊明独爱菊"，使得陶渊明这一爱好名扬千古，对后世文人影响颇大。刘沅兄弟喜爱陶渊明诗，且对陶渊明多有敬意之感。刘濖《陶渊明故里》曰："亮节高风江水清，行藏随遇岂忘情，人间有路桃源洞，壁上无炫金石声。杯酒只浇篱下菊，柳花不过石头城。山林近日多充隐，大抵逃名即好名。"① 这首诗是刘濖赴京会试路过陶渊明故里所作，诗歌赞美了陶渊明高风亮节的品质，描写了陶渊明饮酒爱菊的生活情调。刘沅《读陶》曰："吾爱陶彭泽，文章本自然。眼前风景语，尘外葛怀天。不必耽诗酒，何尝彷圣贤。冲和潇洒意，才子绝齐肩。"② 诗歌首句就说明了自己对陶渊明的喜爱，接着赞美陶渊明诗文本于自然之风，最后对陶渊明冲和潇洒的生活更是有几分向往。在陶渊明的影响下，菊花也是刘氏兄弟常咏的对象，刘濖有诗《白菊》《紫菊》《白菊和人韵》《紫菊和人韵》，刘沅有诗《菊花二首》。

刘濖《白菊》：

琼林碧叶幻奇葩，皎洁应栽处士家。篱下傲霜添粉颜，江边糁絮笑芦花。素娥待月心俱澹，陶令归田鬓欲华。一自白衣人去后，玉阑干外即天涯。③

《紫菊》：

---

① （清）刘沅：《埙篪集》，《槐轩全书》（增补本），巴蜀书社2006年版，第3760页。
② （清）刘沅：《埙篪集》，《槐轩全书》（增补本），巴蜀书社2006年版，第3802页。
③ （清）刘沅：《埙篪集》，《槐轩全书》（增补本），巴蜀书社2006年版，第3773页。

第三章　刘氏家族文学创作(上)：嘉道时期

> 东篱业菊染秋光，紫玉成烟是瓣香。高士何须辞绂绶，幽人自合醉流觞。一枝带露烘朝旭，几度餐霞斗晚霜。不与春华争艳丽，浓妆竞欲傲花王。①

这两首诗描写了菊花的形态、颜色、香味，表达了诗人对菊的喜爱。诗人不单单是喜欢菊花如皎洁紫玉般的形态，也不仅仅是迷恋菊花暗暗的幽香，更重要的是菊花不与春华争艳丽的孤傲品质深深吸引了诗人，诗人称菊为"花王"。

《菊花》二首：

> 天遣黄金散作花，肯将颜色斗韶华。如何散采添新样，不似当年处士家。
>
> 傲骨何曾会解避，霜偏怜落误时光，天教幻出新花样，到处斑斓到处香。②

从诗作第一句可知，诗人所咏之菊是黄菊，诗人将黄菊的色彩比作是黄金，并且认为黄菊之色可以与群花斗韶华，可见诗人对菊的喜爱。第二首诗赞美了菊耐寒而秋荣的傲骨之势，这正是诗人耿介傲岸的品质象征。

除了梅、菊，兄弟二人还咏竹、咏牡丹、咏落花、咏山茶花等。③诗歌或描写所咏之物的形态，"飘茵点砌一重重，半晌都将薜径封"④"谁道春山好景迟，繁花开遍最高枝。东风入户催新茗，看到红酣绿

---

① （清）刘沅：《埙篪集》，《槐轩全书》（增补本），巴蜀书社2006年版，第3774页。
② （清）刘沅：《埙篪集》，《槐轩全书》（增补本），巴蜀书社2006年版，第3795页。
③ （清）刘濖：《咏竹夫人》《咏泥美人》《落花十首》，刘沅：《牡丹》《山茶花》《水仙花》《年景花》，《埙篪集》，《槐轩全书》（增补本），巴蜀书社2006年版，第3775—3886页。
④ （清）刘沅：《埙篪集·落花十首》，《槐轩全书》（增补本），巴蜀书社2006年版，第3764页。

醉时"①；或歌咏所咏之物的品质，"富贵空劳认色香，须知气骨本非常。洛阳未必长安盛，不把韶春与媚娘"②"冰肌玉骨自清凉，拭净斑痕理素妆。知我久怀真节概，怜卿岂在人心肠"③。这些咏物诗体现了诗人对所咏之物的喜爱，同时所咏之物具有的品格正是诗人拥有或向往的品质。因此，咏物诗能以小见大，诗中所咏之物成了诗人心灵客观的对应物，从而折射出诗人独特的心灵世界。

(三) 兄弟互赠诗及唱和诗

刘沅、刘濖兄弟手足情深，蒙童时代，兄弟二人便跟随父亲刘汝钦学习刘氏家学、儒家经典。父亲刘汝钦、母亲向氏对兄弟二人管教严格，乾隆四十五年（1780），刘沅十三岁、刘濖十五岁，二人进入板桥僧寺，从徐十樵先生学习，乾隆五十九年（1794）、乾隆六十年（1795）、嘉庆元年（1796）兄弟二人三次赴京参加会试，嘉庆元年（1796）兄中进士（本科状元为赵朴初之先祖赵文楷），授翰林院庶吉士（三年后任工部主事、广西直隶郁林知州）。从此兄弟二人长期分离两地，加之在这期间父亲刘汝钦去世，母亲向氏卧病在床，不久离开人世，对兄弟二人来讲，虽分两地，但彼此作为世间唯一的亲人，兄弟情感尤为深厚。《埙篪集》中录入了兄弟二人互赠诗以及唱和诗，对这类诗的解读能让我们进一步了解兄弟二人的手足之情。

刘濖诗《寄止唐十首》之三：

> 仓卒黎州一纸书，吟鞭直指浣花居。两人笔墨渐无补，十口瓶罍计每疏。剑阁云山新罗里，金台风雨暮秋余。寸心未报春晖

---

① （清）刘沅：《埙篪集·山茶花》，《槐轩全书》（增补本），巴蜀书社2006年版，第3791页。
② （清）刘沅：《埙篪集·牡丹》，《槐轩全书》（增补本），巴蜀书社2006年版，第3791页。
③ （清）刘沅：《埙篪集·咏竹夫人》，《槐轩全书》（增补本），巴蜀书社2006年版，第3764页。

第三章 刘氏家族文学创作(上):嘉道时期

草,甘旨凭君慰倚闾。①

诗歌首句颇有杜甫"家书抵万金"的思乡之情,刘澐在外地为官,一直靠家书与兄弟联络手足之情,但是,如果赶上兵火连天的岁月,或是天灾人祸,家书是很难顺利抵达对方手中的,前四句抒发刘澐盼望家书心切,迫切希望能得到家中消息的愁苦之情。后四句写诗人对家乡的怀念,同时抒发了诗人因在外任官无法照顾家中亲人的愧疚之情。《清国史馆·刘沅本传》记载:"兄澐,嘉庆元年进士,由庶吉士改工部主事。屡书权其北上。沅曰:显扬之事,兄已遂矣。犬马之养,愿得身任之。母向氏遘疾困卒,沅求索医药,不远千里,斋戒请祷,朝夕弗遑。"② 兄刘澐为工部主事,弟刘沅在家照顾已病的母亲,作为兄长,本应该挑起家庭重担,但刘澐却远离家乡在外任职,诗句末道出了刘澐心声,自己未能报得三春晖,愿弟弟能够理解,以此得以慰藉。

《寄止唐十首》之九:

> 故人消息怅离群,蜀道青天正忆君。蒋诩门前看坠马,嵇康炉下解微醺。魂消蓟北三秋雨。梦绕巴西万里云,命不封侯避罗网,可怜憔悴故将军。③

诗作由怀古而思君,诗人虽在外任职,但心系兄弟,表达了诗人对弟弟的怀念之情。最能体现刘澐对刘沅情深义重的诗是《重九得舍弟书二首》:

> 秋风吹醒梦蘧蘧,萧瑟惊逢落木初。九月茱萸一杯酒,三年

---

① (清)刘沅:《埙篪集》,《槐轩全书》(增补本),巴蜀书社2006年版,第3769页。
② (清)刘沅:《刘沅本传》,《槐轩全书》(增补本),巴蜀书社2006年版,第5页。
③ (清)刘沅:《埙篪集》,《槐轩全书》(增补本),巴蜀书社2006年版,第3769页。

兄弟数行书。近闻蜀道犹难上，久说长安不易居。消息喜逢佳节至，季鹰空自忆鲈鱼。

业菊无心插鬓斜，家书细读似还家。客愁鸿雁声中泪，秋入脊令原上花。待诏金门悲曼倩，门奇锦里羡侯芭。壮怀莫逐江村老，西望云程接斗查。①

"每逢佳节倍思亲"的情感在这首诗作中体现得淋漓尽致，诗人善用古人思乡悲秋意象，用"秋风""萧瑟""落木""鸿雁"等词烘托情感，又用"家书""业菊""江村"等词自疗悲情，整首诗具有杜诗意味，在诗作中也学习和借鉴了杜诗之语，体现出刘濖对杜甫的学习。

与刘濖相比，刘沅对兄长的情感除了思念，更多的是对兄长的祝愿，希望长兄在外任职一切安好。刘沅诗《寄芳皋家兄》：

年年辛苦傍江干，且喜慈云似旧看。身事餐棋无胜着，人心逝水有狂澜。龙门尚说三千浪，世路今嗟十八滩。寄语凤凰池上客，英才未必不黄冠。墨痕浓蘸泪痕多，蜀道青天唤奈何。事等亡羊牢未补，身余旧匣剑曾磨。春晖寸草融融乐，秋雨飞鸿缓缓过。长恨别离今报喜，杏花三月到鸾坡。②

诗歌虽然表露了对家兄思念之情，但却能从亲情中体会到刘沅对家兄的鼓励。刘沅兄弟二人三次赴京会试，最后一次，兄长中举，而刘沅下第归来，侍奉母亲。这种安排刘沅欣然接受，但他对仕途的雄心壮志并没有减少，他说："二十五登贤书，三试春官，荐而不售。兄芳皋丙辰隽如词观，愚下第归乡，私幸兄居京邸，从此北上甚便，

---

① （清）刘沅：《埙篪集》，《槐轩全书》（增补本），巴蜀书社2006年版，第3770页。
② （清）刘沅：《埙篪集》，《槐轩全书》（增补本），巴蜀书社2006年版，第3809页。

第三章 刘氏家族文学创作(上):嘉道时期

未尝作退休想也。"① 因此,家兄在外任官,刘沅是给予其希望,让刘濖在外安心工作,不必操劳家中琐事。每当刘沅收到家书后,在给刘濖回信中总会给予鼓励:"万金书到月团圆,骨肉全家望斗躔。瞿上今传工部句,锦江人问孝廉船。风云意气频搔首,诗酒生涯岂计年。"②

由于二人的相互勉励,在其各自的事业和学术上都有所精进,刘濖选翰林院庶吉士,官至广西郁林直隶州知州。刘沅创办槐轩学堂,教弟子千人。刘沅、刘濖也成为刘氏家族成员学习的榜样,刘氏家族科举繁荣即从二人开始,刘沅有诗《腊初同家兄夜话》既是对兄弟二人人生的回顾,更是对家族成员后代的勉励:

> 一回相见一回悲,老去情亲倍昔时。蕉鹿生涯原是梦,诗书事业转成痴。风云有路空搔首,岁月无穷且展眉。同辈祇今寥落甚,岁寒相对快壎篪。
>
> 谁言衰老逼人来,伏枥应怜志未灰。兰玉当阶原有种,鱼龙出水定惊雷。已知世上升沉事,且醉今宵潦倒杯。失马未须论祸福,试从消息问寒梅(时犹子棫文应试冠军,旋同乃兄等四人入庠)。③

岁月的流逝,并没有消磨诗人的志气,虽然感叹时间如白驹过隙,但"老骥伏枥志未减"的精神成为家族佳话。诗后载此诗创作时,刘氏家族已有多名在科举之业中取得佳绩。而刘沅、刘濖二人的品质也成为刘氏家族成员的精神徽记。

---

① (清)刘沅:《槐轩杂著》卷四《自叙示子》,《槐轩全书》(增补本),巴蜀书社2006年版,第3473—3474页。

② (清)刘沅:《埙篪集·得芳皋家兄书即寄》,《槐轩全书》(增补本),巴蜀书社2006年版,第3817页。

③ (清)刘沅:《埙篪集》,《槐轩全书》(增补本),巴蜀书社2006年版,第3819页。

兄弟二人除了互赠诗，还有和韵之诗，和韵诗能够看出二人在诗歌创作方面表达方式、情感抒发的异同。和韵之诗中多刘沅和刘濖韵。刘濖作诗《红叶》：

> 霜叶秋深著意红，空将颜色付西风。千山碎锦寒云外，一径残霞夕照中。碧落词人歌绛树，翠微仙侣住丹枫。年来桃杏休相妒，冷艳还须属化工。
>
> 日炙云烘肃气侵，枫江弥望族瑶林。堆蓬红雨潇湘晚，映水朱霞浦溆阴。复共渔灯明上下，况逢芦荻助萧森。寒山寺外钟声起，有客危樯独醉吟。
>
> 朔风曾忆满长安，锦树千株结眼寒。南内霓旌深处见，西楼珠泊画中看。六宫愁对朱颜老，七校心苏绛节攒。叶叶枝枝皆点染，谁题彩笔五云端。
>
> 乌啼乌桕夕阳沉，烂漫边关石径深，偶堕征衫投锦句，时飞蓬鬓上瑶簪。朱楼红粉三春梦，紫塞彤云万里心。好当蛮笺书别恨，风吹字字化为金。①

诗题为"红叶"实以红叶为景来写整个秋天的景象，诗人将红叶与残霞、芦荻、乌啼相结合，烘托悲秋感伤之情。在这首诗歌中所含意象大都源自张继的《枫桥夜泊》，如寒山寺钟、乌啼乌桕、渔火灯明。这说明诗人对唐诗的学习和模仿，同时也点明诗歌创作之地在苏州。

刘沅有诗《奉和家兄红叶诗步韵四首》：

> 春光秋色总相同，老树如花态转工。天半朱霞分绛彩，月中丹桂点芳业。肯教潋滟随流水，喜趁曈昽漾好风。青女素娥增烂

---

① （清）刘沅：《埙箎集》，《槐轩全书》（增补本），巴蜀书社2006年版，第3771页。

第三章 刘氏家族文学创作(上):嘉道时期

漫,笑他桃杏太匆匆。

几片红云簇绛林,韶颜不负化工心。桐珪翦处朱文灿,柿屋书残锦字深。斜坠夕阳鸦背日,初飘晴雪蕊头金。华山顶际风雷幻,过客何劳掌上寻。

吴江枫冷并梧寒,谁识天心一寸丹。日射金门辉绛帻,风摇霞佩到朱栏。千重绮片云中卷,碎翦红绡树杪看。蓼穗野花零落甚,芳姿鸾凤惜文翰。

乍看疑火复疑金,路入桃源一叶深。洞口春多迷点点,山城霜老转森森,阿谁渲染娇如许,偶露鲜妍态不禁。指顾红罗华树发,重将颜色付瑶林。①

步韵诗是和诗的一种,又称为"次韵",即按照原诗用过的某一韵或某几个字来创作新诗。步韵诗的基本特点是有相同题材和体裁,有基本一致的思想感情,所表达意思相互呼应,韵脚相同或相似,至少要属于同一韵部,因此诗歌的创作难度加大,诗人不能完全依照自己的思想去创作诗歌,而是要顾及原诗的内容、情感、体裁等。刘沅的这首步韵诗首先从体裁和题材上看是和刘濖的原诗一致,同时从韵脚来看,刘沅也是充分按照原诗的韵部来创作的,例如诗歌第一首所用韵同、工、风、匆与原诗第一首红、中、工、风是同一韵部的,依次后面三首也与原诗后三首用韵相同或相似。最后,从内容上看,这首诗同样是写景抒情诗,前两首写景,诗人所描写的深秋之景比原诗更有意境,诗中不再出现残霞、霜叶等悲秋之词,而是描写一位青楼女子的神态变化来告知所写之景为秋景。后两首并非直接抒发情感,而是继续写景,写异乡深秋之景,通过写异乡之景来抒发家兄思乡之情。

刘濖诗《或伪作书言余死小女恸哭而归相见失笑口占代嘲》:

---

① (清)刘沅:《埙篪集》,《槐轩全书》(增补本),巴蜀书社2006年版,第3805页。

一纸空函骗局成，老奴性命忽然轻。曾经大海翻身出，那怕危严撒手行。张禄逃生原不死，戴逵求死竟还生。刘郎亦是秋风客，赢得娇儿涕泪倾。

惭愧狂徒用计谋，百钱买命亦堪忧。弄真弄假生前祭，成佛成仙死后修。白战只凭三寸舌，黄金欲购六王头。从今再与阎罗约，任尔招摇数十秋。①

刘沅诗《或讹传家兄下世兄作诗自嘲步韵和之》：

莫怪三人市虎成，蒙庄真似世缘轻。御风列子天边去，荷锸刘伶陇上行。应悟醒来都是梦，几疑绝处又逢生。从今解欲销魂劫，此老长支大厦倾。

射影含沙是惯谋，偏他儿女动怀忧。那知老树经年在，本似梅花几世修。昔日青云随骥足，今朝白发认龙头。东坡海外传疑信，赢得芳名笑不休。②

这两首诗同写讹传刘濖去世的事。刘濖诗自嘲不死之后还可招摇数十年，诗句多有诙谐的口吻。刘沅诗则讲述了伪传骗局的真相，将家兄与东坡对比，言家兄不死之后赢得芳名。

从兄弟二人互赠、唱和诗中可以看出二人自幼情笃，刘濖有诗《板桥僧寺余兄弟读书处也今随过之竹木无存淄流非昔因取唐人三十年前就板桥句叠成五律以寄慨存四首》回顾了兄弟二人艰苦的读书生涯，刘沅有诗《板桥有感》，是对板桥读书环境的回忆。此后，二人长期分离两地，这时只能通过书信的方式表达怀念之情，也通过这种方式相互鼓励，这类诗歌情感真挚，感人肺腑。

---

① （清）刘沅：《埙篪集》，《槐轩全书》（增补本），巴蜀书社2006年版，第3773页。
② （清）刘沅：《埙篪集》，《槐轩全书》（增补本），巴蜀书社2006年版，第3808页。

（四）刘沅经学诗

在刘沅诗歌创作中，有一部分诗，我们称它为经学诗，是因为诗歌创作以儒家经典来命名，诗歌分别是《大学》《中庸》《论语》《孟子》《周易》《诗经》《尚书》《周官》《小戴礼记》《仪礼》《春秋》《孝经》《尔雅》十三首，这与刘沅著《十三经恒解》的篇目完全一致，此外，刘沅还有《小学》《读〈易〉五首》诗作。这类诗歌内容或讲经典价值，或阐释经典意义，抑或辨析经典正误。刘沅《尚书》诗曰：

> 丝竹传音尽古文，伏生安国强区分。民间亦有遗经出，岂必官书是典坟！并行天壤古今文，所以残编竟不分。歧路又歧迷向往，何须婆缕问丝芬！
>
> 自记：伏生书先入官，安国得古文在后，未及上之。太史公亲见其书，故特记载。吴才老始倡言其伪，草庐继之。至今，而阎百诗、顾炎武等附会焉，古文竟可废矣！然诸人于古文今文经义均未明白，徒摘取字句攻计。抑思安国圣裔，何故必造此书以乱其祖之遗文？太史公非盲人，亦何不辨黑白？愚注《尚书》已为详辩，兹复记之以诗。
>
> 自注：《尚书》多残缺。攻古文者，未尝知之也，后好妄言何益！①

诗歌内容是谈今古文《尚书》之争，刘沅不赞成古文《尚书》是伪书的说法，在他看来，今古文《尚书》都有其意义，不能以其今文《尚书》驳古文《尚书》之伪。刘沅在自记中梳理了吴棫、阎若璩、顾炎武对古文《尚书》的辨伪，但他并不赞成这一说法，他

---

① （清）刘沅：《埙篪集·尚书》，《槐轩全书》（增补本），巴蜀书社2006年版，第3798页。

认为古今文《尚书》经义各有不同，不能以伪古文《尚书》而贬低其价值，更不要陷入古文《尚书》之争的歧途。

《诗经》曰：

> 孺稚风流本性情，管弦钟鼓写中声。无邪却又存邪作，谁为尼山化不平？
>
> 春秋作后怅诗亡，褒贬微权寓乐章。奔女狂徒都入雅，弦歌三百意何长？
>
> 原注：《史记》云：《诗》三百篇，孔子皆弦歌之，以求合于《韶》、《武》。何后人不察而妄为之说！

这首诗谈到了《诗经》学中的两个问题，一是关于《诗经》的淫诗说，二是关于《诗经》是否全部入乐。刘沅在诗中表明了他的观点，即不信淫诗，认同《诗》三百全部入乐。刘沅赞同孔子的删诗说，刘沅著《诗经恒解》，其所选《诗经》篇目与孔子删诗后的篇目是一致的。刘沅曰："夫子删诗之说，欧阳公谓篇删其章，章删其句，句删其字。是也。然亦有全篇不录者，今既就本文训诂，凡诸逸诗概不取以自乱其说。"① 刘沅赞同欧阳修的看法，认为孔子对《诗经》的篇、章、句、字都进行了删存，为了不自乱其说，《诗经恒解》对逸诗皆不录取。在刘沅看来，经过夫子删诗，诗之大义昭彰，寄托了圣人垂教之意，而风诗中的淫乱之诗，不是作者自作，是旁人所作，因为词多托讽，恐读者误读，因此以"思无邪"示之。刘沅曰："圣人编诗，原以正乐，三百篇诗出自作者，本不尽关大义，自夫子删之，而大义昭彰，即不含夫子之诗矣。凡风诗淫乱之诗，皆非其人自作。愚于《桑中》诗以言之。"② 他又说："夫子删诗，凡自

---

① （清）刘沅：《诗经恒解》，《槐轩全书》（增补本），巴蜀书社2006年版，第626页。
② （清）刘沅：《诗经恒解》，《槐轩全书》（增补本），巴蜀书社2006年版，第677页。

叙丑行者皆去之，而存其有关劝惩者。凡所存刺淫之诗，皆旁人作也。然其词多托讽，恐人误解，故示之曰思无邪。若公然自言丑恶，夫子存之而戒人勿邪，是何异开门揖盗而曰毋发我荀哉？"① "故诗虽变，而自子删存之则皆正矣，若如旧说，半属淫乱之词，而繁而不杀，圣人奚取焉？学者当以夫子之意说诗，而不必拘泥先儒之说可也。"② 刘沅肯定孔子删诗，意在说明思无邪的教化作用。

关于《诗》三百是否全部入乐的问题，在唐以前儒者都认为《诗》是全部入乐的。到了宋朝，这种看法遭到质疑，程大昌提出《诗》有入乐不入乐之分，清人持两种观点：一种是认为《诗》三百全部入乐，另一种是《诗》三百部分入乐，部分不入乐。刘沅的观点是《诗》三百全部入乐。刘沅曰："诗者，乐之章也。然朱子云：方其诗也，未有歌也，及其歌也，未有乐也。以声依永，以律和声，则乐乃为诗而作，非诗为乐而作。其说得矣。今古乐已亡，而诗之词义，美恶劝惩，昭然见圣王之遗，民心之正。虽列国之作，经吾子删定，皆有义类可寻，非复从前之比，故太史公谓：'《诗》三五百篇，夫子皆弦歌之，以求合于《韶》《武》。'此圣人救世救民之本志也。故得乎诗之意，即通乎乐之情，而一且曲说，可以不辩。"③

《埙篪集》诗歌内容丰富，咏史诗与咏物诗寄情于山水景物中，体现诗人旷达自得的情趣；刘沅的经学诗具有较强的议论色彩，充分体现其经学思想。丰富的诗歌内容实际是清代中期时代特征和地域文化的再现，通过对《埙篪集》内容的分析可了解诗人恬淡自然的情趣和鲜明清晰的儒家思想。

二 《埙篪集》中的文化内涵

在刘濖的《弃余录》中有两组诗题为《成都十四咏》《双流八景

---

① （清）刘沅：《诗经恒解》，《槐轩全书》（增补本），巴蜀书社2006年版，第653页。
② （清）刘沅：《诗经恒解》，《槐轩全书》（增补本），巴蜀书社2006年版，第707页。
③ （清）刘沅：《诗经恒解》，《槐轩全书》（增补本），巴蜀书社2006年版，第627页。

和谷樵原韵》，这两组诗分别记载了成都历史古迹和双流的自然风貌，以历史和景观为叙事对象，形成了诗、图融合的艺术形式。"八景"作为诗歌创作对象，最早源自北宋宋迪作《潇湘八景图》，宋迪工画，画出了八幅潇湘景色图，但宋迪并没有为八幅图画命名，而是沈括有言："度支员外郎宋迪工画，尤善为平远山水，其得意者有平沙雁落、远浦帆归、山市晴岚、江天暮雪、洞庭秋月、潇湘夜雨、烟寺晚钟、渔村落照，谓之八景，好事者多传之。"[1] 正式给潇湘八景命名，后来惠洪以此八景图创作诗歌，诗题为"宋迪作八景绝妙，人谓之无声句，演上人戏余曰：道人能作有声画乎？因为之各赋一首"[2]。自此以后"八景诗"成为文人诗歌创作的一种模式，八景成为这类诗歌创作的一个总称，在此基础上四景、六景、十景、十四景诗等都可以纳入这类诗歌创作范畴。这类诗歌内容主要包括某地有着深厚悠久历史"故事"的古迹和自然景观，诗人对古迹和景观中相关的人物、掌故、文化等进行记述，因此这类诗歌往往具有历史文献价值，同时诗歌以抒情和描写的方式写景，又具有很强的文学性。我们以刘澐的这两组诗为例，探寻诗歌的艺术价值和地域文化价值。

《成都十四咏》全诗如下：

> 盘古城基迹尚留，江山砺带北梁州。功高黄土抟人上，事想洪荒建国秋。禹贡至今传玉垒，秦封空自说金牛。登临万古开心处，碧树苍烟杜宇愁。（盘古城）

> 银涛雪浪此江潭，玉女名津得得探。宝瑟直同湘水怨，灵虬岂借洛妃骖。一溪皓月澄寒玉，两岸青峰敛翠环。闻说离堆风雨夜，云旗闪忽绕烟峦。（玉女津）

> 雾鬓风环一女仙，壶中日月洞中天。传闻鸟爪能搔背，若遇

---

[1]（宋）沈括：《梦溪笔谈》卷十七，中华书局2009年版，第185页。
[2]（宋）释惠洪撰：《石门文字禅》卷八，《四部丛刊初编》第169册，景明径山寺本。

第三章　刘氏家族文学创作(上):嘉道时期

洪涯定拍肩。半响婴儿求姹女,几经沧海变桑田。丹炉妙诀能相借,蓬岛烟霞结静缘。(麻姑洞)

功名累卵识灵仙,尘世浮名叹逝川。井底无波参要诀,海中有客结因缘。衣冠南渡怜泥马,薇蕨西山妙蜕蝉。游戏人间留幻迹,锦江应有素书传。(刘海井)

唐宋名贤共一龛,才人远谪果何堪。瓣香止合黄金铸,党籍无虞白璧惭。天宝熙宁远素志,涪陵锦里得幽探。千年结契严祠宇,江水无声自蔚蓝。(二老阁)

铸鼎丹成谢八环,空余弓剑旁桥山。龙藏古穴无消息,云绕高峰任往还。事在虚无缥缈外,道存蓬岛碧城间。崆峒即是传心法,秋草台荒只等闲。(轩皇台)

龟画成城锦水滨,金牛路辟复通秦。芙蓉江外帘初卷,杜宇山边迹崭新。堞隐市桥官柳细,云沈犀浦古风淳。丝鞭更访西郊远,犹有当垆贳酒人。(张仪楼)

著能元经墨未干,子云亭畔路漫漫。文成白凤求来易,理向童乌解出难。载酒问奇人已远,覆瓿述作迹犹寒。校书天禄犹存阁,悔不当年早挂冠。(子云墨池)

归凤求凰又一时,琴台遗址草离离。彩毫有赋留金马,绿绮多情结翠眉。武帝祠前云影散,浣花溪外酒帘垂。无端封禅留余恨,玉检尘埋此共悲。(长卿琴台)

碧鸡坊外树苍苍,万里桥西问草堂。弟妹开心余痛哭,干戈满地卧沧浪。阁中诗卷人犹在,江上群鸥兴转长。竹里行厨虚想像,文章万古耀光芒。(工部草堂)

君平卜肆有谁如,万里桥头即隐居。敢借六爻争得失,凭将八卦定盈虚。帘前岁月人间市,笔底星辰上界书。最爱峨眉山外月,天心窥破古皇初。(君平卜肆)

丞相名垂汗简青,书台犹在复谁登。隆中鱼水三分业,江上风云八阵腾。还向纶巾瞻气象,尚留祠庙傍邛陵。凭栏一啸吟梁

父,铜雀高高变未曾。(诸葛书台)

枇杷花发锦江滨,犹有吟楼说美人。巧舌能翻筵上曲,新诗传遍坐中春。一时词客俱元白,十色花笺等凤麟。酒肆文君堪与共,欲怜零落混风尘。(薛涛吟楼)

石室传经教泽通,庐江有吏说文翁。西京士拟班杨盛,东观人称邹鲁风。弟子鸿都窥奥秘,周公礼殿自穹隆。迩来纵隔千余岁,雅化长留锦水东。(文翁石室)①

清乾隆年间,向熙敏对成都八景有过具体记述,分别为"青羊春市""威风秋猎""花溪凉荫""草堂雪梅""昭觉晓钟""琴台夕照""蓉城云锦""墨池夜月"②,对应的成都景观是青羊宫、学射山、浣花溪、草堂、昭觉寺、琴台、城墙芙蓉、墨池。刘濖作《成都十四咏》与向熙敏成都八景有重合之处,亦有不同之处。刘濖咏盘古城、张仪楼是对蜀地古城的追述。盘古城,《元和志》记载在县东三十里,《方舆胜览》记载在盘古祠。③ 其故地在今双流县白家镇近都村之净土寺,祀盘古氏,这与古蜀神话有联系,诗歌由咏盘古旧址展开古蜀国建立的历史叙述,为我们勾勒出古蜀国从开国到消亡的历史线索。张仪楼旧址在县西南,《元和志》记载:在城西南,高百余仗,临山看江,明《一统志》即宣明门楼也。一名菟楼。张仪楼始建于战国晚期秦灭蜀后,位于成都西南侧,因宰相张仪修城而得名。公元前316年,秦国为加强对蜀地的控制,派宰相张仪来成都修建一座用于屯兵的城池。民间又有传说,张仪建城时,忽然有一只大龟从江中浮上来,通过游动的路线揭示了张仪筑城的方位,故成都城

---

① (清)刘沅:《埙篪集》,《槐轩全书》(增补本),巴蜀书社2006年版,第3761—3763页。
② (清)李玉宣等修,衷兴鉴等纂:《重修成都县志》,同治十二年刻本。
③ (清)常明、杨芳灿等纂修:《四川通志》卷三十四,巴蜀书社1984年版,第1420页。

最初又被称为龟画城。刘沢诗开篇即咏龟画城，整首诗歌不仅写张仪楼遗址，还通过张仪楼描述成都城在秦朝时候的历史。《盘古城》《张仪楼》两首诗共同勾勒出了成都城市变迁的地理空间，诗歌中出现的"玉垒""犀浦""金牛"等地名依然沿用至今。

刘沢所咏麻姑洞、刘海井，与蜀地道教的兴盛有关，也与刘氏家传易学相关。据《四川通志》记载："麻姑洞：在繁阳山洞穴深邃中有丹鼎石状，宋县尉王凡曾秉烛欲穷之，欲蝙蝠仆烛，乃不复进。繁阳山：在县（新都县）南十五里，众山连接，孤峰特起，相传张道陵曾修炼于此，上有浴丹池，通仙井麻姑洞，旧志以在繁水之阳因名。"[①] 刘海井，蜀中并无实景，刘沢在刘海井诗后有一段小注："金时，刘喆号海蟾，宋南渡以后，入为金朝显官，有道士见之，累鸡卵十余枚，喆曰危哉。道士云公之官职更危于此。遂恍然有悟，佯狂弃官，入嵩山学道，不知所终。今传刘海戏蟾，以讹传讹，姑举所见作之，此见明人杂说。"刘沢在诗歌自注中说明写这首诗是为了消除刘海戏蟾的讹言，宣扬刘喆遇道士后弃官学道之事。刘沢将麻姑洞与刘海井放在一起歌咏，表现了对蜀中道教仙事的重视，这与刘氏家族家传易学有紧密联系。

刘沢所咏子云墨池、长卿琴台、工部草堂、君平卜肆、诸葛书台、薛涛吟楼、文翁石室均是成都有名的人文景观，这些景观有的已经不复存在，有的延续至今，成为成都历史文化的标志。子云墨池，旧址已不复在。《寰宇记》载："子云宅在少城西南，一名草玄堂。"宋人宋祁有诗《扬子云洗墨池》："君不见子云草玄西郭门，一径秋草闲黄昏。何须笔冢高百尺，池墨黯黯今犹存。"[②] 扬雄博学多才，其著作广博而精深，包罗万象，他的辞赋继承了司马相如弘丽温雅的传统，又融入自己的创作特点，使赋更加学者化、散文化。他的著作

---

① （清）常明、杨芳灿等纂修：《四川通志》卷十，巴蜀书社1984年版，第719页。
② （明）杨慎：《全蜀艺文志》卷十二，线装书局2003年版，第237页。

《太玄》《发言》更是具有哲学思辨色彩，扬雄被称为"西蜀孔子"，在他身上充分体现了巴蜀文化丰富多彩的包容特点。历代文人学者对扬雄的赞誉颇多，刘沅写"子云墨池"也是为了赞美扬雄的学问博大精深。与之相类似的是"君平卜肆"，严君平宅在县西，即君平卖卜处，《寰宇记》记载在益州西一里。① 《大元混一方舆胜览》载："君平宅，今严真观。"② 今旧址也不复存在，刘沅写君平卜肆是对严君平其人的宣扬。《汉书·王贡两龚鲍传》载："君平卜筮于成都市，以为'卜筮者贱业，而可以惠众人。有邪恶非正之问，则依蓍龟为言利害。与人子言依于孝，与人弟言依于顺，与人臣言依于忠，各因势导之以善，从吾言者，已过半矣'。裁日阅数人，得百钱足自养，则闭肆下帘而授《老子》。博览亡不通，依老子、严周之指著书十余万言。"③ 严君平是汉代成都的一位高士，隐逸于繁华闹市中，以卜筮为业、授书为乐，扬雄曾拜师于君平，"扬雄少时从游学，以而仕京师显名，数为朝迁在位贤者称君平德"④。扬雄的博学与少时从师于君平有一定关系，刘沅将二处景观并举，实际是赞誉了二人的师承关系以及在巴蜀文化史中二人的贡献。汉代是蜀学高度发展时期，除了扬雄和严君平，刘沅为之咏叹的还有司马相如和文翁。

长卿琴台是指司马相如故宅。杜甫曾作《琴台》一诗："茂陵多病后，尚爱卓文君。酒肆人间世，琴台日暮云。野花留宝靥，蔓草见罗裙。归凤求凰意，寥寥不复闻。"⑤ 杜甫引凤求凰的典故主要是赞美卓文君，而刘沅引凤求凰典故则是宣扬司马相如。仇兆鳌为《琴

---

① （清）常明、杨芳灿等纂修：《四川通志》卷四十八，巴蜀书社1984年版，第1850页。
② （元）刘应李原编，詹友谅改编，郭声波整理：《大元混一方舆胜览》，四川大学出版社2003年版，第234页。
③ （汉）班固撰，（唐）颜师古注：《汉书》，中华书局1962年版，第3056页。
④ （汉）班固撰，（唐）颜师古注：《汉书》，中华书局1962年版，第3056页。
⑤ （唐）杜甫撰，（清）仇兆鳌注：《杜诗详注》卷十，中华书局2015年版，第671—672页。

台》一诗做注时,指出琴台位置:"《寰宇记》载:《益部耆旧传》:相如宅在州西笮桥北百许步,有琴台在焉。《成都记》载:琴台院,以相如琴台得名,而非其旧。旧台,在城外浣花溪之海安寺南,今为金花寺。元魏伐蜀,下营于此,掘堑得大瓮二十余口,盖所以响琴也。"①刘瀿诗中记载"琴台遗址草离离","浣花溪外酒帘垂",可见,刘瀿所见琴台应与《成都记》中所载琴台地理位置相似。司马相如是汉代著名的辞赋大家,《华阳国志》载:"长卿彬彬,文为世矩。司马相如,字长卿,成都人也。游京师,善属文,著《子虚赋》而不自名。"刘瀿写诗也是为了宣扬司马相如的才华,凸显蜀地"好文学,重辞章"的文化传统。"文翁石室"意在歌颂文翁化蜀之事,《华阳国志·蜀志》曰:"孝文帝末年,以庐江文翁为蜀守。穿湔江口,溉灌郫繁田千七百顷。是时,世平道治,民物阜康;承秦之后,学校陵夷,俗好文刻。翁乃立学,选吏子弟就学。遣隽士张叔等十八人东诣博士,受七经,还以教授。学徒鳞萃,蜀学比于齐鲁。巴、汉亦立文学。孝景帝嘉之,令天下郡、国皆立文学。因翁倡其教,蜀为之始也。孝武帝皆征入叔等为博士。叔明天文灾异,始作《春秋章句》。官至侍中,扬州刺史。"②文翁化蜀,具有特殊的政治意味。文翁在蜀地修建学馆、培养蜀地学生学习儒家传统文化,又选拔蜀郡基层官吏到京师向博士学习,在蜀中大力推广儒学,改变了蜀地文化风气,使巴蜀文化逐渐与中原文化相融合。这对发扬巴蜀文化有着重要的推动意义,影响极为深远。刘瀿诗赞扬了文翁对蜀地教育的贡献。

在《成都十四咏》中像这一类的景观诗已不再单纯地写山川景物,而是将山川之灵秀与人文相联系,正是因为地灵所以人杰,诗人对地域的赞美,实际是对地域文化人物的宣扬。"工部草堂"和"薛涛吟楼"是对杜甫和薛涛的赞美。"工部草堂"是漂泊多年的杜甫来

---

① (唐)杜甫撰,(清)仇兆鳌注:《杜诗详注》卷十,中华书局2015年版,第671页。

② (晋)常璩撰,刘琳校注:《华阳国志校注》,巴蜀书社1984年版,第214页。

到成都后所建立的"温馨"家园,在这里杜甫度过了相对安稳的时光,创作了大量的田园生活诗。成都温润的气候、优美的风景给杜甫诗歌注入了新鲜血液,在成都居住的这段时间,无论是其诗歌题材,还是其诗歌意境,都与其此前和此后的诗歌创作有较大的差别。遗址草堂也成为后来文人墨客歌咏的对象,走进草堂仿佛又走进了杜甫,领略了经典的意义,这也是歌咏草堂的价值所在。薛涛吟楼在今望江公园内,清嘉庆年间所建,光绪二十五年(1899)修缮,为一楼三叠。刘澤诗首句"枇杷花发锦江滨"指明吟诗楼的地理位置,并且诗歌证明了在清嘉庆年间吟诗楼旁有枇杷花,即后来我们所见吟诗楼西南方枇杷门巷,是根据王建赠薛涛诗"枇杷花里闭门居"所建。诗歌前两句写景,后四句重点还是以宣扬薛涛才华为主,将薛涛与卓文君并举,谓其堪称蜀中杰出女才人。

刘澤又有《双流八景和谷樵原韵》一诗:

山光草色翠岚拖,第一桥头春浪多。小艇远横杨柳岸,散人应自号烟波。(第一春波)

灵境须从静处观,乌呼佛现几人看。翠薇暝色僧归寺,万点星光射木难。(山寺圣灯)

凉生风穴水之滨,簇锦桥边贳酒人。百里橦花桃竹路,桑麻雨露沐深仁。(簇锦凉风)

毵毵堤柳拂丝鞭,舍利珠光证凤缘。镜里分明毛发现,长虹卧影月当天。(金花夜月)

霜清午夜暗飞声,入定山僧梦不惊。梵夹课余天欲曙,还从石上悟三生。(卦台钟晓)

倚杖城南窣堵标,石幢欈槊籋云飘。闻声得度毗耶果,锡杖何年卓碧霄?(塔桥响应)

浅沫流珠细浪吹,清泉汩汩入云危。旧游尚忆庐山瀑,挂笏支颐饱看时。(涌泉山瀑)

第三章 刘氏家族文学创作(上):嘉道时期

荒祠犹枕碧峰巅,云拥朝暾白似绵。剩有村翁酬社酒,野棠花外蝶翩翩。(牧马飨堂)①

这组诗歌是典型的八景诗,记录了刘沅故乡成都双流县的八个自然景观。八景诗对各个景观的命名,一般由四个字组成,前两字一般表地点,后二字为自然景象,如"金花夜月""簇锦凉风",也有两两组成合景:"涌泉山瀑"就是涌泉和山瀑两个景象。如果说刘沅作《成都十四咏》是对成都人文历史景观的记载,那么"双流八景"则是对家乡自然景观的描述,这些景观可能已不复存在,但诗歌的流传,不仅保存了地域文献资料,更促进了地方文化价值的发展。八景诗是地方志"山川""古迹""艺文"的重要组成资料,因为八景诗一般由文人士大夫在游览途中创作,他们将所见所感之景融入诗中,又增添自己的情感,写实部分是对地域特点的真实记载,抒情部分则体现出诗人独特的审美特征。刘沅所作《双流八景和谷樵原韵》也被收录到民国版《双流县志》艺文中,保存了清代双流县的自然景色,也体现了当地文人的文学才华。

除了以"八景"形式歌咏蜀中胜景,刘沅还有歌咏峨眉山的诗作。刘沅在乾隆五十九年离开蜀地进京赴试,嘉庆元年(1796)中进士,入翰林院,后改授工部屯田司主事,迁刑部河南司、陕西司主政,广西直隶郁林州知州,在外任职,刘沅对故乡尤为怀念。当他看到异乡之山时,便会联想到家乡之景。《登西岳庙阁望华山》后四句:"秋色多应司白帝,诗人少复问青天。我家更有峨眉好,归去都将彩笔传。"② 最后一句与苏轼诗歌"我家峨眉阴,与子同一邦"③

---

① (清)刘沅:《埙篪集》,《槐轩全书》(增补本),巴蜀书社2006年版,第3756页。
② (清)刘沅:《埙篪集》,《槐轩全书》(增补本),巴蜀书社2006年版,第3758—3769页。
③ (宋)苏轼:《送杨孟容》,(清)王文诰辑注,孔凡礼点校:《苏轼诗集》,中华书局1982年版,第451页。

有异曲同工之妙,见他乡之景即思故乡之景。刘濖另有诗《望峨眉山》:"峨眉如美人,可望不可即。江水如明镜,妆台露婍婳。一笑与目成,浓翠巧妆饰。不信娲皇时,谁手穴苍壁。玲珑璎珞胸,绰约趺跏膝。溟濛花雨来,笑许展瑶席。嘉州多海棠,化作众香国。美人染双蛾,爱此好颜色。相望神女峰,脉脉语不得。俯瞰下濑船,柔情头欲白。"[①] 诗歌直接将峨眉比作美人,山下江水的倒影,正如美人在镜前梳妆打扮,山中洞穴苍壁犹如美人胸前佩戴的璎珞,待山中海棠花开时节,又如美人双鬟新染之色。诗人用这一系列的比喻来描绘峨眉山,让峨眉山有了人的灵气,充分表现了诗人对家乡景象的喜爱。刘沅亦有诗《峨眉山》:

> 天悬井络峙岷峨,横障西南秀气多。出没圣灯千点聚,空濛云雾百灵过。范胡展齿山川熟,申楚仙踪姓字讹。我向青城高处望,重关复岭总包罗。[②]

诗歌一开始就交代了峨眉山的地理位置,具有磅礴的气势,接着描写了峨眉山在云雾缭绕中的景象,圣灯在云雾弥漫的山间若隐若现,为云雾中的峨眉山增添了几分神秘感。若刘濖将峨眉山比作是美人,那么在刘沅笔下,峨眉山更如情窦初开的少女,羞涩而神秘。这类写景诗无不包含了诗人对家乡景象的赞美,诗中景物和历史的记载又成为重要的地域资料,这就体现出家族文学与地域文化之间的互动关系。

在《埍篪集》中还有一些诗歌记录了清中期四川历史的变迁,其中包括清中期四川社会史,四川人民现实生活的写照;清中期四川民俗史,展现了清代蜀地的民风民俗,对地方史的研究具有重要作用。刘濖诗《弃蚕行》:

[①] (清)刘沅:《埍篪集》,《槐轩全书》(增补本),巴蜀书社2006年版,第3740页。
[②] (清)刘沅:《埍篪集》,《槐轩全书》(增补本),巴蜀书社2006年版,第3817页。

第三章 刘氏家族文学创作(上):嘉道时期

庚辰春吾乡桑柘腾贵无力,饲蚕者或埋之土,或投之水,或潜夜弃人门外,亦蚕荒也,为此弃蚕行。

妾生从未识罗绮,年年饲蚕作生理。缲成卖与锦官城,归来将钱易柴米。锦城机杼日纷纷,巧匠争夸缭与纁。织成百宝流苏帐,制就泥金蛱蝶裙。新妇尚妒罗纨薄,岂识人间勤手足。翠管谁歌陌上桑,缠头不赏堤边曲。去年妾家亦养蚕,桑柘浓阴春色酣。采叶每随诸女伴,提笼解唱望江南。今年蚕事诚堪悼,未足三眠叶如埽。戴胜高飞乌夜啼,鸣鸠远避蜩空噪。良人二月卖新丝,妾在深闺那得知,追负载门蚕在箔。可怜是妾断肠时,西家有女典钗股。买得蚕桑供一哺,暗踱后园人不知。马头娘死埋之土,东邻有妇换簪珥。亦寻余柘走乡里,夜半无声泪暗垂。尚留残喘投之水,妾闻心似乱丝焚。蚕命妾命今宵分,弃尔不须嗟薄命。怜侬枉自费辛勤,谁家西北高楼起。日出东南醉未已,选伎徒歌金缕工。藏娇互斗霞裳美,列屋何曾知女红。正当送此田舍翁,朱门五夜来红线。翠篸千条降白虹,破悭莫守钱神论。从此万虫有生命,一叶一金彼岂知。半丝半粟皆前定,由来善政忆周王。五亩墙阴树以桑,原将此日蚕忙事。从绘豳风七月章。①

有"天府之国"美称的四川,沃野千里,气候温和,适合农桑。养蚕是蜀人农耕生活的重要组成部分。《华阳国志》记载:"有蜀侯蚕丛,其目纵,始称王。"刘琳校注:"蚕丛与养蚕有关,据说衣青衣教民养蚕。"②《说文解字》亦曰:"蜀,葵中蚕也,从虫,上目象蜀头形,中象棋身蜎蜎。"③蜀地人民在上古时期就已开始以养蚕为业,随着历史的发展,蜀地养蚕不仅没有减弱而是逐渐兴旺,并由此带来蜀锦的繁盛。早在汉代蜀锦已闻名全国,成都有主管织锦官设

---

① (清)刘沅:《埙篪集》,《槐轩全书》(增补本),巴蜀书社2006年版,第3751页。
② (晋)常璩撰,刘琳校注:《华阳国志校注》,巴蜀书社1984年版,第181页。
③ (东汉)许慎:《说文解字》,天津古籍出版社1991年版,第279页。

置。《华阳国志·蜀志》云:"郡更于夷里桥(今南门大桥)南岸道东边起文学,有女墙,其道西城,故锦官也。锦工织锦灌其(江)中则鲜明,濯他江则不好,故名锦里也。"① 晋人左思《蜀都赋》:"尔乃邑居隐赈,夹江傍山。栋宇相望,桑梓接连。家有盐泉之井,户有橘柚之园。"② 进一步描写蜀中蚕业的盛况。直至清代,四川蜀锦业发展兴盛,乾隆、嘉庆年间,蜀锦产量大增,交易甚为繁荣,同治《重修成都县志》记载,此时四川蜀锦已有数十个品种,四川人多以养蚕织锦为业。③

这首诗以刘沅妾家养蚕为背景,记述了妾家过去以养蚕为业,尚能丰衣足食,而现在蚕业萧条,人民无力养蚕,只好将蚕丢弃的社会事实。清中后期,社会性质逐渐发生改变,中国受到帝国主义列强的侵略,对百姓生活影响很大。尽管地处偏远的成都地区,也同样受到战乱的影响,社会变迁打破了蜀地人民以养蚕为业的农耕生活,养蚕人因生活不景气,被迫丢弃桑蚕,离开养蚕织锦的日子,苟且生活。这首诗歌颇有杜诗诗史的精神,将养蚕和弃蚕的生活形成对比,进一步凸显社会现实的残酷,诗歌末句诗人寄希望于过去,希望未来的日子能如周代,让百姓过上丰衣足食的生活。

刘沅另有诗《获黍词》:

> 八月风高豆叶黄,家家获黍尽登场。束黍芒多怯伤手,车箱骨碌声琅琅。相逢低声语,今岁秋成苦,下田既不收,上田又无雨,一亩田,二斗五,一半赏工人,一半输官府。凉风渐渐天边至,仅供杼轴无长计,有田不若早无田,门前久住催租吏。④

---

① (晋)常璩撰,刘琳校注:《华阳国志校注》,巴蜀书社1984年版,第235页。
② (南朝)萧统编:《文选》,中华书局1977年版,第77页。
③ 吴康零主编:《四川通史》卷六,四川人民出版社2010年版,第466页。
④ (清)刘沅:《埍篪集·获黍词》,《槐轩全书》(增补本),巴蜀书社2006年版,第3750页。

第三章 刘氏家族文学创作(上):嘉道时期

描写劳动人民艰辛劳作的成果被官吏收走。经过康乾盛世之后,封建专制体制下所滋生的矛盾已逐渐浮现,官场腐败,官员贪赃枉法,加大对老百姓苛捐杂税的搜刮。据记载,康雍以来,四川当时多浮征,浮征所获大量民脂民膏,下至州县,上至督抚,都视为"应得项,尽入私囊"①,老百姓生活苦不堪言,《弃蚕行》和《获黍词》正是当时人民社会生活的现实写照。

如果说刘泽的诗歌是以白描的手法描写清中叶四川社会史的现状为主,那么,刘沅的诗歌则更多地展现了清代四川的风俗史。刘沅有诗《蜀中新年竹枝词三十首》,这组诗详细记载了蜀人新年的民风民俗。竹枝词是古代民歌的一种,起源地就在巴蜀,即今四川、重庆一带。宋郭茂倩(1041—1099)《乐府诗集》收入唐代顾况的《竹枝》,其题下注云:"竹枝本出于巴渝。唐贞元中,刘禹锡在沅湘,以俚歌鄙陋,乃依骚人《九歌》作竹枝新辞九章,教里中儿歌之,由是盛于贞元、元和之间。禹锡曰:'竹枝,巴歈也。巴儿联歌,吹短笛、击鼓以赴节。歌者扬袂睢舞,其音协黄钟羽,末如吴声,含思宛转,有淇濮之艳焉。'"② 这段文字不仅记述了竹枝词的起源,还概括了竹枝的内容和形式。刘沅著《蜀中新年竹枝词三十首》记载了从除夕到正月十五每一天四川地区具体的民俗风貌。《蜀中新年竹枝词三十首》自序载:"民俗相沿,可笑者多。愚居乡久,新正无事,就所闻见书之,或为笑谈之一助,时年八十有一。"③ 刘沅认为民俗之事是世代相传的,能为平淡的生活增添笑语。下面节选其中几首以观刘沅竹枝词创作特点:

> 榾柮烧残岁已终,千家爆竹闹匆匆。焚香竞说开门早,此日

---

① 吴康零主编:《四川通史》卷六,四川人民出版社 2010 年版,第 99 页。
② (宋)郭茂倩编撰,聂世美、仓阳卿校点:《乐府诗集》,上海古籍出版社 1998 年版,第 860 页。
③ (清)刘沅:《埙篪集》,《槐轩全书》(增补本),巴蜀书社 2006 年版,第 3793 页。

迎神要向东。(自注：除夕人家烧榾柮必选耐火者，以期达旦昧爽竟出迎财神喜神。)

只鸡尊酒算奇珍，祭罢财神又土神。只恐旁人忘忌讳，不祥语至最堪嗔。

(自注：除夕日祀神毕，一家聚食，谓之年饭，特忌妄言)

谁家稚子响新簧，惹得儿曹嫩父娘。鬼脸人头频急购，免他绕膝有椒浆。(自注：小儿以竹木为器锐，下柄上旁为二孔，绳束而纵之，风入于孔，其声清扬远闻，号曰响簧。贫人不惜购买，以娱其子，或市人头鬼脸以为戏具。)

破五休言少令辰，从今应号女儿春，画堂深处深深拜，最喜如花两个人。(自注：城中妇女初五日乃往姻戚家贺新年，新婚者或夫妇通往，俗呼初五日为破五，夫妻为两个人。)

紫云多处拜天阍，百盏明灯斗日光。都道玉皇今寿诞，不知何处是爷娘。

(自注：俗一正月初九为玉皇诞辰，高竖数灯百盏，名为百果灯。)

东风吹度好笙歌，几处楼台坐绮罗，狮子龙灯齐击鼓，欢娱多处是人多。

(自注：俗有狮子龙灯，金鼓轰然，沿门诈戏，恒有百余人随其所至往观，不惮深夜相随者。)[1]

这组竹枝词内容具有特别浓郁的乡土气息和生活气息。每一首都记载一个民俗现象，以上诗歌主要记载的是春节期间烧榾柮、吃年夜饭、祭祀、游玩、破五俗、舞龙灯的风俗习惯。关于蜀中风俗的记载元人费氏著有《岁华纪丽谱》，是对宋代蜀人一年的风俗习惯的记载，刘沅著《蜀中新年竹枝词三十首》则是详细记录新年风俗，可

---

[1] (清)刘沅：《埙篪集》，《槐轩全书》(增补本)，巴蜀书社2006年版，第3794页。

以看作《岁华纪丽谱》的补充与完善。在诗歌形式上《蜀中新年竹枝词三十首》也尽量做到了雅俗共赏,竹枝词本身源于民间,它的创作多为群众口头语,语言通俗易懂,口语、俚语、方言并存,有粗俗的一面,刘沅在创作这组诗时,诗歌部分还是经过加工整饬的,给我们呈现出来的诗歌富有韵律和美感,当诗歌无法表达一些风俗习惯时,刘沅采用诗歌自注的方式将风俗习惯讲清楚,这样减少了诗歌中口语的出现,又讲明了风俗习惯的特点,做到了俗中求雅、雅俗并存的风貌。

根据以上诗歌的分析,可知《埙篪集》的文化内涵在于地域文化的宣扬和史料文献的保存。巴蜀自古以来人杰地灵,在这片沃土上孕育出人才,最值得地方人士骄傲,特别是对在外做官的刘濖来说,家乡灵秀的山川和历史让他引以为豪,故每每形诸笔墨,总是注入赞美和祝福之情。在他笔下所记录的景象和历史又成为重要的地域资料,八景诗被选入方志中,代表了诗中所描述的自然景象成为地方的表征,故要在方志中给予强调。《埙篪集》中所录竹枝词和有关社会现实的诗歌,则成为研究地方史料的重要线索。刘沅在其竹枝词中运用方言和口语相结合的形式,以雅俗共赏的手法描画出一幅幅巴蜀风俗史画卷,体现出浓郁的地域特色,在一定程度上成为地方文化建构的重要资料。作为地方文化建构中不可或缺的主体,地方文人的文学书写更易为地方民众所接受,因此,我们不仅要研究知识精英对主流文化形成的作用,更应该注意到地方文人在地方文化中的特殊价值。《埙篪集》无疑就是一个极好的例证。

第二节 刘沅散文的创作《槐轩杂著》与《槐轩杂著外编》

《槐轩杂著》与《槐轩杂著外编》均为刘沅文集,《杂著》四卷,《外编》四卷,共八卷,《杂著》由刘沅亲订刊刻,《外编》则是由刘沅孙刘咸炘编撰而成，文集以体裁编排，涉及序、说、考、辩、记、论、书、祭文、墓志铭、墓表、传、杂著等各种文体。文集内容与巴蜀文化有紧密联系，对保存地域文化、传承巴蜀文学有积极作用。

一 《槐轩杂著》与《槐轩杂著外编》版本与编辑情况

《槐轩杂著》最早刊刻是在道光年间，从道光至民国，《杂著》都有单行本刊刻，民国二十二年（1933）收入《槐轩全书》中，在收入《槐轩全书》之前，其单行本的版本和刊刻时间都有所变化。刘咸炘对《槐轩杂著》的编订过程做了较为详细的记载：

> 先大父《槐轩杂著》始刻在道光辛丑（1841）年，仅八十九篇，分为二册。后加六十四篇，为百五十三篇，分为四册，有白双南所作序，是为初刻本。及咸丰壬子（1852）又重定之，删去十篇，改用自序，中间次第稍有移易，诸篇亦经删改，是为后定本。又续增《孝经直解序》以下二十五篇，共为百六十八篇，今印行者是也。①

由此可见，《槐轩杂著》由刘沅先后三次校订成书，第一次为1841年，篇数仅八十九篇，分为二册；第二次在此基础上加六十四篇，共一百五十三篇，分为四册；第三次为1852年，在第二次的基础上删去十篇，再加二十五篇，共一百六十八篇，分为四册。刘咸炘以《槐轩杂著》西充鲜于氏特园本为底本，刊刻了《槐轩杂著》致福楼刻本。2006年，巴蜀书社出版《槐轩全书》（增补本）收录《槐轩杂著》，就是又致福楼刻本所出。除此之外，《槐轩杂著》单行

---

① 刘咸炘：《推十文》，《推十书》（增补全本）戊辑，上海科学技术文献出版社2009年版，第511—512页。

第三章　刘氏家族文学创作(上):嘉道时期

本刻本时间不尽相同,《清人别集总目》著录如下:

> 槐轩杂著不分卷
> 　同治7年扶经堂刻本（南大、常州），民国17年成都刘氏致福楼刻本（川图），槐轩全本，民国22年刻（丛书综录、人大、台湾史语、日本静嘉）
> 　民国23年鲜于氏特园成都刻本（川图）。
> 槐轩杂著4卷
> 　咸丰2年虚受斋刻本（辽图），咸丰2年成都刘氏豫诚堂刻本（川图、南大、旅大），咸丰11年虚受斋刻本（粤图、复旦），光绪27年刻本（上图），民国17年致福楼刻本（辽图、豫图、湘图）。①

从著录的情况可知,《槐轩杂著》四卷本刊刻数量最多，流传范围最广。《槐轩杂著》四卷本成书于咸丰二年,《槐轩杂著·自叙》曰:"咸丰二年仲夏望日止唐书,时年八十有五。"② 四卷本一经成书就已刊刻，从《总目》著录情况看，有多个图书馆都收藏了《槐轩杂著》，虽不能确定《槐轩杂著》是否在当时就已广为流传，但从刊刻的版本次数来看,《槐轩杂著》在当时是引起了学界的关注。

《槐轩杂著外编》四卷，初刻于民国乙丑（1925），由刘咸炘在《槐轩杂著》的基础上，"合并已删之篇，未刻之稿，一例收录，无所去取，略仿原编次第"③ 而成，现原本藏于南京大学图书馆和武汉大学图书馆，其中武汉大学所藏本由成都双流传统文化研习会影印一

---

① 王欲祥、李灵年、陆林、陈敏杰:《清人别集总目》，安徽教育出版社2000年版，第500页。
② （清）刘沅:《槐轩杂著·自叙》,《槐轩全书》（增补本），巴蜀书社2006年版，第3351页。
③ 刘咸炘:《推十文》,《推十书》（增补全本）戊辑，上海科学技术文献出版社2009年版，第512页。

千三百册。刘咸炘在《槐轩杂著外编跋》中明确了编订原则和由来：

> 大父之没已七十年，若不及今收拾，恐渐散亡。同学成都杨君子贞，以私淑之雅，愿任刻资，属咸炘编校。因发旧藏，更加访辑。昔咸丰末成都叶氏虚受斋重刻《杂著》，曾据抄稿增十四篇。今其版已坏缺，传本亦渐希，又其体例亦殊未安。原编本大父手定去取次第多有意义，非后人所可增减变易。叶氏辄以未刻者羼混其中，又依文体类编，遂使原次泯然不见。且大父未刻之文，不止叶氏所收。后人补刻，岂能意定去取？不全羼入，则挂漏；若全羼入，则旧删之十篇遂已删而复入不？反大失原意耶？按古子书有内外篇，文集有内外集，或自分为二，以示重轻，或后人辑拾，别于正本。既不相滥，便无所嫌，自可网罗无遗，何至进退失据？今故合并已删之篇，未刻之稿，一例收录，无所去取。略仿原编次第，都为杂著、外编。①

刘咸炘记述了重新编排《槐轩杂著外编》的原因有二，一是刘沅在三次编订《槐轩杂著》时都有删减情况，刘咸炘著外编则有整合《杂著》所删内容。二是刘咸炘对咸丰末年成都叶氏所刊刻的《槐轩杂著》不满，他认为叶氏私自改变刘沅本意，无故随意收入一些作品，以致后人不见刘沅之思想。张舜徽在《清人文集别录》中录入《槐轩杂著》咸丰庚申（1860）刻本，其中提到《槐轩杂著》有《魁星考》《药王说》《七夕说》三篇②，而我们现在所见《槐轩杂著》无此三篇，但在《槐轩杂著外编》中可见这三篇，据推测咸丰庚申刻本应是叶氏刻本，随意增加了《槐轩杂著》的篇目。刘咸炘指出叶氏随意增减内容，又以文体类编，已不见刘沅之原次。刘咸

---

① 刘咸炘：《推十文》，《推十书》（增补全本）戊辑，上海科学技术文献出版社2009年版，第512页。
② 张舜徽：《清人文集别录》，中华书局1963年版，第332页。

炘按照古书有内、外之分,以示轻重的方法,将《杂著》没有收录的文和诗仿照原编次第重新编订,其目的是完整地再现刘沅文集思想,如刘咸炘所说:"此固收拾之例宜然,亦由大父之文本有不可以前人文集例者。盖大父之学,有本有末;大父之德,有始有终。故虽率尔偶书,亦旨无旁出。只词片语,罔非一爪一鳞,随俗应酬,亦见处事接物行之一端。即道之散著,以文载道,不论工拙,非可如古文编集,不收诗歌;骈偶名家,尽除散体也。况杂书零条,出于教诲,要语尤伙。且传自手泽,非如先儒语录之多失真。既多转写,宜付刊摹。"[1] 故《槐轩杂著外编》于《槐轩杂著》具有补充作用。《槐轩杂著外编》编排体例与《杂著》完全一致,即分四卷,按杂著分类情况著录,并且《外编》大部分篇目后面注有成文时间,为我们了解刘沅创作情况提供了很大便利。刘咸炘对刘沅著作的编撰或校订,实际上是家学传承的一种方式,家学传承是需要载体的,而家族文集则是家学传承最重要的载体之一,亦是家族弟子接受文化教育最重要的资源。因此,刘咸炘对刘沅文集的编撰有利于家族文化的传播。

二 《槐轩杂著》与《槐轩杂著外编》的地域文化价值

《槐轩杂著》与《槐轩杂著外编》所收录考辨文、碑记文等是对蜀中地名的考证;或是对蜀地名胜古迹变迁的记载;抑或是对蜀地民俗的宣扬。这类文章对了解蜀地民风民俗提供了重要的文献资料。《槐轩杂著》卷二录《四川说》《四川考》《江沱离堆考》《石犀考》《成都石犀考》《江沱离堆石犀考》《内江外江考》是对蜀地山川地名的考释;《培修川主宫碑记》《大朗堰记》《双流圣灯山记》《重修延庆寺碑记》等文章是对蜀地名胜古迹变迁的记述;《筒车记》《云碾记》等文

---

[1] 刘咸炘:《推十文》,《推十书》(增补全本)戊辑,上海科学技术文献出版社2009年版,第512页。

则是记载了蜀地民俗。张舜徽评曰:"集中惟《四川说》《四川考》《江沱离堆考》《内江外江考》《李公父子治水记略诸篇》,关系乡邦沿革,颇有裨于志乘,沉老于掌故,闻见亲切,言之多得其实。又如卷二《筒车记》一篇,叙述筒车形制,极其肖似,足以补农书也。"①

《四川说》《四川考》是对四川之名的由来进行考释:

> 蜀为梁州,其来旧矣。元置四川路,而至今遂为郡号,然分益梓利夔为四道,而被以为川名已为失。实且益梓利夔不特非川,亦不足以该蜀境也。书纪导江,以江沱括,蜀水而贡道,则曰江沱潜汉,四川之名以四水当之。而或乃谓为白水、黑水、内江、外江,乎白水不一、黑水尤多,见于禹贡者已有其三,内江外江特李冰所析,附灌邑城足而流者曰内江,稍远城者曰外江。蜀中诸水,多出于山,纵横派别,以次汇合。而入荆门,内外二江,乌足以兼众水哉。今汉中已属于陕西,非复古梁,则水亦仅江沱潜,而不得为四。以为蜀地多山,山水亦繁,江为众水所共之名,犹号四川,犹言四境之川,于意亦无大害,然而名称非雅,似可更为,因门人相质,聊笔记之,以俟将来焉。②

刘沅对四川一名的由来提出了自己的看法。自古以来四川名字由来都有两种说法,一是"四路说",即以益、梓、利、夔四路命名。《读史方舆纪要》卷六十六记载:"宋乾德三年平蜀,置西川、陕西路。咸平四年又分西川为东西两路,陕西为利、夔两路。元置四川等处行中书省。"③ 二是"四水说",其中四水说中的"水"又

---

① 张舜徽:《清人文集别录》,中华书局1963年版,第332页。
② (清)刘沅:《槐轩杂著·四川说》,《槐轩全书》(增补本),巴蜀书社2006年版,第3381页。
③ (清)顾祖禹撰,贺次君、施和金点校:《读史方舆纪要》,中华书局2005年版,第3099页。

是不固定的,《中国古今地名大辞典》将四水视为岷泸雒巴四条大川①,民间所谓"四水"则是岷江、沱江、嘉陵江、乌江四条河流。刘沅根据自己的认识对四川命名提出了自己的看法,在刘沅看来梓、利、夔路并非四川特有之路,且这三路又不止在蜀地境内,因此,他认为以四路命"四川"是不可取的。他认为"四水"说较为妥当,而"四水"特指江、沱、潜、汉。其原因是源于《尚书·禹贡》"华阳、黑水惟梁州。岷、嶓既艺,沱、潜既道"②"岷山导江,东别为沱"③的记载。

刘沅在《四川考》中翔实考证了"四水"非黑水、白水、内江、外江一说。《四川考》曰:"然益、梓、利、夔不足以该江流而白水一处也。黑水之名更多,其见于《禹贡》者,已有其三,已言皂江、沫江、黑石等流,均堪为之黑水。内江、外江之载,尤棼如矣。"④因此,这四条江亦不能作"四川"说。关于《禹贡》"岷山导江,东别为沱"的说法,刘沅根据四川之特殊地理位置以及经书史书记载进行了考释,曰:"纪导江,祇自岷山,且以江沱遂该全水,岂呈漏欤。沱回诸水之名,蜀民呼潭为沱,而《诗》亦曰江有沱,盖江在山也。流急滩奔,至平壤而多停,蓄江者纵水所名。环蜀皆山,山皆出水,汇而为江"⑤。刘沅对江沱的考释源于蜀之特有地貌,在他看来,"四川"一名正源于独特地理位置,"蜀地多山,山水亦繁,江为众水所共之名,犹号四川,犹言四境之川"。刘沅的这一说法颇为新奇,与传统"四川"之名解释不同,他已经开始注意到四川独有的地理位置,正是这种独特的地理位置让蜀地具有独特的地域文化。

---

① 臧励龢等编:《中国古今地名大辞典》,商务印书馆1931年版,第199页。
② 上海古籍出版社编:《十三经注疏》,上海古籍出版社1997年版,第150页。
③ 上海古籍出版社编:《十三经注疏》,上海古籍出版社1997年版,第152页。
④ (清)刘沅:《槐轩杂著·四川说》,《槐轩全书》(增补本),巴蜀书社2006年版,第3382页。
⑤ (清)刘沅:《槐轩杂著·四川说》,《槐轩全书》(增补本),巴蜀书社2006年版,第3382页。

刘沅从新的角度来认识"四川",且论文言之有理,论据充分,考释详细,为后人认识"四川"又提供了新的思路。刘沅孙子刘咸炘在《蜀学论》中论蜀学与南北文化的差异,就是从蜀地特有的地理位置进行论述的,"吾蜀介南北之间,折文质之中,抗三方而屹屹,独完气于鸿蒙"①。刘咸炘是在刘沅对四川地理位置的认识基础上,进一步将地理与文学联系起来,突出蜀地因地理位置的特殊性,而文化亦具有特殊性。刘沅、刘咸炘已经意识到了地理位置对文化的重要影响。

在《江沱离堆考》一文中,刘沅对离堆的所在地进行了考辨。清人对李冰凿离堆的所在地,大致有两种说法,一是今都江堰(灌县)离堆,二是今乐山(嘉州)乌尤山。刘沅对这两种说法进行了辨析,并指出离堆在灌县更为可靠。

清人吴省钦②作《离堆考》:

> 蜀之言离堆者三,一在南部,颜鲁公所记"斗入嘉陵江,上峥嵘而下洄洑,不与众山联属"者也(《四川志》既于南部载之,又误载苍溪,《广舆记》削南部而存苍溪,尤误);一在灌县西南江中,一即嘉定乌尤山,山当岷江水、青衣水、沫水之冲。岷江水自青神县流入。青衣水出芦山县徼外,经雅安、洪雅、夹江,在嘉定府西北十五里与沫水合。沫水亦谓之雅河、铜河、平羌江、大渡河。其源一自越嶲。一自打箭护徼外。③

---

① 刘咸炘:《推十文·蜀学论》,《推十书》(增补全本)戊辑,上海科学技术文献出版社2009年版,第493页。

② (清)吴省钦(1730—1803),字冲之(一作充之),号白华。清代江苏南汇(今属上海市)人。乾隆二十八年(1763)癸未科二甲进士,历任编修、侍读、川鄂浙等省学使,三十八年至四十一年(1773—1776)任四川学使时曾来乐山。四十二年(1777)自蜀还京,任左都御史等官。有《白华诗集》。

③ (清)吴省钦:《白华前稿》,北京出版社2000年版,第243页。

第三章　刘氏家族文学创作(上):嘉道时期

吴省钦指出,蜀地关于离堆所在地有三种说法,一在南部,二在灌县西南江中,三在嘉定(乐山)乌尤山。在南部的说法,吴氏认为是误载,于是后文吴省钦就离堆在乐山乌尤山的说法进行阐释,以明离堆所在地为乐山乌尤山。吴省钦主要是根据《史记》中"秦李冰凿离堆以避沫水之害"为依据进行阐释,认为沫水是指乐山境内的雅水。《四川通志》:"沫水今名雅水,自雅州入洪雅,合龙溪、花溪、洞溪、泸溪,入夹江境,自隐蒙而西而东,滩洞石崖甚多。暴涨则巨浪排空,涸则故道莫辨,舟覆者十四五。"但实际上,《史记·河渠书》中记载:"蜀守冰凿离堆,辟沫水之害,穿二江成都之中。"①如果将沫水解释为雅水,那么下一句"穿二江成都之中"就不合逻辑。

刘沅《江沱离堆考》一文则分析了沫水、离堆、二江三则的关系:

> 《汉·河渠志》禹治水后,沫水尚为民害,李冰凿离堆山酾为二渠,即今之内江、外江也。而说者因《华阳国志》沫水出蒙山,冰发卒凿平,涸涯与水神斗,遂以离堆为在名山,岂知冰之治水,固非一处。而离堆则在灌邑,欶皂江亦称沫水。禹导江后,皂江循山麓,行山足旁,出是为离堆。水绕离堆而行,外无所束,盛夏水涨,江流直泻,潜蛟助之,遂为巨患,冰壅江作堋,析外江以儒郫,而凿离堆以通内江,二江支流各以十数灌溉。所周蜀为沃壤,冰之明德远矣。②

刘沅认为"沫水出蒙山"与"李冰凿灌县离堆"并不冲突。在他看来,李冰治水并非一处,并且皂江亦称为沫水。这一说法就解决了沫水在乐山、离堆在灌县的矛盾。在《宋史·河渠志》中记载:

---

① (汉)司马迁:《史记》,中华书局1959年版,第1407页。
② (清)刘沅:《槐轩杂著·江沱离堆考》,《槐轩全书》(增补本),巴蜀书社2006年版,第3383—3384页。

"岷江水发源处古导江，今为永康军，汉史所谓秦蜀守李冰始凿离堆，辟沫水之害，是也。沫水出蜀西徼外，经阳山江、大皂江皆为沫水，入于西川。"① 皂江又称金马河，是李冰凿离堆后，外江的一条支流。刘沅曰："皂江者，外江也，一名沫水，非南岸嘉州之沫水。"② 刘沅接着以"深淘滩低作堰"金石文为依据，进一步说明离堆在都江堰（灌县）。"深淘滩低作堰亦冰所遗，而山之麓复有水，则铸十八刻。候水之消长，以防浸淫，其下有山石如阈。盖当时冰于此为棚，以此示后人。低昂之准，迄今旧迹昭然。而金石文以低作堰为浅包鄢，《水经注》以离堆为在南安，于是学者目嘉定至乌尤为离堆。"③ 这是刘沅对吴省钦"离堆乌尤山"说的最好回应。此外，刘沅又撰《石犀考》，以都江堰（灌县）出土石人为据，进一步说明离堆在都江堰（灌县）而不在嘉州（乐山）。刘沅曰："昔秦李守治江水，凿离堆，命其子二郎作三石人以镇江流，五石犀以厌水怪，其立石人于江中也。"④

在占有充分的材料，并对材料进行分析后，刘沅得出："考据之学兴，而书籍日多，真赝弥混，非考据之难。而阅历之难也。《寰宇记》谓离堆在名山，盖因名山有沫水，而不知皂江亦名沫水，所析之外江，即今之金马江。《元和郡县志》为雅字讹为灌字，王象之《舆地纪胜》为离堆有两，一在永康，一在沈黎离崖。离堆辨又为离堆古雅字，而离堆遂专属于名山矣。……自冰制都江堰，立水以分二江以利民，为石犀以镇怪，而成都遂为沃壤。离离也，隼堆也，山足支出为陵，与山若不相属。故曰离堆南安等处冰治水。盖会及之，而

---

① （元）脱脱等：《宋史·河渠志》，中华书局1977年版，第2375页。
② （清）刘沅：《槐轩杂著·江沱离堆石犀考》，《槐轩全书》（增补本），巴蜀书社2006年版，第3385页。
③ （清）刘沅：《槐轩杂著·江沱离堆考》，《槐轩全书》（增补本），巴蜀书社2006年版，第3384页。
④ （清）刘沅：《槐轩杂著·石犀考》，《槐轩全书》（增补本），巴蜀书社2006年版，第3384页。

第三章 刘氏家族文学创作(上):嘉道时期

江源自岷,金马江为岷江正流。《华阳国志》故连类而书,以昭冰绩。灌口之名亦以灌溉之功,从兹而始故也。若以灌县之离堆为非,则离堆未凿,即无内江,而内外江及石犀石牛等迹,今固朗朗犹存,奈何?"[1] 刘沅所处时代正是乾嘉考据学风盛行之时,对考据之学刘沅是认同的,并且他也将考据学风运用在他的学术研究中,在《槐轩杂著》卷二中的考释文即展现了刘沅的考据功底。但他对考据学真赝弥混之风也提出了质疑。因此,他作《江沱离堆考》《石犀考》《江沱离堆石犀考》《离堆赘说》四篇文章来辨析"离堆"的位置。在辨析过程中,他利用史料、出土文物、金石文,对史书大胆质疑,并做出合理分析和阐释,最后得出"离堆"具体位置在都江堰(灌县)。刘沅做学术的态度是严谨的,也正是因为考辨了"离堆"的位置在都江堰(灌县),刘沅才进一步分析了内、外江的流变。

首先,刘沅对历史上关于内、外江的由来进行了梳理:"《史记·河渠书》:'蜀守冰凿离堆,辟沫水之害,穿二江成都之中。'东晋常璩《华阳国志·蜀志》:'冰乃塞江作绷,穿郫江检江,别支流双过郡下。'任豫《益州记》:'二江者,郫江、流江也。'"[2] 刘沅又从二江之名着手,认为左思《三都赋》、扬雄《蜀都赋》中所言二江即为内、外二江:"左思赋蜀都有二江双流之句,而其名相沿,言水道者,遂依以为说,然思未至,蜀特咨访以成文。扬雄亦言二江,盖皆据《禹贡》而言江沱耳。后人已内、外二江当之"[3]。接着,刘沅对二江之源流进行了考辨:

> 按《华阳国志》云:禹导江后,沫水尚为民害,李公酾二

---

[1] (清)刘沅:《槐轩杂著·离堆赘说》,《槐轩全书》(增补本),巴蜀书社2006年版,第3387—3388页。

[2] (清)刘沅:《槐轩杂著·内江外江考》,《槐轩全书》(增补本),巴蜀书社2006年版,第3386页。

[3] (清)刘沅:《槐轩杂著·内江外江考》,《槐轩全书》(增补本),巴蜀书社2006年版,第3386页。

渠，凿离堆，又凿郫江，灌溉民田，而蜀遂为天府。沫水，皂江也，与南安嘉州之沫异，江从岷山而出，其源甚多，入灌口者，一自西水关来，一自白沙江来，左右二流汇于邑城之西。水由离堆外行，无山约束，所以惊涨，为民患，李冰析为二渠，附山趾者曰内江，较远者曰外江。①

史书多有记载二江出自岷江，刘沅指出岷江只是一个泛称，从岷山而出的水系众多，不能以岷江盖二江之源流。他认为二江源流一自西水关而来，一自白沙江而来，左右汇合在灌口，因水流湍急，长为水患，由李冰凿二渠，离城近者称内江，离城远者称外江。关于内、外江的流向问题，刘沅也做了详细考证：

右水至成都城南，为府江，左水至成都城北为郫江。其分水至处，于今右有锁龙桥，左右太平桥。……外江则金马江、岷江之正流也。由其旧源呼之亦曰皁江。此水直趋东南，不特全蜀之水，皆汇集金沙江，亦自叙州而入，故《禹贡》纪中国治江之始，以之为正，而不言金沙。其郫江、湔江云者。自灌口而下，经郫曰郫江，经温曰湔江，实则内外江所析也。②

关于内、外江流向问题史书记载有异议。清嘉庆《四川通志·山川》成都县："自灌县分大江东流，经郫县北，又东入县界，绕城北而南，与锦江合，统名为二江。亦曰都江。"旧志：内江由城南，外江由城北，至遇锦桥合流。"③《元史·河渠志》："又东为离堆，

---

① （清）刘沅：《槐轩杂著·内江外江考》，《槐轩全书》（增补本），巴蜀书社2006年版，第3386页。
② （清）刘沅：《槐轩杂著·内江外江考》，《槐轩全书》（增补本），巴蜀书社2006年版，第3386页。
③ （清）常明、杨芳灿等纂修：《四川通志》卷二十二，巴蜀书社1984年版，第953页。

第三章 刘氏家族文学创作(上):嘉道时期

又东过凌虚、步云二桥,又东至三石洞,酾为二渠。其一自上马骑东流,过郫,入于成都,古为之内江,今府江是也;其一自三石洞北流,过将军桥,又北过四石洞,折而东流,过新繁,入于成都,古为之外江。"① 李元《蜀水经》:"愚按《括地记》以城北为内江,城南为外江。《宋史》以城北为外江,城南为内江。当从《宋史》。"按刘沅解释离城近者为内江,即流城北、城南水皆为内江,内江之水则分府江和郫江,外江则汇入金沙江,这样一来消除了史书记载二江流域的异议,同时又证实了二江因地理位置而命名的合理性。史书大都有关于内、外江的记述,但就其这么完备的考证实属少见,因此刘沅《内江外江考》足以补充史书对内外江记载资料的不足。刘沅弟子评曰:"内外江之说众矣,目击而详辩之,固非若他书之耳食。"②

《槐轩杂著》记文有很多对蜀地民风民俗的记载,刘沅曰:"俗俗也,文文也,以文文俗,岂徒文哉。将使后之人,因文以识事,即事以图,功经史之文,半皆风俗之书也。近代词人墨客,慎于品题,乃有民生日用之美,不得列于风雅者,俗其事而弃之。土鼓蒉桴,奚以称耶。"③ 在他看来,文以记事,事以载俗,俗事虽不得风雅,但却有民生日用之美,因此,他用文记蜀地的一风一俗。其中具有代表性的文章是《云碾记》《筒车记》,是对蜀中特有农业工具的记载。《云碾记》:

> 愚乡多水碾,考之史册,皆无异名。或以通辗,非其实也。以器名者,则有茶碾、药碾,脱粟者曰磨碾。磨与碾二类也,而皆以粉谷,其转之以水。史惟记于崔亮,蜀中无闻。夫一驼之

---

① (明)宋濂等撰:《元史·河渠志》卷六十四志第十七,中华书局1976年版,第1656页。
② (清)刘沅:《槐轩杂著·内江外江考》,《槐轩全书》(增补本),巴蜀书社2006年版,第3387页。
③ (清)刘沅:《槐轩杂著·云碾记》,《槐轩全书》(增补本),巴蜀书社2006年版,第3394页。

161

负,其重百斤。聚族而舂,竟日不能罄。碾以牛则功百倍,碾以水则千倍,术亦神矣哉!而蜀之先,通人达士罕咏题也,得非以其俗欤?元稹贡奎之诗盖尝及之,而无专纪。愚家有碾,跨于两溪之间,踞宅仅二百步。环以修竹,漾以翠蕨,春夏之交,与二三子,临流而憩焉。碾之上潭潭然,碾之下礐礐然,忽焉如风雨骤奔也,爽焉如秋风之被体也。其制下为车轮,激而行之,上覆以屋,累石为槽,贯以木柄。轮转如飞,目不及瞬。恒以一日而给百家之饔飧,利未有普于此者也。①

文章开篇就说明要以文之雅来记民生之用俗物"碾"。整篇文章用词生动,再现了蜀中碾之形式,记述了碾的使用方式和效果。碾实为农业器物之一,《太平御览》记载:"通俗文曰石锅轹谷曰碾。后魏书曰崔亮在雍州读杜预传,见其为八磨嘉其有济时用,遂教民为碾,及为仆射奏于张方桥东堰谷水,造水碾磨数十区,其利十倍国便之。"②可见,碾早在魏晋时期就已被作为农用工具,为农业生活提供了便利。刘沅在文章中对碾进行了考释,并根据蜀地多水之因,认为水碾为蜀中农业的发展做出了极大的贡献。值得一提的是,文章中有一段文字是刘沅对老屋旁水碾样貌的描写,这段文字记述了刘沅与儿子在水碾旁休憩,看到水碾磅礴的气势,为之感叹。这篇记文又如写景散文,用排比和比喻的手法再现了水碾的样貌。像这种记载地方农业器物的文章为数不多,为后人了解蜀中农业提供了可靠资料。

《筒车记》所记之物是蜀中特有农具筒车,刘沅在文章中记述了筒车的来源、制作筒车的材料、筒车的使用方式以及使用效果,"而筒车尤异车之制,截竹为筒,比而栉之,贯以巨索。其环如轮,轮广三丈,内外重轮。筒微斜向,昂首低尾,以便汲水。当晨正之后,居民壅水

---

① (清)刘沅:《槐轩杂著·云碾记》,《槐轩全书》(增补本),巴蜀书社2006年版,第3394页。

② (宋)李昉等:《太平御览》第四册,中华书局1960年版,第3385页。

为溪，竖轮而俟，春涨既至，水驶轮飞，筒饮于河，吸水以入，及其周于顶上则复吐焉。盛之水樽引溉原田，岁给一二十亩。其或溪田距远，则为瘗筒土中，随其高下而引之流。陂则筒植，衍则筒卧，虽数里可达。吾乡农人恃此以无弃地。春夏之交，观听所及，盘盘焉，囷囷焉，有满月之形，泠泠焉，逢逢焉。有管弦之声，水竹参差，林树翁菱，遥而聆之，不之其音奚自也"①。文章前半部分记载筒车是当时蜀地引溉良田的重要农具，后半部分则描写筒车之貌。在描写筒车之貌时，刘沅善用比喻，且用拟声词，能够生动再现筒车的样貌，这是刘沅记叙文的独特之处，即主要使用朴实易懂的语言来成文，同时又穿插栩栩如生的描写，使文章读起来并非平铺直叙，而是具有灵动性。

《重修清江桥记》不仅记述了清江桥所跨之江金马江水域流向的变化，还考证了金马江又称新开江、清水江的原因，为巴蜀地方史料研究提供了重要文献。并且在这篇文章最后一段还描写了清江桥边的景色："此桥在平田沃壤之区，修篁嘉树，映带葱茏，景物尤美，常试步而览焉，则绿交加，流水潺湲，有不觉其心之浩然与俱者。因为乐而书之，并勒其姓名，以志勿朽，后之君子，护而植之，盛美其应勿替也。"② 再现了清中叶巴蜀大地的美貌景色。与之类似的文章如《培修福星桥碑记》《重修天缘桥碑记》《重修宝锋寺碑记》《重修延庆寺碑记》等，一方面记载旧址演变过程，另一方面描写新址建成全貌，对地方史研究做出了一定贡献。

小　结

嘉庆至道光年间，刘氏家族文学创作主要人物是刘濖和刘沅，二

---

① （清）刘沅：《槐轩杂著·筒车记》，《槐轩全书》（增补本），巴蜀书社2006年版，第3394—3395页。

② （清）刘沅：《槐轩杂著·重修清江桥碑记》，《槐轩全书》（增补本），巴蜀书社2006年版，第3401页。

人的诗歌总集《埙箎集》内容丰富,诗歌体式多样,兄弟二人的唱和诗与咏物写景诗,抒情对象一致,内容描写相似,这类诗歌加深了家族观念,深化了家学的传承。诗集中所录竹枝词和有关社会现实的诗歌,记载了清代中期的巴蜀社会风俗史,体现出浓郁的地域特色,在一定程度上成为地方文化建构的文献资料,这正体现出刘氏家族文学与地域文化之间的互动。《槐轩杂著》与《槐轩杂著外编》中关于巴蜀地区江河与地名的考辨文,以及记录蜀地特有民俗说明文,体现出刘沅深厚的文学功底,同时这类文章被收录在地方县志中,成为地方史志艺文和古迹的重要组成文献。《埙箎集》《槐轩杂著》和《槐轩杂著外编》在刘氏家族文学创作中又具有范式作用。刘氏子孙在诗歌创作方面无论是手法还是技巧都有意模仿《埙箎集》。据刘伯谷先生说:"在咸字辈中,诗文造诣最高的是刘咸焌,咸焌伯父对《埙箎集》的学习最为深刻,他的《拥书楼诗文存》大部分诗歌创作灵感都来源于《埙箎集》,只可惜《拥书楼诗文存》没有刊印,能够阅读到的人很少。"[1] 刘氏子孙文集的编撰更是以《槐轩杂著》《槐轩杂著外编》为范本,在编撰体例和内容形式上都与刘沅文集相似,亦可见家族诗文集的创作具有家学传承的意义。

---

[1] 这段话是笔者在拜访刘伯谷先生时,先生亲口告知的。刘伯谷是刘咸炘的儿子。《拥书楼诗文存》现藏不完整,刘先生将部分作品复印后交给笔者。在此表示感谢。

第四章　刘氏家族文学创作（下）：清末民初

清末民初，中国正处于从传统到现代的过渡阶段，社会的转变导致士人和知识分子的思想也随之转变，在新学的影响下，传统的学术逐渐没落，科学兴起，中国社会正向近代化发展，然而近代中国的发展过程颇为曲折迂回，在前进的过程中又不断地与传统思想和西方思想相斗争。这一时期的巴蜀，由于独特的地域特征，其学术发展滞后于学术主流地区，巴蜀文化还保留了不少旧的"风气"，这主要体现在巴蜀地区学者和文坛依然看重传统文化的继承，巴蜀文人自称为"遗民"，实际就是指"文化遗民"，刘氏家族"咸"字辈有这类人，也有紧跟时代步伐在中西文化进程中有选择性地吸收西学的一类人。他们的文学创作恰好能反映对中国传统文化的继承和对时代特征的接受。

第一节　刘咸荥的诗歌、戏曲创作

刘咸荥的文学创作主要是诗歌，他较为重要的两部诗集是《静娱楼诗钞》和《静娱园诗存》。《静娱楼诗钞》，宣统元年成都刻本，《静娱园诗存》，光绪三十年双流刘氏成都自刻本，今存四川省图书馆。"静娱楼"是刘咸荥住宅，刘咸焌有文记之："槐轩之南有静娱楼，上倚茂树，下临清流，吟眺其开，乐以忘忧。主人为谁,吾豫波夫子也。"① 所谓"静娱",为幽静、静好、娱乐、快乐之意。"静娱"二字既表现出刘咸荥住宅的特点又体现出刘咸荥性格特征。刘咸荥的诗歌以七言绝句和七言律诗为主,诗歌内容主要是写景抒怀诗和咏物诗,诗风清逸,格调清超,善于学习杜甫的咏物写景诗。

一 学杜写景咏物诗

刘咸荥的写景诗均以身边小景为对象,虽没有磅礴的气势,却能给人以清逸、静穆之感。《静娱园诗存》所录诗歌以写景抒怀为主,诗歌体式为七言绝句,每首诗没有诗题,仅在诗集前有刘咸荥朋友和弟子的题跋,从题跋中我们基本能够了解《静娱园诗存》的内容和诗歌艺术风格。今摘录部分如下:

> 以风浴咏归之怀,写禽鱼花木之趣,别有天地,非复人间。昔少陵谓神仙中人,不易得,恨未生于今日,一见此清超绝俗之才。(温江莞阶)
>
> 陆务观之,诗纯是闲情逸趣,偶一展卷,即有一种静气迎人。善学杜甫,匪仅皮与骨,此《剑南诗稿》所以铮佼于宋,孤中而远,接草堂心法者也。拜读尊著静娱园,诸咏神游目想矣。然清福仙几生修不到此,梅花有知,当亦羡慕不已,置之宋诗中,又以放翁也。(双江彭兰芬)
>
> 静者心多妙,诗人命属花,故能触景情生,落笔藻耀,终篇读竟,镇日神怡。(郫筒邱东霖)
>
> 天机活泼,格韵清逸,参入用晦卷中,谁辨今昔。(滇南唐鸿学)

---

① 刘咸焌:《刘豫波先生暨师母黄孺人寿颂》《读好书斋诗文钞》,民国十六年成都扶经堂刻本。

第四章 刘氏家族文学创作(下):清末民初

情生于心,心成于景,故能得景生情,获读一过,令人想见林园清逸。(滇南唐鸿昌)①

第一则说刘咸荥诗用"风浴咏归之怀"写"禽鱼花木之趣"。这里用《论语·先进》"风乎舞雩,咏而归"②的典故,说明刘咸荥以清高而潇洒的诗风写身边事物之景。评价刘咸荥的诗可与杜诗媲美。第二则指出刘咸荥的诗具有闲情逸趣,他学杜、学陆,不止停留在诗歌表面,即所谓皮与骨,而是习得作诗之心法。后三则均谈到刘咸荥的写景诗由景而生情,而情源于心。刘咸荥笔下的写景诗是诗人真实的感受与体会,唯有出于心景的诗才会不造作、不浮夸,才会具有清逸而隽永的风格。我们来看具体的作品:

昨夜廉纤雨湿苔,篱边小草已花开。春风依旧还相识,缠卷疏帘燕子来。

几枝新翠过邻家,爱种幽篁拂径斜。夭矫竹根争破土,短墙风雨走龙蛇。

此君潇洒近如何,曲径通幽少客过。竹露满林人独立,诗清不待饮茶多。

春风吹雨散丝丝,开到桃花第几枝。一片浓情分取得,便和香露写新诗。

老仆飘然自不群,夕阳红处酒微醺。醉中饶有顽仙态,开向山边剪绿云。③

刘咸荥用极为轻快的笔调,为我们描绘身边景象,展示闲适的日常生活。诗人种花栽竹,饮茶写诗,散步赏春,与仆人交往。诗中所

---

① 刘咸荥:《静娱园诗存·跋》,《静娱园诗存》,光绪三十年双流刘氏成都自刻本。
② (汉)郑玄著,刘宝楠注:《论语正义》,上海书店出版社1986年版,第257页。
③ 刘咸荥:《静娱园诗存》,光绪三十年双流刘氏成都自刻本。

展现的细雨、小草、春风、桃花之景,就如一幅幅跃然纸上的画,友人评曰:"笔情秀逸,格调清超,每读一过,想见林下高风,令人艳羡。谓王辋川诗中有画,大著亦何独不耳。"① 这种清逸隽永的诗风正是从这些具体而微的景色中流露出来的。这类诗又体现出刘咸荥的人格特征,刘咸荥生性阔达,李劼人称他为"真名士之风流"②,在刘咸荥身上我们似乎可以看到"魏晋风度",他德高望重却不参与政治,不谈国事,专注于治学与育人,他不仅写诗,对绘画艺术也颇有兴趣。刘咸荥的书画时称双绝,他的书法潇洒自然、刚健婀娜,墨腴笔畅,颇有书生气,至今,在成都各名胜之地都保存了他的墨迹,他的画用笔精妙、妙趣横生,在海内外都有一定名气。在他的绘画中,有一类画作比较特殊,被称为劝善画,刘咸荥一生存善心、做善事,他常常用绘画的形式来劝导人们行善,这类画作又配有文字,具有题画诗的风格。

刘咸荥的写景诗有意学习了杜甫在蜀期间所创作的田园写景诗。杜甫入蜀之后生活较为稳定,这一时期是他田园写景诗歌创作的核心时期,他以身边之景为对象,将立体多面的乡村田园生活展现给读者。如《卜居》《堂成》《江村》《田舍》《江畔独步寻花七绝句》《漫成二首》等诗中所描绘,诗人卜居造屋,饮酒读书,赏花散步,与家人共享天伦之乐,与乡舍邻居和睦相处,这些诗歌少了"沉郁顿挫"的社会历史感,却能体现出杜诗清新自然的一面。刘咸荥喜欢杜诗,不仅喜欢吟诵而且喜欢模仿,正如他朋友所说,他对杜诗学习"非仅皮与骨"而是深受杜诗"心法"。刘咸荥云:"螺怪石旋何当来,杜老诗魄浩无边。"③ 他深刻地领会到杜诗之魂浩瀚无边,要想学习杜诗就要得杜诗之"心法"。刘咸荥亦云:"人谓先生多愁恼,我谓先生能乐道。浮生我亦放浪人,喜从智者

---

① 刘咸荥:《静娱园诗存·跋》,《静娱园诗存》,光绪三十年双流刘氏成都自刻本。
② 李劼人:《李劼人全集》第七卷散文,四川文艺出版社2011年版,第43页。
③ 刘咸荥:《等楠木岭最高风》,《静娱园诗存》,光绪三十年双流刘氏成都自刻本。

第四章 刘氏家族文学创作(下):清末民初

识时早。"① 刘咸荥自言为放浪之人,他称杜甫为智者,他体会到杜甫安贫乐道的精神。正是有这样深刻的理解,才能创作出具有杜诗韵味的写景诗。

刘咸荥的咏物诗同样受到杜甫的影响。"咏物诗,唐人最夥者,莫逾杜陵。"② 杜甫共有204首咏物诗,就其所咏对象来看,非常广泛,几乎无物不可入诗。主要包括植物(梅、兰、竹、菊、桃花、丁香等)、动物(燕、雁、鸭、杜鹃、鱼、马等)、物候(云、雨、雪等)、艺术(用绘画、书法、舞蹈等)。在刘咸荥的咏物诗中同样可以找到广阔的题材,刘咸荥有《题梅菊》《咏梅》《题牡丹》《题松》《咏竹》《题夹竹桃》等咏植物的诗,有《题庐雁》《蜀山闻杜鹃》《题云鹤》等咏动物的诗,有《城上观雪》《冬日雪景》咏物候的诗,有《题画牡丹》《题画美人》《题内置静芬画菊》《题内子静芬画豆花》《题内子画梅》《题内子画菊》等咏绘画的诗。刘咸荥不仅在题材上学习杜甫咏物诗的宽广,更在咏物寓意上学习杜诗手法。

杜甫的咏物诗往往兴寄遥深,他将家国之痛、时代之悲深深地寄托在咏物之中,如《初月》:"光细弦初上,影斜轮未安。微升古塞外,已隐暮云端。河汉不改色,关山空自寒。庭前有白露,暗满菊花团。"③ 虽为咏月,但实际是借初月的形象,讽喻唐肃宗初即位于灵武时事,反映当时的政治形势。除了托物寓意,咏物诗还体现在托物寓怀上。托物寓怀的咏物诗与讽喻社会现实和国家大事的托物寓意诗不同,它更关注的是个人情怀,指向自我的内心写照。刘咸荥的咏物诗具有托物寓意和托物咏怀之意。《蜀山闻杜鹃》曰:

> 四边树合春山深,杜鹃啼破山云阴。夜深风来声转急,山头冷月昏欲沉。有人作客经蜀道,如闻清哀之秋砧。此诗此情谁能

---

① 刘咸荥:《草堂怀古》,《静娱楼诗钞》,宣统元年成都刻本。
② (清)雷国楫:《龙山诗话》卷三,乾隆四十三年味经堂刊本。
③ (唐)杜甫著,(清)仇兆鳌注:《杜诗详注》,中华书局2015年版,第607页。

遣，残春风景行路心。乡心祇觉声中遍，不辨山南与山北。枝头啼彻一声寒，落花满地无颜色。年去年来寒食节，异乡云树真愁绝。留春不住送春归，天地无情鸟啼血，余音宛转凄以怆。让他莺燕春风狂，一夜啼残春色老，千重云栈芳草长。偶然鸣彻忽飞去，空对荒山落日黄。①

诗歌描写了春天蜀地山中景象。春天当是万物复苏、色彩斑斓的季节，在大部分写到春天的诗歌中，大都与生命的生长、新的希望有关。但刘咸荥的这首诗歌与传统的咏春诗不一样。诗歌首选杜鹃为描写对象，杜鹃因蜀王杜宇的神话故事成为凄凉、哀怨的象征。接着，诗人用杜鹃哀鸣、冷月、残春、落花等意象烘托山景的荒芜。诗人试图通过这种反差的景象表达世事沧桑之感，意在说明当时社会的动乱。

刘咸荥在传统咏物诗的基础上，进一步扩充了题材，他还将城南老屋、静娱楼、尚友书屋作为所咏对象，将家庭环境作为描写对象，体现出家族文学样本的意义。

飞来蛱蝶弱难禁，三月江南草色深。阅偏六朝金粉界，间花满地写愁心。②

风枝露蕊自含新，不占园林一段春。醉后桃花红两颊，姗姗扶出竹夫人。③

城南老屋自为家，难向山窗卧月华。多少俗尘挥不去，烦卿为我写杈丫。④

---

① 刘咸荥：《蜀山闻杜鹃》，《静娱楼诗钞》，宣统元年成都刻本。
② 刘咸荥：《题落花蝴蝶》，《静娱楼诗钞》，宣统元年成都刻本。
③ 刘咸荥：《题夹竹桃》，《静娱楼诗钞》，宣统元年成都刻本。
④ 刘咸荥：《题城南老屋》，《静娱楼诗钞》，宣统元年成都刻本。

第四章 刘氏家族文学创作(下):清末民初

　　第一首诗是咏蝴蝶,诗人在江南的春天看到蝴蝶漫飞,这样的春色并没有打开诗人的心结,反而让诗人想到江南地区六朝时候的四分五裂状况,这与诗人当下时代有相通之处,于是无关于春色而只有愁心。这两首诗都是把吟咏外物与反映时事结合在一起,体现了咏物诗的现实性。第二首诗是吟咏自家园林中的夹竹桃。诗歌前两句以写夹竹桃为主,后两句则兼写桃花与竹,诗人亲切地称竹为"竹夫人",刘咸荥善用比拟的手法,让所咏之物更具有灵性。刘咸荥的这类咏物诗往往是直接描摹所咏之物,体现出对自然生命的热爱和尊重。如写牡丹"红拂朱栏醉校春,蕊珠宫里旧精神"①,写松"遥望峰头别径开,松花细碎点苍台"②,写梅"棱棱傲骨自清疏,俯仰空山人未识。凌寒独先天下春,高卧绿云醉红雪"③。这些诗歌都非常细致地刻画了所咏之物的自然特征和象征之意,体现出诗人对自然之物的珍惜、热爱和同情的生态情怀。最后一首诗则是以城南老屋为所咏对象,表现出诗人对老屋眷恋不舍的情怀。

　　通过对刘咸荥写景诗和咏物诗的分析,我们不难看出刘咸荥具有深厚的诗学功底,他善于学习前人作诗之精华,结合时代特征,学古而不泥于古。他的写景咏物诗尚有杜诗韵味,又能抒一己之怀。他豁达开朗的性格,让他的诗风具有静逸而清新的风格。他作诗在于乐,在于集蜀家之大成,如他所说:"余之癖于诗有年矣。不欲抗颜古人,聊以游心大运他何计焉。……若夫太白、长吉、东坡诸贤,广寒清都与天相乐,岂复计人间之有诵其诗者,即在生人世相与颂扬。……数十寒暑无地不可乐,无时不可乐,贵适其天耳。杜老云名高身后事,回首一伤神,余方以诗为乐,何伤之。"④ 这也是清代诗人诗歌创作的总体倾向,充分吸收前人写诗之精华,又发挥诗歌功用抒发自我情

---

① 刘咸荥:《题牡丹》,《静娱楼诗钞》,宣统元年成都刻本。
② 刘咸荥:《题画松》,《静娱楼诗钞》,宣统元年成都刻本。
③ 刘咸荥:《咏梅》,《静娱楼诗钞》,宣统元年成都刻本。
④ 刘咸荥:《〈静娱楼诗钞〉序》,《静娱楼诗钞》,宣统元年成都刻本。

怀,这些诗歌看似有模仿的痕迹,但实际在于总结诗歌创作的经验。

二 《娱园传奇》《有情天传奇》的复古与新变

刘咸荥晚年还创作戏曲,《娱园传奇》和《有情天传奇》是晚清戏曲转型时期的重要代表作品。关于刘咸荥的传奇创作四川省古籍馆藏古籍目录中只有一部即《娱园传奇》,四川省图书馆所藏《娱园传奇》无单行本,与刘咸荥诗集《南北诗草》合刊,名为《与人歌》,中华民国十七年十一月朔日武学官书局排印,书高24.5厘米,宽15.6厘米,版高17.5厘米,宽12.4厘米,左右双栏,单鱼尾,黑口,单叶十一行,每叶二十四字。《与人歌》之名应源于《论语》:"子与人歌而善,必使反之,而后和之。"《剡源集》曰:"歌诗之道,古人不以为甚难,寻常交际,邂逅会集,往往有之。不必皆歌己作。盖多举古人成语以相委属而已。然必以当人情,通事类为善今也。歌诗能为夫子发,发而又能善,则其为人已不苟矣。"[1] 根据《娱园传奇》所载剧目内容均是教人向善,故借孔子所言来概括剧曲思想。《娱园传奇》实为四折剧:《梅花岭》《真总统》《断臂雄》《乞丐奇》。

另,上海图书馆藏有刘咸荥的另外一部传奇《有情天传奇》,本剧未见著录,现存清末刻本,卷端题"有情天传奇",署"双江刘咸荥著"(按:荣当为荥),全剧四折,目为:《醉菊》《梦园》《诗召》《秋还》,剧前作者自题:"静君之亡,苦我久矣。有时意想所结,似梦非梦,使我心疑。而揆之旧情,亦无足怪。中山管城之间,大有人在,我其从之。"此剧为作者悼亡之作。[2] 梁素安、姚柯夫著《中国近代传奇杂剧经眼录》只著录了《娱园传奇》,不见《有情天传奇》。据《中国近代传奇杂剧经眼录》载:

---

[1] (宋)戴表元撰:《剡源集》,王云五主编:《丛书集成初编》,商务印书馆1945年版,第370页。

[2] 冯金牛:《书林札记》,复旦大学出版社2008年版,第217页。

第四章 刘氏家族文学创作(下):清末民初

梅花岭:刘咸荣(按:荣当为荥,下文同)著,《娱园传奇》之一,《娱园传奇》本,日新印刷工业社民国间刊。实为一折杂剧,仅《表忠》一折。

真总统:刘咸荣著,《娱园传奇》之二,《娱园传奇》本,日新印刷工业社民国间刊。仅《劝孝》一折。

断臂雄:刘咸荣著,《娱园传奇》之二,《娱园传奇》本,日新印刷工业社民国间刊。仅《昭节》一折。

乞丐奇:刘咸荣著,《娱园传奇》之二,《娱园传奇》本,日新印刷工业社民国间刊。仅《彰义》一折。[①]

梁、姚所撰《中国近代传奇杂剧经眼录》没有详细著录此剧序跋、作者、剧情梗概、藏书处、作年等重要信息。与《中国近代传奇杂剧经眼录》的其他戏剧著录情况相比,《娱园传奇》的信息不够完整,不便于后世之人了解此剧。后来研究民国杂剧戏曲的学者对《娱园传奇》的介绍在《中国近代传奇杂剧经眼录》上仅作简单扩充。[②] 因此,我们有必要认真解读和分析该剧内容,以观其价值和意义。

(一)《娱园传奇》内容

按照"知人论世"的方法,在了解《娱园传奇》内容之前,我们应该了解刘咸荥个人生活背景和社会背景。刘氏家族在晚清至民国时期是成都较为有名的文化世家。从刘沅创办槐轩书屋起,刘氏家族世代以教书为业,先后创办了尚友书塾、锦江书塾,前后教弟子以千数,成进士登贤书者,百余人,明经贡士。三百余人,熏沐山良,得为孝子悌弟,贤名播乡间者,指不胜屈。刘咸荥从小接受儒家传统教

[①] 梁素安、姚柯夫:《中国近代传奇杂剧经眼录》,书目文献出版社1996年版,第190页。

[②] 左鹏军:《晚清民国传奇杂剧史稿》,广东人民出版社2009年版。第六章"最后坚守与因时而变"简明介绍了刘咸荥《娱园传奇》的内容。

育，对传统文化和封建礼教是非常推崇的。然而时代变迁，清朝最终走向灭亡，新文化运动兴起，五四新文化运动以思想大解放开始，虽然初衷是为追求思想自由和个性解放，但在发展过程中因追求新奇主义，却没有认真研究具体内容，导致中国的实际问题并没有解决。一些欧美留学回来的知识分子更是简单化地将西方主义硬套在中国思想解放中，以胡适为代表，深受美国实用主义哲学影响，坚决提倡白话文，推进文学革命的自由主义。梁启超在《新民丛报》创刊号上发表《劫灰梦传奇》，宣扬戏曲改良运动。在四川，虽然地处偏远，接受近代文化转型比中原地区会慢一些，但五四新文化运动的余波在这时逐渐传入蜀地，吴虞，被胡适称为"四川只手打倒孔家店的老英雄"，公开抵制传统孝道，川人王光祈在蜀宣扬西方自由主义，传统文化在逐渐消失或被遗忘。刘咸荣对这些变化从内心上讲是不愿意接受的。不光是刘咸荣，包括整个刘氏家族成员都没有融入社会潮流的变迁中，成了不折不扣的守旧派。他们写古体诗，创作传统戏曲和小说①，其目的就是对传统文化的守护和回归。但社会的变革又让他们不得不做出一些调整，在了解西方文化的同时依然保持守护传统文化的态度。《娱园传奇》就是在这样的背景下诞生的。

刘咸荣题《娱园传奇》序跋曰："衰朽余年，无求于世，种花之暇，偶作数曲，以忠孝、节义为纲，古今中外不能越此范围，寄之笔墨亦聊以风世耳。"② 由序可知，此剧创作时间当是刘咸荣中晚年，民国中期。此时，五四运动正如火如荼地进行，在新文化运动的冲击下，旧文体在逐渐走向衰落。诗歌以写新诗为主，小说倡导白话小说，传统戏曲更是在语体上失去了主导地位。五四运动期间大力提倡白话文，废除文言文的主张，对中国传统文学进行了整体性的否定，无论是诗歌、小说，还是戏剧在旧文学样式中都变得处境艰难。但在

---

① 刘咸炘有《推十诗》，刘咸荣有《静娱园诗存》，刘咸焌有《读好书斋诗文钞》，其诗歌创作均是古体诗，丝毫没有受到新诗运动和白话文运动的影响。
② 刘咸荣撰：《与人歌》，民国十七年武学官书局排印本。

第四章 刘氏家族文学创作(下):清末民初

当时依然有很大一批文人质疑牺牲旧式文体来发展白话文的做法,他们在各大报纸杂志发表评论,并创作旧体诗歌、戏曲等,试图挽救旧体文学衰亡的命运。刘咸荥创作《娱园传奇》坚持采用古语体,宣扬儒家忠孝节义,亦是为了拯救衰败的旧式文体,试图纠正新文化运动中的种种偏颇。

第一曲《梅花岭》表忠,其母题源于明末抗清英雄史可法的故事。弘光元年(1645),清军大举围攻扬州城,不久扬州城破,史可法拒降遇害,遗骸无法辨认,其义子史德威与扬州民众以史可法衣冠代人,葬于城外梅花岭。清人全祖望有《梅花岭记》一文,全文较为详细地记录了史可法以身殉国的悲壮事迹。文中主要刻画了史可法的三件事:"江都闻急""城陷临难""壮烈殉国"。刘咸荥撰《梅花岭》一折,应充分参考了全祖望的文章。内容基本与全祖望《梅花岭记》一文吻合,全剧分为三部分,第一部分背景介绍,出场词曰:"云日沉天地醉,文章都破碎,酒将墨雨自淋漓,化作忠臣泪。犲虎啸,凤麟游,笔端自有春秋,贤圣英雄千古事。万里拥貔貅。"① 引出史可法豪迈的气势,以史可法与史母、史妻的对话拉开剧目。"史母、史夫人上:有儿能报国、阿母已亡家。我儿读书一生,报君此日,留名史册,胜于事我庭帏,尔可远行,勿用念我。史曰:儿尊母命。史夫人:相公此去,大义昭然,惟是年已四十有余,膝下无子、似宜置妾,以维宗桃。史曰:夫人之言近理,只是王事方殷,敢为儿女之计,夫人罢了。"② 又以【蝶恋花】叙剧情梗概:"一角河山诗酒局,无限伤心,江南春树绿。已逼成天地无情,犹媚说君王有福,只知春殿酒同酣,那管秋风民痛哭。试问他俳忧终日竟相依。九庙先灵何处着。乱浊流晋政实多门,冷西风吴国其为沼,鸱鸮毁室叹飘摇。看虎豹当关犹醉饱。思往事,哭先朝,苍天不管孤臣老,一掬泪

---

① 刘咸荥撰:《与人歌》,民国十七年武学官书局排印本。
② 刘咸荥撰:《与人歌》,民国十七年武学官书局排印本。

痕抛，安得材枪千丈扫，人事存亡际，天心绝续交。愁渺渺，去滔滔，从今逝水难回棹。"① 最后以【满江红】结束："一篇秋高，恒当前天地茫茫，写不尽河山凭吊，对此衣冠，犹想见忠臣骨峭，恰天然山环水抱，叹生平大节自昭昭，留墓道。铸此乾坤一穴，留后人哀思不绝。瓣香梅岭千秋，那知地下忠魂，犹痛恨扬州十日。"② 民国中后期，传统戏剧已走向衰落，短剧所占比重大，中长篇巨作明显减少，受五四运动影响，现代话剧逐渐兴起。《梅花岭》选择中国传统历史故事为母题，坚持用旧体语式，严格遵守曲律和曲牌，语言虽简洁但富有戏剧感染力，宾白丰富，虽人物关系简单，但人物语言极具个性，具有上台表演的可能性。传统的传奇和杂剧本身具有严格的曲律限制的戏剧形式，要求剧作者必须依照一定的结构、体制、宫调、套数来组织作剧。近代之际，反抗封建传统、追求个性解放，反格律的主张日趋明显，近代传奇杂剧的形式变革就是曲律的解放。在当时，已经有很多曲作家提出曲律解放的口号，如与刘咸荥同时代的魏熙元作《儒酸福》传奇，完全不用宫调、不遵曲牌，其目就是要打破封建传统的束缚。然而，刘咸荥的杂剧创作在当时似乎特立独行，一方面是因为地处偏远的四川，在接受五四新文化时风时，总会慢半拍；另一方面，最根本的是刘咸荥受家学传统的影响，在易代变革之际，想努力恢复传统文化。

第二曲《真总统》劝孝，叙写了美国华盛顿总统孝顺母亲、勤俭持家而成就大事业的故事。剧末二段最能体现其主题和思想："【三春柳】塞源未许江河引，拨本安能枝叶荣，笑煞古今多少人，从来孝子悌弟，自然善正亲民，总持万类统群纷，问何处能推定，还是当日思，亲一片心。"③ "【东蟾宫】历览前贤家与国，纷纷祸起金银穴，尽都是云日沉酣，安得不河山破裂，叹东邻杼柚已全空，听西堂

---

① 刘咸荥撰：《与人歌》，民国十七年武学官书局排印本。
② 刘咸荥撰：《与人歌》，民国十七年武学官书局排印本。
③ 刘咸荥撰：《与人歌》，民国十七年武学官书局排印本。

第四章 刘氏家族文学创作(下):清末民初

笙歌犹未息,可怜灯下残红,酒杯尽民膏血。"① 这折剧内容少,篇幅小,宾白也特别少,唱词相对完整,但已失去了剧本舞台表演的功能。作者只是将戏曲作为一种文学形式表现的载体,以此来宣扬传统伦理道德。值得注意的是,作者所选对象是美国首任总统,选取外国故事作为母题,这是近代中国戏曲特有的存在方式。在中国戏曲史上,最早以外国故事为题材的戏曲作品当是梁启超的《新罗马传奇》和《侠情记传奇》,这两部剧作正式拉开了晚清戏曲改良运动的序幕。梁启超明确主张选用外国资产阶级革命的历史故事作为戏曲题材,通过资产阶级革命志士的舞台形象来教育中国人民,激发青年的爱国情感和尚武精神。戏曲作为与民众接触最广泛的文学形式,成为文人改造社会、移风易俗的锐利武器,当作表达进步思想、鼓吹改良革命的有力工具。于是,一批以外国故事为题材的戏曲,如雨后春笋,应运而生,大力宣扬资产阶级革命和民主、自由、平等、独立等思想,借以振奋中国人民的民族精神。刘咸荥在创作《娱园传奇》时,似乎已经嗅到这股改良戏曲的风气,但是,从内心来讲,他是不愿意接受资产阶级革命的,所以在戏曲创作中他虽然采用外国体裁,但内容却是宣扬中国传统伦理道德。因此,刘咸荥的这折剧显得比较特殊,他在顺应民国戏曲改良的同时,又不忘宣扬传统思想。刘咸荥从小接受家学熏陶,传统儒家思想根深蒂固,在新旧时代交替之际,他既能顺应时代的变化,又不忘其根基,用传统戏曲方式,借助外国故事来宣扬孝道的重要性,这正是《真总统》的价值所在。与此同时,刘咸荥在《新德期刊月报》上发表诗歌《二十四孝诗》,这是以中国传统孝子为主题创作的一组诗,这似乎是对《真总统》的呼应,其目的在于新旧文化交替之时,对中国传统文化的保存和宣扬。

第三曲《断臂雄》昭节,谱写了王凝妻的故事。明代李东阳有诗:挥刀断臂不自谋,已看此臂为妾仇。不憾妾身出无主,但憾妾身

---

① 刘咸荥撰:《与人歌》,民国十七年武学官书局排印本。

为妇女（唐高后窦氏曰："恨我非男子，不能救舅家祸"）。君不见中原将相夸男儿，朝梁暮周皆逆旅。① 诗歌对王凝妻断臂感到惋惜，诗歌前载有史书记载王凝妻断臂全过程，刘咸荥根据历史事实来改编为传奇，在创作当中，刘咸荥没有将断臂这件事作为重点来叙述，而是将矛盾冲突放在官尹对这件事的处理上，这符合戏曲矛盾冲突的表演形式。剧目第二出："禀见府尹，（官白）'胆大店主，如何逼出此事，快将灵柩移进，可恨尔只顾趋炎附热，那还知重义轻财，这世界都被尔等闹坏，重责四十，（作打介）（打完店主起白）该打该打，正是，不知孀妇贤，致惹长官怒，休怪我眼前受辱不含羞，只因这油滑面皮留不住。（店主，下官白）不料乱世，有此坚操，真来可敬也。'"② 唱词曰："最可怜臂肩诒笑男儿相，更骄奢儿女手抹脂香，尽都是败国忘家模样，那知礼义廉耻四维张，看雷霆惊耳目，霜雪作，肝肠叹今日乾坤皆震荡，好凭双手振纲。"③ 刘咸荥对戏曲矛盾的处理，是在尊重历史真实的基础上，渲染官方对昭节的态度。当时，四川地方官吏贪酷如虎，借机牟利，军阀混战，人民处于水深火热中，刘咸荥创作这部剧的现实目的是为当时社会转型时期官员和民众树立榜样，宣扬坚守中国传统价值观。

第四曲《乞丐奇》彰义，这是一折社会问题剧，具有以现实社会问题为基础的警世之作。以【浣溪沙】叙故事源头："我虽乞食向长街，却是此心如石介，阿堵物适从何来，懒将老眼为他开，我本清风无挂罣，依然明月入君怀。"④ 乞丐王三在路边拾得一布袋，内有

---

① （明）李东阳撰，周寅宾、钱振民校点：《李东阳集》，岳麓书社2008年版，第73页。诗前序："《五代史》青齐间人王凝，为虢州司户参军，卒于官。妻李氏负梓以归，东过开封，投于旅舍，主人不许其宿。李顾天已暮，不肯去，主人牵其臂出之。李仰天恸曰：'我为妇人，不能守节，而此手为人执耶！不可以一手并污吾身。'即引斧自断其臂，见者为之嗟泣。开封尹闻之，白于朝官，为赐药封疮，厚恤李氏而笞其主人。"

② 刘咸荥撰：《与人歌》，民国十七年武学官书局排印本。

③ 刘咸荥撰：《与人歌》，民国十七年武学官书局排印本。

④ 刘咸荥撰：《与人歌》，民国十七年武学官书局排印本。

文银三百,银票一张,王三在原地等失主归来。失主拿回失物要赠银百两,王三拒绝。民国中后期,社会矛盾尖锐,人民生活困苦,文人经历世事变革或重要事件后,多会将现实谱曲。刘咸荣塑造的王三形象是现实生活中义士的代表。这类人可能生活在社会最底层,他们生存难保却坚持正义,这是对道德底线的坚守。戏剧的冲突在第二出,义士王三被无恶不作、唯利是图的刑房典吏张志陷害:"褴褛衣裳实可嗟,直如败叶秋风下,吹来片片无牵挂,一身之外更何加,只留将这良心,便遭骂,更被他人将祸嫁,叹荆棘满天涯,再休说乾坤大。"① 李元见王三是好人,将他解救:"我本是奇穷中一奇人,却无端惊人奇祸逼空生,喜今朝又遇奇缘离陷阱,避盲风怪雨,作野鹤闲云,飞从秦岭远天清。"② 当正义与邪恶较量时,正义最终能战胜邪恶,这正是刘咸荣写这折剧的初衷。在当时社会环境下,需要更多的"王三"站出来,为国家做出贡献,此时,曲作家也会从个人关注到社会现实忧虑的关怀,这一时期的杂剧戏曲也是随时代命运的变化而寻求突破。

(二)《娱园传奇》的复古与新变

刘咸荣的《娱园传奇》在近代传奇杂剧史上具有较为特殊的意义。在新文化运动兴起的时代背景下,中国传统文学样式紧跟时代变迁,呈现出以突破传统、变革创新为主导的趋势。近代传奇杂剧无论是思想上还是艺术结构、文体形式、语言形态、舞台艺术等方面都呈现出时代特征、突破传统、不拘成法的特点。然《娱园传奇》却是众多近代传奇杂剧中的另一类代表,其总体特点出现复古倾向。具体表现为戏曲的思想观念和价值取向是对传统思想的继承与发扬,在创作观念和文化态度上明显地指向正统和努力复归传统。

《娱园传奇》序文已揭示出其复古的价值趋向:"衰朽余年,无

---

① 刘咸荣撰:《与人歌》,民国十七年武学官书局排印本。
② 刘咸荣撰:《与人歌》,民国十七年武学官书局排印本。

求于世，种花之暇，偶作数曲，以忠孝、节义为纲，古今中外不能越此范围。"① 四折剧目：表忠、劝孝、昭节、彰义，大张旗鼓地表彰忠孝节义观念。《娱园传奇》思想内容的复古，与当时社会环境有关，民国中后期，纲常巨变、世道沧桑，中国传统道德体系、社会秩序、价值观念等都面临瓦解和崩溃，对受过传统文化浸润的刘咸荥来讲，面对这种新局面和新境遇，内心是矛盾的，精神是痛苦的，因此他想通过戏曲这种文学样式来守护传统，复归正统情怀。明清以降以"忠孝节义"为主旨的戏曲作品时有出现，但《娱园传奇》产生于王纲崩解的最后时刻，显示出特别的思想价值，具有丰富的文化符号意义。② 从文体形式来看，《娱园传奇》也自觉遵守和努力坚持着传统的结构方式和体制规范。四折剧均按照旧体体制、宫调配置和套数组织来创作，全剧用了"蝶恋花""满江红""江城子""浣溪沙""元卜算"等曲牌。如《乞丐奇》："【浣溪沙】来从陌上看花开，不向墙间闻鬼哭，暗将罗纲轻轻拔，顷刻间天堂地狱，任君竹里扶春，看我屠刀下成佛。"③ 句式整饬又具有曲律，亦见刘咸荥深厚的传统文化功底。

　　《娱园传奇》总体倾向在复古的同时又不乏新变内容。在题材方面，《真总统》以美国华盛顿总统孝顺母亲、勤俭持家而成就大事业的故事为背景。选择外国故事为题材，这是民国时期传奇杂剧的新变。在东学西渐的文化背景下，民国时期传奇杂剧融入了一些外来因素，选择外国故事为题材便是其中一种。但在大量以外国故事为题材的传奇杂剧中大都是宣扬资产阶级民主主义和民主主义思想，如20世纪初，资产阶级文学改良运动的主要倡导者梁启超，在《新民丛报》和《新小说》上，发表《新罗马》传奇，即是以西方资产阶级革命史为题材的传奇。刘咸荥创作《真总统》一折，以外国故事为母题，却宣扬传统伦理道德。刘咸荥用旧瓶装新药的方式，迎合时代

---

① 刘咸荥撰：《与人歌》，民国十七年武学官书局排印本。
② 左鹏军：《近代戏曲与文学论衡》，上海古籍出版社2017年版，第382—383页。
③ 刘咸荥撰：《与人歌》，民国十七年武学官书局排印本。

第四章 刘氏家族文学创作(下):清末民初

的发展,但其本质仍不忘传统根基。实际上,在戏曲创作方面坚持遵循旧规,按律填词,传承传统文化的提倡者吴梅也在竭尽全力,欲挽狂澜,想恢复正统的杂剧传奇。但无论如何,历史的规律和时代的潮流是难以违抗的,传奇、杂剧体制在近代最终将会转型。

在语言方面,《娱园传奇》的新变还受到了地方戏剧的影响。民国时期,川剧朝气蓬勃,发展迅速,川剧是在民间兴起的艺术形式,富有乡土风味与生活气息,更兼形式自由、通俗易懂,受群众欢迎。汪曾祺曾说:"川剧文学性高,像'月明如水浸楼台'这样的唱词在别的剧中是找不出来的。川剧有些戏很美,如《秋江》《踏伞》,有些剧悲剧性强,感情强烈,川剧喜剧多,而且品味极高,是真正的喜剧。"[①] 对川剧评价颇高。刘咸荥是土生土长的四川人,他在创作传奇杂剧时,也受到了地方戏曲的影响。《娱园传奇》四折与传统杂剧戏曲相比,曲与白在剧中的比重和地位有了一定变化。传统杂剧传奇以诗(曲)为主要舞台语言,用歌唱的方式表达出来。说白也具有韵律,叫作韵白,主要角色的定场白还要用四六骈文,与日常口语有很大距离。而《娱园传奇》宾白比重明显增加,宾白大都不再出于"宾"的地位,戏剧发展的关键性情节,在对白中表示,如《断臂雄》中官尹与店主的对白就是此剧的矛盾冲突。这正是受到川剧通俗易懂的影响,刘咸荥在传奇创作中也引入了新的变化。《娱园传奇》在主题思想与文体形式上,进行了意味深长的守护与变革,延续了中国传统传奇杂剧的生命又试图赋予它新的使命,为我们留下了丰厚的戏剧史和文学史经验,尤其具有时代意义。

综上所述,《娱园传奇》是近代中国传奇回归传统的典型代表作,近代传奇杂剧与其他传统文学样式一样,在易代之际都面临着转型。在近代中国文化大背景下,传奇杂剧无论是在思想主题还是艺术结构,抑或舞台形式方面都呈现出时代变迁的特点。这种变迁是适应

[①] 汪曾祺:《一草一木》,湖南文艺出版社2015年版,第262页。

了时代发展的。然而，刘咸荣由于受传统家学影响，在面临传统道德崩解、人伦秩序和社会秩序亟待重建的时期，内心深处无论如何是难以接受的，于是创作《娱园传奇》，作为他对传统伦理道德、价值观念和人生理想的追忆与怀念。从表面上看，《娱园传奇》与反传统倾向的戏曲是格格不入、两相对峙的。但是，从深层的文化观念和创作心态来看，《娱园传奇》在大的文化背景下也有了新认识和调整，这是这部传奇的经典之处。刘咸荣在试图守护传统文化的同时，也明白新文化态度和创作方式势不可当，做出相应调整是为了中国戏剧的发展延续而进行的真诚努力，这正是这部传奇的价值所在。

第二节　刘咸焌的诗文创作

刘咸焌有诗文集《读好书斋诗文钞》二卷，民国十六年成都扶经堂刻本，今存四川省图书馆。"读好书斋"是刘咸焌书斋之名，刘咸焌有诗《读好书斋》三首：

> 读好书斋好读书，荆花吐焰映门间。红榴多子人人取，绿竹填孙个个铺。睡觉更闻木樨味，青芬高折向蟾蜍。寒有梅花作良友，四时景物入画图。
> 读好书斋读书好，紫荆掩映红薇老。石榴花放气甘香，绿竹猗猗短墙道。翠柏阶前古色多，木樨云外天香早。梅花屋角最关情，如玉婷婷真独造。
> 读好书斋书好读，天地宽间与老屋。古寺储版胜扶经，高楼藏书欣致福。朝无熟客总叩门，夜有仙人来止宿。茂育名堂亦偶然，十年之记联树才。①

---

① 刘咸焌：《读好书斋诗文钞》，民国十六年成都扶经堂刻本。

这组诗描写了读好书斋幽静古朴的读书环境。书斋一年四季如景，春有紫荆花，夏有石榴花，秋有桂花，冬有梅花。四周的绿竹和翠柏更为书斋增添了幽静的氛围。诗人尽力渲染书斋优美的环境，其目的是突出读好书斋是一个"好读书""读书好""书好读"的地方。最后一首诗点出了读好书斋的地理位置，它与刘氏家族纯化街的城南老屋相邻，近临扶经堂、致福楼、茂育堂，这三堂均是刘氏家族藏书刻书之地，主要刊刻刘氏家族成员的作品集。如我们现在所见《槐轩全书》《推十书》《读好书斋诗文钞》《静娱楼诗钞》均出自这三堂。读好书斋在这样一个具有学术氛围的环境中，自然是读书的好地方。刘咸焌以"读好书斋"命名诗文集，以示门人学有所归，告诫门人读书要读好书。

一 《读好书斋文钞》内容与特点

《读好书斋文钞》是以文体分类创作的文集。其中包含论说、铭、赞、题跋、序引、书启、寿言、哀祭、杂记、墓志十种文体文。刘咸焌的题跋文以题跋《槐轩全书》为主，如《跋金堂赵镇继善公所槐轩全书匣面》《赠孙星五槐轩全书》《题槐轩全书赠宋光晟》等。刘沅所著《槐轩全书》是刘氏家族书塾教学的重要书籍，无论对家族子弟还是门人，《槐轩全书》乃是必读书目，刘氏家族成员也常常赠送《槐轩全书》给门人，以传播槐轩学说，《题槐轩全书赠宋光晟》记载：

> 宋颢川先生，倡捐祭田为槐轩书籍刊版之费，已数十年。其曾孙光晟来学于余，适余重刊全书告竣，新印一部赠之。门弟子及其子孙，各行其心之所安，犹愿宋氏子孙能读此书，如光晟者，接踵而起也。光晟已设书塾，吾为命名曰传经云。[①]

[①] 刘咸焌：《读好书斋诗文钞》，民国十六年成都扶经堂刻本。

刘咸焌赠《槐轩全书》于学生宋光晟，一方面是因为宋光晟之祖宋颢川曾为《槐轩全书》刊刻捐资，另一方面则是希望门人弟子能学习《槐轩全书》，以发扬光大。由于刘氏子孙的推崇，槐轩学说也曾在川外其他地方传播。清咸丰中，侯官林鸿年为云南布政使，喜读《槐轩全书》，受业于刘沅弟子刘芬，遂后辞官，在福建传习槐轩学说，闽人称刘沅为"川西夫子"。北京段正元道德学社、山西平遥日升昌票号李氏都曾刻印槐轩书籍。①

刘咸焌创作的寿言、哀祭、墓志文，文风朴实，情感真挚，其内容多以刘氏家族成员为主，如《刘子维夫子暨师母王孺人七秩寿言》：

> 厕门弟子之列，步槐荫外，坐春风中，日常十数辈。羸者祝其强，病者祝其康，乖戾者祝其和合，危苦者祝其安乐。退则闭户展卷，手不停披，书弗遑暇，食中夜寐，平旦再兴，成然而寐，迟然而觉，与天为徒，与古为徒，不复问家人生产事若是者，吾师子维先生之行也。
>
> 年复一年，天佑善人，转祸为福，羸者以强，病者以康，和合无乖戾，安乐无危苦。已逾岁制之礼，乃获加年之庆，若是者，吾师母王孺人之行也。吾师母微内助之力，不及此也。闻吾师少年体素弱，复勤于学，家累怒以撄心，迨老而神明既固，教诲不倦，益无心琐屑。②

这篇寿言是刘咸焌为刘子维之妻王氏所作。刘子维是刘咸焌之师，刘咸炘之父。文章之初并没有直接描写王氏，而是先写子维先生，突出他读书用功，育人有道的特点。第二段写王氏，体现王氏关怀弟子，对门人子弟教诲不倦，实为刘子维的贤内助。这种描写手法

---

① 双流县社会科学界联合会、双流传统文化研习会编撰：《槐轩概述》，上海科学技术文献出版社2015年版，第83页。
② 刘咸焌：《读好书斋诗文钞》，民国十六年成都扶经堂刻本。

第四章 刘氏家族文学创作(下):清末民初

类似于《史记》中的互见法,先不写主要人物事迹,而是通过他人事迹来烘托主要人物,写刘子维的性格特点,实际是为了突出王氏性格特点与刘子维和如琴瑟。

与上篇类似的寿言还有《刘豫波先生暨师母黄孺人寿颂》:

> 槐轩之南,有静娱楼,上倚茂树,下临清流,吟眺其开,乐以忘忧。主人为谁?吾豫波夫子也。静娱之乐,实为寿征,家承心学,惟智与仁,天伦乐事,备于一身。请言其乐,古称上寿,八十之年,康强逢吉,涵养性天,乐在娱亲,承欢膝前,吾太师母黎太淑人之乐也。诗咏偕老,琴瑟在御,焚香读书,淡然俗虑,乐在静好,宜家内助,吾师母黄孺人之乐也。
>
> 夫子之文章,应上玉堂,静娱咏史,空谷兰芳,叔重知己,捧檄吾乡。辞金杨子教,思不忘典,论曰文章无穷,未足以当之也。夫子之经,济乡帮小试,公卿到门,服其高谊。静娱清名,不为人忌,诸葛谨慎,淡泊明志,易又之藏器于身,待时而动,此夫子所以为智也。①

这是为刘豫波夫妇写的寿文,文章先言刘豫波夫妇"善乐",从"乐在天伦""乐在静好""乐在兄弟和睦""乐在立教之基"四个方面记载了刘豫波夫妇的"乐事"。再写刘豫波文章诗词有"空谷兰芳"之感,抒发了对刘豫波的敬仰之情。最后,点出刘豫波"静娱清名""不为人忌""诸葛谨慎""淡泊明志"的性格特征。寿文的主题思想是对刘豫波夫妇的揄扬,但行文并非言过其实,而是以寿者自身的行实、品节、德行作为寿文的中心意旨,就事论事,即具有寿文揄扬的特点,又真实地刻画人物性格。清人曾国藩曾在《田昆圃先生刘氏寿序》一文中指出,时下寿文有四种弊端:"寿序者,犹昔

---

① 刘咸焌:《读好书斋诗文钞》,民国十六年成都扶经堂刻本。

之赠序云尔。赠言之义，出者论事，精者明道，旌其所已能，而蕲其所未至。是故称人之善，而小以遗巨，不明也；溢而饰之，不信也；述先德而过其实，是不一君子之道事期亲者也；为人友而不相勖以君子者，不忠也。"①曾国藩认为寿文应具备"明道、重实、真信、忠情"的特点，我们对比刘咸烇创作的寿文，亦可看出他的寿文正彰显了这样的特点。

刘咸烇的书启文主要是对地方慈善事业所作的募捐启文。这类文章对地域文化的发展有很大的宣传乃至引导作用，是刘氏家族对家乡地域文化建设的直接贡献。如《培修潮音寺募捐启》：

> 潮音佛寺也，在双流北境，有高僧丈雪遗迹。而达摩铁像，则明正德时所造，自圣灯山移至寺中。盖物换星移，不知几何年矣。寺故有田，没官已久，僧可香火，仅足自存。乡人怜而布施，且于其地倡办善举，略加修葺，以妥神灵，达摩铁像，尚涸尘嚣，爰建经楼，用符面壁，因陋就简，取其适宜。夫维摩端应于唐贤，接引灯传于胜地。虽由私祀，实本公心。勿云不急之务，尤赖众擎之力，素好逃禅，会经避乱，谊关桑梓，言效刍猥，以补文，属为小引，谨据所知者，陈于大雅之前，若夫种因得果，神所式凭，无俟多赘矣。②

潮音佛寺在双流北侧，佛寺内供奉达摩铁像是明正德年间，由圣灯山移入寺中，由于寺庙主要是周边乡邻祭祀所用，无官方支持，寺庙早已破损。刘咸烇写这篇文章其目的是为修葺寺庙募捐善款。这类文章还有《募资重修双流黄水河柳岸桥启》《红十字会利孤募捐启》《募资建筑沙河堡放生池捐启》《刘止唐先生兄弟读书处肖像募捐启》

---

① （清）曾国藩著，王澧华校点：《曾国藩诗文集》，上海古籍出版社2005年版，第127页。

② 刘咸烇：《读好书斋诗文钞》，民国十六年成都扶经堂刻本。

等。刘氏家族与门人在当时开展了大量公益慈善活动，为地域文化的传承和文献资料的保存做出了贡献。

二 《读好书斋诗钞》内容与特点

刘咸焌诗集《读好书斋诗钞》共收入诗歌二百六十四首，其中包含五言古诗二十首，六言诗三首，七言古诗二十四首，五言律诗十六首，七言律诗七十八首，五言绝句十三首，七言绝句一百一十首。从诗歌体式上看，刘咸焌兼善各体，无论是五七言古诗、五七言绝句，还是五七言律诗，甚至还有在清代已不多见的六言诗，他都能够得心应手地驾驭、娴熟自如地运用，表现出较深厚的诗学功底。

刘咸焌的诗歌成就，究其原因，应有两方面。其一，有清一代，中国传统文学进入总结时期，作为传统文学样式的古典诗歌并未走向消亡，相反，在清三百年左右的时间里，诗歌创作数量惊人，质量也颇高。论及诗歌，人们所称赞的往往是唐、宋之前的作品，对清诗评价并不高。但实际上，清诗在文学史上的地位还是较高的，绝大多数学者承认清代诗歌在后三代的诗歌创作中，比较而言成就最高，甚至有学者认为，清代是继唐、宋以后的第三个诗歌创作高峰，[1]"开出了超明越元，抗衡唐、宋的新局面"[2]。清诗在发展过程有其自身的特点，《中国诗歌通史·清代卷》将其总结为：清代诗歌扬弃模拟式复古、走向集成并自成体貌，诗歌创作中心有前期的关注家国社稷、盛衰兴亡转变为关注个人的生存状况和一己之性情。[3] 刘咸焌的诗歌创作即是在清诗发展轨迹的背景下所产生的。他全面接受和继承唐宋诗歌创作的传统，以传统的体裁、传统的构架、传统的语言以及传统的审美态度来创作诗歌。从这一点上看，我们的确可以称刘咸焌为

---

[1] 参见王小舒《中国诗歌通史·清代卷》，人民文学出版社2012年版，第5页。
[2] 钱仲联：《清诗三百首·前言》，钱仲联选，钱学增注：《清诗三百首》，岳麓书社1985年版，第3页。
[3] 参见王小舒《中国诗歌通史·清代卷》，人民文学出版社2012年版，第5页。

"复古"派。但他又与纯粹的"复古"不同,由于生活在清末民初的变革时期,刘咸焌的复古,跟清前期和清中叶的复古派不同,他是将古代传统加以整体融会贯通,综合汲取,又根据时代特征进行了创造性整合,这主要体现在他诗歌内容选取方面。

其二,诗学是其家学,刘咸焌自幼就接受了极好的诗学训练,祖父刘沅诗歌创作是他学习的对象,刘沅诗集《埙篪集》专攻七言律诗和七言绝句,刘咸焌在诗歌创作时,有意学习祖父刘沅,在七言律诗和七言绝句创作中用墨颇多。七言律诗和七言绝句的创作亦是诗技高超的表现,"律诗肇于梁陈,而法备于唐。曰律者,一为法律之律,言必极其严也;一为音律之律,言必极其谐也"[1]。律诗创作即要求对仗又要求声律,如果没有较好的诗学训练是难以驾驭的。从诗歌内容方面来看,刘咸焌很少谈及国家社稷,他关注于家庭,关注于个人生活。他的诗歌更多的是描述身边事、眼前景,这样的题材为我们了解刘氏家族本身提供了重要文献。刘咸焌的诗歌创作,一方面体现出刘氏家学诗学的传承,另一方面体现出刘氏家族文学对传统文化的继承。

刘咸焌的诗歌常以家族环境描写为对象,他描写家族环境最多的是家族书塾。这类诗歌又有两大主题,一是以家族书塾摄影为主,二是以家族书塾读书生活为主。以家族书塾摄影为主题的诗歌具有时代特征,清末民初,西方摄影(照相)技术传入中国,百姓家庭会在较为重要或特殊的日子照相留念,文人相继会对照片题诗,这类似于中国传统的题画诗。刘咸焌有诗《题崇德书屋摄影》:

> 门前一泓水,水外半林木。数橡傍梵宫,曰崇德书屋。阿兄摊书间,阿弟执壶肃(鉴泉廿四弟)。客从剑阁来(剑阁李元基

---

[1] (清)钟秀:《观我生斋诗话》,张寅彭选辑,吴忱、杨焄点校:《清诗话三编》第九册,上海古籍出版社2014年版,第6165页。

第四章　刘氏家族文学创作(下):清末民初

年最长),炯炯明双目。颜(华阳颜雍耆)彭(荣县彭子商)同把卷,寿命宁待卜。严陵有钓台(西充严纯吾),潘令无案牍(三台潘锡安)。访戴行山阴(井研戴霖川),罗隐踵追逐(三台罗鉴清)。苏季说不行(华阳苏瀛州),陈平智终伏(华阳陈厚馀)。二王文武资(万县王夔律),东北英才育。二周(蓬溪州鉴堂广汉)并二张(蓬溪张绍烈),名山尤私淑。玉茗必风流,疑龙书满腹(崇庆汤宪廷)。传经岂敢言,向歆念吾族(广汉刘季陶)。且赓鹿洞歌,聊采渊明菊。①

诗歌前两句描写崇德书屋环境,点出崇德书屋水林环绕的幽雅环境,崇德书屋是继尚友书塾后,由刘咸焌所创办的私塾,地处成都纯化街,刘家大院旁。诗歌剩余部分则是对照片中人物的描写。这些人物是刘咸焌的门人子弟和朋友,大部分是崇德书塾的塾师或学生,如鉴泉(刘咸炘)任崇德书塾塾师,李元基是刘咸焌远道而来的朋友,年龄最长,颜雍耆、彭子商任崇德书塾塾师,严纯吾、潘锡安等均是学生。诗歌描写了人物在照片中的神态、动作,还记述了人物的性格特征。又如《庚午嘉平四日茂育堂摄影用前韵》:

道谋筑室喜初成,儿辈锄经耒耜横。病体逢春翻健步,老年摄影爱新晴。风云万里欣同里(李蕴鼎甥倩与文德彬仁弟对门居),冰玉双清沁独清(张第春贤倩及其弟鹏南澄菴两外甥)。敢有澄清天下志,愿从间礼祝升平。②

这首诗风格与前一首基本相同,只是照片中的人物均为刘咸焌晚辈,因此,刘咸焌在人物描写中,更多的是寄予他们希望,期望儿辈

---

① 刘咸焌:《读好书斋诗文钞》,民国十六年成都扶经堂刻本。
② 刘咸焌:《读好书斋诗文钞》,民国十六年成都扶经堂刻本。

们能有"澄清天下志"的担当,早日实现愿望。另有《槐轩前摄影题》一诗:"讲学槐轩前,兄弟并甥舅(舍弟咸烨外甥张镜海)。茂叔开程先(周琛周官和),德明继朱后(廖士根)。说诗匡解颐(金匡贻),论文张大手(张启森)。泰山孙秀才(孙万勋),童子效奔走(孙守安)。三公宁足羡(王存朴),四知信所守(杨居仁)。出非百里才(庞光志)。处匏系吾焉,时哉尔何有(自鸣钟)。"[①] 这首诗记录的是在槐轩书屋前的一次摄影,简明扼要地归纳了摄影人物的学术特长,以此宣扬槐轩学派对门人子弟的培养。这类诗歌还有《题尚友书塾像片》《题茂育堂摄影》《何子奇将归保宁崇德书屋同人送别摄影》《崇德书屋同人为曾绰夫乔梓饯摄影》等。这类诗歌主要是展现摄影作品中的环境和人物,从而体现其家族文化意义。

以家族书塾读书生活为主题的诗歌,多以记载闲适的读书生活为主。刘咸焌一生简单而充实,少年时期刻苦读书,一心为科举。光绪二十九年(1903),考中举人。此时,时已变迁,西方列强打破了清帝国的隔绝状态,西方现代文明与中国传统文化开始明显地处于某种对立和紧张之中。改革派提倡改变中国传统观念,守旧派则固守传统文化,在这场变与不变的争论中,刘氏家族成员一直以"隔岸观火"的态度来对待这场思想变革浪潮。他们既不支持改革派改变传统观念,也不拥护守旧派坚守封建文化,他们将毕生的精力都投身于读书育人中,结合时代特征,在教书育人过程中他们传播传统文化但并非故步自封,他们改变教学形式和教学内容,适当地增添西学思想,正是基于此,刘氏家族书塾直到中华人民共和国成立前才最终关停。

刘咸焌作为刘氏书塾塾长,其一生大部分时间都是在书塾中度过,在他诗歌中,有大量与他读书环境相关的诗作。《甲戌中秋书斋口占》:

[①] 刘咸焌:《读好书斋诗文钞》,民国十六年成都扶经堂刻本。

第四章 刘氏家族文学创作(下):清末民初

> 我种木樨犹向荣,鉴弟种者已枯萎。惟有梧桐叶不凋,将来诸侄皆蔚起。读好书斋我与同,祖荫原来无彼此。①

诗人站在自家书斋旁,看到院内亲手种植木樨欣欣向荣有感而发,首句对比自己所种木樨和鉴泉(刘咸炘)所种木樨生长情况,从而引出第二句梧桐树的繁茂,看似写书斋外秋景,实际是借景勉励诸侄在优雅的环境中更应该好好读书,这也印证了"读好书""做好人"的祖训。所谓"口占"是指作诗不起草稿,随口而吟,但实际这也凸显诗人诗技的高超。

另有《口占》三首:

> 人间何处有桃源,世乱来居总闭门。渔父带将尘俗气,惹他鸡犬静中喧。
>
> 怪到仙人居好楼,二三知己便为俦。不然混迹风尘内,独往独来春复秋。
>
> 度世无非一片心,桑田沧海任消沉。麻姑绘像原多事,变化万千观世音。②

这首诗依然是写书斋,刘咸焌用陶渊明诗的典故将书斋比喻成避世桃源,形容自己能在乱世之中沉浸式读书。从这些诗歌中,我们不难看出,刘咸焌确实是一个心无杂念的读书人,他欣赏陶渊明淡泊宁静的品质,在诗歌中也常常为此歌颂。

如《夏日适台偶成》二首:

> 适台聊作读书台,台下无心花自开。记得渊明诗句好,春秋

---
① 刘咸焌:《读好书斋诗文钞》,民国十六年成都扶经堂刻本。
② 刘咸焌:《读好书斋诗文钞》,民国十六年成都扶经堂刻本。

佳日此闲来。

　　东迎小日西斜照，暑气渐侵难久眺。且学渊明卧北窗，南熏解愠荣舒啸。①

诗歌中所述适台即是刘咸焌的读书台，所谓"适台"实际与其卧室"适室"相对应，"适"字源自祖父刘沅庭训"天地非适，无人不可共适"之语。诗歌赞美了陶渊明的才华，并直言向陶渊明学习。

刘咸焌的日常生活基本是在书斋和书塾中度过，除了在这里读书育人，还在这里看月②、饮酒③、种花④。这些以家族环境为描写对象的作品，真实地再现了刘氏家族成员的生活状况，再现了当时社会文化家族成员的生活境遇。

在刘咸焌的诗歌中，还有一部分诗歌是与家族子弟唱和的诗，这类诗作也能很好地再现家族文化的传承。刘咸焌诗歌唱和的对象是其弟刘咸熑、堂弟刘咸炘，其兄刘咸荥。刘咸焌、刘咸熑、刘咸荥均是刘桂文之子，刘咸焌虽然过继到伯父刘憪文家，但亲兄弟之情谊并未减少，加之，三人从小在纯化街的刘家大院中成长，成人后又先后担任书塾塾长，自然兄弟情深。刘咸炘与刘咸焌虽是堂兄弟关系，但刘咸炘早年从刘咸焌学习，刘咸焌在担任刘咸炘老师时，尽职尽责，二人常常一起探讨学术和教育问题，可谓亦师亦友。

刘咸焌有诗《鉴泉弟冠礼》二首：

---

①　刘咸焌：《读好书斋诗文钞》，民国十六年成都扶经堂刻本。
②　刘咸焌《闰四月十五夜延庆寺书塾看月》："黄杨厄度绿槐新，喜见当头月一轮。静夜羡他灯有味，达天知我镜无尘。钟声忽向高楼动，雨气偏宜沉树伸。重遇钟离仙圣诞，好从延庆纪芳辰。"《读好书斋诗文钞》，民国十六年成都扶经堂刻本。
③　刘咸焌《十一月望日致福楼小饮》："一阳初复暖于春，姊妹花间酒数巡。只为芝兰同臭味，不论移接也相亲。"《读好书斋诗文钞》，民国十六年成都扶经堂刻本。
④　刘咸焌《种木槵》："槐龙夭矫已飞去，梧凤清声犹远闻。不学草玄不种柳，天香云外自氤氲。"《读好书斋诗文钞》，民国十六年成都扶经堂刻本。

第四章　刘氏家族文学创作(下):清末民初

二十年前汤饼筵,而今鸿案慕高贤。峨冠博带真吾弟,谁道新郎守旧偏。

三十年前吾冠礼,慈亲虽慰感弥多,而今教弟承欢意,肇锡嘉名利用和。①

第一首诗写刘咸煃亲见刘咸炘从小孩初长成人的过程,从"汤饼筵"到"鸿案"再到"峨冠博带",刘咸煃见证了刘咸炘成人与成才。第二首诗写刘咸煃作为刘咸炘的老师,教育他知识和道理,并采用"肇锡余以嘉名"的典故,说明贤弟已经成人。刘咸炘在《推十文》中,对刘咸煃的师德也是大加赞颂:"至吾师之登讲席,而世变乃极。需急选严之势,三世之间,日甚一日。真之显,功之宏,固易征矣。行之难,心之苦,则有未易知也。以之谫浅,亲炙数年,亦微窥吾师之德行矣。其德象之温而厉也,隤然其渊,简然其简,使辨者忘其辨,惑者忘其惑。亦始而觉其浑沦,徐而后得其条理也。"②肯定了刘咸煃的教育方式和方法。刘咸煃和刘咸炘同任尚友书塾塾师时,因二人在教育理念方面基本一致,在学术方面又相互探讨,这一时期,是尚友书塾发展的鼎盛时期,学生人数众多,学习风气也特别浓厚。在延庆寺尚友书塾学社落成后,刘咸煃和韵刘咸炘诗曰:"琅环福地神迁重,再入桃源渔夫存。气满函关令尹子,功深面壁达摩尊。伐檀迹异槐留阴,数惠情同芝有根。最喜维持因志合,友朋兄弟义兼恩。"③特此说明兄弟情深义合。

刘咸煃与刘咸荥的步韵诗有《吴宋尧亲家招饮赏菊步家兄原韵》二首:

---

①　刘咸煃:《读好书斋诗文钞》,民国十六年成都扶经堂刻本。
②　刘咸炘:《仲韬夫子暨师母李儒人六十双庆》,《推十书》戊辑,上海科学技术文献出版社2009年版,第575页。
③　刘咸煃:《延庆寺尚友书塾学社落成同人燕集和廿四弟新秋置酒原韵时癸亥中秋后一日也》,《读好书斋诗文钞》,民国十六年成都扶经堂刻本。

玉缸香扑愧连枝，鞠有黄华正此时。最爱秋荣留老圃，何须春色照空卮。宦情竹马怀先辈，乡信莼鲈动客思。开径同人求益处，静观佳兴总咸宜。

　　早从彭泽寄闲情，曾听芙蓉老凤声，大厦近邻纯化里，小楼高对锦官城。晴云似絮秋光暗，霜月如银夜色明。好景未残容啸傲，诗人梅雪漫相争。①

第一首诗写赏菊，第二首诗是对纯化街刘家大院的环境描写。诗中提到的"大厦"应是刘家老宅。刘沅于嘉庆十二年（1807）奉母命迁居成都纯化街，至此，刘氏家族世代在这里居住，老宅又名为"豫诚堂"。刘家大院为典型的旧式建筑，门额上悬挂前清翰林吴肇龄所书"列传儒林刘止唐先生第"黑底金字木匾。当时人称"刘家大公馆"或"三巷子刘家"，文人雅士则称"儒林第"。② 在当时四川颇具影响力，学生故归，甚至以"三巷子"来称代刘家。进门后有几栋独立小楼，刘咸荣的读书楼叫静娱楼，刘咸焌的叫致福楼，诗中所言"小楼"就是刘咸焌在老屋右侧所建读书楼——致福楼，刘咸燡的叫拥书楼，刘咸炘的叫纳景楼。在刘家"咸"字辈的诗歌中，有较多的诗歌是对老屋的回忆和歌咏，这也是刘氏家学、家风的体现。

第三节　刘咸炘的诗歌创作

　　刘咸炘著有诗集《推十诗》，诗集按创作时间进行编排，诗歌体式既有古体又有近体，刘咸炘作近体诗学习顾炎武、潘德舆，其诗歌内容以纪实为主，《推十诗》自序曰："甲乙以来，于学略有所窥，

---

① 刘咸焌：《读好书斋诗文钞》，民国十六年成都扶经堂刻本。
② 双流县社会科学界联合会、双流传统文化研习会编撰：《槐轩概述》，上海科学技术文献出版社2015年版，第119页。

第四章 刘氏家族文学创作（下）：清末民初

读顾亭林、潘四农诗而服膺之，遂喜谈诗。乙卯偶作近体赠表兄王养初，觉颇能用心于字句，后续有作，益自喜能免俗。然后知读书乃能诗，古之人不予欺也。于是愈益发舒其谈说，诋世之轻为诗者，而自顾所作则拙甚，然亦不自以为非也。亦不敢多作，守顾、潘两先生之戒焉。"[1] 关于自己的诗作，刘咸炘是颇为自豪的，他说："既录之，又自品题之，以自考且杜妄誉。读者能以潘、顾之绳墨绳墨我，则所望也。"他甚至希望读者以潘、顾之诗来评判他的诗。他的这点自豪源于他认真作诗的态度，对自己的诗作他也加以评点和圈改，在作诗这件事上他还是以谦逊的态度来对待，他说："门人有好余诗者，问何不刊行。余曰：吾固非工诗者，又甚恨前人之滥传其诗，即刻之，于学何裨？无已，姑自选择，俾好者抄阅之可也。诗足以见人之情意，弟欲知师，则读其诗，犹理势之自然耳。因更以墨笔点选之。乙丑之所谓好诗者，今观之，乃多未足称好。盖余于诗之知见作工皆至近日而更有进矣。今所选，圈者好，点者不好，而其意可存可观者也。"[2] 刘咸炘既满意于自己的诗作，又以谦卑的态度来看待自己的诗作。处于清末民初社会转型时期的刘咸炘，在坚守着传统古近体诗创作的同时也对当时的新诗创作有自己的认识和理解。下面我们将具体分析他的诗歌内容，以观他对传统诗学的继承，再分析他古体诗创作的意义和他对新诗的态度，进一步了解地方型学者在社会转型过程中所发挥的作用。

一 诗歌创作主要内容

刘咸炘诗歌内容主要体现在三个方面，一是反映社会现实，揭露社会丑恶的纪实诗，这类诗歌表达了刘咸炘关心民生疾苦、忧国忧民

---

[1] 刘咸炘：《推十诗·原叙》，《推十书》（增补全本）戊辑，上海科学技术文献出版社2009年版，第617页。

[2] 刘咸炘：《推十诗·原叙》，《推十书》（增补全本）戊辑，上海科学技术文献出版社2009年版，第618页。

的思想感情。二是记录他读书生活的闲事诗,其诗歌主要内容是写读书心得,写读书方法、读书环境等,这类诗歌是他淡泊名利、不为世争,只愿做一个老实读书人的内心写照。三是描写自然风貌、记述民风民俗的诗歌,这类诗歌既反映了刘咸炘对自然景观的热爱,又体现了近代四川成都民风民俗特点。

(一) 揭露社会丑恶的纪实诗

关于揭露社会丑恶的纪实诗,刘咸炘认为应该具有"言志"的功能,刘咸炘推崇顾炎武和潘德舆对"诗言志"的继承,他说:"必明顾、潘之说,乃知苟作徒劳,伪言无取,删订三百,岂如牛腰万首乎。《书》曰:诗言志。无志何得为诗?此义不亡,顾、潘之功也。"[1] 顾炎武是清初遗民诗人的代表之一,他的诗歌激昂慷慨、沉雄悲壮。如顺治十年(1653),他在《赠朱监纪四辅》一诗中写道:十载江南事已非,与君辛苦各生归。愁看京口三军溃,痛说扬州七日围。碧血未消今战垒,白头相见旧征衣。东京朱祜年犹少,莫向尊前叹《式微》。[2] 诗人不忘国仇、不忘恢复,他的抗清活动是建立在反对暴政、同情人民疾苦思想基础之上的。反映人民生活困苦,解除暴政、拯救民众是他诗歌的重大主题。潘德舆是清中期诗人,他经历了乾隆、嘉庆、道光由盛到衰的时期,这一时期人民生活日益贫困、阶级矛盾日益尖锐。潘德舆希望能通过文学达到"经世致用""匡救时世"的作用,因此,他的诗歌创作多有诗教的功用,他在《养一斋诗话》中说:"'诗言志','思无邪',诗之能事毕矣。惧人知之而不肯述之者,人笑其迂而不便于己之私也。虽然,魏、六朝、唐、宋、元、明之诗,物之不齐也。'言志'、'无邪'之旨,权度也。权度立,而物之轻重长短不得循矣;'言志'、'无邪'之旨

---

[1] 刘咸炘:《诗系》,《推十书》(增补全本)戊辑,上海科学技术文献出版社2009年版,第1172页。

[2] (清)顾炎武著,王蘧常辑注,吴丕绩标校:《顾亭林诗集汇注》,上海古籍出版社2006年版,第378页。

第四章 刘氏家族文学创作(下):清末民初

立,而诗之美恶不得循矣。"① 明确指出了诗歌言志的功用。

刘咸炘所生活的时期正是清王朝面临崩溃的时期,八国联军入侵中国,清政府签订一系列不平等条约,巨额的赔款让清政府完全无力偿付。为了解决财政危机,清政府除大借外债,在国内更加紧了搜刮,将赔款分摊到各省,限期缴纳。清政府为了搜刮巨款,在四川增旧税,添新税,税上加税,几乎闹到无物不税的地步,川督赵尔巽设立了"经征局"这个加强掠夺人民的机关。② 地方官吏贪酷如虎,借机牟利,加之军阀混战,四川人民处于水深火热中,刘咸炘目睹了当时的社会现状,他哀时伤世,关心民生疾苦,写下了反映人民现实生活、哀民怜民的写实诗,《拟香山〈新乐府〉》三首诗:

> 七十元,一个女。送钱来时眉如弓,送女去时泪如雨。银元白如玉,枯骨变成肉。女儿娇如花,剜肉弃他家。人命轻,七十银元买一生;人命重,一个娇儿当粮用。寄语朱门贤少年,休谈人道与平权,赌场一夜输赢数,已抵贫家卖女钱。

> 我有娘,我有娘,此声人耳断人肠。云南抽丁来四川,久成思归今五年。只望腰缠有时满,岂知身首异乡捐。欲降恐召全家祸,虽死曾无一纸旋。我欲见娘已无日,娘今知我何处边。我作此诗秋夜长,缠绵夜气泪沾裳。纷纷枉自谈兼爱,天性亲亲宁可忘。亲亲于性何时见?讲听悲呼我有娘。

> 卖议员,卖议员,买卖无此好价钱。将成议员票一纸,买价铜钱数十千。已成议员人一个,卖价银币千百元。议员聚处权势尊,田产契约好保存。银钱多处议员奔,卖身走遍千家门。君不闻,民国以法为原则,民意立法议员职。议员何民是何意,非意何法又何国。吁嗟乎,共和议院全国心,第一神圣不可侵。请问

---

① (清)潘德舆:《养一斋诗话》,郭绍虞编选,富寿荪校点:《清诗话续编》,上海古籍出版社 1983 年版,第 2006 页。

② 隗瀛涛主编:《四川近代史稿》,四川人民出版社 1990 年版,第 326 页。

神圣何处产？不是茶园即餐馆。①

第一首诗写百姓因生活所迫，不得不把自己的女儿以七十元的价格卖出去，换取粮食充饥。当时的社会现实对穷人来说何谈人道与平权？穷人卖女度日，而官僚在赌场的输赢足以抵穷人的卖女钱。诗人真实地记录社会现状，让诗歌具有了史诗的效果。第二首诗写云南抽来四川服兵役的少年，远在他乡参加战争，思恋家中的母亲，通过战士对母亲的呼唤进一步说明天性亲情不可忘。第三首诗写官场黑暗，官员卖官鬻爵，揭露了当时官场贪污腐败的现实丑恶。这组诗以我手写我口的诗风展现了近代四川的黑暗生活，诗人继承了白居易"文章合为时而著，诗歌合为事而作"的精神，学习顾炎武、潘德舆"经世致用"的诗教思想，诗作的字里行间都充满了"天下兴亡，匹夫有责"的人生意志。这组诗虽以批判现实为目的，但实际也反映出刘咸炘已具有近代思想：第一首为均贫富的思想，第二首为表天性、广慈悲的思想，第三首是对假民主不满的思想。这也让他的诗歌具有了时代的烙印。

诗歌《苦热》：

祁寒易取暖，酷热难致凉。我宁过三冬，不爱夏日长。有客愤然起，此言殊不公。富家厌骄阳，贫子愁烈风。春至身费减，秋来身费加。披裘享羊酒，不在蓬门家。冻死与渴死，其数相悬绝。但闻说饥寒，不闻说饥热。相彼禽与兽，吐舌向炎天。岂不苦多毛，赖以延其年。乌云忽当头，惟恐雨短小。雨久岂不好？穷巷有饿莩。

---

① 刘咸炘：《推十诗》，《推十书》（增补全本）戊辑，上海科学技术文献出版社2009年版，第644页。

第四章　刘氏家族文学创作(下):清末民初

《打狗行》：

> 街头狗奔人汹汹，黄衣警士一何勇。一狗突出棒飞来，再敲三敲已不动。官厅示语重且详，除疫清道心何长。荒年那容食人食，剥肉尚可充贫粮。我惜狗命心为惊，有狗人梦鸣不平。人降百兽狗最顺，岂知功狗终遭烹。嗟尔何贫亦何疏，不见荷戈盈里间。狗工已有人力代，无用寄生当汰除。噫，偷儿尽变为流寇，狗与人俱不烦嗾。①

第一首诗歌写贫富人家生活的差异，诗句"披裘享羊酒，不在蓬门家。冻死与渴死，其数相悬绝"直追杜甫名句"朱门酒肉臭，路有冻死骨"的真实意境。第二首诗描写街头警士打狗场景，诗人怜惜狗是人类最好朋友，而现实社会的人连狗都不放过，人吃狗的社会终将会变成人吃人的社会，表达了诗人对社会黑暗的控诉，对无辜生命的同情。

刘咸炘的写实诗继承了自《诗经》、杜甫、白居易一直到清代顾炎武、潘德舆的现实主义传统。他反对刻意雕琢、无病呻吟的诗风。刘咸炘说："夫孔子删《诗》仅存三百，盖言志人人皆有，原不必皆可传。今苟欲成名，不务潜心经史，实体身心，辄欲以数十首诗争艺苑一席，亦愚而徒劳矣。且雕镂风云，流连景物，春花秋月，恨别愁思，无病而呻，不厌其苦，同声而吠，遂欲争长，无六义之一端，徒千篇而一律，是直文具之灾殃，书林之痛痔而已。沿及近世，打油钉铰，到处闻声；白苇黄茅，一望无极。无人不诗，无诗不律。习之既久，读书作文，亦以为艰。掉弄聪明，搬抬字眼，花风柳月，料煞才休。可厌可憎，莫此为甚。盖作文未易成章，吟诗易于凑句，惰偷之

---

① 刘咸炘：《推十诗》，《推十书》（增补全本）戊辑，上海科学技术文献出版社2009年版，第662页。

习,岂特有害于文章乎?"① 在他看来,近世之诗言志者少,多流连景物,无病而呻,甚至自作聪明,搬抬字眼,这种作诗之法是刘咸炘所唾弃的,他提出作诗应立顾炎武之九戒,潘德舆之多读少作之法,"今本顾亭林之旨,先立九戒。一戒无为而作。一戒无寄托而咏物。一戒作闺怨摹儿女。一戒好作和诗步韵诗。一戒滥誉人。一戒空言离别。一戒谬作穷愁。一戒强押险韵。一戒好作绝诗。终以潘四农之语曰:多读诗,少作诗。常读既长识力,亦养性情;常作既妨正业,亦蹈浮滑"②。

刘咸炘在创作这些反映现实的诗歌的同时也在思考该如何改变现实,因此刘咸炘又创作了一系列诗,是对未来的向往,或者说是他理想世界的彼岸。

《大市》:

西方有大市,可拟桃花源。能容百万众,归者如鹿奔。中有一主者,云是亶父伦。鼓鼙兴百堵,疆理同周原。行树匝七重,阶道通四边。名为极乐国,万世安子孙。庸知七里外,荆棘翳园田。沟中有积尸,屋外无炊烟。近佛不得福,往生亦无缘。寄言阿弥陀,慈悲毋乃偏。③

《农家好》:

不知稼穑之艰难,其士人乎?欲免都市之疾病,到田间去。中土夙称农国,古训尤切。今时既讲晁错之疏,宜仿光羲之咏。

---

① 刘咸炘:《文词略》,《推十书》(增补全本)己辑,上海科学技术文献出版社2009年版,第57页。
② 刘咸炘:《文词略》,《推十书》(增补全本)己辑,上海科学技术文献出版社2009年版,第57页。
③ 刘咸炘:《推十诗》,《推十书》(增补全本)戊辑,上海科学技术文献出版社2009年版,第657页。

摹写实境，较胜乌托邦。陶养闲情，无如绿色化。短章易作，条举能详。异古诗之阔疏，胜村歌之俚拙。诸生多从田间来，吾弗如也。三年不到乡里去，心向往之。孟夏草木长，绕屋树扶疏。何以消永日？耶节欲定气，博奕犹贤乎？朝餐是草根，暮食仍木皮，亦尝念北道否？陈古刺今，乐哀皆至矣。

农家好，根在土中栽。社酒春浓排老幼，茅檐冬暖聚妻孩，不晓别离哀。

农家好，不怕到穷冬。萧索山林田尚绿，醉歌村店脸都红，和气蕴藏中。

农家好，万物尽相亲。草木虫鱼名最熟，阴晴风雨卜如神，领略自然真。①

《大市》极具讽刺意味，诗歌前半部分竭力描绘一幅世态安宁之像，类似于陶渊明笔下的"桃花源"，后半部分描写现实残酷之景，与前者形成鲜明对比，突出"大市"遥不可及。《农家好》一诗则体现出刘咸炘对纯情自然、老少和睦、万物相亲理想社会的向往，这种向往并非凭空而出，这源自老子"小国寡民"的思想。越是描写农家好，越说明当时社会的黑暗。刘咸炘对现实社会的痛斥与厌恶，只能通过诗歌来表达，他想通过诗歌来构造一个"乌托邦"性质的社会。

（二）记录读书生活的闲适诗

刘咸炘自称为读书人，他在《中书·三术》中说："咸炘，读书人也。读五经、诸记、四子书，读司马迁、班固以降之书，读汉、晋、唐、宋之篇翰，旁及小说、词、曲亦读焉。读书之法，出于会稽先辈章实斋。实斋之言曰：读其书，知其言，知其所以为言。人知

---

① 刘咸炘：《推十诗》，《推十书》（增补全本）戊辑，上海科学技术文献出版社2009年版，第664页。

《易》为卜筮之书，孔子读之而知作者有忧患；人知《离骚》为词赋之祖，司马迁读之而悲其志。孔子曰：夫言岂一端而已哉，夫各有所当也。"① 可见，刘咸炘读书之多，范围之广。在他三十二岁时，他为自己的一幅照片题词曰："五岳平，无权势。两耳白，有智慧。眉目寻常不足畏，额有伏犀亦疑似。褒之曰清，贬之曰无能，直言之曰读书人。"② 刘咸炘短暂的一生几乎都是在读书生活中度过的，他用诗歌记录了他的读书生活，同时为后生讲述读书之法。

诗歌《秋日读书九绝句》：

中庭日影上梅柯，强起披衣遣睡魔。绿映瓜棚香篆直，当窗危坐转弥陀。（晨起在小屋颂《弥陀经》一卷）

旧习新知简册分，古炉杉柏气氤氲。小经十叶勾离罢，又展《毛诗》与《说文》。（早膳后按课，分刚柔应温，应读各书摊陈案上，焚香读《四书》十页。刚读《毛诗》，柔读《说文》。）

校过班书日已亭，跌跌一梦自惺惺。起来操笔笺科录，翻遍琅函十四经。（朱笔点《汉书》十余页，登榻憩。醒后到小屋笺《法言会纂》、《十四经集成》所有也。）

击节涂围手笔忙，征文有志喜篇章。掩书拂案出门去，好共幽人话一场。（午膳后阅清人文集一卷，圈点不苟。黄昏罢读，出游，多在邻家。）

寒砌虫声透囧窗，归来四壁映银缸。姚评萧选凝神诵，隔舍依稀有和腔。（举火归斋，刚读《文选》，柔读《古文辞类纂》。）

册五千零卷廿千，修成簿录两长编。朝朝搬运慈亲笑，汝比陶公更可怜。（摊书）

---

① 刘咸炘：《中书·三术》，《推十书》（增补全本）甲辑，上海科学技术文献出版社2009年版，第5页。
② 刘咸炘：《杂韵文》，《推十书》（增补全本）戊辑，上海科学技术文献出版社2009年版，第545页。

第四章 刘氏家族文学创作(下):清末民初

石墨斑斓一箧收,北碑南帖数从头。开函眼底分青白,便与题诗论劣优。(玩碑帖)

笑语中庭未觉喧,低头握笔纸频翻。旧衣不厌朝朝洗,袖底襜襗尽墨痕。(点书)

厌与谐臣媚态争,真诠三字直横平。挥毫不觉成钩画,落纸惟闻淅淅声。[1]

这首诗记载刘咸炘一天中分时读书之法。早上起床诵《弥陀经》,早饭后读《四书》《毛诗》《说文》,且读书又分刚柔之法,刚指以诵书为主,柔指默读领会书中之意,刚读《毛诗》,柔读《说文》。接着点校《汉书》十余页,小憩,醒后笺《法言会纂》《十四经集成》。午饭后读《清人文集》,黄昏不再读书,出游邻家,晚上,刚读《文选》,柔读《古文辞类纂》。这就是刘咸炘一天的读书生活,每一个时间读什么书,什么时候休息,安排得有条不紊。从诗歌中我们可知刘咸炘读书勤奋,且合理安排读书时间,所读之书以儒家经典为主,文学作品《毛诗》《文选》《古文辞类纂》是他文学创作学习的典范,从他所列书目中可见刘咸炘对传统文学的推崇,无论时代如何变迁,经典文学作品和传统文化始终是读书人的学问之根。

刘咸炘性格内向,"耐冷恶热、喜静恶动",他在《冷热》篇中说:"喜陈书独坐,众聚声喧,则欠身思卧。与于庆吊,半日不快。……古言心不言血,唯冷可以治事。不入乎物,乃能善物。不流乎世,乃能治世。"[2] 刘咸炘的这种生活习惯,致使他很少外出,大部分时间都在家中和书塾中度过,上文我们已介绍过刘氏家族书塾藏书,在刘咸炘诗作中也可找到诗歌印证,刘咸炘诗《书塾储书室成置酒落之》:

---

[1] 刘咸炘:《文学》,《推十书》(增补全本)戊辑,上海科学技术文献出版社2009年版,第628—629页。

[2] 刘咸炘:《冷热》,《推十书》(增补全本)甲辑,上海科学技术文献出版社2009年版,第857页。

>　雨收三伏新秋好，风动双槐古荫存。(刘云圃太夫子六十年前设教于此，庭槐盖其所种。)喜考新宫楹有觉，(用《诗·斯干》)贪堆故纸阁之尊。(《说文》典，从册从六，尊阁之也)十年树续百年计，(方约明年种树)一卷师为万卷根。(《法言》曰：一卷之书必立之师。)自古藏书多寺观(阮文达谓释、道皆有《藏》，儒者独无。因立焦山、灵隐两书藏，并为之说。引太史公藏之名山，白乐天藏集东林寺为证。)，举觞先为醑长恩。(司书鬼名长恩，除夕呼其名而祀之，鼠蠹不侵)①

诗歌有诗人自己的批注，说明诗歌用典，或进一步解释诗意。诗歌首句写书塾储书室落成的时间，诗人以秋收的喜悦之情来比喻书塾储藏室落成的喜悦，诗歌还点明了储书地点为尚友书塾所在地延庆寺旁，刘咸炘注曰：历史上有不少文人藏书于寺观，以便藏书免受鼠蠹之害。

除简单、朴实的读书生活外，刘咸炘也会参加与读书相关的活动，在他诗歌中记载最多的便是孔子生辰的祀礼，刘咸炘有诗《孔圣生辰明善书塾祀礼恭纪次叔兄仲韬师韵》：

>　硕果薰苓并菊英，(祭品有巨柚一)喜从诞降兆收成。乐群有象中年考，学礼宜秋皓日明。(用《礼记》秋学礼及《孟子》秋阳义。)幽谷求声多自远，经畬祈获拟初耕。束脩以上同无隐，莫讶蘋蘩不称情。

>　此日相期千载英，莫言礼乐待时成。(用鲁两生语意)一壶自得无之用，(三字本《老子》)百世谁当述者明。幸有遗经嗟懒读，空存尸祝比先耕。雨生风杳微言绝，拜起难忘思古情。

---

① 刘咸炘：《推十诗》，《推十书》(增补全本)戊辑，上海科学技术文献出版社2009年版，第655页。

第四章 刘氏家族文学创作(下):清末民初

执业从兄厕众英,惭无怃进副裁成。亦知土俗关乡校,共勉身诚在善明。十室有人欣不寂,(时分十舍)三年乏畜叹空耕。(古者耕三余一,三年耕,必有九年之蓄,余自甲寅从兄至此凡三载)楹书面命渊源在,近接遥思一样情。①

读书人自然将孔子作为圣人,每到孔子生日这天,书塾成员将进行相关的祭祀活动。这首诗是刘咸炘与刘咸焌的唱和诗,刘咸焌创办明善书塾。刘咸炘文《祭外舅文》载:"咸炘四岁学书,六岁授章句,未尝外傅,受庭诰而已。先君以其羸,不督责,稍长,与门下诸友游,喜谈说,以诗学无所就,失怙后乃从学叔兄仲韬,今四年矣。"② 咸炘在父亲去世之后,师从咸焌,因此两人的关系既是兄弟亦兼师徒。诗歌记载了明善书塾祭祀孔子生辰一事,对孔子的祭奠其目是对读书人的鼓励,同时希望孔子能够护佑读书人。与此相关的诗歌还有《孔子生日次兄师韵》《孔子生日作》等,均记载了读书人祭奠孔子的活动。

(三)描写民风民俗的写景诗

刘咸炘写诗均"贵写民风",《饭摊行》后记曰:"平日论诗贵写民风,自顾诗笔质重,欲于此中间辟田地。"③ 因此,刘咸炘的诗歌为我们展现了近代四川民风民俗的风貌、自然景物的特色,在他笔下,蜀国名胜、村社灯火、节日民俗、哥老聚会,一幅幅,一幕幕,都有较为全面的反映,刘咸炘有《烧会行》一诗,非常详细地记载了四川特有的袍哥文化:

---

① 刘咸炘:《推十诗》,《推十书》(增补全本)戊辑,上海科学技术文献出版社2009年版,第631页。
② 刘咸炘:《推十文》,《推十书》(增补全本)戊辑,上海科学技术文献出版社2009年版,第597页。
③ 刘咸炘:《推十诗》,《推十书》(增补全本)戊辑,上海科学技术文献出版社2009年版,第688页。

> 辛未仲冬至牛华溪,值哥老聚会。中有吾姻媾,欲因潜往观之,以夜深不果。然具闻其状矣。作诗纪之。
>
> 沈沈广殿烛光漾,地铺名纸长数丈。猛刎雄鸡飞步过,不教点血落名上。寺中汹汹千头攒,寺外人断长街寒。重门扃闭巡风布,报名进山语毋误。某山某水某堂乡,恩保三兄定排行。盟证老翁众尊仰,更有官来作香长。虔如大祭严如军,口说滔滔如戏文。通山令下讲光棍,十可喜与十可恨。虽将忠孝说当先,重复丁宁惟弟信。秦汉而还多客民,江湖始觉袍哥亲。如今社会非忌讳,此中人语我得闻。新进老幺恭可怜,五拜请罪宾筵前。大爷抬身语郑重,平时休玩急时用。①

题序中说明了诗歌创作之由,1931年冬刘咸炘在牛华溪观看哥老聚会而创作诗歌记录了这次聚会的盛况,牛华溪在今乐山市牛华镇,题序言"中有吾姻媾",当指刘咸炘母亲王氏(乐山井研人)家中有亲戚为哥老会人。哥老会,民间则称其为袍哥,取《诗经》"同袍同仇"之意。王闿运《湘军志》记载:"哥老会者,本起四川,游民相结为兄弟,约缓急必相助。军兴,而鲍超营中多四川人,相效为之,湘军亦多有。"② 四川哥老会实际是一种帮会组织,一种说法是指反清秘密会党,在近代四川袍哥影响范围很广,遍及社会各个阶层,袍哥以"孝师忠信礼义廉耻"为标志,以"鬼门关外莫言远,四海之内皆兄弟"相接纳,体现出四川人的团结精神。近代四川,袍哥文化对四川人的影响是非常深远的。袍哥每年一般都有定期活动,刘咸炘的这首诗完整地记录了哥老聚会的场面,具有一定史学价值。首先加入哥老会有一定的仪式,即歃血为盟;其次哥老会成员之间是有戒条和暗号的,成员须知并要牢记;最后指出哥老会是以忠孝

---

① 刘咸炘:《推十诗·烧会行》,《推十书》(增补全本)戊辑,上海科学技术文献出版社2009年版,第693页。

② 吴康零主编:《四川通史》卷六,四川人民出版社2010年版,第112—113页。

第四章 刘氏家族文学创作(下):清末民初

为宗旨,维护封建传统道德和纲纪秩序的一个组织。

刘咸炘另有诗《新年》:

> 城中亦自有春光,晴日鲜衣斗彩章。行道相逢都一揖,笑容知不是乔装。
>
> 春游蜀俗千年旧,暂息干戈便若狂。昭烈庙中齐下拜,不知几个识东皇。
>
> 新春乐趣属儿童,年事稍深便不同。独有一桩堪慰藉,六亲情话倍融融。(以上初二作)
>
> 二仙庵里道家装,(初七日游二仙庵,假法师衣摄影)彩选图中同姓王。(初十日行汉官仪,以卒史得堂印封王)赢得新春几回笑,漫从人问是何祥。
>
> 开岁三朝春始来,春来十日九阴霾。鸟声暗涩梅多蕾,空为看花走几回。(以上十五日作)①

这首诗详细记载了蜀中春节的习俗。首先是过年穿新衣,出门相作揖,其次是蜀中习俗正月初三游武侯祠,初七游青羊宫二仙庵。诗歌描写了蜀人游祠逛庙的盛景。

《龙灯》:

> 万头攒聚信如山,市路新修仍未宽。火弹光中星若动,喇叭声里夜忘寒。追奔人苦犹闻笑,花炮钱多已觉难。最忆东坡真实语,蜀民游乐不知闲。
>
> 五夜灯山事已空,承平犹剩此遗风。人心自是多怀旧,不接群龙接老龙。

---

① 刘咸炘:《推十诗》,《推十书》(增补全本)戊辑,上海科学技术文献出版社2009年版,第673页。

达尊今已失传恭,民社犹存尚齿风。灯火模糊堪辨认,群龙低首让黄龙。

　　直将焱歘当汤燀,习玩忘危亦太憨。解道世间如火聚,东南此日战方酣。①

这首诗记载了蜀人在正月间观龙灯的习俗。在蜀中从正月初九至正月十五,蜀人都要夜出观龙灯,龙身由竹子编制,分成数节,每节由一人舞,舞到人家户面前,大家便用火花火炮焚烧,称为烧灯。诗中记载的"直将焱歘当汤燀,习玩忘危亦太憨",正是烧灯景象的描写。首句"万头攒聚信如山"借庄子《鸡肋编》记成都游江作戏,有"人头山"之名,来说明观龙灯的盛况。"最意东坡真实语,蜀民游乐不知闲。五夜灯山事已空,承平犹剩此遗风",更是说明观龙灯的习俗自古就有,且在宋蜀最盛。《广岁华纪丽谱》也记载蜀有上元观灯的习俗:"张乖崖帅蜀,增十三日一夜灯,谓之挂塔,不敢明言四夜灯三。数年来,杭、益先为五更观灯,尔后多至五夜。又曰:成都府灯山或过于阙前,上为飞桥山亭,太守以次止三数人历诸亭榭,各饮数杯,乃下。从僚属饮棚前。如京师棘盆处,缉木为垣,其中旋植花卉,旧日捕山禽杂兽满其中,后止图刻土木为之。蜀人性不竞,以次登垣,旋绕观览。"② 记载了宋蜀时期,官方组织众民五更观灯的盛况。

刘咸炘在三十五岁以前都未曾离开过成都,这一时期其写景诗所描绘的多为成都市郊之景。

《七月五日万绍承姻兄邀游薛涛井十五日盂兰会放灯,两泛锦江》:

---

① 刘咸炘:《推十诗》,《推十书》(增补全本)戊辑,上海科学技术文献出版社2009年版,第674页。

② 刘咸炘:《广岁华纪丽谱》,《推十书》(增补全本)丙辑,上海科学技术文献出版社2009年版,第830页。

第四章　刘氏家族文学创作（下）：清末民初

朝泛舟，送夕阳，徘徊杰阁山苍苍，驰道人多如蚁行。夜泛舟，迎皓月，千炬随流水光发。纸钱灰飞映林樾。朝复夜，死还生，日月长向江山明。舟中人觉日月好，默对江山舟自行。①

《七月十四日夜游》：

落日登城鸦正飞，淡云一抹小星稀。竹林夜色沿塘下，瓜架人家唤鸭归。步月场空草没足，弄舟桥畔水沾衣。定惊还上高冈去，返路长街烟树微。②

刘咸炘的写景诗既能从大处着眼，描写日月之景，又能从细微处着手，小写眼前小景。第一首诗写朝送夕阳，夜迎皓月，阁山苍苍，千炬随流，日月江山，描绘了锦江两岸迷人的景象，描写盂兰会在望江公园放河灯之景。第二首诗描写夜晚出游时所见之景，一抹星稀，一家灯火，夜色之间，竹林塘下，跃动着恬淡自然的乡间夜景。

刘咸炘病逝前一年，第一次远游访谒井研千佛场外祖家。途经乐山、峨眉山，写下了一些写景抒情诗：

《乌尤山》：

沫水东如矢脱弦，乌牛西向不敢前。大佛挺身为矢的，乌牛凝立遂千年。山因近水润而竦，润则多生竦难种。坐令万树结一苍，骨隐毛丰牛拥肿。南来厌看蘲坡岭，牛背一眠双眼醒。安得驱牛如驾舟，直越长江上峨顶。③

---

①　刘咸炘：《推十诗》，《推十书》（增补全本）戊辑，上海科学技术文献出版社2009年版，第676页。
②　刘咸炘：《推十诗》，《推十书》（增补全本）戊辑，上海科学技术文献出版社2009年版，第662页。
③　刘咸炘：《推十诗》，《推十书》（增补全本）戊辑，上海科学技术文献出版社2009年版，第690页。

《一剪梅》：

> 锦江南下作峨游。先上乌尤，遥望嘉州。归来乘浪到嘉州，欢饮江楼，又对乌尤。江长鱼美可勾留。饱食鱼羞，俯瞰江流，此江曾过锦江头。今日嘉州，明月归休。①

《由嘉定至峨眉》：

> 隔江遥望峨山碧，碧转成乌出云白。白云变黑雨东来，嘉州江水涨一尺。诘朝我渡青衣津，赭波汹汹愁榜人。枯查散著新草上，隔岸牛鸣几不闻。行人峨眉见平野，润绿芃芃绕桑社。纵横溪水清且浏，知是来从众峰下。回思前日陵州途，高冈下湿多干枯。名山功用有如此，我悟《易》卦《屯》《蒙》《需》。②

刘咸炘第一次出游，心情喜悦轻松，每游览一处，他以诗记之，既体现出他游览时愉悦的心情，又记录了当时蜀地名胜风景，具有一定史料价值。

时隔一年，刘咸炘第二次远游，这次的目的地是亡妻吴氏的故乡绵州。刘咸炘在绵州停留期间，游历了窦圌山和富乐山，有诗《下团山》《富乐山》；拜谒了七曲山的文昌祠，有诗《往来七曲山谒文昌祠》；接着北上沿蜀道到达剑阁，有诗《剑南路》《剑门题直方大三字并系以诗》。由于这次远游之地是古代剑门蜀道起始之地，这类写景诗除了写景，更多的是咏史，如《富乐山》："莽莽重冈瘠欲童，一丘独戴满头松。千行题字元明上，二水环城指掌中。荒谷何人赏奇石，贫

---

① 刘咸炘：《推十诗》，《推十书》（增补全本）戊辑，上海科学技术文献出版社2009年版，第691页。

② 刘咸炘：《推十诗》，《推十书》（增补全本）戊辑，上海科学技术文献出版社2009年版，第690页。

僧见客似村农。当时午见川原美,此日谁知杼轴空。"① 写富乐山名的由来,相传刘璋在富乐山迎接刘备,感叹蜀地之富乐,此山因此而名。刘咸炘在剑门关题下"直方大"三字,直方大出自《易·坤卦》爻辞所谓"直、方、大,不习,无不利",以此形容剑门关的巍峨高大。可惜,刘咸炘在南归途中,不幸染病,返回成都,一病不起,咳血而逝,年仅三十六岁。《推十诗》最后一首诗即是《富乐山》。

刘咸炘诗歌创作内容丰富,不仅记载自己身边读书小事,也关心民众天下大事;既描写蜀中优美风景,又记录民间人情风俗。他的诗歌创作学习顾炎武、潘德舆,以写实记事为主。尽管他自己称不善于写诗,其诗作也不是"真诗",但实际上,他的诗歌创作继承了中国诗学精神"诗以言志"的传统。

二 古体诗创作的文化意义

刘咸炘自幼受家学影响,在诗歌创作方面以传统诗学为基本准则,在诗歌体式上则以古体诗创作为主,刘咸炘说:"刘咸炘之于诗,非所好也,非所能也。其诗异乎世所谓诗人之诗,盖目其学为诗,已异乎世所谓诗人矣。生不数年,功令废试律,幼受章句,未尝学为俪语。稍长欲为诗,先考亦姑为之期日命题,教之作古体,曰:'能古体,自能近体也。'于是纵而作长歌行,自喜以为豪,且往往投赠人,不知有格调,不自觉其丑也。"② 不难看出刘咸炘诗律学习最初也是为了科举之业,时代变迁之后,刘咸炘坚持古体诗创作,其根本原因是古体诗更适合叙事记事,能掌握古体诗的写作,可知近体诗也不会差。刘咸炘生活在清末民初易代之际,社会生活环境的复杂性丰富了他的诗歌题材,而用古体诗写作记录这段特别的历史经历又

---

① 刘咸炘:《推十诗》,《推十书》(增补全本)戊辑,上海科学技术文献出版社2009年版,第698页。

② 刘咸炘:《推十诗·序》,《推十书》(增补全本)戊辑,上海科学技术文献出版社2009年版,第617页。

增强了他诗歌的深度：

《剑南路》：

> 剑南路，多古柏，垂叶交柯日能隔。后人种树懒于前，旧株渐减新不益。剑南路，尽石铺，横宽直密雨可趋。今人修路勤于古，移去石级成泥涂。君不见，石牛堡，路新治，雨后舁夫常惴惴，大呼谁何作恶詈。又不见，柳池驿，柏犹浓，伏天行客忘虫虫，剑阁至今祠李公。古人笃实复宏大，事业常留千载外。今人建设纷相夸，建设未闻闻破壤。①

《君不见》：

> 君不见，阿瞒自古称奸雄，乃效王莽之痴聋。三分天下才有一，妄想便欲侪岐丰。君摄以真尧在抱，笑柄冷齿将毋同。天子妇翁亦足矣，何不自比齐太公。噫！伊周汤武多苗裔，捧心一样何媸丽。小人每为古人误，安得利口方孝孺。②

蜀道自有"难于上青天"之称，刘咸炘以古体写《剑南路》实有模仿李白《蜀道难》的气势，只是诗歌内容不再是写蜀道之难，而是歌颂修蜀道之人的艰辛。《君不见》是对历史人物曹操、方孝孺的评价，刘咸炘用古体诗的形式，不再受到诗歌韵脚的限制，诗歌一再换韵，其目的是完整地表达思想情感。在上文中分析到关于刘咸炘揭露社会现实的纪实诗，基本都是以古体诗形式呈现，到后期刘咸炘又将古体诗转为长歌行，其目的还是在于古体诗和长歌行能用尖锐直

---

① 刘咸炘：《推十诗》，《推十书》（增补全本）戊辑，上海科学技术文献出版社 2009 年版，第 697 页。

② 刘咸炘：《推十诗》，《推十书》（增补全本）戊辑，上海科学技术文献出版社 2009 年版，第 630 页。

第四章 刘氏家族文学创作（下）：清末民初

白的诗笔去描写社会现实的惨状，如《行路难》："桃花何夭夭，早开还早凋。杨花何扬扬，随风飘路旁。东家少年日高谈，千里病归卧空檐。西家少年夜起舞，朝来血腥染黄土。行路难，行路难，劝君毋躁且少安。人生百岁莫草草，黄雀安用明珠弹。莫舞剑，剑锋易折缺，折缺曾无虮肩切。莫吹箫，箫声多咽吞，咽吞无和空销魂。箫已囊兮剑已韬，逼仄逼仄何所逃。"① 刘咸炘用通俗易懂的语言来描写人民生活的艰辛和困苦。刘咸炘曰："世所谓诗人必不喜吾诗，吾亦不敢以吾诗为真诗。尝以俚语自嘲曰：是老实诗耳。夫诗之义，主文而谲谏，婉而多风，固不贵老实也。然老则可入古，实则免于浮，吾安知吾非可语言诗者耶？"② 古体诗自由的诗歌体式能够更好地让刘咸炘展示"老实诗"的面貌。

关于诗词是否用俗语，刘咸炘曰："至于诗词，则本不避俗，其助词本与他文殊，非独尚质者。浅近易晓，即齐梁温、李诸家，好僻积典故，傅陈彩色者，其词亦多俗语，与文不同。是知诗词通俗，乃是共相，浓淡华朴，其小别耳，不应又于其间分别文言俗语也。观诸编国语文学史者之所牵引，其滥固易见矣。汉诗独取《上山采蘼芜》《十五从军征》；乐府独取《孤儿行》《陌上桑》《焦仲卿妻诗》。岂其他诸诗皆文言耶？"③ 刘咸炘不写现代白话诗，是因为他善用通俗的语言来写古体诗，而这些通俗的古体诗歌基本与白话诗歌相差无几。"天可度，地可量，唯有人心不可防。本欲与君同散步，君翻诱我捉迷藏。捉迷藏，我不愿，即算全输亦无怨。"④ 这种平白如话的

---

① 刘咸炘：《推十诗》，《推十书》（增补全本）戊辑，上海科学技术文献出版社2009年版，第653—654页。

② 刘咸炘：《推十诗·序》，《推十书》（增补全本）戊辑，上海科学技术文献出版社2009年版，第617页。

③ 刘咸炘：《语文平议》，《推十书》（增补全本）戊辑，上海科学技术文献出版社2009年版，第69页。

④ 刘咸炘：《推十诗·香山新乐府〈天可度〉篇首三句脍炙人口然诵者每以抒怨恶耳戏广其词则易为坦荡有预消怨恶之功焉二首》，《推十书》（增补全本）戊辑，上海科学技术文献出版社2009年版，第669页。

诗歌在《推十诗》中所占比例很高，实际与当时的白话诗已经非常相似了。

三 对新诗的探索及其态度

民国初期，如火如荼的新文化运动在全国范围内都掀起了高潮，然而巴蜀地区由于独特的地域特征，其学风与江浙、中原一带相比，更具有封闭性，接受西学思想也相对要慢半拍。据汪辟疆《近代诗派与地域》记载，当时活跃于西蜀的旧诗人大致有：以富顺刘光第、成都顾印愚、荣县赵熙、中江王乃徵为领袖，王秉恩、杨锐、宋育仁羽翼之。另有王雪岑、蒲殿俊、庞俊、向楚，亦列于此派之中。① 汪辟疆称："西蜀泻青碧之灵芬，并能本其风土，播诸声诗，驰骋骚坛，允无愧怍。"② 这一评价较为真实地概括了民国初期巴蜀诗坛总体风貌。汪氏所选诗人主要是以光宣诗坛为主，而五四时期的旧诗人自然不在他所选范围内。五四时期，即便像郭沫若这样的"新诗人"也有旧诗的创作。③ 巴蜀诗坛相对封闭的状态并非一直持续到民国晚期，在新文化运动过程中，巴蜀诗人同样沐浴西学之风，开始创作新诗。清末民初，梁启超、黄遵宪倡导"诗界革命"，时人称新文化运动中创作的白话诗为新诗，中国固有的古典诗即成了"旧诗"。民国时期，读新诗、写新诗成为一种风尚，巴蜀早期新文学诗坛上，较著名的有叶伯和、周太玄、王光祈等人。叶伯和留学日本期间为了译读西洋诗，曾大胆提出不用文言文，用白话文拿来作诗，这比胡适对白话诗的探索早七八年，是我国白话诗的最早探索尝试者。④ 王光祈在

---

① 汪辟疆：《汪辟疆文集》，上海古籍出版社1988年版，第324页。
② 汪辟疆：《汪辟疆说近代诗》，上海古籍出版社2001年版，第18—19页。
③ 郭沫若诗《送吴碧柳赴长沙》："洞庭古胜地，屈子诗中王。遗响久已绝，滔滔天下狂。愿君此远举，努力轶前骧。苍生莫辜负，也莫负衡湘。"林甘泉、蔡震主编：《郭沫若年谱长编》第一卷，中国社会科学出版社2017年版，第148页。
④ 四川省中国现代作家研究会编：《四川新文学研究》，四川文艺出版社1991年版，第283页。

第四章　刘氏家族文学创作(下):清末民初

《少年中国》杂志上,发表多篇新诗,在巴蜀地域内宣扬五四新文化运动。在四川成都还成立了浅草社、沉钟社,专门开展白话文学活动。实际上,这时的巴蜀诗坛是在新旧交替的两股力量中逐渐前进的。

这时在巴蜀诗坛上有一个较为特殊的人物——吴芳吉①,被刘咸炘称为"半友半私淑之弟",他与刘咸炘同年生死,刘咸炘对吴芳吉的诗歌评价很高。刘咸炘在《追悼吴碧柳先生纪念册征文集》中说:"江津吴碧柳先生,拔俗人也。文章已传,咸称诗伯。位业所在,是曰良师。若其经百苦而声闻朝南,无一官而感孚遐迩,节士之烈,文人所希,一旦殂谢,众流嗟惜。"②吴芳吉既是新体诗歌的开创者,又是传统诗歌的继承者。因此,要了解刘咸炘的新诗态度,实际可以与吴芳吉的新诗态度进行对比认识。

吴芳吉受过西学教育,懂得西方语言,也接受西学观念。在新旧文化交替之际,他深刻地感知到中国诗歌要发展必须要"变","变之道奈何?有欲迁地另植之者,有欲修剪枝叶使勿为恶败累者。修剪之说当矣。然修剪之功,止于去秽,不足于敷荣。止于矫枉,不足于新生。"③吴芳吉将植物的移栽和枝叶的修剪来比作中国诗歌的变化,在他看来,中国诗歌之变应如植物枝叶的修剪,不能连根拔起,也就

---

① 吴芳吉(1896—1932),字碧柳,重庆江津人,世称白屋诗人;1910年考入清华留美预科学校,1912年秋因声援被美籍教师无理辱骂的同学而被迫辍学。1919年秋,经吴必引荐,吴芳吉赴上海,任中国公学《新群》杂志诗歌编辑,由此大量接触新诗;1920年8月赴长沙任明德中学教师;1927年受聘为成都大学中文系教授兼主任,后任四川大学教授、江津中学校长等职。1932年5月9日,吴芳吉因病辞世,时年36岁。吴芳吉凭长诗《婉容词》登上诗坛,另有诗歌佳作《两父女》《护国岩词》《巴人歌》等。吴芳吉自编《白屋吴生诗稿》上下两卷,1929年出版,辑诗510首;其友人于1934年编订的《吴白屋先生遗书》亦收有大量诗作。吴芳吉与刘咸炘同年生死,刘咸炘称其亦兄亦师之友,二人惺惺相惜,友谊深厚。
② 刘咸炘:《推十书》(增补全本)戊辑,上海科学技术文献出版社2009年版,第596页。
③ 吴芳吉:《白屋先生诗稿自序》,《吴芳吉全集》,华东师范大学出版社2014年版,第479页。

是说民国新诗不应抛弃中国传统诗歌之精华，而应该是在去其封建糟粕之后的继承性发展。刘咸炘接受传统儒学教育，秉承家学，但他认识到时代之变将引起学术之变，只是这种"变"不是人云亦云的跟风，在学术面前应该有严肃的、独立的治学态度。刘咸炘说："今之学者以变相夸，异乎吾所闻，先士于此论之详矣，聊粗述之，以告吾党。章实斋曰：学业者，所以辟风气也。风气既弊，学业有以挽之。好名之士方且趋风气而为学业，是以火救火也。又曰：风尚岂尽无所取，其开之者常有所为，而趋之者但袭其伪。又曰：风会所趋，庸人亦能勉赴；风会所去，豪杰有所不能振也。汉廷重经术，卒史亦能通六书。后世文学之士，不习六书之义者多矣，岂后世文学之士聪明智力不如汉廷卒史哉？风会使然也。"[①] 刘咸炘清楚地意识到新文化运动的到来是顺应历史潮流，但在新文化运动中"中体西用"是不可取的，在学术上，没有主心骨的凑热闹是"一犬吠形，百犬吠声"的状况。

从治学经历来讲，吴芳吉与刘咸炘走的是完全不同的两条路。吴芳吉接受西学，通英语、日语，在北京清华园设立留美预备学校学习。刘咸炘足不出川，传承家学，博通儒家经典。但二人在巴蜀新旧诗坛上所持诗学观点相似，主张将中国古典诗学融入近代诗歌创作中。吴芳吉说过："无邪之教，逆志之说，辞达之诫，行远之篇，千古所共由者，不当以一时新解而违弃之。诗中艺术，如遣韵必谐，设辞必丽，起调必工，结意必远，各家所并用者，不得以一人癖嗜而破坏之。""思无邪""以意逆志"的诗教观是二人诗歌创作的核心思想。

刘咸炘对新诗的态度与他对新文化的态度是一致的，他从来没有反对过新诗和新文化运动，他总是诚心诚意，以客观的态度就事论事。具体而言，刘咸炘对新文化运动的态度是"视西如中，视新

---

① 刘咸炘：《时变》，《推十书》（增补全本）甲辑，上海科学技术文献出版社2009年版，第874页。

第四章 刘氏家族文学创作(下):清末民初

如旧"①。刘咸炘在《看云》中说:"不曾看通,自然忘不了新旧中西的界限。但我并不是要像严几道他们沟通中西新旧,也不是要像孙仲容、王捍郑他们以中附西,以旧合新。老实说,我是视西如中,视新如旧。"②《看云》一文充分体现了刘咸炘对新文化运动的看法。《看云》一文题目来自明人诗:"寄将一幅刻溪藤,江面青山画几层。笔到半崖泉落处,石边添个看云僧。"③"看云"二字在这里大有意味,刘咸炘将新文化运动比作是世间万变的云,"苍苍之,亘古不变,气象万千,多半是云的作为。"刘咸炘说的云就是流风的风,也就是今世所谓潮流,而这一潮流就是指新文化运动。刘咸炘将自己比作是诗中的"看云僧",面对新文化运动的到来,刘咸炘只是隔岸观火,这样更能看清新文化运动的本质。

刘咸炘认为"新""旧"之间在于"通"。刘咸炘说:"大凡粘着一个新字或西字,旧派听了就觉得像豺狼虎豹一般,避之一刻大吉,就是义理深沉、器量宽大的也不免;新派听了就觉得像南货一般,有种特别气味,就是很有功力自命有世界眼光的也不免。其实中西是地方,新旧是时代,都不是是非的标准。我自有我的眼光,看中这样,看西也这样,看古这样,看今也这样。"④ 刘咸炘一直倡导要继承传统文化,但对西学他也并不排斥,甚至主动学习和教授西学。刘咸炘对西学的观点,从来都是批判性接受,他说:"我怀疑德谟克拉西,但我不妨谈政治学。我绝反对行为派的心理学,但我不妨承认实验的成绩。我极不主张物质文明,但也不反对赛因斯。我虽俭朴,

---

① 刘咸炘:《看云》,《推十书》(增补全本)庚辛合辑,上海科学技术文献出版社2009年版,第240页。
② 刘咸炘:《看云》,《推十书》(增补全本)庚辛合辑,上海科学技术文献出版社2009年版,第240页。
③ 刘咸炘:《看云》,《推十书》(增补全本)庚辛合辑,上海科学技术文献出版社2009年版,第239页。
④ 刘咸炘:《看云》,《推十书》(增补全本)庚辛合辑,上海科学技术文献出版社2009年版,第241页。

家里也不免有西洋工业品呢。我不主张提倡机械化,但我却主张用机械开西北的水利。所以我不信科学方法能包办人生,我却又采用科学方法来教导学生。本来机械不过是龙骨车的高级而已,科学方法也不过是考据辨证的高级而已。就拿主义来说,我不赞成科学家非毁宗教,但我又何曾推尊耶稣比于佛老呢?我深信新理想主义胜于实用主义,但我又何曾全废詹姆斯、杜威的说法呢?"[1] 刘咸炘对新文化运动中大家所热衷的问题,不是避而不谈,而是保持一种隔岸观火的态度去认识和理解它。

关于白话文与新诗,刘咸炘说:"如须道民风,必用当时语。"[2] 当时以改良主义思想家为代表的黄遵宪、梁启超等主张"废除文言文,提倡白话文",随后,胡适、陈独秀、周作人等倡导的文学革命更是对文言文发起了猛烈攻击。在此过程中,思想保守派人士则不断发起抵抗,捍卫文言文的正统地位。刘咸炘并没有参与这次论战,他以客观冷静的角度分析了二者的得失,他在《语文平议》中,通过语、文相分的讨论,指出了论战双方存在的问题,坚决反对"以文言为死的,贵族的,俗语为活的,平民的"[3] 观点。刘咸炘曰:"其尤谬者,则以文言为死的,贵族的;俗语为活的,平民的。死活二义本不可通。一著于文,即无不死,使笔如舌,终有不能语之。标准即在当时,则时一迁移,便成死物。语之至活,莫如方言,然即流俗唱本,已不能尽用方言,而别为一同晓之俗语。即如主白话者之所述造,亦必据所谓国语官话而为之,此已为半死之物矣。盖其势必死,而后可以纵传。若必极活,则横传亦狭,无论纵传。纵横不传,复何以为文乎?是知文字固必死而乃传。既能传,则谓之活,文言、俗语

---

[1] 刘咸炘:《看云》,《推十书》(增补全本)庚辛合辑,上海科学技术文献出版社2009年版,第240页。

[2] 刘咸炘:《诗初学》,《推十书》(增补全本)戊辑,上海科学技术文献出版社2009年版,第329页。

[3] 刘咸炘:《语文平议》,《推十书》(增补全本)戊辑,上海科学技术文献出版社2009年版,第70页。

等耳。至于贵族、平民，本为阶级权利之称，移以论文，本无所当。以尚质、通俗为平民耶？则傅采色、陈典故者不必为贵族而作。"[1] 刘咸炘认为死活、贵族平民不可用来区分文言和白话，能够纵横相传之文是"活"而不是"死"，这即是中国文化的传承。

刘咸炘创作接近于白话文的古体诗，实际是他用自己的方式对新诗创作的探索，这体现出他对传统文化的继承，对时代社会变迁的适应，他在努力探索中国诗歌的出路。吴芳吉为刘咸炘的画扇之"观潮图"题诗云："海底龙鱼莫浪惊，扶摇万里未为名。蓬山上有真人在，坐看天清地太平。"[2] 他把刘咸炘形容为扶摇万里而又不为名利的海底龙鱼，坐看天清地平的蓬山真人，这个比喻恰好说明了刘咸炘对新诗的态度。

第四节 刘咸炘的散文创作

刘咸炘的散文创作主要收录在《推十文》中，《推十文》是以文体创作编排的文集，其中包含：论、说、序、跋、传、碑志、寿颂、募疏、书札等数十种文体。另在《推十书》庚辛合辑中还收录了刘咸炘创作的游记文。刘咸炘对文体有深入研究，他的散文创作是他文体研究的具体实践。我们选取以下五种具有代表性的文体，就其内容与特点进行具体研究。

一 墓志铭内容及其特点

墓志铭作为中国古代文体的一种，已有上千年的历史。墓志当属碑刻之一，其内容多为歌颂墓主之功德、记述墓主之行迹，以彰显墓

---

[1] 刘咸炘：《语文平议》，《推十书》（增补全本）戊辑，上海科学技术文献出版社2009年版，第70页。

[2] 刘咸炘：《看云》，《推十书》（增补全本）庚辛合辑，上海科学技术文献出版社2009年版，第242页。

主一生。墓志铭的发轫期可追溯到秦汉,但秦汉时期尚无墓志铭统一的形制和行文准则,而是到了三国两晋时期墓志铭的形态和行文才逐渐趋于一致。唐代是墓志铭发展的鼎盛时期,唐代墓志铭创作数量巨大,体制也逐渐完备,并成为文人作品集中重要的组成部分。唐宋八大家之一韩愈创作墓志铭最多,且质量也最高,"韩退之作墓志最多,各有体制,未尝相袭"①。明代,两部著名的文体论著作均对墓志铭做出了较为翔实的解释。吴讷《文章辨体序说》中载:"墓志,则直述世系、岁月、爵里,名字用防陵谷迁改。"②徐师曾《文体明辨序说》载:"盖于葬时述其人世系、名字、爵里、行治、寿年、卒葬年月,与其子孙之大略,勒石加盖,理于圹前三尺之地,以为异时陵谷变迁之防、谓之志铭。"③基本概述了墓志铭的内容和作用。从"墓志铭"的字面意思可知该文体分为两个部分,"志"即"志传",叙述墓主姓名、生平事迹等有关墓主身份的信息。"铭"即"铭文",用来表达哀悼和称颂之词。

刘咸炘对墓志铭文体是有深刻认识的。他在《文式》篇中没有将墓志铭作为专门文体来探讨,而是将墓志铭放在《哀诔》篇和《石刻辞》篇来阐释。他在《哀诔》篇中说:"哀死者之词,诔为最古。今章谓六诗之兴,即《周礼》之廞溢之文,讽诵治功者也,与诔相似,亦近述赞。张衡《灵宪》犹称兴曰诔者,累其功德。然柳下妻之诔其夫,鲁哀公之诔孔子,则亦简括之词耳。汉后始详言其生平,或更前为之序,后为韵语,家世、才行、官阀、子孙,渐而无所不备,竟与碑铭墓志同用矣。"④刘咸炘认为悼念死者之词的文体,

---

① (宋)祝穆:《古今事文类聚》一,上海古籍出版社1992年版,第913页。
② (明)吴讷著,于北山校点:《文章辨体序说》,人民文学出版社1962年版,第53页。
③ (明)徐师曾著,罗根泽校点:《文体明辨序说》,人民文学出版社1962年版,第148页。
④ 刘咸炘:《文式·哀诔》,《推十书》(增补全本)戊辑,上海科学技术文献出版社2009年版,第821页。

第四章　刘氏家族文学创作(下):清末民初

诔为最古,诔的书写体式为"累其功德","言其生平"。在他看来,"诔"是撰写墓志铭的范本。然而,诔与墓志铭最大的区别在于书写的载体不同,诔是书写在纸上的吊文,而墓志铭则是刻于石碑上。因此,刘咸炘在《石刻辞》篇中谈道:"所谓铭者即其刻词也,前文后诗,皆刻词,皆铭也。其称铭曰者,犹言刻之曰,非划分前后,谓前文不得称铭也,亦或曰其辞、曰颂。汉《韩仁铭》,蔡中郎《袁满来碑铭》无诗,而亦称铭,《张袁碑》全无韵语,而亦称铭可证也。"[1]

从上文分析来看,刘咸炘认为墓志铭首先具有哀诔文的特点,是对死者的哀悼和怀念。同时,墓志铭又具有碑志文的特点,有一定形式,且铭刻于石上。墓志铭与碑刻文不同的是,墓志铭是埋于墓内,而碑刻文是立于地上。刘咸炘共创作了十二篇墓志铭,从墓主身份来看均是刘咸炘亲戚或同门友人。《清平彝县知县蓝君墓志铭》曰:"君(蓝君)在继室,皆刘咸炘外姊。"[2] 这篇墓志铭墓主是刘咸炘外姊丈夫蓝君。《吴君泰阶墓志铭》:"闻人述先大父说《中庸篇》舜其大孝、德为圣之旨,遂受学于中江曾伯和先生,先大父再传弟子也。"[3] 这篇墓志铭墓主是刘咸炘祖父刘沅再传弟子,与刘咸炘应是同门友人。从墓志铭内容来看,可知刘咸炘创作墓志铭具有以下两个特点。

一是内容真实、情感真切。由于刘咸炘所作墓志铭墓主均是他的亲戚或门人弟子,刘咸炘与他们都有过交往。因此,在内容上都真实记载了墓主的生平事迹,在情感上流露出真情实感。《处士熊君墓志铭》:

---

[1]　刘咸炘:《文式·石刻辞》,《推十书》(增补全本)戊辑,上海科学技术文献出版社2009年版,第827页。
[2]　刘咸炘:《清平彝县知县蓝君墓志铭》,《推十书》(增补全本)戊辑,上海科学技术文献出版社2009年版,第533页。
[3]　刘咸炘:《吴君泰阶墓志铭》,《推十书》(增补全本)戊辑,上海科学技术文献出版社2009年版,第535页。

> 君讳兴垣，字馥森。先世自湖北迁四川合州，又迁简州。曾祖国明。祖世猷。考正浩。族世为农，未兴于学。君年十六，乃奋读书。已能聚徒，而不应试。曰：吾倡学耳，非求仕也。克致于行，为民之望。厥弟弗谅，责不治生，挟母析居，分居薄田而不给券，令出就食。请留不许，乃侨成都，弃学服贾，市药行医，竟能成家，迎养申孝。母丧既毕，收产见拒，乃遂舍去。惟以违母，不克谐弟，自引咎也。以光绪癸卯年六月十四日卒，距生道光壬辰年九月三十日，寿七十有二。初葬华阳东乡黑家堰，迁葬简州兴隆湾天公祖茔。初娶黄，继张，继姜。子五：朝珍、朝珠、朝林、朝荣、朝粲。孙九人。光周从咸炘学，乞铭。铭曰：大哉让德，始自天属。争夺方茂，曷励末俗。惟古之人，弗辞屯辱。归宁先丘，贻后有谷。①

这篇墓志铭是学生光周请刘咸炘所作，墓志铭前半部分详细记载了墓主家世和生平。墓志铭后半部分，则是赞扬墓主"迎养申孝"的孝道行为。在刘咸炘所撰写的墓志铭中，墓主尊孝的道义和行为都是他写作的重点，这是他表彰忠孝节义的体现，如《清修职郎舅氏王府君墓志铭》：

> 府君讳康绪，字锡侯。先世粤人。入蜀，自犍为迁井研，居千佛寺外。曾王父敬庭府君德著一乡，外王父鹤冈、府君弟兄从先王父受性学。诸舅咸在门生例，府君其季也。绩学为县学生。年逾三十，以县丞赴官湖北。时外王母胡宜人已老，戒途，将辞，宜人偶叹曰：官曷若家乐耶？府君感焉，遂不复行。呜呼！慈孝之风，视趋利忘亲者何如哉！府君既不仕，以奉亲教子终。

---

① 刘咸炘：《处士熊君墓志铭》，《推十书》（增补全本）戊辑，上海科学技术文献出版社2009年版，第535页。

第四章　刘氏家族文学创作(下):清末民初

性夙清刚,族党瞻式。①

这是刘咸炘为舅舅写的墓志铭,其内容记述了王氏家世和生平,并赞扬了王氏辞官孝母的事迹,表现出刘咸炘对王氏的敬佩之情。在刘咸炘的著作中多次谈到他对孝道的认识,他说:"事天地父母者,儒家之大义,著于《孝经》《戴记》,为一切义理之准。"②他把《孝经》《戴记》看作一切义理之准。在刘咸炘看来,孝敬父母是人这一生中最重要的事,这贯穿于人的生命始终。"事天地父母一身之关系之意义也。纵言之为生死终始之恒久,横言之为天地父母之感通。横之通,亘乎纵之久。生已可与天地通,不必死也;死之父母亦相通,不必生也。故人之于父母子孙,以形言为纵之相代,以神言亦横之相通也。此所谓久则大也。"③因此,在墓志铭创作中,他特别褒扬讲孝道之人。

二是语言朴实、情节生动。刘咸炘创作墓志铭其墓主大都是他朋友或亲人,与他有过交往,因此他能用朴实的语言刻画墓主身前事,通过具体情节描写来表彰墓主孝道、守节、忠义等品质。《清平彝县知县蓝君墓志铭》:

> 君讳某,字树森,晚号悟庵。彭县人,曾祖秉桢,祖景球,考宗法,官游击,廉不肥家。君幼更忧患,能自树立,为吏员入赀,以盐大使官云南。历署布库、盐库大使,黑盐井、白盐井大使。在黑井时,匪窜富民,球劝城君募灶丁扼境,井地获全。叙劳加六品衔,以知县用。复加同知,补文山署。广通会泽,补宝

---

① 刘咸炘:《清修职郎舅氏王府君墓志铭》,《推十书》(增补全本)戊辑,上海科学技术文献出版社2009年版,第531页。
② 刘咸炘:《人道》,《推十书》(增补全本)甲辑,上海科学技术文献出版社2009年版,第644页。
③ 刘咸炘:《人道》,《推十书》(增补全本)甲辑,上海科学技术文献出版社2009年版,第643页。

宁署。马龙州有佛子称大吏，嘉之。授平彝，遽以老请休。归三年而国变，又六年而卒，年七十有四。

君再继室，皆刘咸炘外姊。咸炘生晚，初不知君。光绪戊申，君告归，谒先子，咸炘自牖窥见，颀而白髯者，冠带甚恭。客去问先子，先子曰：此蓝某，循吏也。既而君执贽从先子受性学，退而叹曰：中心悦而诚服。吾今乃知道之贵也。咸炘闻之，私意此非老官人语，自是心敬之。咸炘少君五十二岁，而君乐与语。灌灌告以世故，若惟恐其致悔吝，咸炘更畏之。初谓老于世路者类然，继乃知其明而能朴，不以物夺其天。咸炘虽稚劣，所见闻亦多，未有如君者也。

君至滇未久，即理镇沅开垦事。后历管清查局、普洱厘务，帮审团保案件，充善后局，文案谳局正审。屡宰繁剧，明决详慎，循分守职，未尝有过。①

蓝君是刘咸炘的姐夫，曾任循吏，又从刘梖文学性学。刘咸炘与蓝君相差五十二岁，但二人交往甚深，蓝君为人谦虚，虽有官位，但在学习方面从不摆官架子，对刘咸炘父亲心悦诚服，在为官时清正廉洁，循分守职。这类人的墓志铭刘咸炘不仅愿意写，而且善于写，因为他想通过文章传递或继承优良的传统文化精神。

在刘咸炘创作的十二篇墓志铭中有五篇是为女性所作，这五篇墓志铭都用朴实的语言表彰了节女、孝女，如《李母张太夫人墓志铭》：

太夫人张氏，犍为县五通桥人。父讳纯仁，乡党称善，勤劳在公。家政饬修，实赖贤女。归贡士峨眉李君诚斋，讳继志。综持代冢妇之事，服勤致重视之欢。李君幼孤，仰依节母，罢学为

---

① 刘咸炘：《清平彝县知县蓝君墓志铭》，《推十书》（增补全本）戊辑，上海科学技术文献出版社2009年版，第532—533页。

第四章 刘氏家族文学创作(下):清末民初

贾,鹾盐于犍为,广业致产,内助力多。君性朴厚,见欺狡侩,与共事者中饱自营。又值盐案约败,忧悲成疾,不能治事者三年。太夫人代之督工主计,业以不废。君病有瘳,复遘井灶之讼,绵历岁时,愤而舍之,资渐凋耗,用且拮据。力则惫矣,而志不衰。诸子就塾,人劝趋肆。君伤耕读世业由己而坠,复愁受侮,固执不可。太夫人能同其志,质珥以供,鬻屋不悔。诸子得竟其学,服政从军,行役频久,太夫人无难色也。更困而亨,祺福不延。[①]

刘咸炘记述张太夫人是一位贤惠善良的妇女,她勤劳持家,在家时协助父亲操持家政,出嫁后,赡养母亲,贤助夫君,并操办家业,以卖盐为业,勤劳致富。当夫君卧病不起时,张太夫人省吃俭用,课读教子,让自己的子女读书或服政从军。这些高尚的妇女品德正是刘咸炘所要赞扬的,因此,他在创作妇女墓志铭时都极力宣扬古代传统劳动妇女的优良品德。又如《王母杨太孺人墓志铭》:"其言曰:生母萧太孺人,尝戒心卫曰:汝知吾与汝母杨太孺人之辛勤乎?汝祖正台公以好施而困,令四子分居,各自谋生。吾与汝母适于是时来归。新妇次日即为无米之炊。汝祖避债走汉中,寄书归,言安此土,令一子往送其老。汝生父与吾携子女往侍,而汝母则困守于蜀,事汝曾祖母暨祖母维谨,虽未跋涉流离,辛勤尤甚。及吾夫妇负妆祖骨归,而心立殇,汝父呼吾至榻前乞汝为后。今吾姒娣幸相聚,汝当善事汝母。心卫留学从军奔走之日多,就养之日少,迎养官舍,而太孺人不乐城市,辄至复归。乌私未申,心卫之痛深矣。心卫之告咸炘如此。"[②]这篇墓志铭刘咸炘借杨太孺人的儿子心卫之口,道出杨太孺人是一位

---

① 刘咸炘:《李母张太夫人墓志铭》,《推十书》(增补全本)戊辑,上海科学技术文献出版社2009年版,第538页。
② 刘咸炘:《王母杨太孺人墓志铭》,《推十书》(增补全本)戊辑,上海科学技术文献出版社2009年版,第539页。

勤劳辛苦、孝敬长辈、苦心养育孩子的贤淑女性。在刘咸炘看来这些品质和特点正是普通劳动妇女应该具备的。刘咸炘并非通过妇女墓志铭来宣扬封建伦理纲常，而是在鼎革之际、国变之时对传统文化进行守护。这是在新旧交替之时，对传统文化宣扬并继承的表现。

二 传记文创作方法论

传记是中国文学最早文体之一。"传记之书，其流已久，盖与六艺先后杂出。"① 刘知几在《史通通释》卷中说："孔子既著《春秋》，而丘明受经作传。盖传者，转也，转受经旨，以授后人。"可见，"传"最早乃是解释经义的文字或著述。至汉代，司马迁作《史记》，专列传体，"传"才成为记载一人生平的文体。刘勰曰："观夫左氏缀事，附经间出，于文为约，而氏族难明。及史浅各传，人始区详而易览，述者宗焉。"② 司马迁创立"列传"一体，突破了传解经典的传统，成为后来历代以写人物为中心的"传状"之祖。吴讷曰："太史公创《史记》列传，盖以载一人之事，而为体亦多不同。迨前后两《汉书》《三国》《晋》《唐》诸史，则第相祖袭而已。厥后世之学士大夫，或值忠孝才德之事，虑其湮没弗白，或事迹虽微而卓然可为法戒者，因为立传，以垂于世：此小传、家传、外传之例也。"③

东汉至魏晋南北朝时期，文人学士撰写传记之文逐步繁荣兴旺。魏晋南北朝是人个体意识的觉醒时期，这自然会引起人们对写自传、家传的兴趣，进而引起为别人写传。嵇康的《圣贤高士传》、曹操的《让县自明本志令》、陶渊明的《孟府君传》等都是有名的传记散文。唐代，传记文学发展兴盛。中唐以前，唐代传记文学以史传为主，唐

---

① （清）章学诚撰，叶瑛校注：《文史通义校注》，中华书局1985年版，第248页。
② （南朝梁）刘勰著，范文澜注：《文心雕龙注》卷四《史传》，人民文学出版社1958年版，第283页。
③ （明）吴讷著，于北山校点：《文章辨体序说》，人民文学出版社1962年版，第49页。

第四章 刘氏家族文学创作(下):清末民初

初八史中的史传文学在《史记》列传的基础上,更突出了史传文学的故事性和趣味性。中唐以后,史传逐渐衰落,随着古文运动的兴起和散文形式的进一步发展,散传文学兴盛,如韩愈的《张中丞传后叙》、柳宗元的《段太尉逸事状》等都是代表性作品,这些文章在魏晋南北朝杂传的基础上继承发展,既继承了史传的优良传统,又发扬了杂传的新传统。宋元的传记文学一方面继承了唐代传记文学的体制,多碑志散传;另一方面受北宋新古文运动文风变革的影响,宋代传记好发议论,多涉及国家政治形势。宋元传记文学在艺术上更讲究技巧,注重韵味、多抒情,语言上比前代更为自然流畅。明清之际,传记文学最典型的特征是市民传记兴起,以市民阶层为传著的作品大量出现,其内容和形式出现了世俗化倾向。

刘咸炘对传记文学的认识集中体现在他所创作的《传状论》篇中。刘咸炘在《传状论》中探讨了传记文学的流变与发展,指出传状文体创作应"贵详而肖,忌简而浑"。刘咸炘以"辨章学术,考镜源流"的治学方法来分析了传记文学的流变与发展。刘咸炘曰:

> 盖纪传史中之列传,与杂传、别传殊。史记一代之事,以全书为一体,有集散交互之法。列传特全书之一篇,全体之一部,不为一人备始末也。杂传、别传则主于传一人,其体独立。是以详肖者,杂传、别传之准,而不可以责于列传,然列传亦未始不可用之。①

刘咸炘认为传记文学可分为三大类即列传、杂传、别传。列传以《史记》为代表,列传创作是以全书为一体,为众多人物之传。《史记》七十列传形式上又可分为专传、合传、类传、附传四种类型。

---

① 刘咸炘:《传状论》,《推十书》(增补全本)戊辑,上海科学技术文献出版社2009年版,第48页。

专传，即一人一传。合传则二人以上，有某种联系故合在一起。如同时代人合传《廉颇蔺相如列传》。类传是把同一类人集中在一起以类作标题，如《游侠列传》。附传是附在专传、合传或类传中的人物小传。而杂传、别传则只传一人，并且在写作方式上，列传较为简略，杂传、别传较为翔实。关于杂传、别传的源流，刘咸炘认为"其来甚古"。"孔子教化三千，而有《论语》《家语》；齐人传道管、晏，而有《管子》《晏子》。《管子》有《三匡》，已具别传之体；《晏子》名《春秋》，已具轶事之体。惟尚承悖史《国语》之体，详于言而略于行耳。汇传始刘向《列女传》，亦《新序》《说苑》之变形耳。近世有定体之传记，原于古者无定体之传记，其迹固甚显也。今之定体，始于东汉。"[①] 杂传、列传随源流于先秦，但定体是在汉代，兴于魏晋南朝。刘咸炘进一步指出，传体文学的演变与时风有关：

> 文章之变，可见时风。六朝行义杀而尚风度，故有《语林》《世说》之流。唐人奢淫玩惰，乃多传奇之作。宋世风俗初醇朴而后高洁，与东汉并称，于是传、状又盛。晁公武常言，近世时多有家传语录之类行于世，持史笔者其慎焉。此谓门生子姓之多滥誉也。宋事之多疑乱，诚坐私书太多。然宋世贤者言行风度，传后世而可法者，独多于前代。平心而论，功罪固不相掩矣。且涉于国事者，固有恩怨之私，若行身接物，日用家常，诚能致详，必不可伪。弃短取长，亦何责乎？[②]

由于魏晋士大夫的个体自觉与新思潮的出现，促进了单篇个人传记的兴盛。六朝风气行侠义、尚风度，喜评论人物，导致《世说新

---

① 刘咸炘：《传状论》，《推十书》（增补全本）戊辑，上海科学技术文献出版社2009年版，第49页。
② 刘咸炘：《传状论》，《推十书》（增补全本）戊辑，上海科学技术文献出版社2009年版，第49—50页。

第四章 刘氏家族文学创作(下):清末民初

语》《语林》的出现,这两书中都有一些传记小说,可以见到传记向小说演变的痕迹。唐代国力强盛,社会安定,人民富足,于是在传统史传文学之外,散传文学大量出现,中唐以后传记体小说兴盛。中唐文人用传记体的形式创作了大量主要以爱情和侠客为主题的传奇小说。这些作品从标题到结构布局都尊重于传记形式。在刘咸炘看来,宋代传记文学是值得称赞的,他借晁公武之口指出宋代传记文学值得清人学习。宋代传记文学在继承前代传记文学的基础上又有时代特征。宋代传记文学由于受社会政治、文化气氛的影响,内容上多忧患意识,好发议论,涉及国家政治形势颇多。

在厘清传记文学发展与流变后,刘咸炘进一步提出传记文学写作规范。首先,刘咸炘指出传记文学切忌空泛,"空泛之病则当矫之以详,详自不能泛"[①]。刘咸炘共创作了八篇传记文,其传主主要是他的至亲和好友。《亡妻事述》一文对亡妻吴氏性格刻画非常详细:

> 吾妻于柔顺之德,尚无大背。其死也,吾二母俱哭之哀。俗盛行麻雀戏,几无人不好。吾妻自来吾家,以吾不喜,遂绝不为。偶过姻家,一强为之,归则以告而自咎也。其顺如是。然好隐忧,多自怼。每执己见,不能谅人短,取人长,亦近于褊,但不刻耳。其异恒者,则兼有豁如之质。吾性好倜傥,坦率少城府,不喜势利,不计锱铢,不宿小怨,深恶妇人箪豆猜嫌,咕嚅微语,以为妇人十九不免。然吾妻乃与吾同。凡涉仁义,费而不惜,假贷必应,或且被绐。以是族党间虽无人深感之,亦无人恶之。然疏躁亦与吾类。什物多不检点,或致忘失。出言率直,不知计虑。知书,粗能点句,笔札每欲加。读书竟不能恒,无所进,虽牵于宫事,亦其躁然也。其不能进德永年,即以疏躁近褊。而

[①] 刘咸炘:《传状论》,《推十书》(增补全本)戊辑,上海科学技术文献出版社2009年版,第50页。

其最可取，与吾契，令吾思之不能忘者，则倜傥坦率也。①

《亡妻事述》是刘咸炘为妻子吴氏写的纪传文，这段文字详细刻画了吴氏的性格特征。吴氏温柔顺从，深受刘咸炘生母和养母的喜爱。刘咸炘以打麻雀戏一事说明吴氏在家顺从丈夫。麻雀戏是纸牌的一种，在清代是较为普遍的民间娱乐项目。然而作为读书人的刘咸炘自然是不喜欢这类的休闲方式，刘咸炘的日常生活非常简单，除了一日三餐，就是读书育人。因此，他对麻雀戏是没有兴趣的。妻子吴氏知道刘咸炘不喜欢，自己也从不主动去打，偶尔到娘家，碍于亲朋好友之面，打了一次，回来也十分自咎。这本是日常生活的琐事，但刘咸炘把它记录下来，字里行间流露出对吴氏乖巧懂事的褒扬。刘咸炘叙述吴氏与他惺惺相惜，在性格上有很多类似之处，"性好倜傥，坦率少城府，不喜势利，不计锱铢"。这些可以看作吴氏性格特征的优点。刘咸炘在记述吴氏性格特点时也不忘指出其缺点。吴氏做事马虎以致常忘事，说话率直以致不计后果，读书没有恒心以致读书无长进。刘咸炘坦率地记录下吴氏性格的缺点，一方面是更加全面详细地刻画人物性格，另一方面则是体现传记文的真实性。刘咸炘倡导传记文创作要以章学诚提出的"传人者文如其人，述事者文如其事"。②写人的文章要达到文如其人就必须抓住人的神韵详细摹写，述事文章要达到文如其事就必须如实叙述。刘咸炘毫不避讳地描写吴氏性格的缺陷，实际上正体现了传记文创作"贵详而肖，忌简而浑"的特点。

其次，刘咸炘提出传记之文要详略得当，"大抵详于高行，而略于庸德；详于国政，而略于家常"③。刘咸炘为家族子弟刘柏桢作传，

---

① 刘咸炘：《推十文·亡妻事述》，《推十书》（增补全本）戊辑，上海科学技术文献出版社2009年版，第515—516页。

② 刘咸炘：《传状论》，《推十书》（增补全本）戊辑，上海科学技术文献出版社2009年版，第50页。

③ 刘咸炘：《传状论》，《推十书》（增补全本）戊辑，上海科学技术文献出版社2009年版，第50—51页。

第四章 刘氏家族文学创作(下):清末民初

详细记载了刘柏桢重孝道的高尚品德:

> 古今风俗,莫良于东汉。牛医之子,无官职功业,徒以德器显名,天下慕之。晚近崇势利,轻德行,传状惟侈阀阅,无是者虽备六行,不见称述,况器量耶?岁虽极寒,卉木自有不改柯叶者。以余之陋,所见乡间伏案之士,能常人所难能者多矣。若简阳刘柏桢,其一也。柏桢名孝宗,世居简西刘家沟。资颖慧而沉毅,毕业中学,遂弃而归农。受性学于吾从兄适室先生,笃谨有造。母陶氏有痼疾,侍疾不离左右,先意承志。亲所好,虽质物必奉。十余年如一日。处兄弟尤能忍以全爱。重然诺,处事兢兢,以损人为戒。凤患失血,善养而愈。终以劳,感疾卒。临没,集诸兄榻前,悲母疾之未瘥也。①

刘柏桢是刘家门人子弟,曾从刘咸炘学习性学。刘咸炘为他作传,其主要目的是赞扬刘柏桢忠孝仁爱的高尚品德。刘咸炘开篇指出近世社会风气每况愈下,崇势利,轻德行,中华优良传统急需传承。刘柏桢重孝道的品格恰能反映出在社会变革时期,传统知识分子对传统文化的维护。文中详细记载了刘柏桢弃学从农,赡养病母的事实。刘柏桢带病照顾母亲,在临终前还牵挂着母亲的病情。这种孝义正是刘咸炘所要宣扬的,在他的传记文中,多有对人物高尚品格的刻画。又如《孙君秉之家传》:"君因废学,代治事为家督,年未冠也。而膺繁剧,上慰祖父,下和家人,克精勤而仁让,重亲无忧,两弟入学。又以暇力行任恤,受托必终,如其自为,虽费不惜。其持身俭慎,临务整密,出于天质,虽日用簿籍,书皆端楷。性刚肃,不肯苟同,然不妨于宽厚。"② 赞扬孙君秉勤俭持家、宽厚仁让的高尚品质。

---

① 刘咸炘:《推十文·刘柏桢家传》,《推十书》(增补全本)戊辑,上海科学技术文献出版社2009年版,第514—515页。

② 刘咸炘:《推十文·孙君秉家传》,《推十书》(增补全本)戊辑,上海科学技术文献出版社2009年版,第514页。

最后，刘咸炘提出传状之文要用通俗之语。"通俗之语，使理因事明，常以变显，道在日用，人易遵循，是天地间至平至常至神至奇之大文也。"① 刘咸炘提倡以日记体记家中老辈言行，日记体自然要求用通俗之语记家常琐事。刘咸炘曰：

> 碑、志、状、述之文，宜其详于日用，乃亦甚希。此不可独咎作者之删省，盖其家所具以乞文者已略矣。其所以略者由二失焉：一则蔽于习见，以琐事为不足称；一则不知记录，久而忘之也。法兰西人法郎士氏记其儿时事，为友人之书，其第一部末记里特先生常望每一家庭皆有一年谱，及伦理历史。曰自哲学家教我尊重前代遗物，我即惜。中世纪中流家庭未思作一简略记载，记日常生活之重要事迹。此记载须世代相传，每传益增，即使甚简短如传，至于今，当何其有趣。此论剧善。吾居先姚之丧，自撰《行述》，质实不避烦碎。尝欲谘访先姊遗事，作《事略》一篇而未成，常以为恨。又尝劝人以日记体记家中老辈言行，以传子孙。人谁不欲表章其先人，顾以昧于叙事之理，不及生存为之，及没乃为泛套之。②

刘咸炘联系西方传记文学的创作方式，指出近世中国传记文学的弊端有二，一是不传琐事，二是不知记录。在刘咸炘看来，"吾中人书善以劝，徒言其效，而不详其状，空多戒勉之词，而不长于描写"③。中国人创作传记文学多传其善行，其目的是达到劝诫的作用，因此，生活琐事往往省略。然而，西方传记文学则以记日常生活为

---

① 刘咸炘：《传状论》，《推十书》（增补全本）戊辑，上海科学技术文献出版社2009年版，第51页。
② 刘咸炘：《传状论》，《推十书》（增补全本）戊辑，上海科学技术文献出版社2009年版，第51页。
③ 刘咸炘：《扬善》，《推十书》（增补全本）甲辑，上海科学技术文献出版社2009年版，第812页。

第四章 刘氏家族文学创作(下):清末民初

主,他以法国人法郎士的传记文为例,说明西方传记文学以日记体记生活琐事有利于世代相传,且每传益增。在西学渐进的历史变革时期,刘咸炘虽然作为中国传统文化的守护者,但他并非是传统守旧派,他以客观的态度来看待西学,西方文化只要言之有理,言之有用者,他都欣然接受。他创作《先妣行述》,就是采用日记体的形式,用通俗之语记载了先妣王氏的一生。《先妣行述》一文近三千余字,从王母生平开始记述,通过日常琐事体现王母的性格特征,如:

> 先妣年二十来归时,先王考已殁。王妣袁太恭人治家严肃,昧爽即兴,诸妇从之入厨。晚休于内庭,犹各有操作。子妇朝夕定省,罔敢嘻嘻。先妣晚年常与伯妣黎恭人、叔母袁孺人话当时事,告不孝等曰:当时何等规矩,吾辈何等严畏。习之既久,故至老不敢恣肆。今人堪之耶?王考殁后,家计渐窘。后析爨,人止谷数十石。先妣斥嫁妆以资用,仅乃得济。晚年言及当时艰困之状,犹若有余慄。外王妣知其不能多得公财,每使来辄有所遗,以助衣饰。先妣储之不肯用,曰:吾家方困,吾何忍独备物耶?①

这段文字记载王母以身作则教育子女,勤俭持家照顾家庭。刘咸炘用简单通俗的语言细致地刻画生活琐事,这篇文章中涉及的生活琐事包括:穿衣吃饭,柴米油盐,家庭变故,亲朋离合等。对这些生活琐事的刻画,一方面使作品更具有真实性,另一方面表现了传主的个性。在日记体中,最重要的描写方式就是记言。这篇文章善于用语言来表现人物特征,如:

> 积有成数,则建斋荐宗亲,利孤爽,每举费数百金。其他任

---

① 刘咸炘:《推十文·先妣行述》,《推十书》(增补全本)戊辑,上海科学技术文献出版社2009年版,第516页。

恤之事，尤不可具数。常告不孝曰：尔以吾为一味俭啬耶？当用仍须用。

　　后伯妣黎恭人言此事，犹叹曰：谁能若六婶者！先考倡导善举甚多，集资前后至巨万，皆先妣司之，以事别为囊而暗记之。囊大小常十数，出纳屯计，无或失误。常笑曰：推禄命者谓吾当握巨金，此其是矣。先妣勤俭助夫之事不可具举。

　　前辈人勤俭者多，而先妣之勤俭，则所系非小。先考尝面誉其内助之功，谓：非尔则我不得任斯道也。先妣尝告不孝曰：吾家析产时，吾持文书，归藏之椟中。启椟而闻兰香，时固无兰也。又尝告不孝曰：尔父平生不道家族长短，吾亦不敢言。

　　先妣昔教先姊甚严，曰：女子不可姑息，姑息则难为人妇也。顾于子妇则极宽仁，曲体其情，有训戒，无诃斥。[1]

　　这些记言之文都通俗易懂，所记之言都符合先妣王母的性格气度和学养身份，通过言语的描写，能恰如其分地展现人物的性格特征。刘咸炘进一步强调一篇好的传记之文应是毫不避讳地记录传主的所有性格特征，"世间中人偏质居多，皆有短长。长每因短而见昧者，务讳其短，乃没其质。如质有刚柔，本不尽善，亦不尽恶。人因刚近躁暴，柔近怯弱，遂并讳其质，欲求不偏，乃成乡原。譬如画人务为无疵，则必成相书之图矣"[2]。一般人物性格都有短有长，在刻画人物性格特征时，不能扬其善而避其短，塑造人物并非完人，要如实记载人物的优缺点，才能真正突出人物特点。

　　在刘咸炘看来做到以上三点才能创造出好的传记文学。刘咸炘曰："明乎此义，则知凡人皆有可称，为子孙者当以详肖之笔，写家

---

[1] 刘咸炘：《推十文·先妣行述》，《推十书》（增补全本）戊辑，上海科学技术文献出版社2009年版，第517—518页。

[2] 刘咸炘：《传状论》，《推十书》（增补全本）戊辑，上海科学技术文献出版社2009年版，第51页。

伦之事，不避琐碎，不讳偏短，以具传记之裁。有心世道者，更资藉此以为立教之书。通俗之语，使理因事明，常以变显，道在日用，人易遵循，是天地间至平至常至神至奇之大文也。"①

三　书信文：论学之书

书、信二字，古意有别。刘勰曰："大舜云：'书用识哉！'所以记时事也。盖圣贤言辞，总为之书，书之为体，主言者也。"② 书是用来记录时事的，在古代，凡将言辞记录在竹简、帛绸之上的文字皆称书。信，古代指信使，指传书之人。刘勰曰："春秋聘繁，书介弥盛：绕朝赠士会以策，子家与赵宣以书，巫臣之遗子反，子产之谏范宣，详观四书，辞若对面。"③ 书介即为信使，刘勰指出在春秋时期，信使频繁传送书信，让信息及时化，就如写信之人在面对面地谈话。其后，书的含义逐渐缩小。吴讷《文章辨体序说》云："昔臣僚敷奏，朋旧往复，皆总曰'书'。近世臣僚上言，名为'表奏'，惟朋旧之间，则曰'书'而已。"④ 这里所称书已指朋旧之间往来书信，与我们今天的书信含义相同。在古代，关于书信的称呼有很多，如尺牍、书札、书简、雁书等。魏晋之后，大多数情况下，私人往复的书信都称为"书"。到了当代，"书""信"二字连用，表书札之义。我们这里所言书信文，即是指刘咸炘与朋友之间的书札文。

《推十文》中收录的第一篇书信文是刘咸炘写给宋育仁的。宋育仁，字芸子，一字芸崖，晚号道复。1857 年生于四川富顺县，他天资聪明，好学勤奋，曾在尊经书院学习，受知于张文襄公。1886 年，

---

① 刘咸炘：《传状论》，《推十书》（增补全本）戊辑，上海科学技术文献出版社 2009 年版，第 51 页。
② （南朝梁）刘勰著，范文澜注：《文心雕龙注》卷五《书记》，人民文学出版社 1958 年版，第 455 页。
③ （南朝梁）刘勰著，范文澜注：《文心雕龙注》卷五《书记》，人民文学出版社 1958 年版，第 455 页。
④ （明）吴讷著，于北山校点：《文章辨体序说》，人民文学出版社 1962 年版，第 41 页。

宋育仁参加会试，中进士，受翰林院庶吉士。其后，又以参赞的身份出使英法意比四国。归国后他试图用西学知识对中国当时所面临的主要问题进行改革，提出了在中国发展具有资本主义性质的经济民族主义和民权主义思想。1896年宋育仁回川办理商务、矿务，举办各类实业公司，组织蜀学会，创办《渝报》，主持成都尊经书院，与廖平等创办《蜀学报》，宣传新学，主张变法。宋育仁不仅在政治、经济上有所建树，在文学、经学方面著作亦颇丰。经学类著作有《孝经讲义》《经述公理学》《经学专门政治讲义》《研究经籍古书方法》等，文学著作有《三唐诗品》《乐律举隅》《采风记》等。宋育仁是晚清民国时期重要的思想家、政治家。刘咸炘对宋育仁怀有崇敬之情，他推崇宋育仁的《三唐诗品》，并在此基础上创作了《诗系》。在刘咸炘的作品集中有诗歌一首、书信一篇与宋育仁有关。诗歌《清典礼院直学士宋公芸子挽诗》，刘咸炘称宋育仁为老师，"闭门守孤陋，缘慳接老师"。亦可见刘咸炘对宋育仁的尊崇。书信《复宋芸子书》曰：

> 芸子先生大鉴：钦仰鸿硕久矣，只以伏处事烦，不得常奉履绚。然平日言论，半属同趋，固自知不见弃于长者。昨奉来函，命襄校理，此固业文字者所应自效，况重以下采之雅，但不能任为愧恨耳。局中现程如何，校理何职，均所未悉，不敢置辞，姑以鄙见言之。咸炘于史学，服膺会稽章氏。章氏分别撰述记注，其所发明，别识心裁，发凡起例，皆撰述之事。今之《通志》似犹未可及，此旧志体例，且勿深论。即言记注，亦无所成，阙略孔多，考证之功，几于无有。即以人物艺文言之，吾蜀人文莫盛于宋时，而宋时方志一部无存。诸州县志，强半抄写《通志》而已。数典仅可及明，犹不能备。无论纪远沿袭旧文，出处不明，难以依据。材料不具，撰述何凭。夫近事易集，而远事难征。故翻检尤急于采访。今之当务，乃在广搜故籍，尤以文集杂

第四章 刘氏家族文学创作(下):清末民初

记为要。必须聚数十人,尽一年半年之功,发书而求之。不知此是校理之职与非邪?就令是也,而咸炘一力授徒,终日鲜暇,不得与也。去岁曾考敝县文献,亦仅就所见之书置册抄录,未为成编。其分篇序例,有发凡之意,容当抄呈以备采择。①

宋育仁在任职四川通志局总裁时,邀请刘咸炘任校理一职,刘咸炘写《复宋芸子书》予以答复。刘咸炘敬仰宋育仁学术,但对宋育仁邀请他任通志局校理一事却婉言谢绝,其原因有二,一是与刘咸炘性格有直接关系,刘咸炘是非常典型的"闭门读书之人",他的生活简单而繁忙。他的一生目不离卷,手不停笔,每天从早到晚,除了读书著述,就是教书育人。"喜静"的性格导致他不愿过多参与政治,他不关心通志局的运作现状,对校理一职也不甚了解。因此,他自称不能胜任该职位。二是在他看来《四川通志》旧志"体例不整,搜讨未周",重新修志,尚非易事。刘咸炘曰:"吾蜀《通志》甚陋,体例不整,搜讨未周。考证之功,论述之识,皆蔑如也。张介侯愤而作《蜀典》,然仅及唐前;彭馨泉采唐以后杂记为《蜀故》,体例陋甚,不能成书。及今重修,尚非易事。吾固不胜其任,而补缺拾遗之一得,亦有取焉。"② 于是,刘咸炘写信回复宋育仁,谈到撰写史志的方法和建议。刘咸炘自言史学服膺会稽章学诚,章氏在史书体例方面有所创建,他不以史体分类史书,而是按照史书的性质分成撰述和记注两类。撰述指史家撰写的史书,如《史记》;记注指史料的汇编,如《春秋》。这就将史著和史料区别开来。刘咸炘对章氏的体例分法非常赞同。刘咸炘指出《四川通志》旧志体例杂乱,陋阙较多,且无考据之功,他向宋育仁建议重修《四川通志》应按照章氏体例

---

① 刘咸炘:《推十文·复宋芸子书》,《推十书》(增补全本)戊辑,上海科学技术文献出版社2009年版,第603页。

② 刘咸炘:《蜀诵》,《推十书》(增补全本)丙辑,上海科学技术文献出版社2009年版,第797页。

来编排。刘咸炘对地方县志亦是不满，在他看来，蜀中文人宋时最盛，但宋时方志一部无存，地方县志又多抄袭《通志》，材料不俱，出处不明。在此情况下，刘咸炘编撰了《蜀诵》《双流足征录》均是宋代时期的蜀中方志。最后，刘咸炘告知宋育仁重修《四川通志》当务之急是广收故籍，应召集数十人，尽一年半年之功，收集文集杂记。可见，刘咸炘认为编撰方志最重要的事件有二，一是分清体例，二是重视材料。

在他的众多书信文中与蒙文通论学之文最为经典。蒙文通（1894—1968），名尔达，字文通，四川盐亭人。蒙文通是近代蜀学中的重要人物。早年，蒙文通入存古学堂，受业于井研廖吉平及仪征刘申叔，潜心学习经学，有《经学抉原》经学著作一部。其后，蒙文通南走吴越，在金陵从宜黄欧阳大师治佛典，先后成《中国禅学考》《唯识新罗学》二文。蒙文通亦精通史学、道学，他在四川大学任教时，主要讲授中国史，先后成《周秦民族史》《中国史学史》《古地甄微》三稿。在刘咸炘为数不多的师友中，蒙文通是最懂、最推荐刘咸炘之学的知音人。据统计，现存蒙文通文集中，涉及刘咸炘的内容多达十余处，其内容大都是对刘咸炘学术思想的推崇，蒙文通极力推荐刘咸炘的学术功底。他在《盐亭县志》跋中说："近世宥斋刘氏作《双流足征录》，所以补旧史之缺者，多至七卷，义趣深远，足绍宋贤知趣，诚一代之雄乎！"① 在为《华西大学图书馆四川方志目录》作序中又说："迩者宥斋刘氏为《双流足征录》，所以补旧史之缺者，多至七卷，事丰旨远，数百年来，一人而已。……斯宥斋识已骎骎度骅骝前矣，是固一代之雄乎？"② 可见，二人交情甚深。今存刘咸炘致蒙文通书三函，其书信内容都与论学有关。第一封信《与蒙文通书丁卯九月》开篇就阐发了刘咸炘对蜀学现状的担忧以及治学的态度：

---

① 蒙文通：《古地甄微》，巴蜀书社1998年版，第100页。
② 蒙文通：《古地甄微》，巴蜀书社1998年版，第108页。

第四章 刘氏家族文学创作（下）：清末民初

> 蜀中学人无多，而有不能容异己之病。先辈不肯屈尊，后进又每多侮老。学风衰寂，职此之由。加以游谈者多，而勤力者鲜。视典籍为玩好，变学究为名士。以东涂西抹为捷，以穷源竟委为迂。夫学术，天下之公，修身之事，当各竭其力，长短互资。宁可守秋河而谋垄断哉？仆本孤陋，受学至今，未尝请益于贤者，非敢傲也，实以趋庭从兄，遂继讲席。应酬简省，结纳无由。又赋性劣弱，勇于杜门仰屋之思览，而怯于大庭广众之谈辨。日亲故纸，固已不暇交游。及适会瞻对，又讷然不敢相通。盖抒己见，则有形浅之惭；论他人，则有招恶之惧。用是默默，欲避争名之罪，而反不免致深沉之疑。患之久矣，而无以易也。尊兄于学力猛量宏，不耻下交，固愿继见久思，披献怀愫。①

刘咸炘指出，民国初期蜀学衰败主要是蜀学学风衰寂造成的。20世纪初由于时代发生变化，学术也因时代变迁而注入新鲜血液，新的学术要不断补充传统学术。然而蜀学在这时却没有跟上时代步伐，出现了"先辈不肯屈尊，后进又每多侮老，不能容异己"之病，导致蜀学在近代发展缓慢。刘咸炘进一步指出，蜀人治学态度浮夸，游谈者多，勤劳治学者少，不重视传统典籍的研读，采取投机取巧的办法，没有刻苦钻研的精神。刘咸炘认为，学术是天下之公，修身之事，应脚踏实地，竭尽全力认真钻研。这些观点与蒙文通不谋而合，蒙文通在《议蜀学》一文中同样谈到对民国初期蜀学的看法，《议蜀学》曰："道穷则变。逮其晚季，而浮丽之论张，儒者侈谈百家之言，于孔子之学稍疏，经术至是，虽欲不改弦而更张之，诚不可得。"② 可见，蒙文通亦察觉蜀学弊端为浮夸，要振兴蜀学必须去掉浮夸之风。二人在学术观点认识上基本一致，正如刘咸炘信头所称："文通尊兄

---

① 刘咸炘：《推十文·与蒙文通书丁卯九月》，《推十书》（增补全本）戊辑，上海科学技术文献出版社2009年版，第604页。

② 蒙文通：《经史抉原》，巴蜀书社2019年版，第126页。

大鉴：面对虽疏，心印已久。非喜承过誉也，实有空谷足音之感。"[1]

刘咸炘写给蒙文通的第二封信中，则表达了刘咸炘对中国传统文化的宣扬：

> 来书谓今日与东西学者共见者，乃不在中国之精华，而在于糟粕，此岂可独责之足下耶？吾华贤圣于天道（宇宙论）、人道（人生论）、群道（社会论）。自有其超然独至之处，今以比较而益明。荦荦数大端非难言也，而世多不知。略知者又不贯。能贯者又不言。虽亦有高谈华化之辈，然大抵不会详读华书，又见胁于时风，不免宛转以调和。炘不自揣，辄欲有所提揭，有书数篇，不敢谓其必合贤圣，庶几使世人知有此端绪。[2]

在刘咸炘看来，清末民初时代变迁，西方文化渐入，在东学传承和西学接受方面，有不少学者只看重了西学的接受，忽略了东学的继承。刘咸炘批判他们没有继承中国之精华。他进一步指出中国传统儒家文化中的天道、人道、群道即是西学中所讨论的宇宙论、人生论、社会论。因此，刘咸炘认为在易代之际，不应只提倡西学，而是要有中西贯通之识，加深对传统文化的认识和宣扬。此外，信中还谈及佛学："尝窃谓十余年来，佛学之盛，实因哲学流行，圆妙居上，其效在于发智，而不在于扶德。"[3] 谈及陈朱理学："昔朱晦翁忌笼统而尚分析，末流为烦琐支离。白沙阳明乃起而矫之。西方学风正与晦翁相类，而晦翁乡里后裔今方奉西方极端之说，以槌提吾华之圣哲。苟言学而唯尚名理，实足以助之耳。欧阳

---

[1] 刘咸炘：《推十文·与蒙文通书丁卯九月》，《推十书》（增补全本）戊辑，上海科学技术文献出版社2009年版，第604页。
[2] 刘咸炘：《推十文·与蒙文通书》，《推十书》（增补全本）戊辑，上海科学技术文献出版社2009年版，第605页。
[3] 刘咸炘：《推十文·与蒙文通书》，《推十书》（增补全本）戊辑，上海科学技术文献出版社2009年版，第604页。

第四章 刘氏家族文学创作(下):清末民初

先生生于陆、王讲学之乡,承此坠绪,屹然仅存,诚宜发挥光大于世道,裨益尤巨也。炘之家学,虽异先儒,而先祖之和会三教,乃有身心实功。"① 刘咸炘写这封信时,蒙文通正在南京支那内院任教,二人通过书信探讨学术问题,同时,因蒙文通当时地处政治经济文化中心,而刘咸炘在偏远蜀地,他写信与蒙文通探讨学术,抑或可以获得更多的信息咨询。

这三封信函在内容上除了论学,还有刘咸炘让蒙文通帮忙邮寄当时蜀地难得的文献资料:

> 便有奉托者,敝县宋时人费枢著有《廉吏传》,收入《四库》,世无行本,钱塘丁氏藏书有之,今钵山图书馆即丁氏物,此本度在其中,拟烦足下代觅写手,录一部寄蜀。②
>
> 承抄《廉吏传》,费神甚感。《六译丛书》现无售本,已托人代觅,觅得再寄。兹更有奉托之事,南京花牌楼中市南书店发行《图书馆学季刊》,请代买一份,自一卷一期起,至最近,并订一全年。又《钵山图书馆年刊》亦请买一份。其费请暂垫,并前抄书之费,将来除购书外,如尚有欠,或由邮寄缴,或存俟尊用,悉乞指挥。③

作为刘咸炘的挚友,蒙文通对刘咸炘的帮助非常大,刘咸炘推崇蒙文通的学问,称蒙文通的学问"力猛量宏""遂学深思""所论乃是深入堂室之言"。在学术上二人惺惺相惜,在生活上又相互勉励、相互帮助。由于蜀地地处偏远,远在南京的蒙文通自然比刘咸炘能更

---

① 刘咸炘:《推十文·与蒙文通书》,《推十书》(增补全本)戊辑,上海科学技术文献出版社2009年版,第604页。
② 刘咸炘:《推十文·与蒙文通书》,《推十书》(增补全本)戊辑,上海科学技术文献出版社2009年版,第605页。
③ 刘咸炘:《推十文·复蒙文通书庚午四月十一日》,《推十书》(增补全本)戊辑,上海科学技术文献出版社2009年版,第606页。

好地获取文献资料，蒙文通不仅是刘咸炘的良师益友，更是他获取前沿学术资讯的重要渠道。信中记载刘咸炘让蒙文通帮忙抄写《廉吏传》一份，这本是费神之事，但蒙文通不嫌麻烦，很快抄写了一本，邮寄给刘咸炘，亦可看出二人友情的深厚。刘咸炘还让蒙文通帮忙订阅期刊，这些看似生活琐事的记载，实际流露出刘咸炘对学术研究认真的态度，想方设法获取学术前沿信息，扩大自己的学术视野，这也是刘咸炘学术广博的原因之一。

另一位与刘咸炘有书信交往的挚友是吴芳吉。吴芳吉（1896—1932），字碧柳，号白屋吴生，四川江津人，中国近代著名诗人，有《吴芳吉集》传世。二人生卒同年，交谊甚厚，刘咸炘称"半友生半私淑之弟"[1]。吴芳吉所生活的时代正值社会转型时期，他提出诗歌改革的道路不能全盘西化，亦不能守旧不变，他说："读外人之诗，断非谄事外人，乃利用外人之诗以改良吾诗。""读古人之诗，非欲返作古人，乃借鉴古人之诗以启发吾诗。"[2] 他在新旧诗派间创建了"白屋体"，"白屋体"的特征即是"不中不西，不新不旧，不雅不俗，不激不随"[3]。吴芳吉提倡新诗，乃是"依然中国之人、中国之语、中国之习惯，而处处合乎时代者"[4]。他独创的新体对中国近代新诗的发展具有重要意义。刘咸炘与吴芳吉书信交往主要是谈诗学，或诗歌互评：

《风骨集》前劳审定，兹已印成，寄呈一部。《续集》近亦

---

[1] 刘咸炘：《推十书》（增补全本）壬癸合辑，上海科学技术文献出版社2009年版，第4页。

[2] 吴芳吉：《〈白屋吴生诗稿〉自序》，吴芳吉著，贺远明、吴汉骧、李坤栋选编：《吴芳吉集》，巴蜀书社1994年版，第558页。

[3] 吴芳吉：《日记》（民国八年十月二十四日），吴芳吉著，贺远明、吴汉骧、李坤栋选编：《吴芳吉集》，巴蜀书社1994年版，第1299—1300页。

[4] 吴芳吉：《〈白屋吴生诗稿〉自序》，吴芳吉著，贺远明、吴汉骧、李坤栋选编：《吴芳吉集》，巴蜀书社1994年版，第558页。

第四章　刘氏家族文学创作(下):清末民初

写成,以止此一本,未便寄请审正。因与卢冀野商订。冀野世家子,资质殊佳,又无恶习,与弟论文,亦颇相契也。今春与野铁风游谈,有诗一首,特呈乞教,亦足以见其心境。①

承示诗,近读一过,不敢妄加评泊,弟私心所喜者,仍在《岁暮示诸生》,蕴缠绵之情于简穆之句,邈然想见吾兄清真之骨。其他篇则止气耳。凡文气稍有未纯,则词必稍有未净。养气者贤哲之所难,敢以是奉勉于吾兄焉。②

第一封信记载了刘咸炘请吴芳吉审定《风骨集》一事。《风骨集》是刘咸炘选编的汉唐诗歌选集,选诗目的在于标榜汉魏风骨诗风。刘咸炘《风骨集序》云:"江津吴君碧柳盛有诗名,公能远于余而首肯余所持论,因乞审定,去取颇有增删,相与商榷,从之者十七八。初本张华、陆机、潘岳、张协、柳恽、卢仝各有一首,盖欲备家数而吴君删之。又谓,既选卢照邻《长安古意》,则骆宾王《帝京篇》亦当选。余则竟欲俱弃而又吝之,终疑所加,如是则当加者不止此,亦可见标准虽明而去取仍不易齐洁也。要之,宁漏毋滥而已。"③从序文中可知,二人对诗歌的去取观点不尽相同,但二人对学术执着的态度却是一致的。信中还提到与卢冀野共同商定选诗一事。卢冀野即卢前,刘咸炘在成都大学任教时,与卢前相识,后二人常在一起探讨学术,刘咸炘曾虚心向卢前请教戏曲知识,卢前对刘咸炘的学识也非常赏识,《卢前文集》收录《刘鉴泉传略》一文,详细介绍了刘咸炘的学术思想。

第二封信是刘咸炘对吴芳吉诗歌的评价。吴芳吉曾在东北大学执

---

① 刘咸炘:《复吴碧柳书》,《推十书》(增补全本)戊辑,上海科学技术文献出版社2009年版,第611页。
② 刘咸炘:《与吴碧柳书辛未十二月十八号》,《推十书》(增补全本)戊辑,上海科学技术文献出版社2009年版,第611页。
③ 刘咸炘:《风骨集》,《推十书》(增补全本)戊辑,上海科学技术文献出版社2009年版,第322—323页。

教时,作《岁暮示诸生》①一诗,献给东北抗日的学生。刘咸炘读完这首诗评曰:"蕴缠绵之情于简穆之句,邈然想见吾兄清真之骨。"他对吴芳吉写诗重情的观点给予了高度评价,并进一步论及为诗、为文"气"的重要性。这里的"气"是指诗人之气、文人之气,即指诗人、文人的品质、修养。吴芳吉曾在《诗人应有的精神》一文中也强调诗人的品质,吴芳吉说:"诗人应有的精神,我可以用简单的几句话来说明他。第一诗人要有高尚的境界,即理想要高尚。第二诗人要有淡泊的生活,除去一切恶习。第三诗人要有实践的功夫,即言行当一致。第四不可偏于一方面,须有中庸的功夫。"②可见,二人在"文气"观上是一致的。刘咸炘对吴碧柳的诗多有赞誉,他在《吴碧柳传》中对吴诗的评价:"碧柳平生惟传诗。尝欲仿西方人为数万言之诗,粗拟构式。谓广州为初通异俗之地,而游踪未至,欲以暇往观之。又拟潜心究先儒书,并以所得充此诗。诗竟未成,然其志亦不专在成诗也。其诗长短言最盛传,而余独喜其五言。思亲哀民之作,尤余所以得知。其人尝语之曰:中西合体之诗,恐不可创五言。自明末诸遗民后无能者。君作遒挚,几可与抗,宜尽力于是。盖碧柳之诗之可贵者,亦不在于激昂,而在坚实;不在气,而在骨也。"③吴芳吉诗歌具有时代特征,在新旧诗歌相互碰撞中,吴芳吉指出旧诗必须施变,但又不可"西体中用",不能以西洋诗歌来构建中国新

---

① 吴芳吉《岁暮示诸生》:"我受父兄托,与君犹父兄。如何充恻隐,为汝启屯蒙?岁暮朔风起,槭槭下梧桐,遭逢虽其浅,道义应无穷。君喜我亦喜,君忧亦我忧。庄严殊外表,体贴在心头。憨然闻戏舞,辄欲共沉浮。何当气深稳,不逐乱潮流。相感复相观,问眠还问餐。护惜如花草,玲珑见肺肝。知者畏我严,不知谓我宽。宽严均未允,惟尔身心安。使吾愁病者,君心鲜自知。闻善莫能就,嫉恶不曾离。何处堪容汝,无疑竟无思?浮生宁几度,少壮岂多时?岭海虎狼斗,关原日月昏。叹息龙江上,雪卧惨不温。云谁为继起,念尔实本根。本根不自保,枝叶将何存?"吴芳吉著,贺远明、吴汉骧、李坤栋选编:《吴芳吉集》,巴蜀书社1994年版,第337—338页。

② 吴芳吉:《谈诗人》,吴芳吉著,贺远明、吴汉骧、李坤栋选编:《吴芳吉集》,巴蜀书社1994年版,第406—423页。

③ 刘咸炘:《吴碧柳别传》,《推十书》(增补全本)戊辑,上海科学技术文献出版社2009年版,第523页。

第四章　刘氏家族文学创作(下):清末民初

诗。刘咸炘抓住了吴芳吉诗歌特点,认为吴诗有学新诗之处,但又指出吴芳吉擅长五言诗,亦说明吴诗对传统诗歌的继承。

刘咸炘与吴芳吉同年生死,且都是蜀地学者,在同一社会环境中让他们有着相似的学术背景,对时事学术的讨论是二人书信文书的重要内容:

> 梁漱溟君近于东西不同之处,颇有举发,此功为大。若夫村治,即自昔儒者乡治之说,此本是圣道之壳子,不可空提倡,而梁君辈读旧书又稍少,即于此壳子亦有未讲明处。至于合作主义,弥为浅矣。合作主义,正是经济上一救济法,未为无可取,而言者张大过甚。弟数年前即曾详观其说,以为无大意味也。吾兄谓不如直倡俭德,与弟素怀相同。笙磐同音,闻之喜跃,此义似陈而实,万古常新;似浑而实,无处不切。弟八年前作《地财》三篇,论社会主义,疏释《大学·平天下章》,即标尚俭。依经济学家论法论之,彼时与家伦反复二篇,合印一册名曰《三宝书》。印数百册,分赠友人,惜今已无本,暇当抄以求正也。①

梁漱溟是民国时期重要的思想家,刘咸炘在其《推十书》中也多次谈到梁漱溟的观点:"善夫梁漱溟之言曰:人之家庭之乐,极重无比,最能培养人心,并且维系一人之生活平稳。此深有阅历之言。"②"《村治月刊》,炘早订有一份。梁君之说,固有具眼。其不足处,乃在未多读古书及深究道家之说。弟谓其抑扬太过,似犹非其病也……梁君若能详观佑书,当更留意旧书。以炘所闻,此公气象究

---

① 刘咸炘:《复吴碧柳书》,《推十书》(增补全本)甲辑,上海科学技术文献出版社2009年版,第611—612页。
② 刘咸炘:《三宝书》,《推十书》(增补全本)甲辑,上海科学技术文献出版社2009年版,第828页。

为特出。"[1] 刘咸炘对梁漱溟伦理本位和乡村建设思想有所了解。他在《与吴碧柳书》中即谈到梁漱溟的"村治"和"合作主义"。刘咸炘指出，梁氏所言论述稍显空泛，其原因是对中国古代传统书籍阅读少。他根据老子《道德经》第六十七章"我有三宝，持而保之，一曰慈，二曰俭，三曰不敢为天下先"[2] 的理解，认为当今社会所谓紧急问题者，曰家庭，曰经济，家庭以慈，经济以俭，而不敢先又治本之总术。他以此为内容著成《三宝书》，包括《地财》《家伦》《反复》，充分体现刘咸炘的学识和思想是建立在中国传统思想之上的。

刘咸炘的书信文语言朴实，情感真挚，内容多为论学之书。刘咸炘以书信为载体，与朋友交流学术问题和治学方法。这些书信不仅体现了刘咸炘的交友之道，更重要的是表达了他的学术思想。

四 论说文《蜀学论》的创作宗旨

刘咸炘的论说文最具有代表性的当数《蜀学论》一文。《蜀学论》梳理了蜀学发展历程，归纳总结了蜀学特点。《蜀学论》的创作时间是1921年，这正是民国初期蜀学复兴阶段，"蜀学"一词在这一时间特别活跃。光绪十四年（1888）方守道、童煦章将尊经书院课艺辑录出刊，命名为《蜀贤事略》，后由高赓恩（1841—1917）和伍肇龄（1826—1915）增补，名为《蜀学编》。此书收集了四川历史上有名的儒学人士。1898年杨锐等人在北京成立蜀学会，同年宋育仁等在成都尊经书院设立蜀学会，刊行《蜀学报》。"蜀学"一时间成为地方学人讨论的重要话题。刘咸炘撰写《蜀学论》一文，其目的是宣扬蜀中学术，表现出他对蜀学崛起的自信。

文章以主客答问的形式成文，开篇客问："吾尝历数师儒，旁求篇帙，衡较天下蜀学，尝黜录于《四库》，十不占一。何周、汉旧邦

---

[1] 刘咸炘：《推十书》（增补全本）戊辑，上海科学技术文献出版社2009年版，第609页。

[2] 陈鼓应：《老子注译及评介》，中华书局1984年版，第318页。

第四章 刘氏家族文学创作(下):清末民初

而下侪滇、越,不必远征,且举晚近二百年来,学士殷赈。大河南北,守关、洛之朴实;长江东西,驾汉、唐之博敏。黔荒晚通,亦绍许、尹。而蜀士闻者,才三四人。乐斋之文,杂八比之陋习。船山之诗,附随园而效颦。雨村记丑而不博,西沤识隘而不纯。光绪以来,渐致彬彬,遽遭丧乱,古道湮沦。岂山川阻蔽,化不通而气不伸乎?何其贫也?"[1]问其清儒学逐渐衰败之因。主(即指刘咸炘本人)答曰:"子徒见今之荒秽,而不闻昔之荟蔚也;徒羡彼之多而沸,而不识此之少而贵也。……三古多士,悉数难终。就概见而尚论,将俟百世之公。"[2]刘咸炘的回答既肯定了蜀学的光辉历程,同时强调蜀地因其特殊的地理位置而具有文质折中的学术特征。

具体而言,刘咸炘梳理了蜀学三方面的发展。一为易学,"《易》学在蜀,如诗之有唐矣"[3]。刘咸炘指出《易》在蜀地传习有两个高峰期,第一高峰期在汉代"大易之传,蜀为特盛。……大义精于君平,而诸儒多沿施、孟"[4]。以西汉成都人严君平传《易》为最盛,后传为施雠、孟喜二家。第二高峰期在宋"宋有谯定,出郭囊氏,私淑程、邵、冯、张继美。来崛起于穷山,犹冥搜而合执。卫元嵩《元包》,上继玄杨。苌宏执数,下启天纲。盖汉师多通术数,故源远而流长,《义海》百卷,博莫如房。酱翁、篯叟,以程、袁彰。易学在蜀,如诗之有唐矣"[5]。刘咸炘清理了宋代蜀中传《易》主要人物的源流。

---

[1] 刘咸炘:《蜀学论》,《推十书》(增补全本)戊辑,上海科学技术文献出版社2009年版,第493页。
[2] 刘咸炘:《蜀学论》,《推十书》(增补全本)戊辑,上海科学技术文献出版社2009年版,第493页。
[3] 刘咸炘:《蜀学论》,《推十书》(增补全本)戊辑,上海科学技术文献出版社2009年版,第494页。
[4] 刘咸炘:《蜀学论》,《推十书》(增补全本)戊辑,上海科学技术文献出版社2009年版,第493页。
[5] 刘咸炘:《蜀学论》,《推十书》(增补全本)戊辑,上海科学技术文献出版社2009年版,第493—494页。

二为史学，"史氏家法，至唐而隋前成致，书仅存十数，蜀得其二。陈、常接步，道将体超于赵晔，承祚词亚乎班固"①。在刘咸炘看来，陈寿所著《三国志》优于赵晔的《吴国春秋》，常璩所著《华阳国志》则紧跟班固之《汉书》，可见蜀中史学早有深厚基底。接着，他论宋代史学，"赵宋史学，窳废难论。撰述非才，记注亦纷。而《东都》成书，季平抗欧阳而比洁。《通鉴》笃论，淳夫佐司马而策勋。微之《证误》之密，仁甫《长编》之勤。记注之善，后亦无伦。四贤编籍，其名喧喧，乃至王、费、杜氏传记之条理，苏、李、程氏典制之纷纶。史炤、吴镇释训校文，皆见推为整核，虽支流亦有间。盖唐后史学莫隆于蜀，而匪特两宋掌故之所存"②。刘咸炘梳理宋代蜀中治史之人，其目的是要宣扬宋代蜀中史学呈现全面发展的局面。

三为文学，"文化江汉，庸蜀先从。二南分绢，西主召公。蜀士之作，固已弁冕于《国风》。盛汉扬声，相如、褒、雄。分国华之半，为词苑所宗。后辈踵武，李尤、杨终。……唐宋八家，晚学所祖。蜀得其三，维子承父。明允强劲，兵家余绪。子瞻多能，为广大主。苏氏之文，盖不可比古矣。而南渡以还，衣被天下。羊肉菜羹，竟成谚语焉。子西，苏之乡人，能不苟同？子美，欧之先进，为所推许。皆宋世之佼佼。其余不可具数"③。刘咸炘对蜀中文学最为赞赏，在《诗经》、汉赋、唐诗、宋词中，蜀中文人均在文坛上占有一席之地。最后，刘咸炘对宋代理学在蜀中的发展进行了简述："而自宋以来，宗习其篆矣。若夫经生考典，子部成家，斯则让于他国，不敢饰其所无。然当赵宋之世，士习空粗，南轩鹤山，光大程、朱。而张既详说二子，魏更简删九疏。蒙古草率，寂无多儒。而楚望覃思，见推

---

① 刘咸炘：《蜀学论》，《推十书》（增补全本）戊辑，上海科学技术文献出版社2009年版，第494页。

② 刘咸炘：《蜀学论》，《推十书》（增补全本）戊辑，上海科学技术文献出版社2009年版，第494页。

③ 刘咸炘：《蜀学论》，《推十书》（增补全本）戊辑，上海科学技术文献出版社2009年版，第494页。

第四章 刘氏家族文学创作（下）：清末民初

草庐。阳明宗派，号为束书。而大洲博辨，旁涉异途。可知蜀学崇实，虽玄而不虚也。"① 总之，"统观蜀学，大在文史"②，"寡戈矛之攻击，无门户之眩眯。非封珍以阿私，诚惧素丝之染紫"③。

刘咸炘着力表彰历史上的蜀学，并且总结归纳出蜀学的特征是"大在文史""虽玄而不虚"。即便是到了清代，蜀学有所衰退，但仍有少而贵者，"船山之诗，附随园而效颦。雨村记丑而不博，西沤识隘而不纯。光绪以来，渐致彬彬"④。从他的论述中，我们可以看到刘咸炘对蜀学的兴盛和发展是颇为自豪的，作为地方性学者，刘咸炘的学术思想和地方学术息息相关，这也是他要推崇蜀学的原因。然而直至清末蜀学已经"荒秽"，刘咸炘希望通过撰写这篇文章来振兴蜀学。

无独有偶，与刘咸炘同时代的四川学人蒙文通（1894—1968），在1925年撰写《议蜀学》一文。将蒙文通《议蜀学》与刘咸炘《蜀学论》相比较，刘氏文章则更具全面性，所言蜀学内容更宽泛。蒙氏一文，实际可以说是"议廖学"。其开篇从清代经学讲起，廖平经学的勃兴，则与清代经学发展息息相关：

> 道穷则变。逮其晚季，而侔丽之论张，儒者侈谈百家之言，于孔子之学稍琉，经术至是，虽欲不改弦而更张之，诚不可得。井研廖先生崛起斯时，乃一屏碎末支离之学不屑究，发愤于《春秋》，遂得悟于礼制。《今古学考》成，而昔人说经异同之故纷纭而不决者，

---

① 刘咸炘：《蜀学论》，《推十书》（增补全本）戊辑，上海科学技术文献出版社2009年版，第495页。
② 刘咸炘：《蜀学论》，《推十书》（增补全本）戊辑，上海科学技术文献出版社2009年版，第495页。
③ 刘咸炘：《蜀学论》，《推十书》（增补全本）戊辑，上海科学技术文献出版社2009年版，第495页。
④ 刘咸炘：《蜀学论》，《推十书》（增补全本）戊辑，上海科学技术文献出版社2009年版，第493页。

> 至是平分江河，若示指掌，汉师家法，秩然不紊。……于是廖氏之学，自为一宗，立异前哲，岸然以独树而自雄也！

蒙文通特地表彰廖平学术，将廖学放在整个清代经学典范转移的背景下界定其意义，一方面肯定了廖学在清末的重要地位，另一方面指出蜀学在清末的发展方向。蒙氏所言蜀学则仅仅是指蜀中经学，尽管二人所言蜀学范围不同，但二人撰写文章的目的是相同的，即为蜀学在清末的发展指明道路。在刘咸炘看来，蜀学应承"重文史、尚朴实"的道路发展，而蒙文通则认为蜀学应继承廖平的治学道路，开创新儒学的局面。

值得一提的是，在《蜀学论》中刘咸炘还提到了蜀地的地域文化特征。刘咸炘曰：

> 夫民生异俗，士气成风。扬州性轻则词丽，楚人音哀则骚工。徽、歙多商，故文士多密察于考据；常州临水，故经师亦摇荡其情衷。吾蜀介南北之间，折文质之中，抗三方而屹屹，独完气于鸿蒙。①

刘咸炘分析，不同的地理位置造就人们不同的性格特征，而不同的性格特征则呈现出不同的地域文化，所以有了南北文化的差异。而蜀地在南北之间，则地域文化折中于南北之间。接着，刘咸炘在《土风》篇中，专门论述了南北地形气候的差异导致的文化差异：

> 大抵土风生于地形气候。地中温带，大判为南北。南之形多水而候温，北之形多山而候寒。北瘠南肥，北质南文。水而候

---

① 刘咸炘：《蜀学论》，《推十书》（增补全本）戌辑，上海科学技术文献出版社2009年版，第493页。

温，北之形多山而候寒，北瘠南肥，北质南文，北刚南柔，北鲁南敏，此大略也。中国然，欧洲亦然。燕、晋贫，吴、蜀富；南欧富，北欧贫，此肥瘠之分也。南欧富文艺，北欧富宗教；北人守宋学，南人工词章，书画之北宗方严，南宗变纵，此质文鲁敏之分也。宽柔以教，南方之强；衽金革，死而不厌，北方之强。故关西出将，而东南无武功，此刚柔之分也。①

刘咸炘所言土风即是指地域文化，关于南北文学的差异刘师培做过专门讨论，《南北文学不同论》：

声能成章者谓之言，言之成章者谓之文。古代音分南北，河、济之间，古称中下，故北这谓之夏声，有谓之雅言。江、汉之间，古称荆楚，故南音谓之楚声……声音既殊，故南方之文亦与北方迥别。大抵北方之地，土厚水深，民生其间，多尚实际；南方之地，水势浩洋，民生其际，多尚虚无。②

刘师培是从南北语言和文体不同的角度来分析南北文化差异的，而刘咸炘则是从地域的自然环境和社会环境的角度讨论南北地域文化差异的重要原因。刘咸炘的论说文，论点鲜明，论据充分，能直接阐发见解，引人深思。

五 清俊通脱的游记文

刘咸炘终其一生，足不出川，这与他"耐冷恶热，喜静恶动"的性格特征有关。他在《冷热》中说："喜陈书独坐，众聚声喧，则

---

① 刘咸炘：《治史绪论》，《推十书》（增补全本）己辑，上海科学技术文献出版社2009年版，第242页。
② 刘师培：《南北文学不同论》，《刘师培史学论著选集》，上海古籍出版社2006年版，第203页。

欠身思卧。与于庆吊,半日不快。……古言心不言血,惟冷可以治事。不如乎物,乃能善物。不流乎世,乃能治世。章实斋言之矣,曰:'随风气为转移者,愚人也。自得以救风气者,智者也。'龚定庵言之矣,曰:'百醇民不如一悴民,百悴民不如一直民。之民这,山中之民也。'斯二人者,能冷于热之时者也。"① 刘咸炘这种生活习惯,始终贯穿他的一生,左右他的学术思想,同时,还限制了他的出行。在三十六岁以前,他都不曾离开"刘家大院",三十六岁那年,刘咸炘平生首次远游访谒井研千佛场的外祖家,"三十六岁到外家,此事可怪亦可嗟。儿童聚观诧生客,令我自喜复之惜。"② 在外祖家停留不足一月,刘咸炘启程到五通桥访谒先妣王氏曾经居住的旧宅。接着,刘咸炘从五通桥北上,游览了乌尤山和峨眉山,在这期间创作的游记文大都介绍了出行地点,描绘了游览景象,在《推十书》中,这类文章与他论证严谨的学术文章相比,更具有清俊通脱之感。

(一) 游记文内容

此次出行,刘咸炘写《辛未南游日记》记之。这篇游记文按时间顺序记述,文章由单篇小文组成,多以诗文并记,单篇文章又以所去景点命名。文章由《五月舟行都江》《游中岩》《宿五渡溪》《青神东井研北山中》《井研四李先生祠》《谒外家祠》《由嘉定至峨眉》《清音阁》《洗象池》《轩皇台》组成。文章开篇首先记录了出行目的、出行人员,刘咸炘曰:

> 先妣家井研,昔与诸表兄约至外家,因便道游峨,三年未践。辛未五月,用之表侄自渝归家。由家来都,复致迎意,遂与相约。姻友同游峨者,订至牛华溪会。初有约与余同赴井研者,

---

① 刘咸炘:《冷热》,《推十书》(增补全本)甲辑,上海科学技术文献出版社2009年版,第857—858页。

② 刘咸炘:《谒外家祠墓》,《推十书》(增补全本)戊辑,上海科学技术文献出版社2009年版,第689页。

第四章 刘氏家族文学创作(下):清末民初

后皆不果,惟门人程泽溥从。①

刘咸炘此次出行是与表侄相约拜谒外祖家,至外家后,与表兄王养初同游峨眉。刘咸炘外家王氏乃井研大族,刘沅在《菊源祠记》一文中曾记载王家发展史,王家以盐业起家,刘咸炘记之"盖吾外家营盐业号之旧名,百年后人犹以此称之"②。刘咸炘外祖王敬庭与刘沅是世交,王敬庭之子均为刘门弟子,王敬庭之女王氏为刘梖文之妻,是刘咸炘养母,刘咸炘自幼与养母感情深厚,对外家也格外亲切,刘咸炘此次出游是怀着轻松喜悦的心情,用文章和诗歌记载了沿途的美景和喜悦的心情。

访谒先妣家井研后,第一站刘咸炘到达五渡溪(俗称虎渡溪),刘咸炘曰:

> 午后至五渡溪,培高表侄迎候,登舟同往中岩。缘溪而入,至上岩仅五里。止是数峰绕一涧耳,不可谓高,不可谓大。然岩壑幽丽,不亚青城。入山路不论其量而论其质,则鹏鹖何殊哉。上岩林中,石笋细长,记称三石笋,余二不可见。有殿在两巨石间,其一裂而中成径。三笋者,殆并数此钦。中岩宋明人题名甚多,以所携曹石仓《四川名胜记》校之,遗失未收者甚多,惜多剥蚀。山谷数书,明人重刻,亦已不全可辨。鹤山题名,被明人磨去一半以刻己诗(陈文烛),它多类是。惟伏虎岩上诸室完好,邵子文所篆中岩二大字亦显然。吾近留意宋世蜀中人文,观此如见旧相识,惜无暇一一搜剔推拓之也。此山以北固无此类岩壑,南入井研界亦无此类。惜其小僻,人多不知,惟朝山者每岁

---

① 刘咸炘:《辛未南游日记》,《推十书》(增补全本)庚辛合辑,上海科学技术文献出版社 2009 年版,第 211 页。

② 刘咸炘:《辛未南游日记》,《推十书》(增补全本)庚辛合辑,上海科学技术文献出版社 2009 年版,第 213 页。

首一集耳。①

五渡溪在今眉山市青神县内，是从成都通往五通桥的必经之路。刘咸炘在文中记载与表侄培高从五渡溪登中岩一事。文中详细描述了中岩岩壑幽丽的景象。刘咸炘作《五月舟行都江》一诗来描写在船上所见五渡溪的胜景，"水阔两旁山退去，山横当面水旋西。村居隐隐犹堪辨，白鹭低飞杜宇啼"②。诗歌描写了五渡溪两旁壮阔的山势、隐隐的村居、低飞的白鹭；以及刘咸炘听见杜鹃的鸣啼。他用简单白描的手法为我们勾勒出五渡溪的景象，抒发了诗人轻松愉快之情。刘咸炘用诗歌写景抒情，用文章记录游历之事。从文中记述内容来看，刘咸炘游览景点，不仅欣赏景点的自然之貌，更加关注景点的人文特质。他在文中写到关于宋明人在中岩题名，在《四川名胜记》中收录不完整，唯有伏虎岩上题文保留完整，"中岩"二字由宋代蜀中大儒邵雍之子邵子文所书。对这些题注的关注自然与刘咸炘做学问有关，他在文中交代"留意宋世蜀中人文，观此如见旧相识，惜无暇一搜剔推拓之也"。这对他研究宋代蜀中历史有极大的帮助。

刘咸炘在井研参观了宋代著名史学家四李祠堂，"四李"是指南宋时期李舜臣、李心传、李道传、李性传父子四人，李氏家学渊源，自相师友，以史学著称，后又钻研理学，推崇朱子学说。刘咸炘称之为"凤山尚巍然，茗雪书已矣。史学绝千年，蜀人谁继起"。"创编晦庵语，仲贯精且劬。"③ 在井研外祖家停留不足一月，刘咸炘启程去了峨眉，峨眉山无疑给他留下了颇为新奇的印象，他写《由嘉定至峨眉》记之：

---

① 刘咸炘：《辛未南游日记》，《推十书》（增补全本）庚辛合辑，上海科学技术文献出版社2009年版，第211—212页。

② 刘咸炘：《辛未南游日记》，《推十书》（增补全本）庚辛合辑，上海科学技术文献出版社2009年版，第211页。

③ 刘咸炘：《辛未南游日记》，《推十书》（增补全本）庚辛合辑，上海科学技术文献出版社2009年版，第212页。

第四章 刘氏家族文学创作(下):清末民初

> 初二日早起行,未登二坪,至伏虎寺,入观。寺虽大而著,不如报国之宏壮也。过神水阁,观玉液泉。希夷书,曹石仓已以为俗笔,东坡书云外流春四字亦伪也。纯阳书未见,石仓已言亡矣。此处地势稍平,草间多怪石,数题字皆在巨石上。井旁石有乾道题名,王咏斋、邓纯峰发见之,刻题其侧,他恐尚有此类,惜无搜剔者。过龙升岗,乃见山合成谷。至清音阁双飞桥午饭。阁地敷成乃一浑石,向前愈狭,直至溪会处,人呼为凤凰嘴。两溪亦皆浑石中裂缝也。复至广福寺,登其楼,虽所观稍广,要不如阁之当中。阁本三殿三层楼,毁于火未修复,昔日高望必尤美也。寺僧设茶甚丰,捐赀而去。①

这种日记体式的散文,目的在于记录游览经历,刘咸炘详细记录了这次登峨眉的路线,是从伏虎寺入观,到神水阁,观玉液泉;过龙升岗,中午至清音阁,午饭后继续前行至广福寺。在完整记录游览路线时也记录当时的所见所闻,如文中记路边巨石上的刻字,并进一步对刻字进行考证,这种写法给游记文增添了学术性。

根据刘咸炘记载,当晚夜宿清音阁,第二天,微雨蒙蒙,山间云雾缭绕,刘咸炘与同行之人登金顶,一段优美的文字记录了登顶途中的景象:

> 初四日晨决仍前进,与鲜、卢别,冒雾上顶,景物又殊。雷洞坪上下行巨崖边,时于树隙旁视下方,巨崖对立若门者,凡四五处,即所谓伏羲、女娲诸洞。此径旁多怪石,又每从一石中过,草树拥石立于左右,人谓之二十四道铁门限。每于一门限旁,见若门者,盖此门石即此崖石也。此处树亦盛异,石仓所形

---

① 刘咸炘:《辛未南游日记》,《推十书》(增补全本)庚辛合辑,上海科学技术文献出版社 2009 年版,第 217 页。

容皆确。树根每有如木假山者，或包络于石，竟似怪石。盖由冰雪残其枝，后复别生由蘗，如是年年，遂成异状。此山中段树甚繁多，洗象池以上，松、杉枝多下偃，至接引殿遂成辐形，及天门石，则惟有疏低之松、杉，皆冰雪凌压之故也。太子坪下观第一山字，止山字显，一字亦不明，同游所见皆同。登顶时，微觉日热，然仍在雾中。金顶殿被灾，惟存锡瓦殿，因于此拜礼普贤。正殿重修，方将上梁。反至太子坪，大风雨，急走归洗象池，半身皆湿，寒甚，同游经此，意兴尤消索。①

刘咸炘等人是在微雨浓雾中进行登顶的。雷洞坪上的山崖在刘咸炘的笔下栩栩如生，刘咸炘将此比喻为立门。山路两旁怪石与草树相拥，呈现出假山形象。刘咸炘解释这是由于山上温度低，常年冰雪覆盖于树根上，来年新长的树枝与老枝参差交错而形成的景象。山间多松柏和杉树。登顶之时，气温有所上升，但依然云雾缭绕，由于金顶殿被毁，刘咸炘或许没有见到金顶最美的盛景，但登顶的过程给他留下了深刻印象。因此，这段景色是描写登顶的过程，享受过程，结果也就不那么重要了。

次年，刘咸炘第二次远游。"壬申夏，姻友数人共约游窦圌山，途须过绵，因谒吴氏外舅姑墓，亦余一夙愿。盖余未尝至吴氏，亦如未尝至王氏。去年南游至母家，今年北游至妻家，类也。梓潼七曲山，亦吾道祖庭，光绪中，先考曾往游，购文昌全书归，余幼翻览，已心识其地。又慕剑门之壮，其地有二三门人可因，且意北道以市朝之改，日渐荒凉，欲早往游。一行而四愿了，于事为便。"② 这次出行，刘咸炘完成了四个愿望：一是游窦圌山；二是拜谒亡妻吴氏父亲

---

① 刘咸炘：《辛未南游日记》，《推十书》（增补全本）庚辛合辑，上海科学技术文献出版社 2009 年版，第 218 页。

② 刘咸炘：《壬申北游日记》，《推十书》（增补全本）庚辛合辑，上海科学技术文献出版社 2009 年版，第 225 页。

第四章　刘氏家族文学创作(下):清末民初

之墓;三是到七曲山上拜谒文昌祠;四是游剑门关。刘咸炘按照南游日记的形式,记录了这次出游,作《壬申北游日记》。可惜的是,这次出游返回途中,刘咸炘不幸染病,一病不起,最后咯血而逝。《壬申北游日记》应该是刘咸炘最后的文学创作。

游记文详细描写了窦圌山山貌并配图示意:

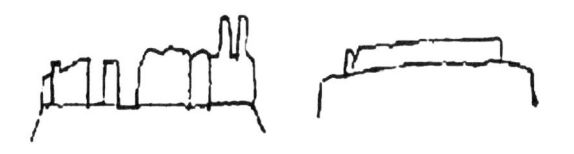

圌山之形,下半亦如常山,惟上节特异。方峭直起,非峰非冈,如阙如城。自绵江油来观,其东南面作此形状。

自雾山极乐堂观其西北面,则两峰不见,平如一面,正对极乐堂,寺僧谓如香炉。两峰实不止二石,王记虽详仍未易明,今依空中鸟瞰平面作图。

东峰 上分下连
西峰

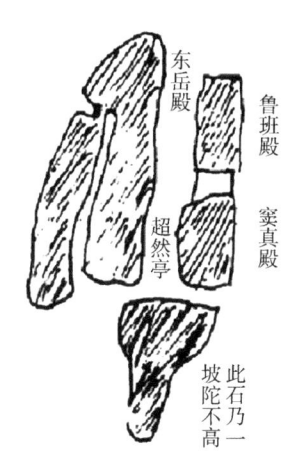

东岳殿　鲁班殿　窦真殿

超然亭

此石乃一坡陀不高

下山往观雾山之径,王所未经也。广坡中亦有一方峰突起,又有尖峰甚秀,此面如能开辟,胜于上山路之枯燥也。①

---

①　刘咸炘:《壬申北游日记》,《推十书》(增补全本)庚辛合辑,上海科学技术文献出版社2009年版,第227—228页。

文中描述了窦圌山山貌的特别之处在于上半山,刘咸炘形容为"方峭直起,非峰非冈,如阙如城"。他记载了山间庙观的准确位置,并画图示意。在下山的路途中他还发现另有一条小路景色优美胜过上山之路。这段图文描述很好地展现了窦圌山风貌,成为蜀中地理文献研究资料。

在游记文中,刘咸炘记述了绵州至剑阁之间人们的饮食习惯:"曾北行者,皆言一渡涪水,食养迥殊,非诳也。就吾所见,三百里间,惟县城有炒菜馆,而甚劣。大场乃有白米饭及下饭之馔。小场多止是数家之腰店,唯糙米饭、杂粮、掺米饭及豆粥而已,下饭物止酸菜。山中少堪种蔬之地,故虽大场亦无鲜蔬。此乃生产之乏,非关奢俭。然既习于此,亦成有心之俭德。吾所知川北人,家丰能美食而不肯者甚多。自绵至油,以商贾之通,较梓、剑为备,然中坝以酱油著,而饭馆无佳酱油。盖高者悉以远市,而自奉只用其低,凡乡间农工之制造、大都如此不独川北为然。"① 文中详细记载了当时老百姓一日三餐的主要食物,也记载了地方特产,还提到当地民众的习性。这正是刘咸炘所提到的一地有一地之士风,而这样的士风又养育出蜀人的特性(节俭),这是刘咸炘在撰写《双流足征录》时所提到方志要重视士风、时风和时人三个重要元素,因此这些文字也是研究地方文化的资料。此外,刘咸炘还记述了川北一带受鸦片之毒巨深。"鸦片之毒,中于劳力者尤惨。盖既吸烟,则非烟无所得力,即无所得食。黄包车轻便易引,每车只一人,若置车而入烟馆,则虑为人窃引而去,故车夫少吸烟者。都市中犹间有三五为群互寄耳目而入烟馆者,若长途则吸烟者十不得一矣。至于滑竿舁夫,则乡里农人无吸者,而码头流差则不吸者十不得一。"② 这段文字分析了川北一带生

---

① 刘咸炘:《壬申北游日记》,《推十书》(增补全本)庚辛合辑,上海科学技术文献出版社 2009 年版,第 234 页。

② 刘咸炘:《壬申北游日记》,《推十书》(增补全本)庚辛合辑,上海科学技术文献出版社 2009 年版,第 234—235 页。

活质量低、经济发展慢的原因,即深受鸦片的毒害,对川北社会史的研究亦有参考价值。

(二) 游记文特点

通过对刘咸炘游记文的分析,我们可以概括出以下特点。

其一,文章结构谨严,详略得当,行文通畅。两篇游记文以日记的形式创作而成,以游览时间为经线,详细记载了每天出游经历。以游览地点为纬线,着重描写重要景点。如《辛未南游日记》以描写峨眉景点为重点,作者抓住清音阁、洗象池、轩皇台进行重点描绘。《壬申北游日记》则重点描绘窦圌山和剑门关。在各种景物中,着重对"岩石题字"和"树林山峰"进行精雕细刻,甚至还配图说明,使人印象深刻,流连忘返。

其二,语言质朴无华,娓娓道来。由于这两篇游记文都以日记的形式出现,自然语言朴实,无过多粉饰。在描写景物时,没有过多词语刻画描摹景观,而是以朴实的语言描摹景象,如刘咸炘对井研外祖家新居的描写:"自瓦子坳以下,山皆载黄土,种谷,少树,少露石骨。其形又多平板,或若坟,或若防,离立于原野中。近井研则多作数成台形,或上为小阜,如帽顶。嘉定北亦然,闻人言,内江亦然。形法家谓其主官爵科第,人亦以其异于顽犷而称为秀,自赏美观之,非秀也。"[①] 以白描的手法勾勒出川西地区民宅的样貌。

其三,诗文并记,表达作者思想感情。在描摹景象、讲述地方社会现状时,刘咸炘用散文记之。而在游览景点后,他又常用诗歌来抒发情怀,因此在每篇主要景点散文后都有一首写景抒情诗。例如游览峨眉山,他对清音阁、洗象池、轩皇台的景象格外欣喜,写下了一组名为《六月峨山》的诗歌来抒发情怀:

---

① 刘咸炘:《辛未南游日记》,《推十书》(增补全本)庚辛合辑,上海科学技术文献出版社2009年版,第214页。

溪抱山围一谷中，水声摇树树摇风。不知风水谁为主，南郭曾言彼是通。

——清音阁

云岭三重环左右，月台一览辨阳阴。上登金顶此如额，初喜名亭得我心。

——洗象池

轩辕曾娶蜀山氏，九老无由识姓名。因巘为台宜望远，海山原是不分明。

——轩皇台[①]

这种诗文并记的手法能够看出作者有深厚的文学素养，充分利用"文说理，诗抒情"的文体特征，为我们展示蜀中景象，同时也体现出刘咸炘的文学观与文体学观。

综上所述，刘咸炘的墓志铭情感真实、语言真切，对墓主生前事迹刻画生动。他的传记文善于用通俗之语，传记内容详略得当，具有史书传记的特点。他的论说文，论据翔实又言简意赅，具有较高的学术价值。他的书信文真情实切，内容丰富，是他与朋友交流学术问题和治学方法的主要载体，他的游记文言语质朴，行文通畅。

小　结

清末民初是刘家"咸"字辈活动的主要时期，他们在文学方面的创作内容丰富、形式多样。从作品体裁来看，他们主要以古典诗文创作为主。尽管他们生活在新旧时代交替之际，但深受家学影响的"咸"字辈一代坚守中国传统文化，为传播中国传统文化发挥最后的

[①] 刘咸炘：《辛未南游日记》，《推十书》（增补全本）庚辛合辑，上海科学技术文献出版社2009年版，第218—219页。

第四章　刘氏家族文学创作(下):清末民初

余热。刘咸荥的诗具有杜诗之韵味,他善于写景诗和咏物诗的创作,在写景和咏物方面模仿杜诗,刘咸荥学杜不只是学杜之皮毛,而是学杜之骨和魂。刘咸荥的戏曲创作在清末民初时期具有较为特殊的意义。这一时期的戏曲创作多以宣扬新文化运动为中心,而刘咸荥却坚守儒家传统精神,将时代特征与传统戏曲创作相结合,通过戏曲的创作来捍卫"忠孝节义"的儒家思想。刘咸焌的诗文多与家族、家庭有关,即便是写景,也是以身边家庭小景为对象。从他的诗文中我们可以了解到更多关于刘氏家族生活的信息,同时亦可感受到刘家"咸"字辈一代宁静而淡泊的情怀。在刘咸焌笔下,没有兵荒马乱的社会写实,没有绚丽多姿的山河美景。刘咸焌的诗歌驻足于"刘家大院"之内,一墙之隔,外面的生活仿佛都与他无关。但实际上,这也体现出处在时代变革时期的刘家"咸"字辈的无奈。他们既没有走出去接受时代的风雨,又不愿意固守封建传统,因此只能在自己的一片天地中寻找出路。于是,他们尽心于教书育人,专注于"刘家大院"内的生活。也正是因为如此,他们的文学作品才更具有家族文学样本的意义。

刘咸炘是刘氏家族文学创作集大成者,他创作的诗歌内容丰富,情感真挚。他用诗歌描写近代成都社会生活的现实,表现出读书人对混乱现实的不满。他对成都民风民俗的记载,是对乡邦文化的宣扬。在对新诗的态度上,刘咸炘并非一味地排斥,他不写现代白话文诗,而是用通俗的语言来写古体诗,这些通俗古体诗歌基本与白话诗相差无几。刘咸炘正是用这种方式来处理新诗与古典诗词之间的关系。刘咸炘的散文创作具有一定的实用性,他创作的墓志铭和传记文对象多是自家亲戚和朋友,文章灌注了他真切的感情,以及对人物的褒扬之情,亦能体现他是性情中人。他的书信文多为论学之书,这些书信文不仅体现了刘咸炘的交友之道,更重要的是表现了他的学术思想。刘咸炘的散文创作是建立在自身对文体有深入的研究基础之上的,他撰写《文式》篇,论述各种文体的特点和创作要领,对他的文体创作具有指导意义。刘咸炘作《蜀学论》一文，表现出他博古通今的学识，他从易学、史学、文学三方面对蜀学进行梳理，最后得出蜀学特征为"大在文史，虽玄而不虚"。刘咸炘着力表彰历史上的蜀学，其目的是在蜀学复兴阶段进一步振兴蜀学，对蜀学的发展具有推动意义。尽管刘家"咸"字辈的文学创作是以古典诗词为主，但他们并非是顽固的"保守派"，他们对传统文化的坚持一方面受家学影响，另一方面是对传统文化的继承。对新文化的态度他们不是一味抵抗，而是有选择性地接受，因此，刘家"咸"字辈一代的文学创作具有古典韵味的同时也包含了时代特征。

第五章 刘氏家族文学理论

刘氏家族文学理论主要集中在《槐轩全书》与《推十书》中，具体而言，体现在诗学观与文体论上。刘氏家族诗学观，在清嘉庆至民国初期这一百多年的发展中，既受到了时代诗学思潮的影响，又有一脉相承的家族传统诗学观熏陶。刘氏家族诗学观形成的奠基者是刘沅，刘咸炘在传承刘沅诗学观的基础上，对传统诗学既有所继承又有所发展。刘咸炘在清末民初时期提倡"风骨论"和"志持说"，其目的是挽救日益衰败的诗风。刘咸炘的文体论具有时代特征，他将文学与文体相联系，并进一步将传统文体分类与西方文体分类相结合，提出自己对文体的认识。

第一节 诗学思想

刘氏家族诗学观的奠基者是刘沅。刘沅的诗学思想主要是通过《诗经恒解》《埙篪集》体现出来的。《诗经恒解》是刘沅诗学思想的理论阐释，《埙篪集》是刘沅诗学思想的具体实践。刘咸炘的诗学观是在刘沅诗学观基础上的继承和发展，他有不少诗学理论著作，如《诗系》《诗系后记》《诗系賸记》《风骨集评》《风骨续集评》《诗评综》《辟袁公案》《诗本教》《诗人表》《说诗韵语》《说诗词韵语》等，又在诗学理论的指导下进行诗歌创作，著成诗集《推十诗》。在传统诗学影响下，刘氏家族诗学观是以诗言志的诗教论为根本，结合时代诗学思潮,形成了以继承发扬传统诗学为主的诗学观。

一 《诗经恒解》中的诗学思想

刘沅著《诗经恒解》除对《诗经》的训诂和义理阐释外,还包括了刘沅的诗学思想。

《诗经恒解》序曰:

> 人性皆善,而有不善者,情为之也。情动于中,有感必应,人以为性之为,不知其为心之为也。人心道心皆心,而理欲何以分途,气质所禀源于天地父母者不同,而纯杂判矣。薄而浊则人心盛,厚而清则道心多,圣王以礼范民身,以乐和民情,钟鼓管弦羽籥,感以自然之节。而动其天良,使夫偏驳,归于中和。亦唯一己之性情,即天地之性情,故能和神人,而格上下也。诗者,声音之文,本于五性,而毗于阴阳,所感者殊,故其言异,而所感者切。故其反复流连,不能自已,然达于则者,固不少矣。圣人以为此天地自然之音乡,而人心淑慝之明徽,爰谐以器数用其精微,播之咏歌,布于乡国,导以天籁之宜,而将其缠绵之致。诗之为教者大。黄、炎以来,歌谣不乏而世远希传,文武周公陶淑天下之人心,范以中和之正道,自朝庙乡党以及闺门,莫不有礼乐,即莫不有声诗,而其陈诸太史采轺轩者,则又所以察民风,而行黜陟也。威福可以厉众,而不能禁与诵之讴吟,刑政可以伪为,而不能闭民心之美刺。诗与王迹相维,为其下之风俗,上之得失所有念也。周衰,礼乐崩坏,风雅沦夷,夫子虑其乖秉彝而失中正,故删诗三百,蔽以无邪。盖自二南齣雅而外,其诗皆不过当时之词,而自子鳌订,则无往非圣人之教也。历代诸儒,发明传注,不为无功,然其不达圣人之意,流为世俗之谭者,抑又多矣。夫风雅之文,通乎天地,而哀乐之过失为淫哇,不有以正之。诗之道日博,而诗之义遂亡,愚故不辞冒昧,集众

第五章　刘氏家族文学理论

说而折衷焉。凡所疑信，一以圣人为依，非敢为毫发无遗，聊以补前人所未备，名曰恒解，亦以人心之公理，而非有所穿凿矫勉为云。①

首先，刘沅倡导"诗主性情"的诗学观，主要是要求诗歌应遵循合乎天理的"情感"。刘沅所言"性"即是天理，天理即在天地之中，无偏颇，即是先天中正之道。刘沅曰："先天乾金为性，始而后天木火乱离，神情缘逐物而生，实金木受形而杂也。水火者，天地之功用，金木者，乾坤之性情，四象同原而异用，心体至阳而含阴。故情之本于性者恒微，而生于质者恒多。孟子曰：乃若其情则可以为善，以四端征秉彝之德，以爱敬为知能之良。即情中之情，示人求端，省察之功，而非为气质之欲。纯乎阴者也，流俗则不然，饮食嗜好恣其意，男女声色纵其欢，以为情之所固有。"②刘沅认为情与性并非同体，情源于性者少，源于气质者多。刘沅虽然以情为气质者偏，但他并不主张灭情绝欲，而是主张"情"要服从于"天理"，即中正之情。在刘沅看来，"饮食嗜好恣其意，男女声色纵其欢，以为情之所固有"，但不可过度而为之。圣人之所以教人要克己复礼，重中和之道，是因为圣人之性情与天理和也。刘沅诗主性情与当时的性灵派有一定关系，但刘沅的性情论又不完全等同于性灵派的性情。以袁枚为代表的性灵派，强调诗歌要重视真情、体现诗人个性，诗人要重视诗才的积累。"蜀地三才"之一张问陶亦是性灵派的继承者。刘沅与张问陶所处时代基本一致，嘉庆十九年（1814）农历四月初三，刘沅惊闻张问陶去世，作《闻张船山下世》二首吊之：

---

① （清）刘沅：《诗经恒解·序》，《槐轩全书》（增补本），巴蜀书社2006年版，第3355页。

② （清）刘沅：《槐轩约言·性情说》，《槐轩全书》（增补本），巴蜀书社2006年版，第3717页。

> 西蜀江山险，诗中有霸才。当关争虎豹，破峡走风雷。官薄名何重，事雄心竟灰。羁魂终倔强，抵死旁苏台。
>
> 坡老詹黄后，魂豪合似君。别开诗世界，笑傲酒乾坤。家恋江南好，才空冀北群。夕阳斜儋杖，愁说为招魂。①

诗歌首句称张问陶为西蜀诗中的霸才，可见刘沅对张问陶诗的推崇。刘沅也提倡诗歌创作要讲个性、抒真情，但他所倡导的真情是合乎天理之命的。这里的天理之命是指"顺天之理尽人之道"，最终归为孔孟之道。刘沅说："常人委于气数，凡事谓有定命，是圣学之功亦无如气化，何不知其大悖乎天矣！夫天以理宰制万物，即一肤发之微皆有其自然当然之理以宰之，莫非命也。惟顺理而行，事事求无愧于天地，则天命在焉。斯顺受其正命而不违天者也。是故知命者，知命即天理，无违理而可为安命之事……苟能顺天之理尽人之道，无论或穷或达，或常或变，必能修身埃命，其死皆正命也。若不能尽道而逆天悖理如栓桔而死者，非大义所关，纲常名教所系，不当死而死，则非正命也。一先儒'命'字一字，不免流入时俗窠臼，所谓气数之命者盖不足言，而所谓义理之命者亦未有以见其果符于孔孟也。"②刘沅的性情论依然在儒家伦理范围之内，如他所言"人性皆善，而有不善者，情为之也"，实际上又回到了传统的诗教论，诗的作用是"言志"。刘沅诗集《埙篪集》是他诗教论的具体体现。《〈埙篪集〉序》曰：

> 诗之为教最古，自有人而五行之秀，以彰天地中和之气。亦复全备，故无人不可以为圣贤。五音之意，合于中和，又何论焉。然而世降益甚，声律之文益尊，至今日而言者，多途学者益众。则以此事为难能之事矣。夫声音之道，本于性情与造化通，

---

① （清）刘沅：《埙篪集·闻张船山下世二首》，《槐轩全书》（增补本），巴蜀书社2006年版，第3801—3802页。

② （清）刘沅：《孟子恒解》，《槐轩全书》（增补本），巴蜀书社2006年版。

第五章 刘氏家族文学理论

声成文,为之音,比音而乐之,为之乐,依咏和声至于凤仪,兽舞者何哉。中和之气,在天在人者,一万物无不统焉。诗乐相兼及其美,备功用之宏,自然有此,不足为奇也。后世徒诗而不比乐,已非陶淑之旧,又乃过为艰深,涉于淫靡,或且荡摇心目,方为才子风流,文章绝技,揆以圣人,殊无一是,可慨也。已夫喉噩齿唇舌,凡人谈吐之间,皆有天籁,故古人文字语言多成音韵,盖性情之良,心声之应,不期而然。固非强附,其或衍为歌咏,发抒幽怀苟当乎。天理不爽是非,则圣王必入轺轩,不必其词之工巧。三百篇奔女狂童,所以皆入尼山之书麓也。愚性烈,不能为诗,间或吟哦率而成句,亦不堪质当时,而儿辈窃存之,家兄耽吟咏,有诗名,亦不喜存稿,所作旋多毁弃,于义本当禁也。因念家兄平身著作都逸,唯此手泽犹留,不可以为之陋,而并没乎。兄之遗遂听之,而书其篇端,颜之为埙篪集,盖愚弟兄私相唱和,本无当于黄钟大吕之音,高明见之,或不至嗤为妄作耳。咸丰二年岁次壬子仲冬至日止唐书时年有八十有五。①

刘沅提倡"诗教",即是指《诗经》的教化作用。《礼记·经解》引孔子语:"入其国,其教可之也。其为人也,温柔敦厚,《诗》教也。"② 司马迁在《史记·孔子世家》中记载:"孔子以《诗》教,弟子盖三千焉。"③ "温柔敦厚"是孔子《诗》教的目的,春秋末期,天下无道,礼崩乐坏,孔子试图用仁义礼乐来教化百姓,《诗》教最后要达到的效果便是"兴于诗、立于礼、成于乐者也"④。教化百姓

---

① (清)刘沅:《〈埙篪集〉序》,《槐轩全书》(增补本),巴蜀书社2006年版,第3728页。
② (汉)郑玄著,(唐)孔颖达正义:《景宋本礼记正义》卷十五,民国丁卯南海潘氏本第5册。
③ (汉)司马迁:《史记》,中华书局1959年版,第1905页。
④ (三国)何晏注,(宋)邢昺疏:《论语注疏·秦伯》,上海古籍出版社编:《十三经注疏》,上海古籍出版社1997年版,第2487页。

最初是从《诗》开始,以乐结束,乐教是孔子儒家思想的重要组成部分,孔子的乐教思想是建立在美和善的美学思想之上的,《论语·八佾》记载:"子曰'子谓《韶》:尽美矣,又尽善也。'"①《韶》诗歌颂舜德的古乐,尧舜是孔子心目中的圣贤之君,因此他称《韶》尽善尽美。孔子认为"合于仁""合于礼"为之善,"乐而不淫""哀而不伤"的"中和"之音为之美,这样的音乐才能使人达到"温柔敦厚",孔子提出的"诗教"其实是从"乐教"而来的,即是强调音乐诗歌与政治教化之间的联系。刘沅完全赞同孔子的"诗教"思想,他在序文中说"诗之为教最古",认为诗教是诗最原始的本义。在充分肯定诗教的作用后,刘沅进一步提出诗教的评判标准,即以彰天地中和之气,这与孔子提出的"思无邪"思想是一致的。孔子曰:"诗三百,一言以蔽之,曰:思无邪。"②"思无邪"本是《诗经·鲁颂·駉》篇中的一句话:"思无邪,思马斯徂。""思"字有两种解释:一是作为语助词解,没有实际意义;二是作思想内容解。"无邪"即是"归于正"。邢昺《论语注疏》:"诗之为体,论功颂德,止僻防邪,大抵皆归于正,故此一句可以当之也。"③孔子"思无邪"从审美方面看,就是提倡一种"中和"之美。"无邪"即是不过"正"。符合"中正",也就是"中和"。孔子赞美《关雎》"乐而不淫,哀而不伤"④,这就是一种"中和"之美。刘沅所言中和之气即是诗教审美标准中的"无邪",刘沅曰:"中和之气,在天在人者,一万物无不统焉。"这正是刘沅所强调至中至善之道,他认为道为

---

① (三国)何晏注,(宋)邢昺疏:《论语注疏·八佾》,上海古籍出版社编:《十三经注疏》,上海古籍出版社1997年版,第2469页。
② (三国)何晏注,(宋)邢昺疏:《论语注疏·为政》,上海古籍出版社编:《十三经注疏》,上海古籍出版社1997年版,第2461页。
③ (三国)何晏注,(宋)邢昺疏:《论语注疏·为政》,上海古籍出版社编:《十三经注疏》,上海古籍出版社1997年版,第2461页。
④ (三国)何晏注,(宋)邢昺疏:《论语注疏·八佾》,上海古籍出版社编:《十三经注疏》,上海古籍出版社1997年版,第2468页。

中，理为中，性为中，命为中，仁为中，善为中，诚为中，德为中，一切统于中。

在《诗》三百篇是否入乐的观点上，刘沅是持肯定态度的，他认为《诗》三百篇都入乐。刘沅曰："诗韵以协音律为紧要，然古字未有反切，魏孙炎始作反切，其源实出于西域梵学。至声韵日盛，宋周彦伦作《四声切韵》，梁沈约又撰《四声谱》，继是，若夏侯该、孙愐等韵。书之作韵学纷然矣。朱子集传用吴才老韵，然按之本文多有不合义者颇多。夫声韵本人身自然之天籁声，成文谓之音，然五方风土不同，音遂各异，又时代更嬗，即目前名物称谓迥殊，而音亦弗侔。故古人之诗与今韵大别。好学者博考先秦诸书，比类以求其合，如陈氏第、顾炎武考正古音多所发明，然亦不尽和也。今择其可从这著于篇。"[1] 他明确指出诗乃声音之文，圣人以诗为天地自然的音响，能反映人心之淑慝，礼乐、声诗是人心规范中和之道的重要准则，诗和乐二者是不相分离的，因此"周公作乐，无论朝野皆有诗歌乐舞，乐与诗俱不可一日离也"[2]。

《诗》即入乐，那么诗的韵律就显得格外重要。刘沅强调"诗韵以协音律为紧要"。在清代，关于《诗经》音韵的研究已大量出现，在清以前只有宋代吴棫《毛诗补音》、明代陈第《毛诗古韵考》两书，而清代则有顾炎武《诗本音》、王夫之《诗经叶韵辨》、段玉裁《诗经韵谱》、江有诰《诗经韵读》、孔广森《诗声类》等。顾炎武《诗本音》、陈第《毛诗古韵考》主要研讨《诗经》古韵的分布和《诗经》的咏韵规律。刘沅著《诗经恒解》音韵均采自这两部书，其注音方法主要有直音法、反切法、标四声三种。如《摽有梅》：摽有梅，其实三兮，求我庶士，迨其精兮。《恒解》："三，音森。"《子衿》：挑兮达兮，《恒解》："达，他悦反。"《野有蔓草》：适我愿兮，《恒解》："愿，上声。"

---

[1] （清）刘沅：《诗经恒解》，《槐轩全书》（增补本），巴蜀书社2006年版，第627页。
[2] （清）刘沅：《诗经恒解·小雅·鼓钟》，《槐轩全书》（增补本），巴蜀书社2006年版，第761页。

刘沅对注音中韵例的阐释则直接来自顾炎武《诗本音》。

最后，刘沅肯定孔子删诗说，认为"删诗三百蔽以无邪"，删诗的目的是达到圣人之教。关于《诗》三百篇是由孔子删诗而来的问题，一直是诸儒争论的话题，支持孔子删诗之说以司马迁、班固、欧阳修、顾炎武等为代表；怀疑或反对孔子删诗之说以郑樵、朱熹、朱彝尊等为代表。刘沅是赞成孔子删诗之说的。他在《诗经恒解·凡例》中说："夫子删诗之说，欧阳公谓篇删其章，章删其句，句删其字。是也。然亦有全篇不录者，今既就本文训诂，凡诸逸诗概不取以自乱其说。"① 刘沅赞同欧阳修的看法，认为孔子对《诗经》的篇、章、句、字都进行了删存。刘沅注《诗经恒解》不选逸诗，其目的是达到《诗》以垂教的作用。刘沅曰："夫子所删之诗，凡自叙淫行者皆不录之，乃可垂教也。若存其淫词而又教人思无邪，是何异开门揖盗而令其毋发巾苟乎？"②

二 刘咸炘的诗学思想

刘咸炘著有《诵〈诗〉审记》一文，体现他对刘沅《诗经》学思想的继承，另刘咸炘又创作了大量的诗论著作，如《诗系》《诗系后记》《诗系滕记》《风骨集评》《风骨续集评》《诗评综》《辟袁公案》《诗本教》《诗人表》《说诗韵语》《说诗词韵语》等，这些论著是他诗学理论的具体体现，此外，在《文学述林》《文式》等文论中，也涉及对诗的讨论。具体而言，刘咸炘倡导"诗言志"的本质论，以及"以风救骚"的风骨论。

（一）《诵〈诗〉审记》中的诗学思想

《诵〈诗〉审记》是刘咸炘《诗经》学的主要研究成果。刘咸炘作《诵〈诗〉审记》主要目的是继承和发扬刘沅的诗学思想，他

---

① （清）刘沅：《诗经恒解·凡例》，《槐轩全书》（增补本），巴蜀书社2006年版，第626页。

② （清）刘沅：《诗经恒解》，《槐轩全书》（增补本），巴蜀书社2006年版，第677页。

第五章　刘氏家族文学理论

在序文中说："毛、郑本多异同，清儒考辨极多，犹未详察。一句之中每有歧义，冲远调停其间，多泯其迹。大氐毛多简直，郑多迂曲，添字为说，不顾上下文义，皆所不免。读而生疑，辄纠正之，非好讥刺，实以解经贵自然，忌牵强也。祖注训诂多不循旧说而实有本，悉证明之。"① 刘咸炘认为清人考辨毛诗多简直，考辨郑诗多迂曲，而祖父刘沅注《诗经恒解》以训诂为主，不循旧说，崇尚自然解经，不牵强附会。

刘咸炘在著《诵〈诗〉审记》时，也注意了兼顾"汉学"与"宋学"。刘咸炘评《关雎》：

  首章郑说极迂，上句既赞淑女，下句不应别言君子。且若所言，则当添正文为君子和好众女之仇矣，甚矣其牵强也。毛说简直可宝，陈硕甫申毛，谓淑女指后妃，甚当。仇字本不定指怨耦，陈长发、胡诸家驳郑皆是。②

刘咸炘认为郑玄笺注《关雎》牵强附会，清人陈硕甫、陈长发、胡墨庄对郑玄的批评是合理的。刘咸炘在著《诵〈诗〉审记》后附引用书，实际是他对清人治经的评论，刘咸炘评陈硕甫、陈长发、胡墨庄治经："陈硕甫奂《疏》诂训精密，数百年无二。以毛为主，不用郑义冥想臆补，为功不小。毛无说者慎密说之，多合于朱。惟牵于毛说，不免回护。胡墨庄（承珙）《后笺》标举义类，折衷宋说。磋磨辨析，与陈《疏》同胜。特彼贵谨严，此贵明畅耳。陈长发（启源）《稽古编》先进开山，力复古说，抉摘宋误，发明毛、郑，有椎轮之功。惟假借未通，说未精密。一意攻朱，吹求太过。书末总论发

---

  ① 刘咸炘：《诵〈诗〉审记》，《推十书》（增补全本）壬癸合集，上海科学技术文献出版社2009年版，第151页。
  ② 刘咸炘：《诵〈诗〉审记》，《推十书》（增补全本）壬癸合集，上海科学技术文献出版社2009年版，第153页。

朱之失，则甚明确，不可不知。"① 清代有大量关于经书著述的著作，阮元《皇清经解》、王先谦《皇清经解续编》所收作者凡百五十七家，为书都三百八十九种，二千七百二十七卷，可谓壮观，其中，又以《诗经》学研究成果最为丰硕。刘咸炘在著《诵〈诗〉审记》时也是充分参照了清人治《诗经》的成果，他在对《诗经》字词解读方面，既参考了清人注释，又结合古人注释，其目的是证明祖父刘沅注《诗经恒解》的正确性：

> 左右，自以朱说为是，戴谓至近之词亦可参。其意若如旧识，则助者何人？忽云助求之，古人文字不应如此突兀。且左右、寤寐、辗转，正是一例，不可泥，使上文不相应也。思字当从郑。如毛说则思思二字重叠无味。若如陈硕甫说，则何不云以思而思，乃必用思为语词，而又以服字代思，以避相混，古人未免太费周章，过于艰苦矣。郑谓己之职事。祖意所以为求之之事，若戚鹤泉谓服驾，则不如训事为熟。②

关于"左右""寤寐""辗转"的解释，刘咸炘对旧说并不赞同，《毛诗注疏》中对"左右"的解释为："左右，助也，《释诂》文。此章未得荇菜，故助而求之。既得，故四章论'采之'。采之既得，故卒章言'择之'。皆是淑女助后妃，故每云'左右'。此章始求，谓未当祭时，故云'将共荇菜'。四章'琴瑟友之'，卒章'钟鼓乐之'，皆谓祭时，故笺云'共荇菜之时'也。此云'助而求之'，谓未祭时亦赞助也。"③ 刘咸炘认为这种解释过于牵强附会，古人文

---

① 刘咸炘：《诵〈诗〉审记》，《推十书》（增补全本）壬癸合集，上海科学技术文献出版社2009年版，第536页。
② 刘咸炘：《诵〈诗〉审记》，《推十书》（增补全本）壬癸合集，上海科学技术文献出版社2009年版，第153页。
③ 蒋鹏翔主编：《阮刻毛诗注疏》一，西泠印社出版社2013年版，第94页。

字不应该如此突兀。刘咸炘认为朱熹《诗集传》中的解释是合理的。《诗集传》曰："荇,上青下白,叶紫赤,圆茎寸余,浮在水面,或左或右,言无方也。或寤或寐,言无时也。辗者,转之半。转者,辗之周。"① 刘沅《诗经恒解》对此解释大致与《诗集传》同。《诗经恒解》曰："荇菜止在水中,而左右流之,不能遽获,淑女宛在目前,而寤寐怀思,不可苟求,辗转反侧,卧不安席。"② 此外,在《诗》入乐与删《诗》之说上,刘咸炘同样赞成祖父刘沅的观点。刘咸炘曰:"《诗》与乐同道,乐道广博易良而患无节,圣人于诗、乐皆以节制其和,故诗道博则诗义亡。删,盖删其词之浮及过而害理者,以防后人之误会。知此则知《郑风》非淫词,使《郑风》犹淫,则孔子之删为无用矣。"③ 刘咸炘对《诗》入乐与删《诗》之说同样是持肯定态度。

(二) 刘咸炘的诗本教论

刘咸炘倡导诗言志的本教论。对"诗言志"的理解,刘咸炘在充分吸收古人言说的基础上,提出自己的看法,刘咸炘曰:

> 《诗序》曰:诗者,志之所之也一。在心为志,发言为诗,情动于中而形于言。慎子曰:诗,往志也。庄子曰:诗以道志。《春秋说题辞》曰:诗之为言志也。《说文》曰:诗,之也。《释名》曰:诗,之也,志之所之也。诗之古文作𧥣,从之。之、志,义同也。夫但言志,则何文非志乎? 盖古之止言志者,对《书》之道事而言也。其所谓志者,情也,故《诗序》又申之以情动,言情则异于理矣。古固无说理之文也。《春秋说题辞》又曰:在事为诗,思虑为志。此亦非谓志为智也。在事,对在心为

---

① (宋) 朱熹:《诗集传》,上海古籍出版社 1980 年版,第 2 页。
② (清) 刘沅:《诗经恒解》,《槐轩全书》(增补本),巴蜀书社 2006 年版,第 628 页。
③ 刘咸炘:《诵〈诗〉审记》,《推十书》(增补全本) 壬癸合集,上海科学技术文献出版社 2009 年版,第 151 页。

言,犹言发于文字而已。思虑,亦止谓存于心。古人用字本不严明,非如今之以志属意志,以思属智理也。或曰:情者,凡情文之所同也,何独诗乎?曰:古之情文止诗,后之情文有非歌辞五七言者,亦皆诗之流也。①

刘咸炘采众家之说,认为诗的作用即为"言志",但关于"志"的所指,向来又有两种看法,一是指志向,二是指情感。刘咸炘引《释明》和《春秋说题辞》来阐释"志"的含义。最终,刘咸炘主张将"志"理解为情感,在他看来,抒情是诗歌最重要的特征,是区别诗与文的关键所在。刘咸炘认为诗歌是抒发情感的主要表达形式,而后出现的非歌辞之文皆是诗的变体。将"志"定义为情感后,刘咸炘又指出情感的抒发应该有一个度,这就是"持",刘咸炘曰:"《诗纬·含神雾》曰:诗者,持也。孔氏《诗正义》申之曰:在于敦厚之教,自持其心。刘氏《文心雕龙·明诗篇》曰:诗者,持也,持人性情。三百之蔽,义归无邪,持之为训,有符焉尔。持之为义,兼发动与节制而言。诗乐同功,皆主于发,然发必有节,故《乐记》曰:乐主其盈,乐盈而反。反者,止于中和也。《荀子》曰:诗者,中声之所止也。杨倞注曰:至乎中而止,不使流淫。"② 刘咸炘所倡导的正是"温柔敦厚"的诗教论,他认为诗歌在抒发感情时,并不是任情宣泄,而是有一个度,这个度正是诗之"持"的把握。刘咸炘的诗学理论正是建立在"志持"二义之上的。

刘咸炘在《诗系》一文中,梳理了清代诗文评论家的诗学观点,对持"诗以言志"的诗文评论家给予肯定,并指出诗歌比兴手法的重要性。刘咸炘曰:

---

① 刘咸炘:《诗评综·古训》,《推十书》(增补全本)戊辑,上海科学技术文献出版社2009年版,第1262页。

② 刘咸炘:《诗评综·古训》,《推十书》(增补全本)戊辑,上海科学技术文献出版社2009年版,第1263页。

第五章 刘氏家族文学理论

> 昆山顾宁人氏，独举志事，以祛时弊。山阳潘彦辅氏，继起言义，褒讥昔士，扶教别裁，斯一盛也。而顾未备论，潘只详唐。阳湖张翰风氏，专明比兴，以章情变。蕲州陈太初氏，发潜阐幽，比、兴益著。仁和谭仲修氏，宗张取潘，会通二说，以柔厚寄托为主，又一盛也。而未知大别，时伤泛爱。衡阳王而农氏，探本柔文，精研六代，宋后弊习，泛扫无遗。湘潭王壬父氏，异世同道，备究三唐。其徒宋芸子氏申之，词格源流，粲然可睹，又一盛也。而而农多过正之论，壬父无溯源之功。①

这段评论涉及的人物有顾炎武、潘德舆、张琦、陈沆、谭献、王夫之、王闿运、宋育仁八位诗文评论家，他们对传统诗学思想都有所继承与发展，刘咸炘对他们的诗学思想做了简明扼要的概括。刘咸炘认为顾炎武"独举志事"将"诗言志"作为诗歌创作的根本，纠正清初沿袭明人诗风，具有"以祛时弊"的作用。刘咸炘举潘德舆倡导"诗言志""思无邪"的诗教功能，其"扶教别裁"的作用在当时兴盛一时。这两点正是刘咸炘所认同的，刘咸炘曰："《书》曰诗言志。无志何得为诗？此义不亡，顾、潘之功也。"②

在关于诗歌比兴手法方面，刘咸炘认为比兴手法是"诗言志"的主要表现，他推崇清人张翰风、陈沆、谭献重视诗歌比兴的做法。张翰风《宛邻书屋古诗录》选录了汉至隋诗，并对一些诗歌做了简要的评价，《古诗录》言诗之比兴，强调诗主性情。陈沆诗歌理论著作《诗比兴笺》，同样主张以比兴的手法来达到诗歌"言志""美刺"的作用。刘咸炘编撰《三秀集》是一部清代诗歌选集，其中选了陈沆的诗，既是对陈沆诗歌理论的接受，同时也是对其诗歌的传

---

① 刘咸炘：《诗系》，《推十书》（增补全本）戊辑，上海科学技术文献出版社2009年版，第1171—1172页。

② 刘咸炘：《诗系》，《推十书》（增补全本）戊辑，上海科学技术文献出版社2009年版，第1172页。

播。谭献则是晚清时期的一位词学大家，他的诗歌理论宗张翰风，提倡用比兴的手法来展现诗歌情感。

刘咸炘评论了王夫之、王闿运、宋育仁的诗学思想。刘咸炘指出王夫之"探本柔文，精研六代"，实际是对王夫之诗为性情之学的肯定。王夫之的《唐诗评选》多从诗言情和风雅之志来选录诗歌和臧否诗人，刘咸炘后来著《一饱集》《三秀集》诗歌选集在诗歌选录方面，其标准主要参考了《唐诗评选》。王闿运、宋育仁是师徒关系，王闿运主张宗法汉魏六朝诗歌，他提出"学古必学汉也，唐无五言，学五言者，汉、魏、晋、宋尽之"①。王闿运编《八代诗选》，刘咸炘对该选集评价颇高，与张翰风《古诗录》比，刘咸炘认为王氏诗选更为完备，刘咸炘曰："录八代诗，据张氏《古诗录》、王氏《八代诗选》。张录选择不苟而主情太滥，乃至子夜读曲，无所不收。王选该备，梁前几于无遗，陈、隋乃多所弃"②。宋育仁作为王闿运的弟子，接受了老师的诗学观点，同时将诗学中心转向唐朝，模仿《诗品》著《三唐诗品》，将唐诗分为初、盛、晚三个时期，分别溯源诗人的流派。

刘咸炘对这八位清代诗歌评论家的诗学思想的分析，亦可见出他的诗学思想，他赞同顾炎武和潘德舆提倡的"诗言志"之说，肯定张翰风和陈沆重视诗歌比兴的做法，宣扬王夫之诗为性情之学，提倡王闿运学习汉魏六朝诗的主张。刘咸炘的诗学观既是发扬传统"诗教"思想，又结合时代风气对传统"诗教"进行补充和扩展。刘咸炘根据钟嵘《诗品》溯源法，对汉至唐期间近一百位诗人进行了评论，并将遴选出的诗人分别溯源于《颂》《小雅》《国风》和《楚辞》系。刘咸炘发明三系之说，"立以为统，和合三家，穷源竟委。上起于汉，下断于唐，各具评议，兼举篇章，标合作以明本教，存盛藻以

---

① （清）王闿运：《湘绮楼说诗》，《湘绮楼诗文集》，岳麓书社1996年版，第2218页。
② 刘咸炘：《诗系》，《推十书》（增补全本）戊辑，上海科学技术文献出版社2009年版，第1175页。

第五章 刘氏家族文学理论

备名家,词义共贯,轻重自存"①。三系之说在于能垂统于上而承于下,能贯穿诗歌的整体发展,从而探究诗歌的渊源。

关于诗歌"持"的把握,刘咸炘以袁枚性灵说为例,指出性灵说所倡导的"情"已超越了度,与"温柔敦厚"的诗教背道而驰,刘咸炘曰:"诗之衰弊,始于晚唐,每况愈下,以至于今。顾宁人所谓人人皆为诗,而天下乃无诗,是切论也。不有顾、潘、张、陈、王氏出,本教何自而明哉。絜而论之,厥有三端。一曰无义。自唐多空言诗酒山水,宋更广作赠答题图。命题趁韵,如为试帖,一集之中,十九酬应,彼善于此,陆胜于苏。沈德潜皮傅韩、苏而但知局整,王士禛专拈神韵而惟喜词鲜,求其志事,了不可得。加以袁枚邪说,祸于人心,但有情趣,即是风雅,采兰赠芍,有何关系。此缘朱元晦误解溱洧桑中为自述,赖有章学诚特撰《妇学诗话》以申诛。"② 刘咸炘称袁枚的性灵说为邪说,是导致诗歌无义的诱因之一。对性灵说的批评,刘咸炘是接受了章学诚的观点。刘咸炘在《自述》中说:"吾之学,《论语》所谓学文也。学文者,知之学也;所知者,事物之理也;所从出者,家学祖考槐轩先生,私淑章实斋先生也。"③ 章学诚认为诗歌重在抒情言志,而诗歌的情感往往是深藏在言语之内,要借用比兴的手法,引申触类传达出来。章学诚对袁枚提出的"性灵说"给予了批评,"性灵"本是重视诗歌情感,但袁枚所倡导的诗歌情感主要是指向内心的个人情感,这正是章学诚批评所在,他为此专门做了《题随园诗话》十二首七言绝句诗来批评袁枚,倡导诗歌抒发情感应该合乎封建道德教化规范。刘咸炘接受了章学城的观点,称性灵说为"邪说"是指性灵派所倡导的"情"没有把握持度,不符合诗

---

① 刘咸炘:《诗系》,《推十书》(增补全本)戊辑,上海科学技术文献出版社2009年版,第1172页。
② 刘咸炘:《诗系》,《推十书》(增补全本)戊辑,上海科学技术文献出版社2009年版,第1173页。
③ 刘咸炘:《自述》,《推十书》(增补全本)戊辑,上海科学技术文献出版社2009年版,第519页。

教规范。

(三) 诗选集体现的诗学思想

刘咸炘的诗选集也是其诗学思想的具体体现,如诗选集《一饱集》《三秀集》的编选体现了他诗教论的思想。《一饱集》选唐以后诗。在刘咸炘看来,诗至中晚唐时已衰败,虽唐以后作诗者甚多,但大都不合诗本教,诗歌难以反映兴观群怨之意。刘咸炘曰:"诗之多,始于中、晚唐,而衰亦始于中、晚唐。自是以来,宋、元、明、清无事不入诗,无人不作诗,合于兴观群怨者益少,而门户嚣喧益甚。格调、神韵、肌理、风趣、性情,纷争而终不达宗。"① 刘咸炘认为诗歌衰败始于中、晚唐,其原因是因为诗歌缺少了"诗言情"的本质论。自宋以来事事都入诗,人人都作诗,到了清代,诗歌派别各立门户,纷争不断,最终离诗教论越来越远。刘咸炘曰:"诗之用四,曰兴、观、群、怨。兴之所该甚广,而言志为先;观之所该亦广,而述民风为重;群者道情也,情有不遂则怨。"② 因此,他选唐以后诗的标准是以事、义、词为准:"今此所选,本为讽赏,独出手眼,宁漏无滥,以事、义、词并美为准。宁取词不及义,不取有词无义。偶取无义者以备派别,亦必取其最佳,足表一家之气格者,不多取也。"③《一饱集》取名源于东坡之诗《撷菜》:"秋来霜露满东园,芦菔生儿芥有孙。我与何曾同一饱,不知何苦食鸡豚。"④ 刘咸炘将一饱芦菔芥孙比作是诗本教,苦食鸡豚比作当时社会的诗学风气,他说:"后之诗人,逐末忘本,广读四朝,皆所谓好食鸡豚而忘菽粟。"⑤

---

① 刘咸炘:《一饱集》,《推十书》(增补全本) 戊辑,上海科学技术文献出版社2009年版,第1433页。
② 刘咸炘:《风骨续集》,《推十书》(增补全本) 戊辑,上海科学技术文献出版社2009年版,第330页。
③ 刘咸炘:《一饱集》,《推十书》(增补全本) 戊辑,上海科学技术文献出版社2009年版,第1436页。
④ (清) 王文诰辑注,孔凡礼点校:《苏轼诗集》,中华书局1982年版,第2202页。
⑤ 刘咸炘:《一饱集》,《推十书》(增补全本) 戊辑,上海科学技术文献出版社2009年版,第1433页。

第五章　刘氏家族文学理论

在他看来，后世诗人忘却诗本教，好比人们食用鸡豚而忘了菽粟，这是逐末忘本的做法。取名为一饱即是提醒读者读诗要重视诗本教。

在明确选诗标准后，刘咸炘进一步梳理了宋、元、明、清诗歌发展的情况，以便说明哪些诗能够入选：

> 吾翻阅宋以降之诗，采取曾不十一，非有偏憎也。无志无事之作，十常八九不得为诗，但观其题，已可略定去取矣。梅圣俞可谓大家，而《宛陵集》三十卷送人上官之五律，居十之八，细观之，填写官所风土而已。王渔洋选宋元大家歌行题画者，居十之九，而遗山《黄金行》、道园《送兄懋修南还》之作反不录。作者既如彼，选者复如此。苏、黄次韵最多，应酬牵率，附会故事，固无谓矣。《放翁集》偶成感怀亦最多，自写闲适，描摹器具，复何取乎。宋人诗多有事有意，而事意多纤琐佻巧，虽密无取也。明人矫之而师唐，以浑妙不著议论为主，遂至竟无事意，又何以观哉。盖自宋以来，五古多宗韦、柳，为游览之用；七言歌行多宗杜，为题画之用。文林之大国，高古之师法，只以说闲话而已。陈长翁之五古，学白乐天《秦中吟》说时事；张文潜之七古，学张籍、王建写土俗。似此之类并不高古，吾反爱之。即以师法论，此真乐天、张、王之当行好处。彼以游览为韦、柳，以题画为杜。乃所谓以碔砆为连城耳。故宋以来之诗虽极其多，亦非难读，但择题而读之，便可弃置十之八、九矣。赠送、题画、次韵之中，岂无有志有事者，然只十之二、三，学者安有许多功夫细为择别耶。四库之书，至今已患太多，而最多者莫如诗集，若有秦皇，直当烧之耳。

> 凡一朝一代自有风气。观其风气，可以略定其诗题。南宋江湖派盛行时，其诗十九皆描写山水，且十九皆律诗，写民风述怀抱者绝少。元朝年短，其风本属杨朱，无论诗、词、曲，除数大家外，大抵言及时行乐。而数大家中，又多写北方京都宫室风

279

土。明中叶,诗句多佳而情绝少,仅有旅怀朋情而已。大抵平世人多流连光景,乱世乃多真感慨。如南宋石湖、诚斋以后,绝少佳诗,而末年乃有谢皋羽、文文山及谷音诸公,皆远过前之名家。元中年绝少佳诗,而末年如周石初、王元吉诸人家,其诗乃大胜。①

刘咸炘认为宋诗虽有事有意,但事多纤琐佻巧,以梅尧臣和王安石为代表,诗歌不再回避平凡、琐屑的生活细节,日常生活琐事常常成为诗歌的题材,在诗歌艺术风格上以追求"平淡"为目标。刘咸炘选梅尧臣诗歌十五首,王安石诗歌二十七首,所选之诗多为写实平淡之诗,力争凸显"事"的选诗标准。另选苏东坡诗十八首,黄庭坚诗二十六首,刘咸炘认为苏、黄次韵最多,讲究诗歌的声律美,苏轼学博才高,对诗歌艺术技巧的掌握得心应手,在诗歌中常常使用典故,注重诗词的运用,黄庭坚更是讲究"无一字无来处"用词诗风,因此选苏、黄之诗遵循"词美"的标准。陆游诗多感怀写意之诗,《一饱集》选陆诗十六首,体现"诗义"的选诗标准。至于元、明、清诗,刘咸炘认为佳诗绝少,这里所指佳诗是指具有事、义、词美的标准,既然不符合这样的标准,元、明、清诗又如何选呢?刘咸炘曰:"古今之诗,固有不得不为诗而不可废者,一曰格言,二曰闲适语。闲适无关六义,格言太率露,皆不合诗教。然诚有惬人心赏者,吾亦爱之,此当别白。吾尝有妄想,欲取古今之诗,勒为三部。一为正,以兴观群怨、温柔敦厚、言志主文为准。其二为附,则格言、闲适。"② 这样一来,选元、明、清之诗不再关于"事""义""词"之美,而是只要有关格言、闲适之语的都可入选。格言既可指诗的

---

① 刘咸炘:《一饱集》,《推十书》(增补全本)戊辑,上海科学技术文献出版社2009年版,第1433—1435页。
② 刘咸炘:《一饱集》,《推十书》(增补全本)戊辑,上海科学技术文献出版社2009年版,第1435页。

立意，也可指诗的语言，只要对学诗有帮助者都可入选，闲适语者指诗歌用语的平淡，反映现实。因此选元、明、清诗降低了选诗的标准，却增加了选诗的数量，其目的是让读者能够读到更多的诗歌。

清代，诗学流派纷呈并出，诗学主张也各有建树。其中，如何对待唐诗和宋诗一直是清代诗学的核心问题。宗唐者推崇唐诗格调和诗风，贬斥宋诗无味。宗宋者肯定宋诗价值，求新求变，重视学问。我们亦可以从清人诗选集中看到二者的纷争。宗宋诗派以《宋诗抄》为例，《宋诗抄》刊行于1671年，选辑者主要有吴之振、吴自牧、黄宗羲、吕留良等人。这几位清初诗人本是宗宋思潮的拥护者，《宋诗抄》成为他们宣传宋诗的主要载体。王渔洋的《唐诗神韵集》《唐贤三昧集》等则是宗唐的主要代表。二者纷争从清初一直延续到清末，从刘咸炘的诗选集中我们亦可看出刘咸炘对唐诗和宋诗的看法。从刘咸炘编选《风骨集》《简摩集》来看，他是宗唐的，他推尊汉魏盛唐之诗，提出"欲明诗教，当倡风系以救骚弊"[1]之论。但他并非排斥宋诗，他对宋诗中善于表达"事""义""词"之美的作品也给予赞颂。可见，在"唐宋之争"中，刘咸炘始终以"诗教"和"风骨"为准，其目的是以选本来影响时代风貌，扭转诗歌下滑的局面。

《三秀集》是刘咸炘编选清代诗人的诗歌选集。他选了清代三位诗人的诗，一是吴嘉纪，二是陈沆，三是龚自珍。在《三秀集》序文中，刘咸炘说明了编选目的和原因：

> 吾撰《诗系》，迄于唐末，宋、元二代，少合本教，大家亦多虚泛。明有复古者，汪端所钞略具。清诗派蕃变，大半俪画李、杜，皮傅韩、苏，如归愚、仲则、心余之流，皆乡愿耳。不

---

[1] 刘咸炘：《诗系》，《推十书》（增补全本）戊辑，上海科学技术文献出版社2009年版，第1175页。

得中行，则思狂狷。渔洋、湘绮，词格固高，亦止王、孟、鲍、谢，而虚腔傀儡，温柔而不敦厚。樊榭、覃溪及道光以来言宋诗者，务为实密健峭，矫狂、愿之弊，乃至专师两宋，而词塞义琐，敦厚而不温柔。要皆不明本教耳。鄙人论诗，以风救骚、以骨救肉，以狭救广，有取于狷者三家：曰吴野人，曰陈秋舫，曰龚定庵。刘、左一脉，至宋而亡。唐代先进野人，惟达夫、次山而犹不纯。此三家非知宗系，而立格既高，坠绪斯存，由此假道，可进魏、晋。①

　　这三位诗人分别生活于清代初、中、晚三个时期，刘咸炘之所以选择这三位诗人诗歌为一集，一方面是他们能够代表清代初、中、晚三个时期的诗歌时代特征，另一方面这三位诗人具有共同的作诗倾向，即诗歌注重写实，倡导"诗言志"之说，这与刘咸炘以风救骚、以骨救肉的诗学观念是一致的。《三秀集》选吴嘉纪《陋轩集》诗十六首，选诗题材多是现实生活的真实写照。吴嘉纪是清初遗民诗人代表之一，其诗歌具有一定的时代共性，同时又兼具自己独特的风貌。吴嘉纪的诗歌创作与顾炎武等遗民诗人的诗歌创作不同，他很少描写重大的政治事件，笔下也少有高大山川和风景名胜，他主要关注和倾注感情的是生活在煎熬中的海滨盐民及农民，描写他们的艰辛和悲哀。而这正是刘咸炘选吴诗之由，他在评论吴诗时引用了沈德潜和潘德舆之语："沈归愚曰：渔洋以学问胜，运用典实，而胸有炉冶，故多多益善而不见痕迹。陋轩诗以性情胜，不须典实，而胸无渣滓，故语语真朴而越见空灵，然终以无名位。予持此论，而众人不以为然。然其诗具在，试平心读之，近人中有此孤怀高寄否。潘四农曰：其诗字字入人心腑，殆天地元气所结。予专选一百首，朝夕讽玩，以为

---

① 刘咸炘：《三秀集》，《推十书》（增补全本）戊辑，上海科学技术文献出版社2009年版，第1943页。

第五章 刘氏家族文学理论

陶、杜之真衣钵。犹恨竹垞、归愚,知之不尽,人以其穷约而少之,指为山林一派,岂知诗之根本者。"① 刘咸炘认为吴诗终以无名位,一方面是因为不受后人所重视,另一方面是因为如朱彝尊、沈德潜等人虽了解吴诗,却言说不尽。因此,刘咸炘选吴诗的另一个原因是希望吴诗能被更多读者所接受。

陈沆是嘉庆和道光年间的重要诗人,著有《简学斋诗》四卷、《白石山馆手稿》一卷。陈沆不仅是一名诗人,也是一名诗歌理论家。他的诗歌理论著作《诗比兴笺》,主张以比兴的方法达到诗歌"言志""美刺"的作用,这与刘咸炘倡导"诗言志"的诗学观念一致。《三秀集》中选陈沆诗十五首,多为心系天下的纪实诗,此类诗用写实的手法寄托了诗人忧国忧民的情感。最后,刘咸炘选龚自珍诗。龚自珍是旧时代的最后一位诗人,也是新时代的第一位诗人,他的诗打破了封建的束缚,主张重情、重心,强调"人""我"与"心之力"的作用。刘咸炘欣赏龚自珍,他说:"人谓定庵狂,吾甚惜之而甚爱之。惜其不遇明师,爱其天性厚。"② 他为龚自珍不遇明师而感到惋惜,对龚自珍的性格和才气又多加仰慕,所选龚诗多是对黑暗现实的描写以及对美好生活的向往和信念。刘咸炘所生活的时代更是一个新旧交替的时期,对龚诗的选择和喜爱也表达了他内心真切的感受。

选编本朝诗歌是有一定难度的,这不仅要求编选者具有宏阔的历史视野、敏锐的艺术审美眼光,更需要编选者有深厚的诗学理论知识。刘咸炘编选《三秀集》的重要意义在于:表明"诗以言志"的诗学原则,以此来拯救日益衰败的诗风。

刘咸炘另有诗歌选集《风骨集》四卷,第一卷《诗初学》、第二卷汉至隋诗、第三卷初盛唐诗、第四卷晚唐诗。《诗初学》,顾名思

---

① 刘咸炘:《三秀集》,《推十书》(增补全本)戊辑,上海科学技术文献出版社2009年版,第1944页。

② 刘咸炘:《三秀集》,《推十书》(增补全本)戊辑,上海科学技术文献出版社2009年版,第1959页。

义所选诗歌是初学诗者应该阅读或学习的诗歌。刘咸炘曾在尚友书塾担任塾师,《诗初学》最初编撰目的是为尚友书塾的学子们提供初学诗歌的范本。刘咸炘在《诗初学》序言中说:"诗以言志。唐以来之诗,十九皆非真诗,故诗不可轻作。诗以陶情。孔子定诗本教人诵,故诗不可不读。圣教兼诗礼,人心分智情。吾党终日穷理析义,目览手书,大较礼家之言,智慧之事,久张必弛。劳者有歌,苟无以范其情,则水流火燥,恐渐趋于邪僻。故诗不可不学,不轻作乃可作。欲读必先讲。吾于诗讲指多且详矣。《简摩》评具各系之体格,从吾集标刘左之风宗然。《简摩》必深讲,乃能知从吾非《初学》所能拟。有蒙求我问下手之阶,则无以应也。前岁撰《诗系》成,于故纸中检得大父手书曰:古诗甚多,难以尽读。将《古诗十九首》缓缓读完,复选白乐天等浅显古诗与读,便令其学作可也。私幸主张风宗,不背先训,因复本此意,选录一本,以授初学。"[1] 这段话不仅道出了刘咸炘的诗学思想,同时也讲到《诗初学》选诗的内容及目的。刘咸炘倡导"诗以言志,诗以陶情"的诗学思想,在他看来唐以前的诗最能体现这样的诗学思想,他把唐以前的诗称为真诗,他认为要创作真正的诗歌就必先读诗再学诗,诗歌不可以轻作。《诗初学》选《古诗十九首》、汉魏六朝诗以及白居易的新乐府诗,其目的就是让初学诗者掌握"真诗"的意蕴。

《诗初学》共选诗七十一首,其中汉魏六朝之诗五十六首,另选中唐诗人王建、张籍、白居易诗十五首。从选诗内容不难看出所选诗歌句词浅显,但诗意浓厚,如《古诗十九首》行行重行行、青青河畔草、青青陵上柏、西北有高楼、明月皎月光等,阮籍《咏怀》,陶渊明《归园田居》《饮酒》,王建《田家行》《行见月》《羽林行》等,张籍《征妇怨》《野老歌》《寄衣曲》等,白居易《上阳人》《卖

---

[1] 刘咸炘:《诗初学》,《推十书》(增补全本)戊辑,上海科学技术文献出版社2009年版,第329页。

炭翁》《母别子》等。正如他说："今之录此，皆取词不浓晦，而意势超妙，变化合于柔文之旨者，明本教也。"① 选取词不浓晦，意势超妙之诗，旨在明诗本教，重视诗歌的教化作用。《诗初学》是刘咸炘颇为满意的诗选，和他另外几部诗选集相比，刘咸炘给予了较高评价："《三真》别举一义，自具界域，《三秀》未为定品，尚拟更易，《简摩》亦患太约。三系之说，施之唐人已不能赅合。《本教》从吾宗旨皆明，而所选择沿三系而分，故亦不能严明。惟《诗初学》以立基本，尚可用耳。"② 《诗初学》选诗宗旨明确，选诗标准严明，能够反映刘咸炘的诗学思想，同时对初学诗者来说又是一个很好的学习范本。

《风骨集》第二卷选汉魏六朝诗，是对《诗初学》的补充。刘咸炘推崇汉魏六朝诗，一方面是因为他所倡导的诗歌溯源论来自钟嵘《诗品》，另一方面则与王闿运在尊经书院任教时主八代诗风有关。1873 年，具有洋务思想的知识分子张之洞奉旨任四川乡试副考官，张之洞到川后，目睹四川知识界的没落状况，决意改革教育，正兴蜀学，培养人才，创办了尊经书院，在众多书院山长中，王闿运的影响是最大的，他在尊经书院主讲"公羊"今文经学，王闿运认为"凡国无教则不立，蜀中之教，始于文翁遣诸生诣京师，意在进取，故蜀人多务于名，遂有题桥之陋。今欲救其弊，必先务于实。"③ 因此，他强调要以实学来教育学生，在此影响下，他倡导复古诗风，以学习汉魏六朝八代诗歌为主。刘咸炘对王闿运的诗学理论是非常赞同的，他说："湘潭王壬父氏，异世同道，备究三唐。其徒宋芸子氏申之，词格源流，粲然可睹，又一盛也。"④ 在诗学思想上，刘咸炘接受了

---

① 刘咸炘：《诗初学》，《推十书》（增补全本）戊辑，上海科学技术文献出版社 2009 年版，第 329 页。
② 刘咸炘：《风骨集》，《推十书》（增补全本）戊辑，上海科学技术文献出版社 2009 年版，第 321 页。
③ 王代功：《清王湘绮先生闿运年谱》，台北：台湾商务印书馆 1978 年版，第 87 页。
④ 刘咸炘：《诗系》，《推十书》（增补全本）戊辑，上海科学技术出版社 2009 年版，第 1172 页。

王闿运主八代的诗学思想，刘咸炘曰："后世诗人，动称汉、魏、六朝。其言格调最高者，如王渔洋及诸主盛唐者，上溯实止小谢。王壬父之主八代，近世人之主中唐、北宋者，上溯实止大谢，其余亦或溯于陶。元嘉三家，颜、鲍与谢，颜与大谢。近、后世宗陶、鲍者少，已成假王、孟，假韩、苏，余皆谢家法。三分天下有其二矣。"[1] 进一步说明了刘咸炘推崇汉魏六朝诗。

卷三选初盛唐五七言诗，卷四选中晚唐五七言诗。其中以初盛唐诗为主，共选初盛唐诗人三十一位，共选唐诗一百一十一首。刘咸炘对唐诗内容进行了专门论述："论世开天遗事在，征人怨女国风情。何因乐国群居者，反作边愁室叹声。"[2] 这是刘咸炘创作的论诗诗，诗歌指出唐前期边塞诗、闺怨诗出现的原因，刘咸炘认为这与当时夷狄多事、宫闱专宠的时代背景有关，刘咸炘评曰："玄宗时夷狄多事，宫闱专宠，故高、岑、王、李诸公多讽刺微旨，后人以摹仿盛唐相矜，边塞宫闱之词，十居五六，何为也哉。"[3] 卷三选杜甫诗最多，刘咸炘对杜诗评价非常高，他说："同愿齐心识曲真，风人原不贵惊人。少陵率语君休信，虎豹鹓鶵可是神。"[4] 在他看来杜诗之祖为《古诗十九首》，真实而情感真切，后世者多论杜诗追求字词雕琢实在是没有理解杜诗真意，刘咸炘曰："后世论诗者，多以少陵语不惊人死不休一句为真诀。自长吉、浪仙以降，流至宋、元，无怪不有。不知《十九首》诗之祖也。其言曰：令德唱高言，识曲听其真，齐心同所愿，含意俱未伸。言之感人，不在险巧。仲伟特降明远，卓识

---

[1] 刘咸炘：《说诗韵语》，《推十书》（增补全本）戊辑，上海科学技术出版社2009年版，第1399页。

[2] 刘咸炘：《说诗韵语》，《推十书》（增补全本）戊辑，上海科学技术出版社2009年版，第1400页。

[3] 刘咸炘：《说诗韵语》，《推十书》（增补全本）戊辑，上海科学技术出版社2009年版，第1400页。

[4] 刘咸炘：《说诗韵语》，《推十书》（增补全本）戊辑，上海科学技术出版社2009年版，第1400页。

正论,虽李杜亦当俯首受弹。今之学宋者,专以险推杜。杜之本领,岂在此哉。"① 刘咸炘对元稹、白居易的写实诗也是大加赞赏:"茶饭家常刺绣文,小儿嬉舞勇夫奔。韩苏白陆何容易,作俑难同讳恶论。"② 刘咸炘认为元稹、白居易诗往往从身边小事入手,虽言柴米油盐,但并不低俗,诗歌工巧如刺绣,后世虽有学元、白者,但诗作都不如元、白。刘咸炘曰:"元、白诗之工巧者如刺绣,白、陆之浅琐者如道米盐,韩斗硬如勇夫,苏跳踉如游戏,四君皆有不朽者存。而四者实非诗教。后世崇尚四君,诗之本体乃渐灭矣。"③

从所选诗歌来看,充分体现了刘咸炘重视诗歌风骨和声律。他在作《风骨集》前有《诗系》一文,《诗系》是按照《诗品》的分类方式,将汉至唐代诗人溯源到《风》《雅》《颂》和《楚辞》系,其中强调了《风》系的重要性,《诗系》目的就是"以风救骚",倡导真情主实的诗风来挽救重词轻意的诗风。《风骨集》正是《诗系》诗学理论的具体化,通过选诗来阐释风骨之意。《风骨集》的选取刘咸炘借鉴了《诗品》之旨,同时学习了殷璠《河岳英灵集》的选诗方法。"复读钟氏《诗品》,明其旨要。下及殷璠《河岳英灵集》,见其与钟同旨,兼举兴象、气骨,而尤重骨,实获我心。"④《河岳英灵集》以兴象、风骨为重,以古体诗为主,分上、中、下三卷,主选盛唐诗,又仿钟嵘《诗品》之例,于各家姓名之下各加评语。刘咸炘在选《风骨集》时参照了《河岳英灵集》重兴象、风骨之意,在选盛唐诗人诗歌时,多与《河岳英灵集》重复。但刘咸炘根据自

---

① 刘咸炘:《说诗韵语》,《推十书》(增补全本)戊辑,上海科学技术出版社2009年版,第1400页。
② 刘咸炘:《说诗韵语》,《推十书》(增补全本)戊辑,上海科学技术出版社2009年版,第1400页。
③ 刘咸炘:《说诗韵语》,《推十书》(增补全本)戊辑,上海科学技术出版社2009年版,第1400页。
④ 刘咸炘:《风骨集》,《推十书》(增补全本)戊辑,上海科学技术文献出版社2009年版,第322页。

己的理解和判断,选了《河岳英灵集》未选诗人杜甫之诗。刘咸炘《风骨集》选诗标准:一取风骨,二取声律。显然,盛唐之诗,推崇风骨者,以李、杜为最,而杜甫的律诗又以声律取胜,所以刘咸炘不仅选杜诗,并且是所选诗人中选诗最多者。可见,刘咸炘在选诗上不仅借鉴前人的成果,更是有自己的见解和独特之处。选诗作为一种文学批评方式,必须十分慎重,因为所选之诗不仅代表选者的文学观念,同时关系到入选者的价值和读者的接受,所以"选诗难于作诗",正所谓"尝论诗之为道,不为作家难,选家正复不易也"①。

刘咸炘注意到了选诗之难,即便选诗标准已定,但就其"风骨"这一诗风在各个朝代变化不同,也为刘咸炘《风骨集》选诗的范围增加了难度,刘咸炘对各个朝代重要诗人体现出不同的风骨之气进行阐释,以便明确选诗范围。刘咸炘曰:"兴象、气骨,盖即刘彦和所谓风骨。古之论者皆主于此,实得本原。非气格、韵调诸说之比。遗山之主气由风而粗,渔洋之神韵由风而幻,宋人之主意多失之少风,明人之格调多失之少骨。吴修龄之比兴类于骈文,翁正三之肌理近于八股。高下不同,其失本质则一。"②他认为诗歌中的兴象、气骨都是源自刘勰的风骨,这是诗之本源,接着他对不同朝代不同诗人所表现出来的风骨之气进行了评说。元代的元好问诗歌以"纪乱诗"为主,继承"风"诗特点,描写历史现实,但诗歌不注重词的雕琢,清代顾嗣立在《寒厅诗话》中说:"元诗承宋金之际,西北倡自元遗山,而郝陵川、刘静修之徒继之,至中统、至元而大盛,然粗豪之习,时所不免。"③元遗山写实粗豪之风直接影响了元代初期的诗风,

---

① (清)孙铣辑评:《皇清诗选·序》,《四库全书存目丛书》,齐鲁书社1997年版,第8页。

② 刘咸炘:《风骨集》,《推十书》(增补全本)戊辑,上海科学技术文献出版社2009年版,第322页。

③ (清)顾嗣立:《寒厅诗话》,(清)王夫之等撰,丁福保辑:《清诗话》,上海古籍出版社2015年版,第85页。

所以刘咸炘说"遗山之主气由风而粗"。

至于宋、明两代之诗,刘咸炘认为宋诗歌缺少诗意而失风之气,明诗歌缺少格调而失骨之气。刘咸炘不仅从纵向上对风骨之气进行了比较言说,而且从横向上他列举了清代的诗人在风骨上的表现。清代王士禛所倡导的"神韵说"影响清初诗坛近百年之久,他最主要的选集《唐贤三昧集》是"神韵"说宗旨的具体体现,倡导"兴趣"和"妙悟",刘咸炘认为神韵之说虽讲兴趣但过于注重妙悟,则诗歌不真实,缺乏真切实感。吴殳,清代初期遗民诗人,他倡导诗歌要重视比兴,诗歌形式接近于骈文。翁方纲所创肌理说,深受乾嘉考据学风的影响,主张以学力充实诗歌,所选诗集《七言律诗抄》就是这种诗学观的体现,过度将诗理和学理结合在一起,具有八股之味。通过对各代"风骨"之气的梳理,刘咸炘得出了《风骨集》的选诗标准:"吾前之主志事实近宋人,而于辞格又偏向盛唐以前。今知明人之狭,而又不甘止于宋人之碎。所好者乃在直而柔,易而厚,耐读而复耐看,览之即明而咀之不厌,庶几殷璠所谓文质相济,风骚两共者。故名之以彦和之言,曰《风骨集》。"[①] 在选诗内容方面他主张宋人写实的记事诗,在诗歌辞格方面,他推崇盛唐以前的风骨之气。综合二者,《风骨集》所选之诗,在内容上直而柔,在思想上易而厚,这也正是刘咸炘诗学观的体现。

第二节 刘咸炘的文体论

刘咸炘对文体学的研究,建立在充分吸收传统文体学研究方法基础之上,又鉴之以西学,将文体学研究贯穿于他的整个文学研究中。文体学在中国古代文学研究范畴中一直是一个重要的话题。早在中国

---

① 刘咸炘:《风骨集》,《推十书》(增补全本)戊辑,上海科学技术文献出版社2009年版,第322页。

的魏晋时期，文体学就已建立较为清晰的体系，《文心雕龙》就是文体学发展精深的例证。《文心雕龙》为我们确立了早期文体学研究的经典模式，《文心雕龙·序志》中所提到的"原始以表末，释名以章义，选文以定篇，敷理以举统"是传统文体学研究的基本方法。萧统所编《文选》为文体学分类提供了基本模式。而后文体学的研究可谓久盛不衰，明代的《文章辨体》《文体明辨》《文章辨体汇选》又大体勾勒出了传统文体的研究范围。清人对文体的研究多从古文诗词的编撰中体现出来，强调文体分类的问题。如清康熙年间储欣纂集《唐宋十大家类选》、姚鼐编《古文辞类纂》和曾国藩纂《经史百家杂钞》均在《文选》的基础上对文体分类进行了深入讨论。清末，在西学东渐的进程中，西方文体学逐渐传入中国，梁启超在《中学以上作文教学法》一文中对文体的分类则是根据西方文体观点将文体分为记述、议论、抒情。

刘咸炘对文体学研究集中在他的文集《文学述林》中，其下有多篇关于文体学的探讨：《文学正名》是文体学本体的认识，《论文通指》是文体创作论的阐释，《文变论》《辞派图》《宋元文派略述》《明文派概说》是文体发展演变论，《文选序说》是文体分类的讨论，《传状论》《曲论》等是对各类文体的分析。此外，在文体学研究指导下，刘咸炘创作了以文体体裁分类的散文集《推十文》。通过对刘咸炘文体观的研究，我们能进一步了解刘咸炘的文学观。

一　文体本体论

"文体"一词很早就已出现，西汉贾谊《新书·道术》："动有文体谓之礼，反礼为滥。"但这里的体还不是文学之体。东汉卢植《郦文胜诔》："自龀未成童，著书十余箱，文体思奥，烂有文章。"此处"文体"指文章之体。魏晋时期，"体"更成为一个重要的文学理论范畴，曹丕《典论·论文》："夫文本同而末异：盖奏议宜

第五章　刘氏家族文学理论

雅，书论宜理，铭诔尚实，诗赋欲丽。此四科不同，故能之者偏也，唯通才能备其体。"这里的"体"既包括体裁又包括风格。陆机《文赋》："体有万殊，物无一量。"李善注云："文章之体，有万变之殊。"指文章体貌风格。而后刘勰的《文心雕龙》更是典型的文体论，从总体上论述了文章之体的形成。"文体"丰富的内涵为后人研究提供了广阔的思路，姚爱斌就在《论中国古代文体论研究范式的转换》中讲到"文体"的"体"在《说文解字》中本指由"十二属"构成人的完整身体，推测"文体"一词可指"文章整体"。随后他以《文心雕龙》为例，证明了古人已经充分认识到文章整体与人的生命整体之间的相通性和相似性，因此出现了"体气""体格""体调""体韵""体趣""风貌""风格""气格""气脉""骨鲠""风骨""骨髓""骨劲"等诸多描述文章生命整体结构或特征的术语，这与古代文体观念关系密切。[①]"文体"绝不只是简单地指文章体裁，它如同生命体一样，有复杂繁多的内涵。实际上，西方的 style 一词也可翻译成多个意思，如文体、语体、风格、文笔等，因此，无论在中国古代，还是在西方，文体都具有丰富的含义。

刘咸炘在理解文体时，已经意识到了文体内涵的复杂性。他将文体与文学关联起来，他在《文学正名》篇中谈"什么是文学"时，用到了文体的阐释，他认为文体不是简单的体式，而是与文学有本质联系。首先，刘咸炘对什么是文学进行了正名：

> 文学一科，与史、子诸学并立，沿称已久，而其定义范围则本无详说，今亦不免含混，是不可不质定者也。考之远古，《论语》所谓文学，对德行、政事而言。其所谓学文，则对力行而言。皆是统言册籍之学。其后，学繁而分，乃有专以文名者。著

[①] 姚爱斌：《论中国古代文体论研究范式的转换》，《文学评论》2006 年第 6 期。

录之例，则诗赋一流扩为集部，与史、子别。至齐、梁时，遂有文、笔之区分，专以藻韵者为文，无藻韵者谓之为笔。其后藻韵偏弊，复古反质，所谓古文者兴，此说遂废。而古文则史、子皆入，亦未尝定其疆畛，浑泛相沿而已。及至近世，偏质又弊，阮元等复申文、笔之说。文之范围始有议者。章炳麟正阮之偏，谓凡著于竹帛皆谓之文，有无句读、有句读之别。最近人又不取章说，而专用西说，以抒情感人有艺术者为主，诗歌、剧曲、小说为纯文学，史传、论文为杂文学。此四说者各不相同。论文者或浑沿旧说，或泛依新说。章、阮二说亦有从者，或且并四说而混用之。今于诸说未暇详辨，但略言以明其系位，先图而后说之。①

在刘咸炘看来，文学一科与史学、诸子学并立，在《论语》中提到的文学，是泛文学概念，是对德行和政事而言的。其后，"学繁而分，有专以文名者"，这里谈到的文则是狭义的指文章，刘咸炘认为文之变化经历了四次重大时期。一是齐梁时期文笔之争，有韵者为之文，无韵者为之笔。二是唐宋之时，古文运动，提倡古文者兴。三是清初，阮元等复申文、笔之说，章炳麟驳斥阮元的说法，认为"文学者，以有文字著于竹帛，故谓之文，论其法式，谓之文学"②。章炳麟谈及的文学则又回到了先秦之前所论述的泛文学观。四是清末时期，接受西方学说，以抒情感人者为纯文学，如诗歌、剧曲、小说等，史传、论文为杂文学。刘咸炘对此四说皆表不满，他以文体学本体来认识文学，将文学分为外形和内实，刘咸炘以图示之何为文：

---

① 刘咸炘：《文学正名》，《推十书》（增补全本）戊辑，上海科学技术文献出版社2009年版，第5页。
② 郭绍虞主编：《中国历代文论选》下册，中华书局1963年版，第370页。

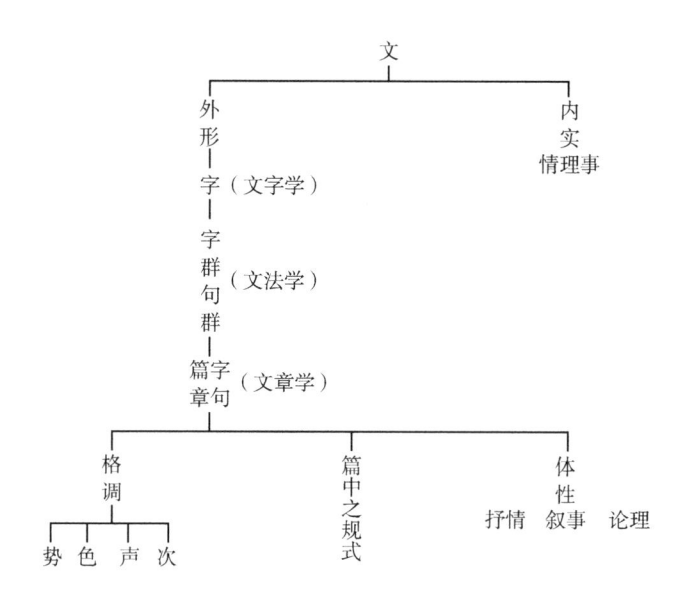

```
                            文
              ┌─────────────┴─────────────┐
             外形                         内实
              │                          情理事
           字（文字学）
              │
           字群
           句群（文法学）
              │
           篇字
           章句（文章学）
              │
        ┌─────┼─────┐
       格调  篇中   体性
              之规   抒情 叙事 论理
              式
     ┌──┼──┬──┐
     势 色 声 次
```

由图可知，文被分为外形和内实，内实有三种：曰事、理、情。这三者是文的内容，"事期于真理，情期于真善，此内实之工"[①]。刘咸炘将真善视为文之内容的重要体现，所谓真是指文章之真理，所谓善是指文章所表现出作家的道德规范，人生境界。一篇文章是否体现出真善，则须考察文章的外形。刘咸炘将文章外形分为纵剖和横剖，纵剖为五段：字，集字成句，集句成节，集节成章，集章成篇，这是文的外在表现形式。

外形横剖为三件：一为体性，即客观之文体。这是指文体中的体裁，此由内实而定。"事则叙述，理则论辨，情则抒写。方法异而性殊，是为定体。表之以名，叙事者谓之传或记等，史部所容也；论理者谓之论或辨等，子部所容也；抒情者谓之诗或赋等，古之集部所容也。"[②] 可见，刘咸炘以文章内容来分为叙述性、论辩性和抒情性三

[①] 刘咸炘：《文学正名》，《推十书》（增补全本）戊辑，上海科学技术文献出版社2009年版，第7页。

[②] 刘咸炘：《文学正名》，《推十书》（增补全本）戊辑，上海科学技术文献出版社2009年版，第6页。

种体裁，同时，他也认为这三种体裁并不是相互独立的，而是交错相融的，"如石刻辞本以所托之物为名，故虽源起叙事，而亦可以论理抒情；曲本以合乐为名，故亦可抒情亦可叙事。诗本主言情，而亦有用以叙事论理者"①。二为篇中之规式，即语体特征，"如诗之五七言，以字数分也；文之骈散，以句列分也；以及韵文之韵律，词曲之谱调，一切形式成为规律，一文体中多以此而成小别。如诗之歌行、绝句是也。彼止字与字、句与句之关系，此则全篇中诸字诸句排列之形式也"②。三为格调，即所谓主观之文体，指文章之风格体貌。刘咸炘认为同一文体，不同的创作者也会体现出不同风格，"如书家之书势，乐家之乐调，同一点画波磔而有诸家之殊，同一宫商角徵而有诸调之异"③。造成这种差异的原因，主要有四点："一为次。此依内实而定。叙事有先后，抒情有浅深，论理则有专科之学。二为声。有高下疏密。三为色。有浓淡。四为势。有疾徐长短。此皆在章节间。此四者，随作者而各不同，艺术之高下由此定，历史之派别由此成。"④次，指次序，这是由文之事、理、情所定，如叙事的先后，抒情的深浅，论理的逻辑。声，指语言声调的高下疏密；色，指所用之字的质朴和浓丽；势，指文之气势有疾徐长短，体现在章节之间。在刘咸炘看来，次、声、色、势是作家风格形成的主要因素。

刘咸炘认为学文旨在求工，所谓"工"，是指"工于形式"，进一步说明刘咸炘于文重视文体。刘咸炘说："若形式之工，则字期于当，训诂之学也；字群句群期于顺，文法之学也；体性期于合，文体

---

① 刘咸炘：《文学正名》，《推十书》（增补全本）戊辑，上海科学技术文献出版社2009年版，第6—7页。
② 刘咸炘：《文学正名》，《推十书》（增补全本）戊辑，上海科学技术文献出版社2009年版，第7页。
③ 刘咸炘：《文学正名》，《推十书》（增补全本）戊辑，上海科学技术文献出版社2009年版，第7页。
④ 刘咸炘：《文学正名》，《推十书》（增补全本）戊辑，上海科学技术文献出版社2009年版，第7页。

之论也。"① 形式之所以需要"工",是为了"明其内实",刘咸炘认为内实之工在于"事期于真理,情期于真善"。文学之规式在于表现文之美。格调之变化,随人而异,皆以动人为目的,文之体式均为文之美而服务,此所谓"非文学专科之所求"②。

刘咸炘对文学的根本看法是"兼赅规式、格调之称,乃文学之本质"③,就此而言,前四说皆有所主,但都有不足。章、阮二说,一广一狭,章氏重视规式,阮氏重视格调,然而此二说,"于今之所谓文学专科之范围皆未合"。理由是:章氏所谓无句读文,"止有字群、句群及体性而无格调",既无格调,便无美丑、派别之可言,与文学之义界不合。阮氏所据以为说者,"则止篇中规式与格调中声、色二类之一态",而艺术之美本有多态,岂此一类所能尽?至于西说,刘咸炘认为与齐梁时期重视体式和内实略相同。刘咸炘曰:"盖自《七略》条别六艺诸子,而诗赋专为一类。此类体性主于抒情,又用整齐之式及韵,与《书》《春秋》官礼二流之叙事,诸子之论理者不同。……其后骈式韵律密声丽色之术并施于叙事论理之文,于是有文笔之说。虽犹未混子、史,而其标准则显立于规式声色中矣。……至于西人之论,其区别本质,专主艺术,正与《七略》以后,齐、梁以前之见相同。盖彼中本以诗歌、剧曲、小说为文,犹中国之限于诗赋之流也。然后之编文学史者,亦并演说、论文、史传而论之,正犹《文心雕龙》之并说史、子,盖以是诸文中亦有艺术之美也。况小说本为叙事,与传记更难区分。艺术者兼赅规式格调之称,乃文章之本质。"④ 由此可

---

① 刘咸炘:《文学正名》,《推十书》(增补全本)戊辑,上海科学技术文献出版社2009年版,第7页。
② 刘咸炘:《文学正名》,《推十书》(增补全本)戊辑,上海科学技术文献出版社2009年版,第7页。
③ 刘咸炘:《文学正名》,《推十书》(增补全本)戊辑,上海科学技术文献出版社2009年版,第8页。
④ 刘咸炘:《文学正名》,《推十书》(增补全本)戊辑,上海科学技术文献出版社2009年版,第8页。

见，刘咸炘对文体的认识是建立在文学观之上的，他将文学与文体联系起来。具体而言，刘咸炘所理解的文体应包括体裁、体式和体格三方面。体裁与体式是客观存在的文体，不以作家主观意志而转移；体格则指体貌与风格，这与作家主观意识有关，即由事、理、情等方面来决定。

二 文体创作论

刘咸炘论文体创作主要集中表现在《论文通指》一文中。题目中的"文"应是包括各种文体的文章，因此，刘咸炘取名为通指，意在说明一切文体创作应该遵守的原则。在文章创作中，特别是骈散文的创作，多标举厚、雅、和三大特点。文章创作中的厚、雅、和亦是文质论的体现："厚者意也，雅者词也，和者词之势也。"[1] 刘咸炘曰："吾于文章，所评论撰录甚多。昔标厚、雅、和三字为准，时方建立骈散合一之宗，意在折衷文派所论，详于词势，至于质干，则以章实斋先生之书已详，故不别说。……论诗亦不斥下宋人，颇喜兼取两宋者之议论能重质干加以评论。古书所见日广，不尽绳以厚、雅、和之高格，而于章先生之论，信益坚，见益明。因推求浙东《论文绪言》，觉其崇尚真率，虽不免粗略于词势，而于质干则所见深到。"[2] 在刘咸炘看来厚、雅、和是词势、质干的体现，就是文质的表现。刘咸炘的文质观遵从章学诚。章学诚的文质观是主张"文生于质"，他说："夫文，生于质也"[3]；"必求诗之质，而后文以生焉"[4]。章氏认为，质是第一性，是文产生的基础，文是第二性，是质的外在表现形式，文不能脱离质而存在。于是，刘咸炘曰："虽不免粗略于词势，

---

[1] 刘咸炘：《论文通指》，《推十书》（增补全本）戊辑，上海科学技术文献出版社2009年版，第10页。

[2] 刘咸炘：《论文通指》，《推十书》（增补全本）戊辑，上海科学技术文献出版社2009年版，第10页。

[3] （清）章学诚：《章学诚遗书》卷三，文物出版社1985年版，第27页。

[4] （清）章学诚：《章学诚遗书》卷二十九，文物出版社1985年版，第326页。

而于质干则所见深到。"

刘咸炘赞同章氏的文质论,在文体创作中重视质的因素,同时,他又提出了自己的见解,于厚、雅、和之外,再标切、达、成家三目,其言曰:

> 今于厚、雅、和三言之外,再足以三言:曰切,曰达,曰成家。并说其旨,征引前人精到之言以明之。厚、雅、和者,狭而严之准,此三言,则平而通之征也。
>
> 文有内实与外形。内实者,俗所谓意,外形则俗所谓词也。(谓之俗者,以其名不甚贱。)厚者,意也。雅者,词也。和者,词之势也。切者,意也。达者,词也。成家者,合意、词而言者也。始于切,中于达,终于成家。不能成家而能达,亦可谓之成文矣。成文者,不必即为工文。厚、雅、和者,工之事也,其功在达之后。切而不厚,质不足也。达而不雅、和,文不足也。文不足者,不尽工之能事者也。虽然,尚不能切,奚有于厚?不切而惟言雅,则浮不达,而惟言和则晦。初学者惟浮、晦之为思耳。
>
> 文之内实,非意之一字所能赅,乃合能与所。而言能者,作者之情质(气质)也。所者,所载之事、理、情也。文之为用,在能表所载之事、理,情而无差,所谓文如其事也。又在能表作者之情质而无伪,所谓文如其人也。论文莫古于孔子。《论语》曰:辞,达而已矣。谓无差也。《易传》曰:修辞立其诚。谓无伪也。二者必赖于修辞,故《记》曰:辞欲巧。雅者,词义之正确。和者,词气之调适。皆所以求达也。词义生于事理,情者也。词气生于情,质者也。说理周而正,述事明而达(谓明于其因通知前后),道情挚而纯,词复能雅,气复能和,斯为极工矣。即不能充此,而理能周,事能明,情能挚,词气亦足以达之,亦可谓之成家矣。实虽不同,而指归则一;形虽不同,而面

297

目自具（不随文体以变）此成家之实也。[①]

刘咸炘根据对文体学本体的认识，将文分为内实和外形，内实主要指文之意，外形主要指文之词，与之相对应的"厚"，意也；"雅""和"，词也。刘咸炘认为厚、雅、和不足以完全表达文章的内实与外形，于是，在厚、雅、和后他补充切、达、成家。"切"，意也；"达"，词也；"成家"，合意、词而言者也。可见，刘咸炘对文章创作、文质的观点是，不仅要重质，同时也要重文。因为文之内实所载事、理、情均要通过文来表现，所谓"文之为用，在能表所载之事、理、情而无差，所谓文如其事也。又在能表作者指情质而无伪，所谓文如其人也"。在"切""达"之后提出"成家"也正是刘咸炘文体创作论的关键所在，说明刘咸炘在文体创作中重质亦重文。下面，我们将具体分析何为"切""达""成家"。

所谓"切"就是文章要合情合理，无差无伪，即张铁甫（海珊）所谓"文字最难在实"。金桧门（德瑛）曰："文词之要，古人所以不朽者，只一切字。切则日新而不穷，否则牵附粉饰，外强中干，貌胶神瘁。苟知切之为用，则变化卷舒，象外个中，开合无尽，第各就学识才分，成其小大。"[②]"不切之病，生于强作"，亦即无题觅题作，无话找话说，如龚定庵（自珍）所谓"枯窘题生波，乃时文家无题有文之陋法，巡检打弓兵，热闹衙门者也。我则异是，无题即无文"[③]。刘咸炘赞同龚自珍散文创作论，认为文章要写于实际，对文家无题有文的漏法给予批评。刘咸炘又举例，谭献所编考据家文集《禘祫明堂考》，只是一味追求文章之多，几乎每家都有一篇文章，无话找话

[①] 刘咸炘：《论文通指》，《推十书》（增补全本）戊辑，上海科学技术文献出版社2009年版，第10—11页。

[②] 刘咸炘：《论文通指》，《推十书》（增补全本）戊辑，上海科学技术文献出版社2009年版，第11页。

[③] 刘咸炘：《论文通指》，《推十书》（增补全本）戊辑，上海科学技术文献出版社2009年版，第12页。

第五章　刘氏家族文学理论

说，甚至将出门呵殿声也作为作文的体裁，这种"不切"的做法自然是刘咸炘所摒弃的。

"切"更是与各种文体创作要求有关，他说："文各有大体，人所皆知。如章先生评沈梅村古文，所谓序书忌用俘赞，须推作者之旨是也。体生于实，即文之用。失其用者，皆为不切。古文家好避本位而取别趣，谬也。"① 刘咸炘讲"切"是将其纳入"体用"的范畴来谈的。体用是中国古代文体学中较为重要的思想，蔡彦峰在《论古代文体学的内涵、创作及其实践意义》一文中说："体用思想有两个基本原则。一是'体一用殊'，具体含义是本体是始终如一的，而其用则变动不居、错综复杂。'体一用殊'强调的是体与用之间的区别，可以说是从逻辑的角度来讲体用关系。二是'体用不二'，其含义是'即体即用'，即体、用一合，而不是两个相对的实体。从这个原则来讲，'体用'体现于任何事物之中，可以说是从现实的、具体的角度来讲体用关系。从文体学来讲，体用的这两个原则贯穿于古代文体学体系的整个建构之中。"② 曹丕的《典论·论文》曰："文本同而末异，盖奏议宜雅，书论宜理，铭诔尚实，诗赋欲丽。""奏""书论""铭诔""诗赋"是"用"的具体体裁，而"雅""理""实""丽"则是"切"的表现。可见，刘咸炘所言"切"是各类文体创作的基本原则。

所谓"达"则指文辞表达，内实"不切"会造成文辞"不达"的弊病。刘咸炘引明儒王龙溪语，来说明"达"与"切"的关系。刘咸炘曰："明王龙溪云：读书如饮食入胃，必能盈溢输贯。积而不化，谓之食痞。作文如写家书，句句道实事，自有条理。若替人写书，周罗浮泛，谓之沓舌。此语甚精。沓舌由于无实，不达由不切也。"③ 这里

---

① 刘咸炘：《论文通指》，《推十书》（增补全本）戊辑，上海科学技术文献出版社2009年版，第12页。
② 蔡彦峰：《论古代文体学的内涵、方法及其实践意义》，《中古文学杂论》，上海三联书店2015年版，第100页。
③ 刘咸炘：《论文通指》，《推十书》（增补全本）戊辑，上海科学技术文献出版社2009年版，第12页。

的"达"尤指文辞表达有条理,刘咸炘赞同王龙溪的观点,将作文比作写家书,应句句道实事,而写实正是文之"切"的表现。因此,只要作文做到"切"则自然文辞表达条理清晰,自然文之"达"。

刘咸炘进一步总结归纳出,"达"须避免的三种情形。一是"文既无物,言自不切。既不切,自不能无吞吐含混之词。大家不免也"①。刘咸炘强调文须言之有物,所言之物并非虚拟空泛,而是自我的亲身体验。他引明儒陶望龄之言:"明陶石篑(望龄)云:作文正如人愬事耳。敏口者能言,其甚敏者能省言而无费文,至于无辞费,而工巧、裁制之妙靡不备矣。然勿遽为简也。简而弗辨,去喑几何。辨甚则简,特患弗辨。此论尤妙。《墨子》曰:言无务为多,而务为智;无务为文,而务为察。勿遽为简者,非以繁为尚也,以察为归也。"②作文不可"遽为简",若有意为简而说不清楚,则犹如喑哑。然而须知,"勿遽为简"不等于"以繁为尚",而是"以察为归"。二是"自昔文家多不明小学,不讲词例,每有误用,此亦不达之一也"③。这是不精小学、不懂文词之义而造成的不达。刘咸炘以王若虚著《辩惑》纠正韩、欧诸大家助词误处为例,说明重视训诂、深于小学对词例合的重要性,他为此题韵语曰:"读书人有考金石,先看文理通不通。假如一字碍笔下,空著万卷填胸中。毫厘之差便千里,体相未具何姿容?勿言小节非头脑,每见老手成儿童。之乎也者做得甚,言别有意休盲从。"④三是"叙事文自有公式,不如公式,亦是不达"⑤。这是说不

---

① 刘咸炘:《论文通指》,《推十书》(增补全本)戊辑,上海科学技术文献出版社2009年版,第13页。
② 刘咸炘:《论文通指》,《推十书》(增补全本)戊辑,上海科学技术文献出版社2009年版,第12页。
③ 刘咸炘:《论文通指》,《推十书》(增补全本)戊辑,上海科学技术文献出版社2009年版,第13页。
④ 刘咸炘:《论文通指》,《推十书》(增补全本)戊辑,上海科学技术文献出版社2009年版,第13页。
⑤ 刘咸炘:《论文通指》,《推十书》(增补全本)戊辑,上海科学技术文献出版社2009年版,第13页。

明文章体式而造成的"不达"。刘咸炘曰:"盖近世文家过重词势,往往舍事理以就神韵。以史家之吞吐,为子家之辨析;以赠序之点缀,为碑志之叙述。此桐城家之大病也。"① 刘咸炘对兴盛于清时的桐城派提出了批评,认为桐城派作文过于重视词势,不明各种文体创作的体式,因此造成文"不达"。

所谓"成家"是更高一层的要求,是指"文为情质所表见也"②。刘咸炘论文重情,自然也源于章学诚的古文观,刘咸炘曰:"章先生论文,最重养情气。其说详于《通义》:《史德》《文德》《质性》三篇。《遗书》中《杂说》曰:文以气行,亦以情至。今人误解辞达之旨,以为文取理明而事白,其他又何求焉。不知文情未至,即其理其事之情亦未至也。"③ 刘咸炘所言文之内实的事、理、情,情应排在第一,作文情至,则其理其事之至也。刘咸炘推崇清代的黄宗羲,他论文同样重情,他说:"重情之说始于黄梨洲。《论文管见》曰:文以理为主,然而情不至则亦理之郛廓耳。世不乏堂堂之阵,正正之旗,顾其中无可以移人之情者,所谓刳然无物者也。又《明文案·序》曰:今古之情无尽,而一人之情有至有不至。凡情之至者,其文未有不至者也。则天地间街谈巷语,耶许呻吟,无一非文。而游女、田夫、波臣、戍客,无一非文人也。"④

刘咸炘论文之重情进一步上升到对文以载道的讨论。文道关系本是中国古代文论中极其重要又相当复杂的一个命题,历代文人对此见仁见智、众说纷纭。刘勰提出"文以明道",韩愈进而说"文以载

---

① 刘咸炘:《论文通指》,《推十书》(增补全本)戊辑,上海科学技术文献出版社2009年版,第13页。
② 刘咸炘:《论文通指》,《推十书》(增补全本)戊辑,上海科学技术文献出版社2009年版,第13页。
③ 刘咸炘:《论文通指》,《推十书》(增补全本)戊辑,上海科学技术文献出版社2009年版,第13—14页。
④ 刘咸炘:《论文通指》,《推十书》(增补全本)戊辑,上海科学技术文献出版社2009年版,第14页。

道",李翰大倡"文以贯道",程颢、程颐则主张"工文害道"。刘咸炘在谈到文道观时,主张"文以载道"。刘咸炘曰:"文以载道,此语实是名言,特为解者所狭。明乎道之无不在,则此语之不可非明矣。"① 关于对"道"的理解,刘咸炘首推章学诚。章学诚在《原道上》说:"天地之前,则吾不得而知也。天地生人,斯有道矣,而未形也;三人居室,而道形矣,犹未著也;人有什五而至百千,一室所不能容,部别班分,而道著矣。仁义忠孝之名,刑政礼乐之制,皆其不得已而后起者也。"② 章学诚所言"道"是指人道,即不以人意志转移的社会客观规律。他在《与朱沧湄书》中曰:"道非必袭天人性命,诚正治平,如宋人之别以道学为名,始谓之道。文章学问,毋论偏正平奇,为所当然,而又知其所以然者,皆道也。道不离器,犹形不离影。"③ 说明了道与文的关系。刘咸炘对"道"的认识是在章学诚认识"道"的基础上的扩充,他承认"道"是客观规律,并且这种客观规律存于一切的事、理、情中,刘咸炘曰:"盖道者,一切事理情之总名也。"④ 故,"文能道一切事理,情即是载道矣⑤"。刘咸炘将"文以载道"上升为"情以载道",这即是作文"成家"的最高表现。

综上,刘咸炘对文体的创作提出了明确的要求。在历代文人所倡导"厚""雅""和"的境界下,刘咸炘标举"切""达""成家"作为创作的准绳。"切"偏重于文之内实,强调文章内容的真实性,要符合文章的真情实感,不可妄作。"切"还要切合文体,否则文章

---

① 刘咸炘:《论文通指》,《推十书》(增补全本)戊辑,上海科学技术文献出版社2009年版,第15页。
② (清)章学诚:《章学诚遗书》卷二,文物出版社1985年版,第10页。
③ 刘咸炘:《论文通指》,《推十书》(增补全本)戊辑,上海科学技术文献出版社2009年版,第15页。
④ 刘咸炘:《论文通指》,《推十书》(增补全本)戊辑,上海科学技术文献出版社2009年版,第15页。
⑤ 刘咸炘:《论文通指》,《推十书》(增补全本)戊辑,上海科学技术文献出版社2009年版,第15页。

将不具体用。"达"偏重于文之外形,强调文章字词句的表达,内实"不切"则会导致外形文辞"不达"的弊病。刘咸炘总结三个避免"不达"的情形:文不言物,不明小学,不明文式。杜绝这三者,自然能创作出文辞表达通顺之文。"成家"是文以至情的高级阶段,而"情"的最高表现是载人间之"道",所以,道是一切事理情的总称,文能道一切事理,故情能载道。

三　文体演变论

刘咸炘对文体演变的看法主要集中在《文变论》中。该文从文体演变中的两条主线入手,论述了文体演变中复古派对古体范式的回归;通变派对顺应时文的变通。刘咸炘指出了二者的利弊,并客观地说:"通变与守正,固未尝相妨。"① 通过对二者利弊的分析,刘咸炘总结了文体演变发展的规律。

首先,刘咸炘指出用顺流和逆流来概括文体的演变是有漏洞的,他说:

> 王葆心作《古文辞通义》,论古今文派,分为逆流、顺流。谓主秦、汉者为逆流,主唐、宋者为顺流。此说似是而实未通。主八家者上法先秦、西汉,何尝不逆?主八代者下取东京、六朝,何尝不顺?王、李学何、李,亦如方、刘之学归也。王、李派之选诗,略宋、元而取明以接唐。归、方派之选文,略东京、六朝而取唐、宋以接西汉。皆法古也,皆有近承也,安得有顺流哉?②

在刘咸炘看来,用顺流、逆流来说明文体演变规律是不完整的,

---

① 刘咸炘:《文变论》,《推十书》(增补全本)戊辑,上海科学技术文献出版社2009年版,第20页。
② 刘咸炘:《文变论》,《推十书》(增补全本)戊辑,上海科学技术文献出版社2009年版,第16页。

顺流和逆流之间本身有相互交叉的作用，更何况每个时期文体的演变也并非单线的顺或逆。刘咸炘认为用"变与复"来归纳文体的演进更具有规律性。他初步梳理了文学变迁的线索："吾谓古今文派之异，不可以顺逆该，而可以文质与正变该。文之变迁，惟文与诗最多，凡至四五。魏、晋异汉，六朝稍异魏、晋，盛唐异六朝，中唐异盛唐，两宋又稍异中唐。其变皆以渐，至宋而变穷。元、明不能再变，遂成两派对立之形。词、曲、八比，体小时近，仅一变而亦成对峙之形。……词、曲、八比之争不烈，文、诗则甚烈。一派之中，复分小派。或断限稍殊，如取中唐而不取晚唐，取北宋而不取南宋，纷然不同，要可纳于一对之中。凡文、诗、词、曲之对峙，大抵为文质之殊，然已非尽争文质。若词则体本属文，无纯质之派。时文之变，更非文质矣。"① 可见，刘咸炘对文学变迁的认识是建立在文体变迁基础之上的。在元、明、清后，文体不能再变，出现了不同的文体复古派别，概括起来就是文体发生的变与复。

接着，刘咸炘通过罗列古人论说，展示了古代文体发展中的复、变两种情况：

> 于是有识者持复古之说，绳之以正体。故李太白谓自从建安来，绮丽不足珍。韩退之谓齐梁及陈隋，众作等蝉噪。何仲默谓诗坏于陶。刘水村（埙）谓宋诗止是四六策论之有韵者。王弇州（世贞）谓元无文。论曲者以本色为尚，周止庵（济）《词辨》列苏、辛为变为贱。明人论时文者，标清真雅正为宗，而排隆、万。凡若此类，皆复古守正之说也，表中之甲派也。然复古太甚，则其弊拘隘。于是有识者持顺变之说，扩之以容流。故刘孟涂（开）谓文体至八家始备。韩之赠序、欧之集序，皆古

---

① 刘咸炘：《文变论》，《推十书》（增补全本）戊辑，上海科学技术文献出版社2009年版，第16页。

第五章　刘氏家族文学理论

所无。陈石遗（衍）谓开元、元和、元祐皆辟土启疆。若守《骚》《选》，盛唐，惟日蹙国百里。彭尺木（绍升）谓论者执成化、弘治之一概，以量列朝，亦通人之蔽。凡若此类，皆通变之说也，表中之乙派也。古之论者，主甲者多，而主乙者少。明世复占者摹拟之弊大著，为众所诋。然诋之者仍持复古之说，特平其太峭，稍稍下取断限不同而已。盖其所论，犹局于词格。至明末诸人反摹拟之弊，乃专论本质而开容广之风。公安、竟陵、浙东开之，而叶横山《原诗》之论尤为畅遂。其所持者乃在文之内实，此于论文之道为一大进矣。[①]

复古之说，是以前代某一种文体为"正体"，后人从创作上进行学习和模仿，如李白之诗是学习和模仿了建安文学的创作特点，韩愈之文则是学习模仿齐梁文学。由于后人对"正体"认识的不同，则会导致后人在学习和模仿时出现"复古"的不一致性。如刘壎认为抒情才是诗之正体，宋诗发议论则如四六策论之韵文，这是从客观文体角度对正体的认识。又如论曲以本色，论文标清真雅则是从主观文体角度对正体的认识。若太过强调复古必然导致文体狭隘，不利于文体的发展，于是有顺变之说。顺变之说是根据时代的变化，在前人的基础之上对文体有所创新。创新的角度是多方面的，如"韩之赠序、欧之集序"是对体裁的创新；开元、元和、元祐诗歌创作则是在诗体内容、格调上的突破。在复古与顺变之说中，复古派占多数，至明末时反而模拟之风兴盛，则是对文之内实和外形进行了变革。那么，关于文体的复古与顺变到底孰是孰非，刘咸炘并没有直接给出答案，而是进一步剖析复古与顺变说背后的依据：

[①] 刘咸炘：《文变论》，《推十书》（增补全本）戊辑，上海科学技术文献出版社2009年版，第17—18页。

> 夫守源正者之根据，在于文体。其执以非，顺变者谓其忘本而破体也。顺流变者之根据，在于文质。其执以非，守正者谓其遏新而轻质也。故主源正者辨体甚精，顺流变者言本甚透，非皆拘拘争格调而已。其拘拘争格调者，不过文质之偏尚，于文之大端无与也。夫格调固不足争也。文本因人，人有异态，文有异调，常也。彼此相非，特所见之异耳。①

刘咸炘认为守正者在于模拟文之体式，即对文体体裁之外形的模仿；顺变者在于变革文之内实，即对文体文质的变革。关于模拟，在刘咸炘看来并非是一件坏事，他认为，文体的模拟是一种继承，"夫本质当重，而摹拟亦不可废也。词格固不能无摹拟，今岂能人创一格邪？"② 一种文体一旦形成是有其历史文化背景所在的，不能随意改变，故"且异调固当容，内实固可充，而文之大体则不可逾越"③。关于通变，意在对文体之内容和格调的变通。刘咸炘以诗体为例："《诗》固不当限于绮靡，而过于质直则不可以为诗；诗固可以叙事、说理，而叙事、说理之文要不可以为诗。是故诗之多隶事者可容，而曲之多隶事者则不可容也。废宋诗者非，而贱明曲则是。何也？体异也。《小雅》亦有绞直之句，而《诗》以柔厚为体，则不可诬也。何也？大体不以小变而没也。谓诗坏于陶者过，而以韩之赠序、欧之集序为宗则妄。是故极其宽焉，则不但宋诗当取，苏、辛不当外视，即卢仝之怪、邵雍之质，亦皆当取；极其严焉，则诗不可入词句，词不可如曲句，取知言论世之质，则极宽而不为滥；立穷工尽巧之准，则极严而不为拘。要之本质之存亡，不在于体之新旧；内容之广狭，不

---

① 刘咸炘：《文变论》，《推十书》（增补全本）戊辑，上海科学技术文献出版社2009年版，第18页。
② 刘咸炘：《文变论》，《推十书》（增补全本）戊辑，上海科学技术文献出版社2009年版，第18页。
③ 刘咸炘：《文变论》，《推十书》（增补全本）戊辑，上海科学技术文献出版社2009年版，第18页。

系于格之古今。分别言之，则各得其当；混而论之，斯争讼所以不已也。"① 诗歌这种题材当然不只是抒情，诗可以有叙事、说理，这便是诗内容的变通。刘咸炘是在"文之大体"的观念下谈诗的通变，对文体的复与变，刘咸炘有更辩证的认识："夫论文固当有不变之准，然后可以言通变御变。倘无不变之准而徒言变，则凡变皆是，更无所谓通。"② 只有将文体的演变与继承建立在"文之大体"的基础上，才能真正地了解文体的变革和创新。

最后，刘咸炘还总结出了文体发展的规律性："凡一文体之初兴，必洁静谨约，以自成其体，而不与他体相混。其后则内容日充，凡他体之可载者悉载之；异调日众，凡他体之所有者悉有之。于是乃极能事而成大观。"③ 刘咸炘归纳客观文体发展变化的两种规律性模式为"内容日充""异调日众"。"内容日充"是从客观文体与内容的表达关系角度来总结的，刘咸炘以诗词之变如传记、词体之变入雄音来说明文体内容的扩充："诗词之初，本以道情，而后乃翔实如传记矣。词之初本通俗，而亦可作笳鼓之雄音。""异调日众"，是从客观文体同主观文体的关系角度总结文体发展规律，即同一体裁因某一作者或群体之行文笔法不同而发展出不同的格调、派别。④ 如："诗词之初，本一道情，而后乃记事、说理矣。碑、铭之初本浑略，而后乃详实如传记矣。词之初本通俗，而后乃典丽似骈文、律诗矣。五言诗如磬，而亦可作笳鼓之雄音；游记本地志之流，而亦作小说之隽语。"⑤

---

① 刘咸炘：《文变论》，《推十书》（增补全本）戊辑，上海科学技术文献出版社2009年版，第18页。

② 刘咸炘：《袁中郎诗文语抄》，《推十书》（增补全本）戊辑，上海科学技术文献出版社2009年版，第98页。

③ 刘咸炘：《文变论》，《推十书》（增补全本）戊辑，上海科学技术文献出版社2009年版，第17页。

④ 宁俊红：《文体的文学史意义——以刘咸炘〈文学正名〉〈文变论〉的观点为主》，《兰州大学学报》（社会科学版）2014年第3期。

⑤ 刘咸炘：《文变论》，《推十书》（增补全本）戊辑，上海科学技术文献出版社2009年版，第17页。

四　文体分类论

文体分类是文体学研究的重要内容之一。古代文体分类思想最早可追溯到先秦时期，古代文体学分类演变的过程，大致经历了五个历史阶段：第一阶段产生于先秦，属于文体分类的萌动期；第二阶段产生于汉魏六朝，属于文体分类的成型期；第三阶段产生于唐宋，属于文体分类的延展期；第四阶段是明清，属于文体分类的定型期；第五阶段是五四新文化运动后，属于文体分类的转型期。① 古代文体分类学主要是通过文论与总集的编撰体现出来的，文论是文体分类的理论指导，而总集编撰则是文体分类的具体实践。产生于齐梁时期的《文选》与《文心雕龙》可算是二者的代表，后世讨论文体分类均绕不开《文选》和《文心雕龙》。刘咸炘对文体分类的认识也是建立在对《文选》《文心雕龙》的认识基础上。刘咸炘撰有《诵〈文选〉记》和《文心雕龙阐说》两篇文章，前者是阅读《文选》时翻阅大量有关《文选》研究书籍而进行的评点文，后者是关于《文心雕龙》理论阐释的文章，这两篇文章既包含了刘咸炘的文体学思想，又体现出民国初期研究"选学"和"龙学"的时代特征。但由于刘咸炘一生学隐巴蜀，又英年早逝，在当时如火如荼的"选学"和"龙学"研究中，刘氏观点一直被尘封，近年来，随着对《推十书》和刘咸炘研究的兴盛，关于这两篇文章的研究也逐渐多起来，其中山东大学戚良德教授《一部尘封百年的"龙学"开山之作——评近代国学大师刘咸炘〈文心雕龙阐说〉》一文，对刘咸炘在民国时期"龙学"研究价值给予了高度评价。我们以这两篇文献为基础，探讨刘咸炘对《文选》评点的批评和对"龙学"理论研究的贡献，进一步了解刘咸炘的文体学思想。

（一）刘咸炘《诵〈文选〉记》的评点

刘咸炘所处时代提倡的新文化运动中有一个口号是"选学妖

---

① 任遂虎：《文章学通论》，清华大学出版社2011年版，第154页。

孽",旗帜鲜明地将《文选》作为旧文学的靶子进行批判与清算。与此同时提出的另一个口号是"桐城谬种",这两个口号虽然是钱玄同个人的发明,但体现出当时新文化运动对旧文学的批判。倡导新文化运动的胡适、陈独秀在《新青年》杂志上刊发《文学改良刍议》和《文学革命论》均为这一口号提供了理论支撑。与提倡文学革命派相对立的守旧派,极力维护传统文学的继承与发展,以黄侃和刘师培为中心的人物对选学依然推崇。身处蜀中的刘咸炘对新文化运动持"隔岸观火"的态度,但对传统文学的继承刘咸炘认为是有必要的。读《文选》是刘咸炘的日常读书生活必备科目,在阅读的过程中他征引前人之说而形成《诵〈文选〉记》一文。这篇文章无序跋,据刘咸炘弟子记载:"丁巳年,治《文选》毕,有《诵文记》一卷。"时年,刘咸炘才22岁,虽然年岁不高,但此时他已撰成《文式》一文,对文体分类有较为深刻的认识,在此基础上,他对《文选》三十七种文体,除了诗、赋,都进行了评点,其评点方式主要是征引前人之说再加以阐释和辨析。如:

  曹子建《求自试》《通亲亲表》:《自试》篇多华采,而往复处自胜。《通亲亲》篇乃似子政。典实恳激。远慕数语,通篇警策,子政嫡传。义门曰:此文可匹《出师表》,而文采更蔚然。世以令伯仰希诸葛,未为知言。是也。月峰乃以为率易,大抵月峰能看词笔紧处,不能看缓处。[1]

刘咸炘的《文选》评点征引明代孙鑛《孙月峰先生评文选》内容较多,对其评点公允处,他给予肯定,甚至直接征引评点内容,自己不加补充说明,如谢惠连《祭古冢文》评曰:"月峰曰:'醒快。'"而对于他不赞同的观点,刘咸炘直言不讳,谈自己对评点的

---

[1] 刘咸炘:《诵〈文选〉记》,《推十书》(增补全本)戊辑,上海科学技术文献出版社2009年版,第924页。

看法，如上文所引对曹子建的评价，刘咸炘认为月峰评判不公，对于子建的才华，刘咸炘是十分肯定的。刘咸炘的评点大都能抓住各个文体特点，说明各种文体的特殊性。同时，他还重视各篇评点的是非辨别。如《李陵答苏武书》一文，《史通》《文献通考》记载非西汉人所作，而后，孙鑛、钱大昕、章学诚对此都进行了辨析，刘咸炘一一录之，并辨析认为：昭明录此篇于子长之前，是不以为伪。若惟古诗信，则固当不疑。月峰所以作疑词也，然以文而论，诚如诸家所疑，不必有考证也。东坡妄论，孙、钱足以驳之。……实斋之论甚卓，而以为南北朝，则于文未达，疑是刘石称雄时之作耳。[①] 刘咸炘学术思想虽服膺章学诚，但在追求学术真理面前，他并没有人云亦云，而是推源溯流，找到问题真正的答案。

在评点语中除内容、真伪辨别外，刘咸炘对文体也有评述，如《非有先生论》刘咸炘评曰："设论之体，大自东方，以不歌而颂之体，为婉而多风之词。古诗之流，屈子之变，答难言志也。此篇则言志而兼讽刺。枚叔《七发》，徒多词彩，揆之六义，宁不逊此耶。若王子渊，弥不足论矣。又此篇与《四子讲德论》皆设论体，不当入此。《四子讲德论》者，四子所论也，《非有先生论》者，非有先生所论也，与《过秦》《王命》诸篇异。《过秦》乃子书之一篇，《王命论》则论王命也。昭明于此欠分别。入之设论，乃见东方先生创体之矩矱。"[②] 刘咸炘对设论之体进行了文体辨析，认为设论之体与一般论文之体不一样，应该归入赋类，而《文选》将其与《过秦论》《王命论》归于一类，亦显分类不明，刘咸炘对《文选》归类的分析我们下文作具体研究。此外，刘咸炘对文体的溯源和章法模拟等方面都有论述，如评扬子云《赵充国颂》："古质是诗之遗，火候最深，

---

① 刘咸炘：《诵〈文选〉记》，《推十书》（增补全本）戊辑，上海科学技术文献出版社2009年版，第928页。

② 刘咸炘：《诵〈文选〉记》，《推十书》（增补全本）戊辑，上海科学技术文献出版社2009年版，第941页。

月峰谓稍率易,非也。"皇甫士安《三都赋序》:"陈诗赋迁变源流宗旨,极实而确,入选甚宜。"枚叔《七发》:"词赋祖宗,形容少而敷陈多。气势骏利,纵横之遗。"这些评点实际是对文体演变轨迹的梳理,体现出刘咸炘的文体学思想。

据初步统计,刘咸炘在《诵〈文选〉记》一文中征引的学者及著述有唐代李善《文选注》、刘知几《史通》,元代马端临《文献通考》,明代孙鑛(1542—1613)《孙月峰先生评文选》、陆云龙(雨侯)、清代邵长蘅(子湘,1637—1704)、何焯(1661—1722)《义门读书记》、方廷珪(伯海)《昭明文选集成》、蒋士铨(心余,1725—1785)、于光华(1727—1780)《文选集评》、钱大昕(1728—1804)、章学诚(1738—1801)、李兆洛(申耆,1768—1841)《骈体文钞》、祖父刘沅(1768—1855)、包世臣(慎伯,1775—1855)、曾国藩(1811—1872)、谭献(复堂,1831—1901)。这些文人和著述在《文选》研究领域具有较为重要的影响力,时代自唐讫晚清,体裁有专书、总集、史书、笔记等。这一方面反映刘咸炘读书宽泛广博,另一方面则说明刘咸炘对传统文学的继承。

《文选》的学习是刘咸炘文体论最根本的基石,而《诵〈文选〉记》一文又为民国时期关于《文选》评点提供了较为重要的学术资料,应该引起后人研究《文选》的重视。

(二)《〈文心雕龙〉阐说》的意义

《〈文心雕龙〉阐说》始作于丁巳三月十八日,并于"庚申七月删定续记"。刘咸炘创作《〈文心雕龙〉阐说》的时间基本与黄侃创作《文心雕龙札记》时间相当,黄侃创作《文心雕龙札记》源于教学,由讲义发展而来,而刘咸炘的《阐说》则是对五十篇文进行全面的阐释,从内容上讲,《阐说》比《札记》理论更强。刘咸炘多次研读《文心雕龙》,他在续记中说道:"丁巳撰此书时,于文章体宜系别,尚未了了。彼时方知放胆作札记也。庚申七月,因撰《文式》,复读《雕龙》,取旧稿阅之,亦颇有可喜者。但微意少,常谈多，大义少，细论多耳。"① 只有经过反复地阅读和研究才能形成体大而博的《〈文心雕龙〉阐说》一文。

刘咸炘认为《文心雕龙》是诗文评的鼻祖，他在论《文心雕龙·诸子》篇中说："彦和此篇，意笼百家，体实一子。故寄怀金石，欲振颓风。后世列诸诗文评，与宋、明杂说为伍，非其意也。"② 充分肯定了《文心雕龙》的价值。他还指出《文心雕龙》的文体论"端绪秩然"，是中国文学文体论的系统之作，他在论《文心雕龙·诸子》篇中说："刘彦和氏《文心雕龙》兼该六艺诸子，与昭明之主狭义不同。其上廿五篇《宗经》《正纬》之后，即继以《辨骚》《明诗》《乐府》《诠赋》《颂赞》此皆词赋本支。又次以《祝盟》《铭箴》《诔碑》《哀吊》《杂文》，皆诗之支流。终以近诗之《谐隐》，然后次以《史传》《诸子》《论说》，然后次以《告语》之文。《诏策》《檄移》《封禅》《章表》《奏启》《议对》《书记》。而于《书记》篇末乃广论经、史诸流及日用无句读之文，其叙次亦与《文选·序》大略相同。此二书上推刘氏《七略》，貌同心异，端绪秩然。而论文体者竟不推究。姚、曾诸人稍稍就所见之唐、宋文字分立目录，遂已为士林宝重，矜为特出，亦可慨矣哉。"③

他推崇《文心雕龙》，说："古今诗话多而论文之书少，著录者寥寥可数，第其精妙，惟吾宗二子，远则彦和《文心》，近则融斋《艺概》。"④ 又说："文评以《文心雕龙》为极淳古精确。"⑤ 刘咸炘

---

① 刘咸炘：《文心雕龙阐说》，《推十书》（增补全本）戊辑，上海科学技术文献出版社2009年版，第979页。
② 刘咸炘：《文心雕龙阐说》，《推十书》（增补全本）戊辑，上海科学技术文献出版社2009年版，第959页。
③ 刘咸炘：《文学述林》，《推十书》（增补全本）戊辑，上海科学技术文献出版社2009年版，第24页。
④ 刘咸炘：《文说林》，《推十书》（增补全本）戊辑，上海科学技术文献出版社2009年版，第983页。
⑤ 刘咸炘：《授徒书》，《推十书》（增补全本）己辑，上海科学技术文献出版社2009年版，第56页。

对《文心雕龙》创作体系的认识是非常精准的，他在下篇论说之前写了一段类似于导语的文字："文以思为先。思而成文，乃谓《体性》。体性兼该词旨，而词尤重风骨。三者为文之本。次《通变》，复古之大旨也。次《定势》，势乃文之全局也。势定然后言其文中之情采。有情采然后炼意造语，故次以《镕裁》。《声律》《章句》，又其次也。《丽词》至《事类》专论句。《练字》言字。《隐秀》则字句之美也。《指瑕》，亦字句也。欲其无瑕，必由养气，文次也。《丽词》至《事类》专论句。《练字》言字。《隐秀》则字句之美也。《指瑕》，亦字句也。欲其无瑕，必由养气，文章有气在先，非徒逞词可能，必其美。《附会》《总术》二篇，则总论大体，合《定势》以下而言也。"指出《文心雕龙》创作论的特点，其一，《神思》《体性》《风骨》是文之本；其二，《定势》是文之全局；其三，文章需养气。这些观点都是"龙学"研究中较为重要的命题。

刘咸炘对《文心雕龙》的研究对他自我学术的提升很有帮助，在《风骨》篇中刘咸炘评曰："彦和特标二字以药浮靡，可谓中流砥柱。风乃情韵，骨主风格，一内一外，自树与观人交尽，然以骨为体而风为用。无骸则体为浮肌，无气则形为死物。结言端直，其义坚矣。意气骏爽，其风发也。言骨而兼风，恐枯质不能感人，故风骨必飞飞者，气足以举也。……气即风骨，其运者风也，其持而无暴者骨也。"[①] 正是在对刘勰撰写的《风骨》篇有深刻理解后，刘咸炘才提出了风骨论。

（三）刘咸炘对《文选》《文心雕龙》分类的评价

刘咸炘的文体分类思想主要体现在他对《昭明文选》分类的评价中。他在《〈文选·序〉说》中论述了《昭明文选》文体分类的优缺点，首先，刘咸炘论述了《昭明文选》分类的合理性：

[①] 刘咸炘：《文心雕龙阐说》，《推十书》（增补全本）戊辑，上海科学技术文献出版社2009年版，第964页。

>《序》先论《诗》，而举六义，明乎词赋一流，皆源六义。又曰：古诗之体，今则全取赋名。词言后世之赋，以附庸而成大国，兼该六义，足以当古之诗也。次论骚者，骚味赋祖也。次论诗，次论颂。颂名犹沿于古诗，不但义同。箴、戒起于上世，其藻韵与诗同，而抑及《卷阿》列于《三百》。铭、诔固《诗》之流，赞亦颂之类。以上皆词赋正传，源于《诗》教者也。惟箴下铭上，杂入论体，似不伦。殆以箴、戒言理而连及之，与此下乃言告语之文。盖告语单篇，与经、说、史、传、子家殊途。①

梁代萧统的《昭明文选》是我国古代最早的一部诗文总集，其文体分类对后世影响深远。《昭明文选》一书，是把各体诗文、赋、书、赞等汇总在一起，按体区分，并以时代分层。《文选》将文体分为三十九类，并且在一级类目下又分了二级类目，例如在诗、赋一级类目下，他又分别分出了诗二十三类，赋十五类，第一类"赋类"，第二类"诗类"，第三类以下不再有子目。褚斌杰在《中国古代文体概论》中对《文选》的分类做出了很高的评价："这种大规模地将文学作品辨体区分，是空前的，在当时是一件具有创造性的工作。《文选》从性质上说，还属一部总集，并不是论文体的专著，但它对后世的文体论，特别是文体分类学，影响却十分重大、深远。"② 的确，文选的分类方法直接影响了唐以后历代编选文章总集的分类，如宋代姚铉编《唐文粹》共一百卷，涉及文体二十二类，各类下又分子目三百一十六类，姚铉在自序中称，此书"类次之，以嗣于《文选》"，可知他的分类标准是借鉴了《文选》。

刘咸炘认为《昭明文选》是从文体渊源、时代发展来分类的。《文选》首列诗类，再举赋类，其皆源于六义，后论颂，颂沿于古

---

① 刘咸炘：《文选序说》，《推十书》（增补全本）戊辑，上海科学技术文献出版社2009年版，第21—22页。

② 褚斌杰：《中国古代文体概论》（增订本），北京大学出版社1990年版，第20页。

第五章 刘氏家族文学理论

诗，再论箴、戒，箴、戒有藻韵与诗同，铭、诔是诗之流变，赞属颂类，以上各类都是辞赋正变而来，属于诗之流。箴、戒有议论言辞，所以与告语相连，而告语与经、说、史、传、子家都各不相同。刘咸炘简明扼要地概括了《昭明文选》分类体例的基本情况，从文体渊源来分类能够清晰所见文体的演变过程。《昭明文选序》所说："凡次文之体，各以汇聚。诗、赋体既不一，又以类分，类分之中，各以时代相次。"① 可见，《文选序》中已经说明选文体例是按照时代先后顺序排列的。刘咸炘还对《昭明文选》未选子、史进行了辩说。"然后知昭明不选史为深晰源流也。不选子家，曰以立意为宗，不以能文为本。深辨文质之言也。"② 他认为《昭明文选》摒弃子、史之作，专收集部单篇诗、赋、散文，其目的一是深晰文之源流，二是深辨当时的文质论。

其次，刘咸炘也指出《昭明文选》体例仍有不合理之处：

一曰序次倒，二曰立目碎，三曰选录误。……惟是昭明既主于《诗》，则当先诗次骚，次赋，源流乃明。今乃先赋次诗，而又自解之曰：古诗之体，今则全取赋名。夫赋虽兼该六义，今固犹有诗存，非赋所能该也。此倒者一也。《序》中分词赋、告语为二，划剖明晰，而编录乃于赋、诗、骚、七之后遂列诏、册、令、教、文、表、上书、启、弹事、笺、书、檄诸告语文，而又继以对问、设论、辞、颂、赞、符命之出于诗、赋者，又继以史论，论之旁出史子者。又继以连珠、箴、铭、诔、哀、碑志、吊祭之出于诗、赋者。忽此忽彼，杂乱无序。此所谓倒二。……游览一目，可并于纪行。既有物色，便该万象。宫殿特出，犹云拟于京都。鸟兽非物乎？江海非色乎？不必分而分。音乐中，箫、

---

① （南朝梁）萧统编：《昭明文选》，中州古籍出版社1990年版，第2页。
② 刘咸炘：《文选序说》，《推十书》（增补全本）戊辑，上海科学技术文献出版社2009年版，第22页。

315

> 笛，器也；舞、啸，事也。不当合而合。……《秋风辞》，诗也；《归去来》，赋类也；宋玉《对楚王问》，设词也。辞于对问二目皆可省也。此皆所谓碎者也。……《难蜀父老》乃设词颂德，非檄也。附于檄末不安也。《圣主得贤臣颂》、《四子讲德论》皆扬颂之文，封禅、典引之类，而归于颂论，与四言之颂、树义之论同列。①

在刘咸炘看来，《昭明文选》在分类中出现了三大错误，一是次序颠倒，从文体发展源流来看，诗应先于骚和赋，应将诗列在第一位，随后才是骚、赋。在《文选序》中分辞赋、告语为二，但在编录中却没有将这两种文体一一对应。此外，他对《昭明文选》中赋类、诗类所列子目琐碎也提出了意见，纪行赋可并为游览赋中，宫殿赋又与京都赋有重复之处，鸟兽赋、江海赋则又与物色赋重复，即为"不必分而分"也。音乐赋按照乐器和乐事又可分为两大类，但《昭明文选》却一类盖之，所谓"不当合而合"也。分类目录琐碎以及文体选录有误的问题，都成为《昭明文选》文体分类的诟病，后世对此议论者不少，但像刘咸炘这样详细分析指出问题者并不多。清末民初时期，关于文体分类研究已日渐成熟，加之西学东渐，西方文体分类方式逐渐被国人接受，刘咸炘正是在这样一个背景下，认真分析了《昭明文选》分类的利弊，得出一家之言，对研究《文选》分类具有一定参考价值。

最后，刘咸炘比较了《昭明文选》和《文心雕龙》文体分类之别：

> 刘彦和氏《文心雕龙》兼该六艺诸子，与昭明之主狭义不

---

① 刘咸炘：《文选序说》，《推十书》（增补全本）戊辑，上海科学技术文献出版社2009年版，第23—24页。

第五章　刘氏家族文学理论

同。其上二十五篇《宗经》《正纬》之后，即继以《辨骚》《明诗》《乐府》《诠赋》《颂赞》此皆词赋本支。又次以《祝盟》《铭箴》《诔碑》《哀吊》《杂文》，皆诗之支流。终以近诗之《谐隐》，然后次以《史传》《诸子》《论说》，然后次以《诏策》《檄移》《封禅》《章表》《奏启》《议对》《书记》。而于《书记》篇末乃广论经、史诸流及日用无句读之文，其叙次亦与《文选·序》大略相同。此二书上推刘氏《七略》，貌同心异，端绪秩然。①

《文心雕龙》把所有文体先按照"文"和"笔"划分为两大类，"文"即是指有韵之文；"笔"，指无韵之文，所谓"今之常言有文有笔，以为无韵者笔也，有韵者文也"②。刘勰的这种分类方式和始于晋代的文笔之争是分不开的，文笔之争开始于晋代，盛行于齐梁，它表现了文学作品的增多，文学家们对文学范围的探讨。他们把有文饰的韵文称为"文"，没有文饰的韵文称为"笔"，这种区分其实缩小了文学的范围，《文心雕龙》虽然按照文笔来分类，但他扩大了笔的范围，他在《文心雕龙·序志》中说"论文叙笔，则有别区分"，纠正了对文学范围狭隘的看法。《文心雕龙》按照"原始以表末，释名以章义，选文以定篇，敷理以举统"③的方式论述了每种文体的起源流变，解释文体名称，评论代表作家作品，说明文体的规范要求，非常系统地阐述了文体的基本概念。这是《文心雕龙》在文体论方面的最大贡献。

在刘咸炘看来，《文心雕龙》分类更为精准，《文心雕龙》和《昭

---

① 刘咸炘：《文选序说》，《推十书》（增补全本）戊辑，上海科学技术文献出版社2009年版，第24页。
② （南朝梁）刘勰著，范文澜注：《文心雕龙注》卷九《总术》，人民文学出版社1958年版，第655页。
③ （南朝梁）刘勰著，范文澜注：《文心雕龙注》卷十《序志》，人民文学出版社1958年版，第727页。

明文选》分类标准都源于刘氏《七略》,《文心雕龙》的分类纠正了《昭明文选》中狭义的文学观。《昭明文选》选文不及经、史、子,这是对文学狭义的理解,而《文心雕龙》分类先以文、笔之分,"论文叙笔,则有别区分"。其次扩大了笔的范围,涉及论经、史诸流及日用无句读之文,这样一来,刘勰在不完全废弃文、笔说的基础上,扩大了文学的范围,并且详细地辨明了文体,清晰地说明了各类文体的特征,对后世文体分类影响深远。这种泛文学观的文体分类法被刘咸炘接受,刘咸炘在《文式》篇中将文体分为六十四个大类,涉及经、史、集各部,在同级文体下又根据文体功能分为子目录,显然,刘咸炘对文体的分类是在吸收了前人的基础上发展而来的。现将他所列文体种类记录如下:

《文式》目录列:经传说,编年史,编年纪传家类别、纪事本末、杂史、传记、专传、赋、颂赞、杂飏颂、设词、连珠、词、曲、联语、叙例目录、题跋、注释、名训文字书、图表、记、方志、史论赞、典故、地理书、谱系、薄目、杂记、日注、诏命、册命、玺书赐书报书、令教策问劝农文训诫、公牍(符檄、详、禀、示、批、状、供词、履历、关、牒、牌、票、揭、扎付、判、考语、榜、约、书疏)、奏议(章表、疏奏、上书上言、封事、驳义、策对、对问、弹事、状、讲义)、书简、辞命、祝祭、哀诔、金款识、石刻辞、繇谶、韵括、箴诫、器物铭、诗。另有文式附说:编集、抄类、随笔、校勘、名目、款格、杂例、论著、考证、评议、术数书、小说。

(四)刘咸炘文体分类由繁入简的过程

唐宋以后,文体分类大都按照《文选》和《文心雕龙》而来,只是随时代变迁新增加的文体加编于后,吴承学已论述唐宋文体新变集中地反映在宋代文章总集的编录中。[①] 明代时期,文体批评论得以发展,重视文体的辨体,明代吴讷的《文章辨体》和徐师曾的《文体

---

① 吴承学:《宋代文章总集的文体学意义》,《中国社会科学》2009年第2期。

第五章　刘氏家族文学理论

明辨》，两部书都是总集，但在序说中对每一种文体的名称、性质和源流都做了详尽的辨识和考证，并引用了大量的前人资料作为佐证，《文章辨体》把文体分为五十九类，《文体明辨》则分文体一百三十七类，几乎涵盖了所有的文体。可以说这两部书是继《文心雕龙》之后，中国古代文体学的集大成著作。[①] 可见，随着文学的发展和文体的不断演变，新文体层出不穷，这一时期论述文体的著作多以广收详列为主，以至于文体分类碎杂、繁多。正如《四库全书总目提要》批评《文体明辨》："千条万绪，无复体例可求，所谓治丝而棼者欤。"[②]

从清代开始，文体论者则注意到文体的归纳问题。清代文体分类论主要体现在文选集中，如清康熙年间储欣纂集的《唐宋十大家类选》，分文章为六门三十类：奏疏门第一：书、疏、札子、装、表、四六表；论著门第二：原、论、议、辨、解、说、题、策；书状门第三：启、状、书；序记门第四：序、引、记；传志门第五：传、碑、志、铭、墓表；词章门第六：箴、铭、哀词、祭文、赋。虽然《类选》录文仅为唐、宋十家的散文，但他分门别类的做法在文体分类上却是一种进步，摒弃了文体分类碎杂的弊病。

清代末年，梁启超在《中学以上作文教学法》一文中对文体的分类进一步作简，他认为文章种类可以从思想的路径来区分：（1）以客观的吸进来之物为思想内容者，这是从五官所见所闻……吸收进来的，这是记述之文；（2）以主观的发出来之自己意见为思想内容者，这是从心里面发出来的，这是论辩之文。梁启超更是简单地将文体分为记叙之文和论辩之文。记叙之文中分为静态和动态，论辩之文分说喻、倡导、考证、批评、对辨。虽然这种崇简的分类方式具有一定科学性，但是也有一定缺陷，童庆炳先生在《中国古代文体论述》中说："由于他只着眼于内容，没有把内容和形式统一起来考虑，视野

---

① 吴承学：《中国古代文体形态研究》，中山大学出版社2002年版，第400页。
② （清）永瑢等：《四库全书总目》集部卷一百九十二，中华书局1983年版，第1742页。

还是不够开阔，方法也还不够细密，在他的分类中，连诗词歌赋也没有位置，这是很遗憾的。"① 从清代文选集中，我们不难看出文体分类是在总结历史各种文体的基础上由繁趋简的过程。清代学者对历代文体重新整理、归类，并对文体的源流演变和文体特征、性质有比较深入的研究，才能做好文体分类的由繁入简的工作。

从刘咸炘的《文式》篇中，我们可以看到刘咸炘对文体的分类在于全面，所涉及的文类六十三种，几乎是《昭明文选》和《文心雕龙》的两倍，此外，在每一类下又有子类，如在经传说中又记：章句、记、微、说；编年史中又记：志、历、统纪、略纪、通纪；杂史中又记：志、故事、纪等。这样一来分类不下于一百种。这样的分类看似全面，却非常繁复，刘咸炘在思考分类全面性的同时也提出了从繁至简的分类思想。刘咸炘文选集《文篇约品》中将文分成四个大类，分别是记载之文、告语之文、著述之文和有韵之文。

这种分类思想也是顺应时代发展演变而来，首先，在清代，文体分类由繁入简已成一大趋势，这一趋势具体体现在文人所纂选集中，姚鼐的《古文辞类纂》和曾国藩的《经史百家杂钞》对文体的分类都摒弃了前人文体分类繁复碎杂的缺点，二者在文体分类上重视分门别类，姚鼐《古文辞类纂》序云："于是以所闻习者，编次论说，为《古文辞类纂》。其类十三，曰：论辨类，序跋类，奏议类，书说类，赠序类，诏令类，传状类，碑志类，杂记类，箴铭类，颂赞类，辞赋类，哀祭类。一类内而为用不同者，别之为上下编云。"② 曾国藩《经史百家杂钞》序例云："姚姬传氏之纂古文辞，分为十三类。余稍更易为十一类：曰论著，曰词赋，曰序跋，曰诏令，曰奏议，曰书牍，曰哀祭，曰传志，曰杂记，曰叙记，曰典志。各类归入著述门、告语门、记载门。"③ 我们将三部选集文体分门别类以表示之：

---

① 童庆炳：《童庆炳谈文体创造》，河南大学出版社2008年版，第40页。
② （清）姚鼐编，边仲仁标点：《古文辞类纂》，岳麓书社1988年版，第1页。
③ （清）曾国藩纂：《经史百家杂钞》，岳麓书社1987年版，第1页。

第五章　刘氏家族文学理论

	记载之文	告语之文	著述之文	有韵之文
	记载门	告语门	著述门	
刘咸炘《文篇约品》	别传、行状、特记、典故传记、地理行记、金款识、石刻辞事功、石刻辞建造、石刻辞山川、石刻辞墓道、石刻辞埋铭、杂记	制诏、册命、赐书、令教、策问、训诫、符檄、移书、章表、疏奏、封事、上书、驳议、弹事、策对、书简、祝辞、赠言、祝祭、盟誓、诔、哀辞、吊祭	树义论、史论、杂说、私撰策、考证文、评议、术数书、小说	箴戒、器物铭、赋、颂赞、杂飏颂、设词、七、连珠、序列目录、题跋、经说
姚鼐《古文辞类纂》	传状、碑志、杂记	奏议、书说、赠序、诏令	论辩、序跋	箴铭、颂赞、辞赋、哀祭
曾国藩《经史百家杂钞》	传志类所以记人者。叙记类，所以记事者。典志类，所以记政典者。杂记类，所以记杂事者	诏令类，上告下者。奏议类，下告上者。书牍类，同辈相告。哀祭类，人高于鬼神者	论著类，著作之无韵者。辞赋类著作之有韵者。序跋类他人之著作序述其意者	

　　从表中不难看出，姚鼐的《古文辞类纂》所列的每一类都可分入四门之中，可见姚鼐文体分类虽只立类未立门，但已有分门系属的思想。刘咸炘和曾国藩都分门别类，但二者有细微差别。曾国藩没有分有韵之文，是因为他在著述门中分为论著类，著作之无韵者；辞赋类，著作之有韵者；序跋类，他人之著作叙述其意者。显然，这样分类是比较混乱的，在序跋类中同样也有有韵之文，所以这不如刘咸炘直接将有韵之文单独列为一门好。

　　刘咸炘将文体列为四门，一方面是吸收了真德秀《文章正宗》分门系属的文体分类思想，另一方面则是吸收了近代之科学分类法。刘咸炘挚友卢前，在《何谓文学》中也谈及文学体裁，提到姚鼐和曾国藩的分类法，以及近世科学分类法："桐城姚鼐分古文为十三类，而曾国藩分之为十一类。（附表）今已近世之科学方法分之，有四类焉：（一）论说，（二）辩论，（三）描写，（四）记述。若此四者，以性质分，论说则为学理之文，描写与记述为言情之文，论说涵

321

界说、定义、说明、解释。界说者，阐明其义，适如其界，毫无脱落之处也。定义者，先明其理，下一论断，毫不可以移动也。说明与解释者，就其对象解说事理，而研究之，指示之，此乃最普通之方式也。辩论，罗马古代法律著名，关于辩论之文极多，所谓辩论者，即成立己说，推翻人说也。"① 卢前将近世之科学方法分类简洁概括，我们不难看出，刘咸炘的四分法与此科学分类法是可以对应的，记载之文即为记述，著述之文即为论说，告语之文即为辩论，有韵之文即为描写。刘咸炘还从文的源流上将文体分为议论之文、记述之文、词章之文，这与科学分类法更为接近。他在《文说林》中说："与彭子商谈文章源流，大抵三系：议论之文为一系，宜分析祥畅。此系以《礼记》、《孟子》、诸子、汉人奏疏为准。记事之文为一系，叙录之文比之，宜包括深透，宜抒写直挚。以《尚书》《左传》、马、班书为准。词章之文为一系，而抉疏为骚、赋、赞、颂、箴、铭、碑、诔。知此三者之分，然后知欧阳以来之混而不成体。赠序、书简、杂记于三者无当，乃古人余事，而后人专以此数者为古文。又以此数者之法施之三系，而三系乱，诸体坏。"② 刘咸炘的"三系"说既涵盖每一系的源流，又谈到了每一系书写文章的规范要求，言语虽短却概括精当，充分体现了刘咸炘文体分类观是一个由繁入简的过程。

五 制艺与文派论

在刘咸炘的文体论中还有一个值得注意的是制艺观。尽管在刘咸炘七岁的时候，清朝已经取消了八股取士制度，但实际在他的文学思想乃至文体观中制艺文体对他影响依然很大。他撰写《制艺法论抄》一文说明对制艺文体的态度，刘咸炘说："二十年来，学人言及制艺，辄望望然若将掩鼻。然自变策论以来，不及一纪，而学者文心日

---

① 卢前：《卢前文史论稿》，中华书局2006年版，第62页。
② 刘咸炘：《文说林》，《推十书》（增补全本）戊辑，上海科学技术文献出版社2009年版，第984页。

第五章 刘氏家族文学理论

粗，徒为大言，实多谬误。新学者患其不清不确也，乃注重论理，力崇质实，驯至变为白话，虽云揭橥普及之名，实亦有激以成之也。忆《池北偶谈》有一条云：予尝见一布衣，盛有诗名，而诗实多格格不达处。以问汪钝翁，汪云：此君坐未解为时文故耳。时文虽无与于诗古文，然不解八股，则理路终不分明。此论甚佳。非八股之贵也，理路之贵也。"①八股文体中的理路是制艺的关键，这与写作其他古诗文一样，是一个历练的过程。对于已经取消了科举制度的时代来说，该如何面对制艺之法呢？刘咸炘认为："盖文法有大细，有活有死，领上落下，出题及起承传合诸法皆细法、死法，非制艺则无用，即制艺亦自删去大结以后乃有之。若夫相题析理，则固凡理文之所同。六朝之讲疏、堂之何论、宋之经义，无不讲此者也。不龟手之药，或可以封，而况于文理之通法哉！"②八股文中的死法、细法应该被摒弃，而贯通于文章理念的活法则应该继承。

刘咸炘另撰有《四书文论》同样是关于八股文的探讨，四书文是八股文的俗称。明清之际，八股取士使得四书文形式拘隘、内容局限，在科举废除之后，四书文更是被后人诟病，但刘咸炘撰《四书文论》却从客观分析入手，对四书文作了有限的肯定。从文体的角度来看，四书文的存在具有自身的价值，刘咸炘说："制艺者，诸文之一也，亦本出于心，亦自成其体，固与诸文无异。不知其不能等观者安在？谓其体下邪？文各有体，本无高下。高下者，分别相对之权词耳。为古文者斥时文，恐乱其体可也，而时文不以是贱也。"③四书文作为文体的一类与其他各种文体并无异同，不能因时代的变迁来判断文体的高下。他指出四书文体有助于文章论点的表达："自汉以

---

① 刘咸炘：《制艺法论抄》，《推十书》（增补全本）己辑，上海科学技术文献出版社2009年版，第144页。

② 刘咸炘：《制艺法论抄》，《推十书》（增补全本）己辑，上海科学技术文献出版社2009年版，第144页。

③ 刘咸炘：《四书文论》，《推十书》（增补全本）戊辑，上海科学技术文献出版社2009年版，第61页。

来，文家惊于派别格律，而忽于本质，词华盛而论理衰，使文不能达意，而远于实用，乃为西洋逻辑所乘，其能存论理者，独制艺家耳。"① 刘咸炘对四书文文体内质给予肯定，他认为四书文的论理形式可与西洋逻辑学媲美，体现出四书文体的议论性，从文体价值来看，刘咸炘的制艺观有一定的正确性，他把制艺放在文体中去探讨，认为八股文体并不因为科举的消失而消失，反之，八股文体作为文体的一类应该汲取其精华去其糟粕，成为传统文体研究的另一个客体，这也是刘咸炘研究制艺文体的目的。

中国传统文体的发展，还有一个显著特点，就是文章流派的出现，唐宋是文章繁盛时期，后世以"唐宋八大家"为学习与效法的典范。到了明代，文章发展派别更为明显，明代文派中的秦汉派、唐宋派名声显著，台阁派、公安派、竟陵派也产生过一定影响。刘咸炘对文派流变与发展有所关注，撰写了《宋元文派略述》和《明文派概说》两文，对文章流派进行了阐释。在《宋元文派略述》中，刘咸炘认为唐宋文派言"八大家"之说是有缺陷的，韩、柳未必能尽唐，而欧、苏、曾、王又未必能尽宋。关于宋文派，刘咸炘指出："宋初文人，大都吴、蜀遗臣，沿晚唐、五代之风，学则类书，文则骈体，其倡言古文、古学，复于韩、柳者，则北方之士柳开、穆修诸人也。……柳、穆两家徒众甚盛，种放与修同学于陈希夷，亦以文授徒。"② 他认为宋初古文者可以分为三派，即柳开、穆修和种放，这三派又自有渊源和学术流派，"然通倡古文，议论亦相类，柳、穆所造就亦多禹偁所造就者"③，为此，他又撰《宋初三家学系图》，以补学案之阙。在门派溯源中，刘咸炘又将文派与地域结合，他说："柳

---

① 刘咸炘:《四书文论》,《推十书》(增补全本) 戊辑, 上海科学技术文献出版社2009年版, 第62页。
② 刘咸炘:《宋元文派略述》,《推十书》(增补全本) 戊辑, 上海科学技术文献出版社2009年版, 第34页。
③ 刘咸炘:《宋元文派略述》,《推十书》(增补全本) 戊辑, 上海科学技术文献出版社2009年版, 第35页。

第五章　刘氏家族文学理论

氏一派，最盛行于山东，衍及吴、越。其著者有张景、高弁、贾同、孙何、丁谓，其文皆有存者……穆门行于河南，尹源、尹洙祖无择，苏舜钦其著也。诸家虽矫五代、杨、刘，然实近接晚唐。其尊孟子、扬雄、王通、韩愈，实皆皮日休、司空图一流议论。"① 对于宋文的江西派，刘咸炘认为其继承关系是渊源黄庭坚，其后起刘辰翁。这一派影响至元代。元代文章派别，刘咸炘则以南方北方来分："北方之文，元好问、姚燧为雄，马祖常、元明善等次之。南方之文，则有江西与浙东。江西自欧阳、曾、王以降，直至近代，多以古文名，故有古文家乡之称，而元至虞集，尤为卓著。金华一派，以黄溍、柳贯、吴莱三先生为宗。三人皆学于宋遗民方凤。"② 刘咸炘还指出北方文派特点是古辞奥句，礌砢斑驳，文章题材取于先秦两汉，而体裁则学韩愈。南方之文的江西派则继承宋代江西派的文风，"其文诚能复欧、曾之旧，周必大不足拟也。"而金华一派则以黄溍、柳贯、吴莱三先生为宗，三人当中，黄溍最为有名，其文清圆劲切，动中法度。

在《明文派概说》中，刘咸炘同样是从地域文派观念来进行论述的，他说："明初文家即元末之浙东、江西二派，浙东宋、王诸人之后，著者为宋之门人方孝孺。其文多议论，又兼用苏轼、陈亮之笔，有子家意，能过其师。江西虞、危之后，著者为虞之再传门人胡俨，及解缙、杨士奇。"③ 除了地域影响，文派风格更是文章流派的重要区分点，刘咸炘说："江西文派有清折之美，而无壮博之观……然浙东实惟黄溍若是，其他则犹多以博丽为长。方氏虽守师法，而华采弥削，此固有所矫而然。……方氏之趋于平狭，亦以承宋、元以来

---

① 刘咸炘：《宋元文派略述》，《推十书》（增补全本）戊辑，上海科学技术文献出版社2009年版，第34页。
② 刘咸炘：《宋元文派略述》，《推十书》（增补全本）戊辑，上海科学技术文献出版社2009年版，第37—39页。
③ 刘咸炘：《明文派概说》，《推十书》（增补全本）戊辑，上海科学技术文献出版社2009年版，第41—42页。

载道之说。载道之说固昔人所同，而方氏则主之尤严。其《张彦辉文集·序》曰：不同者，辞也；不可不同者，道也。天下之道根于心者，一也。明其道，不求异者，道之域也。人之为文，岂故为不同哉？声音笑貌人人殊，其言固不得而强同也。而亦不必一拘乎同也，道明则止耳。然而道不易明也，文至者道未必至也。"[1] 刘咸炘不仅评论派别文体风格特征，还对派别中"文以载道"这一命题提出了自己的看法，在他看来，方孝孺文章平狭的原因就在于他要求文必须根乎道的观念限制了文的发展，这种论道范围过于狭窄，刘咸炘认为文与道并非一回事，他说："载道之说，本不为非，顾所谓道乃以广义言，非专谓性理之说也。且道之合否，固以内容言，而无关于外形。浓涩之词，亦何尝不可以明道，而方氏之意，则几专以性理为道，自韩、欧以外，不得与焉。"[2] 刘咸炘对文章载道的认识已经打破了狭隘的文以载道的思想，对传统的文章学的载道阐释有一定的超越性。

刘咸炘的文章派别思想实与他的学术思想源流和时代变迁有深刻关系。首先，刘咸炘这种推源溯流的文派梳理与他私淑章学诚的史学思想有关，他将历史流变意识用在文学流派分析中，是有其合理性的。其次，刘咸炘的文派思想既与西学东渐的文学思潮相联系，又体现了中国文学发展史中关于"体""派"史的精神。近代以来，受五四新文化运动洗礼的学者论"派"多立足西方语境，他们把"主义"和"流派"并列混用，从西方"文艺复兴"寻找"流派"源头，这体现出文学研究中的西学热潮。实际，在中国文学研究中，关于"体""派"的研究，从刘勰的《文心雕龙》到钟嵘的《诗品》，再到严羽的《沧浪诗话》，就已有梳理诗之"体—派"的格局，唐宋明

---

[1] 刘咸炘：《明文派概说》，《推十书》（增补全本）戊辑，上海科学技术文献出版社2009年版，第42页。

[2] 刘咸炘：《明文派概说》，《推十书》（增补全本）戊辑，上海科学技术文献出版社2009年版，第42页。

清之时，又将这种流派思潮广泛地运用于文章梳理之中，因此出现各种文派和区域地理社群。刘咸炘恰到好处地将近代西学思潮与中国传统文学研究联系起来，创作《宋元文派略述》《明文派概说》勾勒宋元明文章流派面貌。

小　结

关于刘氏家族的文学思想，是以刘沅和刘咸炘为中心，因二人有具体关于文学思想的著作，能够展现其文学思想的形成和演变过程。刘沅著《诗经恒解》，是他《诗》学思想的具体表现。首先，刘沅倡导"诗主性情"的诗学观，刘沅所言"性情"是指合乎天理的情感，"性"即是天理，"情"则是指合乎封建道德教化规范之情。其次，刘沅重视诗的声律，他认为《诗》三百全部入乐，"性情""声律"是刘沅《诗》学思想的重要体现。刘沅将此概括为"孺稚风流本性情，管弦钟鼓写中声"[①]。刘咸炘继承并发展了刘沅的《诗》学思想，刘咸炘继承刘沅的"性情"论，并将刘沅的"性情论"与袁枚的"性情说"区别开来，刘咸炘称袁枚"性情说"为"邪说"，是因为他认为袁枚所言"性情"超越了一定限度，这种"情"是指向内心的个人情感，而不是传统道德规范的情。刘咸炘倡导诗言志的诗本教论，主要体现在"志持"二义之上，"志"指情感，"持"指尺度，同样是讲诗歌言情要把握一定尺度。刘咸炘倡导诗本教的诗学思想主要是通过其诗选集表现出来的。

刘咸炘的文体学思想是建立在文学观的基础之上，在文体认识方面，他把文体形态的发展演变作为文学史演变的主要原因和内在线索。刘咸炘将文分为内实和外形，内实由文之事、理、情所定，外形

[①] （清）刘沅：《坿篏集·诗经》，《槐轩全书》（增补本），巴蜀书社2006年版，第3789页。

则与作家的思维方式、字句章节的安排、修辞等的运用相关。在文体创作方面，他倡导"切""达""成家"，与文之内实和外形相呼应，"切"指文体创作要切合文体，符合事、理、情的表现。"达"指文体创作要合乎外形，重视字词表达。"成家"是合"切""达"而成的最高阶段，是文以载道的体现。在文体分类方面，刘咸炘汲取了前人文体分类的精华，充分学习和继承了《昭明文选》《文心雕龙》的文体分类方法，他考虑到文体体裁的全面性，他试图通过罗列文式的方式将文体体裁全部涵盖。随着清代文体分类学开始重视文体分类由繁入简的过程时，刘咸炘不仅紧跟时代步伐，还吸收了西方文体分类学的观点，将文体分为议论之文、记叙之文、辞章之文。通过对刘咸炘文体学思想的研究，我们不难发现他的文体学思想始终与文学思想紧密结合，对他文体学思想的探讨，有助于我们进一步深刻理解刘咸炘的文学思想。

结　　语

　　本书以家族、地域贯穿于清代成都刘氏家族文学研究始终，重点探讨刘氏家族文学与亲族血缘的关系、不同时期的文学创作及其文学理论的成就。刘氏家族文学与家族血缘世袭传承有重要关系，在这其中，家法、家学、联姻母教、家族书塾是刘氏家族文学形成的主要因素。刘氏家族不同时期的文学创作和文学理论成就与巴蜀地域文化有密切联系，以历时性的视角来研究刘氏家族文学创作，能较为全面地了解刘氏家族文学与地域文学哺育与反哺的关系。

　　家法是家族的精神文化传统，是文学家成长的精神环境，它影响着文学家文学思想的形成，同时又是文学家文学创作的具体表现。刘沅撰写《豫诚堂家训》《蒙训》《示门人诸子杂书》是家族子弟行为规范的准则，又是刘沅文学作品创作的一部分。文学家法具有教育子弟的作用，又有家族文学范式的作用。家学是家族世代相传之学，刘氏家学的形成受到了蜀学的影响，蜀学好易、重史的特点成为刘氏家学发展的根基。刘氏家传易学，其家学核心是先天之学，它是以修身养性为内容的天道性命之学，这与蜀中易学源远流长有必然联系。刘沅不仅通易，还通儒道，刘沅的经学思想具有通儒的特征，这是对传统蜀学的继承。在解经方面他将今文经学与古文经学相结合，为近代蜀学的崛起奠定了基础。蜀人好治史，尤好治地方史，刘氏家族成员三代均参与双流地方县志的编撰，为地方史志的发展做出了贡献。刘家"咸"字辈一代，在传承家学的同时，又接受了时代的洗礼，他们的学术发展体现出近代蜀学"自觉"的特点。

　　家族联姻壮大了文学家族的规模，在互动势态和组织形态上直接影响文学创作，家族联姻催生出母教文学和外家文学。刘氏家族因师友而成婚姻，母教成为家族文学传续的重要方法，在刘氏家族文学中，以母教为主题的文学作品是家族文学中的重要体裁，刘沅《三节妇传》、刘咸炘《先妣述略》、刘咸焌《刘豫波先生暨师母黄孺人寿颂》等文学创作，既体现出创作者的文学思想又凸显出母教的意义。家族书塾维系家族文学的发展。刘氏家族从嘉庆年间刘沅创建槐轩讲堂，到民国初期刘咸焌等创办尚友书塾，完成了对家族子弟儒家文化的传播，是家族子弟文化习得的重要场所。刘氏家族书塾为刘氏家族子弟提供了传承家学、学习传统文化的场所，是刘氏家族文学得以传承的必要条件。

　　刘氏家族成员文学著述丰厚，本书中所提到的家族成员几乎人手一本诗集或文集，除刘沅《槐轩全书》有影印本和刘咸炘《推十书》有整理本外，刘氏家族其他成员诗文集仅有初刻本，藏于四川省图书馆，本书全面梳理了刘氏家族文学著作，分析不同时期刘氏家族文学作品内容和文学理论成就。刘氏家族成员生于斯、长于斯，地域文化是家族成员最基本的性情文化因素，也是刘氏家族成员文学创作的主题。在刘氏家集中，有不少关于地方文化的记载，这些诗歌或文章揭示了家族文学与地方文学传统的关系。《槐轩杂著》《推十诗》《推十文》《读好书斋诗文钞》《静娱楼诗钞》所收录的诗歌与文章呈现出一邑一乡文学面貌及其文学传承。刘沅对蜀地山川的考释，对蜀地名胜古迹变迁的记述以及对蜀地民俗的记述，既是家族文献的积累又是地方性知识的考察。蜀山蜀水给予刘氏家族成员精神的陶冶和灵感的启迪，家族成员创作的写景诗、游记散文都具有鲜明的地域特色风气。刘氏家族子弟在草堂、武侯祠、桂湖、青城山的诗歌唱和是家族文学创作现场情景的再现，而刘氏家族成员在名胜古迹处留下的墨迹本身又成为地域文化文献。

结　语

　　从历时性维度考察刘氏家族文学，至少包含三点意义，一是文化思潮对家族文学的影响，大的文化背景通常对家族文学的发展有导向的作用，如蜀人"好史尚易"的文化风气就像一股牵引力，一直贯穿于刘氏家族文学始终，又如刘氏家族"咸"字辈一代文学创作和文学理论的提出，正是近代中国学术转型的体现。二是文学家族内部环境的影响。如刘氏家族以"易学"起家，先贤的引导，家族藏书的丰富、教育的发达，对家族文学的延续和壮大有积极的作用。三是对巴蜀文学史的影响。刘氏家族成员积极参与文学创作，受当时文学创作时代氛围的影响，他们的文学活动本身就是巴蜀文学史的一部分，对发扬、传播巴蜀文学观念，实践文学理论都有助益。

　　实际上，刘氏家族的成就远远不止于文学领域，他们在易学、医学、儒学等领域都有卓越的表现，其成就甚至超越文学。但文学作为家族学术发展的重要部分，对刘氏家族整体发展，以至家族文化传承都有重要意义。因此，本书的目的在于较为全面地展现刘氏家族成员文学作品创作面貌，总结其家族文学发展中的内部规律，并揭示这种规律与地域文化发展的关系。笔者在撰写的过程中，深感历史评价之难，对笔者所景仰的刘氏家族人物，扬之恐过其实，抑之又负初衷，所以论述幼稚之处不少，请方家不吝赐教！

参考文献

一 古人著述

（汉）班固撰，（唐）颜师古注：《汉书》，中华书局1962年版。

（清）常明、杨芳灿等纂修：《四川通志》，巴蜀书社1984年版。

（晋）常璩撰，刘琳校注：《华阳国志校注》，巴蜀书社1984年版。

（宋）晁公武撰，孙猛校证：《郡斋读书志校证》，上海古籍出版社1990年版。

（清）陈沆：《诗比兴笺》，上海古籍出版社1981年版。

丁福保辑：《历代诗话续编》，中华书局1983年版。

（唐）杜甫著，（清）仇兆鳌注：《杜诗详注》，中华书局2015年版。

（南朝宋）范晔撰，（唐）李贤等注：《后汉书》，中华书局1965年版。

（清）方苞著，刘季高校点：《方苞集》，上海古籍出版社1983年版。

（唐）房玄龄等：《晋书》，中华书局1974年版。

（清）费密：《弘道书》，上海古籍出版社编：《续修四库全书》（第946册），上海古籍出版社2002年版。

（清）费密：《燕峰诗钞》，上海古籍出版社编：《清代诗文集汇编》（第98册），上海古籍出版社2011年版。

（清）龚自珍撰，刘逸生注：《龚自珍己亥杂诗注》，中华书局1980年版。

（明）顾炎武著，王蘧常辑注，吴丕绩标校：《顾亭林诗集汇注》，上海古籍出版社2006年版。

（清）顾祖禹撰，贺次君、施和金点校：《读史方舆纪要》，中华书局2005年版。

（清）何文焕辑：《历代诗话》，中华书局1981年版。

（清）洪亮吉著，陈迩冬校点：《北江诗话》，人民文学出版社1983年版。

（宋）胡仔纂集，廖德明校点：《苕溪渔隐丛话》，人民文学出版社1962年版。

李朝正、徐敦忠：《彭端淑诗文注》，巴蜀书社1995年版。

（清）李调元：《童山文集》（补遗），中华书局1985年版。

（宋）李昉等：《太平御览》，中华书局1960年版。

（清）李玉宣等修，衷兴鉴等纂：《重修成都县志》，同治十二年刻本。

刘咸焌：《读好书斋诗文钞》，民国十六年成都扶经堂刻本。

刘咸炘：《推十书》（增补全本），上海科学技术文献出版社2009年版。

刘咸荥：《静娱楼诗钞》，宣统元年成都刻本。

刘咸荥：《静娱园诗存》，光绪三十年双流刘氏成都自刻本。

（南朝梁）刘勰著，范文澜注：《文心雕龙注》，人民文学出版社1958年版。

（清）刘信修，刘咸荥纂：《双流县志》，1921年修，1937年重刊本。

（清）刘沅：《槐轩全书》（增补本），巴蜀书社2006年版。

（清）刘沅：《刘氏族谱》，道光廿七年丁未孟夏刻本。

（清）彭琬纂修，吴特仁增修：《光绪续修双流县志》，光绪二十年刻本、1932年补刻本。

（清）皮锡瑞著，周予同注释：《经学历史》，中华书局1959年版。

（清）全祖望撰，朱铸禹汇校集注：《全祖望集汇校集注》，上海古籍出版社2000年版。

上海古籍出版社编：《十三经注疏》，上海古籍出版社1997年版。

上海人民出版社编：《章太炎全集》，上海人民出版社1982年版。

（清）沈德潜著，霍松林校注：《说诗晬语》，人民文学出版社1979年版。

（唐）释皎然著，李壮鹰校注：《诗式校注》，齐鲁书社1986年版。

舒大刚、杨世文主编：《廖平全集》，上海古籍出版社2015年版。

（汉）司马迁：《史记》，中华书局1959年版。

（清）王夫之等：《清诗话》，上海古籍出版社1978年版。

（清）王闿运：《湘绮楼诗文集》，岳麓书社1996年版。

（清）王士禛著，袁世硕主编：《王士禛全集》，齐鲁书社2007年版。

（清）王文诰辑注，孔凡礼点校：《苏轼诗集》，中华书局1982年版。

（明）吴讷著，于北山校点：《文章辨体序说》，人民文学出版社1962年版。

吴文治主编：《宋诗话全编》，江苏古籍出版社1998年版。

（南朝梁）萧统编：《昭明文选》，中州古籍出版社1990年版。

（明）徐师曾著，罗根泽校点：《文体明辨序说》，人民文学出版社1962年版。

（汉）许慎撰，（清）段玉裁注：《说文解字注》，上海古籍出版社1981年版。

（明）杨慎编，刘琳、王晓波点校：《全蜀艺文志》，线装书局2003年版。

（清）姚鼐编，边仲仁标点：《古文辞类纂》，岳麓书社1988年版。

（清）叶桂年修，吴嘉谟纂：《光绪井研县志》，光绪二十六年刻本。

（清）叶燮著，霍松林校注：《原诗》，人民文学出版社1979年版。

（唐）殷璠编，傅璇琮校点：《河岳英灵集》，凤凰出版社2020年版。

（清）袁枚著，王英志主编：《袁枚全集》，江苏古籍出版社1993年版。

（宋）袁说友等编，赵晓兰整理：《成都文类》，中华书局2011年版。

（清）曾国藩纂：《经史百家杂钞》，岳麓书社1987年版。

（清）曾国藩著，王澧华校点：《曾国藩诗文集》，上海古籍出版社2005年版。

张舜徽：《清人文集别录》，中华书局1963年版。

（清）张廷玉等：《明史》，中华书局1974年版。

（清）张问陶：《船山诗草》，中华书局1986年版。

（明）张载：《张横渠集》，中华书局1985年版。

（清）张之洞：《张文襄公全集》，中国书店1990年版。

（清）章学诚撰，叶瑛校注：《文史通义校注》，中华书局1985年版。

（清）章学诚：《章学诚遗书》，文物出版社1985年版。

（汉）赵岐注，（宋）孙奭疏：《孟子注疏》，上海古籍出版社1990年版。

（汉）郑玄注，（唐）孔颖达等正义：《礼记正义》，上海古籍出版社1990年版。

（南朝梁）钟嵘著，曹旭集注：《诗品集注》，上海古籍出版社1994年版。

（宋）朱熹：《四书章句集注》，中华书局1983年版。

二　近现代著述

蔡彦峰：《中古文学杂论》，上海三联书店2015年版。

蔡元培：《中国伦理学史》，商务印书馆1987年版。

陈世松、贾大泉主编：《四川通史》，四川人民出版社2010年版。

陈寅恪：《金明馆丛稿初编》，生活·读书·新知三联书店2001年版。

陈寅恪：《唐代政治史述论稿》，生活·读书·新知三联书店1957年版。

程章灿：《世族与六朝文学》，黑龙江教育出版社1998年版。

褚斌杰：《中国古代文体概论》（增订本），北京大学出版社1990年版。

邓经武：《大盆地生命的记忆——巴蜀文化与文学》，电子科技大学出版社2005年版。

邓经武：《二十世纪巴蜀文学》，电子科技大学出版社1999年版。

傅璇琮、蒋寅主编，蒋寅分卷主编：《中国古代文学通论·清代卷》，辽宁人民文学出版社2005年版。

［日］谷川道雄：《中国中世社会与共同体》，马彪译，中华书局 2002年版。

郭绍虞主编：《中国历代文论选》，中华书局 1963 年版。

郭绍虞编选，富寿荪校点：《清诗话续编》，上海古籍出版社 1983年版。

郭绍虞、钱仲联、王遽常编：《万首论诗绝句》，人民文学出版社 1991年版。

郭英德：《中国古代文体学论稿》，北京大学出版社 2005 年版。

侯外庐主编：《中国思想史纲》，中国青年出版社 1980 年版。

胡传淮：《张问陶年谱》，巴蜀书社 2000 年版。

胡昭曦、刘复生、粟品孝：《宋代蜀学研究》，巴蜀书社 1997 年版。

姜亮夫：《姜亮夫全集》，云南人民出版社 2002 年版。

蒋寅：《清诗话考》，中华书局 2007 年版。

《近代巴蜀诗钞》编委会编：《近代巴蜀诗钞》，巴蜀书社 2005 年版。

隗瀛涛主编：《四川近代史稿》，四川人民出版社 1990 年版。

李朝军：《家族文学史的建构——宋代晁氏家族文学研究》，人民出版社 2013 年版。

李朝正：《明清巴蜀文化论稿》，四川大学出版社 1997 年版。

李劼人：《李劼人全集》，四川文艺出版社 2011 年版。

李凯：《巴蜀文艺思想史论——一种区域文化视阈下的考察》，商务印书馆 2016 年版。

梁启超：《梁启超全集》，北京出版社 1999 年版。

梁启超原著，朱维铮校注：《清代学术概论》，中华书局 2010 年版。

梁启超著，夏晓虹、陆胤校：《中国近三百年学术史》（新校本），商务印书馆 2011 年版。

廖幼平编：《廖季平年谱》，巴蜀书社 1985 年版。

刘师培：《刘师培史学论著选集》，上海古籍出版社 2006 年版。

刘跃进：《门阀士族与永明文学》，生活·读书·新知三联书店 1996

年版。

卢前:《卢前文史论稿》,中华书局2006年版。

吕思勉:《中国宗族制度小史》,中山书局1929年版。

罗时进:《地域·家族·文学——清代江南诗文研究》,上海古籍出版社2010年版。

马斗成:《宋代眉山苏氏家族研究》,中国社会科学出版社2005年版。

马积高:《清代学术思想的变迁与文学》,湖南人民出版社2002年版。

蒙文通:《古地甄微》,巴蜀书社1998年版。

牟发松主编:《社会与国家关系视野下的汉唐历史变迁》,华东师范大学出版社2006年版。

[日]内藤湖南:《中国史学史》,马彪译,上海古籍出版社2008年版。

欧阳祯人:《刘咸炘思想探微》,商务印书馆2016年版。

钱穆:《中国学术思想史论丛》(三),生活·读书·新知三联书店2009年版。

任遂虎:《文章学通论》,清华大学出版社2011年版。

双流县社会科学界联合会、双流传统文化研习会编撰:《槐轩概述》,上海科学技术文献出版社2015年版。

四川省政协文史资料委员会编:《四川文史资料集粹》,四川人民出版社1996年版。

宋育仁:《三唐诗品》,上海广益书局1921年版。

台湾"中央研究院"近代史研究所编:《近世家族与政治比较历史论文集》,台湾"中央研究院"近代史研究所,1992年。

童庆炳:《文体与文体的创造》,云南人民出版社1994年版。

王代功:《清王湘绮先生闿运年谱》,台北:台湾商务印书馆1978年版。

王东杰:《国中的"异乡":近代四川的文化、社会与地方认同》,北京师范大学出版社2016年版。

王晓波主编:《清代蜀人著述总目》,四川大学出版社2009年版。

吴承学：《中国古代文体学研究》，人民出版社2011年版。

吴芳吉著，贺远明、吴汉骧、李坤栋选编：《吴芳吉集》，巴蜀书社1994年版。

伍奕、多一木：《宋育仁：隐没的传奇》，四川文艺出版社2013年版。

夏君虞：《宋学概要》，商务印书馆1937年版。

邢蕊杰：《清代阳羡联姻家族文学活动研究》，中国社会科学出版社2015年版。

徐复观：《中国文学精神》，上海书店出版社2004年版。

徐雁平：《清代世家与文学传承》，生活·读书·新知三联书店2012年版。

徐雁平主编：《清代家集丛刊续编》，国家图书馆出版社2018年版。

许同莘编：《张文襄公年谱》，商务印书馆1944年版。

杨庶堪著，彭伯通笺：《沧白先生论诗绝句百首笺》，四川人民出版社1984年版。

臧励龢等编：《中国古今地名大辞典》，商务印书馆1931年版。

曾枣庄：《中国古代文体学》，上海人民文学出版社、上海书店出版社2012年版。

张伯伟：《中国古代文学批评方法研究》，中华书局2002年版。

张伯伟：《钟嵘诗品研究》，南京大学出版社1999年版。

张剑：《清代杨沂孙家族研究》，中国社会科学出版社2010年版。

张剑：《宋代家族与文学——以澶州晁氏为中心》，北京出版社2006年版。

张寅彭选辑，吴忱、杨焄点校：《清诗话三编》，上海古籍出版社2014年版。

赵均强：《性与天道 以中贯之——刘沅与清代新理学的发展》，河南人民出版社2011年版。

王小舒：《中国诗歌通史·清代卷》，人民文学出版社2012年版。

赵云中等选注：《张问陶诗选注》，四川文艺出版社1985年版。

周鼎：《刘咸炘学术思想研究》，巴蜀书社 2008 年版。

邹重华、粟品孝主编：《宋代四川家族与学术论集》，四川大学出版社 2005 年版。

左鹏军：《晚清民国传奇杂剧史稿》，广东人民出版社 2009 年版。

三　期刊论文

蔡方鹿：《刘沅对理学的批评》，《中国哲学史》2011 年第 4 期。

陈开林、冯之：《刘咸炘〈文心雕龙〉研究述略》，《江汉大学学报》（社会科学版）2015 年第 1 期。

陈开林、齐颖：《刘咸炘〈诗经〉学成就述评》，《攀枝花学院学报》2014 年第 6 期。

陈维昭：《论刘咸炘的制艺观》，《长江学术》2022 年第 1 期。

程克雅：《晚清四川经学家的三礼学研究——以宋育仁、吴之英、张慎仪为中心》，《儒藏论坛》第二辑，2007 年。

慈波：《别具鉴裁，通贯执中——〈文学述林〉与刘咸炘的文章学》，《上海大学学报》（社会科学版）2007 年第 6 期。

邓小南：《"正家之法"与赵宋的"祖宗家法"》，《北京大学学报》（哲学社会科学版）2000 年第 4 期。

丁恩全：《论刘咸炘的韩愈研究及其学术意义》，《周口师范学院学报》2015 年第 3 期。

段渝：《一代大儒刘沅及其〈槐轩全书〉》，《社会科学战线》2007 年第 2 期。

范凤书：《四川藏书家资料汇辑》，《四川图书馆学报》1985 年第 6 期。

方磊：《成都早期国学杂志〈尚友书塾季报〉试评》，《蜀学》第三辑，2008 年。

《公牍·总督部堂批乐至县训导申报城乡学堂遵填表式一案》，《四川学报》光绪三十一年（1905）第 6 期。

何诗海：《刘咸炘的戏曲观及其学术史意义》，《中国韵文学刊》2010

年第 4 期。

何诗海：《刘咸炘的文体观及其学术史意义》，《中山大学学报》（社会科学版）2010 年第 4 期。

胡昭曦：《蜀学与蜀学研究刍议》，《天府新论》2004 年第 3 期。

金文凯：《清代海宁查氏家族的母教特征与文学意义》，《辽东学院学报》（社会科学版）2019 年第 1 期。

李朝军：《家族文学史建构与文学世家研究》，《学术研究》2008 年第 10 期。

李朝正：《对清末民初四川学术崛起的思考》，《天府新论》1988 年第 2 期。

李怀宗：《刘沅与道家关系探究》，《宗教学研究》2019 年第 2 期。

李劼人主编：《风土什志》1949 年第 2 卷第 6 期。

李义让：《刘沅祖孙留在新都的翰泽》，《四川文物》1993 年第 3 期。

李兆成：《刘咸炘的"三国"诗》，《文史杂志》1998 年第 3 期。

李兆成：《刘沅与成都武侯祠》，《四川文物》2002 年第 6 期。

廖平：《文艺：陆香初目录学叙》，《国立四川大学周刊》1932 年第 1 卷第 2 期。

刘咸炘等编：《尚友书塾季报》1925 年第 1 卷第 3 期。

罗时进：《家族文学研究的逻辑起点与问题视阈》，《中国社会科学》2012 年第 1 期。

宁俊红：《文体的文学史意义——以刘咸炘〈文学正名〉〈文变论〉的观点为主》，《兰州大学学报》（社会科学版）2014 年第 3 期。

王汎森：《中国近代思想文化史研究的若干思考》，（台湾）《新史学》第 14 卷第 4 期。

吴则虞：《续藏书纪事诗（关于四川藏书家部分）》，《四川图书馆学报》1979 年第 4 期。

许菁频：《择师之道与文学家族的发展——以明清昆山归氏文学家族为中心》，《江苏社会科学》2022 年第 1 期。

严寿澂：《刘咸炘文学观述要》，《古代文学理论研究》第二十七辑，2009年。

姚爱斌：《论中国古代文体论研究范式的转换》，《文学评论》2006年第6期。

张剑：《家族文学的分层与守界原则》，《华南师范大学学报》（社会科学版）2011年第3期。

张其中：《四川清代私家藏书述略》，《社会科学研究》1989年第6期。

张绍诚：《浅论学者刘沅〈蒙训〉》，《蜀学》第五辑，2010年。

赵俊波：《刘咸炘赋论述略》，《四川师范大学学报》（社会科学版）2015年第3期。

钟肇鹏：《双江刘氏学术述赞》，《中华文化论坛》2003年第4期。

四　学位论文

柴方召：《刘沅〈诗经恒解〉文献学研究》，硕士学位论文，广西大学，2015年。

高西阳：《刘沅史学著述研究》，硕士学位论文，西华师范大学，2015年。

何忠华：《文化家族的蒙学教育与文学养成——以清代江南为中心》，硕士学位论文，苏州大学，2018年。

梁冬：《刘咸炘小说观研究》，硕士学位论文，四川师范大学，2014年。

许丽梅：《民国时期四川"五老七贤"述略》，硕士学位论文，四川大学，2003年。

张采芳：《刘咸炘词学初探》，硕士学位论文，四川师范大学，2013年。

郑小琼：《刘咸炘诗学初探》，硕士学位论文，四川师范大学，2011年。

附　　录

一　刘咸炘挽词

刘咸炘去世后，亲朋故友、门人有《挽词》之作。该书初印于1935年，且印数极少，且无再版，今根据温浚源著《刘鉴泉先生学行年表》整理如下：

序言

先师刘鉴泉先生殁将三年，其亲戚、故旧、门人之挽章尚未议刊，抚今思昔，不禁怅然。况其挽章感念悲伤之情词虽异，而阐扬潜德幽光之意旨略同。合而观之，则于先生之温恭恺悌，嘉言懿行，可征其概，诚不可弃置不刊也。爰请蓉城学友雇胥代钞，不无亥豕之讹，漏之嫌。其挽章有经付火，无从校核增补，大雅君子当见谅之。并附先师著述书目，以备司采风之责者益得有所据焉。

吾叔得子迟，吾弟遗子小，何堪风雨含悲，三岁孤儿千点泪；
天意真不解，天问竟不言，最是文章憎命，半生心学百城书。

堂兄咸荣

绵阳访旧，剑阁登临，溽暑长征，遗我梓潼骑马像；
尚友如新，乐善犹旧，秋风忽厉，看人槐李参鸾行。

兄咸焌

书声镫烬，五年同聚生徒，正恐我不永年，只为来薪离讲席；
侄谊师恩，二字亲承提命，方幸第今有子，代编课草慰趋庭。

兄咸熚

匡衡抗疏功名薄，刘向传经心事违。

宗世侄建夫、策夫、时夫

概天心莫测，世界轮回，慕吾叔廿七年精求学理，千古遗辉，惜家庭遭不幸；

叹人生几何，光阴过客，惭侄辈五十载驰骛浮华，万事皆堕，从新黾勉乏愆尤。

侄恒玺

天数果如斯，一疟竟成千古恨；月园犹未届，仲秋何忍大招魂。

堂侄恒垓、恒坚、恒垲、恒埏、恒垙

左绵行役，堪辈诸孤藐阿嫛哀，恰当今散朗风神，奈何蘧诏凤楼手；

赢博广轮，方掩五父哀零丁叹，更忆昔恩情卯翼，不敢重披鸮室诗。

堂兄咸灼

平生志祇在名山，俞荫甫拼命著书，年未与齐偏早世；

积弱躯久沦尘海，陶元亮委心任运，叔犹不寿况如予。

从侄恒阶

肠断西风摧祖竹；泪随秋雨湿孙桐。

堂侄孙鑫晋、铭晋、钰晋

年比弟兄，谊同师友，童即相亲，十余岁中授受情深，私恩大义悲何极；

睽远半载，诀别千秋，花朝曾侍从，二仙庵里言欢境易，寻溪步月乐犹新。

受业侄刘芸荪

少同戏，长从学，廿年来弹指流光，沧桑几变，回忆春风讲席，夜雨篝灯，

谈笑乐平生，诲我循循期大器；

世道忧，衰宗兆，千里外惊心噩耗，涕泪难禁，况当国难未纾，

家愁剧作，

摧伤倍畴昔，凭水莘莘挽狂澜。

受业侄恒壁

劬学廿载，综瘁一身，乐育遂忘疲，竟以劳躬损大命；

渭阳亲情，西门恸哭，训言犹在耳，难得泪墨写深哀。

外甥朱光前、朱桢前

家学有渊源，著作流传，公干年华胡不永；

孤雏皆乳保，维持无怙，徐君凭吊更何堪。

姻小兄周钲

至性笃信，深情无倦，善继善述，克明克诚，归去好长傍圣祖慈父；

文载道，出言有伦，多艺多才，匪骄匪吝，怀思尤难忘朗月清风。

黄象恩

附葭莩亲数十年，承关怀魔祟，深感教泽频施，不啻良师面命；

距中秋节先六日，胡骤闻噩音，最恸别离多憾，应服弟子心丧。

姻侄蔡愚

卅七年薄海知名，教泽方隆天已诏；

十六日深疴不起，亲心难慰子谁依。

姻世侄张暄

匡刘经学，马班史才，汉魏六朝之文章，君推山斗高名，著作直超宋唐以上；

白发神伤，青灯泪湿，遗孤三岁尚呱泣，怅望州门增痛，甥舅略同羊谢之情。

外甥张镜、张蓉海、张明澈

旷代聪明，半生年命，人悲十二郎未竟前程，半夜文星归桂府；

三世师承，两重姻娅，我哭廿四弟追怀先德，两般秋雨冷槐轩。

姻世愚十兄王展节

附　录

学不厌，教不倦，瘁我夫子；
文可传，史可法，遗爱后生。
受业外甥李士钰

绛帐风清，群钦师范；玉楼诏速，共悼儒宗。
姻愚侄颜渠、颜概

张孟扬下笔能铭，怅剑阁云横，游屐归来辞蜀世；
李长吉呕心竟死，想玉楼天上，高文典册待真仙。
姻愚侄龚尹耕

守实斋一家言，论史论文，盖由天授；
成名山千载业，非辰非巳，竟绝儒宗。
外孙婿曾广钧

究群言以示指归，大志未伸，此日空从遗册见；
述槐轩而遏邪说，苦心莫识，他年应共祖书传。
姻世晚刘达周

幼能徇齐长能哲，方学绍邹鲁，绪可延绵，那知众心未厌乱，大德不必康宁，大智不必永寿；
生有自来死有归，纵天丧颜回，哭何庸恸，独叹人欲正横流，偏吾师失欲疏附，吾道失欲长城。
万象有、万象滋

宛委发天真，凭将大笔如椽，啸虎雕龙伏舌战；
巫阳来夜半，岂是九重虚席，云车风马急星驰。
姻愚弟门生龚训耕

焉知嗣祖非为福；最惜刘安善著书。
国立北京大学教授外甥吴虞

所著书已等身，运促道悠，足以传矣；如此人不添算，寿仁福善，何其爽欤。
姻愚弟龚道耕

子山铭，平原赋，楚些复有招魂，哀诔亦常情，最是凄凉逼风雨；

长吉夭,东野穷,玉溪不挂朝籍,才人多厄运,空留声誉遍瀛环。

表侄廖璠

卅七载蓬莱萎哲人,溯生平,学通中外,文抗殷周,修史超越龙门,谈经颉颃虎观,颜子不为邦,东鲁沉论天若醉;

一千里惊闻噩耗,忆畴昔,谊重葭莩,薪传衣钵,楼台幸近秋水,桃李如坐春风,

卜商已捐馆,西河呜咽我难堪。

受业侄王道相

哲人其萎,泰山其颓,念天地之悠悠,独怆然而涕下;

国家将亡,斯人将丧,于我心有戚戚,复驾言兮焉求。

姻世晚王禄昌

雕龙艺,经史学,著述平生,贤者不死其然乎,空庐笛,只凄声,山阳旧感悲他日;

竹马亲,舅甥情,师友风义,往事如尘皆已矣,西州门,堪回首,歇浦羁身哭远人。

外甥张镜明

学道失同门,槐轩教泽将谁继;通经有夙悟,藜阁诗书已尽闻。

姻世侄张宗文、张宗灿

传世著奇书,早见一篇成大业;享年通后圣,幸留三凤在人间。

刘湘

著书传等身,朝把笔,暮成编,耗矣精思,异命空留业稿在;

看山矜健跰,人担篦,君即轿,怅然陨涕,新归裁语窦团游。

年愚弟林思进

道重一家,名高三世;文宗八代,书著千秋。

宋元熙

大业足千秋,君子息焉,蚁梦槐枯书作祟;

清游才几日,先生归也,鹏来人去赋初成。

愚弟向楚、何鲁之、李植、刘星恒

藜阁简编明，数载校书同哲士；葭苍霜露白，几回秋水吊伊人。

倪焕然

玉树长理，青林露冷；哲人永诀，白日风号。

文殊院退隐禅安、住持道悟、草堂寺近隐纯一、住持光云

天道不可必分，所嗟梁木泰山，后学凄凉竟谁望；
人事付之一叹，如论风流文采，平生钦仰似君希。

弟谢苍璃、杨尚恒

量轶叔度，真迈幼安，学驾河汾，才凌新建，集二千年群哲大成，圣化喜重光，共听神州狮子吼；
志薄南溟，行高北斗，道弘东亚，邪破西欧，综四万里生民未有，斯人悲遽丧，愁吟尼父获麟歌。

承教弟左宗良

学贯中西，家承绝学；年才卅七，功在千年。

复源号夥友等

别录溯渊源，朝阳鸣凤成千古；史通多谤议，沧海横流又一时。

薛天沛

遗书克继刘中垒；处世浑如吕伯恭。

敬业书院

学望著南天，会稽传书，卓荦史才光九夏；
晨星凋北斗，河汾歇乡，迷茫皓月冷三秋。

后学曾古愚、曾义、学生余觉民

中垒文章堪名世；宥斋著述有传人。

愚弟李劼人

德望长存，梓里恭敬真不朽；老成凋谢，桂香时节总伤神。

成都中华书局顾浚泉、魏少伯、李秋帆

尚友传经，蓄德能文君不朽；哲人有萎，景行仰止我安归。

颜桢、颜培忠

我辈顿坐愁，郅治不应名世去；天书何太促，诞生定是谪仙来。

后学古华鑫、陈敦衔、李荣森、章亨品、秦勗修、陈家筠

　　得山水情，其人宜寿，由观雾窦团而北抵剑门，偏从潦暑赋长征，竟扶病遄归，忽与烟云入梦；

　　立修齐志，与世无争，举群经诸子以上追坟典，最是中途悲短运，使大年克假，宁惟著作等身。

财政厅厅长文和笙

　　览山川人物以归来，成己成物大有得；探经史子集志底蕴，而今而后将无同。

黄启植

　　文章与命相妨，游剑阁携古锦囊归，呕心原诗才人癖；
　　著书以道自任，传斯世有推十书在，留皮何如烈士名。

年愚弟叶秉诚

　　以清癯之貌，博洽之才，繁复之学，而年命早凋，心伤竟似刘申叔；
　　有子政之深，知几之雅，原父之勤，信家风是述，私淑岂惟章实斋。

愚弟彭举

　　天道果难凭，涕泪深为先生恸；秋光犹未半，伤心却陨少微星。

新流书店、现代书局

　　岛苑歌清，天上忽招骑鹤客；江山名峙，人间应满焕鹅书。

二十四军炮兵副司令徐思平

　　学契文心，道孚人望；教洽时雨，德裕后昆。

川陕边防军第一师师长刘邦俊

　　具无师志，承家学渊源，乃厌弃尘情，正逢魔众相屠日；
　　现居士身，设文字波若，计诞生时节，恰是山僧剃染年。

嘉定乌尤寺住持

　　守经有逸才，继美不殊刘子骏；校雠续通义，绝学能传章实斋。

东方美术专门学校

　　锦里春风，方欲升堂重请益；满庭芳草，潜然出涕几沉吟。

后学唐君毅

此身本白玉无瑕，才卅年韶华，竟有文章惊海内；
修业于黄山并峙，方半月疾病，忽传乡里失师资。

世愚侄姚永熙、姚永康、姚永年

理通三教执如君，祖德方长，大道尚需承继；
学冠群儒尤绝世，天心难测，同人顿失依归。

法言道友等

当为弟子时，恪守弟子规，循祖训应长寿；
身前众人誉，死后众人惜，矫师门此少年。

世愚兄颜辑祜

家学自渊源，五书有阐述；剑门劳跋涉，三岛永逍遥。

世愚晚徐永建

鉴及千秋，在目无惭名教授；泉深九轫，移时难望再归来。

世谊岑有之等

先生学识超群，幼年六经兼通，方期儒者有宗，锐气英英辉藜阁；
世冈纵横太甚，一旦丹书下诏，顿使吾侪失措，悲声楚楚满槐庭。

华阳龙潭寺世晚等

文成贾传，辞续离骚，高阁置斯人，愤恨方平宜赠第；
饮酒和陶，说经宗郑，玉楼征作记，呕心李贺不昌年。

世晚彭先凯

吕学迈同门，辅翊吾师真健者；诗书传尚友，扶持国粹来斯人。

世侄张之璞、张之鼐、张之纲

多颜子渊六载年华，短折龙泉悲断碣；
检刘孝绰一生著作，未乾萤火照名山。

世愚侄何砺声

槐轩开化，当时邪说未兴，迄今四海横流，赖先生扩清，大道方欣无障碍；
尚友为师，窃幸狂澜可挽，讵料中途弃世，令同人痛哭，问天何故丧斯文。

>> 世晚彭祖荫、刘华光、王其炘、陈开森

公比苏颖滨遗老文自有千秋,合并眉山称抗手;
时届廖季平先生葬又弱一个,真教蜀士尽酸心。

>> 世晚张铭率子启遂、启钰

文坛史界久蜚声,计入世来卅年,石室藏书名不朽;
狱降嵩生原有自,距中秋刚六日,玉楼赴诏恨何如。

>> 彭县世愚晚杨德修、蓝寿山

家传性学,世守圣经,合古今中外而贯通,综汉唐宋明而立极,推十衍薪传,

崇正黜邪应不朽;

望重儒林,才高当代,阐天人理气之精粹,是庄荀班马之功臣,艺苑颓砥柱,

夕阳芳草有余悲。

>> 世晚萧存仁等

算来是造物无情,偏忌多才,谁扶正气;岂仅为吾乡不幸,讲求实学,痛惜先生。

>> 世愚晚李天根

甫经梓潼问关远游,充实光辉,玄宗籍振胡为乎,忽谢尘环,匆匆归道神仙府;

正值儒林建祠崇祀,昌隆教化,却运挽回乃若是,迭摧良木,滴滴愁闻夜雨声。

>> 世愚晚饶光裕、饶光铭

绝学旷前修,祗令遗憾长留,面北未能称弟子;
狂澜悲既倒,纵使典型足式,指南孰可继先生。

>> 惜字宫体仁堂世晚等

延庆满春风,乐育英才,祗愧驽骀无睿志;
槐轩多化雨,离开道学,犹凭子史吊先生。

>> 世晚业高晤

学说震全川，早为槐轩标特色；文坛方健将，偏教书塾发哀声。
西河场世侄李道南、周宗江、邹柏横、曾从定

字可传，诗可传，推十书今已卅传，先生其不朽矣；
天不变，道不变，惟斯人进兹奇变，前途尚堪向乎。
世晚张泰钟、胡缙、安国辅、胡宗瑷

子玄史学高千古；班固文章艳两京。
世晚徐溥

眎空文苑儒林传；泉路鸟啼月落天。
世弟蓝田玉

述章氏考镜源流，识迈曹仓，疑义纷纭资校正；
继槐轩追踪洙泗，风凄禄阁，后生愚鲁孰裁成。
小门生杨新之、尹祥兆、王文华

先生常自言之，史宗实斋，道传吾祖，两家衣钵相承，令而后谁媲校书天禄阁；
弟子悔来晚矣，学忝庐植，业受通儒，一瓣心香永祝，歌以思共伤返旆锦官城。
受业傅平骧、汪庐溪

先生当有自来，夙慧早惊人，指点迷途，便尔歌阐通泰，目录系年，德行文章正好溢教泽于奕世，讵料宏愿未申，俗缘即了，那堪恸哭亲，
亲何亟安心归净土。
弟子今将为往，斗山空怅望，怆怀曩昔，难得修免书斋，今分志局，琢磨卵翼固应报殊遇之深恩，乃因室家多故，奔走赵宁，方意遥陈疑，
疑孰知为位泣天涯。
受业蓝汝鋆

东壁宵文光，一星炯然果应此老；西川菱哲士，尚友后学尤痛斯人。
尚友书塾乙级小门生曾启东、朱代琮、陈吉伟

先生乃大德人，谅耆寿可必得，万卷书必尽成，何期夏绿早凋，竟使遗篇谁纂辑；

弟子是中庸辈，叹受业尚未久，半幅笺未乞题，祇意春风常坐。敢抛素志负熏陶。

受业徐元朴

惟吾师早享盛名，博以文，约以礼，集汉宋学之大成，乙火照台藜，共仰宥斋能继美；

予小子缅怀旧德，若我祖，暨我父，列门墙者已三世，秋风吹降帐，那堪硕果遽摧残。

门生王光勃

授受溯渊源，敢向再传弟子；文章光述作，又从三世见先生。

尚友书塾甲级小门生等

炎热就征途，甚蜀道崎岖，竟突逢蔡径饥顽，不识诗名归李涉；

数年承教泽，讵甘泉早渴，怅此后寒驴细雨，空流冷泪哭刘平。

川大文学院专门部中文本科二年级全体学生

忆锦里寄居，远来亲炙，十余年教诲熏陶，如沐春风吹化雨；

记剑门挂步，未接慈晖，八百里云山暌隔，长使清泪漓潼江。

受业张勖初

等身著作继传经，初成推十书，胡遽东华赴帝诏；

撒手人天应厌世，噩耗来千里，共伤西蜀陨文星。

受业王心一、陈克明

一身著作翼槐轩，古书则整理，今书则分区，结万世争端，允堪斯文宗主；

五载追随蒙教泽，史学承奖勖，宋学承夸勉，恨绝尘中道，莫副裁成重恩。

受业程维树

倡人事学，著推十书，伟绩诏槐轩，扶右斯文功不朽；

以救世心，求隐居志，秋中探月窟，徘徊绛帐恨昊穹。

附 录

受业彭守琨

卅龄负笈千里从师,房源道范常亲,澡身浴德,孰料天缘不假,返璞归真,伤心仅半载追随,奉读遗书,怎禁感泣;

绪瓒儒林名高蜀国,太息鸣编未就,锦瑟销声,何堪马帐生寒,鸟啼月冷,翘首望精灵安在,椒浆致奠,难赋大招。

受业易家祥

知马识班,宗章演刘,溯源本而论史体;

尊经卑集,广史狭子,通古今以续校雠。

受业王声扬

诲我最关情,痛亲炙有涯,师恩罔极;问天应下泪,怅哲人其萎,大道谁肩。

弟子左启周

天夺老成人,泰山梁木遭颓折;魂归极乐地,秋水蒹葭共溯洄。

门生谢正邦、谢正焯、谢正正

天道竟难论,应场著书,偏教未竟;史才良不易,知几绝学,今更谁传。

川大专门中文本科三年级学生等

坐领春风知畜德;归从金粟证前因。

受业徐子静

体六德六行而述六经,成稿者盈箧,锓梨者蔽椽,无非缵绍前修,衣被后进,传诸百世,惠及四方,胡遽撤琴耶,岂天意难违,抑人事有憾,呜呼子产含珠,妇孺垂涕,况隅坐久侍面命亲承,诲我深恩同父母;

自闻诗闻礼以致闻道,多能不矜才,博施不伐善,真乃士林砥柱,蜀国景星,胸阔九州,气高五岳,宜乎得寿矣,何颜渊竟夭,偏盗跖长年,嗟夫孟轲既往,杨墨将滋,痛陆沉堪虞心期失望,更谁宏愿拯苍生。

受业王道相、王道模

学承三世；道在五书。
受业徐国光

大道为公，徒存手泽；因人而教，顿失心传。
门生陈敦墉、章绾清、王庆桢

北面谢吾师，对八月明晖，窃矢尽心刊著述；
南雷曾勖我，俟三冬课读，含毫挥泪究渊源。
弟子郑自仁

追随未一年，昨讲连珠犹在耳；著述绝千载，今披遗稿信伤心。
弟子郑自佽

大学损鸿儒，讲座常亲，正思海运追鹏翼；
西风寒降帐，师门永别，谁道仙方误马肝。
国立四川大学中文系三年级学生等

等顾亭林闭户著书，岁月虽多，光阴忽短；
学李从长吉玉楼作记，尘凡厌苦，天境消闲。
受业陈郁芬

沐先生化雨春风，渊源不替，最难忘藜阁承经，蕉窗问字；
愧小子凫长鹤短，书律无成，惟以此刍香遗吊，薤露招魂。
受业王庆渊、胡凤榜、冯治安

曹植天才颜子命；尼山化雨光庭风。
受业郑钧衡、冷朝宗、谭甫德

识贯古今，理参中外，殚心力以阐精微，绝调仅存，先生真堪称巨擘；
道由忠恕，学有渊源，本槐庭而诱后进，胡天不佑，我辈从此失瞻依。
受业卫乃明

天意竟难凭，二十年辛苦成书，顿埋元塚；
远颜才数日，四百里仓皇赴吊，空泣程门。
受业刘汝贤

附　录

胸中吐万丈长虹，那堪藜阁悲秋，不寿竟同颜子厄；
天上正三分明月，讵料玉楼赴召，谈经恸失马融才。

门生文凤昌

天意竟难凭，胡不假年维世教；噩音惊早到，那堪含泪读遗编。

受业唐寿彭、罗国勋、萧昌模、陈文兴、李顺南

木铎慨空传，千载典型徒想象；金飞悲绝乡，满堂学子永心伤。

尚友书塾甲级学生廖品洁等

亲传史法遗我辈；心丧三载哭先生。

受业罗体根、罗体基

入黄泉，出苍天，公学固仅有者；诲淳淳，听藐藐，我悔其可追乎。

受业侄万永元

逝者竟如斯乎，亲衰子幼，何可云亡，况祖德前根固宜寿考，人心世运更赖罔维，而乃以卅七岁陨生，似我庸愚，真百思不得其解；

伤哉躬自悼矣，面命耳提，饫闻明训，觉实斋渔仲尚谢贯通，潦园兰陵犹资汇合，只今纪十余年传教，将谁请益，惟三复所著纸书。

弟子李泽仁

且览遗书，还望后生承教泽；各坚素志，相期好友寄灵踵。

弟子龚晖

推十合一；执两用中。

尚友书塾乙级小门生等

溯核汉唐宋明百家之书，折中槐轩，洵堪比邹鲁传经，苦哉夫子非好辩；

重振文行忠信一师之教，放辟邪说，永继作中流砥柱，愿诸同学励真修。

受业王蔚黎、王庆隆

追随仅七年，几席问不堪回首；正学绝千岁，寰宇内更谁仔肩。

受业崔镕阳

一游剑阁归来，却教学者怅怅，趋随景仰将安放；
十载师恩已矣，惟此秋阳皓皓，寤寐时惊见色容。

受业孙儒峻

剑阁归来，明年还拟重游，是谁约我先生，不待稍留随伴去。
书堂散乱，今后那堪零落，为甚抛吾小子，悠然长往竟何之。

受业蒋晚、蒋懋

通古今自足千秋，惟惜生歌寂寞，没鲜知音，世道人心其安仰；
侍几席虽超七载，但觉业谢精专，识惭博达，文章性命更何闻。

受业夏昌霖

课读三年，已业久荒，方计来春重淬砺；
纠弹邪说，师志未遂，愿将遗著广流传。

受业刘闻

存心养性立命，宁云道不假年，易箦太苍皇。莫漫疑好学深思，云雾至今对圣域；
颂诗读书知人，赢得文堪传世，绝尘叹趋步。只自惭升堂入室，星霜他日哭名山。

尚友书塾研究班弟子等

不堪顾盼，却运已如斯，犹幸砆多玉显，月皎萤微，虽举世方狂，指日将看归正学；
无可奈何，先生长往矣，固知剑没气存，钟沉声出，但千秋特遇，几时更有读书人。

受业孙右

高山仰止，景行行止；大泽存焉，名教教焉。

受业孙宗永

红豆画犹新，惊闻石实凄凉，广夏春风怀教泽；
青藜光尚照，惟叹玉楼缥缈，小池秋雨吊诗魂。

受业叶裕渊

先生今竟逝，木铎无声，锦水蜀山留遗恨；

学子何所瞻，典型尚在，凄风苦雨遹胜愁。

川大中文系四年级全体学生

宋老逝，廖公亡，蜀儒无几在，继起惟师，又殂中道，痛哭岂其私，谁为斯文寻坠绪；

子政经，知几史，家学绍千秋，步趋如我，频叹绝尘，年华曾不假，上多遗稿未成书。

门生郑沛然、刘正山、彭先捷、朱叔畲

著书原述祖，胡好辩以相称，历甘苦十余秋，方幸大纲具举，惟待敷皇，讵料天不假年，竟难学易；

深思本无凭，勿因疑而忘解，盛文章千百卷，固知浩气长存，堪为典则，但问谁能继轨，空泣奔尘。

受业世再晚孙儒修

读史读经，整错补遗，殷殷勤著述，谁料厌世却去，天不假年，槐轩同人感坠泪；

讲学讲道，心传口授，孜孜诲及门，何期玩山归来，病未愈月，尚友弟子尽伤情。

受业周西峒、周西哲

正斯文绝继之交，邑期一旦归真，无复余恋人世；
是我辈步趋所仰，回忆十年待问，独流哀泪漓师门。

受业陈光奇等

徒聆文章，愧未探史微道奥；空嗟辰巳，今又继吴子唐师。

敬业学院文学系学生等

待教十余年，惟公孤诣苦心，仅存遗稿在箧，遗容在案；
暌远将半月，使我频倾热泪，尤痛日前无得，日后无依。

受业李克齐

居敬存诚乃儒家穷理渊源，记曾立雪程门，得参孔颜心法；
工书善教惟先生陶镕士类，此日飞升尘表，谁辩朱陆异同。

受业孙伯方

史学阐马班精微，数载受熏陶，讲席高悬怀囊日；
文章开秦汉格调，一朝违教诲，清都遥望泣秋风。

受业郑慎、杨天铭

教泽中微成恨事，那堪山颓木坏，邑心厌浊世，怕看沧桑尘劫，竟赋游伧；
名门毓德诞英才，方期济溺起衰，奈天厄斯文，遂使绮岁壮年，却伤早逝。

尚友书塾甲级小门生蓝福临、雷永厚、孙宗羽、卓家祥

国汇总到坠已二千余年，蜀中学坠亦将半二千余年，振世惟赖是道，阐到更谁助，道外当赖是学，阐学亦无人，更悲世运多厄，国难正烈，蜀灭以深，莫之拯救；
前日父逝刚三十六岁，今日师逝又仅得三十六岁，教我方幸有父，而父终不留，父殁犹幸有师，而师又竟去，终恨我特数奇，前忧未衰，今痛有却，命也何如。

受业世再晚张泰贤

提命感深思，念积岁从游，执经常侍塾师室；
风光犹昔日，痛先生归去，望月怕登接引楼。

受业陈华鑫

《挽词》之作平仄对仗严整，情文并生，遣词风雅，无陈腐空，而有慕思追勉之切，可借此窥见刘咸炘之学行于万一。

二 刘氏门人

刘氏家族学术的影响并非只限于家族内部成员，卢前撰有《槐轩学略》一文，对槐轩弟子有所记载：

刘芬，字芸圃，崇庆州人。为槐轩入室弟子，沅八子，皆从受业，设教纯化街延庆寺，及门甚盛。又尝主双流景贤书院讲席，不以著述自见，既卒。门弟子奉其功过格式勿失。

刘鸿典，派名恒典，字宝臣，眉州人。俱入槐轩之室。由校官擢

广东徐闻县知县，以忤监司去任，遂弃官归富顺，颜氏延至家塾，从游者益众。门弟子颜怀清能传其学，所著有《庄子约解》《续性理吟》《村学究语》《训蒙草》《思诚堂集》行世。

余俊元，字焕堂，双流县人。少沅十四岁。幼孤，事母至孝。弱冠从沅游，精研性道，垂老不倦。主景贤书院讲席，尝语门人曰："以富贵养亲，养有尽时，以至道养亲，养无止境。虽先意承志，犹未足为事亲之至耳。"谆谆诲诱，酷暑严寒不稍闲。然理充外腓形神丰粹，不自知其老且至也，赋性洒落，多愉色，少戚容，人咸乐亲其道貌。谈次杂以善谑，满座无不倾倒。七十生日，沅尝赠以诗有云："光芒已许通牛斗，蒯缎依旧随风尘。"又云："乾坤两个白头翁。"其见重如此。段后门弟子传其《养正法言》一卷。

杨钰，一名贯中，字子坚，亦双流县人。世居簇锦桥，父清梧以孝友闻，与沅亦友善。《槐轩诗集》有《白乌行》，为清梧作也。贯中性恬退，不汲汲于功名，读书以圣贤为心，务求其大，兢兢躬行，介然不苟，教授生徒，多所成就。从游槐轩最久，得一贯之传。沅没，同门友孙廷槐、李成玉辈师事之。年八十四，卒。著《医说》一卷。孙光宗能继其业，孙海山先生延槐高第弟子也。

李成玉，字昆山，华阳县人。少豪迈，有大志。见沅后退然自反，躬行实践，四十余年，设肆于衡衢，酬应全集，而静室一区，日常有以自乐。同祖兄成勋，字退山，并游槐轩之门。笃信深造，喜为小诗。不求雕饰，而独写其性情，易箦前一日，犹手书数章，自道甘苦，以示劝戒。聚家人示以某日当去，从容具衣冠而没。

孙廷槐，一名于衡，字海山，新津县人。邛州增生。体羸劬学致疾，几不起。从游，潜心殚思，存察交密，亲炙门墙十余年，有得于身体亦渐固，以明道为己任。生徒日众，教诲不倦，榜所居曰研经精舍。实不假著述求名也，以医济世有延请者，霜晨宵漏，未尝或辞，卒年六十八。初止唐先生问所志，曰："刊行槐轩著述。"卒如其志，倡集巨贷，校刊全书，署乐善堂藏板。没后廿余年，至今犹每岁印行。

叶祖承，字绍庭，成都人。以书画名家。父宗苹，世父宗艾、宗苔、宗蕖、宗株，皆受业槐轩。笃信师说，祖承亦倡集巨货，仿宋明板刊《槐轩全书》，自署虚受斋藏板。岁久残蚀，与豫诚堂板并存守经书肆。张选辅，字应峨，汉州人。教职。兄选青，字馥生，咸丰元年举人，俱受业槐轩。沅著书任缮校之役。新都蒋增兰，新繁吴怀德犹子婿，追随门下，宏导后进，与有力焉。

谭道衡，字参三，先世浙江乌程人，宦籍寓楚，游幕入蜀。父维鼎，学者称梅墅先生。率诸子俱受业槐轩父子，弟兄笃志力行，尝为书楹联云："有子克家，徜徉风月；随时倚仗，啸傲王公。"可见其概。道衡尤诸子中之贤者，卒年六十一。沅第四子桂文铭其墓有曰："君貌魁奇，幼而沉毅，奇遁韬钤，星经地志，夺槊挽强，能无不备。思以所长，大用于世，俟丁家难，仲兄不禄，君素友恭，悲深手足，哀恸之至。感以精诚，恍有神授，洞见幽明。梅墅先生，师先君子，谓是灵奇，当绳以理。率君昆季，来贽门墙，示以性学，服膺不忘，自兹以来，常侍左右，请益则前，质疑恐后。学修逾精，持守逾密。三十余年，有如一日。终事考妣，协和弟昆，伦常克践，大道斯存。厥善既宏，厥功尤异；复以仁心，宏其利济。医能起死，数可前知，求无或拒，勤而忘疲。事关艰巨，人或趑趄。君为之倡，恢然有余，劳怨不辞，唯义之俱。执理不挠，人惮其直，君乃弗矜。笑谈善谑，内介外和，不庚于俗，腌腕之心，孳孳未已，何图积劳，遂嗟不起。"皆实录也。同时有邱苓，字怀西，内江县人。文生，初习方技，颇精其术。

梅墅先生导游槐轩，一见知为真师，卢文宇及其徒杨桂屿善技击，并弃而从学。宋秀元，字颖川，南部武生。徒步数百里，三造槐轩之门，始获闻教，后尤有所成就。樊道恒，字月峰，双流人。从沅习举业，因病遂巾服，托迹于羽流，以济世，尝辑《祈禳科书》，求正其徒，至今浸盛，皆私淑槐轩云。

李思栋，字松山，华阳县人。幼孤，事母至孝，母卒，哀毁骨立。兄思慧，老而贫，延与同居，爱敬终其身。邻人侵越祖茔，讼于有司，贿弊不得理者，三十余年。志不稍衰，卒得直。年三十，始从止唐先生游，践履笃实，晚造诣益深，及门请业者多至数百人，颜所居曰槐云书屋，不忘师也。卒年七十一。门弟子述其遗言为《槐云语录》。

康炳禄，字莆堂，新繁县人，庠生。弟炳坤，字健安，教职。俱得槐轩之传。教授生徒，其门弟子出自戎幕，往往折节读书，人谓莆堂先生不言而躬行，健安先生兼长于言语，故尤乐从事焉。杨光裕，字特峰，温江县人。少敦内行，中以家累，操奇赢岁出赢之半，倡为诸利济，人事生计，顾益遂闻，止唐先生喜奖后进，亟走受业。由是力善之志益坚，遇事实心必成乃已。省城西青羊宫，其所经营，充养有道，与人和而不同，喜导人为善，苦口诚心，智愚化之。卒年八十二。傅泰凝，字葆初，成都县人。凡有所闻，必请于师而行之。沅重瘗汉黄刚侯明王御史遗骨，泰凝所为也。父义新，弟泰华，同祖兄弟泰煓、泰翀、泰仪、泰恒、泰熙、贞吉，子鸿诰、鸿祐，侄鸿漠、鸿畴、鸿藻、鸿翔，皆受业槐轩之门。洪锡绥，字万斋，华阳县人。请业槐轩，于帖括不甚留意，有通经致用之志。沅甚嘉许之。掌教合江书院八年，裁成者甚众。官营山时，愚民以抗捐辱县令，几酿巨祸，委曲排解，多所保全焉。先是其世父嘉乐，字只君，始事沅，锡绥继之，自时厥后，洪氏子姓，列槐轩弟子籍者，已逾五世，殆指不胜屈矣。李植坊，字戊山，又字悟三，资州人。初游槐轩，沅第六子棋文、七子檍文，及长孙咸燮，尝受学焉。著《周易镜心》，多申师学，贵筑孙镰为序，称其谆谆于徇理之道宜长，从欲之道可忧，发明易理最深，其书卷首列《微危图》，尤足垂戒云。

三　刘氏家族墨迹

刘氏家族在当时四川具有一定影响力，多处名胜古迹留下了刘氏家族成员笔墨，今根据《槐轩概述》，笔者收集、整理出以下墨迹。

（一）武侯祠

《汉昭烈庙从祀功臣记》碑（刘沅撰文，刘芬书石）

今嵌于刘备殿内刘谌像旁壁间。碑文题目1行；正文共34行，每行22字，字径3.54厘米×4厘米，行楷书；题跋5行，每行22字，末行1字，字径3厘米×3.35厘米，行楷书；款识2行，字径略同于题跋。清道光廿九年（1849）七月立碑。

合祖孙父子兄弟君臣，辅翼在人纲，百代存亡争正统；

历齐楚幽燕吴越秦蜀，艰难留庙祀，一堂上下共千秋。

生不视强寇西来，天意茫茫，伤心恸洒河山泪；

死好见先皇地下，英姿凛凛，放眼早空南北人。

（原刘咸荥书，后遗失，1963年8月刘东父补书于成都，存刘备殿北地王龛）

勤王事大好儿孙，三世忠贞，史笔犹褒陈庶子；

出师表惊人文字，千秋涕泪，墨痕同溅岳将军。

武乡侯临表涕泣，岳鄂王书武侯出师表自跋泪下如雨，先后精神至今如见，诸葛大名更与日月争光也。双江刘咸荥敬撰并书（存诸葛亮殿）

（二）青羊宫

进士名登王篆，布衣首换金丹，笑他苍狗浮云，归路瑶池三尺水；

同参卓华仙心，共话黄粱旧梦，来此青羊古道，留人花市十分春。

（己未冬初，双江刘咸荥敬撰并书）

帝乃震居实大生木德，民皆乾性有度死莲花。（刘咸焌书）

（三）老君山

北枕大江南接连岭；东瞻羊肆西望鹤山。横批：北厥回光

道传何必留犏梗；龙去犹然施雨云。横批：柱史遗踪

（刘咸炘书）

龛联：

在天曰太极在人曰性，此致谓至宝；处世则聪明治身则诚，是以为神灵。

居柱下以传经，叹美犹龙只缘知礼；过函关而讲道。何尝控鹤谬谓登仙。

（刘止唐撰书）

道德经，括人大治乱之大源，溯群仙统驭。万类生成，归于太极；

柱下史，与乾坤悠久而为祖，合佛教慈悲。孔门忠恕，树厥先声。

（刘咸荣撰书）

梁益清贞，夙多仙灵，皆支与流裔耳；

庚桑尸居，尚有俎豆。况博大真人哉！

（刘咸炘撰书）

七真殿联：

犹龙上下天光，知老子千秋特出；七鹤回环山影，看群真一笑飞来。

（刘咸炘撰书）

老君洞：

伯伶仙洞　　名山灵洞

凿地乃天心，长自护函关紫气；

有仙皆人境，莫漫求古洞丹砂。

（刘咸炘撰书）

八卦亭柱联：

溯太极之始形，惟此圣人开物成务；首皇初而立教，嗟哉末俗诧异称奇。

（刘止唐撰书）

（四）杜甫草堂

诗史数千言，秋天一鹗先生骨。草堂三五里，春水群鸥野老心。

（刘咸荣撰书）

（五）峨眉山伏虎寺匾联

清翰林蒋虎臣先生于此为僧学佛有成

363

文人慧业悟真空，天留此大好名山，最难忘一杵疏钟半池寒水。垂老余生多感慨，我来吊幽栖故址，何处寻白云清梦明月前身。

（刘咸荥撰书）

（六）青城山天师洞匾联

大道探源，忆先人进履桥边，曾传旧学师黄石。

名山有原，想当年骖鸾天上，也分仙梦绕青城。

（刘咸荥撰书）

（七）桂湖公园碑林

《桂湖七律四首并序》：万里滇池帆逐臣，云峰应让桂湖新。江山不没英灵气，风月应归旧主人。胜国纲常空痛哭，故乡遗像转铸神。才名反逊平安字，帷与苏髯共苦辛。火云飞处水光浮，一味清凉已拟秋。苔绿上城山势陡，天青连树桂香柔。丹铅此日成流在，桑梓当年旅恨悠。最好多情货令尹，鉴湖风景竟全收。种桂成阴又种花，不教霜雪妒繁华。芙蓉经曲梅枝护，荷芯香飞艇子斜。去住关山遗雪爪，凄凉身世幻龙蛇。伊人宛在留秋水，此外桑田几万家。浅浅流波窄窄船，迎凉小住亦游仙。接台睡约林梢外，石蹬纡回雉堞边。节义文幸堪绝俗，山川云物倍争妍。一湖直与昆江寿，活水源头讵惘然。

（自注：愚茧足以乡历有年，所闻张宜亭明府，重修桂湖，至为工稚，未获一靓。今夏六月望日至止，流连周览，倚城凿沼，叠石聚山，花树交加，修里掩映，胜景纷絮，不暇应接，欣然忘魂，率成四律纪景物，抛砖引玉而已，双流止唐刘沆。甫稿并书，时年八十有三。）

先王父儒林公桂湖诗四章，咸荥同弟咸焌、咸燡、咸炘，分步原韵，敬成一章，以致追慕。

延壮余生慨直臣，故乡俎豆四时新。乾坤日月成终古，父子文章有替人。湖上流光秋色在，滇南遗爱曲迎神。激节诗句空前后，姜桂从知味最辛。

丁卯秋双流刘咸荥（签章）

久王身外名利浮，回首蟾宫廿五秋。兴寄湖山客啸傲，家传经史济刚柔,曾经沧海风云变,不见古人天地悠。金粟流香符瑞兆,待安物阜庆丰收。

咸焌（签章）

遗□□□胜有花,清芬渐涌鬓俱华。浮将世界留香在,胜有林泉待日斜。伏阕臣身径犬马,投荒客梦逐虫蛇。不须更问杨雄宅,乔木从来属坎家。

咸煌（签章）

昔游犹见柳荫船,小劫沧桑若梦仙。人敬忠祠传英代,天留荷叶到秋边。兄弟师友成高会,竹树亭台非旧妍。腊至不禁霜露感,板舆回忆一潸然。

咸炘（签章）

四　刘氏家庆图记

道光己酉,予年八十二,儿辈为作"家庆图"。待予者三,右则桂文,左三儿携七儿也。待拙荆者二,椐文捧书立,而其母抚八儿之天。五儿挥如意,六儿荷花戟,松文与其子别居庭除。皆绘工以意为之者耳。忆予幼而善病,深劳父母。常恨所天早殒,未竭丝毫之养,今幸残年,敢云儿女之乐哉。惟是三四子以下,均在孩提,未必能见其成立,而岁久容貌非旧,则此帧竟为弁髦,故记其大略,使诸子他日览焉。时松文二十二岁，椐文二十一，椅文十五，桂文十三，栋文十一，桢文八岁，橞文六岁，八儿岁半而已。浮生泡影，家庭聚首尤难，诸子当毋忘冰渊之惧可也。七夕后一日止唐记。

五 四川省图书馆馆藏成都刘氏家族著述经眼录

四川省图书馆藏有成都刘氏家族著述多种，所藏著述中除《槐轩全书》《推十书》是近年来再刊稿，还有大量的刘氏家族著述是清末至民国时期的未刊稿，笔者按照刘氏家族成员年代为序，将馆藏刘氏家族著述序录如下：

（1）刘沅著述

四川省图书馆馆藏刘沅著述主要为光绪和民国时期的单行本，现将整理如下，著录单行本书名、刊刻年代、版本款式以及序文，这些资料可补充《槐轩全书》（增补本）。

《家言》：清光绪守经堂刻本，一册，该本高25.1厘米，宽16.4厘米，版高17.2厘米，宽12.5厘米左右，双栏，单鱼尾，书耳注明书目"家言"。单叶九行，每行二十二字。首页序言曰："愚注四子六经，门人复辑为要语杂著，恒言其义尽矣。因儿辈稚鲁寻常，示以浅近语，积久遂已成编，愚老矣。若辈尚友未解者，聊存之以俟其日后览记，止唐书，时年七十有七。"全书分为立志、职业、正始、是非、养生五篇，阐述了为人处世及治家教子的道理。该书仅有此版本为单行本，后收录在《槐轩全书·拾余四种》中，有清光绪间致福楼重刊本和巴蜀书社2006年影印出版的西充鲜于氏特园藏本。

《俗言》：民国十一年（1922），山西李氏刻本，一册，该本高26.8厘米，宽16厘米，版高17厘米，宽12.3厘米，左右单栏，单鱼尾，封面有"俗言"二字，封面有"壬戌八月平遥李氏重刊"字样。单叶十一行，每行二十一字。有序曰："圣人不以著书立说自名也，或在上，或在下，随其职分所当为，自修其身，间或著为语言，训诱人群，人竟实之，于是乎有典谟、训诰、易象、诗、书等籍。自羲、农至文、武，圣人之制已全，生民之法已备，孔子更修明折衷之，而曾、思、孟衍其绪，范围古今，后有作者莫能尚矣。而世儒纷纷著作，欲自成一家，遂使孔孟遗规危乎欲坠。愚无知也，因读书多年，颇有所见，故详释孔孟遗书，名曰《恒解》，以其为天之常道、地之常经、人人所知能之常事。而儿辈苦其繁也，不得已又为《子问》《正讹》《下学梯航》《古本大学质言》四端，使其易晓。而卷帙既多，弥增之惑，乃复撮其大要，更为此编。所以谆谆而不惮词费者，为家庭授受计耳，岂敢以问世哉。大雅君子尚其怒之。咸丰四年，岁在甲寅正月止唐书，时年八十有七。"此书主要是用较为通俗之语讲儒家圣人道义，供儿辈门人学习。另《俗言》，清咸丰四年（1854），成都豫诚堂刻本，一册，该本高25.8厘米，宽15.6厘米，版高19.3厘米，宽13.5厘米，左右单栏，单鱼尾，封面书："咸丰四年清和　俗言　豫诚堂藏版"。序言单叶五行，每行十二字，正文单叶九行，每行二十字，且有墨笔圈点，与山西李氏刻本相比，该本行格字数少，版面显得宽松、醒目。

《子问》：清咸丰二年（1852），成都豫诚堂刻本，二册，该本高26.3厘米，宽17厘米，版高19厘米，宽13.7厘米，左右双栏，单鱼尾，封面为彩色，书："咸丰二年天中日　子问　豫诚堂藏版。"序言单叶八行，每行十八字，正文单叶九行，每行二十字，有墨笔圈点。有意园珍藏章。另《子问》：清同治二年（1863），平遥李氏刻本，二册，该本高25.4厘米，宽17.2厘米，版高16.9厘米，宽12.6厘米，左右单栏，单鱼尾，封面书："子问　癸亥春平遥李氏刊。"单叶十一行，每行二十字。其序曰："道者，天理而已，人独得之以成人，禽兽则无有也。以道修身，乃求尽其所以为人之理，故曰远人不可为道，以人治人，改而止焉。自羲农至孔、孟，天生圣人，或为君相，或为师儒，凡所以养人教人使其不人于禽兽者，礼盖无不明，而法亦无不备。诗书虽富，惟在力行。言圣人之言，行圣人之行，无愧于人，即无愧于天。反身而求，欲仁即至，有何难企？不意六经既出,传注日增,人各有见,互相是非,不以圣人之书为身心伦记切要之功,而一味精奥神奇未有之物,于是中庸之道,康庄化为荆棘,至今日而道若登天,圣至难学,人人读圣人之书,不敢存希圣之念,则大非圣人教人之意,上天生人之理矣。愚虚度一生,毫无善状,惟自幼训徒,自乾隆丙午迄今六十七年。凡圣人之书,恪遵钦定注疏等意,参以诸家,沉潜诵习,久阅星霜,觉道本至常,愚柔可勉,人人皆有天理,即人人皆可圣贤。虽天下古今事变无穷,然其要不外身心性命之理、日用伦常之道。全知则为圣贤,得半亦为君子,背之即为禽兽。凡异端杂学,悉以此权衡折衷之,不患不能择别也。子辈幼小,亦或能随时质问,撮其概以语之。久久忽已成帙,不忍弃也。命书而存之,以俟幼子数人。若辈遂以付梓,恐其持以问世,则重愚罪,门人有知愚志者,为示其端,俾相戒约。门人曰:是可以并此书矣。因颜曰《子问》而以列于篇首,姑且听之。咸丰二年,岁在壬子初夏,止唐刘沅书,时年八十有五。"该书以问答形式、通俗之语讲儒家道义,主要目的是供子辈学习。

《又问》:清咸丰三年(1853),成都豫诚堂刻本,一册,该本高25.3厘米,宽16.4厘米,版高19.8厘米,宽13.5厘米,左右双栏,单鱼尾,封面书:"咸丰三年阳月 又问 豫诚堂藏版。"单叶十行,每行二十字。另,民国十二年(1923),平遥李氏刻本,一册,该本高24.1厘米,宽15.3厘米,版高16.8厘米,宽12.5厘米,左右单栏,单鱼尾,封面书:"又问 癸亥春平遥李氏刊。"单叶十一行,每行二十字。首页录:"男:崧云、椅文、栋文、檖文、梐文、桂文、棋文、果文敬录。崧云、椅文、桂文等常请问曰:大人著四子、六经恒解、孝经直解,发明圣人,可谓备矣。虑文繁义深,人不能尽览,又为《大学古本质言》《正讹》《俗言》《下学梯航》《子问》诸书,综圣贤义理而言其大要,用心良苦,然经注犹有不释然者。又经世人情风俗之事,亦觉略微指示,祈悯而教之。大人允诺,积久又复成帙,谨录存以便时常恭阅。崧云等识。"该本为刘沅对子辈传授

《十三经恒解》的简本,以问答形式编录。

《正讹》:咸丰四年(1854),豫诚堂刻本,四册,该本高26.5厘米,宽17厘米,版高18.6厘米,宽14厘米,左右双栏,单鱼尾,封面书:"咸丰四年清和月镌 正讹 豫诚堂藏版。"单叶九行,每行二十一字。另,清同治三年1864,威远吕仙岩凝善堂刻本,三册,该本高23.7厘米,宽16.2厘米,版高19.5厘米,宽13.1厘米,左右单栏,单鱼尾,封面书:"同治三年甲子重镌 正讹 威邑吕仙岩凝善堂藏版。"前四卷单叶九行,每行二十一字。卷五至卷八单叶九行,每行二十三字。《正讹》是正其宋儒之讹,虽是论宋儒之失,但实际上也吸收宋儒之思想,其主导思想是教人超越程朱学习孔孟,这与乾嘉新理学、修正宋学性道有关。

《槐轩约言》:民国十七年(1928),成都扶经堂刻本,一册,该本高25.2厘米,宽17.3厘米,版高18厘米,宽13.9厘米,左右双栏,单鱼尾,封面书:"槐轩约言,戊辰夏刊成版存扶经堂。"单叶十行,每行二十字,小字双行,行十八字。另,同治四年(1865),威远玉成堂刻本,一册,该本高26.3厘米,宽16.4厘米,版高19.6厘米,宽13.3厘米,左右双栏,单鱼尾,封面书:"同治乙丑重镌 槐轩约言 版存威远县吕仙岩玉成堂不取版赀。"自记前又说道说一篇,此篇单叶五行,每行十二字。正文单叶九行,每行二十三字,小字双行,行二十一字。有成公中学初中界生部之图书章。(按:成公中学原设在成都市区,是民国期间教育水平较高的一所私立学校,民国二十八年(1939),为避免日本敌机轰炸,从成都市汪家拐迁至双流县通江乡,迁至双流后为当地培养了一大批优秀学生,抗战结束,1945年迁回成都君平街与石室中学合并。)《约言》自记:"嘉庆甲子门人辑,愚论说为槐轩要语,今四十九年矣。间一翻阅大都四子、五经恒解中,所有特起词教简约耳,因渠等久藏书麓不忍捐弃,仍之而节其繁芜颜,曰约言与拾余四种,留以训儿辈焉。止唐书时年八十有五。"

《礼记恒解》：清道光八年（1828），豫诚堂刻本，十册。该本高25厘米，宽17厘米，版高18.1厘米，宽14.2厘米。左右双栏，单鱼尾，封面书："晚年定本　礼记恒解　豫诚堂藏版。"附四川总督锡为刘沅国史馆立传奏，附国史馆本传。奏折单叶七行，每行十四字，本传单叶七行，每行十三字，正文单叶九行，每行二十二字，小字双行，每行二十一字。另，民国十三年（1924），成都致福楼刻本，十册。该本高27.3厘米，宽17.8厘米，版高18.5厘米，宽13.5厘米。左右双栏，单鱼尾，封面书："晚年定本　礼记恒解　甲子夏六月致福楼重刊。"附国史馆本传。单叶十一行，每行二十四字，小字双行，每行二十三字。版心有"致福楼"字样。其序曰："先儒以《周官》《仪礼》为经，此经为注，又因其列学取士，始于荆公，爰多訾议之者。然常考其所言，无非采葺贤圣，杂书见闻，意其精者出于七十子之徒，而其浅者亦秦汉笃学之士，非于道概未有闻而能剽袭为之者也。书中如《月令》《王制》，作者显其姓名，其他前人所疑，多由未达文义而遽相诟疵。我朝礼教昌明，钦定义疏，广大精微，无美不备。于前儒之是非，判然朗然，盖大圣人建中和而修百度，不似书生空谈曲学也。沅谫陋，于礼意毫末未窥，而辛沐休明，积久，微觉有得，窃虑承学者或苦于繁，否则拘晦其旨，爰于诵习之时，随文诂义，以便参稽。阅年，忽已成帙。以愚困之留，未忍捐弃也，叙而存之，后有作者其或弗嗤为妄诞也夫。道光八年初夏日双流刘沅识。"刘沅解经属于今文经学，他阐释"礼者，天理、人情也。"天理即是中正之道，按照孔孟中庸之道，天理、人情融为一体，并不冲突。

　　《春秋恒解》：清光绪十年（1884），豫诚堂刻本，八册。该本高26.4厘米，宽16.7厘米，版高19厘米，宽13.6厘米。左右双栏，单鱼尾，封面书："晚年定本　春秋恒解　豫诚堂藏版。"附奏折，国史馆本传。本传单叶七行，每行十三字，正文单叶九行，每行二十一字，小字双行同。其序曰："是非者，天下之公理也。孔子曰：人之生也直。斯民也，三代指所以直道而行，圣王在上，礼乐明而教化兴。所以修身饬纪者，无贵贱皆同。即所以立德成名者，舍《大学》无自。唐虞三代，道一风同。虽其主极使然，亦以民之秉彝，好诗懿德。天性之自然，有不容外也。周室既衰，列国之凌乱虽甚，文武之方策犹存。孔子苟得志于时，举而措之，损益以归中和，其道则犹是二帝三王之道，其心亦犹是天地生成之心，无他异也。奈当途既鲜知音，而及门或怀疑二。故子常曰：我欲托诸空言，不如见诸行事。盖事者，人所共知。圣人之行事，又人人天理所咸有。即所行以证而知圣人非空言，亦可知圣人无奇术。此夫子倦倦之衷耳。"刘沅作《春秋恒解》是以"圣人之心求圣人之事"，是以《春秋》为底本，以"三传"为比义，探索其微言大义，其目的仍是经世致用。

《史存》：民国五年（1916），成都致福楼刻本，二十四册。该本高23.1厘米，宽14.4厘米，版高14.5厘米，宽10.8厘米。左右单栏，单鱼尾，封面书："史存　丙辰冬十月致福楼重刊。"单叶十行，每行十八字，小字双行，每行二十一字。书根注明书名、册次，版心刻书名、卷次。其序曰："而门人因史籍太繁，求一简明便读之法，不获固辞，爰取旧史略为增省。自孔子以迄，于汉亡而止。其所以托始孔子者，世无圣人之臣，则虽有圣君，亦难成其功化也。所以绝笔于汉季者，晋宋以下，篡弑相仍，君位忝而治，功何足问也。"刘沅采用司马光《资治通鉴》和朱熹《资治通鉴纲目》资料，按《春秋》编撰之法作《史存》，其目的是"补昔贤之阙，无失乎中正之义"。

《明良志略》：成都守经堂刻本，一册，该本高25.3厘米，宽16厘米，版高18.5厘米，宽14厘米。左右双栏，单鱼尾。版心刻书名，序文单叶五行，每行十二字，正文单叶九行，每行二十二字。其序曰："汉昭烈以匹夫而怀匡济，与关张备历艰难，始终恩谊。又三顾草庐，结鱼水之欢，自耕莘（伊尹）钓渭（姜尚）以来未尝有此。愚以为特开乱世明良之局，或且疑焉。"此书是为表彰刘备、关张兄弟以及诸葛亮等人,而专门写作的一篇为汉昭烈庙从祀诸人排列位次的历史人物传记。

《下学梯航》:民国成都守经堂刻本,一册。该本高25.6厘米,宽15.9厘米,版高20.5厘米,宽13.7厘米。左右双栏,单鱼尾,单叶七行,每行十六字,有墨笔圈点,正文还有墨笔增字,应是刊刻时掉字、漏字,后由作者增补。封面包背,书:"光绪庚寅重镌　下学梯航　守经堂藏版。"《下学梯航》与《俗言》类似,主要是用较为通俗之语讲儒家圣人道义,供儿辈门人学习。

《埙篪集》:民国二十二年(1933),西充鲜氏成都刻本,四册。该本高28厘米,宽18.2厘米,版高18.5厘米,宽14厘米。左右双栏,单鱼尾,版心书卷次、书名、刻工,单叶十行,每行字数不同,小字双行,行字数不同。封面书:"埙篪集　鲜于道充题　癸酉年八月"。书末有"双流刘咸炘鉴泉藏书篆"。另,《埙篪集》,清咸丰二年(1852),豫诚堂刻本,四册。该本高26.3厘米,宽16.1厘米,版高20.3厘米,宽13.6厘米,左右双栏,单鱼尾,单叶十行,每行字不同,小字双行,行字数不同。《埙篪集》,民国十九年(1930),致福楼刻本,四册,该本高25.3厘米,宽15.7厘米,版高18.5厘米,宽13.8厘米,左右双栏,单鱼尾,单叶十行,每行字数不同,小字双行,行字数不同。三个版本内容一致,但西充鲜氏本字迹清晰、排版工整,由刘咸炘收藏,应是最好版本。《埙篪集》共十卷,前四卷为兄刘濖诗,后六卷为刘沅诗,诗歌按体排列,分别为五言律诗、七言律诗。

《寻常语》:清宣统三年(1911),刘氏成都槐荫书局刻本,一册。该本高25.6厘米,宽16厘米,版高19.4厘米,宽13.6厘米,左右双栏,单鱼尾,单叶六行,每行十四字。封面书:"宣统三年重镌　寻常语　槐荫书屋藏版"。包括《朱伯庐先生治家格言》《豫诚堂家训》《保身立命要言》《本源也》《胎教也》《谕教也》《祈雨祈晴戒规》共七篇,主要关于家训、格言、劝善书等内容。其序曰:

"四子、六经,至矣、尽矣,而能读能解者罕。劝善书、劝世文,不胜屈指矣,亦苦其繁杂。今检得寻常劝戒语数则,觉浅近明白,无论何人俱可领会。若能遵照力行,亦不患身之不修,德之不建。灾患之不能免。爰刊送以公同人,名之曰《寻常语》。道本中庸,惟其寻常,所以人人可为。然而至常至奇,所以可通大地,幸勿迁而置之,忽而视之,祷切望切,咸丰甲寅年桂月初一日下学等白。"该书未见有单行本传世,收录在《槐轩全书》中,有清光绪间致福楼重刊本和巴蜀书社 2006 年影印出版的西充鲜于氏特园藏本。

《省抄古文》:清光绪成都守经堂刻本,二册,该本高 26 厘米,宽 18.1 厘米,版高 19.3 厘米,宽 13.2 厘米,左右双栏,单鱼尾,单叶八行,每行二十五字,小字双行,每行字不同,大字为原文著录,小字为刘沅注释,有少量眉批。另有民国成都刻本,一册,该本高 25.5 厘米,宽 16.2 厘米,版高 18.1 厘米,宽 14 厘米,左右双栏,单鱼尾,单叶九行,每行二十一字,小字双行,每行字同,有开懂私印章。封面书:"槐轩评点 省抄古文 门人抄录 乙卯季春并传门人等复刊版存乐善堂"。该书为刘沅散文评点本,选《哀江南赋》《小园赋》《逍遥游》《答客难》《解嘲》《游侠列传序》《伯夷列传》《前赤壁赋》八篇文章,由槐轩门人编撰。序曰:"吾师止唐先生授读古今文,随意指示大意,往往出人意表,然不敢自以为是也,同人谋刊。先生所指授古文,先生不许,今私择其已评示者数篇,以省同学抄录之烦,非敢云问世也,识者见之。槐轩门人识。"此书仅有民国刻本,后无再刊,且未收录在《槐轩全书》中,是了解刘沅文学观的重要一手材料。

另,馆藏《选拔齿录》三册有刘沅诗歌三首,经检阅刘沅诗集《埙篪集》,此三首诗歌均未收录,今录入如下:

《选拔齿录》:三册,书高 25.5 厘米,宽 15.6 厘米,版高 19.4 厘米,宽 13.5 厘米,线装刻书,单鱼尾,白口,四周双边,单叶九行,每行字数不一。序曰:"止唐先生学贯天人,授徒数十年多,所兴起所著:《四子》《易书》《诗》《春秋》《三礼恒解》《孝经恒解》《史存》等书,能发前贤所未发,今己酉重逢选拔,先生年八十有二矣,矍铄如常,同人援乡会试,周甲同年之例,邀先生辱临惠然,肯来赋诗四章,成佳话也,不可不识,故今序齿以先生并首诗附后。"

化开周甲又逢春,惭愧青云队里人。得路华骝争蹀躞,知途老马亦精神。莫言旧雨非新雨,且喜前身即后身。自突陆庄都大有,依然桃李竞芳辰。(每明经选拔,愚门人多获隽,今科又得七人,小门生数人。)

愁问蒙庄大小年,虚名犹说祖生鞭。晨星历落思前辈,云鹤逍遥让后贤。鼓瑟古琴真际会,从龙从虎好因缘。燕毛应笑翻新样,添个磻翁作散仙。

各场好景似看花,未入桃源路总差。此日风云新境界,当年鸡黍旧人家。渔郎引棹今犹健,老妇绷儿语漫夸。即何洞天天外去,为看先觅斗牛槎。(愚乾隆壬子以选拔叨乡荐。)

无端糠粃竟居前,赚得黄金骏骨先。回首旧游都鹤化,多情英俊又蝉联。斜阳更喜明霞拥,序齿谁如玉简鲜。佳话莫教成笑柄,三科之外老同年。(选拔者以先后两科为同年。)

(2)刘咸荥著述

《静娱园诗存》:光绪三十年(1904),双流刘氏成都自刻本,一册。该本高25.4厘米,宽15.5厘米,版高18.3厘米,宽14厘米。左右双栏,单鱼尾。封面书:"静娱园诗存 双江刘咸荥豫波氏著"。单叶九行,每行二十一字,小字双行,每行字不同。诗前有多人跋曰:"以风浴咏归之怀,写禽鱼花木之趣,别有天地非复人间,昔少陵谓神仙中人,不易得恨未生于今日,一见此清超绝俗之才。(温江尧阶)陆务观之,诗纯是闲情逸趣,偶一展卷,即有一种静气迎人。善学杜甫,匪仅皮与骨,此《剑南诗稿》所以铮佼于宋,孤中而远,接草堂心法者也。拜读尊著静娱园,诸咏神游目想夷。然清福仙,几生修不到此。梅花有知,当亦羡慕不已。置之宋诗中,又以放翁也。

附　录

（双江彭兰芬）静者心多妙,诗人命属花,故能触景情生,落笔藻耀,终篇读竟,镇日神怡。(郫筒邱东霖)天机活波,格韵清逸,参入用晦卷中,谁辨今昔。(滇南唐鸿学)情生于心,心成于景,故能得景生情,获读一过,令人想见林园清逸(滇南唐鸿昌)。"该诗集为刘咸荥写景抒情诗,其诗歌具有少陵之心法。

《静娱楼诗钞》,宣统元年(1909),成都刻本,二册。该本高26.3厘米,宽16.5厘米,版高18.8厘米,宽13.6厘米。左右双栏,单鱼尾。封面书:"宣统己酉六月　静娱楼诗钞"。单叶九行,每行二十一字。其序曰:"戊申秋,余谋刊诗以资谈柄友人为余作序。敬谢之曰:子之言传也。殆谀我也,余则何敢,余则癖于诗有年矣。不欲抗颜古人,聊以游心大运他何计焉。诗三百篇,笺注分如传世,固非其始,念注远其意,又奚能禁使诗人当以为多事也。若夫太白、长吉、东坡诸贤,广寒清都与天相乐,其复计人间之有诵其诗者,即再生人事相与诵扬清芬,亦不知其为己之诗也。又安用传为人生数十寒暑,无地不可乐,无时不可乐,贵适其天,而杜老云:名高身后事,回首一伤神。余方以诗为乐,何伤之。有集即成,因存其意为简端。双流刘咸荥豫波。"

《与人歌》:民国十七年(1928),成都武学官书局排印本,一册。该书是刘咸荥传奇、诗歌合刊本,第一部分著录刘咸荥传奇四种:《梅花岭》《真总统》《断臂雄》《乞丐奇》。第二部分为《南北游诗草》。该本高28.6厘米,宽18.4厘米,版高24.5厘米,宽15.6厘米,左右双栏,单鱼尾,单叶十一行,每叶字不同。封面书:"与人歌　中华民国十七年十一月朔日武学官书局排印"。《传奇》序曰:"衰朽余年,无求于世,种花之暇,偶作数曲,以忠孝、节义为纲,古今中外不能越此范围,寄之笔墨亦聊以风世耳。双江刘咸荥著。"(按:《娱园传奇》是民国晚期较为典型的复古传奇创作,具有时代意义。)《南北游诗草序》:"诗言志。凡人心有所志,口必有所言,口不言而借诗以言之,此诗之由来旧矣。试一读古诗源流,考,卿云

375

之歌，康衢之谣，鸿蒙甫辟，尧舜以生，而诗，与人类俱来矣。吾国历世相嬗，代有传人，举凡一事一物，如意有所触，心有所感，即志有所托，无不藉诗以言之。矧夫一车两马，仆仆风尘，铁轨轮舟，一日千里。时而胜境。当前型宛在，时而山川险要，瞬息经过。或吊古以留恋，或临流而神往，或登高以放眼，或旅宿以谈心。在在皆触诗怀，处处均堪题咏。杜工部之忧伤，世传诗史；李学士之豪放，佳句天成。此固前贤韵事，遗乡千秋者也。生也晚学，识粗疏少，识之无长，列行五十年军籍无补，时艰，万里归来，依然故我。爱将生平，诗草三百余章内摘抄五十余章，名为南北诗草。此行东出夔门，北入剑阁，历时数年，往复程途，八万里，历遍扬子江、黄河两大流域，虽非远游，抑亦快事。雪泥鸿爪，到处遗踪；牧笛樵歌，聊以自适。用裁短楮，就正高明。如以云诗，则吾岂敢；以之言志，窃愿学焉。中华民国十五年丙寅冬十月，成都树坚氏邓璘叙于省门潜庐。"

《娱园随笔》：民国成都刻本，一册，残本。该本高27.3厘米，宽18.6厘米，版高25.4厘米，宽17.3厘米。左右双栏，双鱼尾，单叶十一行，每行二十八字。该本是刘咸荥诗文合集。文多为笔记散文，亦有与佛教有关的诗文，如《念佛歌》《宿草堂寺闻梵音》等，刘咸荥晚年对佛教颇有研究。

《娱楼杂俎二集》：成都大同印刷公司排印本，一册。该本高24.4厘米，宽14.6厘米，版高19.1厘米，宽12厘米，左右双栏，单鱼尾，单叶十二行，每行字不同，首页有多人藏书章。该本包括《娱园随笔》、《文存》（《娱楼文存》）、《辞存》（《娱楼诗存》）、《对联》（《静娱楼楹联》）四部，收录刘咸荥部分诗作和文章，是刘咸荥著作总集。

《古史感应录》：民国成都守经堂刻本，一册。该本高25.5厘米，宽16.1厘米，版高22.2厘米，宽12厘米。左右双栏，单鱼尾，单叶十行，每行二十三字。其序曰："自来史书之成，书其事，书其人，以为后世劝诫，知其善恶是非，如镜照人，明而易见。盖气机制感,天地自然,古今一致也。两汉刘子政有言:和气致祥,乖气致异。作善自强者,则以为精确,作恶自便者则以为迂腐,人实自害,何害于书。兹本感应之意,略选史事,著为一书,用其事,改其文,俾知确有明征,而又意于了解,持此一片心,敬告天下窃欲人之触目惊心,从善去恶耳,刘咸荥。"此书采《梁书》《汉书》《晋书》《唐书》《宋史》《金史》《辽史》中的传记编撰而成,通过人物传记故事来讲儒学大义。如摘《梁书·阮孝绪传》阐释孝德之光;摘《汉书·严延年传》讲杀人者必将自杀;摘《晋书·毛宝传》讲戒杀放生;摘《后汉书·管甯传》讲平易近人,于人不结冤仇,于己不生烦恼。该书最能体现刘咸荥尊崇儒家仁义礼智的思想,该书无今刊本。

《借镜录》:民国成都守经堂刻本,一册。该本高26.2厘米,宽17.1厘米,版高19.5厘米,高13.8厘米,左右双栏,单鱼尾,单叶十二行,每行二十四字,书末有捐资刊版姓氏。序曰:"近作借镜录一书,用备讲演,亦可存阅。惟是出语深古,则难遍喻,措词浅俗,又恐说理不明,为之斟酌其间,使之明而易见。案中夹叙夹义,案后附以论断,俾讲演者,较易发明,庶几多所裨益尔。豫道人"。目录分列五条:一曰仁,仁者心之良,合爱亲、爱人、爱物而言之;二曰义,义者事之宜,当精心、果力、明辨;二笃信之;三曰礼,礼者欲之防,无礼则乱,是非邪正之辨,不可不严;四曰智,智者识之远,立德、立功、立言,能见其大,乃是真聪明;五曰信,信者德之诚,圣人之教,君子之守,学问之成,皆有此始。(按:《借镜录》应与《古史感应录》为姊妹篇,均讲儒家仁义礼智的道义。)

《醉经诗存》:民国成都明新印刷局排印本,一册。该本高25.4厘米,宽17.4厘米,版高17.7厘米,宽12.4厘米,左右双栏,单鱼尾,单叶十三行,每叶字不同,刘咸荥著,孙銎晋注。封面书:"刘豫波先生著 醉经诗存 门人李天根敬题。"(按:李天根,华阳人,著有《汉关侯文翰故事》)序言:"有韵无韵,诗文相通,文可入诗，诗可入文，总在各远体裁，运用入妙，六经论孟大文章，以之入诗，尚觉新练。"此诗集是从《诗》《书》《礼》《易》《乐》《春秋》《论语》《孟子》中集句而成诗，如：燕居深处意从容，诚性存存道在中。孔席有时远自暖，杏坛化落梦周公。注曰：《论语》：子之燕居。《易经》：诚性存存。《论语》：吾不复梦见周公。

《峨眉游草》：民国二十年（1931），成都刻本，一册。该本高23.7厘米，宽14.8厘米，版高16.4厘米，宽11.4厘米，单鱼尾，左右双栏，单叶十行，小字双行，每行字不同。封面书："刘豫波先生著　峨眉游草　受业李天根题"。其序曰："游山诗谢客至多，然未能忘世，特资以自遣。故其所摹范，有实际，无意境；有物态，无心情。此绘事之宗工，非文章之极则也。庄生云：高山大林之善于人也，亦神者，不胜。神之时义大矣哉！非气感心游，玄同物我，不足以通，其机而得其趣。酌，其宜，二制其言也。吾师刘豫波先生，随放翁匹也。遭世俶扰，足迹，不出省门垂三十稔。所居老屋右，百年假山、卉木、毛蔚，终日吟哦其下。以意构境，往往为雁宕、普陀人间，刻画所未及者。唯其有之，是以拟之焉。一日叩门，出其峨眉，游草相示。盖新自山中来，诗情栩栩，举云影天光、奇花怪石，而哜嚅吐纳，极行文之乐，得游山之趣。且以七十四岁老人，杖履安常，犹恐不适。一旦犯暑，行六百里，与名山结文字缘，而与会飙举。若是或使或尼，莫非有数者。佛氏境为心果之说，于此得征验矣。稿既定，人竟索观，特絷拓行，以命世杰为之序。盖最咸获读，不无怂恿之力焉。辛未伏日，门人陶世杰谨题。"［按：陶世杰（1900—1984）四川荣经人，曾受业于刘氏，1922年毕业于成都大学，抗战期间任教于华西大学，著名诗人，著有《复丁烬余录》《仪礼古名今晓》等。］从序文可知刘咸荥著《峨眉游草》当是1932年，诗人晚年游峨眉所著，诗集均为七言律诗，诗歌内容主要是对峨眉景色的描写。

《静娱楼楹联》：民国成都守经堂刻本，一册。该本高25.8厘米，宽16.5厘米，版高17.3厘米，版宽12.5厘米，左右双栏，单鱼尾，单叶十行，小字双行，每行字不同。书衣书："静娱楼楹联 乙卯秋购于成都南门三巷子之守经堂　值法币一角二分。"收录刘咸荣为蜀中名胜古迹所题楹联以及为亲朋好友所书挽联。

《静娱楼咏史诗》：光绪三十年（1904），成都自刻本，一册。该本高26.8厘米，宽17.5厘米，版高17.6厘米，宽12.5厘米，左右双栏，单鱼尾，单叶九行，小字双行，每行字不同。书后有门人题词。其序曰："豫波刘子，余总角交也。少年即共耽吟咏，忽忽二十，余发，星星白矣，犹相与谈诗，不倦。暇日，过静娱园，见咏史诗二百余首，无美不备。大凡咏史之诗，无天资则不能清超隽永，无学历则不能沈挚渊深，是篇兼而有之。且其取鉴于古，忠孝之怀，流溢言表，读史者，置之案头，大可疏沦性灵，增长节概，洵有功名，教之作也。自来讲学，家群称韩潮、苏海二公之文，直郁龙威秘书，照燿天地，可谓大矣。而其诗笔纵横，自尔卓绝千古，则作诗一道，固无可厚非也。豫波之诗，久已脍炙人口，爰约同人付梓，以代传钞。高明见之，当不以为阿好云。光绪甲辰春初，繁江吴兴儒序。"〔按：吴兴儒当是吴虞父亲之兄弟，吴虞《爱智日记》曰：余初见，则系华阳县行署之差役，持有传票，内填："吴兴杰之首子吴幼陵，媳曾氏，吴兴儒、刘咸炳速速到案。"吴虞（1872—1949）被胡适称为"只手打孔家店的老英雄"，刘咸荣、刘咸炘是吴虞堂舅，吴、刘二家有姻亲关系，故吴兴儒称与刘咸荣关系为"总角之交"。〕

（3）刘咸炘著述

《推十书》在民国时期已陆续出版，以单行本发行。1996年，成都古籍书店影印《推十书》出版，该书将民国时期的单行本汇总，分为上中下三册，影印本字迹较为模糊，但比较全面地汇总了刘咸炘的著作，该本发行后引起了刘咸炘研究的第一个高潮。2009年，四川师范大学巴蜀文化研究中心重新整理出版了《推十书》（增补全本），对影印本进行点校和增补，并用横排简体的方式出版，极大程度地丰富了刘咸炘研究的文献资料。由于刘氏著作丰厚、涵盖内容广，此次点校也有文献和标点的错误。四川省图书馆馆藏《推十书》为民国时期出版的单行本，是1996版和2009版的底本，文献资料更为珍贵和可靠。

《中书》：民国十七年（1928），成都刻本，二册。该本高26.5厘米，宽17.3厘米，版高17厘米，宽12.4厘米。左右双栏，双鱼尾，单叶十一行，每行二十四字，版心处刻书名、篇名和卷次，有墨笔圈点。封面书："中书　推十书之一　戊辰年孟秋月刊成"，有松魏毅印章。书尾书："发行处成都南门纯化街尚友书塾"。其序曰："《中书》之名，对左、右《书》而言也。《左书》曰知言，《右书》曰论世，如车两轮，《中书》则其纲旨也。壬戌八月，始集十一篇印行。其目：一、《知言论世》，二、《明统》，三、《本官》，四、《言学》，五、《经教》，六、《左右》，七、《纵横》，八、《故性》《正命》，十、《流风》，十一、《流风余义》。其后复有《学纲》《一事论》，又糅贯《言学》《经教》而增之为《认经论》。继作《医喻》《广博约》。丁卯年十二月，乃合而更定之。移《故性》《正命》入《内书》，除《流风余义》，删合《知言》《论世》及《明统》为《三术》；修改《左右》《流风》；扩《纵横》为《同异》。共为十篇刊之。十二月十二日定刘咸炘自记。"《中书》是《推十书》的总挈纲旨，辨天人之微。

《左书》：民国十八年（1929）。成都刻本，一册。该本高25.5厘米，宽16厘米，版高16.7厘米，宽12.5厘米。左右双栏，双鱼尾，单叶十一行，每行二十五字，版心处刻书名、篇名和卷次，有成都市立国蜀馆藏书章。封面书："左书　推十书之一　己巳五月始刊。"书尾书："双流刘鉴泉所著书刊行目录，总发行所成都纯化街尚友书塾推十书经理处。代售处：成都纯化街守经堂、成都学道街志古堂、成都总府街成都书局、上海三马路千倾堂和蟫隐庐。"每册书均有标价，如：中书，全册价银四角八仙正。左书，第一册价银三角六仙正。标价书目为：《中书》《左书》《右书》《内书》《外书》《子疏》《续校雠通义》《史学述林》《校雠述林》《文学述林》《治记绪论》《治史绪论》。《左书》知言,主要是研究诸子学的著作。

《外书》:民国十八年(1929),成都刻本,一册。该本高25.5厘米,宽15.6厘米,版高16.5厘米,宽12.4厘米。左右双栏,双鱼尾,单叶十一行,每行二十四字,版心处刻书名、篇名和卷次。封面书:"推十外书 己巳年十二月刻成"。目录有"全书不止此咸刊行数篇"字样。[按:该本只刊印外书《退与进》《动与植》篇,2009年上海科学技术文献出版社出版的《推十书》(增补全本)增补了《外书》篇目:《稻叶氏二文录评》《横贯纵论》《〈进与退〉后记》《〈动与植〉后记》,2018年《刘咸炘手稿汇编》又录外书手稿《猿与人》《罗马与欧洲》《文与野》,故《外书》共有八篇。]书尾有刊行目录、发行所及书价。

《学略八篇》:民国七年(1918),成都排印本,一册。该书高23.9厘米,宽14.4厘米,版高16.3厘米,宽12厘米,左右双栏,单鱼尾,单叶十二行,每行二十八字,小字双行,每行字不同,版心处刻书名卷次,有墨笔圈点。书衣书:"学略八篇(此编本授书埠学生,通人见之幸加纠摘)。"封面书:"学略八篇 戊午十一月活字摆印。"书末有正误表。其《学略·序略》曰:"略字有疆略概略二义,吾家子政辨章学术,名曰《七略》,盖取疆略之义。宋高似孙仿之为《史略》《子略》《骚略》,又仅概略矣。文词书技,近世刘融斋熙载《艺概》一书已尽其理。其书章节短简,语浅而识深,亦以启导初学,名之曰概。今撰此篇,名曰《学略》,与刘书相配。以评论之体,寓目录之用,俾学者人一门则知一门之概略疆略,而求其致力之由与其应读之书。抑古今论学之文,何下千万篇,今之所述,特大略耳。然亦不敢详,惧来学之眩瞀也。所说大半出于前人,因一气直说,未能细标出处。窃附言公之旨,且一时成稿,往往知为旧说而忘出何人,骤无从检,俟检出补注之。"《学略》包括《经略》《诸子略》《小学略》《史略》《文词略》《丛略》《总略》《序略》,是用较为浅显的语言、短小的章节讲四部。

《三宝书》：民国十二年（1923），成都排印本，一册。该书高23.8厘米，宽14.4厘米，版高17.6厘米，宽12.1厘米，左右双栏，单鱼尾，单叶十三行，每行三十五字，版心处刻书名，墨笔圈点较多。封面书："三宝书　癸亥十二月尚友书塾印行。"第十四页有朱笔眉批："此节加在前第四页，前八行以见义也，白下。"（按：此应是刘咸炘对书校对之语。）有孙赞元印，藏书章。书末记："丙寅仲冬月初五日置。"其序曰："今之世病深矣，群医并进，非徒无益，而又害之。皆日此事无万应灵丹。灵丹自有，人不察耳。何为灵丹，《老子》曰：我有三宝，一曰慈，二曰俭，三曰不敢为天下先。今之所谓紧急问题者，曰家庭，曰经济。家庭以慈，经济以俭，而不敢先又治本之总术也。年来有所论述，集为三篇，各分章段，皆述古训，非敢云作。固知都陋无状，言不足重，然区区曝献之诚，惟望幸察，勿及其烦，留意终览。倘有可采，尚愿普为劝说。其或谬妄，加纠正焉。癸亥秋末抄成自记。数将几终，岁且更始，末劫之病，庶有疗乎。双流刘咸炘。"《三宝书》包括《家伦》《地材》《反复》三篇，引古训讲家庭、经济、中西之学。

《推十书类录》：民国二十五年（1936），成都刻本，一册。该本高24.5厘米，宽14.2厘米，版高17.6厘米，宽12.5厘米，左右双栏，单鱼尾，单叶十行，每行字不同。其序曰："举心得以授徒，不得不著于纸墨。积久成册，亦或印行。若云著述，谨谢圣明。仿俞荫甫《春在堂全书》录要之例，自定一目，使诸徒得以类求。凡分七类。甲纲旨。乙知言，子学也。丙论世，史学也。丁校雠。戊文学。均依学纲次第。己授徒书。庚祝史学。巳印行者，朱圈，已写定者，点。甲子年定。乙丑年，诸生编《系年录》，复取此本增定之，并杂作及札记未定者，亦存其目，为辛、壬二类。"《推十书类录》所录目录是民国期间已刊行书目，与2009年上海科学技术文献出版社出版的《推十书》（增补全本）相比，后者增加了未刊稿。

《目录学》：民国四川大学排印本，二册。该本高23.3厘米，宽14.6厘米，版高17.7厘米，宽10.5厘米。无鱼尾、版心，单叶十一行，每行二十八字。文末附勘误记，注明发行处为成都南门纯化街尚友书塾。其序曰："本课名目录学，一名古书校读法。此二名范围不同，不能相掩。所谓目录学者，古称校雠学，以部次书籍为职，而书本真伪及其名目篇卷亦归考定。古之为此者，意在辨章学术，考镜源流，与西方所谓批评学者相当，中具原理。于校勘异本，是正文字，虽亦相连，而为末务。其后任著录者，不能具批评之能，并部次之法，亦渐失传。至宋郑樵、近世章学诚乃明专家之说。而版本之重，始于明末；校勘之精，盛于乾、嘉。于是目录之中，有专重版本之一支焉。要之，目录学者，所以明书之体性与其历史者也。"刘咸炘治学，先从校雠目录学入手，着重辨章学术，考镜源流。《目录学》共十四篇，分为二编，上编：一著录、二存佚、三真伪、四名目、五篇卷、六部类、七别裁互著、八次第、九解题。下编：十版本、十一校勘、十二格式、十三文字、十四末论。诸篇之文，多裁旧说，已意志在宣传。

《续校雠通义》：民国十七年（1928），刘氏推十书本，二册，该本高26.8厘米，宽17.8厘米，版高16.9厘米，宽12.6厘米，左右双栏，双鱼尾，黑口，单叶十一行，每行二十四字。《校雠通义》为章学诚目录学代表作，明确提出目录任务是"辨章学术，考镜源流"。刘咸炘自言："吾之学，《论语》所谓学文也。学文者，知之学也。所知者，事物之理也。所从出者，家学祖考槐轩先生，私淑章实斋先生也。槐轩言道，实斋言器。槐轩之言总于辨先天与后天，实斋之言总于辨统与类。"[①] 刘咸炘学术私塾章学诚，《续校雠通义》是对章学诚《校雠通义》的补充和完善。该书分上下二册，上册略说七

---

① 刘咸炘：《自述》，《推十书》（增补全本）戊辑，上海科学技术文献出版社2009年版，第519页。

略四部，肯定汉代以来目录学的优良传统。下册为《四库提要总目》纠谬定误。刘咸炘曰："乾隆钦定《四库提要》出，而唐、宋以来目录家纠纷一清，自《隋·志》以来，未尝有也。其立例分类，实出纪昀一人之手。纪氏于校雠之学，本未穷竟原委，不明七略、四部大体，徒能于纠纷之中斟酌平妥，使书不至无可归类例，大小多寡不甚悬殊而已。私家目录利其详备，咸遵用之，若专门严究，则固未为定论也。张之洞《书目答问》沿用其例，有所损益，颇能救之。今将质定四部门目，以《提要》为本，纠其舛谬，参以张氏。其他收书之法未置论者，皆可从者也。"

《校雠述林》：民国十七年（1928），成都刘氏推十书本，三册。该本高25厘米，宽16厘米，版高16.5厘米，宽12.5厘米，左右双栏，双鱼尾，黑口，单叶十一行，每行二十四字，首页有成都市立图书馆藏书章。书末注：双流刘鉴泉所著书刊行目录、总发行所、代售处。该书共三卷，包括目录与校勘两大内容。《经传定论》《子书原论》《文集衍论》《汉书艺文志略说》《术数书》《农书录》《宋人杂记》《小说裁论》为目录学知识，《辑轶书纠谬》《续言公》《艺文势变表》是校勘知识，其目的为："以辩章学术、考镜源流，非深明于道术精微、群言得失之故者，不足与此。后世部次甲乙、记录经史者，代有其人，而求能推阐大义，条别学术异同，使人由委溯源，以想见于坟籍之初者，千百之中，不一十焉。"

《太史公知意》：民国二十年（1931），双流刘氏推十书成都刻本，二册，该本高25.4厘米，宽16.1厘米，版高16.7厘米，宽12.4厘米，左右双栏，双鱼尾，黑口，单叶十一行，每行二十三字，首页有成都市立图书馆藏书章。书末注：双流刘鉴泉所著书刊行目录、总发行所、代售处。其序曰："史之质有三：其事、其文、其义。而后之治史者止二法：曰考证、曰评论。考其事、考其文者为校注，论其事、论其文者为评点，独说其义者阙焉。盖史法之不明久矣。《太史公书》人所共读，而前人用功最深者，莫如方苞、梁玉绳。方则藉以明其所谓古文义法，梁则藉以考秦、汉前事迹。二人之说义例，较多于他人。然梁氏止知整齐，方则每失凿幻。盖考据家本不明史体，而古文家又多求之过深。二人之外，皆视此矣。吾既撰《汉书知意》，复究《太史公书》，亦作《知意》六卷，体与《汉书知意》同，偶涉考证、论事、论文，必与义例有关。是书前人议论甚多，故辨驳加详，非不知态为击难，坐长繁芜，欲明本义，不得不然耳。至于考证家所举字句之讹误，古文家所标章段之神奇，亦不录也。己未年闰七月初稿，己巳年十二月重修，二十三日毕。"此书是刘咸炘史学著作最为重要之一种，《四史知意》是刘咸炘史学成就之作，书中对他人之语多有驳斥，以史家之法、古文家之学来论《史记》之特点。

《汉书知意》：民国二十年（1931），双流刘氏推十书成都刻本，一册，该本高25.4厘米，宽16厘米，版高17厘米，宽12.5厘米，左右双栏，双鱼尾，黑口，单叶十一行，每行二十三字，首页有成都市立图书馆藏书章。书末注：双流刘鉴泉所著书刊行目录、总发行所、代售处。刘咸炘曰："讥班之语，必详载而驳之，非敢甘为佞臣，诚欲得其本旨，正赖攻错，启发愚蒙，益觉前贤未可轻议。叙事关节，乃出自然，非有微旨，穿凿琐细，所不敢从。"刘咸炘写《汉书知意》意在颂汉书之体例，为班氏遭后世诋谤而辩雪。

（4）刘咸焌著述录

四川省图书馆藏刘咸焌著述仅有一种：《读好书斋诗文钞》，另有《刘仲韬行状》一文，是刘咸焌儿辈所著，是了解刘咸焌生平的一手文献，后无再版。

《刘仲韬行状》：刘恒堉等谨状，民国二十三年（1934），双流刘氏成都刻本，一册。该本高26.5厘米，宽15.7厘米，单叶六行，每行二十四字。

《读好书斋诗文钞》：民国十六年（1927），成都扶经堂刻本，二册。该本高23.1厘米，宽14.2厘米，版高17.8厘米，宽12.5厘米，左右双栏，单鱼尾，单叶十行，每行二十字，有朱笔圈点，书末记：戊子四月初五灯下。（按：所记字当为刘咸炘所书）《读好书斋文钞》按体分类：论说文七篇，铭四篇，赞二篇，题跋十七篇，序引六篇，书启六篇，寿言二十一篇，杂记四篇，哀祭九篇，墓志十一篇。《读好书斋诗钞》按体分：五古二十首，六言三首，七言二十四首，五律十七首，七律八十首，五绝十三首，七绝九十八首。

后　　记

本书初稿是我的博士学位论文，2018年完稿，我怀着激动的心情记录下了自己的写作感受："在搜寻整理刘氏家族资料时，我被家族绵延三代的文化业绩而折服，这其中不仅仅是文学作品，还包括哲学、史学、医学等资料，让我对刘氏家族充满了敬仰之情。曾在文学院资料室，反复吟读他们的文学作品，又反复校勘他们的文学作品，深深感动于文字背后那股中华传统精神对家族文人的影响。我想尽可能地去展现刘氏家族文学的方方面面，但多少次又因思维的凝滞、语言的匮乏而焦躁不安，好在有良师和学友的帮助，让我继续在奋笔中前进。"

2019年我有幸负笈北上，曾一度和导师商量继续在博士学位论文基础上完成博士后出站报告。当时，导师没有同意也没有反对，只是说可以对这段时间的巴蜀文学史进行梳理，做一个资料长编。后来我才知道这是老师推荐的读书方法之一。老师根据自己的读书阅历，总结了四种读书方法：一是开卷有益式研究，以钱锺书为代表，通过大量的阅读去积累知识；二是探源求本式研究，以陈垣为代表，强调对资料进行竭泽而渔式的搜集；三是含而不露式的研究，以陈寅恪为代表，以问题为导向，给人启发；四是集腋成裘式的研究，以严耕望为代表，研究之前做好资料长编。在老师的建议下，我开始做了一些文献梳理工作，确实增补了不少文献材料。但最终博士后出站报告选择了杜甫文献的研究，刘氏家族文学研究被搁置在一旁。或许是因为在北京求学后，思乡之情又唤起了我对刘氏家族文学的兴趣，每每在校勘完杜甫文献后，再翻看刘氏家族的诗文，似乎又有了不一样的想法，于是行诸笔端，对博士学位论文进行了一些打磨与修改。如今呈现的模样，语言表述和内容细节与当年的博士学位论文确有明显的不同。首先，在语言表述方面，我更重视刘氏家族文学与地域文化关系的阐释，在第二章第二节增加刘氏家族对蜀地人物古迹歌咏诗歌的探索，在第三章更加强调刘氏家族文学创作的地域文化价值；其次，通过文学史的梳理，增补了易代之际刘氏家族文学思想演变与文学思潮演进的关系；最后，完善了对刘氏家族文学作品的分析，如关于刘咸荥的戏曲创作，在分析内容的基础上，将他的戏曲放在民国时期中国戏曲史的范畴中去探讨其戏曲的复古与新变，又如在刘咸炘文体论中，增添了他对八股制艺的看法。我深知，这些修改完善不过是学术研究中的一家之言，但这其中却蕴藏着对自我成长见证的意义。

在博士学位论文后记中，我感谢过博士阶段给予我帮助和关心的老师和学友们，特别是我的博士导师房锐先生，悉心指导论文写作；刘咸炘的儿子刘伯谷先生（先生已于 2022 年 4 月 10 日仙去），双流杨静兰女士和四川省图书馆古籍库罗涵亓女士，在我论文撰写过程中为我查阅资料提供便利。在我博士后阶段，导师刘跃进先生教我读书方法，传授我文献学知识，让我有勇气去重新修改论文，寻找瑕疵，完善不足。博士后出站，我留所工作，文学所为科研工作者创造了良好的科研环境，鼓励支持新同志多出成果，这才让我的研究成果公之于众。感谢文学所对我的培养。感谢编辑王小溪老师耐心仔细校稿。最后还有始终陪伴、鼓励我的家人，向他们致以我最真挚的谢意。

马　旭
2023 年 8 月